HEYNE <

W0389380

Das Buch

Der Krieg zwischen Konsortium und Allianz ist beendet. Die Reste des von Valdorian geführten interstellaren Wirtschaftsimperiums wurden vom ehemaligen Gegner übernommen. Doch auf dem Planeten Kerberos im abgelegenen Hades-System verfolgt eine Abteilung der Unternehmensgruppe *New Human Design* weiterhin die alten Ziele: die Schaffung neuer, höchst anpassungsfähiger und allen existierenden Lebewesen überlegener Organismen. Als auf das Labor ein Anschlag verübt wird, kann ein Prototyp – der Metamorph, das ehrgeizigste Projekt von *NHD* – entkommen. Durch Kontakt mit einem manipulierten Programmierungsmodul verwandelt sich diese Kreatur in ein mörderisches Wesen, das die Konzernleitung um jeden Preis eliminieren will.

Auf Kerberos existiert auch eine ordensähnliche Gemeinschaft, deren Mitglieder mithilfe einer metaphysischen Kraft, die nur auf diesem Planeten präsent ist, Kranke heilen. Bruder Eklund, einer der Heiler, ahnt, dass die Existenz dieser Kraft kein Zufall ist. Und als auf dem Meeresgrund vor der Küste zwei jahrmillionenalte Artefakte entdeckt werden, beginnt sich das Geheimnis von Kerberos zu enthüllen ...

Der Autor

Andreas Brandhorst, 1956 im norddeutschen Sielhorst geboren, schrieb bereits in jungen Jahren phantastische Erzählungen für deutsche Verlage. Es folgten zahlreiche Heftromane – unter anderem für die legendäre Terranauten-Serie – sowie Fantasy- und Science-Fiction-Taschenbücher. Die Romane »Diamant« und »Der Metamorph« sind Teil des großangelegten Kantaki-Zyklus, der mit »Der Zeitkrieg« fortgesetzt wird. Brandhorst lebt als freier Autor und Übersetzer in Norditalien.

Mehr Informationen zu Autor und Werk unter: www.kantaki.de

Andreas Brandhorst

DER METAMORPH

Roman

Originalausgabe

WILHELM HEYNE VERLAG
MÜNCHEN

HEYNE SCIENCE FICTION
06/6478

Umwelthinweis:
Dieses Buch wurde auf chlor- und
säurefreiem Papier gedruckt.

Redaktion: Rainer Michael Rahn
Copyright © 2005 by Andreas Brandhorst
Copyright © 2005 dieser Ausgabe
by Wilhelm Heyne Verlag, München
in der Verlagsgruppe Random House GmbH
www.heyne.de
Printed in Germany 11/2004
Innenillustrationen: Georg Joergens
Titelbild: David Hardy
Umschlaggestaltung: Nele Schütz Design, München
Satz: C. Schaber Datentechnik, Wels
Druck und Bindung: GGP Media GmbH, Pößneck

ISBN 3-453-52009-2

Inhalt

Interplanetares Kampfschif
der Tiger-Klasse
- Valdorians Schiff -

FLAMMABLE
R Z C D

KERBEROS

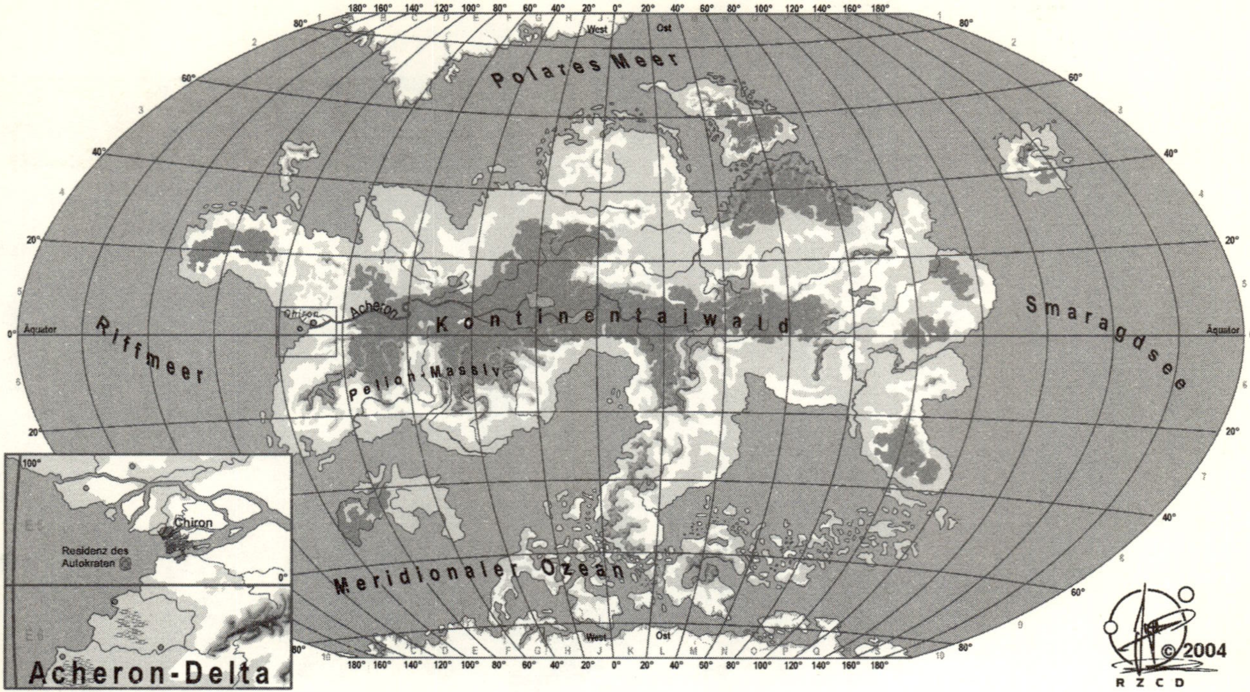

Polares Meer
Riffmeer
Smaragdsee
Kontinentalwald
Acheron
Chiron
Pelion-Massiv
Meridionaler Ozean
Äquator
West
Ost
Acheron-Delta
Residenz des Autokraten
© 2004
R Z C D

Eins

VERGESSEN

Kerberos
3. Planet des Hades-Systems
April 421 SN (Seit Neubeginn)

1

Existenzen

Das Etwas sah ohne Augen, hörte ohne Ohren und fühlte ohne Haut. Es dachte, ohne ein Gehirn zu haben, und es nahm seine Umgebung ohne ein Nervensystem wahr, das Informationen empfing und weiterleitete. Zeit spielte für dieses Noch-nicht-Wesen keine Rolle. Minuten waren wie Stunden, Stunden wie Sekunden. Es schwebte in einer Zwischenwelt, als eine Möglichkeit, eine biologische Eventualität, die zwar schon Substanz, aber noch keine Struktur hatte. Die Zellen der Basismasse bildeten ein amorphes Gebilde, das in einem speziellen Behälter ruhte, umgeben von Wärme und in Flüssigkeit gelösten Nährstoffen. Niederenergetische Impulse und Messenger-Substanzen stimulierten die Formationsmatrix, ließen die Zellen nach den Vorgaben eines Programms wachsen. Genetische Daten flüsterten durch den Mikrokosmos des Werdens, wiesen Stammzellen an, sich zu sammeln und zu spezialisieren.

Das Etwas gedieh und trug in jeder einzelnen Zelle den Keim der Vielfalt. Während es wuchs, war es sich seiner Umgebung bewusst, ohne ein Bewusstsein zu haben. Es *spürte*, dass es mehr gab als nur die eigene Existenz. Dinge bewegten sich in einer externen Welt, und manche dieser Dinge standen mit ihm in Zusammenhang, denn sie beeinflussten die Art seines Wachstums, und deshalb waren sie *wichtig*. Diese Erkenntnis brachte eine neue Art der Differenzierung. Das

Etwas begriff, dass es Wichtiges und Unwichtiges gab – damit war der erste Schritt zur Einteilung der Welt getan.

Mehr Zeit verstrich, und allmählich gewann sie Bedeutung für das Etwas, das damit begonnen hatte, nach weiteren Erkenntnissen zu streben – sie erlaubten es ihm, weiter zu wachsen und *mehr* zu werden. Erste Strukturen zeichneten sich in ihm ab, kontrolliert von der Formationsmatrix, und an bestimmten Stellen in der noch weitgehend undifferenzierten Körpermasse sammelten sich spezielle Zellen, Exekutoren, die besondere Anweisungen der Matrix empfingen und daraufhin strukturelle Veränderungen bewirkten. In der Formationsmatrix wiederum bildeten sich Memoranten, Speicherzellen für die Daten, die nach wie vor aus der externen Welt kamen, steuerten, korrigierten, stimulierten und auf ein Später vorbereiteten, dessen Einzelheiten dem Etwas verborgen blieben, in dem es aber Bestimmung fühlte. Seine wachsende Existenz war kein Zufall; etwas wartete auf ihn, eine Aufgabe, ein *Zweck*.

Und dann kam es plötzlich zu einer drastischen Veränderung.

Der Datenstrom riss abrupt ab, und das ruhige Wachstum hörte auf, als die Formationsmatrix keine Messenger-Substanzen mehr empfing. Die bisher statische Umgebung erfuhr einen jähen Wandel. Aus Wärme wurde Hitze, eine Hitze, die Nährflüssigkeit verdampfen lief und zu verbrennen drohte. Risse bildeten sich in dem Behälter, und das Etwas glitt durch eine dieser Öffnungen, tropfte auf den Boden, während über ihm Flammen züngelten. Mehrere Explosionen donnerten, und alles erzitterte. Heiße Druckwellen zerschmetterten Glas und weitere Behälter, zerrissen Gespinste aus Basismasse, zerfetzten Programmierungsmodule und energetische Stimulatoren. Stimmen erklangen, Geschöpfe quiekten, Leben wich dem Tod. Das Etwas nahm all diese Eindrücke in sich auf, ohne eine Möglichkeit, sie zu verarbeiten und zueinander in Beziehung zu setzen, weitere Erkenntnisse aus ihnen zu gewinnen – dafür fehlten ihm Erfahrungen und ein ausgeprägtes bewusstes Selbst. In einem Rest von Nährflüssigkeit glitt es über den Boden, hinter mehreren Konsolen und Brutschränken vor dem Feuer geschützt, das sich immer mehr im Laboratorium ausbreitete, bis es schließlich ein Programmierungsmodul erreichte. Der Kontakt führte zu einer neuerlichen Veränderung, nicht weniger drastisch als die erste. Es kam zu einem weiteren Datenstrom, viel breiter, schneller und üppiger als zuvor. Die Formationsmatrix des Etwas empfing Myriaden Informationen, legte sie in ihren Memoranten ab und entwickelte weitere Speicherzellen, als der Datenstrom über die Kapazität der bereits existierenden hinausging. Eine Selektion fand nicht statt; dazu war die Matrix in ihrem derzeitigen Entwicklungszustand nicht fähig. Sie nahm die Daten auf und hielt sie bereit.

Gefahr. Dem Etwas wurde klar, dass die Veränderungen in der externen Welt seine Existenz infrage stellten, und daraufhin aktivierte die Formationsmatrix mithilfe der Exekutoren das Grundprogramm der Selbsterhaltung – das Leben hatte begonnen und musste unbedingt, unter *allen* Umständen, erhalten bleiben, denn sonst konnte es seiner Aufgabe nicht gerecht werden.

Die Sensoren des brennenden Laboratoriums stellten defekte Siegel und eine biologische Kontamination fest, was die Überwachungsservi zum Anlass nahmen, Neutralisierungsmaßnahmen einzuleiten. Giftgas zischte aus Düsen; harte Strahlung kam aus Projektoren.

Die letzten Stimmen – ihre Schreie – verstummten, ebenso das Quieken. Löschschnee rieselte aus Ventilen und erstickte die Flammen. Allmählich breitete sich im Laboratorium Stille aus.

Die peripheren Zellen des Etwas, die mit dem Giftgas in Kontakt gerieten, starben ab, und im Moment ihres Todes übermittelten sie der Formationsmatrix Informationen über das Toxin. Die Matrix reagierte unverzüglich, indem sie die Exekutoren veranlasste, die Struktur der nächsten Zellschicht so zu verändern, dass das Giftgas wirkungslos blieb. Gleichzeitig aktivierte sie Korrektoren und Reparateure, die von der harten Strahlung verursachte Zellschäden reparierten.

Das Etwas löste sich vom Programmierungsmodul und glitt weiter, angetrieben vom Gebot der Selbsterhaltung. Es hatte einen Teil von sich verloren – die abgestorbenen Zellen –, aber die aufgenommenen Informationen versetzten es in die Lage, weiter zu wachsen. Dazu brauchte es keine speziellen Nährstoffe mehr; organische Materie genügte.

Es kroch durch klebrigen Löschschnee in Richtung Schleuse, und auf dem Weg dorthin kam es zum Kontakt mit mehreren toten Geschöpfen. Das Etwas zögerte nicht, nahm ihre Substanz in die eigene Masse auf, fügte die Informationen über deren Struktur den Memoranten hinzu, sonderte Giftstoffe ab und nutzte das Zellmateriell fürs eigene Wachstum. An der Schleuse angelangt verringerte das Grundprogramm der Selbsterhaltung die molekularen Bindungskräfte und sorgte gleichzeitig dafür, dass die externen Zellen Säure sekretierten. Siegel, die Hitze und Strahlung standgehalten hatten, lösten sich auf, und das Etwas – nun eine Flüssigkeit mit geringer Dichte –, glitt durch Poren, die jeweils nur wenige Molekülbreiten durchmaßen.

Auf der anderen Seite der Schleuse herrschte Dunkelheit, aber die Finsternis behinderte das Etwas nicht. Auf der Grundlage des Selbsterhaltungsprogramms initialisierte die Matrix eine vorübergehende Zellspezialisierung, um dem Etwas die Orientierung zu ermöglichen. Es behielt seine geringe Dichte bei und entfernte sich immer mehr von dem Laboratorium, in dem es entstanden war. Die Selbsterhaltung gab ihm ein Ziel, die Verarbeitung der aufgenommenen organischen Materie Kraft. Es passierte zwei weitere Türen, indem es Poren in die Siegel ätzte, und anschließend erreichte es eine Filterstation, die mit dem Draußen verbunden war – das ging aus den Informationen hervor, die in den Memoranten gespeichert waren.

Das Etwas erhöhte die molekularen Bindungskräfte, wurde

wieder kompakter und glitt durch die schmalen Zwischenräume eines Rohrbündels. Ohne Ohren »hörte« es Stimmen und andere Geräusche, die meisten von ihnen nicht identifizierbar. Das langsam lauter werdende Rauschen hingegen wusste es zu deuten. Es stammte von einem Fluss, und der Fluss bedeutete eine wesentliche Verringerung der Gefahr, die seiner Existenz drohte.

Das Etwas vergrößerte seine Dichte, verringerte die Haftung der externen Zellen und überließ sich der Schwerkraft. Es löste sich von rauem Metall, und mit einem dumpfen Platschen, das sich im viel lauteren Rauschen verlor, verschwand es im Fluss.

»Wie konnte es dazu kommen?«, fragte Rubens Lorgard, Direktor der NHD-Niederlassung auf Kerberos. Zusammen mit seinem Sicherheitschef stand er in einer Beobachtungsnische, die den besten Blick auf das Laboratorium bot.

»Die Untersuchungen dauern an«, erwiderte Edwald Emmerson. Der kleine, schmächtige Mann mit dem schütteren Haar wirkte wachsam und konzentriert. »Es kam zu einem Feuer, das sich rasch ausbreitete. Die hohen Temperaturen lösten chemische Reaktionen aus, und mehrere Explosionen waren die Folge. Die Sensoren stellten eine biologische Kontamination fest, und daraufhin wurden die Sicherheitssysteme aktiv.«

Lorgard betrachtete ein Bild der Verwüstung. Löschschnee hatte sich wie eine weiße Decke über das ganze Labor gebreitet, konnte jedoch nicht über die Verheerung hinwegtäuschen. Geräteblöcke waren geborsten, Bottiche und Retorten geplatzt, Displays gesplittert. Nicht einer der Brutschränke hatte die Katastrophe unversehrt überstanden. Lorgard dachte an die vielen Zellkulturen, an die Geschöpfe, die in dem großen Laboratorium gewachsen waren – viele von ihnen nach seinen eigenen genetischen Entwürfen –, und Kummer stieg in ihm auf. Er fühlte sich um ungeborene Kinder betrogen, um Vaterschaften beraubt. Der angerichtete

Schaden ... Das war eine andere Angelegenheit, der er sich später widmen wollte.

»Fünf Personen starben«, fuhr Emmerson fort und deutete durchs Fenster der Nische – einen transparenten Teil der Labordecke – auf mehrere kleine Hügel unter dem Löschschnee.

»Wie konnte es dazu kommen?«, wiederholte Lorgard.

»Normalerweise hätte ich Sie erst morgen früh verständigt, nach den ersten Untersuchungen«, sagte Emmerson, dessen Ruhe unerschütterlich zu sein schien. Lorgard fragte sich manchmal, ob es irgendetwas gab, das diesen Mann aus der Fassung bringen konnte. Es gab keinen besseren Sicherheitschef. »Aber in diesem Laboratorium wurde am Projekt Doppel-M gearbeitet.«

Meine beste Kreation, dachte Lorgard. *Voller Ästhetik, unübertroffen.* Er sah Emmerson an und wartete.

»Bei einem Prototyp hatte das Wachstum begonnen«, fügte der Sicherheitschef hinzu, und zum ersten Mal ließ sich so etwas wie Sorge in seiner Stimme vernehmen.

»Was ist aus ihm geworden? Die Sicherheitssysteme ...« Lorgard stellte sich vor, wie Giftgas und harte Strahlung sein größtes Werk vernichteten. Etwas in ihm sträubte sich dagegen, das für möglich zu halten.

»Auch das überprüfen wir gerade. Ich ...« Emmerson unterbrach sich, als ein junger Mann in der stahlgrauen Uniform des NHD-Sicherheitsdienstes die Nische betrat. In der einen Hand hielt er ein Datenmodul.

»Ja?«, fragte Emmerson.

»Wir konnten einen Teil der Aufzeichnungen sicherstellen«, sagte der junge Mann. »Die anderen Module wurden stark beschädigt. Die Restauration der in ihnen gespeicherten Daten dürfte Tage, wenn nicht gar Wochen dauern.«

Der Sicherheitschef nahm das Modul entgegen, nickte Lorgard zu und verließ die Nische zusammen mit dem NHD-Direktor. Sie durchquerten einen Kontrollraum mit Dutzenden von Bildschirmen, gingen an mehreren subalternen Technikern vorbei und betraten das Büro des Aufsichtsleiters. Der Mann, ebenfalls ein Subalterner, schien auf sie gewartet zu haben, kam sofort hinter dem kleinen Schreibtisch hervor und wirkte überaus nervös. Vielleicht befürchtete er, für das Unglück verantwortlich gemacht zu werden.

»Ich versichere Ihnen, dass wir ...«

»Bitte lassen Sie uns allein«, unterbrach ihn Emmerson. »Ich erwarte später einen detaillierten Bericht von Ihnen.«

»Selbstverständlich.« Der Aufsichtsleiter verließ das Büro, und als sich die Tür hinter ihm geschlossen hatte, herrschte für einige Sekunden sonderbare Stille. In Lorgard herrschte noch immer Aufruhr, und hier, in diesem stillen Raum, konnte er fast glauben, dass die Szene im Laboratorium Teil eines schlechten Traums gewesen war.

Dann erklang ein leises Summen, und Bilder erschienen im pseudorealen Schreibtischdisplay – Emmerson hatte das Datenmodul in ein Lesegerät geschoben.

Der Info-Streifen am unteren Bildrand gab Auskunft über die Zeit: 15. April 421 SN, 01:21 Uhr. Fünf in graue Laborkittel gekleidete Personen – zwei Männer und drei Frauen, niemand von ihnen unter fünfzig – gingen in dem großen Laboratorium umher, überprüften die Anzeigen von Instrumenten, bedienten hier und dort Kontrollen. Alles schien in bester Ordnung zu sein.

»Vor zwei Stunden«, sagte Emmerson. »Knapp anderthalb Stunden nach Mitternacht.« Ein Tastendruck beschleunigte den Bildlauf der Aufzeichnung, und aus den ruhigen Schritten der Männer und Frauen wurde ein hektisches Gezappel. Als es in einer Ecke aufblitzte, schaltete der Sicherheitschef wieder auf normale Geschwindigkeit. »Vielleicht ein Kurzschluss«, murmelte er wie im Selbstgespräch, ohne die Bilder aus den Augen zu lassen. »Oder eine unvorhergesehene chemische Reaktion. So was passiert.«

Aus dem Blitzen wurde ein Feuer, das sich verblüffend schnell ausbreitete. Der Warnservo löste natürlich sofort einen Alarm aus, und die fünf Personen im Laboratorium holten Feuerlöschgeräte. Aber bevor sie davon Gebrauch machen konnten, erreichten die Flammen einen bestimmten Behälter, und es kam zu einer heftigen Explosion, die die beiden Männer und eine der drei Frauen auf der Stelle tötete. Die zwei anderen Labortechnikerinnen kamen nur deshalb mit dem Leben davon, weil sie sich zum Zeitpunkt dieser ersten Explosion hinter einem hohen Brutschrank befunden hatten. Kurze Zeit später folgten weitere Explosionen, nicht so stark wie die erste, aber sie erlaubten es dem Feuer, noch schneller auf andere Bereiche des Laboratoriums überzugreifen.

»Sehen Sie sich das hier an«, sagte Emmerson und deutete auf eine bestimmte Stelle der Darstellung. Lorgard beugte sich vor und sah einen Tank, verbunden mit dem Instrumentenkomplex eines Stimulators, der zur Beschleunigung der Zellteilung und des Wachstums diente. »Dort wächst der Prototyp.«

Das Feuer erreichte den Tank, in dem sich Risse bildeten, und aus einer dieser Öffnungen rann eine Flüssigkeit. Lorgard wagte kaum mehr zu atmen.

Die allgemeinen Sicherheitsservi reagierten, und Löschschnee rieselte aus Ventilen.

Wenige Sekunden später erfolgte der Kontaminationsalarm.

Edwald Emmerson nickte, und erneut blieb sein Blick auf den Schirm gerichtet, als er sagte: »Wir sollten unsere Sicherheitsprozeduren überprüfen. Meiner Ansicht nach haben die Kontrollservi zu spät reagiert.«

Die beiden überlebenden Frauen versuchten, eine der Türen zu öffnen, natürlich vergeblich – nach einem biologischen Kontaminationsalarm konnten die Verriegelungen nur von außen gelöst werden. Kurz darauf begannen sie zu husten und starrten entsetzt nach oben. Das Giftgas brachte sie innerhalb weniger Sekunden um, ebenso wie alle anderen lebenden Organismen im Laboratorium.

»Sie sind tot«, sagte Lorgard leise. »Sie sind alle tot.« Damit meinte er nicht nur die fünf Labortechniker, sondern auch –

und vor allem – die aus programmierter Basismasse heranwachsenden und herangewachsenen Geschöpfe. Wieder spürte er den Schmerz eines Vaters. Seine Kreationen und Pläne, seine Visionen ... verbrannt, vergiftet und verstrahlt.

»Nein«, erwiderte Emmerson und zeigte keine emotionale Reaktion auf das, was er beobachtet hatte. »Bei der Tür dort ...« Er zeigte auf die andere Seite des Laboratoriums. »... registrierten die Sensoren einen Siegelbruch. Etwas ist aus dem Labor entkommen, trotz Giftgas und Strahlung, und es hat zwei weitere Türen passiert. Ich habe sie sofort untersuchen lassen, als ich vom Siegelbruch der Tür erfuhr. Ihre Sensoren reagierten nicht, weil die Löcher in den Siegeln zu klein sind – ihr Durchmesser beträgt nur wenige Molekülbreiten.« Er zögerte kurz, bevor er hinzufügte: »Nach der dritten Tür ist der Weg frei – bis zum Fluss.«

Ruckartig streckte er die Hand nach den Kontrollen aus und hielt die Darstellung an. »Dort, im Löschschaum. Etwas hat sich bewegt.«

Lorgard sah genauer hin. Tatsächlich: Irgendetwas, das in der weißen Masse verborgen blieb, glitt langsam über den Boden und verharrte bei einem Programmierungsmodul – Indikatoren deuteten darauf hin, dass es noch aktiv war.

»Kann er in jenem Zustand Daten aufnehmen?«, fragte Emmerson. Als Sicherheitschef wusste er natürlich über die laufenden Projekte Bescheid, aber er war kein Wissenschaftler und verstand nicht alles bis ins letzte Detail.

»Da bin ich ziemlich sicher«, sagte Lorgard, und seine Gedanken glitten in eine Richtung, die ihm immer mehr Unbehagen bereitete. Bisher war er davon ausgegangen, dass sich die Katastrophe auf das Laboratorium beschränkte. Aber wenn sie darüber hinausging, wenn geschehen war, was sich jetzt anzudeuten begann ... Er dachte an Folgen und Konsequenzen, an *Möglichkeiten*.

Emmerson richtete einen kurzen, ernsten Blick auf ihn. »Wir müssen herausfinden, welche Informationen er eventuell aufgenommen hat.«

Mit neuem Interesse beobachtete Lorgard, wie das Etwas unter dem Löschschnee weiterglitt und erneut verharrte, als es einen der kleinen Hügel erreichte, die von verendeten Testobjekten stammten. Er veränderte sich, wurde flacher und verschwand fast.

Der NHD-Direktor wusste genau, was er gerade gesehen hatte. »Er hat organische Materie als Nahrung aufgenommen.«

»Das Giftgas und die Strahlung scheinen ihn nicht weiter zu stören.«

»Er passt sich an alles an«, sagte Lorgard, und es klang fast stolz. Sorge und Freude schufen in ihm ein Wechselbad der Gefühle. Einige Sekunden lang musterte Emmerson ihn aufmerksam, und vielleicht ahnte er, was in ihm vorging. »Er ist entkommen, nicht wahr?«

Der Sicherheitschef deutete auf den Bildschirm: Die Bewegung unter dem Löschschnee setzte sich fort und erreichte die Tür. Der Info-Streifen zeigte neue Daten, die auf einen Siegelbruch hinwiesen. »Ich schätze, davon müssen wir ausgehen.« Er zog das Datenmodul aus dem Lesegerät und stand auf. »Vielleicht ergeben sich bei den weiteren Untersuchungen neue Hinweise. Ich halte Sie auf dem Laufenden.« Emmerson ging zur Tür des Büros, und dort zögerte er noch einmal. »Alles deutet darauf hin, dass der Prototyp des Metamorphs lebt und sich irgendwo dort draußen befindet, Direktor. Ich halte höchsten Kontaminationsalarm für angemessen.«

Rubens Lorgard nickte und starrte auf den leeren Bildschirm. »Ja, ja«, sagte er leise. »Einverstanden. Kümmern Sie sich darum.«

»Und noch etwas, Direktor ...«

Lorgard drehte den Kopf und sah den Sicherheitschef an.

»Wenn Sie gestatten: Sie sollten in Erwägung ziehen, den NHD-Globaldirektor zu informieren. Wenn das Projekt Doppel-M außer Kontrolle geraten ist – und darauf deutet alles hin –, möchte er bestimmt darüber Bescheid wissen.«

Lorgard nickte erneut, noch nachdenklicher als vorher.

Ohne ein weiteres Wort öffnete Emmerson die Tür, schloss sie hinter sich und ließ Lorgard allein im Aufsichtsbüro zurück.

Der Direktor nahm am Schreibtisch Platz. Seit mehr als dreißig Jahren arbeitete er für die Niederlassungen von *New Human Design* auf Kerberos, zuerst als einfacher Kreator, voller Enthusiasmus, dann als Entwickler und Designer, wobei er imstande gewesen war, seine ganze Kreativität zu entfalten. Schon seit einer ganzen Weile bedauerte er, sich auf die Beförderung zum planetaren Direktor eingelassen zu haben. Er hatte sich geschmeichelt gefühlt, erinnerte er sich, belohnt nach langen Jahrzehnten der Mühen und des Engagements. Aber als Leiter der NHD-Niederlassungen auf Kerberos musste er zu viel Zeit in administrative Angelegenheiten investieren und fand immer weniger Gelegenheit, neue biologische Strukturen zu entwerfen, neues Leben zu kreieren, das vorher in dieser Form und in dieser Gestalt nicht existiert hatte. Lorgard war nicht so vermessen, sich für eine Art Gott zu halten. Er sah sich als Künstler, als jemand, der lebendige Ästhetik schuf, dem es gelang, organisches Potenzial zu entfalten und die ganze biologische Kapazität zu nutzen, die in einzelnen Zellen steckte. Jede Kreatur, die sich entsprechend seinen Plänen entwickelte, machte ihn zu einem stolzen Vater, und jeder Erfolg forderte den Künstler in ihm dazu auf, noch mehr zu leisten, Besseres zu schaffen, sich selbst zu übertreffen.

Der Metamorph war nicht zu übertreffen. Zumindest dann nicht, wenn er den Planungen entsprach. Aber, so flüsterte die – leise – Stimme des Skeptikers in ihm, er barg in sich auch den Keim einer Katastrophe.

Lorgard schaltete das große dreidimensionale Display auf dem Schreibtisch des Aufsichtsleiters ein. Bilder wanderten durchs Darstellungsfeld, und Lorgard betrachtete sie geistesabwesend, während er versuchte, seine wirren Gedanken zu ordnen. Nach einigen Sekunden stellte er fest, dass ihm das Display die Aufnahmen von visuellen Überwachungssensoren zeigte. Er sah die dunkle Masse des Kontinentalwaldes, eines Dschungels, der sich über mehr als zehntausend Kilometer erstreckte, bis hin zu den Küsten der Smaragdsee. Jener tropische und subtropische Urwald enthielt Myriaden von noch nicht katalogisierten und untersuchten Lebensformen – eine Fundgrube nicht nur für Biologen und Evolutionsforscher, sondern auch für Kreatoren. Wie faszinierend es doch war, die unterschiedlichen Baupläne der Natur zu untersuchen, miteinander zu vergleichen und zu verbessern. Als junger Mann hatte Lorgard große Freude daran gefunden, doch später, nach Entdeckung der Basismasse, war er dazu übergegangen, sich immer mehr von den Vorgaben der Natur zu lösen und Neues zu schaffen.

Ein im Licht der Sterne und der beiden Monde glitzerndes Band durchschnitt die dunkle Mauer des Kontinentalwaldes: der Acheron, ein breiter Strom, der direkt am Laboratorium vorbeiführte und in einem ausgedehnten Delta ins nahe Riffmeer mündete. Auf den zahllosen Inseln und Landzungen dieses Deltas erstreckte sich die wie ein Tumor wuchernde Millionenstadt Chiron, deren Lichter kurz darauf in der dreidimensionalen Darstellung erschienen. Wie sauber sie aussahen, bunte Edelsteine, im weiten Delta verstreut. Aber von Sauberkeit, so wusste Lorgard, konnte dort gewiss nicht die Rede sein. Die Dunkelheit der Nacht war wie ein gnädiger Vorhang, hinter dem sich jede Menge Schmutz, enttäuschte Hoffnung und Elend verbarg. Natürlich gab es auch Sauberkeit und Eleganz, in den zentralen Geschäftsvierteln und geschützten Wohnbereichen der Magnaten, Souveränen und Autarken – diese Schönheit blieb ebenfalls vom Schleier der Nacht verhüllt. Lorgard wusste aus unmittelbarer Erfahrung, wie nahe sich Schönes und Hässliches sein konnten; manchmal hatte er sogar den Eindruck gewonnen, dass das eine nicht ohne das andere existierte. Der Autokrat, nominelles Oberhaupt von Kerberos, bot ein gutes Beispiel dafür.

Der narzisstische Narr war dumm genug, sich für ein künstlerisches Genie zu halten, und er liebte es, sich mit schönen Dingen zu umgeben, ohne zu ahnen, dass er sie schon beschmutzte, wenn er nur den Blick auf sie richtete.

Wieder wechselte das Bild und zeigte die aktuellen Aufnahmen eines anderen Überwachungssensors. Hell leuchtende Lampen drängten die Nacht auf der künstlichen Insel des Raumhafens am westlichen Rand des Deltas zurück. Hinter den Gebäuden des Terminals sah Lorgard nicht nur mehrere interplanetare Raumschiffe, unter ihnen einige NHD-Shuttles, sondern auch zwei Kantaki-Schiffe – schwarze, asymmetrische Kolosse, die den Eindruck erweckten, aus hunderten von kaum zueinander passenden Einzelteilen zusammengesetzt zu sein – und einen zwiebelförmigen Springer der Horgh.

Ein neuerlicher Bildwechsel. Die Berge des Pelion-Massivs im Osten und Süden der Stadt erschienen, fast ebenso dunkel wie der Kontinentalwald oder die riesigen Raumschiffe der Kantaki. Bis auf eine Stelle. In halber Höhe glühte es hier und dort, und Lorgard wusste, dass jene Lichter von chemischen Lampen stammten, die an den Zugängen der so genannten Zitadelle glühten. Dort lebten die Angehörigen der Aufgeklärten Gemeinschaft: Menschen aller Glaubensrichtungen, die auf eine besondere Kraft zugreifen konnten, die offenbar nur auf Kerberos existierte, eine Kraft, die sie befähigte, andere Personen zu heilen. Lorgard fragte sich kurz, wie es sein mochte, ein solches Leben zu führen, kein neues Leben zu entwerfen wie er, sondern das Leid bestehenden Lebens zu lindern.

Er streckte die Hand aus, und ein Tastendruck beendete die Bildfolge auf dem Display. Doch er deaktivierte die Darstellung nicht, blickte ins wartende Grau und versuchte, sich einen inneren Ruck zu geben, Kraft für all die Maßnahmen zu finden, die jetzt nötig waren. Lorgard ahnte, dass sich eine neuerliche Veränderung in seinem Leben anbahnte, vielleicht mit ähnlich weit reichenden Folgen wie seine Beförderung zum planetaren NHD-Direktor. Der Metamorph war sein bestes Werk, ein in jeder Hinsicht perfektes Geschöpf, perfekt geplant, perfekt konstruiert, das Meisterwerk des Künstlers in ihm. Und gerade seine Perfektion machte ihn jetzt zu einer Gefahr.

Rubens Lorgard stand auf und begann mit einer unruhigen Wanderung durch das Büro. Dem Fenster, das direkten Ausblick in die Nacht gewährte, schenkte er keine Beachtung. Nachdenklich ging er immer wieder um den Schreibtisch herum, sah dabei ins Leere. In dieser Nacht hatte er viele seiner »Kinder« verloren, und ihr Verlust schmerzte. Der Prototyp des Metamorphs war nicht zugrunde gegangen, und diese Erkenntnis brachte dem paternal empfindenden Teil seines Selbst Erleichterung. Aber er war auch eine Waffe, erinnerte sich Lorgard - das durfte er nicht vergessen, nicht für eine einzige Sekunde. Ein strategisches Konzept lag seinem Design zugrunde, auch wenn Lorgard immer nur den anderen Nutzen in ihm gesehen hatte: die Entwicklung von organischen Servi, die sich jederzeit neuen Aufgaben und Einsatzgebieten anpassen konnten, noch dazu mit einer ausgesprochen hohen autoregenerativen Kapazität. Man musste nur eine Möglichkeit finden, die verwendete Basismasse durch stabile Zellen zu ersetzen - darin lag das einzige Problem. Und zweifellos würde sich früher oder später eine Lösung dafür finden lassen; davon war Lorgard überzeugt.

Eine Waffe, erinnerte sich Lorgard erneut. Und diese lebende Waffe war in den Fluss geraten - davon mussten sie nach dem Stand der Dinge ausgehen. Im Acheron wimmelte es von einheimischem Leben, und damit standen dem Metamorph genug Nährstoffe zur Verfügung.

»Er wird wachsen«, sagte Lorgard leise. »Und er wird sich so entwickeln, wie es die Programmierung der Formationsmatrix vorsieht.« Er dachte an die Einzelheiten des strategischen Konzepts, die zum Grundprogramm gehörten. Ein Geschöpf wie der Metamorph war nicht wie ein Datenservo, in dem man ganz nach Belieben neue Programme installieren und starten konnte. Das *ließ* sich zwar bewerkstelligen, in einem gewissen Rahmen. Aber das Grundprogramm musste bereits in der ersten Zelle enthalten sein, als ein integraler Bestandteil der Formationsmatrix und somit der *Struktur* des Wesens.

Rubens Lorgard seufzte, atmete tief durch, trat zum Display und setzte sich mit dem Raumhafen in Verbindung. Das Bild einer jungen Frau erschien vor ihm.

Sie erkannte ihn sofort. »Sie wünschen, Direktor?«

»Eine Transverbindung mit Lukert Turannen, Globaldirektor von *New Human Design* und Koordinator des Konsortiums. Er müsste sich auf Rodriguez im Panthon-System befinden. Wenn Sie ihn dort nicht erreichen, versuchen Sie es auf Tintiran im Mirlur-System.« *Vielleicht hat er sich schon in Valdorians Villa einquartiert,* dachte er.

»Es könnte ein wenig dauern, Direktor.«

Lorgard nickte. »Oberste Priorität. Ich warte.«

Kerberos
14. Januar 340 SN

2

Fenster in die Vergangenheit

Als Eklund durch die breiten Fenster des Raumhafenterminals den schwarzen Giganten des Kantaki-Schiffes sah, das seine Adoptiveltern und ihn fortbringen sollte, reifte die prickelnde Unruhe in ihm zu einer Entscheidung.

Der Dreizehnjährige entschuldigte sich mit dem Hinweis, auf die Toilette zu müssen, aber bevor er sie erreichte, trat er in einen Seitengang und verließ das Terminal durch einen Nebenausgang. Zuerst ging er langsam, im Schatten des wie ein Berg aufragenden schwarzen Schiffes, überrascht und erfreut von seinem Mut. Aus irgendeinem Grund rechnete er damit, dass die Leute, denen er begegnete, mit dem Finger auf ihn zeigen und »Hier ist er! Hier ist er!« rufen würden, aber nichts dergleichen geschah. Es heulten auch keine Alarmsirenen; die Welt blieb unbeeindruckt von Eklunds Flucht. Doch die kindliche Phantasie gaukelte ihm Dutzende von Augen vor, die ihn beobachteten. Und so ging er immer schneller, bis er schließlich lief, in der schwülen Hitze des Nachmittags und durch die Stadt, die im Delta des Flusses Acheron wuchs, sich immer weiter an den Ufern des breiten Stroms und auf den vielen Inseln ausdehnte. Er lief, so schnell er konnte, trotz der Hitze, die ihm den Schweiß aus den Poren trieb, doch den Erinnerungsstimmen konnte er nicht entkommen.

Wir sind mit der Installation der Netzwerke fertig, hatte

Miliana gesagt. *Das bedeutet, wir können Kerberos früher als geplant verlassen.*

Levitatorwagen surrten über Eklund hinweg, und einige Sekunden lang fürchtete er, dass seine Eltern bereits die Sekuritos verständigt hatten und nach ihm suchen ließen.

Eine Welt voller Irrationalität, hatte Primor hinzugefügt. *Ich kehre ihr gern den Rücken.*

Eklund lief und lief, über Stege und kleine Brücken, die Inseln im breiten Delta miteinander verbanden.

Du kommst mit uns. Wir sind deine Eltern. Wir bestimmen für dich.

»Aber ihr seid nicht meine richtigen Eltern«, stieß Eklund hervor und rannte durch Verkehrskorridore, in denen um diese Zeit nur wenig Verkehr herrschte. Weiter vorn, hinter mehreren Gebäuden aus Synthomasse, erstreckte sich ein Uferbereich, und er hörte bereits die Wellen des Riffmeers, die dort an Felsen klatschten.

Noch immer hielt ihn niemand fest; noch immer hatte man keine energetische Fessel nach ihm geworfen. Die Welt blieb gleichgültig.

Zurück nach Maximilius, der Heimat von Miliana und Primor? Die Vorstellung entsetzte Eklund, nachdem er Kerberos kennen gelernt hatte. Er war ebenso auf Maximilius geboren wie seine Adoptiveltern, aber im Gegensatz zu ihnen zählte er nicht zu den Neuen Menschen. Er fragte sich noch immer, warum sie ihn überhaupt nach dem Tod seiner leiblichen Eltern adoptiert hatten. Angesichts ihrer emotionalen Kälte kamen Anteilnahme oder Sympathie kaum in Frage. Er vermutete, dass sie bestrebt gewesen waren, durch ihn den Mangel an eigenen Gefühlen zu kompensieren. Eine sehr irrationale Entscheidung von Personen, die Rationalität zu einem Lebensprinzip gemacht hatten. Vielleicht waren sie auch der Meinung gewesen, Verantwortung übernehmen zu müssen.

Während er lief – nicht mehr ganz so schnell, weil er außer Atem zu geraten drohte, die leichte Kleidung schweißnass –, huschten Erinnerungsbilder an seinem inneren Auge vorbei und zeigten ihm die Welt, die sie vor einem guten Jahr verlassen hatten. Miliana und Primor waren Datenservo-Experten, spezialisiert auf Netzwerke. Auf eine Weise, die Eklund nicht verstand, konnten sie sich mit Datenservi verbinden und sie weitaus effizienter installieren und programmieren, als es normalen Menschen möglich gewesen wäre. Gelegentlich hatte Eklund den Eindruck gewonnen, dass sie sogar wie Maschinen *dachten*. Ihre Welt mochte *ihnen* alles bieten, was sie sich wünschten, aber für den Jungen war es eine kalte Welt, ohne Emotionen, ohne Träume, ohne Phantasie. Eine Welt, in der selbst ein Lächeln keinen Platz hatte. Eine sterile Welt, in der das Leben allein den Gesetzen von Logik und Zweckmäßigkeit folgte.

Kerberos war das genaue Gegenteil von Maximilius – hier gab es jede Menge Platz für Träume, auch wenn die meisten von ihnen illusionär und gefährlich waren, geschaffen von den zahlreichen Drogen des Planeten. Aber darum ging es Eklund nicht. Ihm ging es um eine Wärme, die er hier zum ersten Mal in seinem Leben spürte, tief im Innern, eine Wärme, die das Gefühl in ihm schuf, von einer liebevollen Mutter umarmt zu werden. Ja, so war es, und auch anders, auf eine Weise anders, für die der Junge keine Worte fand. Etwas hieß ihn hier *willkommen*. Etwas sagte ihm: *Hier bist du zu Hause. Bleib.*

Die Gebäude aus Synthomasse blieben hinter Eklund zurück, und er erreichte das Ufer. Dort verharrte er, rang nach Atem und bemerkte mehrere Jungen – einige Jahre jünger als er und nur mit Badehosen bekleidet –, die von hohen Felsen auf kleinere sprangen, zwischen ihnen kletterten und dabei versuchten, sich gegenseitig an Tollkühnheit und Geschick zu überbieten. Sie warfen ihm neugierige Blicke zu, aber er achtete nicht auf sie, nahm auf einem Steinblock Platz, wandte das Gesicht der Brise zu und genoss die vom Wind gebrachte Kühle.

Während die anderen Jungen in der Nähe ihre Akrobatik fortsetzten, sah Eklund übers Meer und genoss das herrliche, wie berauschende Gefühl der Freiheit. Er war entkommen! Ein neues Leben lag vor ihm.

Doch dann, tief in ihm, regten sich Zweifel, und mit einer Rationalität, auf die Miliana und Primor vielleicht stolz gewesen wären, fragte er sich, ob er richtig gehandelt hatte. Dies war eine fremde Welt, die er erst seit wenigen Monaten kannte; wie sollte er hier ganz allein zurechtkommen, ohne Familie, ohne jemanden, der sich um ihn kümmerte?

Er drehte den Kopf, sah zurück zum schwarzen Berg des Kantaki-Schiffes beim Raumhafen und begriff: Er *war* geflohen, aber die endgültige Entscheidung stand noch aus, musste hier und jetzt getroffen werden. Noch konnte er zurückkehren ...

... in die Kuppelstädte von Maximilius, in Zimmer und Korridore aus Synthomasse und Stahlkeramik, in kaltes, künstliches Licht, in eine Welt mit klaren Regeln, die Sicherheit gewährten, aber keine Geborgenheit. Und wieder erlebte er es, das Gefühl, auf Kerberos *willkommen* zu sein, der Eindruck von mütterlicher Wärme. Aber war es richtig, allein aufgrund eines solchen Eindrucks das Leben aufzugeben, das er bisher geführt hatte? Und wie würden seine Adoptiveltern reagieren, wenn sie merkten, dass er weggelaufen war? Würden sie traurig sein? *Konnten* sie überhaupt traurig sein?

Während Eklund dasaß, dem Rauschen der Wellen lauschte und mit seinem schlechten Gewissen rang, ertönte neben ihm ein erschrockener Schrei, und aus dem Augenwinkel sah er, wie einer der Jungen fiel. Sofort sprang er auf und eilte zum Unglücksort, ebenso wie die anderen Jungen.

Der Gestürzte kniete zwischen zwei Felsen im seichten Wasser und hielt sich den rechten Arm mit dem aufgeschlagenen, blutigen Ellenbogen.

»Du hättest besser aufpassen sollen, Bruni«, sagte einer der Jungen.

»Tut es weh?«, fragte ein anderer mitfühlend.

Der Gefallene nickte mit schmerzerfüllter Miene.

Eklund trat näher. »Lass mal sehen«, sagte er und kam sich in der Schar kleinerer Jungen fast wie ein Erwachsener vor. Er trat an den Verletzten heran, berührte ihn am Arm und ...

Das Gefühl der Wärme wurde stärker, und mit dem geistigen Auge sah er ein Tor, ein altes Portal, das sich vor ihm öffnete. Er versuchte, das Bild festzuhalten, aber es entglitt seinen mentalen Händen und verschwand.

»He!«, rief einer der Jungen. »Er ist wieder gesund!«

Eklund blinzelte. Es konnten nicht mehr als einige wenige Sekunden vergangen sein, doch der Arm des Gestürzten hatte sich verändert – nichts deutete mehr auf eine Verletzung hin.

Bruni bewegte den Arm, erstaunt und froh. »Ist wieder alles in Ordnung. Tut nicht mehr weh.«

»Bist du ein Heiler?«, fragte einer der anderen Jungen.

»Nein«, antwortete Eklund verwirrt. »Nein, ich ...«

»Vielleicht doch.«

Eklund drehte den Kopf. Ein Mann in mittleren Jahren stand einige Meter entfernt, gekleidet in ein ockerfarbenes, kuttenartiges Gewand. Ein Jugendlicher begleitete ihn, schlaksig, drei oder vier Jahre älter als er, im Gesicht ein Lächeln, das dort ebenso selbstverständlich wirkte wie die Sonne am Tageshimmel von Kerberos.

»Ich bin Bruder Darius, und das ist mein Novize Terod«, sagte der Mann und kam näher. Seine Stimme war weich, sanft und geduldig. »Du hast den Jungen geheilt. Mit der Kraft.«

»Ich verstehe nicht ...«, erwiderte Eklund, aber das stimmte nicht ganz. Er *begann* zu verstehen, hörte das Rauschen der nahen Wellen und hatte für ein oder zwei Sekunden das Gefühl, in einem riesigen Ozean zu schwimmen.

Die anderen Jungen standen in der Nähe, unter ihnen jener, der sich den Ellenbogen aufgeschlagen hatte. Sie hörten aufmerksam zu, und Eklund spürte deutlich, dass sie zum Publikum geworden waren, während Bruder Darius und er auf der Bühne des Geschehens standen.

»Hast du schon einmal von der Aufgeklärten Gemeinschaft gehört?«, fragte Bruder Darius.

Eklund sah zum Pelion-Massiv im Süden und Osten von Chiron, zu den steilen, tausend Meter hohen Felswänden. Dort gab es ein Höhlensystem, »Zitadelle« genannt, in dem die Mitglieder der Aufgeklärten Gemeinschaft wohnten.

»Ihr seid Heiler«, sagte Eklund.

»Ja. Wir heilen mit der Kraft, die du berührt hast.« Er breitete die Arme aus. »Auf diesem Planeten gibt es mehr, als wir mit unseren normalen Sinnen wahrnehmen. Hier existiert eine ... Welt über der Welt, eine besondere Sphäre, anders beschaffen für jeden von uns, erfüllt mit einer Kraft, die wir nutzen können, um zu heilen, um Leid zu lindern. Du bist offenbar imstande, diese Kraft zu nutzen. Ich sollte mit deinen Eltern reden.«

Und ganz plötzlich stand Eklund vor der Weggabelung: Auf der einen Seite ging es zurück zu der Welt, die ihn mit kalter Sachlichkeit schreckte; der andere Pfad führte in ein ganz neues Leben, ebenso verstörend wie verlockend.

»Ich bin ... allein.« Damit war die Entscheidung getroffen, endgültig.

Bruder Darius wölbte die Brauen und richtete einen Blick auf ihn, der mehr zu sehen schien, als Eklund lieb war.

»Es gibt niemanden, der sich um dich kümmert?«

»Nein, ich bin ganz allein«, wiederholte er, und eine Last wich von ihm – er wusste, dass er die richtige Wahl getroffen hatte.

»Was hältst du davon, dich uns anzuschließen?« Terod kam näher und sah wie das aus, was Eklund bisher nie gewesen war: sorglos, zufrieden, in Einklang mit sich und seiner Welt. »Ein Bruder der Aufgeklärten Gemeinschaft kann doch zwei Novizen haben, oder?«

»Ich denke schon«, erwiderte Bruder Darius. Er musterte Eklund erneut mit einem sondierenden, nachdenklichen Blick. »Wenn du allein bist ... Ich könnte dich zum Heiler ausbilden.«

»Vielleicht können wir zusammen die Welt über der Welt erkunden«, fügte Terod hinzu.

Bruder Darius streckte die Hand aus.

Eklund zögerte nicht, ergriff sie sofort.

Die Frage, ob seine Adoptiveltern nach ihm gesucht hatten, blieb für immer unbeantwortet – er sah Miliana und Primor nie wieder.

Kerberos · 17. April 342 SN

In zweihundert Meter Höhe an der steilen Wand des Pelion-Massivs saß der fünfzehnjährige Eklund auf einem Felssims und blickte im warmen Sonnenschein über die Stadt. Chiron wuchs weiter, dehnte sich im breiten Delta des Acheron aus, ein urbanes Geschöpf, das immer mehr Platz beanspruchte.

Inzwischen fühlte sich Eklund nicht nur als Teil der Aufgeklärten Gemeinschaft in der Zitadelle, sondern auch als Teil dieser Welt namens Kerberos. Die Entscheidung, nicht mit seinen Adoptiveltern nach Maximilius zurückzukehren, hatte er nie bereut. Das Empfinden, hier zu Hause zu sein, war in den vergangenen zwei Jahren immer stärker geworden, doch dahinter, jenseits der besonderen Wärme des *Willkommens*, gab es noch etwas anderes. Dieser Eindruck hatte sich im Lauf der letzten Monate verdichtet, seitdem er unter der Anleitung von Bruder Darius ganz bewusst heilte und die Befriedigung erlebte, anderen Menschen helfen zu können. Manchmal glaubte er, etwas zu hören, wie einen Ruf aus der Ferne, doch wenn er sich darauf zu konzentrieren versuchte, verklang die Stimme.

Auf die Hände gestützt lehnte sich Eklund zurück und hob das Gesicht der Sonne entgegen, deren Licht sich veränderte, zu einem goldenen Glanz wurde, der nicht blendete ...

Etwas verschob die Realität, verband Vergangenheit und Zukunft über die Gegenwart hinweg. Das goldene Licht umhüllte Eklund, der verwundert blinzelte und begriff, dass er den Wechsel ins Elysium vollzogen hatte. Ein goldener Humanoide schwebte vor ihm im Nichts, ein Geschöpf weder Mann noch Frau, zierlich und doch stark, erfüllt von einer Kraft, die ruhte und mächtig war wie ein Ozean an einem windstillen Tag, voller Leben, voller *Möglichkeiten*. Die Kraft der Schöpfung …

Ehrfurcht gesellte sich Eklunds Neugier hinzu.

Ich brauche dich.

Der goldene Glanz dehnte sich aus, und Eklund stand vor einem uralten Portal aus verwittertem Holz. Er erinnerte sich daran – zum ersten Mal hatte er es bei der Heilung des Jungen mit dem aufgeschlagenen Ellenbogen gesehen.

Öffne es.

Er hob die rechte Hand, und als er das Portal mit ihr berührte, schwang ein Flügel auf, und dahinter erstreckte sich eine Welt wie … über der Welt – das war der erste Eindruck, den Eklund gewann. Die goldene Gestalt wartete dort auf ihn, mit einem Gesicht ohne Augen, Nase und Mund. Sie hob die Hand, streckte sie ihm entgegen …

Ich brauche dich, hörte Eklund, aber nicht mit den Ohren.

Er hob ebenfalls die Hand, und als er die der goldenen Gestalt berührte, glaubte er, in jenem ruhigen Ozean der Kraft zu schwimmen.

Ich habe eine Aufgabe für dich.

»Wer bist du?«, fragte Eklund, und seine Stimme klang anders in dieser Welt über der Welt, älter und reifer.

Du wirst einmal verstehen, wer ich bin. Sei bereit, wenn es so weit ist.

Die goldene Gestalt wich zurück. Eklund wollte ihr folgen, aber etwas hielt ihn fest.

»Wer bist du?«, rief er. »Wofür soll ich bereit sein?«

Nimm die Kraft, flüsterte es aus der Ferne. *Fühle sie. Erinnere dich. Vergiss nicht. Und sei bereit, wenn es so weit ist.*

»Wer bist du?«, rief Eklund erneut.

»Ich bin immer noch Bruder Darius.«

Eklund blinzelte erneut und fand sich auf dem Felssims wieder. Darius stand neben ihm, ein Mann, der zu einem Vater für ihn geworden war – einen besseren konnte er sich nicht wünschen.

»Ich habe ... jemanden gesehen«, sagte Eklund. »Eine goldene Gestalt ohne Gesicht. Wie ... die Seele der Welt.« Er wusste nicht, woher diese Worte stammten. Sie kamen aus seinem Innern, von dort, wo seine eigene Seele die Kraft berührte.

»Die Seele der Welt«, wiederholte Darius nachdenklich.

»So fühlte es sich an. Hast du eine Erklärung dafür?«

»In der Welt über der Welt gibt es viele Dinge, die wir nicht verstehen«, sagte Darius, als Eklund aufstand. »Vielleicht gelingt es uns irgendwann einmal, alle Fragen zu beantworten. Die Zukunft wird es zeigen.

Kerberos · 25. März 369 SN

Bruder Darius starb, und niemand konnte ihm helfen.

Welch eine grausame Ironie, dachte Bruder Eklund. Wir sind Heiler, aber uns selbst können wir nicht heilen.

Darius lag in seiner kleinen Wohnhöhle in der Zitadelle, und das Licht einer Chemolampe fiel auf sein eingefallenes Gesicht. Deutlich zeichneten sich die Jochbeine unter der farblosen, faltigen Haut ab.

»Vielleicht sollten wir ihn nach Chiron bringen, in ein Krankenhaus«, sagte Terod kummervoll.

»Dazu ist es zu spät«, sagte Schwester Rena, die neben Darius gehockt hatte und sich nun aufrichtete. »Es geht mit ihm zu Ende.«

»Aber ...«, begann Terod und verstummte hilflos. Mit solchen Dingen kannte sich Rena aus. Die Kraft des Elysiums versetzte sie in die Lage zu wissen, wann der Tod unausweichlich war.

Darius atmete schwer und hob die Lider. Der Blick seiner trüben Augen wanderte durch die Höhle, fand Terod, Eklund und die Seherin. Er seufzte tief und schloss die Augen wieder, und für einen Moment glaubte Eklund, dass er gestorben war. Doch dann kamen die Lider erneut nach oben. »Meine beiden Novizen ...«, sagte er. »Ich bin am Ende meines Weges angelangt. Es gilt Abschied zu nehmen, von Personen und Dingen. Terod ...«

»Ja?«

»Mein Amulett ... Ich habe es beim Hirten zurückgelassen. Bitte hol es. Ich möchte es ein letztes Mal berühren.«

Rena schien mehr in diesen Worten zu hören, und sie nickte knapp. »Ich begleite ihn.«

Wenige Sekunden später waren Darius und Eklund allein in der kleinen Höhle, nur in der Gesellschaft von Schatten, dort, wo das Licht der Lampe ebenso an Kraft verlor wie der sterbende Alte.

»Wenn Terod zurückkehrt, bin ich bereits tot«, sagte Darius leise. »Er soll sich nicht zurückgesetzt fühlen.« Eine dürre Hand kam unter der Decke hervor und tastete zitternd nach oben. »Ich möchte noch einmal in die Welt über der Welt, mit dir. Bitte begleite mich auf diesem letzten kleinen Stück meines Weges.«

Eklund trat näher ans schmale Bett heran, setzte sich auf den Stuhl daneben und ergriff die Hand. Sie war kalt und feucht.

Und die Kälte floss aus ihr heraus, ging in Eklunds Hand über, kroch von dort aus durch den Arm und erfasste schließlich den ganzen Körper. Das Licht der Chemolampe flackerte, wurde heller, und die Wände der Wohnhöhle wichen fort, lösten sich auf ...

»Das Elysium ist mehr als nur eine metaphysische Sphäre, aus der wir die Kraft des Heilens beziehen«, sagte Darius, und es war kein alter, sterbender Darius, von dem diese Worte stammten, sondern ein Mann in mittleren Jahren, jener, der dem dreizehnjährigen Eklund damals, vor neunundzwanzig Jahren, am Ufer des Riffmeers die Hand gereicht hatte. Er trug dicke Kleidung, und eine pelzbesetzte Kapuze umgab den Kopf.

Eklund sah sich erstaunt um, und sein Blick reichte über Dutzende von schneebedeckten Berggipfeln hinweg. Lange Flanken aus Eis glitzerten und funkelten im Licht von zwei kleinen Sonnen am tiefblauen Himmel. Es war so kalt, dass Eklunds Atem kondensierte, und außerdem stellte er fest, dass er schneller atmete als sonst – in dieser Höhe enthielt die Luft weniger Sauerstoff.

»Wo sind wir hier?«, fragte er.

»Dies ist Alikant im System der Doppelsonne Halmur«, antwortete Darius. »Die Welt meiner Geburt. Als junger Mann bin ich oft in den Bergen geklettert.« Er vollführte eine Geste, die dem Panorama galt. »Wunderschön, nicht wahr?«

»Wir sind in einer deiner Erinnerungen?«

»Nimm eine Hand voll Schnee. Nur zu.«

Eklund kam der Aufforderung nach, fühlte das kalte Weiß und sah, wie sich die Finger röteten und ein Teil des Schnees schmolz.

»Wie fühlt es sich an?«, fragte Darius. »Kannst du dies von der Realität unterscheiden? Nein? Dies ist das Elysium, die Welt über der Welt, und auf ihre eigene Art und Weise ist sie nicht weniger real als die andere, die wir für ›wirklich‹ halten. Komm.«

Darius stapfte durch den Schnee, und Eklund folgte ihm den Hang empor. Er beobachtete die schwungvollen Bewegungen des Mannes, und für einen Moment bedauerte er zutiefst, dass dies nicht die Realität der alltäglichen Welt war. Während der vergangenen knapp dreißig Jahre hatte er in Darius einen Vater gesehen, und sein naher Tod schmerzte sehr.

Weiter oben schmiegte sich eine Hütte an den steiler werdenden Hang, halb im Schnee verborgen. Ein dünner Rauchfaden kam aus dem Schornstein und hätte unter normalen Umständen darauf hingedeutet, dass sich andere Bergsteiger in der Hütte aufhielten, aber Eklund wusste, dass das nicht der Fall war. Diese Hütte stand allein Darius zur Verfügung, und den Personen, die er mitbrachte.

Die Tür öffnete sich knarrend, und drinnen erwartete sie angenehme Wärme. Ein Feuer brannte im großen Kamin, ein echtes Feuer, keine Simulation oder dergleichen, und der Tisch war für zwei Personen gedeckt. Neben den Tellern standen Becher aus Synthomasse, und ein aromatischer Duft ging von der heißen Flüssigkeit darin aus.

»Das Elysium kann auch dies sein«, sagte Darius und streifte lächelnd seine dicke Jacke ab. »Bequemlichkeit.«

Die Mahlzeit bestand aus einer würzigen Suppe mit Dingen, die seltsam aussahen, aber gut schmeckten. Das heiße Getränk erwies sich als anregend, nicht berauschend. Eklund hatte das Gefühl, dass nur einige Minuten verstrichen waren, aber als er zu einem Fenster sah, war es draußen bereits dunkel geworden. Entweder waren die Tage auf Alikant kürzer, oder er hatte gerade einen Zeitsprung von ein oder zwei Stunden erlebt.

Die beiden Männer saßen sich am Tisch gegenüber, die Teller beiseite geschoben, die Hände um die Becher geschlossen, während das Feuer im Kamin brannte, ohne dass die Scheite zu Asche wurden. Sie brannten und brannten, in einem Augenblick, der sich ewig wiederholte, aber immer ein wenig anders, denn die Flammen waren wie die Wellen des Meeres, einzigartig und individuell. »Du hast sie berührt.«

»Was meinst du?«

Einige Sekunden lang bestanden die einzigen Geräusche aus dem Knistern des Feuers im Kamin und der leisen Stimme des Windes, der draußen über die Schnee- und Eishänge wehte. Eklund fühlte eine sonderbare Art von Geborgenheit hier in der Hütte, die ihre Existenz der Vorstellungskraft eines anderen Menschen verdankte.

»Die Schöpfungsenergie«, sagte Darius langsam. »Die zentrale Essenz dessen, das wir Elysium nennen. Für die meisten von uns ist es nur eine Quelle der Kraft, mit der sie heilen. Aber warum gibt es sie nur hier, auf Kerberos? Warum existiert das Elysium auf keinem anderen bekannten Planeten?«

Eklund wartete geduldig und beobachtete, wie es in Darius' Gesicht arbeitete, wie Hoffnung in den graublauen Augen des Mannes leuchtete. »Ich glaube an eine heilige Präsenz auf Kerberos«, sagte er schließlich, und Eklund spürte, wie etwas ganz tief in ihm seufzte. »Ich glaube, dass hier nach der Schöpfung des Universums ein Teil der puren Kreationsenergie erhalten blieb und von jenen genutzt werden kann, die wie wir imstande sind, eine Verbindung mit ihr herzustellen. Vielleicht lernen wir eines Tages, sie auch für andere Zwecke zu verwenden, nicht nur zum Heilen. Vielleicht können wir sie irgendwann auch für andere Dinge nutzen. Dies hier ...« Er winkte, und seine Geste betraf die Hütte und ganz Alikant. »... ist eigentlich nur eine Spielerei, ein Ort, an den ich mich manchmal zurückziehe, wenn ich Ruhe brauche. Aber er macht das wahre Potenzial des Elysiums deutlich. Vielleicht gelingt es uns irgendwann einmal, Teil der Schöpfungskraft zu werden.«

Darius beugte sich ein wenig vor. »Du hast sie ebenfalls berührt, nicht wahr?«

Und plötzlich verstand Eklund. Bruder Darius, der wie ein Vater für ihn war und ihm mit seiner ruhigen, sanften Sicherheit als Vorbild gedient hatte, reagierte mit tiefer Verunsicherung auf die Nähe des Todes. Er fürchtete das unmittelbar bevorstehende Ende und ersehnte sich nichts mehr als eine Bestätigung dafür, dass all die Dinge, an die er geglaubt hatte, tatsächlich der Wahrheit entsprachen. Zweifel nagte an seiner Gewissheit, und er hoffte, dass der einstige Novize Eklund seine Gewissheit erneuerte.

Eklund erinnerte sich an das Gefühl, in einem Ozean ruhender Kraft zu schwimmen. *Erinnere dich. Vergiss nicht.*

»Die Energie der Schöpfung hat mich berührt.«

»So fühlt es sich an, beim ersten Mal«, sagte Darius. »In der Pubertät, wenn Hormone alles durcheinander bringen. Aber du hast noch mehr gefühlt, nicht wahr? Was hast du gesehen, damals, in deiner Vision?«

Draußen wurde die Stimme des Windes lauter, vielleicht ein Zeichen dafür, dass Darius' Anspannung wuchs.

»Du glaubst an die Weltseele«, sagte Darius, als Eklund schwieg. »Hast du sie gesehen? Bist du ihr wirklich *begegnet,* im Elysium?«

»Ich habe eine Gestalt gesehen«, erwiderte Eklund schließlich. »Eine goldene Gestalt ohne Gesicht.«

»Die Seele der Welt?« Darius beugte sich noch etwas weiter vor, und die Hoffnung leuchtete heller in seinen Augen. »Gibt es sie wirklich?«

Eklund musterte den Mann auf der anderen Seite des Tisches, und eine zweite Erkenntnis gesellte sich der ersten hinzu. Darius fürchtete den Tod und noch mehr die Möglichkeit, *sich geirrt zu haben*. Er fürchtete, dass es auf der anderen Seite nichts als schwarze Leere gab.

»Ja, es gibt sie«, sagte Eklund und beobachtete, wie sich Falten in Darius' Gesicht bildeten, wie aus dem Mann in mittleren Jahren binnen weniger Sekunden ein Greis wurde. »Es gibt sie wirklich. Ich weiß nicht, ob sie mit der goldenen Gestalt identisch ist, aber ich weiß, dass die lebendige Seele der Welt existiert. Davon bin ich absolut überzeugt.« Und das sagte er nicht nur, um die grässliche Last des Zweifels von Darius zu nehmen; es war die Wahrheit.

Darius lehnte sich zurück und wirkte überaus erleichtert, während die Falten komplexe Muster in seinem Gesicht bildeten. »Danke«, sagte er leise. »Danke, Eklund.«

Und dann verschwand er.

Der zweiundvierzig Jahre alte Eklund saß allein in einer Berghütte, die aus einer fremden Gedankenwelt stammte und als Teil des Elysiums existierte. Das Feuer brannte weiterhin, ohne die Scheite zu verbrennen, und eine Zeit lang blickte Eklund in die züngelnden Flammen, sah darin schnell wechselnde Muster, so wie er als Kind Muster in Wolken gesehen hatte, die über den Himmel zogen.

Schließlich stand er auf, öffnete die Tür der Hütte und trat nach draußen in die klare Nacht. Sterne funkelten am Himmel, über den schneebedeckten Gipfeln der Berge, wie kleine, blinzelnde Augen in der Dunkelheit. Der Wind wehte nicht mehr. Ruhe herrschte, ein Frieden, der nicht nur diesen Ort betraf, sondern auch seine Seele.

»Es gibt sie«, sagte Eklund noch einmal und sprach wie zur lauschenden Nacht. »Und vielleicht kannst *du* ihr jetzt begegnen.«

Ein weiterer Schritt nach vorn, weg von der Hütte, durch knirschenden Schnee ...

Wellen liefen an den Strand, so sanft wie die Hand einer Mutter, die ihr Kind streichelt. Eklund drehte sich um, und wohin er auch sah: Überall reichte das Meer bis zum Horizont. Er stand auf einer kleinen Insel, auf einem winzigen weißen Hügel im endlosen Blau des Ozeans. Dies, so fühlte er, war das Zentrum des Elysiums, das Meer der Kraft, der Schöpfungsenergie, die er vor neunundzwanzig Jahren zum ersten Mal berührt hatte, die ruhende Mitte der Welt über der Welt.

Etwas veranlasste ihn, in die Tasche zu greifen und die bunten Steine hervorzuholen, die er manchmal bei sich trug. Er ging in die Hocke, nahm die Steine in beide Hände und ließ sie fallen.

Ihr Muster ...

Sie formten ein Oval, ein Gesicht ohne Augen, Nase und Mund.

Als Eklund aufsah, wuchsen die Wellen des Meeres vor ihm empor und wurden zu Wänden, zu den glitzernden Wänden eines Hauses aus Wasser, und der Sand unter ihm verwandelte sich in den Boden eines Waldes mit hohen, Schatten spendenden Bäumen. Jemand trat durch die Tür des Hauses aus Wasser nach draußen und streckte ihm die Hand entgegen ...

Das Ziel.

 Und der Weg dorthin führte durch sein Leben.

Doch ein anderer Weg war zu Ende gegangen.

Eklund schloss die Augen, und als er sie wieder öffnete, saß er in der kleinen Wohnhöhle, und das Licht der Chemolampe fiel auf den toten Bruder Darius. Sein Gesicht wirkte ... entspannt und friedlich - er hatte im letzten Moment seines Lebens den Zweifel überwunden und die erhoffte Ruhe gefunden.

Rena stand in der Nähe, und auch Terod mit dem Amulett. »Es tut mir Leid«, sagte er. »Es tut mir Leid, dass wir zu spät gekommen sind.«

»Er starb in Frieden.« Rena sah Eklund an. »Und das hat er dir zu verdanken.«

Eklund sah ihr in die Augen und wusste, dass sie verstand.

»Darius hat das Ende seines Weges erreicht«, sagte er. »Und ich glaube, er fand dort, was er suchte.«

»Was ist mit dir?«, fragte Rena und bewies damit, dass man sie zu Recht Seherin nannte.

Eklund lächelte matt. »Ich bin noch unterwegs. Aber auch ich werde mein Ziel eines Tages erreichen.«

Kerberos
15. April 421 SN
02:45 Uhr

3
Erfahrungsschatten

Das Etwas schwamm, umgeben von Wasser und Dunkelheit, zwei ambientalen Faktoren, für die es keine Namen hatte, die es aber sehr wohl mithilfe seiner peripheren Zellen wahrnahm. Nach der Konfrontation mit dem Giftgas und der harten Strahlung verfügten diese Zellen über ein besonders großes autoregeneratives Potenzial, und außerdem hatte die Formationsmatrix sie mit defensiver Aggressivität ausgestattet: Was sie berührten, wurde absorbiert oder neutralisiert – es hing von der Beschaffenheit der jeweiligen Substanzen ab. Waren sie organischer Natur, so dienten sie als Nahrung, aus der sich wertvolle Energie gewinnen ließ, oder sie konnten als Baumaterial für etwas verwendet werden, das allmählich zu einem Körper wurde. Der breite, mächtige Acheron, tausende von Kilometern lang, steckte voller hungriger Räuber, die das Etwas zunächst ignorierten, dann für etwas Fressbares hielten und schließlich flohen, falls sie Gelegenheit dazu erhielten. Kein Stadium ihrer Evolution hatte sie auf die Begegnung mit einem solchen Geschöpf vorbereitet, während das Etwas einfach nur den allgemeinen Direktiven des Grundprogramms gehorchte, indem es überlebte. Mehrmals bohrten sich Zähne in die Zellmasse und zerrissen sie, aber der vermeintliche Leckerbissen bohrte sich durch Magenwände, fraß den Fresser von innen her, wuchs und vereinte sich mit den übrigen Zellen, nahm von den Exekutoren neue Strukturierungsanweisungen entgegen und setzte sie in Form um. Die Differenzierung einzelner Zellgruppen nahm zu, und das galt auch für den neuronalen Bereich. Das Etwas reagierte nicht mehr nur auf das, was es umgab, es begann zu planen, auf einer noch weit unterhalb des Bewusstseins liegenden Ebene.

Nach einiger Zeit – wobei Zeit etwas war, das noch immer weitgehend ohne Bedeutung blieb – ließen die Angriffe auf das Etwas nach: Bei den Räubern im Fluss schien es sich herumgesprochen zu haben, dass man dem rätselhaften neuen Geschöpf besser fernblieb. Als die Umgebung wechselte, als das Etwas den Acheron am Rand des Deltas verließ und festen Untergrund erreichte, wiederholte sich die Erfahrung. In den Ausläufern des Dschungels lebende Landbewohner glaubten zunächst an eine Mahlzeit und ahnten nicht, dass *sie selbst* die Mahlzeit sein würden.

Der Überfluss an Nahrung war für das Etwas eine Gelegenheit, die es zu nutzen galt. Es wuchs weiter, während es durch die Nacht kroch, umgeben von üppiger Vegetation, einer Welt, in der es nur darum ging, zu fressen und nicht selbst gefressen zu werden. Rezeptoren sammelten Informationen und leiteten sie an ein immer komplexer werdendes neuronales System weiter, das sie im Rahmen der Basisanweisungen des Grundprogramms verarbeitete. Ein Bewusstsein in dem Sinne existierte noch immer nicht, aber im rudimentären Selbst des Etwas keimte eine neue Art von Zielstrebigkeit, die mit der *Aufgabe*, dem *Zweck* seiner Existenz in direktem Zusammenhang stand.

Das Etwas kroch und wuchs, wuchs und krabbelte, als sich kleine Beine formten, die die Fortbewegung erleichterten. Allmählich blieb das Dickicht des Dschungels zurück, und dem Schein der beiden Monde gesellten sich bald Chirons Lichter hinzu. Das Etwas verharrte am Rand eines Verkehrskorridors, und das neuronale System versuchte, eine Entscheidung zu treffen. Im Auftrag der Formationsmatrix hatten die Exekutoren die weitere Differenzierung der Zellen unterbrochen – die Struktur der bereits gebildeten Gliedmaßen sollte temporärer Natur bleiben und bezog sich allein auf die Umstände des Jetzt. Das Etwas wartete, ohne zu wissen, wem oder was dieses Warten galt.

Schließlich setzte es sich wieder in Bewegung und folgte dem Verlauf des Verkehrskorridors, verborgen im hohen Gras am Rand der glatten Synthomasse. Dinge näherten sich, manche schnell, andere langsam, anorganische Objekte, die sich doch, wie die Geschöpfe im Wasser und auf dem Land, durch zielgerichtete Mobilität auszeichneten. Das rudimentäre Gehirn des Etwas versuchte, die neuen visuellen und akustischen Daten zu verarbeiten, während es einen Richtungswechsel beschloss und den Körper anwies, den Verkehrskorridor zu überqueren. Eins der mobilen Objekte näherte sich schneller als erwartet, und das Etwas konnte nicht ausweichen, geriet unter die Räder eines großen Ferntransporters, der Edelholz aus den Tiefen des Kontinentalwalds nach Chiron brachte.

Jedes andere Geschöpf wäre unter dem viele Tonnen schweren Fahrzeug zermalmt worden und sofort tot gewesen, aber für das Etwas war die Konfrontation mit dem mobilen Objekt nur eine weitere Erfahrung. Die Formationsmatrix reagierte, und mithilfe der Exekutoren bewirkte sie eine unverzügliche Reorganisation der Zellen. Gespeicherte Energie wurde verwendet, um beschädigte Zellbereiche zu reparieren und zu restrukturieren. Einige Sekunden lang – diesmal *spielte* die Zeit eine Rolle – blieb das Etwas auf dem Polymerband des Verkehrskorridors liegen. Dann setzte es sich wieder in Bewegung und kroch ins Gras jenseits der Synthomasse, wo es erneut verharrte und die Restrukturierung vervollständigte. Dort, wo zuvor Knorpelstränge dem fester und größer gewordenen Körper Stabilität verliehen hatten, erstreckten sich nun flexible Fasern, die einem höheren Druck standhalten konnten. Nach einer kurzen Pause kroch das Etwas weiter, in der schmalen, von hohem Gras bewachsenen Zone zwischen Verkehrskorridor und Dschungel. Seine

Rezeptoren nahmen mit erhöhter Wachsamkeit externe Daten entgegen, denn die jüngste Erfahrung wollte das Etwas nicht wiederholen. Es passierte erste Gebäude, kaum mehr als wacklige Schuppen, und das akustische Ambiente veränderte sich. Das Etwas vernahm Geräusche, die es zum ersten Mal hörte. Das Gehirn blieb rudimentär und noch weitgehend undifferenziert, doch das Grundprogramm der Formationsmatrix wusste etwas mit den akustischen Informationen anzufangen. Das Etwas orientierte sich neu, indem es Geräusche interpretierte, die es eigentlich gar nicht deuten konnte. Es blieb in Bewegung, auf der Suche nach etwas, nach einer *Gelegenheit*, und es gab dem Faktor Heimlichkeit größere Bedeutung als zuvor. Es mied von Lampen erhellte Bereiche und den Ursprung von *Musik* und *Stimmen*.

Auch die olfaktorischen Rezeptoren registrierten Veränderungen. Der Geruch des Brackwassers dort, wo der Acheron ins Riffmeer mündete, vermischte sich mit dem Gestank ungeklärter Fäkalien. Das Etwas kroch unter einigen auf Pfählen stehenden Hütten hinweg, berührte Kot und stellte fest, dass er ihm Nährstoffe entnehmen konnte. Es kannte keinen Abscheu – menschliche Empfindungen waren ihm fremd. Nützlichkeit stellte die Richtschnur seines Verhaltens dar. Hinter den Hütten beschrieb das Band aus Synthomasse einen Bogen, und der Randbereich war dort breiter, zum Teil ebenfalls von einer Polymerschicht bedeckt. Stimmen ertönten an jener Stelle, aber sie klangen anders als die Stimmen aus den Baracken. Es knallte mehrmals, begleitet von kurzem Aufblitzen im Halbdunkel und gefolgt vom Heulen eines Motors – ein Fahrzeug raste davon.

Das Etwas zögerte. War die *Gelegenheit* gekommen?

Weitere Stimmen erklangen, und organische Entitäten bewegten sich, eilten dorthin, wo es zuvor geknallt hatte. Im Bestreben, weitere Informationen zu gewinnen, näherte sich das Etwas, abseits der Rinnen mit den Fäkalien und wieder im hohen Gras verborgen.

Das Licht der beiden Monde fiel auf einen einfachen Bodenwagen, ausgestattet nicht mit einem Levitator, sondern mit einem Verbrennungsmotor, der Räder antrieb. Die Kugeln von Projektilwaffen hatten Löcher in der Karosserie hinterlassen.

Das Etwas nahm diese Dinge wahr, ohne sie zu *erkennen* und Begriffskategorien zuordnen zu können. Es dachte noch nicht, und seine Fähigkeit zu assoziieren beschränkte sich auf elementare, mit dem eigenen Überleben in unmittelbarem Zusammenhang stehende Dinge.

»Meine Güte, diesmal hat es ihn erwischt«, sagte eine der organischen Entitäten – Menschen –, die zum Ort des Geschehens geeilt waren. Das Etwas hörte die Stimmen, doch die Worte verstand es natürlich nicht. Es blieb im Gras, wartete erneut.

»Wen meinst du?«, fragte jemand anders.

»Rico. Ist ebenso durchlöchert wie seine Kiste. Und Rita ist ebenfalls hinüber. Hatte das Pech, neben ihm zu sitzen.«

»Mann, Mann!« Die zweite Stimme klang sehr aufgeregt. Und jung. Zu jung für einen erwachsenen Menschen. »Wer steckt dahinter?«

»Na, wer wohl? Nur Bobby kommt dafür infrage. Rico hat in letzter Zeit in fremden Gewässern gefischt. Fühlte sich schon ganz groß. Ich schätze, ihm blieb nicht einmal Zeit genug, es zu bereuen.«

Sirenen heulten in der Ferne, wurden lauter.

»Lass uns von hier verschwinden!«

»He, da liegt noch jemand! Da drüben.«

Die beiden jungen Menschen eilten zu einer Gestalt, die einige Meter vom Fahrzeug entfernt am Boden lag. »Das ist Raimon. Mann, Mann, der war *wirklich* zur falschen Zeit am falschen Ort.«

Die beiden Menschen bückten sich. »Lieber Himmel, so zu sterben ...«

»Ausgerechnet Raimon. Es hätte kaum einen Unschuldigeren erwischen können. Hat hier wahrscheinlich auf Kunden gewartet.«

Wieder heulten die Sirenen, und das Licht von Scheinwerfern kam näher.

»Komm jetzt. Ich habe keine Lust, die nächsten Stunden in einem Verhörzimmer zu verbringen.«

»Mann, das mit Raimon tut mir wirklich Leid ...« Die beiden jungen Menschen eilten fort, und die Schatten der Nacht verschluckten sie. Andere Gestalten, die sich dem Verkehrskorridor genähert hatten, huschten fort, verschwanden in Schuppen und Hütten.

Auf einem subliminalen Niveau wusste das Etwas, dass es sofort handeln musste. Dies *war* eine Gelegenheit. Es kroch aus dem hohen Gras, näherte sich der einige Meter vom Fahrzeug entfernt liegenden Gestalt und veränderte einmal mehr die Struktur der eigenen Physis. Ein Sondierungsausläufer entstand, dünn genug, um in den Körper der Gestalt einzudringen, ohne dass eine Wunde entstand. Das Ergebnis der ersten raschen Analyse war eindeutig: Es steckt kein Leben mehr in diesem Leib. Ein Projektil war durch die Brust eingedrungen und hatte das Herz getroffen.

Eine bestimmte Sequenz des Grundprogramms wurde aktiv. Das Etwas gab einen großen, nicht wesentlichen Teil seines Körpers auf und verflüssigte ihn, sodass die nicht mehr benötigten Zellen im Boden verschwanden und bei einer eventuellen Untersuchung dieses Ortes kein Aufsehen erregten. Der Kernbereich des Etwas – Formationsmatrix, Memoranten, Exekutoren, Korrektoren, Reparateure und andere wichtige Zellen – drang in den toten Körper ein, breitete sich aus und passte die fremden, toten Zellen der eigenen Struktur an. Die Formationsmatrix übernahm die Rolle der RNS und DNS. Eine Umwandlung fand statt. Das Etwas erweiterte sich in der Leiche, ohne mehr Platz zu beanspruchen. Es kopierte sich selbst in die fremden Zellen und wahrte dabei ihr Differenzierungsmuster, was bedeutete, dass sich am Bauplan des Körpers nichts änderte. Die Schäden im Herzgewebe wurden repariert, das in den Körper eingedrungene Geschoss ein wenig zur Seite geschoben. Spezielle Messenger-Substanzen sorgten für die notwendige Stimulierung, und das Herz begann wieder zu schlagen – ein toter Körper füllte sich mit neuem Leben.

Der Vorgang begann langsam, doch mit jeder umgewandelten, reprogrammierten Zelle wurde er schneller, wie eine Lawine, die mit immer höherer Geschwindigkeit den Berghang hinunterstürzte. Die Sekuritos der beiden inzwischen gelandeten Levitatorwagen bemerkten davon nichts. Ihre Aufmerksamkeit galt zunächst den beiden jungen Leuten im Fahrzeug, und das gab dem Etwas einige zusätzliche Sekunden Zeit, seine bisher komplexeste Aufgabe zu bewältigen: die Übernahme des Gehirns. Es fand fremde Erinnerungsspuren und fügte sie den eigenen Memoranten hinzu, schuf neue neuronale Verbindungen, um fremde Erlebnisse, Beobachtungen und Erfahrungen zu bewahren. Der Tod des Menschen lag einige Minuten zurück, und der Sauerstoffmangel beeinträchtigte bereits die memorialen Strukturen. Das Etwas folgte den Anweisungen des Grundprogramms, indem es versuchte, möglichst viel zu erhalten.

Das Gehirn wurde zu einem integralen Bestandteil des Etwas und ermöglichte es ihm zu denken, ein eigenes Selbst zu entwickeln. Der erste Gedanke lautete: *Ich lebe.*

»Was ist mit dem Jungen dort drüben?«, fragte einer der Sekuritos.

Ein anderer wandte sich von dem Fahrzeug mit den Erschossenen ab und näherte sich. »Ziemlich viel Blut«, brummte er. »Eine Wunde in der Brust. Ich glaube, er ist ebenfalls hinüber.«

Der Mann ging in die Hocke, nahm die Hand des Jungen und tastete nach dem Puls.

Das reparierte Herz schlug.

»He, er lebt!«, entfuhr es dem Sekurito überrascht. »Verständigt den Rettungsdienst. Er muss sofort zum nächsten Krankenhaus gebracht werden.«

Aus dem Etwas war eine Person geworden.

Tintiran · 3. Planet des Mirlur-Systems
15. April 421 SN

Lukert Turannen blieb auf der großen Terrasse vor der Levitatorvilla stehen und blickte auf die Stadt Bellavista hinab, von der ihn ein langer, mit üppigem Grün bewachsener Hügelhang trennte. Die Stadt wirkte nicht aufdringlich, sondern eher diskret, fast wie ein Teil der natürlichen Landschaft. Kleinere und größere Parks luden Passanten zum Verweilen ein. Am teilweise felsigen Ufer erstreckte sich eine lange Promenade, und jenseits davon spiegelte sich der Sonnenschein auf dem Scharlachroten Meer wider. Boote schaukelten an den Anlegestellen auf den Wellen, und alles wirkte sehr friedlich. Tintiran, dritter Planet des Mirlur-Systems, zentraler Sektor des Konsortiums - oder dessen, was vom Konsortium übrig war. Aus dieser Entfernung waren die Truppen der Allianz in der Stadt nicht zu erkennen, aber Turannen wusste, dass sie dort unten patrouillierten. Enbert Dokkar, Leiter der Allianz, hatte sie angewiesen, Zurückhaltung zu üben, und Turannen rechnete damit, dass sie bald ganz verschwanden - die Lage war längst unter Kontrolle. Der von Valdorian, Primus inter Pares des Konsortiums, begonnene Krieg hatte mit der Übernahme hunderter von Konsortiumswelten durch die Allianz geendet. Fast überall ging es so zu wie auf Tintiran: Es wurde längst nicht mehr gekämpft; man ging zur Tagesordnung über, besann sich wieder auf Geschäft und Profit. Es gab nur noch wenige Widerstandsnester; sie zählten kaum.

»Valdorian ...«, sagte Turannen leise. »Er hat hier gestanden«, wandte er sich an seinen Sekretär Amadeus, der wie ein Schatten nicht von seiner Seite wich und auf Anweisungen wartete, ein kleiner, wieselartiger Mann, der alle Bemerkungen ignorierte, die keine Aktivität von ihm verlangten. »Er hat diese Luft geatmet und von hier aus über die Stadt gesehen. Dies war seine Welt.« Turannen seufzte leise. »Jetzt gehört sie mir.« Als Oberhaupt der Konzerngruppe *New*

Human Design, die zum Konsortium gehörte, hatte er über viele Jahre hinweg darauf hingearbeitet, den verhassten und beneideten Valdorian eines Tages als Primus inter Pares abzulösen. Doch dann, kurz vor der entscheidenden Sitzung des Consistoriums, die den neuen Primus wählen sollte, begann Valdorian einen wahnwitzigen Krieg gegen die Allianz – ein Krieg, der nach der verheerenden militärischen Niederlage im Epsilon-Eridani-System nicht mehr gewonnen werden konnte. Es war Turannen nichts anderes übrig geblieben, als sich mit der Allianz zu arrangieren. In gewisser Weise sah er sich als Nachlassverwalter Valdorians, und es gab schlechtere Positionen, von denen aus man den Weg nach oben, nach *ganz* oben, fortsetzen konnte.

»Wussten Sie, dass sich das Valdorian-Mausoleum hier auf Tintiran befindet?«, fragte Turannen, ohne eine Antwort von Amadeus zu erwarten. »Dort sind Valdorians achtzehn Vorgänger bestattet, auch sein Vater. Die ganze Dynastie.« Er zögerte kurz, blickte übers Scharlachrote Meer und war in Gedanken ganz woanders. »Wer weiß, wo er jetzt steckt. Wer weiß, ob er überhaupt noch lebt.«

Amadeus wartete geduldig auf Worte, die seiner servilen Existenz Sinn gaben.

Lukert Turannen drehte sich ruckartig um, schritt über die Terrasse und betrat die Villa. Judith wanderte durch das Foyer, drehte sich wie eine Ballerina um die eigene Achse und schien nicht recht zu wissen, wohin sie zuerst sehen sollte. »Dies ist ein *angemessenes* Haus für uns, finden Sie nicht, Lukert?«, freute sie sich. »Bestens geeignet für Empfänge. *Endlich* können wir uns so präsentieren, wie es sich gehört.«

Turannen achtete nicht auf die Worte seiner Frau. Schon vor Jahren hatte er einen geistigen Filter installiert, der die meisten Bemerkungen Judiths von seiner bewussten Wahrnehmung fern hielt. In dieser Hinsicht verhielt er sich ähnlich wie Amadeus ihm gegenüber: Er achtete nur auf die Dinge, die ihn unmittelbar betrafen. Judith war das genaue

Gegenteil von ihm: reine Oberflächlichkeit. Wenn man am Äußeren kratzte, in der Hoffnung, Substanz zu finden, so wurde man schnell enttäuscht. Gelegentlich fragte sich Turannen, warum er sie geheiratet hatte, aber manche Dinge ergaben sich einfach.

Langsam ging Lukert Turannen durch Valdorians Villa, begleitet von Amadeus und Judiths Stimme.

»Oh, sehen Sie, Lukert, ein *blauer* Salon, in einem dynastischen Stil eingerichtet ...«

Turannen sah sich um. Wohin er den Blick auch richtete: überall Kunstgegenstände und Luxus. Mit Kunst konnte er nichts anfangen. Er kannte ihre ästhetische Funktion, und er wusste auch um die komplexe Metaphorik, die Kunstwerken aller Art mehr oder weniger hintergründige Bedeutung verlieh, aber in Turannens Gedanken und Empfindungen gab es nur Platz für das Konkrete, Reale und Unmittelbare. Mit allen anderen Dingen vergeudete man wertvolle Zeit, und wer Zeit vergeudete, kam nicht voran. Lukert war sein ganzes Leben lang bestrebt gewesen, sich nach oben zu arbeiten, ohne irgendeine Ablenkung. Als Autarker hatte er angefangen, war dann zu einem Souverän geworden und schließlich zum Magnaten. Status bedeutete ihm etwas. Auch deshalb bestand er in seiner Ehe auf dem konformistischen, bei Magnaten üblichen Sie.

So viel zur Kunst. Was den Luxus betraf ... Er hatte nur dann einen Sinn, wenn man ihn als Mittel zum Zweck verwenden konnte, oder um etwas zu symbolisieren. Luxus um seiner selbst willen war ihm ebenso fremd wie Kunst.

»Es erstaunt mich, dass sich Valdorian mit solchen Dingen umgab«, sagte er und setzte den Weg durch die Villa fort. »Ich hätte gedacht, dass er sich vor allem auf die Arbeit konzentriert hat. Immerhin war er der Primus inter Pares ... Amadeus, ich werde Ihnen eine Liste der Dinge geben, die entfernt werden müssen. Ich wünsche mir mehr Funktionalität.«

»In Ordnung«, sagte der Sekretär und machte sich eine

Notiz auf seinem Infonauten. Selbst seine Stimme hatte etwas Wieselhaftes.

»Der *rote* Salon wird zu meinem Musikzimmer und der grüne mein ganz persönlicher Meditationsraum. Und der große Flur, haben Sie den großen Flur gesehen, ich stelle mir einen langen Bankettisch darin vor ...«

Turannen öffnete eine große Tür, und dahinter erstreckte sich ein Raum, der einen ganzen Flügel der Villa beanspruchte. Er verdiente es nicht, Arbeitszimmer genannt zu werden – es war eher ein Arbeits*saal* –, aber eine gewisse Atmosphäre wies Lukert sofort darauf hin, dass Valdorian hier gearbeitet hatte.

»Oh, und das ist ...«

»Mein Büro«, sagte Turannen gerade laut genug.

»... Ihr Domizil«, beendete Judith den Satz. Sie blieb in der Tür stehen, und Lukert empfand sie als einen störenden Fremdkörper.

Er winkte. »Sehen Sie sich den Rest der Villa an. Amadeus begleitet Sie und notiert Ihre Wünsche.«

»Oh? Ja. Natürlich. Ich habe *so* viele Ideen ... Kommen Sie, Amadeus, fangen wir im Foyer an ...«

Sie rauschte fort, glücklich wie eine Königin, die endlich ihr Schloss bekommen hatte.

Turannen blieb allein in dem großen Raum zurück und ließ ihn auf sich wirken. Mehrere Podien ragten aus dem Boden des Saals, der aus Marmor und Edelholz bestand. Überall wuchsen Pflanzen, in Töpfen oder mit Erde gefüllten Aussparungen, und einige von ihnen reichten bis zur hohen Decke empor. Helles Licht fiel durch breite Fenster, glitt über verzierte Säulen und Statuen. Auch hier waren Kunst und Luxus dominant, ebenso wie in den anderen Räumen der Villa. *Aber nicht mehr lange,* dachte Turannen und beschloss, auch an diesem Ort dem Element der Funktionalität Vorrang zu geben.

Er ging die kurze Treppe hinunter und näherte sich einem Podium, auf dem mehrere Konsolen und ein breiter Schreibtisch standen. Dahinter beanspruchten neunzehn Bilder – keine pseudorealen Darstellungen, sondern echte Gemälde – den größten Teil der Wand. Die würdevollen Mienen der Valdorians blickten wie wachsam aus der Vergangenheit in die Gegenwart. Das neunzehnte Bild zeigte Rungard Avar Valdorian: große graue Augen, das kurze Haar ebenfalls grau, das Gesicht ernst, ein Mann, der daran gewöhnt war, wichtige Entscheidungen zu treffen, die hunderte von Welten betrafen. »Wo bist du jetzt?«, fragte Turannen leise und benutzte das despektierliche Du. Er hatte die sofortige Festnahme Valdorians und seine Auslieferung an die Allianz angeordnet, wo auch immer er sich befand – das war eine der Voraussetzungen für den von der Allianz angebotenen Waffenstillstand. »Was ist aus dir geworden? Und aus Cordoban?« Hass und Neid auf Valdorian den Neunzehnten waren fast so alt wie er selbst, Treibstoff für seinen Ehrgeiz, der ihn praktisch aus dem Nichts an die Spitze von *New Human Design* gebracht hatte. »Ich habe mir alles erarbeiten müssen«, sagte er. »Im Gegensatz zu dir. Dir hat man alles in den Schoß gelegt. Für dich war der Tisch von Anfang an gedeckt. Und doch ... Jetzt stehe ich hier, in deinem Haus, und ich nehme deinen Platz ein.«

Nun, das stimmte nicht ganz, musste er sich eingestehen. Er war nicht der Primus inter Pares eines mächtigen, unabhängigen Konsortiums, das vor dem verhängnisvollen Krieg gegen die Allianz aus fast sechshundert Sonnensystemen mit zweitausend Ressourcenplaneten und siebenhundertneunzehn bewohnten Welten bestanden hatte, verwaltet von siebenundachtzig Großkonzernen, die sich ihrerseits aus tausenden von einzelnen Unternehmen wie NHD und der Valdorian-Unternehmensgruppe zusammensetzten. Er war vielmehr der *Koordinator* eines Konsortiums, das inzwischen unter der Kontrolle der Allianz stand, einer ähnlich großen interstellaren Wirtschaftsgemeinschaft. Die wahre Macht lag nicht bei ihm, sondern bei Enbert Dokkar, dem Leiter der Allianz, und auch bei Benjamin, Valdorians überlebendem Sohn, der mehrmals versucht hatte, seinen eigenen Vater umzubringen - vielleicht war es ihm inzwischen gelungen. Turannen hatte keine Kinder, was er manchmal, bei seltenen Anflügen von Sentimentalität, bedauerte, aber einen Sohn wie Benjamin - verwöhnt, maßlos in seinen Ansprüchen, ein egomanischer Hedonist - wünschte er sich gewiss nicht.

Lukert Turannen wandte den Blick von den Gemälden ab, trat hinter den Schreibtisch und sah auf die leeren Displays der Konsolen. Zwei oder drei Sekunden lang spielte er mit dem Gedanken, die Geräte einzuschalten und mit einer Dateisuche zu beginnen, aber dann entschied er sich dagegen. Er war kein Datenservo-Spezialist und hielt es für besser, die Auswertung der gespeicherten Daten seinen Fachleuten zu überlassen. Viele der Informationen konnten verwendet werden, um die Position von *New Human Design* im Innern des Konsortiums zu verbessern, und darin bestand eines seiner Ziele. Noch wichtiger aber war der zukünftige Balanceakt auf dem Drahtseil der Macht, das sich zwischen dem Konsortium und der Allianz spannte. Enbert Dokkar und Benjamin Valdorian beabsichtigten vermutlich, das Konsortium unter sich aufzuteilen, und bestimmt gab es in ihren Plänen für einen dritten Mann keinen Platz. Turannen wollte seinen Weg nach oben fortsetzen, und die veränderten Umstände verlangten nach einer neuen Strategie. Er brauchte Werkzeuge, und eines dieser Instrumente bestand aus den Arsenalplaneten.

Vor zwanzig Jahren hatten Rungard Avar Valdorian und er einen Vertrag unterzeichnet, der eine enge Zusammenarbeit von *New Human Design* und der Valdorian-Unternehmensgruppe im Innern des Konsortiums vorsah. Auf diesem Kontrakt basierte ein Projekt, das Cordoban, Chefstratege des Konsortiums, einige Jahre später eingeleitet hatte: Als Gegenleistung für die Übernahme neuer Industrien stellte NHD das Know-how für die Produktion gentechnisch veränderter Soldaten zur Verfügung, die absolut treu, unerschütterlich loyal und jederzeit bereit waren, in den Kampf zu ziehen und sich zu opfern – erbarmungslose Kämpfer, ausgestattet mit neuen Fähigkeiten und einer besonderen Widerstandskraft. Diese Soldaten waren nicht in den Laboratorien von *New Human Design* entstanden, sondern in denen der Valdorian-Unternehmensgruppe. Ihre Zahl war nicht bekannt, aber Turannen schätzte sie auf mindestens hunderttausend. Spätere subtile Nachforschungen hatten ergeben, dass Cordoban die Einrichtung von insgesamt drei Arsenalplaneten plante, ausgestattet mit Stasissälen, in denen die Soldaten schliefen und auf ihren Einsatz warteten. Außerdem lagerte auf jenen Welten genug waffentechnisches Material für die Ausrüstung einer schlagkräftigen Streitmacht. Leider war es Turannen bis heute nicht gelungen, herauszufinden, *wo* sich die Arsenalplaneten befanden. Er sah in ihnen eine Trumpfkarte im Spiel mit oder gegen Enbert Dokkar und Benjamin. Inzwischen hatte er freien Zugriff auf Valdorians Daten, und deshalb dauerte es sicher nicht mehr lange, bis er die Koordinaten kannte. Was er dann mit den Arsenalplaneten und ihrem Potenzial anfing ... Nun, das hing davon ab, wie sich die Dinge entwickelten.

Turannen trat vom Podium herunter. Auf dem Weg zu einem der breiten Fenster kam er an einem Zierspiegel vorbei und zögerte kurz, um sein Abbild zu betrachten und es in Gedanken als Gemälde den neunzehn Valdorian-Bildern hinzuzufügen. Er sah einen Mann mit kurzem aschblonden Haar, hoher Stirn, graugrünen Augen, gerader Nase und dünnlippigem Mund, der nur selten lächelte. Der natürliche Ausdruck dieses Gesichts war ruhiger Ernst, und auch der Rest des Erscheinungsbilds spiegelte das innere Wesen Lukert Turannens wider. In der grauen Kleidung – er trug *immer* graue Kleidung, mausgrau, schiefergrau, bleigrau – steckte ein fast siebzig Jahre alter Körper, doch strenge Diät und täglicher, sorgfältig geplanter Sport hatten ihm seine jugendliche Spannkraft erhalten und ließen ihn zwanzig Jahre jünger aussehen. Bisher lag erst eine Resurrektion hinter ihm – eine genetisch-regenerative Behandlung, die alle Körperzellen verjüngte, aber auch ihre Stabilität beeinträchtigte –, und darauf war er stolz. *Alle* Dinge, die er aus eigener Kraft erreichte, erfüllten ihn mit Stolz.

Am Fenster blickte er hinaus in den parkartigen Garten mit den vielen tropischen Pflanzen. Zufriedenheit erfüllte ihn, denn er hatte ein wichtiges Etappenziel erreicht: Er nahm Valdorians Platz ein. Aber er wusste auch, dass er sich nicht auf dem weichen Polster dieses Erfolgs ausruhen durfte. Die nahe Zukunft erforderte sorgfältige Planungen, wenn er sich Enbert Dokkar und Benjamin gegenüber behaupten wollte.

Die Tür auf der anderen Seite des großen Raums öffnete sich, und eine leise Stimme schwoll an. »... könnten wir den ersten Empfang schon in einer Woche veranstalten, um uns der Gesellschaft von Tintiran zu präsentieren, ich werde ein rotes Kleid tragen, rot steht mir gut, Lukert, das wissen Sie ja, passt ausgezeichnet zu meinem dunklen Haar ...«

Judith schien kaum Luft zu holen, wenn sie sprach.

Amadeus näherte sich, wieselflink, den Infonauten in beiden Händen. »Rubens Lorgard, NHD-Direktor von Kerberos, möchte Sie sprechen, Primus«, sagte er. Der Titel stand eigentlich nur dem Primus inter Pares zu, aber Turannen fand ihn angemessen – immerhin war er der Koordinator des Konsortiums. »Eine Transverbindung mit oberster Priorität.«

»Kerberos ...«, wiederholte Turannen und versuchte, sich zu erinnern. Es gab so viele Planeten, so viele Namen ...

»Der dritte Planet des Hades-Systems, am Rand des Konsortiums, fast fünfzehntausend Lichtjahre von hier entfernt, in der Nähe des lockeren Bunds der spiritualistischen Welten«, sagte Amadeus und blickte dabei aufs Display des Infonauten.

Turannen deutete zum Podium mit den Konsolen, und sein Sekretär verstand sofort, eilte ihm voraus, aktivierte den Datenservo und startete die notwendigen Programme. Mehrere Bildschirme erhellten sich. Einige zeigten Hintergrundinformationen über den Planeten und das Sonnensystem, und im größten Display leuchtete ein Bereitschaftssymbol.

»... oder sollte ich vielleicht ein grünes Gewand tragen, grün passt ebenfalls zu meinem dunklen Haar, ja, ein grünes Gewand, bodenlang, vielleicht mit einer Schleppe, oh, was halten Sie von einer Schleppe, Lukert? Hat was Majestätisches, eine Schleppe, mit goldenen Litzen ...«

Lukert Turannen nickte in Richtung Tür. »Sorgen Sie dafür, dass ihre Wünsche erfüllt werden. Solange sie im Rahmen bleiben. Sie verstehen, was ich meine.«

»Ja, Primus.«

»Und weisen Sie unsere Datenservi-Spezialisten an, die Datenbanken der Valdorian-Unternehmensgruppe gründlich unter die Lupe zu nehmen. Sie sollen rund um die Uhr arbeiten, wenn es nötig ist. Ich brauche die AP-Informationen.«

»Ja, Primus.« Amadeus eilte fort und schloss die Tür hinter sich.

Turannen nahm am Schreibtisch Platz, um mit Rubens Lorgard zu sprechen.

HiTamarani

Knisternder Raum, brechende Zeit

Der siebenundzwanzigste Zeitsprung durch die Wahrscheinlichkeitsgespinste möglicher Welten brachte das Konziliat in ein Loch, zweifellos vom Omnivor gegraben.

Es war nicht sehr groß, kaum länger als hunderttausend Lichtjahre und nur ein Zehntel so breit, und das eine Ende blieb mit dem Ursprung verbunden, mit dem Feuer, das Licht und Dunkelheit gebar, aber es hielt das Konziliat fest und hinderte es daran, die Verfolgung durch Äonen und Unendlichkeiten fortzusetzen.

Er ist uns entkommen, flüsterte die Stimme des multiplen Wir/Ich durch die Räume und Grotten der Sphäre, in denen das Licht der Schöpfung glühte, ruhig und unauslöschlich. *Er hat uns in eine Falle gelockt.*

Agens: Sphäre muss Loch verlassen, damit die Verfolgung fortgesetzt werden kann.

Das Wir/Ich reagierte unverzüglich, setzte tausende von Raum- und Zeitfressern frei. Sie verließen ihr Heim, die lebende und belebende Sphäre, schwirrten wie kosmische Insekten davon, ebenfalls erfüllt vom Licht der Schöpfung, dazu bereit, sich zu opfern, um dem Konziliat dabei zu helfen, seine Mission zu erfüllen. Der Omnivor durfte nicht entkommen, wenn der Kosmos Stabilität finden und bewahren sollte. Zielstrebig eilten sie davon, nach einem letzten Gruß an die Sphäre, einer letzten Bestätigung vom Wir/Ich, sprangen über Lichtjahre hinweg, erreichten den Rand des Loches und begannen damit, Zeit und Raum zu eliminieren. Sie neutralisierten vom Omnivor hinterlassene virtuelle Fremdsubstanz, tilgten sie aus der Struktur des Universums und neutralisierten damit gleichzeitig sich selbst. Beides verging, wie Materie und Antimaterie bei einem annihilierenden Kontakt.

Nach tausend Jahren, die das Konziliat damit verbrachte, sich zu pflegen und Kraft zu schöpfen für eine neuerliche Konfrontation mit dem Omnivor, existierte das Loch in Raum und Zeit nicht mehr, und die Sphäre flog wieder. Sie lauschte dem Flüstern der Ewigkeit, lauschte nach einem Missklang, nach einer Disharmonie in der raunenden Symphonie des allseitigen Werdens und Vergehens, von dem das Konziliat unbetroffen blieb. Ferne Gesänge kündeten von Sonnengeburten und sterbenden Sternen, von solaren Massen, die Galaxien formten, von kollabierender Materie und Strahlenstürmen, aber es fehlte jener besondere Ton, ein Kratzen in der ätherischen Musik des Kosmos, der auf den Omnivor hinwies.

Wir haben seine Spur verloren, stellte das Wir/Ich betrübt fest und verharrte abseits der Galaxienhaufen, um Stimmen aus Vergangenheit und Zukunft zu empfangen. Nach siebenundzwanzig Zeitsprüngen hatte sich das Konziliat in allen wichtigen Epochen des Universums befunden – im nichttransparenten Anfang, als der Herzschlag des Kosmos begann und die Schöpfungsenergie noch frei brodelte, auch in der letzten Ära, als die ältesten aller Sterne erloschen und sich wahre Dunkelheit ausbreitete – und seine Erinnerungen zurückgelassen, deren Stimmen es nun empfing. Die temporalen Labyrinthe waren nicht leer, berichteten jene Stimmen: Je weiter in der Zukunft, desto mehr Leben entwickelte sich, vom Omnivor noch unberührtes Leben, und einige Geschöpfe reisten wie das Konziliat durch Raum und Zeit, unter ihnen die Kantaki, eines der ältesten Völker überhaupt. Die Epoche, in der sich die Sphäre jetzt befand, markierte für die Kantaki den Beginn des Vierten Kosmischen Zeitalters, das im Zeichen des Verstehens und der rasanten Entwicklung von Leben stand. Eine ideale Epoche für den Omnivor, der sich von Realität ernährte, vorzugsweise aber von erfahrener, beobachteter, erlebter Realität.

Agens: Sphäre, Situationsanalyse. Sphäre muss Omnivor lokalisieren. Dringlichkeit.

Das Wir/Ich lauschte den Stimmen, den eigenen Stimmen aus Vergangenheit und Zukunft. Gleichzeitig sprach es mit einem Kantaki-Nexus, der im Nichts zwischen den Galaxienhaufen hing, viele Millionen Lichtjahre von den nächsten Sternen und Planeten entfernt. Von dort aus trugen Transverbindungen die Fragen des Konziliats weiter, bis hin zu einem Sonnensystem, dessen Zentralgestirn Urirr hieß und in dem es einen Planeten namens Munghar gab, Heimatwelt der Kantaki, deren Wurzeln in die Dritte Ära zurückreichten, in das Dritte Kosmische Zeitalter, und die mehr wussten als viele andere Völker, weil sie in mehreren Dimensionen lebten.

Wir brauchen einen Hinweis, sagte das Wir/Ich, und hunderte von Millionen Lichtjahren entfernt, in den subplanetaren Labyrinthen von Munghar, trat Mutter Nrah, eine der Fünf Großen ihrer Zeit, vor die Linse, die den Blick ins Plurial gewährte, auf alles, was jemals existieren konnte.

Der Omnivor frisst Realität und hinterlässt Chaos, hallte die ätherische Stimme des Konziliats durch Raum und Zeit. *Wir müssen ihn finden und unschädlich machen, bevor er dieses Universum zerstört.*

»Andere Universen sind ihm bereits zum Opfer gefallen«, klickte Mutter Nrah kummervoll. Das Wir/Ich verstand sie problemlos; für das Konziliat gab es keine Sprachbarrieren. »Die nichtlineare Zeit hat sich ausgebreitet und bedroht unsere Schiffe, wenn die Piloten nicht Acht geben.«

Agens: Vom Omnivor in Zeit und Raum gegrabenes Loch, Falle. Absicht: Zeit gewinnen.

Wozu?, fragte das Wir/Ich sofort.

Agens: Omnivor verfolgt unbekannten Plan. Neutralisierung, Dringlichkeit.

»Ich sehe nirgends eine Spur von ihm«, klickte Mutter Nrah auf Munghar.

Sorge dehnte sich im Konziliat aus, während die Situationsanalyse andauerte, eine vage Vibration, die alle Komponenten und Teile des Wir/Ich erfasste.

Splitterung, sagte das Konziliat schließlich. *Das ist die einzige Erklärung. Der Omnivor wusste, dass wir dicht hinter ihm waren. Er grub das Loch, um Zeit für die Splitterung zu gewinnen.*

»Wie meinen Sie das?«, fragte Mutter Nrah, die noch immer vor der Linse kauerte. Sie war alt, uralt, kannte das Konziliat aber nur aus den Überlieferungen ihres Volkes. Sie selbst hatte nie zuvor mit dem Wir/Ich gesprochen, doch seine Stimme, die zu ihrer Seele sprach, klang seltsam vertraut. Normalerweise duzten die Kantaki alle anderen Geschöpfe, aus welchen Völkern und welchen Hierarchien sie auch stammten, aber das Konziliat und die Konzilianten verdienten das Maximum an Respekt.

Der Omnivor gab sich auf, um der Neutralisierung zu entgehen, erklärte das Konziliat. *Er starb, um zu leben.* Damit benutzte das Wir/Ich Begriffe, die ihm eigentlich fremd waren, deren Bedeutung für die Geschöpfe dieses Universums es aber sehr wohl kannte. Er löste sich in zahllose Keime auf, und aus jedem von ihnen kann ein neuer Omnivor entstehen.

»Die Saat der Dunkelheit«, klickte Mutter Nrah vor der Linse, und ihr insektoider Körper erbebte, was über den Gliedmaßen fluoreszenzartige Leuchterscheinungen bewirkte.

Agens: Dringende Maßnahmen erforderlich. Keime müssen gefunden und zerstört werden.

»Aber es sind so viele, so viele«, kam Mutter Nrahs Stimme über die Transverbindung. Die greise Kantaki blickte noch immer in die Linse, die ihr das Plurial zeigte, und ihre Haltung brachte Kummer zum Ausdruck. Vielleicht befürchtete sie, dass der Anfang der Vierten Ära das Ende des ihr vertrauten Universums brachte, ohne dass der kosmische Zyklus seinen Abschluss fand, ohne dass der Geist, der einst zu Materie wurde, um zu lernen und zu erfahren, wieder zum Geistigen zurückkehren konnte.

Wir müssen handeln, sagte das Wir/Ich. *Uns bleibt keine Wahl. Wir müssen die Einheit aufgeben und uns ebenfalls splittern, wie der Omnivor.*

Die insektoide Gestalt vor der fernen Linse erbebte, als sie begriff oder zumindest erahnte, was eine solche Maßnahme für das Konziliat bedeutete. »Ich wünsche Ihnen viel Glück«, klickte Mutter Nrah. »Wir werden die Suche nach den Keimen fortsetzen.«

Danke, erwiderte das Wir/Ich, und die Transverbindung zwischen dem Kantaki-Nexus in der Leere zwischen den Galaxienhaufen und dem Planeten Munghar wurde unterbrochen.

Die mehrere Lichtmonate durchmessende Sphäre glitt fort vom Zylinder des Kantaki-Nexus, und Unruhe breitete sich in ihrem Innern aus.

Wir sterben nicht. Die Stimme des Wir/Ich durchdrang alle Komponenten. *Wir ändern nur die Art unserer Existenz.*

Agens: Notwendigkeit.

Das Konziliat verstand das Konzept des Todes – Negation des Seins –, aber bisher hatte es darin immer etwas gesehen, das auf rein organisches Leben beschränkt blieb. Hier betraf die Negation nicht das Sein an sich, wohl aber das *gemeinsame* Sein.

Wir sterben nicht, bekräftigte das Wir/Ich noch einmal, als wollte es sich selbst überzeugen. *Die Splitterung ist erforderlich.*

Agens: Teilung wird eingeleitet.

Im Leerraum zwischen den Galaxien, allein und unbeobachtet, teilte sich die Sphäre und wurde zu einem Schwarm aus Myriaden Komponenten, die alle in einem eigenen Licht erstrahlten. Sie glitten davon, jede in eine andere Richtung, langsam erst, so als widerstrebte es ihnen, die Gemeinsamkeit zu verlassen, doch dann wurden sie schneller, viel schneller als das schnellste Kantaki-Schiff, rasten durch Zeit und Raum, den Galaxien entgegen, auf der Suche nach den Keimen des Omnivors.

Das Wir/Ich des Konziliats war jetzt ein Ich/Wir.

Alle Komponenten erlebten den Schmerz der Trennung und die Entdeckung von Individualität. KiTamarani, Konziliantin und ein winziger Teil des Ganzen, flog wie die anderen durch die Leere, in Richtung einer ganz bestimmten Galaxis. Zwar wuchs die Entfernung zu den übrigen Konzilianten, aber die Selbst-Verbindung zwischen ihnen, das sanfte Flüstern von Emotion und Rationalität, blieb erhalten, ohne schwächer zu werden.

Ein Trost ...

Agens: Notwendigkeit.

»Ja«, antwortete KiTamarani der Stimme der Kapsel, die sie durch die Ewigkeit trug, durch ein Universum, das sich immer schneller ausdehnte und seine Realität zu verlieren drohte, wenn die Keime des Omnivors wuchsen. »Ja, ich weiß, dass es notwendig ist.« Eigentlich, so musste sie sich eingestehen, gab sie diese Antwort nur, um das Wort »ich« zu erproben. Es klang fremd, steckte voller Exotik.

Agens: Notwendigkeit. Die Kapsel wiederholte den Hinweis, denn sie spürte, dass die Konziliantin abgelenkt war.

KiTamarani besann sich auf ihre Aufgabe und schob alles andere beiseite. Sie blickte durch Raum und Zeit, während sie einen Sprung vorbereitete, der sie in unmittelbare Nähe der Zielgalaxis bringen sollte. Es galt, die Sporen des Omnivors zu finden und unschädlich zu machen.

Tintiran
15. April 421 SN

4
Planspiele

Bevor Lukert Turannen die Transverbindung herstellte, betrachtete er die Darstellungsbereiche, die Informationen über Kerberos zeigten. Das Hades-System war vor knapp hundert Jahren besiedelt worden, von Kolonisten, die offenbar eine Vorliebe für Namen aus der griechischen Mythologie gehabt hatten. Es gab mehrere Kolonien in jenem Sonnensystem, und die wichtigsten von ihnen befanden sich auf dem dritten Planeten, Kerberos. Vor sechzig Jahren hatte *New Human Design* dort eine Niederlassung gegründet, in der vor allem Grundlagenforschung betrieben wurde. Man arbeitete mit der so genannten Basismasse, die aus lokalen Organismen gewonnen wurde und regelrecht programmiert werden konnte: Ihre Zellen verhielten sich wie Stammzellen, mit der Möglichkeit, sich in morphologischer und physiologischer Hinsicht in beliebig viele Richtungen zu entwickeln – die Art der Differenzierung unterlag keinen Beschränkungen. Es gab nur einen entscheidenden Nachteil: Aus irgendeinem noch unbekannten Grund starben die Zellen ab, wenn sie Kerberos verließen. Die Basismasse ermöglichte außerordentlich interessante Designstudien und Entwicklungsanalysen, wodurch sich wertvolle Erkenntnisse für die biologische Konstruktion neuer Lebewesen gewinnen ließen. Daraus ergab sich große Bedeutung für die strategischen Konzepte von *New Human Design*.

Turannen streckte die Hand nach den Kontrollen aus, und das Bereitschaftssymbol verschwand vom Hauptdisplay. Es wich dem besorgt wirkenden Gesicht eines etwa sechzig Jahre alten Mannes, der so dünn war, dass er geradezu ausgemergelt wirkte. Die wässrigen blauen Augen lagen tief in den Höhlen, und grauweißes Haar fiel kraus in die faltige Stirn.

»Abgeschirmte Verbindung«, sagte Rubens Lorgard mit einer sehr trocken klingenden Stimme. »Status Alpha Alpha Neunzehn.«

Dieser Kom-Status verschlüsselte alle übertragenen Signale, und seine Verwendung wies darauf hin, dass es um etwas sehr Wichtiges ging. Turannen bestätigte und wartete.

»In einem unserer Laboratorien ist es zu einem Zwischenfall gekommen«, begann Rubens Lorgard. »Er betrifft das Projekt Doppel-M.«

»Doppel-M?«, wiederholte Turannen.

Erstaunen huschte über Lorgards hohlwangiges Gesicht. »Sie wissen nichts davon? Cordoban hat mir versichert, er würde Sie unterrichten.«

Turannen sah auf die Datenschirme, während seine Hände über die Kontrollen des Terminals glitten. Aus einem Display verschwanden die Informationen über Kerberos und wichen NHD-Datenkolonnen. Eine rasche Suche nach dem Begriff »Doppel-M« blieb ohne Ergebnis. »Ich erinnere mich nicht daran, jemals von einem solchen Projekt gehört zu haben.«

Lorgard zögerte einige Sekunden und schien nach den richtigen Worten zu suchen. »Cordoban kam vor zwei Jahren hierher nach Kerberos, mit den Plänen für das Projekt Doppel-M beziehungsweise ›Metamorph‹.« Er wartete.

»Diese Bezeichnung ist mir ebenfalls nicht vertraut.« Argwohn erwachte in Turannen. Cordoban – die rechte Hand von Valdorian.

Rubens Lorgard holte tief Luft, und die Aura der Sorge, die ihn umgab, verdichtete sich. »Die Pläne nahmen ausdrücklich Bezug auf den vor zwanzig Jahren unterzeichneten Vertrag, der eine enge Zusammenarbeit zwischen *New Human Design* und der Valdorian-Unternehmensgruppe vorsieht.«

»Spezielle Projekte müssen von den NHD-Revisoren genehmigt werden.«

»Ich weiß, Globaldirektor.« Turannen nahm zur Kenntnis, dass Lorgard nicht den Titel »Primus« verwendete. »Cordoban wies auf seine Absicht hin, Sie über alle Einzelheiten zu informieren. Gleichzeitig ordnete er die oberste Geheimhaltungsstufe an und berief sich dabei auf die Prioritätsorder des Konsortiums. Vor drei Monaten übermittelte er mir die Anweisung, die Arbeit an dem Projekt zu unterbrechen und Vorbereitungen dafür zu treffen, alle Spuren zu beseitigen. Das war schon seltsam genug. Aber dann, vor einem Monat, setzte sich Cordoban erneut mit mir in Verbindung und wies mich an, das Projekt fortzusetzen. Seitdem arbeiten wir weiter daran, und ich habe nichts mehr von ihm gehört.«

»Was hat es mit dem Metamorph auf sich?«

»Wie Sie sicher wissen, ermöglicht die besondere Basismasse, die wir hier auf Kerberos aus lokalen Organismen gewinnen, völlig neue Konzepte der genetischen Strukturierung und biologischen Programmierung. Ich begann mit dem Design unmittelbar nach Cordobans Besuch. Der Metamorph ist ein völlig neues Geschöpf, nicht vergleichbar mit den genetischen Manipulationen und Neuentwicklungen, mit denen sich NHD bisher befasst hat. Eigentlich würden wir in diesem Zusammenhang eine völlig neue Kategoriebezeichnung benötigen. Der Metamorph ist weder Tier noch Pflanze – er ist beides gleichzeitig und doch etwas ganz anderes. Stellen Sie sich einen organischen Datenservo vor, der sich selbst programmieren, seine Gestalt verändern und fremde Funktionalität übernehmen kann.«

»Ein ... Gestaltwandler?«

Lorgard nickte und schüttelte eine halbe Sekunde später den Kopf. »Mehr als das, viel mehr als das. Der Metamorph ist imstande, aus jeder beliebigen organischen Substanz – und auch aus einigen anorganischen Substanzen – Energie zu gewinnen und sie sowohl für das eigene Wachstum als auch für Weiterentwicklung und Änderung seiner Struktur zu verwenden. Toxine, Strahlung und andere destruktive Einflüsse von außen stellen keine Gefahr für ihn dar, solange sie in einem gewissen Rahmen bleiben – eine thermonukleare Explosion könnte selbst der Metamorph nicht überleben.«

Ein dünnes Lächeln deutete an, dass die letzten Worte scherzhaft gemeint waren. Turannen blieb ernst und hörte zu.

»Jede einzelne Zelle seines Körpers hat ein Differenzierungspotenzial, das weit über das von Stammzellen hinausgeht«, fuhr Lorgard fort. »Er zeichnet sich durch eine sehr hohe autoregenerative Kapazität und eine enorm große Anpassungsfähigkeit aus.«

»Eine Art Superwesen«, sagte Turannen in einem neutralen Tonfall.

Lorgard zögerte. »Wie man's nimmt. Er ist ganz gewiss unsere beste Kreation. Daran besteht kein Zweifel. Ein sehr *überlebensfähiges* Geschöpf.«

»Es klingt nach einer Entwicklung, die viel Zeit und Geld gekostet hat«, sagte Turannen kühl. »Ich nehme an, es ging Cordoban nicht um Grundlagenforschung.«

Wieder zögerte der NHD-Direktor von Kerberos. »Wir haben den Metamorph in seinem Auftrag als Waffe entwickelt. Die Basismasse macht ihn ... programmierbar.«

»Was wollte Cordoban mit ihm anstellen?«

»Es galt, einen Prototyp zu konstruieren. Falls anschließend alle Tests erfolgreich verliefen, sollten mehrere Exemplare gegen die Allianz eingesetzt werden. Cordoban plante die Ausschaltung der ganzen Führungsspitze, angefangen bei Enbert Dokkar. Die Metamorph-Exemplare sollten ihn und alle wichtigen Administratoren töten und in ihre Rollen schlüpfen. Durch die Assimilation der individuellen Körperstrukturen wären sie von den Originalen nicht zu unterscheiden gewesen.«

Turannen dachte darüber nach, und allmählich offenbarte sich ihm der ganze Bedeutungsinhalt der Worte, die er gerade gehört hatte. Extrem überlebens- und anpassungsfähige Geschöpfe, mit der Fähigkeit, die Struktur des eigenen Körpers und damit die Gestalt zu verändern, andere Lebewesen – andere *Personen* – zu assimilieren und ihren Platz einzunehmen ... Eine perfekte organische Waffe.

»Mit allen Informationen?«, fragte er, ohne sich seine Aufregung anmerken zu lassen. »Ich meine, wenn der Metamorph jemanden übernimmt ... Hat er dann auch Zugang zum Gedächtnisinhalt des Betreffenden?«

»Ja«, bestätigte Lorgard. »Vorausgesetzt, Gewebeschäden im Gehirn des Assimilierten bleiben aus.«

»Ein Metamorph, der in die Rolle von Enbert Dokkar schlüpft, könnte also frei über sein gesamtes Wissen verfügen?«

»Ja.«

»Und er würde Anweisungen von seinen Auftraggebern entgegennehmen und ausführen?«

»Ja.«

»Das ist ... interessant.« Tausend Möglichkeiten fielen Turannen ein, eine faszinierender als die andere. Cordobans Projekt Doppel-M hätte Valdorian in die Lage versetzt, von einem Tag auf den nächsten praktisch die ganze Allianz zu übernehmen, ohne dass jemand etwas davon merkte. Und ohne dass ein einziger Schuss fiel. Und das wäre erst der Anfang gewesen. Mit genügend Metamorph-Exemplaren hätte er alle seine Konkurrenten nicht nur ausschalten, sondern ihre Unternehmen dem eigenen Einfluss unterwerfen können. Er wäre in der Lage gewesen, jeden Wirtschaftsblock im von Menschen besiedelten All zu ... assimilieren. *Und nicht nur in dem von Menschen besiedelten All,* dachte Turannen. *Wenn ein Metamorph jede beliebige Gestalt annehmen kann ...* Draußen in der Galaxis gab es noch viele andere intelligente Spezies, die zahlreiche Planeten besiedelt hatten, die Horgh, Taruf, Ganngan, Kariha, Quinqu, Pintaran,

Grekki ... Turannen versuchte, sich ihr ökonomisches Potenzial vorzustellen, das dann unter der Kontrolle von Menschen stehen würde.

Und dann fiel ihm etwas anderes ein.

»Die Kantaki«, sagte er.

»Ja«, bestätigte Lorgard. »Cordobans Plan geht weit über die Eliminierung von Enbert Dokkar und seiner Administratoren sowie die Übernahme der Allianz und der anderen von Menschen geschaffenen Wirtschaftskonglomerate in diesem Spiralarm der Milchstraße hinaus. Innerhalb von zwanzig Jahren sollten nach und nach alle Kantaki-Piloten durch Metamorph-Exemplare ersetzt werden.«

Den tausend imaginären Möglichkeiten gesellten sich zehntausend weitere hinzu. Es waren nur drei Völker bekannt, die interstellare Raumfahrt betrieben beziehungsweise betrieben hatten. Die Horgh verwendeten Sprungschiffe, doch bei jedem Transit kam es zu mentalen Schockwellen, die für Menschen unerträglich waren. Die Xurr hatten vor hunderttausend Jahren bei ihrem Exodus aus dem galaktischen Kern semiorganische überlichtschnelle Raumschiffe verwendet, doch vor zehntausend Jahren waren sie aus unbekannten Gründen verschwunden. Die insektoiden Kantaki verwendeten hyperdimensionale Schiffe, die von besonders begabten Piloten außerhalb des Zeitstroms durch den Transraum gesteuert wurden. Gegen Entgelt beförderten sie in ihren Transportblasen Passagiere und Fracht; das schien einer der wichtigsten Stützpfeiler ihrer Ökonomie zu sein, obwohl sie für eine Passage manchmal sonderbare, selbst wertlos scheinende Dinge verlangten. Alle Bestrebungen der menschlichen Wissenschaft, eine eigene Technik für die überlichtschnelle Raumfahrt zu entwickeln, waren gescheitert – die Wirtschaft der zahlreichen von Menschen besiedelten Welten hing ganz von den Raumschiffen der Kantaki und ihren Piloten ab. Wer die Piloten kontrollierte, hatte die gesamte interstellare Infrastruktur unter Kontrolle. Es hieß, dass die Kantaki überall in der Milchstraße unterwegs waren, nicht nur in diesem Spiralarm. Man munkelte sogar, dass sie Verbindungen zu den Magellanschen Wolken, Andromeda und anderen Galaxien unterhielten. Wenn Metamorph-Exemplare ihre Schiffe steuerten, künstliche Geschöpfe, die Menschen gehorchten, *bestimmten* Menschen …

»Deshalb nannte Cordoban das Projekt ›Doppel-M‹«, sagte Lorgard. »Die Bezeichnung bezieht sich nicht auf den Namen ›Metamorph‹, wie man meinen könnte. Doppel-M steht für ›Menschenmacht‹.«

Lukert Turannen erinnerte sich an eine wichtige Information. »Aber die Zellen der Basismasse sind außerhalb von Kerberos nicht überlebensfähig. Der Metamorph könnte gar nicht auf anderen Planeten oder an Bord von Raumschiffen eingesetzt werden.«

»Das stimmt, soweit es die Basismasse betrifft. Die Instabilität der Zellen *ist* ein Problem, aber kein unlösbares, wie ich glaube. Wir suchen nach einer Möglichkeit, die Basismasse durch stabile Zellen zu ersetzen, und früher oder später finden wir eine, da bin ich sicher.«

»Und was diesen Plan betrifft … Cordoban hat Ihnen das alles anvertraut, ohne mich zu unterrichten?«

Lorgards wässrige blaue Augen trübten sich ein wenig. »Er hat mir versichert, dass er Sie in Kenntnis setzen würde«, betonte er noch einmal. »Warum er das nicht getan hat, bleibt Spekulationen überlassen. Was mich betrifft … Er musste mir die Einzelheiten des Projekts Doppel-M nennen, denn schließlich sollte *ich* den Metamorph entwerfen. Was ich davon halte, steht auf einem ganz anderen Blatt.«

Turannen hob den Blick vom Display und sah an den großen Topfpflanzen, Statuen und pseudorealen Ornamenten vorbei zu den breiten Fenstern des Raums. Draußen fiel noch immer Sonnenlicht auf die tropischen Gewächse des Gartens. Alles sah genauso aus wie vor zehn Minuten, aber gleichzeitig hatte sich die Perspektive verschoben. Lukert Turannen fühlte sich plötzlich als Teil einer anderen Welt. Er war daran gewöhnt, konzentriert zu denken, Nebensächliches beiseite zu lassen und sich auf das Wesentliche zu besinnen, kühl zu bewerten und zu analysieren, um auf dieser Grundlage seine nächsten Maßnahmen zu planen. Doch derzeit erlebte er einen geistigen Aufruhr wie seit vielen Jahren nicht mehr. Der Metamorph klang wie nach einem Geschenk des Himmels – oder wie nach einer unermesslichen Katastrophe. Eines stand fest: Turannen musste seine ganze Strategie für den Weg in die Zukunft neu überdenken.

»Sie erwähnten einen Zwischenfall ...«

»Ja.« In dem wie eingefallen wirkenden Gesicht des NHD-Direktors von Kerberos kam es zu einer Veränderung, die Turannen nicht zu deuten wusste. »Ein Unfall. Er ist der eigentliche Grund dafür, warum ich mich mit Ihnen in Verbindung gesetzt habe. Ein Feuer brach aus und zerstörte einen großen Teil des Laboratoriums, in dem der Prototyp wuchs. Trotz aller Sicherheitsvorkehrungen konnte der Metamorph entkommen.«

»*Was?*«

»Bevor er das Labor verließ, hatte er Kontakt mit einem Programmierungsmodul. Wir wissen noch nicht, welche Daten er aufgenommen hat; unsere Ermittlungen dauern an.«

Turannen atmete tief durch. »Wenn ich Sie richtig verstehe ... Sie haben ein Superwesen geschaffen, das über ein enorm hohes defensives und offensives Potenzial verfügt und den Auftrag hat, Enbert Dokkar und seine Administratoren umzubringen, Personen, mit denen ich als Koordinator des Konsortiums eng zusammenarbeite. Und dieses Wesen, diese lebende Waffe, treibt sich jetzt frei auf Kerberos herum. Ist das richtig?«

»Man ... könnte es so ausdrücken.«

»Was geschieht jetzt?«

»Der Prototyp wird wachsen – genug Nahrung steht ihm zweifellos zur Verfügung. Der Rest hängt davon ab, welche Daten das Programmierungsmodul seinen Memoranten und der Formationsmatrix übermittelte.«

»Er besteht aus Basismasse, nicht wahr?«

»Ja.«

»Also kann er Kerberos nicht verlassen.«

»Wenn er das versucht, verlieren seine Zellen ihre Stabilität.«

Turannen nickte langsam. »Wenigstens etwas. Aber die Situation ist auch so heikel genug. Wenn der Metamorph auf Kerberos aktiv wird, wenn es zu Zwischenfällen kommt, die Enbert Dokkars Aufmerksamkeit wecken, und wenn der Leiter der Allianz erfährt, dass *mein* Unternehmen, *New Human Design*, ein Wesen geschaffen hat, das ihn umbringen soll ... Ist Ihnen klar, in welche Lage mich das bringen würde?«

»In keine sehr angenehme, fürchte ich«, sagte Lorgard. Es klang müde.

Turannen glaubte zu spüren, wie das metaphorische Drahtseil der Macht, das sich zwischen dem Konsortium und der Allianz spannte und auf dem er balancierte, zu vibrieren begann und in Bewegung geriet. Unter ihm erstreckte sich kein Sicherheitsnetz, das ihn auffing, wenn er fiel. Ein Sturz bedeutete das Ende, unwiderruflich. Der Metamorph – beziehungsweise das Projekt Doppel-M – konnte zu einem wichtigen Werkzeug werden, das ihm den weiteren Weg nach oben erleichterte und es ihm ermöglichte, seine Position Enbert Dokkar und Benjamin gegenüber zu behaupten. Ein potenzieller Trumpf, vielleicht noch besser als die drei Arsenalplaneten. Er musste die neue Situation einschätzen und bewerten, neu planen, und das kostete Zeit. Doch die aktuelle Lage auf Kerberos erforderte sofortige Maßnahmen.

»Der Metamorph muss so schnell wie möglich gefunden werden, bevor er Schaden anrichten und Aufmerksamkeit erregen kann«, sagte Turannen. »Ich schicke Ihnen einen meiner Spezialisten mit dem Auftrag, ihn zu lokalisieren und entweder ins Laboratorium zurückzubringen oder, falls das zu gefährlich ist, ihn zu eliminieren.«

Wieder veränderte sich Lorgards Gesichtsausdruck, und diesmal glaubte Turannen, Kummer zu erkennen.

 »Ich werde selbst nach Kerberos kommen, sobald ich Gelegenheit dazu finde«, fuhr er fort. »Dann erwarte ich von Ihnen, dass Sie mir alle Einzelheiten des Projekts Doppel-M erklären. Ich muss Sie sicher nicht extra darauf hinweisen, dass strengste Geheimhaltung erforderlich ist, oder?«

Lorgard schüttelte den Kopf, und noch immer lag ein Schatten auf seinen Zügen.

Turannen sah auf die Datendisplays, die ihm eine weitere wichtige Information präsentierten. Sie betraf die politische Struktur auf Kerberos.

»Sie sollten den Autokraten verständigen. Er *ist* das nominelle Regierungsoberhaupt von Kerberos.«

Lorgards Züge verfinsterten sich weiter.

»Wenn es zu Zwischenfällen kommt und er erfährt, dass sie auf einen Unfall in einem NHD-Laboratorium zurückgehen, wird er Schwierigkeiten machen, und wir müssen Aufsehen unbedingt vermeiden. Weisen Sie ihn auf eine ... biologische Kontamination hin. Er wird sich in seiner vermeintlichen Herrscherrolle gestärkt fühlen, und wir sind abgesichert. Natürlich erfährt er nicht, was es mit dem Metamorph auf sich hat.«

»Verstanden«, sagte Lorgard knapp.

»Und noch etwas, Rubens ...« Turannen betonte den Vornamen. »Setzen Sie das Projekt Doppel-M intern fort, mit verstärkten Sicherheitsvorkehrungen. Wir sprechen darüber, wenn ich nach Kerberos komme.« Damit unterbrach er die abgeschirmte und verschlüsselte Transverbindung.

Vor Jahrmilliarden

KiTamarani

In den Schlund

KiTamarani sprang erneut durch Raum und Zeit und erreichte das Sonnentor, bestehend aus einundzwanzig Roten Riesen, im Sternenmeer des galaktischen Zentrums zu einem Kreis angeordnet. Ihre Kapsel schwebte näher, ohne von den gravitationellen Gezeitenkräften erfasst zu werden.

Agens: Mit Sondierung beginnen. Spurensuche fortsetzen.

Die Selbst-Verbindung zu den übrigen Konzilianten bestand noch immer, aber KiTamarani glaubte zu spüren, dass das von Emotion und Rationalität kündende Flüstern leiser geworden war. Sie sehnte sich nach der Gemeinschaft zurück, nach dem Wir/Ich, das sie dem Ich/Wir vorzog.

Agens: Sondierung. Wichtig.

»Ja«, antwortete KiTamarani der Stimme der Kapsel und näherte sich dem Sonnentor. Ihre Gedanken streichelten bestimmte Kapselkomponenten, und unmittelbar darauf berührte sie die kosmischen Saiten, die noch immer im Ton der Schöpfung vibrierten und das Lied des Lebens sangen, das Lied des *Sinns*. Hier waren sie rein und ohne jeden Makel, ohne einen Kontakt mit dem Omnivor und seinen Splittern, den Keimen. KiTamarani lauschte der Melodie und ließ sich von ihr erzählen, was hier geschehen war, im Zentrum dieser Galaxis, während ihre Gedanken gleichzeitig auf der Suche blieben, durchs All wanderten, nach Sternen und Planeten tasteten und ... etwas fanden.

Das Äquivalent eines Blinzelns änderte den Aufenthaltsort ihres primären Selbst, während das sekundäre in der Kapsel blieb, verbunden mit dem Agens. Es glitt durch etwas, das von intelligentem Leben geschaffen worden war, von den Früchten der Schöpfung: eine Raumstation, nicht annähernd so groß wie die Sphäre des Wir/Ich, aber doch von erstaunlichen Ausmaßen, wenn man berücksichtigte, welche Grenzen den meisten organischen Wesen gesetzt waren. Ohne physische Struktur, nur als Gedanke, glitt KiTamarani durch Säle, die groß genug waren, um kleine Monde aufzunehmen, durch Maschinenhallen, in denen monumentale Aggregate seit Jahrtausenden zerfielen. Hier lebte nichts mehr; an diesem Ort, dunkel und kalt, gab es nur noch Erinnerungen. Die Konziliantin lauschte ihnen, übermittelt von den Schwingungen der Saiten, erfuhr so von den Bemühungen der Tschiowan, deren Realitätssänger über viele Jahrhunderte mit komplexen Melodien das Sonnentor aus einundzwanzig Roten Riesensternen geschaffen hatten, in seinem Innern eine künstliche Singularität, die mit der Energie des Tors Raum und Zeit öffnen und einen Tunnel für die Flucht schaffen sollte. Für die Flucht vor etwas, das ihre Träume fraß und den Sängern ihre Stimmen raubte.

»Er war hier«, sagte KiTamarani laut, obwohl sie sich gar keine Sprechwerkzeuge zugelegt hatte. Und die Worte erklangen, obwohl es in der riesigen Kontrollstation der Tschiowan keine Atmosphäre gab, in der sich Schallwellen ausbreiten konnten. »Der Keim, den ich suche – er war hier. Aber er hat keine Flecken an den kosmischen Saiten hinterlassen. Wie ist das möglich?«

Agens: Lokalisierung. Möglichkeit der Tarnung berücksichtigen.

»Tarnung?«, wiederholte KiTamarani. »Wie soll so etwas möglich sein?«

Die Tschiowan verloren ihre Träume, ihre Sänger die Stimmen, die Einfluss auf die Realität nehmen konnten. Und die Realität ... schwand. Sie kamen nicht mehr dazu, durch das

Tor zu fliehen, durch den Tunnel, den die Singularität für sie erzeugen sollte. Sie erlagen dem Nichts, geschaffen vom Keim, der wie der Omnivor vor der Splitterung Realität fraß und leere Stellen im Gefüge der Dimensionen zurückließ. Erst hatte er den Tschiowan ihre Träume genommen und dann die Wirklichkeit, die sie umgab, in der sie gelebt und gehofft hatten.

Fremde Träume ...

Agens: Bestätigung. Tarnung mit fremden Träumen, mit fremden Gedanken.

»Darum hat er keine Spuren an den Saiten hinterlassen«, sagte KiTamarani. »Er verbarg seinen Makel in gestohlenen Träumen.«

Und nach dem Tod der Tschiowan, nach dem Ende dieses Volkes, in dessen Kultur die Realitätssänger eine so große Rolle gespielt hatten, war das durch Gesang geschaffene Sonnentor instabil geworden. Die künstliche Singularität in seinem Zentrum wurde so gefräßig wie der Omnivor, verschlang erst die von den Roten Riesen abgestrahlte Energie und dann auch ihre Masse. Heiße Gasströme bildeten sich. Plasmastraßen wuchsen durchs All, führten in immer enger werdenden Spiralen zur Singularität und verschwanden an ihrem Ereignishorizont. Es würde nicht mehr lange dauern, bis das Schwarze Loch seinen Rachen noch weiter öffnete, um die Sonnen in seiner Nähe ganz zu verschlingen, und mit ihnen diese große Station, von der aus die Sänger der Tschiowan die Realität mit ihren Liedern verändert hatten.

KiTamarani setzte den Weg durch Säle, Hallen, Gänge und Schächte fort, erreichte schließlich den Raum, in dem die Sänger der Tschiowan gesungen hatten. Wie eine Blase wölbte er sich aus den Oktaedern der Station, einst ausgestattet mit einer transparenten Decke, von der nichts mehr übrig war. Das Vakuum des Alls berührte die Einrichtungsgegenstände: Liegen, mehrfach segmentierten Körpern angepasst, Schwingungsverstärker für die Stimmen der Sänger, einst funkelnde, jetzt von harter Strahlung getrübte Kristalle, die Reste von anorganischen Mechanismen, deren Aufgabe darin bestanden hatte, die körperliche und geistige Integrität der Sänger zu gewährleisten. Vor dem Keim des Omnivors hatten sie keinen Schutz bieten können.

In der Mitte dieses Raumes verharrte die Konziliantin und sah hinaus ins All, ins lodernde Sonnentor, das immer mehr Energie und Masse an die Singularität verlor. Ihre Kapsel mit dem sekundären Ich an Bord und den Verbindungen zu den anderen Konzilianten, weit entfernt in Raum und Zeit, schwebte in der Nähe, kleiner als die Station der Tschiowan, und doch in gewisser Weise viel, viel größer, ein Stern unter Sternen. KiTamaranis Blick folgte der solaren Materie von einundzwanzig Sonnen, die ein Netz aus feurigen Bändern um das Schwarze Loch wob und schließlich im kosmischen Schlund verschwand. Der Ereignishorizont begrenzte ihre Wahrnehmung nicht. Kleine Selbstfragmente huschten über ihn hinweg, glitten hinein in einen Mahlstrom, der Zeit und Raum zermalmte, die Struktur der Dimensionen zerfetzte, um anschließend filigrane Muster dort zu bilden, wo selbst jetzt, nach all den Jahrmilliarden, die Stimmen der Schöpfung flüsterten, ruhig, sanft und voller Zuversicht. Bei diesen Stimmen vernahm KiTamarani ein Echo des Gesangs der Realitätssänger und ...

... eine Dissonanz.

Agens: Spur gefunden. Handeln erforderlich.

Die ausgeschickten Selbstfragmente kehrten zurück, und KiTamarani sah mit Augen, die keine Substanz hatten, sah mit ihnen und verstand. »Er hat sich mit Träumen und gefressener Realität so gut getarnt, dass er an den Saiten keinen Makel hinterließ. Aber sein Schritt durch die Singularität hinterließ einen winzigen Kratzer.«

Agens: Handeln erforderlich. Dringlichkeit.

»Ich komme.« Ich – welch ein seltsames Wort, voller absurder Bedeutung. Einerseits schien es auf eine groteske Weise mehr zu sein, doch seine Signifikanz kam nicht annähernd an die des Wir/Ich heran. »Ich bin ...«

... unterwegs ...

gefangen

Ein Netz aus nichtlinearer Zeit fiel auf KiTamaranis primäres Selbst, komprimierte sie zu einem Punkt der Inaktivität und schleuderte sie aus dem Universum, in dem die Suche nach den Keimen des Omnivors stattfand. Sie raste durch die Dämmerungen des Hyperversums, das die Kantaki Plurial nannten, wirbelte durch die schmale Zone zwischen Tag und Nacht der Schöpfung und hörte dabei andere Stimmen, die sie nie zuvor gehört hatte. Das Gefühl der Einsamkeit breitete sich erst langsam und dann immer schneller in ihr aus, begleitet von etwas, das nur Furcht sein konnte: Es gab keine Verbindung mehr zu den anderen Konzilianten; sie war völlig allein, zum ersten Mal seit ihrer kollektiven und individuellen Existenz.

Es war ein schreckliches Gefühl, dass es dem nichtlinearen Netz gestattete, die Kompression weiter fortzusetzen, bis KiTamaranis primäres Selbst so stark zusammengepresst war, dass kaum mehr Platz für Gedanken blieb.

A-g-e-n-s ...

KiTamarani bekam keine Antwort. Auch zu ihrer Kapsel, Teil der Sphäre, bestand keine Verbindung mehr.

Während der Kerker aus nichtlinearer Zeit sie weiter durch das Hyperversum schleuderte, verbannte die Konziliantin alle Empfindungen und konzentrierte sich darauf, die Integrität ihres primären Selbst zu wahren und zu schützen. Sie krümmte sich zusammen, stülpte Inneres weiter nach innen und verwandelte ihre Peripherie in eine harte dimensionale Schale, die dem Druck der Falle standhalten konnte. Als keine Gefahr bestand, dass sie noch weiter zusammengepresst wurde, bis zu einem Punkt ohne Ausdehnung, der nicht mehr denken konnte, ruhte sie für eine halbe Ära, sammelte dabei Kraft aus dem Feuer, das Licht und Dunkelheit gebar – es begleitete sie selbst hier, in ihrem Verlies aus dem Chaos der nichtlinearen Zeit, die der Omnivor geschaffen hatte. Es war ein *Teil* von ihr, ein Aspekt ihres Seins.

Sie dachte an die Tschiowan, an ihre Realitätssänger, die bei dem Versuch gestorben waren, singend einen Fluchtweg für ihr Volk zu schaffen. Sie dachte an die vielen Makel an den kosmischen Saiten, an die Dissonanzen in den Melodien der Schöpfung, Spuren des Omnivors, der fraß, was sich erst noch entwickeln musste, der zerstörte, was wachsen sollte. Sie dachte an die vielen anderen Lebensformen, die dem Omnivor und nach seiner Splitterung den Keimen zum Opfer gefallen waren. Das musste aufhören. Harmonie musste gewährleistet sein.

»Ich muss den Keim finden und ihn neutralisieren«, flüsterte KiTamarani in ihrer komprimierten Welt, und auch dieser Gedanke, die Erinnerung an Pflicht und Aufgabe, gab ihr neue Kraft und Entschlossenheit. Sie formte ihre revitalisierten Gedanken zu einem Dorn, viel dünner als der Durchmesser eines Atoms, fast so dünn wie die Saiten. Vorsichtig bohrte sie ihn in die Schale an der Peripherie ihres primären Selbst, und dann in das Netz aus nichtlinearer Zeit, in ein Gespinst aus Zerrbildern von Wahrscheinlichkeiten und Alternativen, in dem *alles* möglich war, auch das Undenkbare, die Negation der Schöpfung, der Triumph des Omnivors. *Das darf auf keinen Fall geschehen,* dachten die Gedanken, die den Dorn bildeten.

Entschlossenheit wuchs wie eine Blume, erblühte und ...

... sprengte den monodimensionalen Kerker. Der dünne Dorn, der sich durch die Schale und die nichtlineare Zeit gebohrt hatte, blähte sich jäh auf, und weitere Gedanken des primären Selbst strömten in ihn hinein, bewirkten eine explosionsartige Expansion.

Der Kerker zerbarst, und KiTamarani entfaltete ihr Selbst, nahm Fragmente der nichtlinearen Zeit in sich auf, annihilierte sie und versuchte, dem von ihnen verursachten Schmerz keine Beachtung zu schenken – sie sollten keine Bruchzonen in der Raum-Zeit naher Universen entstehen lassen.

Eine weitere halbe Ära lang schwebte sie im Hyperversum. Zeit spielte keine Rolle für eine ewige Entität, zumindest nicht *hier*, denn von hier aus konnte sie zurückspringen, zu den temporalen Koordinaten unmittelbar nach dem Zuschnappen der Falle, die der überraschend geschickte und listige Keim für sie beim Sonnentor vorbereitet hatte. KiTamarani nutzte die zweite halbe Ära, um noch etwas mehr Kraft zu schöpfen und sich zu orientieren. Das war wichtig. Sie durfte im *Hier*, umgeben von tausend mal tausend mal unendlich vielen Universen nicht die Orientierung verlieren.

Und dann ...

Die Konziliantin schwamm im Ozean der Kosmen, identifizierte die Melodie der richtigen Saiten, richtete sich auf einem Wellenkamm der hyperdimensionalen Brandung auf und sprang zurück in das Universum, in dem sie als Teil der Sphäre, des Konziliats, den Omnivor verfolgt hatte. Sie fiel zurück durch Raum und Zeit, in den gravitationellen Hexenkessel des Sonnentors, das immer mehr von der außer Kontrolle geratenen Singularität verschlungen wurde. Eine leichte Verschiebung der Realität hatte stattgefunden, eine, die KiTamarani nicht rückgängig machen konnte, da sie nicht zu den Schöpfern zählte – vielleicht war es ein Nebeneffekt der Falle. Die Abstände zwischen den einundzwanzig Roten Riesen waren geringer geworden, und durch die Plasmaströme verloren sie mehr Masse an das gefräßige Schwarze Loch. Die Oktaeder der Kontrollstation waren in Bewegung geraten, gaben dem Zerren der Gravitation nach und drifteten dem Ereignishorizont entgegen.

Agens: Dringlichkeit. Dringlichkeit.

»Ja, ich weiß«, flüsterte KiTamarani im All. »Das Loch wird sich aufblähen und dann zu einem Strudel werden, in dem sich die Spur des Keims nicht mehr verfolgen lässt.« Ein Gedanke brachte sie in die Kapsel zurück, in den Stern unter Sternen, und dort vereinte sie sich mit ihrem sekundären Selbst, was ein angenehmes Gemeinschaftsgefühl zurückbrachte, oder vielleicht die *Erinnerung* daran.

Agens: Verfolgung möglich. Integrität bewahrt?

»Ich bin ... ich«, bestätigte KiTamarani. Doch das entsprach nicht ganz der Wahrheit, wie sie unmittelbar darauf erkannte. Sie hatte etwas verloren, einen Teil ihrer Kraft, vielleicht auch einen winzigen Teil ihres primären Selbst.

Sie streichelte die Komponenten der Kapsel und sah, wie aus den Kugeln der einundzwanzig Roten Riesen Ellipsen wurden.

Agens: Verfolgung aufnehmen. Jetzt.

»Ja«, sagte KiTamarani und fühlte die gleiche Entschlossenheit, mit der sie sich aus der Falle befreit hatte. Ihre Gedanken trugen die Kapsel durchs All, hinein ins Schwarze Loch, durch das der Keim des Omnivors geflohen war.

Kerberos
15. April 421 SN
06:35 Uhr

5

Fremde Winde

Die Sonne schien direkt aus dem Ozean zu steigen, und ihr rotes Licht spiegelte sich auf dem Riffmeer wider. Die zahllosen Inseln im Delta des Acheron wirkten wie grüne und braune Flecken, durch Brücken und Stege miteinander verbunden. Einige wenige Wolkenschleier zeigten sich am Himmel, und vom Meer her wehte eine leichte, salzig riechende Brise.

Bruder Eklund blieb vor dem Eingang des Hospitals stehen und stützte sich auf seinen Gehstock, den er in letzter Zeit immer öfter brauchte. Er nahm sich einige Minuten Zeit, um den Sonnenaufgang zu beobachten und jene sonderbare Stille zu genießen, die nur während dieser Zeit herrschte, wenn die Nacht dem Tag wich, wenn sowohl im Kontinentalwald als auch in Chiron eine Art Schichtwechsel stattfand: Im Dschungel zog sich das nachtaktive Leben in seine Schlupfwinkel zurück und machte den Geschöpfen des Tages Platz, und in der Stadt verhielt es sich ähnlich, mit dem einen Unterschied, dass es sich dort in beiden Fällen hauptsächlich um Menschen handelte. Zwei Welten trafen sich an dieser Nahtstelle, im wahrsten Sinne des Wortes die der Dunkelheit und die des Lichts. Dort, wo sie aneinander grenzten, erstreckte sich eine schmale Zone des Friedens, ein Niemandsland des Schweigens und der Stille. Und nur während dieser Zeit war Chiron wirklich schön. Des Nachts verwandelte sich die Stadt in eine riesige Lasterhöhle, und tagsüber war sie ein von Chaos und Lärm erfülltes Treibhaus.

Die Tür des Hospitals öffnete sich knarrend, und die Ärztin Elisabeth trat auf die kleine Veranda vor der Treppe, die zu dem auf Pfählen ruhenden Gebäude emporführte. Derzeit lag der Wasserspiegel drei Meter tiefer, aber wenn die beiden Monde von Kerberos eine bestimmte Position einnahmen, stieg der Pegel schnell und so hoch, dass Boote die Anlegestellen neben der Veranda nutzen konnten. Dann kam es zu einer Flutwelle, die das Wasser des Riffmeers den Acheron hinaufdrückte – ein eindrucksvolles Spektakel, das einige Lebensformen im und am Wasser zur Grundlage ihrer Existenz gemacht hatten.

»Oh, du bist schon da«, sagte Elisabeth überrascht und benutzte das unter manchen Subalternen gebräuchliche Du, das normalerweise sehr intime Vertrautheit zum Ausdruck brachte. »Ich wollte nur ein wenig Luft schnappen und habe dich noch nicht erwartet.«

»Ich bin früher aufgebrochen als sonst«, erwiderte Eklund und deutete zu den hinter ihm aufragenden steilen Felswänden des Pelion-Massivs. »Ich konnte heute Nacht keine Ruhe finden, und deshalb habe ich die Zitadelle noch während der Dunkelheit verlassen.«

Er ging die Treppe hoch, brachte langsam eine Stufe nach der anderen hinter sich und spürte dabei wieder den dumpfen Schmerz im Rücken, der ihm seit einigen Monaten zusetzte, mal mehr und mal weniger. Elisabeth kam ihm entgegen und stützte ihn.

»Du solltest dich mehr schonen, Eklund«, sagte sie besorgt. »Oder dich einer Resurrektion unterziehen.«

»Resurrektionen sind teuer.«

»Du könntest eine bezahlen, wenn du dich zur Abwechslung einmal für deine Dienste bezahlen lassen würdest.«

»Ach, Elisabeth, ich lege mein Leben und mein Schicksal in die Hände der Weltseele. Soll sie darüber bestimmen, wie es mir ergeht und wann ich das Diesseits verlasse.«

»Aber die Rückenschmerzen brauchst du nicht zu ertragen. Dagegen habe *ich* etwas.« Sie erreichten die Veranda, und Elisabeth fügte hinzu: »Seltsam, dass ihr euch nicht selbst heilen könnt.«

»Kann ein Messer sich selbst schneiden?«, erwiderte Eklund.

Elisabeth maß ihn mit einem skeptischen Blick. »Das klingt nach einer guten Analogie, aber …«

»Manche Dinge sind eben so, wie sie sind«, sagte Eklund. »Man muss sich damit abfinden. Untereinander können wir uns nicht helfen. Die Kraft will es so.«

»Vermutlich entspricht auch das dem Willen deiner Weltseele, wie?«, fragte Elisabeth. Sie war überzeugte Atheistin und hatte einmal betont, zu viel gesehen zu haben, um noch an einen Gott oder etwas in der Art zu glauben.

»Vielleicht«, sagte Eklund und lächelte hintergründig. Er mochte Elisabeth, obwohl sie in vielen Dingen ganz anders dachte als er. Er mochte ihr Engagement als Ärztin und als Mensch, ihre manchmal sanfte, manchmal forsche Art. Bestimmt hatte sie erneut mehr als fünfzehn Stunden Dienst hinter sich, wie üblich. Ihre Arbeit war ihr Leben, eine wahre Berufung, und vielleicht verstanden sie sich deshalb so gut, trotz des großen Altersunterschieds: Elisabeth war knapp vierzig, Eklund mehr als fünfzig Jahre älter. Sie beide glaubten an etwas, auch wenn Elisabeth das immer wieder bestritt. Beide setzten sie sich für etwas ein, für etwas mehr Menschlichkeit in einer Welt, die allein den Starken zu gehören schien.

Elisabeth strich ihr dunkles Haar zurück, in dem sich bereits einige graue Strähnen zeigten. Der Schatten von Müdigkeit lag auf ihrem schmalen Gesicht, ließ die ersten Falten tiefer und länger erscheinen. Der Glanz ihrer grünen Augen blieb auch nach einer langen Nacht ungetrübt. Das war ein weiterer Aspekt, der Eklund gefiel – ihre Vitalität.

»Du bist erschöpft«, sagte er, stützte sich auf den Gehstock und spürte erleichtert, wie der Rückenschmerz nachließ.

»Es gibt viel zu tun, aber ich mache bald Schluss. Für heute.« Sie führte ihn zur Tür des aus Fertigteilen bestehenden Hospitals, das beim Bau vor fünfzehn Jahren eigentlich nur als eine Erste-Hilfe-Station geplant gewesen war. Doch im Lauf der Jahre kamen immer mehr Patienten, die meisten aus dem nahen, ständig wachsenden Bidonville, und deshalb war die ursprüngliche EH-Station immer wieder erweitert worden. Schließlich hatte irgendjemand damit begonnen, sie »Hospital« zu nennen.

In ihrem kleinen, unordentlichen Bereitschaftsbüro nahm Elisabeth ein Arzneipäckchen aus einer Schublade und gab es Eklund. »Eine Tablette alle zwei Tage«, sagte sie. »Das hilft gegen die Rückenschmerzen. Du solltest wirklich erwägen, dich behandeln zu lassen. Mit einem Bandscheibenschaden ist nicht zu spaßen.«

Eklund nahm das Päckchen entgegen und ließ es in einer der vielen Taschen seiner weiten, beigefarbenen Hose verschwinden. Darüber trug er ein ebenfalls sehr weites Hemd in der gleichen Farbe, wie die Hose mit zahlreichen kleinen und großen Taschen ausgestattet. Er liebte es, Dinge mit sich herumzutragen, die nur für ihn einen Wert hatten: kleine Bilder, bunte Glaskugeln, getrocknete Blumen, Blütenblätter mit besonderen Mustern, glänzende Steine und dergleichen. Der Hirte in der Zitadelle bezeichnete ihn manchmal als »Kind im Körper eines Greises«. Eklund verstand das als Kompliment, und vielleicht war es diese seine Neigung, die ihm ein besonderes Verständnis für die Gedanken- und Gefühlswelt von Kindern gab.

»Wenn mit meiner Bandscheibe nicht mehr alles in Ordnung ist, so entspricht auch das dem Willen der Weltseele«, sagte Eklund.«

Elisabeth schüttelte den Kopf. »Das ist dumm, Eklund, und das weißt du auch. Wenn man einen solchen Fatalismus auf die Spitze treibt, müsste man sich mit *allem* abfinden, ohne einen Finger zu rühren.«

Wieder lächelte Eklund hintergründig, vielleicht ein Hinweis darauf, dass seine Worte nicht ganz ernst gemeint waren. »Wie ist die Situation bei euch?«, fragte er und wechselte damit das Thema.

»Alle Betten belegt, wie üblich«, sagte Elisabeth, und dabei lag so etwas wie müde Resignation in ihrer Stimme. »Unfälle, Schlägereien, Drogen. Opaltaucher, die zu lange unter Wasser geblieben oder zu schnell aufgetaucht sind. Schlammspringerbisse – die sind seit einigen Wochen häufiger geworden. Und offenbar breitet sich das Syndrom wieder aus, wie vor drei Jahren. Wir haben vier Fälle, einer von ihnen besonders schlimm. Ein Mädchen mit akuter Nieren-Insuffizienz und Hepatotoxämie. Die Mutter hat einfach abgewartet, in der Hoffnung, dass ihre Tochter von allein wieder gesund wird. Vielleicht kannst du ihr helfen.«

Eklund neigte kurz den Kopf. »Ich versuche es gern. Deshalb bin ich hier.« Das »Syndrom«, wie alle es nannten, wurde von Parasiten verursacht, die in den Brackwasserzonen des Deltas lebten. Aufgrund eines besonderen biologischen Zyklus stieg ihre Zahl alle drei bis vier Jahre stark an, und dann konnte es zu Kontaminationen des Trinkwassers kommen. Wer es versäumte, das Wasser abzukochen oder mit keimtötenden Mitteln zu behandeln, riskierte eine Infektion, die in zwanzig Prozent aller Fälle tödlich verlief, wenn sie unbehandelt blieb.

»Außerdem kam es in der vergangenen Nacht ganz in der Nähe zu einer Schießerei«, fuhr Elisabeth fort, als sie ihr Büro zusammen mit Eklund verließ. Sie schritten durch einen matt erhellten Flur, der zum zentralen Bereich des Hospitals führte. Krankenschwestern und Pfleger kamen ihnen entgegen, grüßten freundlich. Bruder Eklund kannten sie seit vielen Jahren. »Vermutlich eine Drogensache. Zwei Tote. Ein Junge, der sich zufälligerweise in der Nähe befand, wurde schwer verletzt.« Sie blieb stehen und runzelte die Stirn. »Vielleicht solltest du ihn dir ansehen. Irgendetwas an ihm ist ... seltsam.«

»Seltsam?«

»Er erholt sich erstaunlich schnell.«

»Ist das nicht gut?«

»Ich meine ... Er erholt sich *zu* schnell.« Elisabeth ging weiter, und ihre Züge glätteten sich wieder. »Vielleicht bin ich wirklich überarbeitet. Eine Ärztin, die sich darüber beschwert, dass sich einer ihrer Patienten zu schnell erholt ...«

Sie betraten einen etwa hundert Quadratmeter großen Raum, in dem es trotz der Desinfektionsmittel nach Krankheit und Leid roch. Improvisiert wirkende Wandschirme aus Kunststoff und Holz waren in dem Versuch aufgestellt worden, hier und dort so etwas wie Privatsphäre zu schaffen. An der Decke summten mehrere antiquiert wirkende Klimaservi. Jetzt, am frühen Morgen, war die Temperatur noch recht angenehm – die Fenster standen offen und ließen kühle Luft hereinströmen –, aber später am Tag würde es hier drückend heiß werden, trotz der alten Servi.

»Die Kleine heißt Rebecca«, sagte Elisabeth und deutete zu einem der Fenster. »Dort drüben.«

Sie gingen an Betten vorbei. Viele Patienten schliefen noch; andere wurden von Elisabeths Kollegen untersucht oder behandelt.

In einem Bett direkt am Fenster lag ein etwa vier Jahre altes Mädchen, angeschlossen an mehrere Diagnosegeräte und ein veraltetes Lebenserhaltungssystem. Kastanienbraunes Haar lag wie ein Schleier auf dem Kissen ausgebreitet und umgab ein eingefallen wirkendes, blasses Gesicht. Eklund hatte die Tür zum Elysium noch nicht geöffnet, aber er sah auch so, wie schlecht es um das Mädchen stand.

»Warum hat die Mutter so lange gewartet?«, fragte er leise. »Wenn sie Rebecca früher hierher gebracht hätte ...«

»Gleichgültigkeit?«, erwiderte Elisabeth. »Kein Geld für die Behandlung? Es gibt viele mögliche Gründe. Sie brachte ihre Tochter gestern Abend hierher und verschwand sofort wieder. Hoffentlich kehrt sie zurück. Sie hat nur den Namen ihrer Tochter genannt und keine Adresse hinterlassen.«

Eklund zog einen Stuhl heran, nahm Platz und sah auf die

kleine Rebecca hinab. Ihre Augen waren geschlossen, und sie atmete flach. Die Diagnosegeräte zeigten kritische Werte an.

»Sie schafft es nicht, oder?«, fragte er kummervoll.

»Es geht ihr sehr, sehr schlecht. Kannst du ihr helfen?«

»Das weiß ich noch nicht.« Eklund griff behutsam nach der Hand des Mädchens. »Kommt darauf an.« Er schloss die Augen, streifte allen Ballast von seinem Selbst ab und sah sie vor sich, die Tür zum Elysium: ein Portal aus altem Holz, verwittert und zerkratzt, eine schwere, massive Tür, wie man sie bei einer Festung erwartet. Aber dahinter erstreckten sich keine dunklen Gemäuer, sondern ... Bruder Eklund streckte die Hand aus – eine Hand, die nicht aus Fleisch und Knochen bestand, sondern aus Gedanken und Hoffnung –, berührte das Holz und drückte einen Flügel des Portals auf. Licht schimmerte ihm entgegen, ohne zu blenden, und Konturen zeichneten sich darin ab, die Umrisse einer langen steilen Treppe, rechts und links gesäumt von Leere.

»Ein beschwerlicher Weg für einen alten Mann wie mich«, murmelte Eklund und betrat das Elysium, die Welt über der Welt, die sich ihm bei jedem Besuch anders präsentierte, ihm aber immer die *Kraft* anbot, wie auch den anderen Heilern der Aufgeklärten Gemeinschaft. Ganz oben, am Ende der Treppe, unter einem Himmel, der kein Himmel war, wartete eine Gestalt auf ihn, ein kleines Mädchen. Stumm sah Rebecca in die Tiefe, und ihre Blicke trafen sich. *Hilf mir,* flüsterten ihre großen Augen, kastanienbraun wie ihr Haar.

Eklund stieg die Treppe hoch, und diesmal war keine Elisabeth zur Stelle, die ihn stützte, ihm den Weg nach oben erleichterte. Der Gehstock, krummer und etwas kürzer als das Original, erwies sich als nützliches Werkzeug. Schon nach wenigen Minuten machte sich wieder der Rückenschmerz bemerkbar, und Eklund wartete nicht, bis er zu einer echten Behinderung wurde. Er blieb kurz stehen, holte das Arzneipäckchen hervor, öffnete es, nahm eine Tablette und schluckte sie, ohne mit Wasser nachzuspülen. Ein Heiler, der Medizin

 brauchte – das *hatte* etwas Absurdes, da musste er Elisabeth

Recht geben. Er setzte sich wieder in Bewegung, schwang den Gehstock und kletterte nach oben, fühlte dabei seine über neunzig Lebensjahre wie eine Last, die immer schwerer wurde. Natürlich wusste er, dass er eine Art Metapher erlebte. Die Mühe, die ihm der Weg nach oben bereitete, symbolisierte die Anstrengung, die der Vorgang des Heilens – der Einsatz der Kraft – für ihn bedeutete. Diese Dinge waren ihm längst vertraut geworden, und er dachte kaum noch darüber nach.

Nach einigen weiteren Minuten legte er eine kurze Verschnaufpause ein und sah zu Rebecca hoch, von der ihn noch immer viele Stufen trennten. »Keine Sorge, ich gebe nicht auf, ich komme und helfe dir.« Das Portal tief unten war zu einem kaum mehr wahrnehmbaren Fleck geworden, und der Nicht-Himmel schien zum Greifen nah. Eklund konzentrierte sich auf das Mädchen, als er den Weg fortsetzte, auf seinen stummen, bittenden Blick.

Schließlich erreichte er das Ende der Treppe, schwach und erschöpft, aber auch zufrieden. Ein Hindernis war überwunden; er hatte auch diesmal sein Ziel erreicht. Vor dem Mädchen ging er in die Hocke und stellte fest, dass der Schmerz im Rücken bereits nachließ. Das Mädchen sah ihn blass und ernst an, gab noch immer keinen Ton von sich. Schmutz zeigte sich hier und dort an seinem weißen Kleid, und Eklund wusste, was es damit auf sich hatte – er wischte ihn fort, klopfte die Flecken des Syndroms vom Stoff des Lebens. Wie einfach, nach dem langen, mühevollen Weg über die Treppe.

Aber Rebecca blieb ernst.

»Warte mal, ich glaube, ich habe etwas für dich.« Eklund suchte in seinen vielen Taschen, und in einer fand er eine kleine Glaskugel, in der Farben wogten, wenn man sie drehte. »Hier, das ist für dich«, sagte er und gab dem Mädchen die Kugel.

Rebecca nahm sie entgegen, drehte sie und beobachtete, wie Farben ineinander glitten, immer neue Muster bildeten. Ein Lächeln entstand auf ihren Lippen …

Eklund seufzte leise, öffnete die Augen und sah auf Rebecca hinab, die in ihrem Bett am Fenster lag, noch immer mit geschlossenen Augen. Aber sie war nicht mehr bewusstlos – sie schlief nur. Und die Diagnosegeräte zeigten einen deutlich verbesserten Zustand an: Die Nieren erfüllten ihre normale Funktion, und es gab keine Blutvergiftung mehr durch Zerfallsprodukte der erkrankten Leber.

»Gib ihr das, wenn sie erwacht.« Eklund holte eine kleine Glaskugel hervor und reichte sie Elisabeth. »Ein Geschenk von mir. Vielleicht ... erinnert sie sich daran.«

»Du warst eine halbe Stunde in Trance«, sagte die Ärztin. »Ich habe schon befürchtet, du würdest es nicht schaffen.«

»Es war nicht leicht.« Eklund spürte die gleiche Schwäche wie am Ende der Treppe im Elysium. »Eigentlich ist es *nie* leicht. Zumindest nicht für mich. Es gibt andere Heiler, die mehr von der Kraft in sich aufnehmen und verwenden können. Offenbar ist meine Gabe nicht sehr groß.«

»Ich würde mich freuen, die Hälfte davon zu haben«, sagte Elisabeth. »Ich könnte sie hier verdammt gut gebrauchen.« Sie legte ihm die Hand auf die Schulter. »Danke, Eklund. Wenn ich irgendetwas für dich tun kann ...«

»Du hast einen schwer verletzten Jungen erwähnt, der sich ungewöhnlich schnell erholt.«

Elisabeth schmunzelte. »Ich führe dich zu ihm. Aber zuerst frühstücken wir zusammen. Du siehst aus, als könntest du eine Stärkung vertragen, und ich brauche einen Aromakaffee.«

Eklund blickte auf seinen Teller: Er hatte drei Croissants und zwei große Päckchen Marmelade aus den Syntho-Maschinen der Hospitalküche gegessen. Seit einiger Zeit spürte er nach Heilungen, besonders nach schweren, großen Appetit, so als hätte er dabei physische Energie verbraucht, obgleich es sich doch um eine mentale Angelegenheit handelte.

Sie saßen an einem Tisch auf der rückwärtigen Seite des Hospitals, unter einer Schatten spendenden Markise. Inzwischen war die Stadt erwacht, und ihre Stimme – der Lärm tausender Fahrzeuge, viele von ihnen bodengebunden, manche mit Levitatoren ausgestattet – war auch hier an der Peripherie zu hören.

Eklund hob den Blick und sah die Sorge in Elisabeths Gesicht.

»Was belastet dich?«

»Wenn ich den Autokraten in die Finger bekäme ... Ich würde ihm seinen verdammten Hals umdrehen.«

Eklund lachte leise. »Und anschließend hättest du einen Patienten und würdest sofort Wiederbelebungsmaßnahmen einleiten.«

Die Ärztin lächelte schief, trank einen Schluck Aromakaffee, ließ den Becher sinken und schloss beide Hände darum, wie auf der Suche nach Wärme, obwohl es daran gewiss nicht mangelte. »Du weißt ja, wie es bei uns aussieht. Wenn es allein nach dem Bedarf ginge ... Wir brauchen eine Erweiterung, mehr Betten, mehr Personal und moderneres Gerät. Erst recht, wenn sich das Syndrom wieder ausbreitet. Stattdessen wird man die Mittel für uns kürzen. Das habe ich gestern erfahren. Das Urbane Symposion muss sparen, heißt es. Und das Symposion untersteht dem Autokraten. Für *ihn* ist genug Geld da.« Elisabeth deutete übers Delta hinweg in Richtung der schwimmenden künstlichen Insel, auf der sich das Domizil des Autokraten erhob, ein Gebäudekomplex, den er für die moderne Version eines mittelalterlichen Schlosses hielt: ein Durcheinander aus Mauern, Türmen, Zinnen, Toren, Minaretten, Wehrgängen, offenen Galerien und anderen Dingen. Und diese architektonische Geschmacklosigkeit präsentierte alle Farben des Spektrums, auf eine Art, die das Auge eines jeden Ästheten beleidigte. »Zum Glück gibt es selbst unter den Autarken, Souveränen und Magnaten von Chiron einige Leute, die sich so etwas wie Moral bewahrt haben und uns gelegentlich mit Spenden helfen. Andernfalls hätten wir das Hospital längst schließen müssen.«

»Vielleicht haben sie ein schlechtes Gewissen«, sagte Eklund nur halb im Scherz und trank ebenfalls einen Schluck Aromakaffee.

»Ohne euch Heiler sähe es hier noch schlimmer aus. Wusstest du, dass euch das Urbane Symposion zu einem offiziellen Teil des Gesundheitswesens gemacht hat? Die medizinische Hilfe der Heiler in Chiron und in den anderen Städten, euer Engagement ... Es ist alles verplant.« Elisabeth seufzte. »Wie konnte es dazu kommen? Kerberos hat ein so großes Entwicklungspotenzial. Dies könnte eine gute Welt sein.«

»Für gewisse Leute ist sie das.«

»Nicht für die dort«, sagte Elisabeth und deutete zum nahen Bidonville. »Ist das nicht seltsam? Es kommen noch immer Einwanderer hierher, in der Hoffnung auf Glück und Reichtum. Es müsste doch längst genug abschreckende Beispiele geben.«

»Kerberos bietet etwas, das woanders nicht so leicht zu haben ist: schöne Träume.«

»Träume, die die Träumer zerstören, manche schnell, andere langsam. Und *gewisse Leute* verdienen verdammt viel Geld damit.« Elisabeth sah erneut zur künstlichen Insel. »Warum lässt deine Weltseele so etwas zu?«

»Vielleicht stellt sie uns auf die Probe«, erwiderte Eklund und gab damit eine Antwort, die Priester seit Jahrtausenden gaben. Er fügte ein Lächeln hinzu und wies so darauf hin, dass er sehr wohl um die Absurdität dieser Worte wusste. »Warum fällt ein Stein, wenn ich ihn hebe und loslasse? Warum sind Planeten rund und nicht viereckig? Warum geht das Leben irgendwann zu Ende? Nicht auf alle Fragen gibt es Antworten.«

»Höre ich da wieder so etwas wie Fatalismus?«

»Vielleicht. Tatsache ist, dass sich manche Dinge durch eine gewisse Eigendynamik auszeichnen, und oft entwickeln sie sich auf eine Weise, die uns nicht gefällt. Wir beobachten diese Entwicklung, und es steht uns frei, so darauf zu reagieren, wie wir es für richtig halten. Jeder von uns kann seinen Beitrag dazu leisten, dass die Dinge besser werden. Du leistest hier großartige Arbeit, Elisabeth. Du hast vielen Menschen geholfen. Dein innerer Motor ist Idealismus.«

Die Ärztin lehnte sich zurück. »Was treibt dich an?«

»Vielleicht suche ich die Seele der Welt.«

»Da wirst du eine Enttäuschung nach der anderen hinnehmen müssen, selbst wenn du tausend Jahre suchst.«

»Ich fürchte, ganz so viel Zeit bleibt mir nicht.« Wieder formten Eklunds rissige Lippen ein geheimnisvolles Lächeln. »Vielleicht suche ich ein wenig Zufriedenheit. Vielleicht suche ich Licht, wo es nur Schatten zu geben scheint. Vielleicht suche ich einen Tropfen Tau auf ausgedörrtem Boden. Vielleicht suche ich das Ende des Regenbogens, um an ihm emporzuklettern.«

»Wann wirst du endlich erwachsen?«, fragte Elisabeth mit einem Kopfschütteln.

»Ich hatte mehr als neunzig Jahre Zeit dazu«, erwiderte Eklund. Etwas ernster fügte er hinzu: »Ich glaube, ich suche nach dem *Sinn* – falls das einen Sinn ergibt.«

»Wortspielereien.«

»Meinst du? Ich bin sicher, du würdest die Dinge anders sehen, wenn du so alt wärst wie ich. Vielleicht suche ich … die letzte Antwort.«

»Die gibt der Tod.«

»Ah, ein interessanter Hinweis von einer Person, die nicht an ein Leben danach glaubt.«

»Das habe ich nie behauptet«, erwiderte die Ärztin. »Ich glaube nur nicht an einen uns übergeordneten bestimmenden Faktor, wie auch immer man ihn nennen mag: Gott, Weltseele und so weiter. Ich glaube an die Existenz der Kraft, die eure Aufgeklärte Gemeinschaft benutzt, um zu heilen. Und das Elysium, von dem du mir erzählt hast, scheint ebenfalls zu existieren, wie und wo auch immer. Ich muss also zugeben, dass manche Dinge, für die ich keine Erklärung habe, Teil der mich umgebenden Realität sind.«

Eklund fiel etwas ein. Er holte das Arzneipäckchen hervor, das Elisabeth ihm gegeben hatte.

»Es ist geöffnet«, stellte die Ärztin fest. »Wann hast du eine Tablette genommen?«

»Während meines Aufenthalts im Elysium. Auf einer langen, nach oben führenden Treppe.«

Elisabeth leerte ihren Becher und stellte ihn auf den Tisch. Eine blau schimmernde Kobaltfliege surrte kurz darüber und schwirrte dann fort.

»Was soll das beweisen?«

»Es beweist, dass man sich davor hüten sollte, irgendetwas für unmöglich zu halten«, sagte Eklund. »Und jetzt ... Führ mich zu dem Jungen.«

»Wir haben inzwischen herausgefunden, dass er Raimon heißt«, sagte Elisabeth, als sie am Bett mit dem jungen Patienten stehen blieben. »Die Eltern sind unbekannt. Entweder ist er irgendwann ausgerissen, oder sie haben ihn im Stich gelassen. So etwas geschieht jeden Tag.« Sie klang bitter. »Etwa zwölf Jahre alt. Wie wir hörten, verdiente er sich seinen Lebensunterhalt als Strichjunge. Mit Drogen soll er nichts zu tun gehabt haben.«

Bruder Eklund blickte auf Raimon hinab. Der Junge war ein wenig mager, aber ansonsten wirkte er normal: dunkles Haar, ein wenig zu lang, Stirn und Wangen glatt, die Augen geschlossen. Er schlief tief und fest.

»Er scheint gesund zu sein.«

»Ja. Und das ist erstaunlich, wenn man bedenkt, dass wir in der vergangenen Nacht ein Projektil aus seiner Brust geholt haben. Das Ding steckte dicht neben dem Herzen. Eigentlich sollte er noch sehr geschwächt sein. Sieh dir das an.« Elisabeth hob das dünne Laken, und die nackte Brust des Jungen wurde sichtbar. Dicht unter dem Herzen zeigte sich nur eine leichte Verfärbung auf der sonnengebräunten Haut, sonst nichts.

 »Ein ... Selbstheiler?«

Elisabeth breitete kurz die Arme aus. »Medizinisch ist das nicht zu erklären. Aber ich dachte immer, ihr könnt euch nicht selbst heilen.«

»Ich kenne niemanden, der dazu imstande ist, und auch auf die Gefahr hin, mich zu wiederholen: Ich bin über neunzig Jahre alt. Während meines langen Lebens habe ich viele Brüder und Schwestern kennen gelernt, und niemand von ihnen war imstande, die Kraft für sich selbst zu nutzen. Wir können uns auch gegenseitig nicht helfen. Ein Selbstheiler wäre absolut einmalig.«

Einige Sekunden lang blickten sie schweigend auf den Jungen hinab. Raimon schlief tief und fest, atmete ruhig und gleichmäßig.

»Unmittelbar nach seiner Einlieferung zeigten die Bio-Servi bei den ersten Untersuchungen Gewebeanomalien an, aber bei den späteren Analysen waren die Werte normal«, sagte die Ärztin. »Ich schätze, es liegt an den Geräten. Sind hoffnungslos veraltet.«

Eklund musterte den Schlafenden und spürte, wie etwas sein Selbst tangierte. Er setzte sich, tastete wie vorsichtig nach der Hand des Jungen und berührte sie.

Von einem Augenblick zum anderen fand er sich vor der Tür des Elysiums wieder und schnappte nach Luft, als sich das Portal aus altem, verwitterten Holz öffnete, ohne dass er es berührte. Das war zuvor noch nie geschehen.

Unsicher trat Eklund durch die Tür, und sofort spürte er heftigen Wind. Er fand sich auf einem Felsplateau wieder, unter einem finsteren, wolkenverhangenen Himmel, an dem es immer wieder flackerte. Böen heulten und kreischten wie gefangene Dämonen, die sich von ihren Ketten losreißen wollten, und Eklund musste sich ducken, um auf den Beinen zu bleiben. Das Portal hinter ihm blieb offen, doch es zeigte nur graue Leere, kein Bild der Welt unter der Welt.

Eine Gestalt stand am Rand des Plateaus, kleiner als er und nicht geduckt, umgeben von einem sonderbaren Licht, das aus ihr selbst zu kommen schien.

»Raimon?«, rief Eklund, um das Fauchen des Sturms zu übertönen. Vorsichtig setzte er einen Fuß vor den anderen und spürte, wie die wütenden Böen an ihm zerrten, Hemd und Hose flattern ließen. Tief unten wogten die bleigrauen Fluten eines Ozeans, aufgepeitscht vom Wind. Hohe Wellen brachen sich an den Klippen, und Gischt sprühte viele Meter weit auf, fast bis zum Plateau empor. Die Gestalt – der Junge – stand gefährlich nah am Rand, doch der Wind schien ihr nichts auszumachen. Das Haar bewegte sich ein wenig, aber die Kleidung – eine zerschlissene Hose und ein einfaches, fleckiges Hemd – blieben vom Wind unberührt.

Als Eklund bis auf etwa zwei Meter herangekommen war, drehte sich der Junge um und stand dadurch mit dem Rücken zum Abgrund. Der Wind heulte noch lauter, türmte die Wellen noch höher auf, wie in dem Versuch, den Knaben in die Tiefe zu reißen. Aber so hoch die Böen die Gischt auch trugen, sie erreichte den Jungen nicht.

»Raimon, hörst du mich?«, fragte Eklund. Vorsichtig öffnete er eine andere Tür, ein Portal in seinem Bewusstsein, spürte sofort das Brodeln der *Kraft,* die den mentalen Äther durchdrang. Er fühlte auch, dass sie den Jungen erfüllte wie keinen anderen Heiler, den er in seinem langen Leben kennen gelernt hatte. Raimon nahm sie so auf wie ein Schwamm Wasser; er badete regelrecht darin. Das sonderbare Licht, das ihn umgab ... In gewisser Weise war es ein *heller* Schatten der Kraft.

»Wer bist du, Raimon?«, fragte Eklund leise. Der Sturm riss die Worte fort, aber aus irgendeinem Grund zweifelte er nicht daran, dass ihn der Junge trotzdem hörte. »*Was* bist du?«

Das Gesicht des Jungen veränderte sich auf eine schwer fassbare Weise. Die Lippen lächelten, ohne sich zu bewegen, und es war ein Lächeln, das nur sie betraf, nicht aber den Rest des Gesichts, der ruhigen Ernst zeigte, und noch etwas anderes, das Eklund nicht ganz verstand, jedoch Assoziationen in ihm weckte. Er dachte an Menschen, die auf dem

Sterbebett verzweifelten, weil sie Abschied vom Leben nehmen mussten, für immer. Er dachte an alternde Frauen, die ihrer verlorenen Schönheit nachweinten, an Kinder, die ihre Eltern durch einen Unfall verloren hatten, an unerfüllte Liebe und enttäuschte Hoffnung. Dies alles und noch viel mehr spiegelte sich in dem Ausdruck, der über das Gesicht des Jungen huschte.

Raimons Lippen gerieten in Bewegung, als er erneut lächelte, langsam die Arme ausbreitete und nach hinten kippte ...

Er stürzte, dem wogenden Meer entgegen, dessen Wogen ihn gierig packten.

Eklund keuchte entsetzt und wäre fast vom Stuhl am Bett des Jungen gerutscht. Elisabeth hielt ihn mit der einen Hand fest, und mit der anderen hob sie ein Injektionsmodul.

Er schüttelte den Kopf und atmete tief durch. »Schon ... gut«, brachte er mühsam hervor. »Es ist alles ... in Ordnung.«

»Bist du sicher?« Die Ärztin legte den Injektor beiseite, nahm einen alten Analysator und richtete ihn auf Eklund. »Du hättest fast einen Zusammenbruch erlitten.«

»Es war ein ... besonderes Erlebnis im Elysium.«

Während Elisabeth auf die Anzeigen des Analysators sah und die Kontrollen des Geräts bediente, glitt Eklunds Blick zu Raimon. Der Junge schlief nicht mehr und hatte die Augen geöffnet. Es waren braune Augen, passend zum dunklen Haar, und das Gesicht – das gleiche Gesicht wie das des Jungen auf dem sturmumtosten Felsplateau – wirkte völlig ausdruckslos, wie eine Maske.

»Hörst du mich, Raimon?«

Der Junge antwortete nicht.

Eklund hielt noch immer die Hand des Jungen, drückte kurz zu und sah dann Elisabeth an, die mit den Anzeigen des Analysators zufrieden zu sein schien. »Dir scheint tatsächlich nichts zu fehlen.«

»Abgesehen von jugendlicher Spannkraft«, sagte Eklund und lächelte kurz. »Elisabeth, ich bin sicher, er ist ein Selbstheiler. Der Erste, den es je auf Kerberos gegeben hat. Ich muss ihn unbedingt zur Zitadelle bringen.«

»Der Hirte hat deinen Kinderhort gerade erst aufgelöst«, erwiderte die Ärztin skeptisch. »Erinnerst du dich?«

»Als ob ich das vergessen könnte ...«

»Er betonte, die Zitadelle sei allein den Mitgliedern der Aufgeklärten Gemeinschaft vorbehalten.«

»Ich mache ihn zu meinem Novizen!«, entfuhr es Eklund. Er war begeistert von der eigenen Idee. »Als mein persönlicher Schüler hat er das Recht, sich in der Zitadelle aufzuhalten. Der Hirte kann es ihm nicht verweigern. Alt genug für einen Schüler bin ich, kein Zweifel. Und du hast selbst gesagt, dass seine Eltern unbekannt sind. Niemand kümmert sich um ihn, und du kannst ihn höchstens einige Tage hier im Hospital behalten.«

Elisabeth seufzte. »Der Hirte wird alles andere als begeistert sein. Bestimmt glaubt er, dass du einen neuen Kinderhort einrichten willst.«

»Er kann mir einen Schüler nicht streitig machen. Und der Hirte wird die besonderen Talente dieses Jungen erkennen. Raimon ist nicht wie die anderen Kinder.«

Erneut drückte Bruder Eklund die Hand des Jungen, und Raimon sah zu ihm auf, stumm und mit ausdrucksloser Miene.

KiTamarani

Nichtlinear

Die Kapsel dehnte sich beim Sprung durch das Schwarze Loch und wurde gleichzeitig zusammengepresst zu einem monodimensionalen Faden, der KiTamarani an den Kerker erinnerte, aus dem sie sich mit einem Gedankendorn befreit hatte. Primäres und sekundäres Selbst blieben stabil, ebenso wie der Teil der gesplitterten Sphäre, mit dem die Konziliantin aufgebrochen war. Die Singularität riss sie aus der gewöhnlichen Raum-Zeit und schleuderte sie durch ein Loch in den Dimensionen ins Chaos der nichtlinearen Zeit. Dort gewann die Kapsel ihre ursprüngliche Struktur zurück und trieb durch das Chaos des Möglichen.

Agens: Spur erfasst.

KiTamarani spürte Erleichterung. Sie hatte befürchtet, dass der Transfer durch das Schwarze Loch zu spät erfolgt oder es dem Keim erneut gelungen war, sich zu tarnen, vielleicht mit geraubter Realität.

Sie streichelte die Komponenten der Kapsel und blickte hinaus in die kosmische Wüste, die Teil der Schöpfung gewesen war, Teil des Universums, das Leben gebar. Aber hier hatte der Omnivor das Gefüge der Kausalität und der Zeit zerrissen, um zu wachsen und stärker zu werden.

Agens: Möglichkeit. Keim will Energie aufnehmen.

»Ja«, sagte KiTamarani und schickte mentale Sonden in den toten Weltraum, ins Brodeln der nichtlinearen Energien.

»Er fühlt sich sicher. Er glaubt nicht, dass ihm jemand hierher folgen kann.«

Agens: Gefahrenpotenzial. Nichtlineare Energie wirkt destabilisierend auf Kapsel.

KiTamarani spürte ein leichtes Zittern in den Komponenten, die sie umgaben, eine Vibration, die auf sie selbst übergriff. Es ... fühlte sich seltsam an. Sie konnte sich nicht an entsprechende Empfindungen im multiplen Wir/Ich des Konziliats erinnern; sie schienen dem Individuellen vorbehalten zu sein.

Die Konziliantin dehnte ihr Selbst, umhüllte die Kapsel mit einer zusätzlichen Schutzschicht und gab ihr dann einen behutsamen mentalen Stoß, woraufhin sich ihr Bewegungsmoment vergrößerte. Sie driftete durch Leere, durch die Strukturlosigkeit des Nichtlinearen, durch zerrissenen Raum und geborstene Zeit. Hier wirbelten Vergangenheit und Zukunft durcheinander und bildeten ein Wirrwarr, in dem alles möglich war, das Absurde ebenso wie das Groteske. Hier gab es keine dem Kosmos inhärenten Gesetze mehr; hier erforderten Wirkungen keine Ursachen.

Doch selbst an diesem Ort gab es noch einige kosmische Saiten, Reste der Schöpfung, die allerdings nicht mehr das Lied des Lebens sangen. An einer solchen Saite flog die Kapsel entlang und folgte der Spur, einer vagen Dissonanz. Ja, der Keim wähnte sich in Sicherheit. Er war jetzt auf der Suche nach einem abgelegenen, Geborgenheit versprechenden Brutplatz, wo er weiterwachsen und zu einem neuen Omnivor werden konnte.

KiTamarani überlegte, ob er sich ebenso an das Ganze erinnerte wie sie. Oder hatte er bei der Splitterung den kollektiven Teil seiner Identität verloren?

Agens: Unbekannter Faktor.

Etwas, das vom Agens nicht gedeutet werden konnte? Das war erstaunlich genug.

»Spezifikation«, sagte KiTamarani knapp.

 Agens: Nicht zu identifizierende Objekte im Raum.

»Wo?«

KiTamarani empfing ein geistiges Bild, und mit einem neuerlichen Streicheln der Kapselkomponenten änderte sie den Kurs. Gleichzeitig rief sie die mentalen Sonden zurück, Kinder ihres Selbst – keine von ihnen brachte nützliche Informationen.

Nicht weit entfernt schwebte eine aus tausenden von größeren und kleinen Fragmenten bestehende Wolke im All.

KiTamarani fühlte sich von einer neuerlichen Vibration erfasst.

Agens: Destabilisierung nimmt zu.

Die Konziliantin achtete nicht auf den Hinweis. »Was hat es mit den Objekten dort draußen auf sich? Wieso kannst du sie nicht identifizieren?«

Agens: Empfehle der Spur zu folgen. Alternative: Rückkehr in die lineare Zeit.

Vorsichtig streckte sich KiTamarani aus, wuchs durch die Außenwände der Kapsel und die von ihr selbst geschaffene Schutzschicht, dehnte sich der seltsamen Wolke entgegen.

Entsetzen erwartete sie.

Ihre Gedanken berührten die Reste einer Konziliantenkapsel. Das Unmögliche war geschehen: Ein Teil des Konziliats existierte nicht mehr.

Tod ...

Tod eines Konzilianten ...

Deshalb hatte das Agens die Objekte nicht identifizieren können: Zum ersten Mal in der Existenz des Konziliats war ein Teil des Wir/Ich zerstört; es gab keinen Präzedenzfall.

Agens: Dringlichkeit. Rückkehr. Gefahrenpotenzial nimmt zu.

KiTamarani spürte es. Die Vibrationen wurden heftiger und zerfransten die Peripherie ihres Seins. Sie gingen von der nichtlinearen Energie aus, die ...

Etwas ließ ihre Gedanken erstarren.

Falsch! Falsch!, heulte ihr primäres Selbst und leitete eine rasche Kontraktion in Richtung Kapsel ein. *Eine zweite Falle, mit den Resten eines Konziliatsplitters als Köder! Zurück, zurück! Fort von hier!*

Der Keim war viel schlauer und gerissener, als sie bisher angenommen hatte. Und viel, viel gefährlicher.

KiTamarani hatte sich gerade im Innern der Kapsel komprimiert, als aus den Vibrationen der vermeintlichen nichtlinearen Energie ein gewaltiges Zerren wurde, das die Komponenten der Kapsel voller Schmerz stöhnen ließ. Der Keim sprang aus dem Schatten einer toten kosmischen Saite, wogte der Kapsel mit der Schwärze des Omnivors entgegen und riss sie mit sich fort.

Kerberos
15. April 421 SN
08:55 Uhr

6

Schlafende Schemen

Edwald Emmerson schaltete den Navigationsservo des Levitatorwagens ein, lehnte sich zurück und ließ die jüngsten Ereignisse im NHD-Laboratorium Revue passieren, über die er den Autokraten informieren musste. Er war kein Kreator und kannte sich nur bedingt mit dem wissenschaftlich-technischen Instrumentarium aus, das aus Basismasse neues Leben schuf. Aber er wusste von den geplanten Eigenschaften des Metamorphs, und seit Beginn des Projekts Doppel-M hatte er spezielle Sicherheitsmaßnahmen ergriffen und darüber hinaus weitere empfohlen. Seine berufliche Spezialität bestand darin, Situationen zu bewerten, Gefahren einzuschätzen und Dinge vorherzusehen, die vielleicht Probleme verursachten. Er befürchtete, dass der entkommene Metamorph zu einem erheblichen Problem werden konnte. Vieles hing davon ab, welche Daten das Programmierungsmodul enthalten hatte.

Emmerson blickte aus dem Fenster des Levitatorwagens. Irgendwo dort unten in der Stadt befand sich das Geschöpf, in dem Stahlkeramik-Durcheinander aus Hochhäusern, Bürozentren, Produktionskomplexen, eleganten Villen, schmutzigen Baracken, Straßen, Gassen, Brücken und Stegen. Von den Ufern des Acheron hatte sich Chiron über die zahllosen großen und kleinen Inseln des Deltas ausgebreitet; Reichtum und Armut, Wohlstand und Elend, Glück und Verzweiflung wohnten dicht nebeneinander. Irgendwo in diesem Chaos wuchs ein künstliches Geschöpf heran. Wie würde es sich verhalten? Diese Frage hatte sich Emmerson in den letzten Stunden immer wieder gestellt.

Voraus, jenseits der ausgedehnten Hafenanlagen von Chiron, wurde die künstliche Insel des Autokraten sichtbar. Emmerson saß allein in dem Levitatorwagen, und deshalb konnte er es sich leisten, das Gesicht zu verziehen, als er an Stokkart dachte. Im Kontinentalwald gab es mehr als tausend verschiedene Pflanzenarten, aus denen sich mehr oder weniger stark wirkende Rauschgifte gewinnen ließen, und Konstantin Alexander Stokkart, nominelles Oberhaupt von Kerberos, verdankte Reichtum und Macht - die tatsächliche ebenso wie die scheinbare - dem Geschäft damit. Wenn es nach dem Autokraten gegangen wäre, hätte Kerberos längst *die* zentrale Rolle auf dem interstellaren Drogenmarkt gespielt, nicht nur im Konsortium, sondern auch in der Allianz und anderenorts. Aber Drogenabhängige waren nur für Drogenhändler gute Kunden; für andere Dinge interessierten sie sich kaum. Deshalb sahen NHD und die übrigen Konzerngruppen des Konsortiums in einem zu großen Rauschgiftkonsum eine Gefahr für ihre wirtschaftlichen Interessen: Sie brauchten gute Absatzmärkte, zahlungskräftige Kunden und zuverlässige Arbeiter. Menschen, die sich innerhalb kurzer Zeit mit Rauschgift selbst zerstörten, passten nicht in ihre Pläne. Wohl aber Leute wie Stokkart, solange man sie kontrollieren und manipulieren, sie als Werkzeug verwenden konnte. Der Autokrat symbolisierte die in den Stand der Legalität erhobene organisierte Kriminalität; auf diese Weise gelang es dem Konsortium und speziell *New Human Design*, der wichtigsten Konzern-Niederlassung im Hades-System, auf Kerberos ein stabiles politisch-ökonomisches Gleichgewicht zu wahren. Der Autokrat besaß einen gewissen Bewegungsspielraum, in dem er frei agieren durfte, und dafür garantierte er, dass sich der Drogenhandel in Grenzen hielt und nicht zu Konflikten mit anderen Welten führte. NHD benutzte ihn als ein Instrument der Kontrolle, und das stellte für Edwald Emmerson, der in den Bahnen eines Polizisten dachte, eines Sekuritos, die Welt auf den Kopf. Hinzu kam eine ganz persönliche Antipathie, die ihm Begegnungen mit dem Autokaten nicht leicht machten. Aber er wusste sich zu beherrschen und verstand es, sich nichts anmerken zu lassen; das gehörte zu seinem Beruf.

Emmerson sah zur künstlichen Insel des Autokraten und fragte sich, wie viele Transtel sie gekostet hatte. Stokkart und sein Clan verdienten nicht nur viel Geld mit dem - geduldeten - Drogenhandel, sondern beanspruchten auch einen großen Teil der Etatmittel von Kerberos für ihre Zwecke.

Die Sensoren des Levitatorwagens registrierten ein Sondierungsfeld, das die Insel in großem Abstand umgab, und der Datenservo sendete automatisch die vereinbarte Autorisierungssequenz. Der Zielerfassungsfokus von verborgenen Waffensystemen folgte dem Levitatorwagen, als er den Flug fortsetzte, noch immer vom Autopiloten gesteuert. Edwald Emmerson sah hinab auf die komplex gestalteten Parkanlagen, die das Schloss - das monströseste Schloss, das jemals existiert hatte - umgaben. Sie vermittelten den durchaus beabsichtigten Eindruck einer Märchenlandschaft voller Zauber und Magie, präsentierten dem Beobachter Motive aus Legenden und Mythen. An einem See, in dem große goldene Fische schwammen, stand ein Riese aus Kunststoff und schien versuchen zu wollen, sie mit bloßen Händen zu fangen. Hinter ihm, auf einem Hügel, tanzten pseudoreale Zwerge einen bunten Reigen; jeder von ihnen war in einer anderen Farbe gekleidet. Hexen flogen auf Besen, während Feen und Elfen über Wiesen wandelten.

»Lächerlich«, murmelte Emmerson, besann sich auf seine Disziplin und bemühte sich um einen neutralen Gesichtsausdruck, den er auch Rubens Lorgard gegenüber oft trug. Die Pflicht rief; was er von all dem dachte, war seine private Angelegenheit.

Ein breiter Burggraben umgab das Schloss, gefüllt mit aus dem Riffmeer hochgepumptem Wasser, und nicht zum ersten Mal fragte sich Emmerson, welche Geschöpfe darin schwammen. Der Autokrat hatte bestimmt nicht darauf verzichtet, auch in dieser Hinsicht seiner verschrobenen Phantasie freien Lauf zu lassen.

Einer der vielen Türme des Schlosses war oben wie ein Drachenkopf geformt, und der Rachen öffnete sich, als der Levitatorwagen näher kam. Edwald Emmerson beugte sich vor und deaktivierte den Navigationsservo, denn er wusste aus Erfahrung, dass die Sondierungssignale der vielen jetzt aktiven Spitzelservi Navigationsfehler bewirken konnten. Mit den manuellen Kontrollen steuerte er den Levitatorwagen durchs Drachenmaul in einen kleinen Hangar, in dem es keine geraden Flächen und Linien zu geben schien. Alles war krumm und gewölbt, und grelle Farben schmerzten in den Augen.

Zwei Wächter traten ihm entgegen, als er ausstieg. Sie trugen wie aufgeplustert wirkende Phantasiekostüme, sahen darin aus wie närrische Harlekine: das eine Hosenbein weiß, das andere rot, hier bunte Tupfer und Kringel, dort ineinander übergehende geometrische Formen.

»Wir sind beauftragt, Sie zu Seiner Durchlaucht zu bringen«, sagte einer der beiden Wächter.

»Gehen wir«, erwiderte Emmerson schlicht.

Der zweite Wächter richtete einen mobilen Sondierer auf ihn und blickte auf die Anzeigen des Geräts. Emmerson kannte diese Untersuchungen von seinen früheren Besuchen und hatte deshalb darauf verzichtet, Waffen oder irgendwelche elektronischen Geräte mitzunehmen. So etwas war auch gar nicht nötig.

Sie begannen mit dem üblichen langen Weg durch Flure, Prunkzimmer und Säle, vorbei an den Dingen, die das »künstlerische Genie« des Autokraten geschaffen hatte: Skulpturen, die nichts Erkennbares darstellten und denen jeder tiefere Sinn fehlte; Gemälde von Personen mit mehreren Augen und

Nasen, und immer grinste ein böses Gesicht am Himmel; andere Bilder, die dem Auge des Betrachters nur Farbspritzer darboten. Überall gab es von Stokkart komponierte Hintergrundmusik, in der Emmerson noch nie so etwas wie eine Melodie hatte entdecken können. In manchen Alkoven und Nischen flüsterte die aufgezeichnete Stimme des Autokraten aus Lautsprechern und zitierte endlos aus literarischen Werken. Emmerson versuchte, sich von all diesen Dingen nicht stören zu lassen, sie gar nicht bewusst zur Kenntnis zu nehmen. Stattdessen dachte er erneut an den Zwischenfall im Laboratorium, an die noch stattfindenden Ermittlungen und daran, was der Metamorph in der Stadt anrichten mochte.

Gelegentlich begegneten sie anderen Personen, viele von ihnen schöne Frauen, mit denen sich Stokkart gern umgab, aber auch finster wirkenden Gestalten, die man nicht an diesem Ort erwartet hätte, eher in bestimmten Vierteln der Stadt. Angeblich waren es Sekretäre und Assistenten, aber Emmerson wusste es besser.

»Bitte warten Sie hier«, sagte einer der beiden Wächter, als sie eine breite Doppeltür erreichten, gesäumt von purpurnen, mit Goldfäden durchwirkten Vorhängen, die offenbar eine majestätische Atmosphäre schaffen sollten. Auf Emmerson wirkten sie nur kitschig, ebenso wie die dionysischen Schnitzereien im massiven Edelholz. Er nahm auf einem der an den Wänden stehenden Stühle Platz, die wie Antiquitäten aussahen, aber aus Synthomasse bestanden. Einer der beiden Wächter trat durch die Tür und schloss sie hinter sich. Der andere bezog daneben Aufstellung, erstarrte zu völliger Reglosigkeit.

Nach einer knappen Minute kehrte der erste Wächter zurück. »Es tut mir Leid, aber Seine Durchlaucht kann Sie derzeit nicht empfangen«, sagte er.

»Ich habe einen Termin mit ihm vereinbart. Es geht um eine wichtige Angelegenheit.«

»Zweifellos. Doch Seine Durchlaucht befindet sich gerade in einer sehr kreativen Phase und möchte sein künstlerisches Potenzial ohne irgendwelche Einschränkungen entfalten können.«

»Ich verstehe«, sagte Emmerson ruhig, und er verstand tatsächlich. Mit dieser Verzögerungstaktik, die Statusunterschiede verdeutlichen sollte, war er ebenso vertraut wie mit all dem Kitsch außerhalb und innerhalb des Schlosses. »Nun gut. Ich warte.«

Der Wächter neigte den Kopf, winkte seinem Kollegen zu und ging mit ihm fort. Emmerson lehnte sich zurück, richtete den Blick auf eine bestimmte Stelle der gegenüberliegenden Wand, schenkte allen anderen Dingen keine Beachtung und ließ seine Gedanken treiben. Stille senkte sich auf ihn herab, eine Lautlosigkeit, die vielleicht bedrückend und verunsichernd wirken sollte. Selbst die leise Hintergrundmusik erklang nicht mehr. Zwar befand sich niemand in der Nähe, aber Emmerson war sich sicher, dass man ihn trotzdem sehr aufmerksam beobachtete, vermutlich mithilfe mikroskopisch kleiner visueller Sensoren in Decke und Wänden. Vielleicht hielt sogar der Autokrat selbst Ausschau, nach irgendwelchen Anzeichen von Nervosität und wachsender Ungeduld. Emmerson verlor Zeit, die er gern für andere Dinge genutzt hätte, aber äußerlich ließ er sich nichts anmerken, und innerlich beschäftigte er sich mit Dingen, die gedanklich erledigt werden konnten: der Zwischenfall im Labor, das Feuer, der Kontakt mit dem Programmierungsmodul und die Flucht des Metamorphs. Er rechnete bald mit einem ersten Ermittlungsbericht und war entschlossen, die Untersuchungen fortzusetzen, zumindest bis zum Eintreffen des Spezialisten, den der NHD-Globaldirektor nach Kerberos schickte – Lorgards Anweisung, mit dem Autokraten zu sprechen, hatte einen Hinweis darauf enthalten.

Die Tür öffnete sich, und eine Stimme erklang. »Seine Durchlaucht ist jetzt bereit, Sie zu empfangen.«

Emmerson stand so auf, als wären nur zwei oder drei Minuten vergangen, obwohl er mehr als eine Stunde gewartet hatte. Der Mann ihm gegenüber war mindestens zwanzig Zentimeter größer als er, trug dezente zivile Kleidung und sah ihn aus Augen an, die fast völlig schwarz waren und kaum Weißes enthielten, Hinweis darauf, dass er *Perfid* nahm, eine der vielen Drogen auf Kerberos, und eine sehr teure. Sie schärfte das Wahrnehmungsvermögen, gab ihm eine fast schmerzhafte Intensität, und angeblich verlieh sie vage telepathische Fähigkeiten. Emmerson versuchte, seine Gedanken unter Kontrolle zu halten, als er dem »Assistenten« durch einen breiten Flur mit großen, ovalen Fenstern folgte. Auf der einen Seite gewährten sie Blick in Richtung Chiron, auf der anderen in den Innenhof des Schlosses. Rüstungen standen an Säulen, die eine gewölbte, mit Fresken geschmückte Decke trugen, wie die leeren Hüllen archaischer Krieger. Vor einer weiteren, kleineren Tür blieb der Mann stehen. »Er erwartet Sie«, sagte er knapp, drehte sich um und ging in die Richtung fort, aus der sie gekommen waren.

Emmerson öffnete die Tür, trat hindurch und ging eine kurze Treppe hoch, die zur Plattform eines Turms führte. Zinnen säumten sie, und an den Wehrmauern standen sogar einige – vermutlich pseudoreale – Kanonen. Doch nicht sie fingen Emmersons Blick ein, sondern das Gebilde auf der Plattformmitte, ein Etwas, das aus einer weichen, teilweise feucht glänzenden Masse bestand und wie der Kothaufen eines Giganten aussah. Der Autokrat stand auf einer kleinen Levitatorscheibe, sauste mit ihr um die Masse herum, nach oben und unten, fügte hier etwas hinzu, nahm dort etwas weg, knetete und glättete an anderen Stellen.

»Na, was halten Sie davon?«, rief Konstantin Alexander Stokkart begeistert und schwebte zum oberen Teil des Gebildes. Dort bohrte er die Faust in die weiche Masse, glitt dann einen Meter zurück und betrachtete sein Werk. »Ich konnte die Arbeit unmöglich unterbrechen, verstehen Sie? Wenn mich die Stimme der Kunst ruft, muss ich gehorchen.«

Emmerson trat näher und nahm einen sonderbaren Geruch wahr, wie eine Mischung aus Salz, Meer und verwesendem Fisch. Offenbar bestand der Haufen aus Algen-Panaschee. Er rümpfte unwillkürlich die Nase, als er sich vorstellte, wie das Zeug in einigen Tagen riechen würde – kein Wunder, dass der Autokrat dieses »Kunstwerk« nicht in einem geschlossenen Raum geschaffen hatte, sondern auf einem Turm, unter freiem Himmel.

»Es ist … eindrucksvoll«, sagte er.

Der Autokrat besah sich sein Werk von allen Seiten. Das schulterlange weiße Haar wehte im Wind, ebenso die leichte, offene Hemdjacke. Die bloßen Arme waren bis zu den Ellenbogen grünbraun, ebenso wie der fast fünf Meter hohe Haufen.

Emmerson trat ein wenig zur Seite, sodass der Wind den Geruch von ihm fortwehte.

Stokkart landete, deaktivierte die Levitatorscheibe und breitete die Arme aus. Wieder erfasste der Wind Haar und Hemd. Trotz des weißen Haars war der Autokrat noch vergleichsweise jung, Mitte vierzig, und in diesem Fall entsprach das Erscheinungsbild der Realität, denn Stokkart hatte, soweit Emmerson wusste, noch keine Resurrektion hinter sich.

»Was stellt es dar?«, fragte er aus reiner Höflichkeit.

Der Autokrat richtete einen erstaunten Blick auf ihn. »Ist das nicht offensichtlich? Diese Skulptur bringt mit ihren subtilen Formen und dem Zusammenspiel von innerer Struktur und äußerer Beschaffenheit die Komplexität des Universums zum Ausdruck. *Deshalb* konnte ich Sie nicht zum vereinbarten Termin empfangen; ich *musste* dieses Kunstwerk fertig stellen.«

»Ich fürchte, es wird nicht annähernd so lange von Bestand bleiben wie das von ihr verkörperte Universum.«

»Genau deshalb habe ich das Algen-Panaschee als Darstellungsmaterial gewählt. Es symbolisiert die Entropie in der uns umgebenden Wirklichkeit, den Zerfall allen Seins.«

Im hageren Gesicht des Autokraten sah Emmerson die Besessenheit eines Mannes, der sich tatsächlich für einen Künstler hielt und nicht begriff, dass er sich mit Absurdem umgab, mit Dingen ohne Inhalt und ohne Bedeutung. Stokkarts blaue Augen hingegen zeigten etwas anderes, die wache Intelligenz eines Mannes, der nicht von ungefähr zum nominellen Oberhaupt eines Planeten geworden war und wusste, wie man gute Geschäfte machte, legale ebenso wie illegale. *Zwei Seelen in einem Körper,* dachte Emmerson, während er Stokkart musterte. *Vielleicht ein echter Fall von multipler Persönlichkeit?* Das hätte einiges erklärt.

Der Autokrat deutete auf einen Tisch vor den Zinnen, direkt neben einer der Kanonen, die zum Riffmeer zeigten und Angreifer zu erwarten schienen. »Lassen Sie uns Platz nehmen.«

Er hielt die Arme unter ein marmornes Drachenmaul, das daraufhin gehorsam Wasser spuckte, und wusch sich, bevor er ebenfalls zum Tisch trat und sich setzte. Eine Karaffe enthielt eisgekühlten Fruchtsaft, und damit füllte er zwei Gläser.

Der Tisch stand im Windschatten, und Emmerson empfand die Hitze des Sonnenscheins schon nach wenigen Sekunden als unangenehm. Das Glas rührte er nicht an, aus Sicherheitsgründen; immerhin wusste er nicht, ob die Flüssigkeit außer Fruchtsaft auch noch etwas anderes enthielt.

»Immer vorsichtig, mein lieber Emmerson?« Der Autokrat trank einen Schluck und lehnte sich mit dem Glas in der Hand zurück. »Nun?«

»In der vergangenen Nacht kam es in einem unserer Laboratorien zu einem Zwischenfall. Ein Feuer brach aus, und dadurch konnte eine Zellmasse nach draußen gelangen.«

»Eine Zellmasse?« Stokkart trank erneut.

»Ein Prototyp«, sagte Emmerson, ohne Einzelheiten zu nennen. »Der planetare Direktor hat mich gebeten, Sie auf eine biologische Kontamination hinzuweisen. Er zweifelt nicht daran, dass Sie alle notwendigen Maßnahmen ergreifen werden.«

»Und woraus bestehen seiner Meinung nach diese ›notwendigen Maßnahmen‹?«

Emmerson holte ein passives Datenmodul hervor und legte es auf den Tisch. »Seine ... Vorschläge sind darin gespeichert. Erhöhte Alarmbereitschaft für die Ordnungskräfte in der Stadt. Der Einsatz von biologischen Sondierern.« *Die in diesem besonderen Fall allerdings kaum etwas nützen,* dachte er. »Ereignisüberwachung und Situationsanalyse. Achten Sie auf ungewöhnliche Vorkommnisse.«

Die beiden Männer blickten auf das Datenmodul und wussten, dass es keine Vorschläge enthielt, sondern Anweisungen. Doch die Balance der Macht auf Kerberos erforderte eine gewisse Diplomatie.

»Der Krieg ist so gut wie zu Ende, habe ich gehört«, sagte der Autokrat nachdenklich und sah dabei ins halb geleerte Glas. »Die Allianz hat sich fast überall durchgesetzt. Globaldirektor Turannen arbeitet mit Enbert Dokkar und Valdorians Sohn zusammen.«

»Das ist richtig.«

»Ich nehme an, es kommt bald zu Veränderungen«, sagte Stokkart vorsichtig.

»Sie betreffen das politische Gerüst des Konsortiums und auch der Allianz, nicht aber Kerberos. Hier ändert sich nichts, Euer Durchlaucht.« Emmerson gab den beiden letzten Worten eine besondere Betonung, ohne sie *zu* ironisch klingen zu lassen.

»Für gewisse Produkte von Kerberos gibt es in der Außenwelt gute Absatzmärkte«, sagte der Autokrat. »Jetzt auch auf den Planeten der Allianz. Durch eine Steigerung des Exports würden mehr Mittel für die Entwicklung von Kerberos frei.«

Emmerson ließ sich auch diesmal nichts anmerken. »Ich trage Ihr Anliegen Lorgard vor, und dann steht es in seinem Ermessen, mit dem Globaldirektor darüber zu reden. Nun, er wäre Ihnen zweifellos dankbar, wenn Sie auf seine Bitten eingingen.« Er deutete aufs Datenmodul.

»Selbstverständlich.« Von einem Augenblick zum anderen lächelte der Autokrat strahlend. »Ich bin immer gern bereit, ihm einen Gefallen zu erweisen. Und ich danke für den Hinweis auf die biologische Kontamination. Ich weiß es sehr zu schätzen, über solche Dinge informiert zu werden.« Er stand ruckartig auf und rieb sich die Hände. »Und jetzt ... Ich fühle, dass mein Kunstwerk noch nicht ganz vollständig ist. Vielleicht sollte ich ihm einige Schwarze Löcher und Quasare hinzufügen? Oder wie wär's mit Dunkler Materie?«

Er lief zur Levitatorscheibe und aktivierte sie. »Sie können mir zusehen, wenn Sie wollen.«

Emmerson stand auf und ging zur Tür. »Andere Dinge erfordern meine Aufmerksamkeit, Durchlaucht. Auf Wiedersehen.«

Auf dem Rückweg durchs Schloss dachte er über die Begegnung nach. Zwei Seelen in einem Körper ... Die des Künstlers, der nichts von Kunst verstand, und die eines eiskalten Geschäftemachers, der sich um Gesetz und Moral ebenso wenig scherte wie um diejenigen, deren Leben er ruinierte. Emmerson wusste nicht, wen von beiden er mehr verachtete. Seine emotionale Reaktion erinnerte ihn an einen Gewissenskonflikt, der ihm manchmal Phasen erheblicher innerer Unruhe bescherte. Er war nicht naiv. Er trug keine Scheuklappen, die ihn daran hinderten, das zu sehen, was sich hinter den Kulissen großer Unternehmen wie NHD abspielte. Er kannte auch die Abgründe der interstellaren Ökonomie und Politik – Gesetz und Moral spielten dort kaum eine Rolle. Das Projekt Doppel-M war ein gutes Beispiel dafür. Emmerson wusste, dass er die großen Dinge nicht ändern konnte, so unmoralisch und *falsch* sie ihm auch erscheinen mochten, aber in seiner gegenwärtigen Position als NHD-Sicherheitschef von Kerberos hatte er Einfluss auf die Dinge, die sich auf einen planetaren Maßstab beschränkten. Und diesen Einfluss wollte er geltend machen, wenn sich ihm Gelegenheit dazu bot.

Als er mit seinem Levitatorwagen den kleinen Hangar verließ und zur Stadt zurückflog, summte der Kommunikationsservo. Elroy Tobias, einer seiner Ermittler, meldete sich.

»Es gibt Neuigkeiten, Chef.«

»Ich höre«, sagte Emmerson.

»Das Feuer im Laboratorium, Chef ... Es war kein Unfall. Es steckt Absicht dahinter.«

»Na, *das* ist interessant.«

Als sich die Tür hinter Edwald Emmerson schloss, ließ der Autokrat die Levitatorscheibe landen, deaktivierte sie und ging zum Waschbecken mit dem Drachenkopf darüber. Erneut reinigte er Hände und Arme, drehte sich dann um und wartete. Als er den Levitatorwagen sah, der den NHD-Sicherheitschef nach Chiron zurückbrachte, veränderte sich sein Gesicht. Eine Maske schien abzufallen, und darunter kam ein anderer Konstantin Alexander Stokkart zum Vorschein. Er hatte die gleichen blauen Augen wie der Autokrat, den Emmerson zu kennen glaubte, aber in diesem Gesicht fehlte das Manische. Die beste Tarnung, so wusste er, bestand darin, von anderen Leuten für verrückt gehalten zu werden und ihnen das Gefühl zu geben, überlegen zu sein, in welcher Hinsicht auch immer. Edwald Emmerson war ein kluger Mann, aufmerksam und intelligent, und er stellte eine potenzielle Gefahr dar, zweifellos eine *größere* potenzielle Gefahr als Rubens Lorgard, dem es vor allem um seine Entwürfe ging. Aber selbst er, der Sicherheitschef, ließ sich täuschen. Stokkart lächelte zufrieden.

Die Tür öffnete sich, und Raphael trat auf die Turmplattform, der Mann, der Emmerson hierher geführt hatte.

»Er ist fort.«

Stokkart nickte. »Ich habe den Levitatorwagen gesehen. Ist Ihnen irgendetwas aufgefallen?«

»Nein«, antwortete die rechte Hand des Autokraten. »Er hat seine Gedanken gut unter Kontrolle.«

»Ich glaube, wir haben erreicht, was wir wollten. Ist unten alles so weit?«

»Ja. Die Kapsel wartet.«

»Ausgezeichnet.« Stokkart trat an Raphael vorbei zur Tür, blieb dort noch einmal stehen und deutete auf sein letztes

»Kunstwerk«. Er seufzte. »Lassen Sie das Zeug fortschaffen, Raphael. Es *stinkt.*«

»Ich kümmere mich darum.«

»Oh, und noch etwas.« Stokkart hob noch einmal die Hand und zeigte auf das passive Datenmodul, das Edwald Emmerson auf den Tisch gelegt hatte. »Sehen Sie sich den Kram an, und bereiten Sie entsprechende Dekrete vor. Ich möchte Lorgard und seinen Sicherheitschef nicht enttäuschen.«

Der Autokrat brachte die Treppe hinter sich, ging einige Meter durch den sich daran anschließenden Flur und blieb an einer Stelle der Wand stehen, die sich nicht von den anderen zu unterscheiden schien. Er vergewisserte sich, dass niemand in der Nähe war, schmunzelte dann und sagte: »Sesam, öffne dich.« Mikroservi überprüften sein Netzhautmuster, und ein Teil der Wand, knapp einen Meter breit und zwei Meter hoch, schwang nach innen. Stokkart trat ohne zu zögern durch die Öffnung, und hinter ihm schloss sich die Geheimtür mit einem leisen Knirschen.

Einige Sekunden lang herrschte völlig Finsternis. Der Autokrat wartete geduldig und wusste, dass ihn weitere Servi sondierten und seine Identität verifizierten. Wenn die Sensoren die Präsenz einer unbefugten Person festgestellt hätten, wären sofort verborgene Waffensysteme zum Einsatz gekommen. Das Geheimnis musste unbedingt bleiben, was es war: ein Geheimnis. Bis es ihm niemand mehr nehmen konnte.

Orientierungslichter glühten an den glatten Steinwänden eines Schachtes und schufen matte Reflexe auf den Stufen der metallenen Treppe, die hinabführte, bis ins »Verlies« des Schlosses, das sich im unteren Bereich der künstlichen Insel erstreckte. Stokkart erreichte es nach wenigen Minuten: sorgfältig gestylte Räume, die nach einem uralten Kellergewölbe aussahen, ausgestattet mit historischen Folterinstrumenten. Manchmal veranstaltete er Partys in diesem Trakt des Schlosses, um die Größen von Kerberos und insbesondere von Chiron zu beeindrucken und seinen Ruf als halb irrer Exzentriker zu festigen. Auch Lorgard war einmal hier gewesen, ein einziges Mal; alle anderen Einladungen hatte er höflich und mit dem Hinweis auf andere Verpflichtungen abgelehnt.

Er passierte eine zweite verborgene Tür, von der nur Raphael und einige andere Vertraute wussten, und die Umgebung veränderte sich abrupt. Das mittelalterliche, düstere Ambiente wich hellen, von Technik dominierten Zimmern. Datenservi summten leise und empfingen Informationen von Sensoren, die sich über und unter dem Wasser des Riffmeers befanden. Bildschirme und dreidimensionale Darstellungen zeigten verschiedene Szenen: die Stadt Chiron, Industrieanlagen, den Kontinentalwald, verschiedene Niederlassungen von *New Human Design*, das Dachgeschoss-Apartment von Rubens Lorgard, andere Orte auf Kerberos und, am wichtigsten, den Meeresboden. Lichter glühten dreitausend Meter tief in der Dunkelheit, wie die Augen maritimer Ungeheuer.

Ein Techniker kam dem Autokraten entgegen, ein Mann, der uneingeschränktes Vertrauen verdiente, so wie Raphael und einige andere. »Die Kapsel ist startklar«, sagte er. »Ich habe alle Systeme überprüft.«

Stokkart nickte ihm kurz zu, trat durch eine kleine Luftschleuse und erreichte einen Raum mit einer etwa vier Meter durchmessenden Öffnung im Boden. Meerwasser klatschte an die Ränder. Darüber hing an einem dicken Verankerungskabel eine speziell gepanzerte, fensterlose Taucherglocke. Eine mobile Treppe führte zu ihr empor, und die Luke stand offen.

Der Autokrat ging zu einem nahen Alkoven, entledigte sich dort seiner leichten Kleidung, streifte einen schwarzen Thermoanzug über und legte einen Instrumentengürtel an – man konnte nie wissen.

Dann stieg er die Treppe hoch, kletterte in die Tauchkapsel und nahm auf dem einzigen Sitz Platz. Er betätigte die Kontrollen, woraufhin sich ein automatischer Sicherheitsharnisch um ihn schloss und die Luke zuklappte. Indikatoren leuchteten auf der Konsole vor ihm, und mehrere Displays gaben Auskunft über den Status der Bordsysteme. Trotz der Versicherung des Technikers startete Stokkart ein Diagnoseprogramm und vergewisserte sich, dass ihm volles Funktionspotenzial zur Verfügung stand – er wollte kein Risiko eingehen. Er aktivierte das Hauptdisplay, und daraufhin schien sich die Wand vor der Konsole in ein mehrere Quadratmeter großes Fenster zu verwandeln. Der Datenservo verarbeitete die Sensordaten zu einer dreidimensionalen Darstellung, die sehr echt wirkte und auf Wunsch mehr Informationen über die Umgebung lieferte als ein gewöhnliches Fenster. Motoren surrten, und das Kabel geriet in Bewegung, ließ die Kapsel langsam ins Wasser sinken. Als sie ganz getaucht war, klinkte Stokkart das Kabel aus, schloss die Hände um das hufeisenförmige Steuer und ließ die Kapsel noch tiefer sinken, bis sie den Zugangsschacht der künstlichen Insel verlassen hatte. Dann drehte er das Steuer und beschleunigte. Mit einer Geschwindigkeit von etwa zwanzig Knoten glitt die Tauchkapsel durch das in dieser geringen Tiefe noch sehr helle Meer, begleitet von einigen neugierigen Kerberos-Fischen, die aus dem nahen Riff kamen, um sich den Besucher anzusehen.

Nach etwa zehn Minuten erreichte Stokkart das Ende des zentralen Riffbereichs. Dahinter fiel der Festlandsockel steil ab, bis in eine Tiefe von etwa drei Kilometern. Pechschwarze Finsternis verwehrte den Blick auf den fernen Meeresgrund, aber der Autokrat wusste, was ihn unten erwartete, etwas, das mehr wert war als alle Drogen und Opale des Planeten.

Er steuerte die Tauchkapsel in die Tiefe.

Im Null

»Er ist tot«, sagte Pergamon. »Wir haben alles versucht, aber wir konnten ihm nicht helfen.«

Dies war der heiligste Ort in der Wabenstadt Äon, wusste Agorax, das Zentrum aller Konzepte der Eternen, wie sich die Temporalen selbst nannten. Dies war der Ort des *Sinns*. Ein runder Raum mit Wänden so grau wie das Nichts am Rande des Nulls. Und in der Mitte dieses Raums schwebte eine schwarze, verschrumpelt wirkende Masse, die sonderbarerweise gewisse Ähnlichkeiten mit den asymmetrischen Kantaki-Schiffen aufwies. Ewige Lichter umkreisten sie, wie kleine Sonnen einen deformen, viel zu groß gewordenen Planeten.

»Wir haben ihn nie erreicht, nicht wahr?«, fragte der Suggestor Agorax.

»Nein. Die Lichter folgen dem Verlauf eines Ereignishorizonts, hinter dem sich eine temporale Singularität befindet. Wir vermuten, dass dieser Keim von mehreren Konzilianten gefunden wurde.« Der Säkulare vollführte eine vage Geste, die seine silbernen Schuppen knistern ließ. »Sie setzten ihn in der temporalen Singularität fest, und dort ist er verendet. Wir haben immer wieder versucht, Wege zu ihm zu finden, um ihn zu befreien, aber unsere Bemühungen sind erfolglos geblieben.«

»Aber wir sehen ihn.«

 »Welch ein Hohn, ihn zu sehen, und nicht zu ihm gelangen

zu können.« Pergamon streckte die Hand aus, und seine Tentakelfinger deuteten auf die dunkle Masse. »Ein Splitter des Omnivors oder des Abissalen, wie ihn die Kantaki nennen ... Sein Tod weist uns darauf hin, dass wir Fehler gemacht haben, Fehler, die sich nicht wiederholen dürfen. Die Säkularen sind nicht vor Irrtümern gefeit, Agorax. Lassen Sie sich nie dazu verleiten, so etwas anzunehmen. Relative Unsterblichkeit bedeutet keine Unfehlbarkeit.«

Agorax hörte stumm zu, gab durch nichts zu erkennen, was er dachte und fühlte. Seine eigenen Aufgaben waren klar umrissen, was ihnen nichts von ihrer Bedeutung nahm. Aber auf den Säkularen des Zirkels der Sieben lastete eine weitaus größere Verantwortung.

Pergamon – sein Hals war besonders dünn und knorrig, und die silbernen Schuppen, die den Rest seines Leibs bedeckten, hatten einen Teil ihres einstigen Glanzes verloren – sah noch einmal zum toten Keim und wandte sich dann dem Ausgang des Raums zu. Agorax folgte ihm, ohne dazu aufgefordert zu sein, und es begann der lange Rückweg durch Äon.

Die Wabenstadt war, wie auch die Zeitflotte der Eternen und die Schiffe der Renegaten-Kantaki, seit dem Ende des verlorenen Zeitkriegs im Null gefangen, aber sie erstreckte sich trotzdem durch mehrere Zeitströme. Agorax spürte die Übergänge ganz deutlich, durch eine Veränderung der Wahrscheinlichkeitsmuster zukünftiger Ereignisse. Eterne kamen ihnen entgegen, junge und alte – nur jeweils sieben, die Säkularen, genossen relative Unsterblichkeit –, und sie alle grüßten respektvoll. Pergamon hatte Agorax eine besondere Aufgabe anvertraut und damit seinen Status erhöht.

»Warum haben Sie mich zum toten Keim geführt?«, fragte der Suggestor schließlich. »Ich vermute, dafür gibt es einen guten Grund. Immerhin bin ich nicht zum ersten Mal in jenem Raum gewesen.«

Sie kamen an halbtransparenten Waben vorbei, in denen Dutzende von Eternen den Zeitschlaf schliefen. Während sie ihre Kräfte erneuerten, träumten sie von einer Rückkehr in die Zukunft. In anderen, größeren Waben wurde konzipiert und konstruiert. Technische Spezialisten planten Erweiterungen von Äon und bauten Apparate, die die Eternen brauchten, um sich im Null zu behaupten. Dies war ein Kerker, und seine Gefangenen versuchten, so gut wie möglich in ihm zurechtzukommen, während die Observanten in den Beobachtungstunneln am Rand des Nichts nach Wegen in die Freiheit suchten.

»Unsterblichkeit ist nicht gleich Unfehlbarkeit«, wiederholte Pergamon schließlich. Er schien sorgfältig über seine Worte nachgedacht zu haben. »Der tote Keim ist ein Beweis für unsere Fehler, der letzte verlorene Krieg und die anderen vor ihm sind weitere. Ein Säkularer zu sein, bedeutet auch nicht unbedingt, die Antworten auf alle Fragen zu kennen. Wir haben Gelegenheit, mehr Wissen zu sammeln, das ist alles.«

Er legte eine Pause ein, als eine Gruppe an ihnen vorbeieilte; anschließend erstreckte sich der Gang leer vor ihnen. Pergamon blieb stehen und sah Agorax an.

»Es sind Stimmen laut geworden, die verlangen, dass wir mit den Zeitschiffen aufbrechen sollten, ungeachtet des Schilds und der temporalen Strudel, die die Zeitmechaniker der Kantaki dort draußen als Fallen geschaffen haben«, sagte der Säkulare ernst. »Solche Forderungen hat man sogar im Zirkel gestellt.«

»Ein Aufbruch ohne einen stabilen Schacht in die Zukunft wäre Wahnsinn«, erwiderte Agorax erschrocken. »Wir müssten mit enormen Verlusten rechnen. Vielleicht würde nicht ein einziges Zeitschiff das temporale Einsatzgebiet erreichen.«

»Es heißt, ein Weg sei gefunden. Ein Riss im Schild, der erweitert werden könnte ...«

»So etwas ließe sich vielleicht bewerkstelligen«, räumte Agorax ein, doch seine Sorge wuchs. »Aber an den temporalen Strudeln kämen wir gewiss nicht vorbei. Sie würden sofort auf die Masse unserer Flotte reagieren.« Plötzlich fiel ihm etwas ein. »Gergurrak.«

»Ja«, sagte Pergamon. »Ein begabter Observant.«

»Und hoffnungslos optimistisch«, betonte Agorax. Suggestor und Säkularer unterbrachen ihr Gespräch erneut, als sich eine Eterne an ihnen vorbeiduckte. Eine Prämutter – Agorax bemerkte die Brutkapseln auf ihrem Rücken. »Und sehr ehrgeizig«, fügte er hinzu, als die werdende Mutter außer Hörweite geraten war. Er senkte die Stimme, als befürchtete er Lauscher. »Er sucht ständig nach Möglichkeiten, seinen Status zu erhöhen, manchmal auch auf Kosten anderer.«

»Ich weiß. Ich lasse ihn schon seit einer ganzen Weile beobachten. Wie auch Sie.« Ein seltsamer Glanz huschte durch Pergamons Augen. »Sie sind wie mein Sohn, der auf dem Planeten namens Kabäa starb, bei der Implosion des dortigen Tors ...«

Agorax horchte auf. Diese Worte erklärten das eine oder andere. Pergamon war ihm immer mit besonderem Wohlwollen begegnet.

»Gergurrak gehört zum Mintor-Zirkel«, sagte der Säkulare.

Agorax wartete.

»Auch Hogaron stammt aus dem Mintor-Zirkel«, fuhr Pergamon fort. »Und Hogaron zählt als Säkularer zum Zirkel der Sieben. Er hat sich für den Aufbruch der Zeitflotte ausgesprochen, mit Hinweis auf den sicheren Weg, den Gergurrak angeblich gefunden hat.«

»Ich habe die Muster gesehen. Ich kenne den Schild und seine Risse; ich habe lange genug meine Gedanken hindurchgeschickt. Ich weiß, wo die temporalen Strudel positioniert sind, und ich kenne auch ihre Struktur. Es gibt keinen sicheren Weg.«

Pergamon vollführte eine zustimmende Geste, setzte sich wieder in Bewegung und ging mit langsamen Schritten. Agorax blieb an seiner Seite.

»Der Aufbruch der Zeitschiffe unter den gegenwärtigen Bedingungen müsste unweigerlich zur Katastrophe führen«, sagte Agorax, als Pergamons Schweigen andauerte.

»Ich teile diese Ansicht«, sagte der Säkulare. »Doch ich fürchte, dass Hogaron an Einfluss gewinnt. Seine Worte und

Gergurraks Behauptungen sind wie eine Saat, die im fruchtbaren Boden der Hoffnung aufgeht. Wir alle möchten das Null verlassen, und es gibt viele, die zu glauben bereit sind, dass tatsächlich ein sicherer Weg existiert. Sie verschließen ihre Augen vor der Gefahr.« Lidmembranen glitten über Pergamons schwarze Augen und unterstrichen seine Worte.

Vor ihnen verbreiterte sich der Korridor zu einem Etappenraum, in dem Transferfahrzeuge bereitstanden: Spiralen aus miteinander verflochtenen dünnen Stangen, an der einen Seite eine Öffnung, durch die man ins Innere schlüpfen konnte. Ihre Betriebsenergie bezogen die Transferer aus der Zeit: Ein spezieller Apparat wandelte temporale Energie in kinetische um. Zeit gab es genug, selbst im Null.

»Es gibt nur eine Lösung für das Problem«, sagte Pergamon, nachdem er sich vergewissert hatte, dass sie im Etappenraum allein waren. Dicht vor ihnen ragte der Hauptschacht durch die Wabenstadt Äon, erfüllt vom Summen des Verkehrs. »Es muss bewiesen werden, dass der angeblich sichere Weg nicht sicher ist.«

Agorax musterte den Säkularen verwirrt. »Wie soll ein solcher Beweis erbracht werden? Wollen Sie ein Zeitschiff und seine Besatzung opfern, um ...«

»Vielleicht gibt es eine andere Möglichkeit«, unterbrach Pergamon den Suggestor. »Ich kümmere mich darum. Um nun Ihre Frage zu beantworten, warum ich Sie zum toten Keim geführt habe ...« Er sah Agorax an, und sein Blick gewann eine neue Intensität, die diesem speziellen Augenblick, besondere Bedeutung verlieh. »Treiben Sie Ihr Projekt voran, Agorax. Nutzen Sie alle Möglichkeiten aus, die sich Ihnen bieten. Versuchen Sie, so schnell wie möglich einen Erfolg zu erzielen.«

»Sie meinen den Menschen Valdorian?«

»Ja. Ich kann vielleicht verhindern, dass sich Hogaron im Zirkel der Sieben durchsetzt, aber früher oder später wird wieder jemand behaupten, einen sicheren Weg gefunden zu haben, und dann wird die Hoffnung viele erneut blind machen für die Gefahr. Bis das geschieht, müssen die temporalen Strudel und der Schild neutralisiert sein. *Von außen.*«

Agorax verstand. »Der Keim. Aber wenn ich versuche, möglichst schnell einen Erfolg zu erzielen ...«

»Die Zeitwächter der Kantaki auf Munghar könnten es bemerken, das ist mir klar. Es ist ein Risiko, das wir eingehen müssen. Wir stehen vor einer schweren Krise, Agorax. Irgendwann gelingt es jemandem, die Reste unseres Volkes zum Aufbruch zu überreden. Wenn bis dahin nicht von außen ein Tunnel zum Null geschaffen worden ist, wird die Zeitflotte untergehen.«

»Ich verstehe«, sagte Agorax. »Ich werde mir alle Mühe geben.«

»Daran zweifle ich nicht. Und ich weiß, dass Sie gute Arbeit leisten werden.« Pergamon hob die rechte Hand und zog einen Zirkelring von einem seiner Tentakelfinger. »Hier, nehmen Sie das. Ich glaube, dies ist der geeignete Augenblick.« Und leiser: »Vielleicht gibt es keinen anderen.«

Agorax starrte verblüfft auf den Ring. »Aber das bedeutet ...«

»Es bedeutet, dass ich Sie in meinen Zirkel aufnehme. Von jetzt an sind Sie Mitglied des Kontar-Zirkels.«

Agorax war sprachlos. »Es ... es ist mir eine große Ehre«, brachte er schließlich hervor.

Pergamon trat in einen Transferer, dessen Antriebsmodul sofort zu summen begann. »Ihr Projekt hat absolute Priorität. Greifen Sie auf alle Ressourcen zurück, die Sie brauchen. Berufen Sie sich auf mich, wenn Sie irgendwo auf Schwierigkeiten stoßen.« Die Spirale stieg auf, neigte sich zur Seite, kippte in den Hauptschacht und surrte davon.

Agorax betrachtete den Zirkelring, schob ihn sich stolz auf einen Tentakelfinger und schlüpfte dann ebenfalls in einen Transferer. Es wartete viel Arbeit auf ihn.

Kerberos
15. April 421 SN
10:35 Uhr

7
Ausblicke

»Sieh nur die vielen Menschen«, sagte Bruder Eklund. »Sie hasten hin und her, haben keine Zeit füreinander, sind immer angetrieben von Eile. Und obwohl es hier so viele gibt, und dicht beieinander, sind doch viele einsam. Ist das nicht seltsam, Raimon?«

Sie befanden sich in der Nähe des Hafens, am Rand eines Platzes, auf dem der tägliche Fischmarkt zu Ende ging. Die Fischerboote hatten ihren Fang schon vor einigen Stunden gebracht, noch während der Dunkelheit, und die Einkäufer von Mensen, Restaurants und Tavernen hatten ihren Tagesbedarf an Fischen und Meeresfrüchten gedeckt. Mit kleinen Levitatorwagen, bodengebundenen Transportern und sogar Handkarren brachten sie ihre Einkäufe fort. Die wichtigsten Kunden verließen den Platz, aber es blieben noch viele andere, denen es nur darum ging, die eine oder andere Spezialität zu kaufen, genug für ein oder zwei Mahlzeiten.

Eklund sah auf den Jungen hinab, der noch immer schwieg, das Geschehen auf dem Platz aber aufmerksam beobachtete. Hinter ihnen rollte, schwebte und summte der Verkehr durch einen breiten Verkehrskorridor.

»Dir ist nicht nach Reden zumute, wie?«, fragte Eklund freundlich. »Nun, macht nichts. Dann übernehme ich das Reden eben für uns beide.« Er legte Raimon die Hand auf die Schulter, und der Junge sah stumm zu ihm auf. Der vom

Meer her wehende Wind zerzauste ihm das dunkle Haar, und in den braunen Augen sah Eklund etwas, das er nicht zu deuten wusste. *Hast du einen Schock erlitten?,* dachte er. *Sprichst du deshalb nicht?* »Hast du Hunger? Möchtest du etwas essen, bevor wir den Weg zur Zitadelle fortsetzen?« Er deutete zum Pelion-Massiv im Osten und Süden der Stadt; die steilen, hohen Felswände waren kaum zu übersehen. »Der Weg ist noch weit, und du hast einiges hinter dir. Komm.«

Sie gingen am Rand des Marktplatzes entlang, vorbei an den vielen Buden und Ständen, von denen ein intensiver Fischgeruch ausging. Eklund mochte ihn, obwohl ihn andere Leute als unangenehm empfanden. »Wenn man bedenkt, was aus dieser Stadt geworden ist ... Ich bin als kleiner Junge hierher gekommen, vor fast neunzig Jahren, und damals war Kerberos für viele eine Welt der Hoffnung. Manche sahen in ihr so etwas wie eine Abkürzung auf dem Weg zum Glück. Und Chiron ... Ach, Chiron war damals noch eine kleine Stadt. Und heute? Sieh dich um. Es ist eine Metropole geworden, so wie aus einem Kind ein Erwachsener wird. In diesem Fall allerdings handelt es sich um einen chronisch kranken Erwachsenen mit Eiterbeulen und Blähungen.«

Erneut sah er auf den Jungen hinab und lächelte, um darauf hinzuweisen, dass seine letzten Worte nicht ganz ernst gemeint waren. Aber Raimon schaute sich nur um, und sein Gesicht blieb dabei völlig unbewegt. Eklund fühlte sich von Zweifel heimgesucht. Hätte er den Jungen doch besser bei Elisabeth lassen sollen, für zwei oder drei Tage? In der vergangenen Nacht hatte er zweifellos ein schweres Trauma erlitten, und vielleicht brauchte er medizinisch-psychologische Betreuung. Andererseits: Die verblüffend schnelle Erholung von der fast fatalen Schusswunde ließ eigentlich nur den Schluss zu, dass er ein Selbstheiler war, und die Kraft würde nicht nur den Körper heilen, sondern auch den Geist.

Auf der anderen Seite des Platzes, an dem breiten Weg, der zu den verschiedenen Hafensektionen führte, gab es mehrere große Grillstände, die Passanten frisch zubereiteten Fisch und andere Spezialitäten anboten. Rosalindas Stand befand sich an der üblichen Stelle, und Eklund hielt direkt darauf zu.

»Rosalinda ist eine alte Bekannte von mir«, erklärte er dem stummen Jungen. »Ich habe ihr mehrmals geholfen, und auch ihren beiden Kindern. Sind etwa in deinem Alter, weißt du. Vor einigen Jahren litten sie am Syndrom, und ich habe sie geheilt. Dafür ist sie mir noch immer dankbar.« Er winkte der Frau am Grill zu. »Hallo, Linda!«

»Oh, Eklund!«, freute sich die Frau. Sie war etwa vierzig, und ein anstrengendes Leben hatte Spuren in ihrem Gesicht hinterlassen. Doch ihr Lächeln schien einem Mädchen zu gehören, so unschuldig und unbeschwert wirkte es. »Ich habe Sie seit einigen Wochen nicht mehr gesehen.«

»Chiron ist groß«, sagte Eklund. »Und ich verlasse die Zitadelle nicht jeden Tag.«

Rosalinda packte für einen Kunden mehrere zart gebackene Dornfische ein, wandte sich dann Eklund zu und wischte ihre Hand an der Schürze ab, bevor sie sie ihm reichte.

»Und das ist ...?« Sie sah den Jungen an.

»Raimon. Er spricht nur wenig.«

»Und ich nehme an, er hat ... Hunger?«

Eklund behielt den Knaben aufmerksam im Auge und beobachtete, wie sich der undeutbare Glanz in seinen Augen ein wenig veränderte. Für einen Sekundenbruchteil glaubte er, etwas Raubtierhaftes zu sehen, wie das Blitzen in den Pupillen eines Springteufels im Kontinentalwald, unmittelbar vor dem Sprung auf ein Opfer. Doch jenes sonderbare Licht verschwand so schnell, dass Eklund nicht sicher war, es wirklich gesehen zu haben.

Rosalinda schnitt ein ovales Syntho-Brötchen auf, legte erst eine Scheibe Würzsalat und dann eine gegrillte Riffgarnele hinein. »Hier, das wird dir schmecken.«

Raimon nahm das Brötchen entgegen, betrachtete es und schien nicht zu wissen, was er damit anstellen sollte.

»Nur zu, iss.« Eklund deutete auf den Mund.

Raimon kam der Aufforderung zögernd nach, biss in das Brötchen und kaute, erst zaghaft, wie jemand, der nicht genau wusste, wie er mit seinen Kauwerkzeugen umgehen sollte, dann mit mehr Appetit.

»Und ob es ihm schmeckt«, sagte Eklund zufrieden und sah die Frau am Grill an. »Linda ...«

»Sie brauchen natürlich nichts dafür zu bezahlen. Wäre ja noch schöner. Sie haben mir oft genug geholfen.« Sie griff nach einem weiteren Brötchen. »Wenn Sie ebenfalls eins möchten ...«

»Ich habe bei Elisabeth gefrühstückt, im Hospital.« Er trat näher und griff nach Rosalindas linker Hand. »Was macht Ihre Migräne?«

»Oh, die Kopfschmerzen sind nicht mehr annähernd so stark wie früher. Danke dafür.«

»Aber Sie leiden noch immer an ihnen, nicht wahr? Mal sind sie stärker, mal schwächer, habe ich Recht?« Eklund seufzte. »Es gibt bessere Heiler als mich. Und außerdem bin ich alt geworden, es lässt sich nicht länger leugnen. Aber vielleicht ...«

Seine Finger drückten sanft zu, und er schloss die Augen, griff nach der Kraft, die er immer in Reichweite wusste. Manche Heiler schienen besonders große Hände zu haben, denn sie schafften es, viel Kraft zu schöpfen. Bei ihm rann ein Teil davon wie feiner Sand durch die Finger, bevor er sie nutzen konnte. Diesmal brauchte er nicht Kontakt mit dem Elysium aufzunehmen, denn für so kleine Dinge – die Verbannung von oberflächlichem Schmerz – genügte die Kraft, die auf Kerberos alles durchdrang. Die Beseitigung von *Ursachen*, echte Heilung ... so etwas erforderte die Kraft in der Welt über der Welt. Doch nachdem er Rebecca geholfen und Raimon im Elysium begegnet war, brauchte die Gabe in ihm einige Zeit, sich zu regenerieren. Die Angehörigen der Aufgeklärten Gemeinschaft konnten durch allzu häufigen Gebrauch dieser Kraft ausbrennen, wenn sie nicht Acht gaben.

Eklund sah einen dunklen Fleck an Rosalindas Kopf, hob die mentale Hand und wischte ihn fort. Selbst diese kleine Geste bescherte ihm neue Müdigkeit, was ihn darauf hinwies, dass er für heute genug geleistet hatte. Als er die Hand wieder sinken ließ und die Lider heben wollte, bemerkte er ein Licht in der Nähe. Er drehte den Kopf, und mit seinen geistigen Augen sah er Raimon, von einem gelbweißen Glühen umgeben. Die Kraft strömte in ihn hinein, die Kraft des Elysiums, wie ein Schwarzes Loch saugte er sie auf, und an seinem ganz persönlichen Ereignishorizont wurde Strahlung frei, in Form eines flammenden Fanals, das immer heller zu werden schien. Eklund sah eine sonderbare Teilung des bis dahin so maskenhaften, neutralen Gesichts: Die eine Hälfte war fratzenhaft entstellt, die andere ruhig und sanft.

»Eklund?«

Er öffnete die Augen und sah einen Raimon, der sich die Finger leckte und ganz normal aussah. Kein Glühen umgab ihn, und das Gesicht zeigte die gleiche Leere wie zuvor; es wartete noch immer darauf, mit Emotionen gefüllt zu werden.

»Stimmt was nicht, Eklund?«

»Ich glaube, ich bin nur ein wenig müde«, sagte er, obwohl er es besser wusste. Aufregung zitterte in ihm. Der Junge war enorm begabt; daran konnte kein Zweifel mehr bestehen.

Rosalinda rieb sich die Schläfen und lächelte erfreut. »Sie sind weg. Die Kopfschmerzen sind vollkommen verschwunden. Danke, Eklund. Ich stehe erneut in Ihrer Schuld. Wenn Sie irgendetwas brauchen ...«

»Wenn ich Hunger habe, weiß ich, wo es etwas Leckeres gibt. Lassen Sie es sich gut gehen, Linda. Komm, Raimon, setzen wir den Weg fort.«

Eklund winkte noch einmal, ging dann mit dem Jungen am Straßenrand entlang und stützte sich dabei häufiger als sonst auf den Gehstock. Er achtete darauf, im Schatten der großen Farnpalmen zu bleiben, die wie eine lange Reihe von

Wächtern vor den Geschäften, Kasinos und Traumpalästen standen. Wo der Meereswind die Straße nicht erreichte, war es bereits ziemlich warm, und während der nächsten Stunden würde die Temperatur schnell steigen. Vielleicht war das einer der Gründe, warum es die Bewohner der Stadt so eilig hatten. Möglicherweise wollten sie alle ihre Dinge erledigen, bevor es am frühen Nachmittag so heiß wurde, dass Chiron für zwei oder drei Stunden Siesta hielt. Bodenwagen brummten, hupten, rasselten und klingelten. Fahrräder und Mini-Levitatoren bildeten ein manchmal unentwirrbar scheinendes Durcheinander. Levitatorwagen glitten an ihnen vorbei, einige von lauter Musik begleitet, andere fast lautlos; sie wirkten wie zu groß geratene exotische Insekten. Dutzende von Handkarren bewegten sich inmitten der vielen Menschen auf den breiten Gehsteigen.

»Sieh nur dieses Gedränge, diese Unruhe und Frustration, die flüchtigen Blicke«, sagte Eklund. »Und abends, wenn die Sonne untergeht und es ein wenig kühler wird, ist es noch viel schlimmer. Sag mir, Raimon: Warum *haben* es diese Leute so eilig, und was ist so reizvoll daran, in einer großen Stadt zu leben, unter solchen Bedingungen?«

Der Junge schwieg auch weiterhin. Sie gingen Hand in Hand, und seine Miene blieb maskenhaft starr, während er den Kopf von einer Seite zur anderen drehte, alles beobachtete.

»Du willst noch immer nicht sprechen?«, fuhr Eklund fort, und sein Ich war dabei wie geteilt: Eine Selbsthälfte richtete Worte an Raimon, und die andere dachte über ihn nach, voller Aufregung und Hoffnung. »Schon gut, das macht überhaupt nichts. Nun, ich muss zugeben, dass es mich gelegentlich hierher zieht – ich besuche Elisabeth und verdiene mir mit dem Heilen Geld beziehungsweise den einen oder anderen Gefallen –, aber anschließend bin ich froh, zur Zitadelle zurückkehren zu können. Hier würde ich es auf Dauer nicht aushalten. Oh, die Zitadelle ...« Er blieb kurz stehen und deutete zu den hohen Felswänden des Pelion-Massivs. Die

Höhlenzugänge wirkten wie dunkle Flecken an ihr, die Kabelstränge, Seile, Leitern und Treppen wie ein zartes Gespinst. »Sie wird dir gefallen, und der Hirte hat bestimmt nichts dagegen, dass du bei mir bleibst. Ja, zugegeben, er hat die anderen Kinder fortgeschickt, aber diesmal ...« Erneut blieb er stehen, und der Junge sah zu ihm auf, schien irgendetwas zu erwarten. »Ich werde nicht zulassen, dass er dich fortschickt«, fügte Eklund mit plötzlichem Ernst hinzu und ging weiter, Raimons Hand in der seinen.

An einem großem Springbrunnen machten sie kurz Rast. Eklund trank vom plätschernden Wasser und bedeutete dem Jungen, seinem Beispiel zu folgen. Nach kurzem Zögern kam Raimon der Aufforderung nach, und einmal mehr wirkte er unsicher, wie nach dem ersten Bissen von Lindas Brötchen. Als sie anschließend den Weg fortsetzten, änderte sich das Erscheinungsbild der Stadt. Rechts ragten Türme mit Büros und Luxusapartments vierzig und mehr Stockwerke weit auf. Ihre Außenflächen bestanden zum größten Teil aus halbtransparenter, reflektierender Synthomasse – die Gebäude funkelten wie gewaltige Kristalle im Sonnenschein. Links, zum Riffmeer hin, erstreckten sich speziell geschützte Bereiche mit Villen aller Art. Die Angehörigen privater Sicherheitsdienste patrouillierten dort, unterstützt von den Sekuritos. Dazwischen, bis hin zum sumpfigen Teil des weiten Acheron-Deltas, erstreckte sich das »Traumzentrum«, eine Stadt innerhalb der Stadt, bestehend aus teilweise bizarr anmutenden Gebäuden: Spielkasinos; Bordelle, in denen nicht nur menschliche Frauen und Männer teilweise recht exotische Dienste anboten; die Datenservi-Zentren zahlreicher Anderswelten; und natürlich die eigentlichen Traumpaläste, hunderte, jeder von ihnen ein Treffpunkt für jene Leute, die sich von Kerberos' zahlreichen Drogen Glück erhofften. Selbst jetzt, am Morgen, herrschte dort reger Betrieb. Ein süßlicher Geruch hing in der Luft, wie eine Erinnerung an die Blumen im Kontinentalwald, aus denen viele Rauschgifte gewonnen wurden.

An einer schattigen Stelle blieb Eklund stehen, hob seinen Gehstock und deutete damit auf die Umgebung. »Ich habe von einer Abkürzung auf dem Weg zum Glück gesprochen, erinnerst du dich?« Erneut richtete er die Worte an Raimon, doch diesmal führte er eher ein Selbstgespräch. »Hier siehst du sie. Aber es ist nur scheinbar eine Abkürzung und in Wirklichkeit eine Sackgasse. O ja, die Menschen, die hier Glück suchen – und es kommen nicht nur Menschen hierher – finden es tatsächlich, in Form von süßen Träumen. Aber sie müssen dafür bezahlen, nicht nur mit Transtel, sondern auch mit körperlichem und geistigem Verfall. Je mehr sie träumen, desto grässlicher erscheint ihnen die Realität und desto öfter wollen sie ihr entfliehen. Eigentlich steckt das wahre Gift bereits in ihnen, noch bevor sie hierher kommen. Es heißt *falsche* Hoffnung und Verzweiflung.«

Er legte dem Jungen den Arm um die Schultern. Raimon hatte ruhig zugehört und sah erneut zu ihm auf, die braunen Augen unergründlich tief. »Aber wer weiß? Vielleicht ist auch dies hier alles nur ein Traum.« Wieder hob er den Gehstock und vollführte damit eine Geste, die der ganzen Stadt galt. »Ob ein guter oder schlechter – das hängt von der jeweiligen Perspektive ab. Ja, vielleicht ist *alles* nur ein Traum, im Innern eines anderen Traums. Und wenn wir eines Tages erwachen ...« Er zuckte mit den Schultern und brachte den Satz nicht zu Ende.

Sie gingen weiter, immer darauf bedacht, im Schatten der Farnpalmen zu bleiben. Das Chaos um sie herum schien zu pulsieren, mal größer und lauter, dann wieder kleiner und leiser zu werden, der Pulsschlag der Stadt. Als sie sich anschickten, einen offenen Bereich zu überqueren, der kaum Schatten bot, sah Eklund einen jungen Fischer namens Sebastian, der nach einer langen Nacht auf dem Riffmeer und anstrengenden Stunden auf dem Markt nach Hause zurückkehrte. Vor zwei Jahren hatte er ihn von einem sehr hässlichen Hautausschlag geheilt, und dafür war ihm Sebastian noch immer dankbar. Er bot Eklund und seinem stummen

Begleiter an, sie zum Stadtrand zu fahren und in der Nähe der Zitadelle abzusetzen.

Der Wagen des jungen Fischers war uralt, vielleicht noch älter als Eklund. Angetrieben wurde er von einem Verbrennungsmotor, dessen Filter defekt zu sein schienen, denn immer wieder kam dichter Qualm aus dem Auspuff. Überall quietschte, rasselte und knackte es, so als könnte das Fahrzeug jederzeit auseinander brechen. Einen Klimaservo gab es nicht. Durch mehrere offene Fenster hereinströmende Luft brachte Abkühlung, solange der Wagen in Bewegung war; wenn er anhielt, wurde es innerhalb weniger Sekunden fast unerträglich heiß. Hinzu kam der Geruch von nicht mehr ganz frischem Fisch. Doch auf diese Dinge achtete Eklund gar nicht. Er war froh, den ganzen Weg bis zu den Felswänden des Pelion-Massivs nicht zu Fuß zurücklegen zu müssen. Während er mit Sebastian sprach und sich nach dem Befinden seiner Eltern erkundigte, erfuhr er, dass Jisbo, Sebastians Vater, am Riff noch immer nach Opalen tauchte, trotz des Problems mit seiner Lunge. »Allerdings nicht mehr an der alten Stelle«, sagte Sebastian, beide Hände um das große Steuer des schaukelnden Bodenwagens geschlossen. »Das hat der Autokrat verboten.«

»Warum?«, fragte Eklund.

Sebastian zuckte mit den Schultern. »Angeblich steht dieses Gebiet jetzt unter Naturschutz.«

»Aber das glauben Sie nicht?«

»Mein Vater und andere haben an jener Stelle mehr als zwanzig Jahre lang nach Riffopalen getaucht, ohne dass sich der Autokrat darum gekümmert hätte. Warum sollte es ihm jetzt plötzlich darum gehen, die Natur zu schützen? Bestimmt will er die Opale für sich selbst.«

»Ist er nicht schon reich genug?«

Sebastian sah kurz zur Seite. »Kriegen Leute wie der Autokrat jemals den Hals voll?«

Sie plauderten über andere Dinge, und aus den Augenwinkeln beobachtete Eklund den auf der Rückbank sitzenden Jungen. Raimons Gesicht war jetzt nicht mehr leer, sondern zeigte ... Interesse. Ja, Eklund glaubte, der Umgebung geltendes Interesse zu erkennen, aber darunter gab es noch etwas anderes, so verborgen wie ein Schatten im Innern eines Schattens. Alles schien völlig neu für ihn zu sein, selbst die kleinsten, alltäglichen Dinge. Vielleicht ging Raimons Schweigen nicht nur auf einen Schock zurück, überlegte Eklund. Möglicherweise litt er an einer ausgeprägten Amnesie. Hatte er *vergessen*, dass er sprechen konnte? Versuchte er mühsam, sich an eine Welt zu erinnern, die vor dem tragischen Zwischenfall in der vergangenen Nacht vertraut gewesen war, ihm jetzt aber völlig fremd erschien? Wenn das stimmte, und wenn er wirklich über die Fähigkeit des Selbstheilens verfügte ... Konnte er seinen Geist dann ebenso reparieren wie den Körper?

»Da sind wir«, sagte Sebastian schließlich und hielt in einer weiten Kurve an. »Näher kann ich euch nicht heranbringen. Den Rest müsst ihr zu Fuß gehen.«

»Danke. Es ist nicht mehr weit. Komm, Raimon.«

Sie stiegen aus, und Eklund sah noch einmal durch das Seitenfenster herein. »Lassen Sie es sich gut gehen, Sebastian. Grüßen Sie Ihren Vater von mir, und sagen Sie ihm, er soll es mit dem Tauchen nicht übertreiben.«

»Ich richte es aus.« Der junge Fischer winkte, und sein alter Wagen schaukelte und rasselte davon.

Andere Fahrzeuge rollten über die breite Straße, manche neu, die meisten alt, viele von ihnen große Ungetüme aus Metall, Synthomasse und Gestank: Transporter, die zwischen den anderen, kleineren Städten an der Küste und Chiron verkehrten. Eklund deutete mit dem Gehstock auf einen unbefestigten, von vielen Füßen ausgetretenen Weg. »Hier geht's lang, Raimon.«

Der Junge folgte ihm, wortlos wie immer, aber auch neugierig.

Vor und links von ihnen, im Süden und Osten der Stadt, ragte das Pelion-Massiv steil empor, bis in eine Höhe von fast tausend Metern, eine natürliche Barriere, die Chiron oft vor den tropischen Stürmen weiter im Süden schützte. Wie der Keil eines Giganten schob sich das Gebirge aus dem endlosen Grün des Kontinentalwaldes ins Riffmeer.

»Wenn du eine Art Burg oder Feste erwartet hast, muss ich dich enttäuschen«, sagte Eklund, als sie dem Verlauf des Weges folgten. Wind wehte hier und machte die Hitze erträglicher. »Ich weiß auch nicht, warum die Gründer der Aufgeklärten Gemeinschaft die Höhlen ›Zitadelle‹ genannt haben. Vielleicht deshalb, weil sie Schutz boten, nicht nur vor dem Wetter, sondern auch vor eventuellen Angreifern, die es meines Wissens nie gegeben hat. Allein die Weltseele weiß, von wem die Bezeichnung stammt.« Er blieb im fransigen Schatten eines hohen Strauchs stehen und schnaufte leise; an dieser Stelle führte der Weg recht steil nach oben. »Habe ich dir von der Seele der Welt erzählt, Raimon? Nein? Nun, du bist jetzt mein Novize, und wir werden noch oft Gelegenheit bekommen, über solche Dinge zu reden. Was die Zitadelle betrifft …«

Er ging weiter und stützte sich mit dem Gehstock ab. Nach einigen Metern griff Raimon nach seiner freien Hand, und das verblüffte Eklund so sehr, dass er stehen blieb und erstaunt auf den Jungen hinabsah. Raimon blickte an der Felswand empor, die weit oben die Wolken berührte, schien die Überraschung des Alten überhaupt nicht zu bemerken.

»Die ersten Eremiten ließen sich unmittelbar nach der Besiedlung von Kerberos in den Höhlen dort oben nieder, vor fast hundert Jahren«, fuhr Eklund fort und setzte sich erneut in Bewegung. »Sie wollten allein sein und meditieren. Diese erste Phase dauerte einige Jahre, und sie endete kurz vor meiner Ankunft auf Kerberos.« Er lächelte kurz, als er sich erinnerte. »Ich war damals noch jünger als du jetzt. Nun, die zweite Phase begann mit der Entdeckung des Mandalas. Es zeigte einigen Eremiten das Portal zum Elysium und die Kraft, mit der man heilen kann. Man braucht eine besondere Begabung, um sie aufzunehmen und mit ihr zu arbeiten.

Denk nur an die Kantaki-Piloten, die Raumschiffe mit dem Vielfachen der Lichtgeschwindigkeit durch den Transraum steuern. Auch sie brauchen eine besondere Gabe, um die Fäden zu finden, die alle Himmelskörper miteinander verbinden, um in den Kosmen außerhalb des Zeitstroms zu navigieren. Uns ergeht es ähnlich. Die Aufgeklärte Gemeinschaft, zu der ich gehöre, besteht aus Personen, die ein spezielles Talent haben. Ich sehe darin einen Segen, den mir die Weltseele schenkte. Andere halten die Gabe für Zufall, für eine Laune der Gene. Nicht alle von uns glauben an die gleichen Dinge.« Eklund lachte leise. »Nein, das ist falsch ausgedrückt, Raimon. Eigentlich glaubt jeder von uns an etwas anderes.« *Und der Hirte glaubt an alles und nichts.* »Aber wir alle sind Heiler, und das verbindet uns.«

Der Junge schwieg auch dieses Mal, und Eklund fragte sich, ob er die Worte überhaupt verstand.

Vor der braungrauen Felswand gab es einen freien Bereich, in dem keine Büsche wuchsen und nur kurzes, moosartiges Gras den Boden bedeckte. Treppen aus Holz und Stein führten in einem endlosen Zickzack nach oben, und Angehörige der Aufgeklärten Gemeinschaft waren auf ihnen unterwegs. Hier und dort baumelten Seile und Strickleitern. Windspiele klirrten und läuteten.

»Die jungen Leute benutzen die Treppen und Leitern«, erklärte Eklund. »Nun, das Alter hat seine Privilegien, Raimon.« Er trat an zwei Levitatorscheiben heran. Sie waren ebenso zerkratzt wie Sebastians Wagen und schienen kaum jünger zu sein. »Ich weiß, sie sehen nicht besonders vertrauenerweckend aus, aber sie funktionieren einwandfrei, das versichere ich.« Lächelnd fügte Eklund hinzu: »Außerdem bin ich sicher, dass mich die Weltseele nicht ausgerechnet jetzt abstürzen lassen würde. Immerhin habe ich einen Novizen.«

Er trat auf die erste Scheibe, und Raimon folgte ihm ohne zu zögern. »Ich hoffe, du bist schwindelfrei«, sagte Eklund und betätigte die Kontrollen. Mit einem leisen Summen stieg die Scheibe auf und schwankte dabei ein wenig. Der Alte und sein junger Begleiter hielten sich an ihrer Brüstung fest. »Ein besseres Panorama gibt es nicht.«

Eklund genoss den Ausblick immer wieder. Als die Levitatorscheibe am Pelion-Massiv emporglitt, breitete sich die Millionenstadt Chiron vor ihnen aus. Sie wuchs an den beiden Ufern des braunen Acheron, heraus aus dem Grün des Kontinentalwaldes und über das Delta hinweg. Hunderte von Brücken und Stegen verbanden die zahllosen großen und kleinen Inseln, wo die Gebäude in den meisten Fällen auf Pfählen ruhten, wie das Hospital, in dem Elisabeth arbeitete; wenn die zyklische, von den beiden Kerberos-Monden verursachte Flutwelle kam, standen viele der Inseln unter Wasser. Die Schiffe im Hafen waren bunte Tupfer auf dem Blau des Riffmeers, das sich von dort aus bis zum Horizont erstreckte.

Wind zupfte an Eklunds weiter Kleidung und spielte mit dem Haar des Jungen. »Na, gefällt es dir?« Er glaubte, den Hauch eines Lächelns auf Raimons Lippen zu erkennen, und das gab ihm Hoffnung.

Sie kamen an den ersten Höhlenöffnungen vorbei. Männer und Frauen winkten Eklund zu, und er erwiderte ihren Gruß.

»Wir müssen noch ein ganzes Stück weiter nach oben«, sagte er und zeigte mit dem Gehstock gen Himmel. »Als die ersten Eremiten hierher kamen, gab es nur natürliche Höhlen. Später, nach der Entdeckung des Mandalas, begann die Aufgeklärte Gemeinschaft, Tunnel durchs Felsgestein zu graben, und dabei entstanden nach und nach viele neue Höhlen. Inzwischen ist das ganze Pelion-Massiv durchlöchert. Ich glaube, niemand kennt die genaue Anzahl aller Höhlen und Tunnel. Manchmal frage ich mich, ob wir überhaupt wissen, wie groß unsere Gemeinschaft ist, wie viele Personen ihr angehören. Aber um diese Dinge kümmern sich andere Leute, zum Beispiel der Hirte.« Eklund seufzte.

 »Ach, seit vielen, vielen Jahren bin ich Mitglied dieser Gemeinschaft, aber die Dinge ändern sich. Sie haben sich für Kerberos geändert, für Chiron und die vielen Siedler, die voller Hoffnung hierher kamen. Und jetzt ändern sie sich auch für uns. Vielleicht ist es unvermeidlich, aber das bedeutet nicht, dass es mir gefallen muss.«

In einer Höhe von etwa fünfhundert Metern verharrte die Levitatorscheibe an einer besonders großen Höhlenöffnung, vor der ein Felsvorsprung wie eine Art Balkon wirkte. Darauf ließ Eklund die Scheibe niedergehen und trat zusammen mit Raimon von ihr herunter. Er vollführte eine einladende Geste, die der Öffnung galt, deutete dabei eine Verbeugung an. »Willkommen in der Zitadelle.«

Eklund führte den Jungen in eine große Höhle, von der mehrere Tunnel ausgingen. Er wählte den breitesten, und schon nach wenigen Schritten blieb die Hitze des Tages hinter ihnen zurück, wich angenehmer Kühle. »Die Geologen sagen, dass sich dies alles einmal am Grund eines prähistorischen Meers befand. Strömungen sollen die ersten Höhlen und Tunnel aus dem Gestein gewaschen haben. Das muss stimmen, denn manchmal finden wir die Reste von Muscheln und dergleichen. Oder die Fossilien fischartiger Geschöpfe. Ist das nicht seltsam? Heute sind wir hier einen halben Kilometer über dem Boden des Planeten, aber vor Jahrmillionen befand sich das hier ...« Er trat mit dem rechten Fuß auf. »... am Boden eines Urmeers.« Eklunds Gesicht gewann einen sehr nachdenklichen Eindruck. »Aber damals muss es noch mehr gegeben haben. Das Mandala dürfte kaum das Werk primitiver Fische und Muscheln gewesen sein.«

Er seufzte erneut. »Nun, bevor ich dir hier alles zeige, muss ich dich dem Hirten vorstellen. Ich würde lieber darauf verzichten, aber es lässt sich leider nicht umgehen. Komm, Raimon, bringen wir das Unangenehme sofort hinter uns.«

»Ich habe dir ausdrücklich verboten, noch einmal Kinder hierher zu bringen«, sagte der Hirte streng.

»Dies ist kein ...«

»*Ausdrücklich* verboten«, wiederholte der Hirte. »Und was machst du? Wen hast du mitgebracht? Hm?«

Eklund zögerte und suchte nach geeigneten Worten. Wie viele Generationen trennten ihn von Bruder Conrad, der vor etwa einem Jahr zum neuen Hirten geworden war, zum Oberhaupt der Aufgeklärten Gemeinschaft? Drei? Vier? Und wie viele andere Unterschiede gab es? Hundert? Tausend?

Der Hirte war knapp dreißig Standardjahre alt, klein und dick. Er liebte gutes Essen und Trinken, und dieser Mangel an Zurückhaltung machte sich auch bei anderen Dingen bemerkbar. Die meisten in der Zitadelle wohnenden Brüder und Schwestern verzichteten auf die Verwendung moderner Technik, nicht etwa aufgrund eines Verbots, sondern um sich »auf das Wesentliche zu konzentrieren«, wie viele betonten, auf die elementaren Dinge des Lebens und des Seins. Conrad hingegen hatte die ihm als Hirte zur Verfügung stehenden Höhlen sofort nach seinem Amtsantritt mit einem Datenservo ausstatten lassen, bezahlt von den Boni, die die Heiler in Chiron und anderen Städten auf Kerberos durch ihre Tätigkeit erwarben. In einer Ecke der großen Haupthöhle, in der Eklund und Raimon standen, summte ein Generator leise vor sich hin, versorgte nicht nur den Datenservo mit Energie, sondern auch mehrere andere Geräte, unter ihnen Infonauten, audiovisuelle Aufzeichnungsmodule, Lampen – es waren keine Chemolampen wie in den anderen Bereichen und an den Eingängen der Zitadelle – und sogar einen mobilen Klimaservo, der heizen und kühlen konnte, ein unerhörter Luxus.

Die Einrichtung der Höhle – ein Schreibtisch, mehrere bequeme Stühle, zwei Regalwände mit hunderten von Büchern, echten und pseudorealen, und zahlreichen Objekten, die man hier und dort in der Zitadelle gefunden hatte – wies auf eine Besessenheit hin. Die erste Botschaft lautete »Ordnung«, die zweite »Geometrie«. Alles war perfekt organisiert und wo möglich parallel oder wenigstens rechtwinklig zueinander ausgerichtet. *Bei der Weltseele,* dachte Eklund, *ich glaube, er* denkt *sogar in perfekten geometrischen Figuren. Was soll man von einem solchen Mann erwarten?*

Aber der größte Fehler des Hirten bestand darin, dass er sich für wichtig hielt, schlimmer noch, für wichtiger als andere Leute. *Als die Weltseele Demut und Bescheidenheit verteilt hat, mein lieber Conrad, bist du im Bett geblieben und hast weitergeschlafen.* Er schrieb an einem Buch, hieß es, besser gesagt: Er diktierte es und zeichnete seine Worte mit den audiovisuellen Modulen auf. Ganz abgesehen davon, dass Eklund Leuten, die Bücher diktierten, anstatt sie zu schreiben, mit natürlichem Argwohn begegnete: Er zweifelte sehr daran, dass jemand wie Bruder Conrad ein *sinnvolles* Buch – etwa »Die philosophischen Aspekte transzendentaler Meditation« oder »Der richtige Umgang mit dem Mandala« – verfassen konnte.

Der Hirte kam hinter dem Schreibtisch hervor, trat vor Eklund und den Jungen und stemmte die Fäuste an die breiten Hüften. Er trug eine braune Kutte mit einer weißen Kordel, weil er wie ein Mönch aussehen wollte, aber in dieser Aufmachung wirkte er nur lächerlich. Das schulterlange graue Haar war ebenso gefärbt wie der Bart, und beides sollte ihm eine Aura der Weisheit geben. Eklund war zu alt, um sich von solchen Dingen beeindrucken oder gar täuschen zu lassen.

»Wie heißt du?«, fragte der Hirte den Jungen.

Raimon schwieg.

»Ich will wissen, wie du heißt«, sagte Conrad noch schärfer.

»Er spricht nicht«, warf Eklund ein.

»Und warum spricht er nicht?«

»Nun, in der vergangenen Nacht kam es am Rand von Chiron zu einem Zwischenfall ...« Eklund berichtete von der Schießerei und Raimons erstaunlich schneller Heilung, fügte dann seine Elysium-Erlebnisse hinzu. »Er könnte ein Selbstheiler sein.«

Der Hirte sah den Jungen wie etwas an, das kaum in seine

Welt passte. Hinter ihm piepte der Datenservo, und er warf einen kurzen, ungeduldigen Blick zum Schreibtisch.

»Kommst du gut mit dem Buch voran?«, fragte Eklund unschuldig.

Conrad musterte ihn misstrauisch und hielt nach Anzeichen von Sarkasmus Ausschau. Er fand keine. Auch das war ein Vorteil des Alters: Eklund verstand es gut, seinen Gesichtsausdruck zu kontrollieren; er hatte über neunzig Jahre Zeit gehabt, das zu lernen.

»Ich bin sicher, dass es unsere Aufgeklärte Gemeinschaft ein ganzes Stück voranbringen wird«, sagte der Hirte im Tonfall eines Missionars. »Es wird höchste Zeit für eine allgemeine Modernisierung.«

Eklund seufzte kaum hörbar.

»Oder hat deine Weltseele etwas dagegen einzuwenden?«

»Ich weiß es nicht«, erwiderte Eklund ehrlich. »Ich habe sie noch nicht gefragt. Was den Jungen betrifft ...«

Der Hirte wippte auf den Zehen. »Er muss fort. Dies ist kein Ort für Kinder. Ich dachte, das hätte ich bei der Auflösung deines Kinderhorts deutlich gemacht.«

»Das mit dem Hort war eine ganz andere Sache«, sagte Eklund ruhig. »Er bestand aus kranken Kindern und aus Waisen. Ich wollte hier ein Lazarett für sie einrichten – wir *sind* Heiler –, außerdem auch eine Schule ...«

»Lobenswert, sehr humanistisch und so weiter, und zweifellos steckte eine gute Absicht dahinter«, brummte der Hirte monoton. »Aber ich wiederhole: Die Zitadelle ist kein Ort für Kinder, sondern eine Stätte der Meditation und heiligen Transzendenz. Nichts darf uns hier von dem Bestreben ablenken, unser Bewusstsein zu erweitern, die Welt über der Welt zu erkunden und zu verstehen. Deshalb wirst du den Jungen noch heute nach Chiron zurückbringen.« Conrad trat wieder hinter den Schreibtisch.

»Nein«, sagte Eklund mit der gleichen Ruhe wie zuvor.

Das Gesicht des Hirten veränderte sich. Die Pausbacken begannen rot zu glühen.

»Du wagst es, dich meinen Anweisungen zu wi...«

»Er ist mein Novize«, sagte Eklund. »Ich bin über neunzig Jahre alt, und es wird Zeit für mich, dass ich jemanden auswähle, der meine Nachfolge antritt. Wie du sicher weißt, hat jedes Mitglied der Aufgeklärten Gemeinschaft das Recht auf einen solchen Novizen.«

»Was?« Diesmal war es der Hirte, der nach geeigneten Worten suchte. »Aber er ist ein ...«

»Novize.«

»Ein Kind!«

»Und ein Novize.«

Die beiden so ungleichen Männer sahen sich einige Sekunden lang stumm an. Eklund wusste, dass er gewonnen hatte, aber er hütete sich davor, Triumph zu zeigen. Conrad war der Hirte, und als solcher verdiente selbst er Respekt.

»Na schön«, sagte der kleine, dicke Kuttenträger leise und setzte sich. »Soll er dein Novize sein. Aber achte darauf, dass er hier niemanden stört. Und jetzt ... Bitte geh. Wichtige Dinge erfordern meine Aufmerksamkeit.«

Eklund seufzte erneut, unhörbar diesmal. »Komm, Raimon.«

Sie verließen die Bürohöhle des Hirten und schritten durch den Tunnel, tiefer hinein in die Zitadelle. Als er sich außer Hörweite des Hirten glaubte, sagte Eklund: »So, das hätten wir überstanden. Von jetzt an bist du ein Mitglied der Aufgeklärten Gemeinschaft.« Er sah auf den immer noch lächelnden Raimon hinab. »Wir ruhen uns jetzt ein wenig aus, und dann zeige ich dir das Mandala.«

KiTamarani

Prävalenz

KiTamarani stürzte durch das Nichtlineare, gefangen in der Schwärze eines Omnivorsplitters. Sie fiel durch einen Schacht aus quirlender Zeit, und der Keim gab sie gerade so weit frei, dass ihre Peripherie über raues temporales Kondensat schabte. Seine Absicht war klar: Sie sollte Teile ihres Selbst verlieren, weitere Teile, und dadurch schwächer werden.

Agens: Hohes Gefahrenpotenzial.

Die Stimme kam aus der Ferne, wie aus einer anderen Welt, war kaum mehr als ein vages Flüstern, aber sie wies KiTamarani darauf hin, dass die Kapsel noch existierte.

Entsetzen schäumte in ihr. Das Konziliat mochte ewig bestehen, wie sie immer geglaubt hatte, aber Konzilianten *nicht*! Konzilianten konnten ... *sterben.*

Das Ende der Existenz.

Nichtsein ...

Kein Denken und kein Fühlen mehr ...

Das Raunen des Keims kam durch die Wolke des Schreckens, die KiTamaranis Ich umhüllte. *Gib auf,* wisperte es. *Setz dich nicht länger zur Wehr. Alles ist viel einfacher für dich, wenn du nachgibst ...*

Nein. KiTamarani sammelte ihre Kraft. *Nein.*

Die Existenz, zumindest die individuelle, *konnte* zu Ende gehen.

Eine grässliche Erkenntnis, die dafür sorgte, dass KiTamarani das Wir/Ich mehr als jemals zuvor vermisste.

Der Sturz durch den temporalen Schacht, in dem Vergangenheit, Gegenwart und Zukunft ein unentwirrbares Durcheinander bildeten, dauerte an, und noch immer schabte die Peripherie der Konziliantin über vom Keim geschaffene Zeitkondensate. Die Reibung schmerzte und raubte ihr winzige Individualpartikel. Sie stieß mentale Lanzen in die Schwärze des Keims, in sein Flüstern, und gleichzeitig wehten Erinnerungen durch ihr Ich, wachgerufen vom Schock.

■

»Dies sind wir«, sagte das Wir/Ich und führte KiTamarani, schon Teil des Ganzen und doch noch ein wenig davon getrennt, durch die Sphäre. Sie kamen an zahllosen Komponenten vorbei, an Myriaden Teilen des Ganzen, und alles badete im Gesang der Schöpfung, im hellen Licht des Lebens.

»Ich spüre, wie Erkenntnisse in mir wachsen«, sagte KiTamarani und staunte.

»Gelegentlich erneuern wir uns«, sagte das Wir/Ich und schenkte KiTamarani das Äquivalent eines Lächelns. »Du bist neu und doch genauso alt wie wir. Bald wirst du über das alte Wissen verfügen.«

KiTamarani verharrte am Rand der Sphäre, dort, wo die Komponenten aufhörten und das All begann. Sterne leuchteten in der Ferne, und KiTamarani, die junge, erneuerte KiTamarani, stellte sie sich als die Augen der Schöpfer vor.

»Die Prävalenz«, sagte sie und erinnerte sich.

»Ja«, bestätigte das Wir/Ich. »Die Prävalenz. Sie hat dies alles erschaffen ...« Das Wir/Ich der Sphäre deutete nach draußen ins Universum. »Und auch uns.«

■

Erneuerung ...

Agens: Eine Möglichkeit.

»Ein Extrem«, flüsterte KiTamarani, ihre Stimme kaum lauter als das Raunen des Keims, der noch immer versuchte, sie zur Aufgabe zu bewegen. »Ich würde alles vergessen.«

Agens: Nicht für immer.

Der temporale Schacht erweiterte sich jäh, und die Kapsel, umhüllt vom Keim, raste durch lineare Zeit. Eine Sonne verschlang sie, und der Sturz ging weiter, durch nukleares Feuer, das die Kapsel natürlich nicht verbrannte. KiTamarani blickte dorthin, wo Photonen mit der langen, viele tausend Jahre dauernden Reise durch die dichten Plasmamassen zur Oberfläche der Sonne begannen, und sie sah das Glühen und Gleißen durch die Schwärze des Keims.

Erneuerung. Das Alte abstoßen, Platz schaffen für Neues, das wiederum das Alte aufnahm und bewahrte. Wie eine Supernova, die ihre Masse aus schweren Elementen ins All schleuderte, Materie, aus der später neue Sterne, Planeten und Lebewesen wurden.

Eine Eruption, die geistige Energie freisetzte ...

■

»Die Prävalenz«, wiederholte die junge KiTamarani und entsann sich immer deutlicher an ihre vorherigen Existenzen. Es kehrte alles zurück, klar und deutlich; nichts war verloren gegangen, nichts ging jemals verloren. Dies war das Konziliat. »Die Prävalenten ...«

»Die Schöpfer dieses Universums und vieler anderer«, sagte das Wir/Ich und blickte zusammen mit KiTamarani ins All. »Sie waren die Ersten.«

»Das erste Leben überhaupt ...«

»Das erste Leben im ersten Universum, das durch Zufall entstand. Oder vielleicht durch den Willen eines Urschöpfers.«

»Und als jenem ersten Universum das Ende drohte ...«

»Brachen sie auf und ließen sich in der Dominanz nieder, ihrer eigenen Sphäre.«

■

Die sich noch immer zur Wehr setzende KiTamarani stellte fest, dass das Flüstern des Keims aufhörte. Er verdichtete seine Struktur und erhöhte den Druck. Hatte er auf diese Weise die andere Konziliantenkapsel zerstört, und mit ihr das Ich/Wir darin?

■

»Sind die Prävalenten ... Götter?«, fragte KiTamarani und empfing unmittelbar darauf die Antwort aus den Erinnerungen ihrer früheren Existenzen.

»Können Götter Fehler machen?«, erwiderte das Wir/Ich des Konziliats. »Die Prävalenten haben uns erschaffen, und daher könnte man sie als unsere ›Götter‹ bezeichnen. Aber sie sind nicht unfehlbar, sie haben auch Fehler gemacht. Der größte von ihnen ist der Omnivor.«

»Ich ... erinnere mich«, sagte KiTamarani, und tief in ihrem erneuerten Innern schauderte etwas. Der Omnivor. Der Realitätenfresser.

Die Präsenz des Wir/Ich wandte sich der Konziliantin zu, und KiTamarani fühlte sich gestreichelt. Es war ein sehr angenehmes Empfinden, kündete von Schutz und Geborgenheit.

»Ja, wir erinnern uns alle«, sagte es und fügte diesen Worten eine mentale Geste hinzu, die dem All galt. »Als das erste Universum sich immer schneller ausdehnte und dieser Prozess Galaxien, Sonnen, Planeten und schließlich sogar Atome zerriss, planten die Prävalenten in der Dominanz ein neues Universum.«

»Keine Götter ...«, murmelte KiTamarani. »Aber Schöpfer.«

»Ja«, bestätigte das Wir/Ich. »Sie schufen ein neues Universum, damit das Leben nicht zu Ende ging, und sie gaben ihm die Saiten des ersten Kosmos, damit das Lied der ursprünglichen Schöpfung weiterhin erklingen konnte. Aber in der Komplexität dieses gewaltigen Schöpfungsplans, der später das Hyperversum entstehen ließ, verbarg sich ein winziger Fehler mit enormen Konsequenzen.«

KiTamarani sah es mit den Augen des Wissens, das die Prävalenz dem Konziliat mitgegeben hatte.

■

Agens: Warnung …

■

»Entartung von Raum und Zeit«, sagte das Wir/Ich, und die Stimme der Sphäre schien leiser zu werden. »Mutation von Materie. Die Schöpfungsmatrix ließ zu, dass im ersten von den Prävalenten geschaffenen Universum etwas entstand, das das Gegenteil von Leben ist.«

»Das Gegenteil von Leben«, wiederholte KiTamarani. Ihr Blick war noch immer wie ein neugieriges Wesen, das hinauseilte ins All, um dieses eine Universum von vielen zu durchqueren. Sie beobachtete die Spiralen ferner Galaxien und schien dabei fast zu erwarten, dass die Schwärze des Omnivors sie verdunkelte.

■

Agens: Äußerste Dringlichkeit!

■

»Der Omnivor.« Jetzt war die Stimme des Wir/Ich nur noch ein Flüstern. »Ein Etwas, das Realität fressen muss, um sich selbst Realität zu geben. Eine Kreatur, die Leben auslöscht, um sich selbst Leben zu geben.«

»Eine Kreatur«, wiederholte KiTamarani. »Ist der Omnivor ein Lebewesen, ein Geschöpf?« Und wieder erhielt sie Antwort von den Erinnerungen ihrer früheren Existenzen, ihrer Prävitae. »Er ist Antileben.«

»Ja«, bestätigte das Wir/Ich. »Und wir …«

»Die Prävalenten gaben uns Existenz mit dem Auftrag, das Leben zu schützen. Das ist unsere große Mission. Wir sollen gewährleisten, dass sich das Leben überall ausbreiten kann, ohne die Leere, die der Omnivor schafft, fürchten zu müssen.«

Aufgabe ... Etwas zog KiTamarani fort. Sie wollte in der Sphäre bleiben, bei dem Wir/Ich, in der Gemeinschaft des Konziliats, aber etwas zerrte an ihr, und sie konnte sich ihm nicht widersetzen.

Aufgabe ...

■

Agens: Höchste Gefahrenstufe. Kapsel instabil. Konziliantenselbst bedroht.

KiTamarani spürte es deutlich.

Der Splitter des Omnivors, sein Keim, übte zwar noch immer enormen Druck auf die Kapsel aus, aber es ging ihm nicht darum, eine zweite Version des monodimensionalen Kerkers zu schaffen. Stattdessen formte er Stacheln, die er sowohl in KiTamaranis primäres Selbst bohrte als auch in die *Substanz* der Kapsel.

Agens: Instabilität weitet sich aus. Das Ende meiner Existenz steht unmittelbar bevor.

Das Ende.

Nichtsein.

Kein Denken und kein Fühlen mehr. Nichts. Leere.

Erneuerung ...

Wie schlau der Keim doch war. Nur ein Splitter mochte er sein, aber er teilte die Gerissenheit des Omnivors. Er hatte gar nicht beabsichtigt, der Konziliantin zu entkommen, die ihn verfolgte, denn ihm war die Aussichtslosigkeit eines solchen Unterfangens klar gewesen. Stattdessen hatte er versucht, sie nach und nach zu schwächen, um sie dann bei der entscheidenden Konfrontation zu bezwingen.

»Energie«, sagte sie. Die Stacheln des Keims schmerzten und schwächten sie weiter. »Agens, ich brauche Energie für die Erneuerung. Wenn ich das Alte abstoße, ohne mich regenerieren zu können, bleibe ich leer und ohne die Erinnerungen des Konziliats!«

Agens: Energie kann nicht aus der Struktur der Kapsel abgezogen werden. Konsequenz sofortiger Kollaps.

»Externe Energie«, stöhnte KiTamarani. »Eine Sonne ...« Ohne Planeten, auf denen Leben existierte oder sich entwickeln konnte. »Oder eine Singularität. Energie ...«

Agens: Suche.

Die Kapsel bewegte sich, zusammen mit dem Keim, der sie umhüllte. Und während das Agens suchte, breitete sich KiTamarani auf die Erneuerung vor, ihre letzte Chance.

Kerberos
15. April 421 SN
10:40 Uhr

8

Spuren

Edwald Emmersons Büro befand sich an einer Ecke des Gebäudekomplexes von *New Human Design*, und zwei Wände bestanden komplett aus speziell verstärkter transparenter Synthomasse. Die eine bot Blick auf die braunen Wassermassen des Acheron, der hier, kurz vor dem Delta, so breit war, dass sich das gegenüberliegende Ufer jenseits der vielen Inseln nur als dünne Linie abzeichnete. Durch die zweite Glaswand sah der Sicherheitschef die lang gestreckten, gelbgrauen Verarbeitungshallen, in denen Basismasse für Entwicklung und Produktion heranreifte. Gewonnen wurde sie aus Algenschwämmen, die ursprünglich aus dem Fluss stammten, inzwischen aber in Nährbecken wuchsen.

Emmerson saß am Schreibtisch, den Rücken der Ecke zugewandt. Er sah nicht aus den Wandfenstern, sondern auf das Display eines Datenservos, das ihm das Laboratorium zeigte, in dem es zum Brand gekommen war. Die Szene unterschied sich kaum von der, die er des Nachts gesehen hatte; der größte Unterschied bestand aus den vielen Fußabdrücken im Löschschaum. Seine Ermittler waren noch immer damit beschäftigt, Spuren zu sichern.

Jemand klopfte an die Tür, und Emmerson betätigte eine Taste, nachdem ein Sensor die Identität der Person im Flur bestätigt hatte. Es summte leise, und die Tür öffnete sich. Ein Mann trat ein, und hinter ihm schloss sich der Zugang wieder.

Elroy Tobias, ein schon ziemlich faltiger, aber sehr intelligent wirkender Sechziger, kam mit einem transparenten Behälter näher und setzte ihn auf dem Schreibtisch ab. Emmerson deutete auf einen nahen Stuhl, und Tobias nahm Platz.

Edwald Emmerson beugte sich vor und betrachtete die Gegenstände im Behälter. »Was ist das?«

»Dies hier«, sagte Tobias, »sind die Reste eines Zünders.« Er deutete auf einen dünnen, grauweißen Metallstreifen, der am Ende halb geschmolzen und dann wieder erstarrt zu sein schien. An einigen Stellen haftete feines Pulver daran. »Die farblose gallertartige Masse daneben ist eine spezielle Substanz, die normalerweise ohne feststellbare Rückstände verbrennt. Irgendetwas ist schief gegangen.«

Emmerson richtete einen fragenden Blick auf Tobias. Er arbeitete schon seit vielen Jahren mit ihm zusammen und wusste seine Tüchtigkeit sehr zu schätzen.

»Dies sind die Überbleibsel einer ›leisen Bombe‹«, erklärte Tobias. »Sie wissen ja, dass ich früher für eine Sondereinheit des Konsortiums gearbeitet habe, unter dem direkten Kommando von Cordoban. Unsere Aufgabe bestand darin, bestimmte Anlagen der Allianz zu sabotieren, und zwar so, dass keine Sabotage nachzuweisen war. Es sollte immer nach einem Unfall aussehen.«

Emmerson nickte wortlos und hörte aufmerksam zu.

»Solche leisen Bomben verwendeten wir oft, weil sie ausgesprochen zuverlässig sind«, fuhr Elroy Tobias fort. »Normalerweise findet eine langsame chemische Reaktion statt, die den Zünder völlig auflöst, und auch von der Gelmasse bleibt nichts zurück. In diesem Fall funktionierte die leise Bombe nicht richtig, vermutlich aufgrund einer Verunreinigung des Gels; damit muss man sehr vorsichtig umgehen.«

»Woraus sich zwei Schlüsse ziehen lassen«, sagte Emmerson langsam. »Der Brand im Laboratorium war tatsächlich kein Unfall, und wer auch immer diese leise Bombe einsetzte – er wusste nicht perfekt mit ihr umzugehen.«

 »Ja, ich glaube davon können wir ausgehen. Unter anderen

Umständen hätte alles auf einen fatalen Kurzschluss hingedeutet, in der Nähe leicht entflammbarer Chemikalien. Eine Verkettung unglücklicher Umstände.« Tobias betrachtete den transparenten Behälter. »Die Frage ist: Was wollte der unbekannte Attentäter erreichen?«

Emmerson wölbte die Brauen. »Sabotage des Projekts Doppel-M?«

»Diese Vermutung liegt nahe. Aber warum hat der Attentäter die leise Bombe nicht woanders platziert, an einer Stelle, wo es zu einer stärkeren Explosion gekommen wäre?«

»Sie glauben, der Unbekannte wollte Schaden anrichten, aber keinen zu großen. Und warum?«

»Ich habe zunächst geglaubt, der Metamorph sollte getötet werden. Aber vielleicht ging es dem Attentäter darum, ihn entkommen zu lassen.«

»Und der Grund dafür?«

Elroy Tobias sah vom Behälter auf, begegnete Emmersons Blick und zuckte mit den Schultern. »Ich weiß es nicht. Vermutlich finden wir eine Antwort auf diese Frage, sobald wir die Identität des Attentäters kennen. Einen Anhaltspunkt haben wir: die leise Bombe. Nicht jeder hat Zugang zu einer solchen Technik.«

Emmerson nickte. »Und das hier?« Er deutete auf den Behälter, auf die kleine Schale neben den Resten des Zünders und des Gels. Sie enthielt braungelben Brei mit einigen schleimigen Brocken; es sah nach Erbrochenem aus.

»Das sind die Reste des Programmierungsmoduls, mit dem der Metamorph während seiner Flucht Kontakt hatte. Seine Daten konnten zumindest teilweise rekonstruiert werden.«

»Ich höre«, sagte Emmerson, als Tobias nach einigen Sekunden noch immer schwieg.

»Der entsprechende Kreator weigert sich, mir Auskunft zu geben.« Tobias verzog andeutungsweise das Gesicht, als wäre er beleidigt. »Vielleicht befürchtet er ein Sicherheitsrisiko. Er möchte nur mit Ihnen oder dem Direktor darüber reden.«

Emmerson überlegte kurz. »Na schön. Schicken Sie ihn zu mir. Nehmen Sie das hier mit, und setzen Sie die Ermittlungen fort.« Als Tobias die Tür erreichte, fügte er hinzu: »Sie haben gute Arbeit geleistet, Elroy. Ich bin froh, dass ich mich auf Sie verlassen kann.«

Ein Lächeln huschte über Tobias' Lippen, bevor er ging.

Edwald Emmerson blickte hinaus auf den Acheron und beobachtete einige blau schillernde Kobaltfliegen, die dicht über den träge dahinfließenden braunen Fluten tanzten. Plötzlich schoss ein etwa vierzig Zentimeter langer Netzfänger aus dem Wasser, breitete die zu einer netzartigen Struktur entwickelten Kiemenflossen aus, fing eine Kobaltfliege und fiel in den Fluss zurück.

»Fressen und gefressen werden«, murmelte Emmerson nachdenklich und fragte sich, welcher »Netzfänger« unter der Oberfläche des metaphorischen Wassers lauerte, über dem er und alle anderen flogen.

Einige Minuten später kam ein gut fünfzig Jahre alter Mann herein, der ihm von der Statur her ähnelte. Er war ebenfalls klein und schmächtig, hatte aber eine Halbglatze und große, hervorquellende Augen, die einen gehetzten Eindruck vermittelten. Der Kreator sah argwöhnisch nach rechts und links, als er das Büro betrat, verstärkte damit die ihn umgebende Aura der Paranoia.

»Wir sind allein«, sagte Emmerson und erinnerte sich an den Namen. »Doktor Robertson.«

»Ich habe etwas entdeckt«, sagte Dr. Robertson und nahm auf der Kante des Stuhls Platz, der vor dem Schreibtisch stand. Sein Rücken blieb kerzengerade.

»Es geht um das Programmierungsmodul, nicht wahr?« Emmerson bemerkte den Datenspeicher in Robertsons Hand. »Welche Daten hat der Metamorph aufgenommen, bevor er aus dem Laboratorium entkam?«

Der Kreator sah sich erneut im Büro um und schien mit jeder verstreichenden Sekunde irgendwie nervöser zu werden. »Kennen Sie sich mit der Programmierung von Zellkomplexen aus, die wir auf der Grundlage der Basismasse entwickeln?«

»Ich bin kein Wissenschaftler«, sagte Emmerson, ohne die Geduld zu verlieren. »Aber mit den Grundlagen kenne ich mich aus.«

Robertson entschied sich offenbar, trotzdem nicht zu viel vorauszusetzen. »Datenservi werden mithilfe verschiedener Programmiersprachen programmiert. Diese Sprachen setzen komplexe Anweisungen und Algorithmen in eine binäre Struktur um. Nun, was diese binäre Struktur für Datenservi ist, das sind die Aminosäuren der so genannten Messenger-Substanzen für unsere Zellmassen: Sie programmieren die Formationsmatrix und legen steuernde Informationen in Memoranten und Exekutoren ab. Die Mittel sind andere, der Zweck der gleiche. Inzwischen gibt es sogar Benutzeroberflächen, die das Programmieren erleichtern.« Er hob den Datenspeicher. »Darf ich?«

Emmerson deutete auf den Abtaster des Datenservos. »Nur zu.«

Robertson beugte sich vor und schob das Datenmodul in den Abtaster. Emmerson drehte das große pseudoreale Display so, dass auch der Kreator seine Darstellungen sehen konnte.

»Persönlicher Status«, sagte Robertson und nannte eine lange Zahlenfolge. »Kontrolle des Stimmmusters: Robertson, Willbert.«

Der Datenservo summte leise.

»Identität bestätigt«, ertönte eine synthetische Stimme. »Die geschützten Daten sind abrufbereit.«

»Schicht eins«, sagte Robertson, und das Bild im Display änderte sich. Dutzende von kleinen Darstellungsfenstern öffneten sich, und jedes von ihnen zeigte ein anderes Gesicht: Männer und Frauen unterschiedlichen Alters, Subalterne, Autarke, Souveräne, Nonkonformisten, Magnaten, ein bunter Querschnitt durch die menschliche Gesellschaft. »Das sind einige der vielen Identitäten, die für den Einsatz des Metamorphs vorbereitet worden sind. Jede von ihnen hat einen vollständigen persönlichen Hintergrund: Kindheit, Ausbildung, Ehen, Scheidungen, persönliche Tragödien, berufliche Erfolge. All die Dinge, die ein Leben ausmachen. Bis ins kleinste Detail. In vielen Fällen sind die entsprechenden Informationen auch in den Personen-Datenbanken öffentlicher Institutionen enthalten, nicht nur hier auf Kerberos, sondern auch auf vielen anderen Welten. Der Metamorph sollte sich frei bewegen können.«

»Außerhalb von Kerberos?«, fragte Emmerson verwundert. »Ich dachte, seine Zellen werden instabil, wenn er den Planeten verlässt. So wie alle auf Basismasse basierenden Zellen.«

»Bei denen des Prototyps wäre das tatsächlich der Fall. Aber es war vorgesehen, sie durch stabile Zellen zu ersetzen.« Robertson deutete auf das Display. »Schicht zwei.«

Grauer Dunst kroch durchs Display, wich dann neuen Darstellungsfenstern, in denen wieder Gesichter erschienen. Einige von ihnen erkannte Emmerson sofort: Enbert Dokkar, Leiter der Allianz; Benjamin, Valdorians Sohn; Valdorian, von dem niemand wusste, was aus ihm geworden war; Cordoban, Chefstratege des Konsortiums, der als tot galt, vermutlich bei der Schlacht von Kabäa umgekommen; Jonathan Fentur, Valdorians Sekretär.

»Die Ziele des Metamorphs?«, fragte Emmerson. »Cordoban wollte ihn als Waffe gegen die Allianz einsetzen, wohl kaum gegen sich selbst und andere Repräsentanten des Konsortiums, unter ihnen sogar Valdorian.«

»Jemand hat das Programmierungsmodul manipuliert«, sagte Robertson. Ein dünner Schweißfilm glänzte auf seiner Stirn, obwohl es im Büro des Sicherheitschefs nicht zu warm war. Die Augen schienen noch weiter vorzuquellen. »Jemand hat ihm weitere Daten hinzugefügt, darunter diese.« Er deutete auf das Display.

»Der gleiche Unbekannte, der auch für die leise Bombe verantwortlich ist?«

»Ich bin kein Sicherheitsexperte wie Sie«, erwiderte der Kreator. »Aber es würde mich sehr wundern, wenn zwei Manipulationen, die beide den Metamorph betreffen, zur gleichen Zeit von zwei verschiedenen Personen vorgenommen werden.«

Emmerson nickte und sah auf das Display, das weitere Personen zeigte. Einige von ihnen kannte er nicht, andere waren ihm sehr vertraut: Lukert Turannen, NHD-Globaldirektor und Koordinator des Konsortiums; Amadeus Storm, Turannens Sekretär; hochrangige Administratoren und Verwalter der Konzerngruppen des Konsortiums und anderer Wirtschaftskonglomerate. Die Liste der möglichen Zielpersonen für den Metamorph wurde immer länger.

Als sich keine neuen Darstellungsfenster öffneten, sagte Robertson: »Schicht drei.«

Lorgards Gesicht erschien auf dem Display, und daneben sah Emmerson sich selbst. Seine Brauen schossen nach oben, als die pseudoreale Projektion praktisch das gesamte leitende Personal der NHD-Niederlassung von Kerberos zeigte, auch Willbert Robertson, was dessen Nervosität erklärte.

»Der unbekannte Saboteur scheint ziemlich viele Personen aus dem Weg räumen zu wollen«, sagte Emmerson.

Robertson deutete stumm auf das Display.

Der graue Schleier kehrte für ein oder zwei Sekunden zurück, und dann erschien ein Wort in der linken oberen Ecke des Displays. Es wiederholte sich immer wieder, füllte die erste Zeile, dann die zweite und so weiter, bis es die rechte untere Ecke erreichte. Es lautete: *Töte!*

»Ich betone noch einmal, dass das, was Sie gerade gesehen haben, Teil einer speziellen Benutzeroberfläche ist«, sagte Robertson.

»Ich glaube, ich verstehe, worauf Sie hinauswollen. Die Botschaft ist ziemlich klar. Das Programmierungsmodul wurde so modifiziert, dass der Metamorph multiple Ziele bekam, darunter welche, die nicht vorgesehen waren.«

»Und er erhielt einen starken Grundbefehl, der *›Töte!‹* lautet. Wir alle sind in Gefahr! Vorausgesetzt, die Daten des Programmierungsmoduls wurden korrekt und komplett übertragen.«

»Besteht Zweifel daran?«

»Ja. Die automatischen Sicherheitssysteme setzten Toxine und Strahlung gegen die biologische Kontamination ein, und dadurch kam es im Programmierungsmodul zu Strukturveränderungen. Wir können nicht sagen, welche Daten der Metamorph aufnahm und in welcher Form.«

Emmerson zögerte einige Sekunden, stand dann auf und ließ den Datenspeicher im Abtaster. »Ich danke Ihnen sehr für Ihre Informationen. Bitte kehren Sie jetzt an Ihre Arbeit zurück.«

Robertson erhob sich ebenfalls, langsamer und wie ungläubig. »Wir *alle* sind in Gefahr«, wiederholte er.

»Darauf haben Sie mich unmissverständlich hingewiesen. Ich versichere Ihnen, dass ich die notwendigen Maßnahmen ergreifen werde.«

Der Kreator ging mit offensichtlichem Widerstreben, und als sich die Tür hinter ihm geschlossen hatte, drehte sich Emmerson um und trat an die Fensterwand heran, die Ausblick auf den Acheron gestattete. Noch immer tanzten Kobaltfliegen über dem Fluss, ungeachtet der Gefahr, die ihnen dort drohte. *Unser Tanz ist gerade noch viel gefährlicher geworden,* dachte der Sicherheitschef. *Unter uns im Wasser lauert kein Netzfänger, sondern ein viel gefährlicheres Geschöpf.*

Während Emmersons Blick über den braunen Fluss glitt, vorbei an den vielen Inseln bis hin zum fernen Ufer, konzentrierte er sich und versuchte, ein möglichst klares Bild von der aktuellen Situation zu gewinnen. Jemand hatte im Laboratorium eine leise Bombe gezündet und damit einen Brand ausgelöst, sehr wahrscheinlich in der Absicht, den Prototyp des Metamorphs entkommen zu lassen. Außerdem war ein Programmierungsmodul manipuliert worden, um dem Metamorph zusätzliche Daten mitzugeben. Wer kam dafür infrage? Das Projekt Doppel-M war von Cordoban in Auftrag gegeben worden, mit dem Ziel, eine organische Waffe zu entwickeln, die gegen die Allianz eingesetzt werden sollte. Emmerson kannte nicht *alle* Hintergründe des Projekts, aber er war alles andere als naiv und deshalb ziemlich sicher, dass man den Metamorph oder die Metamorph-Exemplare nicht nur gegen die Allianz eingesetzt hätte, sondern vermutlich auch gegen die übrigen Wirtschaftskonglomerate. Die Versuchung, eine so mächtige, im Verborgenen wirkende Waffe auf breiter Front einzusetzen, wäre einfach zu groß gewesen.

Doch dann kam es zum Krieg zwischen Konsortium und Allianz, noch bevor ein einsatzfähiger Metamorph zur Verfügung stand. Mit der Niederlage des Konsortiums, Valdorians Verschwinden und Cordobans wahrscheinlichem Tod veränderten sich die Parameter des Projekts Doppel-M. Lukert Turannen konnte es sich als NHD-Globaldirektor und Koordinator des Konsortiums nicht leisten, dass Enbert Dokkar vom Metamorph erfuhr, von jener Bio-Waffe, die ihn hätte umbringen sollen. Aber Turannen hätte einfach die Eliminierung des Prototyps befehlen können; er brauchte keine heimlichen Sabotageakte zu verüben. Und das Spektrum der programmierten Zielpersonen hätte breiter kaum sein können: hochrangige Personen in Allianz *und* Konsortium; die Magnaten und Administratoren fast aller großen Konzerngruppen; Personen des öffentlichen Lebens; außerdem das NHD-Personal auf Kerberos. Wer konnte ein Interesse daran haben, dass der entkommene Metamorph auf die Weise aktiv wurde, wie man es aufgrund der manipulierten Programmierung erwarten konnte? Wem gereichte es zum Vorteil, wenn er damit begann, all jene Personen umzubringen?

Emmerson kniff andeutungsweise die Augen zusammen, als sich ihm ein anderer Gedanke aufdrängte. Wer *wusste* überhaupt von der Existenz des Prototyps? Das Projekt Doppel-M war streng geheim und abgesehen von einigen Schlüsselpersonen bei NHD nur noch Cordoban bekannt. Und doch musste der unbekannte Saboteur Kenntnis davon gehabt haben. Die erste Schlussfolgerung lautete: Als Täter kam nur ein NHD-Mitarbeiter infrage. Aber: Eben diese Mitarbeiter zählten zu den Zielpersonen, auf die der Metamorph mithilfe des manipulierten Moduls programmiert worden war. Warum sollte sich der Saboteur selbst zur Zielscheibe machen? Oder handelte es sich um ein Ablenkungsmanöver? Sollte Emmerson die NHD-Mitarbeiter aus dem Kreis der Verdächtigen ausklammern, weil sie selbst mögliche Angriffsziele des Metamorphs waren? Emmersons Instinkt beantwortete diese letzte Frage mit nein, was zu einer neuen Schlussfolgerung führte: Es gab einen unbekannten externen Faktor, der vom Projekt Doppel-M erfahren hatte, und das war nur über einen internen Faktor möglich. Mit anderen Worten: Es gab einen oder mehrere Maulwürfe bei *New Human Design*.

Emmerson drehte sich um und blickte wieder auf die dreidimensionale Darstellung, die noch immer das letzte Bild zeigte, eine Aufnahme von Willbert Robertson. Der Sicherheitschef sah zwei Aufgaben vor sich. Erstens: Es galt, den entkommenen Metamorph zu finden und unschädlich zu machen. Zweitens: Er musste die Personen identifizieren, die nicht nur für NHD arbeiteten, sondern auch noch für andere Auftraggeber; ihre Identifikation würde ihn zum Saboteur führen.

Während sein Blick noch dem Display galt, erschien dort ein blinkender Schriftzug, begleitet von einem akustischen Signal. PRIORITÄTSNACHRICHT.

Emmerson kehrte zum Schreibtisch zurück. »Datenservo, Nachrichtendatei öffnen.«

»Bestätigung«, erwiderte die synthetische Stimme. Die Darstellung des dreidimensionalen Displays wechselte und zeigte einen Mann, den Emmerson jetzt zum ersten Mal sah. Er saß an einem kleinen Tisch, auf dem ein aktivierter Privatgarant lag. Der Hintergrund des Raums erinnerte den Sicherheitschef an eine Kom-Nische, wie es sie auf Raumhäfen oder in den Passagiercontainern von Kantaki-Schiffen gab.

»Dies ist eine Aufzeichnung«, sagte der Mann mit einer Stimme, die gleichzeitig energisch und gelassen klang. So sprach jemand, der daran gewöhnt war, dass man seinen Anweisungen sofort nachkam. Und das erschien Emmerson seltsam, denn der Unbekannte im Display schien nicht einmal vierzig zu sein. »Ich bin Lutor, Sonderbeauftragter des Globaldirektors Lukert Turannen. Er hat mich mit allen notwendigen Befugnissen ausgestattet, auf Kerberos zu ermitteln. Ich weiß über den ... Notfall Bescheid und kenne auch die Hintergründe. Bitte unternehmen Sie bis zu meiner Ankunft nichts, das die Situation weiter komplizieren könnte. Erstellen Sie einen Lagebericht mit allen wichtigen Informationen, damit ich nach meinem Eintreffen sofort mit der Arbeit beginnen kann; ich verliere nicht gerne Zeit.« Er sah auf die Anzeige eines Chrono-Servos. »Dieses Kantaki-Schiff wird das Hades-System morgen erreichen, am 16. April 421 SN. Ich rechne damit, gegen fünfzehn Uhr in Chiron zu sein; bitte halten Sie sich für ein Gespräch bereit.« Der Mann legte eine kurze Pause ein und sah direkt in den visuellen Sensor des Kom-Servos. »Ich bin sicher, dass wir gut zusammenarbeiten werden.« Lutor streckte die Hand nach einer Kontrolleinheit aus, und sein Bild verschwand.

Edwald Emmerson starrte einige Sekunden lang ins leere Display und stellte dann fest, dass er die rechte Hand zur Faust geballt hatte. Lutor war es mit wenigen Worten gelungen, sich selbst der Kategorie »unsympathisch« zuzuordnen. Aber was noch viel schlimmer war: Alles deutete darauf hin, dass er mit Sondervollmachten kam und die Ermittlungen in Hinsicht auf den Metamorph und alle damit zusammenhängenden Dinge selbst leiten wollte. *Turannen setzt mir - und auch Lorgard - jemanden vor die Nase,* dachte er, und das gefiel ihm ganz und gar nicht.

Er wies den Servo an, ihm noch einmal das Ende der aufgezeichneten Nachricht zu zeigen und das Bild dort anzuhalten, wo Lutor direkt in den visuellen Sensor sah. Ein knapp vierzig Jahre alter Mann, eigentlich unscheinbar; Emmerson hätte ihm keine Beachtung geschenkt, wenn er ihm irgendwo in Chiron begegnet wäre. Die Nase gerade, ein dünnlippiger Mund, das Kinn flach. Aschblondes, kurzes Haar. Das auffallendste Merkmal waren zweifellos die grauen Augen. Ihr Blick war stechend und durchdringend. Ein seltsamer Glanz lag in ihnen, und Emmerson brauchte trotz seiner großen Erfahrung mehr als zwanzig Sekunden, um ihn zu identifizieren. Dies war der Blick eines Jägers, eines Mannes, der das gefährlichste Wild im Kosmos gejagt hatte: Menschen und andere intelligente Geschöpfe. Und etwas deutete darauf hin, dass er *Gefallen* daran fand.

»Ich glaube, wir haben hier ein weiteres Problem«, murmelte Emmerson und beschloss, Rubens Lorgard einen Besuch abzustatten – nach Robertsons Bericht musste er ohnehin mit ihm reden.

Auf dem Weg nach Kerberos
15. April 421 SN
10:40 Uhr Kerberoszeit

9

Andere Welten

Nach der Aufzeichnung ließ Lutor den Identer im Abtaster, betätigte einige Schaltelemente des Kom-Servos und wandte sich dann halb um. Die Kommunikationsnische war Teil einer kleinen persönlichen Suite, die alle Annehmlichkeiten bot. Der Identer bestätigte, dass ihm *New Human Design* unbegrenzten Kredit gewährte, und solche Dinge wusste Lutor durchaus zu schätzen. Der Privatgarant auf dem Tisch sorgte nach wie vor dafür, dass er in jeder Hinsicht ungestört blieb; selbst mit speziellen Sondierungssignalen ließ sich nicht feststellen, was er in der Suite anstellte. Eine solche Diskretion war ihm ebenso wichtig wie unbegrenzter Kredit.

Die vagen energetischen Schlieren eines Schirmfelds zeigten sich im Zugang der Suite, nur von Lutors Seite aus transparent. Er blickte hinaus in einen der großen Aufenthaltsräume des Passagiercontainers, der zusammen mit anderen Habitaten und Frachtmodulen zur Transportblase des Kantaki-Schiffes gehörte. Mehrere Menschen standen vor den großen Panoramafenstern, durch die man in den Transraum hinaussehen konnte. Andere saßen in der nahen Bar oder zwischen den Pflanzen der grünen Insel im Zentrum des Raums. Dort bemerkte Lutor auch zwei Akuhaschi. Es hieß von ihnen, dass sie in einer symbiotischen Beziehung mit den Kantaki standen. Für solche Dinge interessierte sich

Lutor nicht. Er wusste nur, dass die Akuhaschi gewissermaßen die Administratoren der insektoiden Kantaki waren und als Mittler zwischen ihnen und anderen Völkern fungierten. Einer von ihnen trug einen Direal, der ihn mit den wichtigsten Bordsystemen des Kantaki-Schiffes verband, ausgestattet mit Dutzenden von Servi, separaten Schnittstellen, Rezeptoren und Analysemodulen. Beide Geschöpfe hatten fünfzehn Zentimeter lange vertikale schlitzförmige Augen, völlig schwarz, und die Gesichter wirkten verschrumpelt.

Lutors Blick glitt weiter, und als er nichts Verdächtiges bemerkte, ließ er das Schirmfeld vollkommen opak werden.

Ein akustisches Signal des Datenservos bestätigte, dass unterdessen die Anderswelt-Programme geladen waren. Lutor seufzte leise, als er das Nebenzimmer betrat und dort in einem mit medizinischen Sensoren ausgestatteten Liegesessel Platz nahm – sie sollten den körperlichen und geistigen Zustand des Benutzers überwachen. Noch während er mit dem Kabel hantierte und es mit dem Bio-Servo dicht unter seinem Nacken verband, erschauerte er wohlig beim Gedanken an das, was ihn jetzt erwartete. Ein leises Klicken wies ihn darauf hin, dass die Verbindung hergestellt war. Lutor machte es sich im Liegesessel so bequem wie möglich, um späteren Problemen, wie zum Beispiel schmerzenden Druckstellen, vorzubeugen, sagte dann: »Datenservo, Programm starten und letzten Merkpunkt aktivieren.«

Es summte leise, und weniger als eine Sekunde später gehörte das Summen zu einer anderen Welt. Dunkelheit umgab Lutor, und als sich seine Augen daran gewöhnt hatten, sah er die Szene, an die er sich erinnerte. Vor ihm erstreckte sich ein weiter Sumpf, nur undeutlich zu erkennen im matten Licht des Mondes, das durch nächtlichen Dunst filterte. Gelegentlich blubberte und platschte es in der Finsternis, und irgendwo erklangen Stimmen, zu leise, als dass er einzelne Worte hätte verstehen können: ein undeutliches Flüstern und Raunen, das mal spöttisch und mal herausfordernd klang. Lutor drehte den Kopf und sah in die Richtung, aus der er gekommen war: Ein hohes Gebirge ragte hinter ihm auf, und ein steiler Weg führte zum verschneiten Pass empor, gesäumt von zahlreichen Gefahren, die er alle überwunden hatte, immer auf der Suche nach dem letzten und größten aller Gegner, nach dem Herrscher der Schattenwelt, nach Echna, der über die Horden der Hölle gebot. Der Sumpf war ein weiteres Hindernis, das es zu überwinden galt, und Lutor fragte sich, mit welchen Scheußlichkeiten ihn die Programmierer dieser Anderswelt bestückt hatten.

Vorsichtig ging er durch die Dunkelheit und genoss dabei das Gefühl, das ihm der neue Körper vermittelte. Er war Kordun, ein Krieger aus dem Nordland, aufgebrochen mit der Absicht, den Tod der Eltern zu rächen, die einem Boten der Finsternis zum Opfer gefallen waren, und den Ruhm des eigenen Clans zu mehren. Er war fast einen Meter neunzig groß und muskulös, hatte schulterlanges blondes Haar und trug Kleidung, die zum größten Teil aus Leder und Eisen bestand. Kraft erfüllte ihn, eine Energie, die ihm Zuversicht gab und ein Gefühl der Macht vermittelte, das ihm sehr gefiel.

Als der Boden unter seinen Füßen zu weich wurde, blieb er stehen und spähte durch die Dunkelheit. Die Stimmen schienen näher gekommen zu sein, aber ihr Flüstern und Raunen blieb unverständlich.

Lutor erinnerte sich nicht mehr genau daran, welche Dinge er unterwegs gefunden und mitgenommen hatte, setzte den Rucksack ab und öffnete ihn. Abgesehen von einigen magischen Heilsalben, diversen thaumaturgischen Kristallen und anderen mehr oder weniger nützlichen Dingen enthielt er auch einen Kuiki, einen Ratgeber, der wie ein buckliger menschlicher Greis aussah, auf die Größe von etwa fünfzehn Zentimetern geschrumpft. Zum Glück hatte Lutor auch noch einige Makai-Nüsse, Leckerbissen für den Kuiki. Er holte eine von ihnen hervor, woraufhin sich das Männchen die Lippen leckte und vergeblich versuchte, die Tür seines kleinen Käfigs zu öffnen.

»Wie komme ich durch den Sumpf?«, fragte Lutor, und auch seine Stimme klang anders: kraftvoller, rau und kehlig – die Stimme eines Kriegers.

»Nuss, Nuss, will Nuss!«, rief das Männchen und streckte einen Arm durchs Käfiggitter.

»Du kriegst gleich was auf die Nuss, wenn du mir keine Auskunft gibst«, erwiderte Lutor drohend.

»Will Nuss, will Nuss!«, schrillte der Kuiki.

Lutor/Kordun hob die freie Hand vor den Käfig – eine große Hand mit langen Fingern; deutlich zeichneten sich die Sehnen ab – und ballte sie langsam zur Faust. Es knirschte leise, und das greisenhafte Männchen im Käfig schauderte.

»Schon gut, schon gut«, schmollte es. »Dies ist der Sumpf der Verlorenen Seelen«, sagte der Kuiki im Tonfall eines Weisen, der ein wichtiges Geheimnis preisgab. »Hörst du die Stimmen? Es ist das Flüstern der Körperlosen, jener Menschen, die bei dem Versuch starben, den Sumpf zu durchqueren. Möchtest du dich ihnen hinzugesellen, Kordun? Nuss, will Nuss, her damit!«

Lutor richtete den Zeigefinger auf das Männchen.

»Ja, ja, es gibt einen Weg zur anderen Seite.« Der Kuiki seufzte übertrieben. »Und wenn du so klug warst, den Kristall des halben Wissens mitzunehmen, so kannst du ihn sogar erkennen.«

»Und?«, grollte Lutor.

»Du willst es immer ganz genau wissen, wie? Na schön. Der Weg selbst ist sicher, aber zahlreiche Gefahren säumen ihn. Du solltest besser die Augen offen halten und für alles bereit sein. Dieser Sumpf gehört bereits zur Schattenwelt; von hier aus ist es nicht mehr weit bis zu Echna.« Das Männchen streckte erneut den Arm durchs Gitter. »Will Nuss, will Nuss!«

Lutor gab ihm die Makai-Nuss, und der Kuiki schob sie sich sofort in den Mund. Seine Zähne blitzten wie Diamanten und knackten die harte Schale mühelos. Während das Männchen energisch kaute und dabei mit den Augen rollte, holte Lutor den Kristall des halben Wissens hervor, den er tatsächlich mitgenommen hatte – er stammte aus der Grotte der Gebeine hoch oben in den Bergen; als er ihn hob, veränderte sich die Umgebung. Die flüsternden Stimmen wichen zurück und klangen enttäuscht – vielleicht hatten die Körperlosen gehofft, Korduns Leib übernehmen zu können. Gleichzeitig schien das Licht des Mondes ein wenig heller zu werden und sich genau dort zu verdichten, wo der Boden festen Halt bot. Lutor sah einen schmalen Weg, der sich durch den Sumpf schlängelte, vorbei an dichtem Gestrüpp, verkrüppelt wirkenden Bäumen und dunklem, schlammigem Wasser.

»Na, bitte«, brummte Lutor, steckte den Kristall ein, ließ den Käfig mit dem Kuiki wieder im Rucksack verschwinden – das Männchen beklagte sich bitter darüber – und setzte den Weg fort. Zuerst ging er vorsichtig, doch der Boden des Pfads blieb fest, und daraufhin marschierte er entschlossener. Gelegentlich schaute der Mond durch den Hochnebel, aber selbst wenn er dahinter verschwunden blieb: Sein matter Schein erhellte den Pfad und hob ihn aus der Dunkelheit, die sich von beiden Seiten an ihn heranschob. Manchmal bewegte sich etwas in der Finsternis, Schemen und Schatten huschten dahin, wie Jäger und Gejagte. Gelegentlich glühten Augen in der Schwärze, saphirblau und rubinrot, ihr Blick kalt wie Eis. Im schwarzen Wasser blubberte es, als faulige Gase aufstiegen, und einmal sah Lutor kurz den schuppigen Leib einer dicken Schlange.

Er ging weiter, die Augen offen, die Ohren gespitzt. Je tiefer ihn der Pfad in den Sumpf führte, desto stiller wurde es. Schließlich verstummten die flüsternden Stimmen ganz, und selbst das Blubbern hörte auf. Lautlosigkeit schloss sich wie ein Mantel um ihn, und als Kordun spürte Lutor eine weitere Veränderung, noch bevor sie eintrat. Etwas wuchs vor ihm aus dem Boden, in gespenstischer Stille, ohne einen einzigen Laut zu verursachen, eine Gestalt, die Teil der Finsternis zu sein schien, so wie Hände Teile eines Körpers waren. Die dämonische Fratze unter der schwarzen Kapuze wies Lutor darauf hin, dass es sich um einen Angehörigen der Infernalischen Garde handelte.

Er reagierte sofort, indem er den Rucksack fallen ließ – ein keifendes »Au!« kam aus ihm – und sein Schwert zog. Eigentlich war es ein Zweihänder, ein Flamberg, aber Lutor führte es mit einer Hand, genoss einmal mehr die Kraft, die ihn durchströmte. Adrenalin mobilisierte weitere Energie, und er griff sofort an, gab seinem Gegner nicht die Möglichkeit, seinerseits die Initiative zu ergreifen. Ein wuchtiger Hieb zielte nach dem dunklen Kopf des Gardisten, doch eine kurze Klinge, mehr ein Messer als ein Schwert, blockierte den Hieb. Metall prallte auf Metall, aber mit einem seltsam dumpf klingenden Geräusch.

»Wann begreifst du endlich, dass du keine Chance gegen Echna hast?«, knurrte der Dämon. Flammen züngelten aus seinen Augen, warfen flackerndes Licht auf das groteske Gesicht. »Er ist der Gebieter der Schattenwelt und herrscht über die Horden der Hölle.«

»Einer von euch hat meine Eltern umgebracht«, erwiderte Lutor und fühlte die Ekstase des Kampfes wie ein Feuer in sich brennen. »Dafür wird Echna büßen. Und wer sich mir in den Weg stellt ...«

Er holte erneut aus, aber bevor er noch einmal zuschlagen konnte, packte ihn jemand von hinten und hielt ihn fest. Er hatte einen Fehler gemacht, sich zu sicher gefühlt und nicht gemerkt, dass hinter ihm ein zweiter Angehöriger der Infernalischen Garde aus dem Sumpf gewachsen war. Der Dämon vor ihm schwang eine morgensternartige Waffe, und Lutor zog gerade noch rechtzeitig den Kopf weg. Die mit Stacheln besetzte Stahlkugel sauste dicht an ihm vorbei und schmetterte ins Gesicht des zweiten Gardisten, der schmerzerfüllt heulte und seinen Griff lockerte. Lutor riss sich los, und eine halbe Sekunde später bohrte sich ihm die kurze Klinge des ersten Dämons in den linken Oberarm. Glühender Schmerz durchzuckte ihn, brachte aber keine Schwäche, sondern noch mehr Ekstase. Bewusste Gedanken verloren sich in einem Strudel aus Gefühlen, in einem emotionalen Brodeln, das Lutor als berauschend empfand und dem er sich willig hingab. Animalische Instinkte übernahmen die Steuerung seines Körpers, und Lutors Ich teilte sich: Die eine Hälfte beobachtete ihn, voller Stolz und Zufriedenheit; die andere ritt auf den Wellen der Emotionen. Das lange, schwere Schwert in der rechten Hand wurde zu einer Erweiterung des Arms und ließ sich mit der gleichen Mühelosigkeit bewegen. Lutor sprang, drehte sich in der Luft, stieß die Klinge in den Hals des ersten Dämons, riss sie zur Seite und schwang sie in Richtung des anderen Gegners herum. Sie traf ihn dicht über den Augen, schnitt durch den Schädel und trennte den oberen Teil des dämonischen Kopfes ab.

Als Lutor wieder auf dem weichen Boden landete und in die Hocke ging, das Schwert bereit, waren seine beiden Kontrahenten bereits tot. Es blieb nichts von ihnen übrig. Ein phosphoreszierendes Glühen zerfraß die Körper der beiden untoten Schergen des Schattenherrn. Dünne, nach Schwefel riechende Rauchfäden stiegen auf und vereinten sich mit den Dunstschwaden des Nebels, der den Mondschein immer mehr verhüllte und sich zum Sumpf herabsenkte.

Lutor richtete sich auf, hob beide Arme und schrie seinen Triumph in die Nacht.

»Echna, Mörder meiner Eltern, bald bin ich bei dir!«, donnerte die Stimme des Kriegers Kordun durch die Dunkelheit. »Gibt es hier denn niemanden, der mir gewachsen ist?«

Er behandelte die Wunde am linken Oberarm mit Heilsalbe, griff dann nach dem Rucksack und stapfte weiter durch den Sumpf.

Während Lutor im Liegesessel ruhte und seine Visionen der Macht und des Blutes genoss, flog der schwarze Gigant des Kantaki-Schiffes mit einem Vielfachen der Lichtgeschwindigkeit durch den Transraum. Er folgte den Fäden, die alles im Universum miteinander verbanden; gesteuert wurde er von den Gedanken eines menschlichen Piloten. Das Schiff näherte sich dem Hades-System, und dort, auf einem Planeten namens Kerberos, wartete ein ganz besonderer Gegner auf Lutor.

Vor zwanzig Millionen Jahren

KiTamarani

Reduktion

Die vom Keim umklammerte Konziliantenkapsel fiel durch den Raum, in der linearen Zeit, durch die Leere zwischen zwei großen Galaxienhaufen. KiTamarani war nicht imstande, sich mit den kosmischen Saiten zu verbinden, um Kraft zu schöpfen aus dem Lied der Schöpfung und die Stimmen der anderen Konzilianten zu hören, und hier in der Leere gab es keine Sonnen, aus denen sie Energie beziehen konnte.

Agens: Kraft ... schwindet. Kann die Integrität der Kapsel ... nicht mehr lange gewährleisten ...

Die schwarzen Stacheln, die der Keim durch KiTamaranis primäres Selbst bohrte, brachten ihr Schmerz und Schwäche, aber in der Kapsel verursachten sie zunehmende strukturelle Instabilität.

Sie sah noch einmal das entsetzliche Bild der Fragmente im All, die das Agens nicht hatte identifizieren können, weil *nie zuvor* in der Geschichte des Konziliats eine Konziliantenkapsel zerstört worden war.

KiTamarani zog ihre Gedanken und Empfindungen ins sekundäre Selbst zurück, das zwar keine so große Kontrolle ausüben konnte wie das primäre, aber noch weitgehend unbeeinträchtigt geblieben war. Sie griff ins Herz der Kapsel, ins Zentrum seiner Energie, gab einen Teil der noch verbleibenden Kraft dem Agens und nutzte einen anderen für eine

Änderung der Koordinaten: Jetzt war sie *hier*, und einen Moment später war sie *dort*, im Innern einer Galaxis, jagte durch den interstellaren Raum, noch immer zu weit entfernt von einer Sonne. Aber sie badete in den galaktischen Strahlenschauern und öffnete sich ihnen ...

Bewegung kam in die Schwärze des Keims. Der von ihm ausgehende Druck ließ nach, als er versuchte, die Kapsel komplett abzuschirmen.

Die im Zentrum der Kapsel verbliebene Energie reichte nicht mehr für die Erneuerung. Eine externe Energiequelle war von existenzieller Bedeutung.

Es gelang KiTamarani, einige Lücken freizuhalten, durch die eine Verbindung mit der Außenwelt möglich war. Das primäre Selbst heuchelte Lethargie und Apathie, empfing das Flüstern des Keims, der sie erneut zur Aufgabe aufforderte und versprach, dass dann alles leichter sein würde. Es gaukelt ihm einen nahen Sieg vor, während das sekundäre Selbst plante und Vorbereitungen traf. KiTamarani benötigte die noch zur Verfügung stehende Energie, um die Umklammerung durch den Keim aufzubrechen, aber wenn es dann keine externe Kraft gab, auf die sie *sofort* zugreifen konnte, war sie dem Splitter des Omnivors hilflos ausgeliefert.

Durch eine Lücke lokalisierte sie eine viel versprechende Strahlungssignatur. Ein Irrläufer im interstellaren Raum, zu heiß für einen Planeten, zu kalt für eine Sonne, ein Brauner Zwerg, ein einsamer Wanderer, ohne Begleiter.

Agens: Instabilität ... Ende ... keine Kon...

KiTamarani begriff, dass sie nicht länger warten durfte, in der Hoffnung, eine bessere Energiequelle zu finden. Der Keim stand tatsächlich kurz davor, den Sieg zu erringen.

Entschlossen griff sie ins Zentrum der Kapsel, nahm die gesamte dort noch vorhandene Energie und formte aus ihr eine fokussierte Stoßwelle, die den Keim aus einem begrenzten Kapselbereich zurückdrängte. Noch während er vom energetischen Keil zur Seite getrieben wurde, machte sich KiTamarani zu einem Teil davon, fügte der Stoßfront die ganze Kraft ihres primären und sekundären Selbst hinzu und sprengte ihre Peripherie ab, wie eine zur Supernova werdende Sonne ihre äußere Schale.

Es gleißte in der Nacht zwischen den Sternen, und ein Teil des Keims verbrannte; mit einer solchen Aktion hatte er nicht gerechnet.

Die Stoßwelle nahm KiTamaranis Ich/Wir mit, als die Erneuerung sie auf den Kern ihrer Existenz reduzierte, auf das Etwas, das sie bis vor kurzer Zeit für wahrhaft ewig gehalten hatte. Sie raste dem Braunen Zwerg entgegen, empfing Strahlung von ihm, Wärme, aber nicht die Energie, die durch Fusion entstand, nicht die Energie einer Sonne. Und was noch schlimmer war: Diesmal befand sich die Stimme des Wir/Ich nicht in unmittelbarer Nähe. Diesmal war sie nicht Teil der Sphäre, die der Erneuerung beiwohnte, um sie danach wieder Teil des Ganzen werden zu lassen, mit allen Erinnerungen des Konziliats.

Sie blieb allein, schrecklich allein. Ihre Hoffnung, nach der teilweisen Befreiung vom Keim die Stimmen der anderen Konzilianten zumindest in weiter Ferne zu hören, erfüllte sich nicht.

Der Braune Zwerg wurde viel zu schnell kälter, als KiTamarani seine Energie aufnahm, und die Kraft reichte nicht, sie reichte bei weitem nicht aus, um die Erneuerung abzuschließen. Sie blieb in einem Zwischenstadium gefangen, auf halbem Wege zum erneuerten Selbst, ihre Erinnerungen nur mehr memoriale Fetzen, als sie zur Kapsel zurückfiel, dem Keim entgegen.

Der Splitter des Omnivors versuchte anzugreifen, doch seinen Bewegungen mangelte es an Koordination, denn er war ebenfalls geschwächt. KiTamarani, die sich auch nicht mehr an den Namen ihres Ich/Wir erinnerte, kehrte ins Innere der Kapsel zurück. Stille herrschte dort, denn das Agens sprach nicht mehr.

»Reduktion«, murmelte die Konziliantin. Gewisse Dinge blieben erhalten, auch bei einer nicht vollständigen Erneuerung. KiTamarani berührte die Komponenten der Kapsel – eigentlich war es kaum mehr als ein Reflex, tief verwurzelt in ihrem sekundären Selbst – und spürte ihre träge Reaktion. Die Instabilität breitete sich nicht weiter aus; der Keim verzichtete auf neue Versuche, Stacheln in die Kapsel zu bohren.

»Reduktion«, wiederholte KiTamarani und begann damit, die Struktur der Komponenten zu verändern. Sie agierte auf der Grundlage eines Instinkts, der ihr halb erneuertes, weitgehend leeres Selbst veranlasste, sich selbst und die Kapsel zu erhalten.

Sie spürte, dass sie an einer Sonne vorbeiflogen, aber das nukleare Lodern war zu weit entfernt, um ihr nützlich zu sein, und außerdem empfingen Planeten Licht und Wärme des Sterns, Welten, auf denen es Leben gab, wie KiTamarani mit den Augen der Kapsel sah.

Der Keim klebte an einem Teil der Außenhülle, statisch, passiv. Stoßwelle und Absprengung des peripheren Selbst schienen ihm größere Verletzungen zugefügt zu haben als die Konziliantin zunächst vermutet hatte.

»Agens?«, flüsterte sie.

Es blieb still, und es war eine vollkommene Stille, ohne das Raunen des Wir/Ich und ohne die Schöpfungsmelodie der kosmischen Saiten. Trauer zog durch KiTamaranis Selbst, und sie wusste nicht einmal, *warum* sie traurig war.

Reduktion ...

So etwas wie Schlaf.

Aber zuvor ... Eine letzte Anstrengung. KiTamarani streichelte die Kapselkomponenten, ließ eine nach der anderen inaktiv werden und sammelte ihr restliches energetisches Potenzial. Mit dieser Kraft änderte sie die Polarisierung der Außenhülle und schlug mit einer mentalen Faust zu, so heftig, dass sich der Keim löste. Er war schwach, sehr schwach, andernfalls hätte er sich bestimmt an der Kapsel festgeklammert.

Verwunderung regte sich zwischen den Rudimenten im Selbst der Konziliantin. Konnte es sein, dass ihre Erneuerung einen ähnlichen Vorgang beim Omnivorsplitter initiiert hatte? Aber wäre das nicht ein Zeichen von ... Verwandtschaft gewesen?

Es war ein vager Gedanke in einem von vagen Dingen erfüllten Ich – die vollständig erneuerte KiTamarani wäre von einer solchen Vorstellung zutiefst entsetzt gewesen. Verwandtschaft zwischen Konziliat und Omnivor? Absurd! Und doch ... Der Keim reagierte nicht mehr. Er ruhte, verharrte in Passivität.

Tief in der Konziliantin regte sich eine Frage, die sich das Basisselbst stellte, weil ihm die Gewissheiten des gesamten Wissens und aller Erinnerungen fehlten: Gab es etwas, das das Konziliat *nicht* wusste? Gab es etwas, dass die Prävalenten dem Konziliat vorenthalten hatten?

Die Schwerkraft eines Planeten fing sowohl die Kapsel als auch den Keim ein, der nicht weit von ihr entfernt als amorphe schwarze Masse durchs All trieb. Die Konziliantin sah Landmassen und Meere, fühlte die Präsenz von Leben. Die Frage blieb eine Vibration und verlor sich schnell in der Ermattung der Reduktion. Die letzten Kapselkomponenten stellten ihren Dienst ein, und KiTamarani nutzte ihre Kraft für eine zweite, letzte Polarisierung der Außenhülle – sie verwandelte sie in einen Panzer, um sich selbst und die Kapsel zu schützen.

Sie fiel, nicht mehr durchs All, sondern durch die Atmosphäre eines Planeten. Die Reibungshitze beeinträchtigte die Integrität der Kapsel ebenso wenig wie die des Keims. Beobachter auf dem Planeten hätten zwei Flammenbälle am Himmel gesehen, aber es gab keine Beobachter, zumindest keine intelligenten.

Die Reduktion breitete sich in der Konziliantin aus, erfüllte sie mit einer Ruhe, die *Warten* bedeutete, das Warten auf neue Kraft, auf eine Vervollständigung der Erneuerung. Dass es irgendwann dazu kommen würde, daran zweifelte das Basisselbst nicht. Es hoffte nur, dass der Keim nicht vorher sein volles Potenzial wiedererlangte.

Eine warmes, seichtes Meer nahm die Kapsel auf, und noch während sie in den weichen Grund sank, verband sich KiTamaranis wachender Rest mit der Biosphäre des Planeten und begann damit, den Traum des Lebens zu träumen.

Reduktion.

Die Zeit verstrich. Jahrmillionen vergingen. Aus dem seichten Meer wurde ein tiefes. Sedimente sammelten sich an, begruben die Konziliantenkapsel und den Omnivorsplitter unter sich. Tektonische Verschiebungen ließen Gebirge entstehen. Teile der planetaren Kruste senkten sich ab, andere wurden nach oben gedrückt. Das Leben entwickelte sich und gedieh.

Aber es entwickelte sich nicht unbeeinflusst. KiTamaranis Traum lenkte es in eine bestimmte Richtung.

An Bord eines Kantaki-Schiffes im Transraum

10

Echos der Gewalt

Lukert Turannen saß im Restaurant des Passagiermoduls, an einem Ecktisch, von dem aus er den ganzen Raum beobachten konnte. Der Teller vor ihm wies fünf Mulden auf. Die vier oberen, relativ klein, enthielten verschiedene Gemüsesorten, jede von ihnen mit einem speziellen Anteil an Mineralien und Vitaminen. Eine halbfeste Proteinmasse, die ein wenig an Fleisch erinnerte, füllte die größere Mulde darunter. Turannen kostete die Speisen nacheinander, berechnete die Kalorien und kam auf etwa eintausendzweihundert - genau die richtige Menge, und genau das richtige Verhältnis von Nähr- und Ballaststoffen. *Wir sind das, was wir zu uns nehmen,* lautete eins der Prinzipien, nach denen er sein Leben ausrichtete. Die eigene Ernährung plante er ebenso sorgfältig wie seine geschäftlichen Aktivitäten. Er aß ruhig, teilte seine Aufmerksamkeit dabei zwischen der Umgebung und den Überlegungen, die der aktuellen Situation von Konsortium und Allianz galten. Sein Sekretär Amadeus saß auf der anderen Seite des Tisches und erweckte den Anschein, in die Lektüre eines pseudorealen Buches vertieft zu sein. In Wirklichkeit verwendete er einen Kontrollservo, sondierte die anwesenden Personen und hielt nach eventuellen Spionen und Überwachungsgeräten Ausschau. Bisher deutete nichts darauf hin, dass sie jemand beschattete. Enbert Dokkar schien keinen Verdacht geschöpft zu haben. Vielleicht wusste er nicht einmal, dass sich der Koordinator des Konsortiums in der Transportblase dieses Kantaki-Schiffes befand. Und wenn er es wusste ... Vielleicht hielt er Turannens Reise nicht für wichtig.

Eine kaum merkliche Vibration ließ Turannen aufblicken; ihm fiel auf, dass die anderen Passagiere im Restaurant erst einige Sekunden später reagierten. Das Kantaki-Schiff hatte den Flug durch den Transraum unterbrochen und war in den Normalraum zurückgekehrt. Die breiten Panoramafenster zeigten ferne Sterne, die unbewegt im All hingen, und einer von ihnen wirkte ein ganzes Stück größer und näher als die anderen.

»Wir sind da«, sagte Amadeus knapp.

»Bereiten Sie alles vor. Ich komme gleich nach.«

Der Mann mit dem wieselartigen Gesicht nickte, stand auf und verließ das Restaurant. Niemand schenkte ihm Beachtung. Einige Passagiere traten zu den Fenstern und fragten sich verwundert, warum das Kantaki-Schiff den Flug mitten im Nichts unterbrochen hatte.

Turannen leerte seinen Teller in aller Ruhe, erhob sich dann und verließ den Raum. Er ging durch die Flure und Korridore des Passagiermoduls, begegnete immer wieder verwirrten Reisenden, die sich gegenseitig nach dem Grund für die Unterbrechung des Transits fragten. Als er sich dem Hangar näherte, waren die Korridore leer. Turannen vergewisserte sich, dass ihm niemand gefolgt war, betrat dann den großen Schleusenraum mit dem Konsortium-Shuttle. Das kleine Raumschiff ruhte auf einem leise summenden Levitationskissen und sah aus wie ein Keil aus Stahlkeramik und Synthomasse, ausgestattet mit einem leistungsstarken Plasmatriebwerk, das interplanetare Flüge mit bis zu achtzig Prozent der Lichtgeschwindigkeit gestattete. Neben der offenen Luke stand ein Akuhaschi in einem Direal. Turannen wusste nicht, ob es der gleiche Akuhaschi war, mit dem er die Vereinbarung getroffen hatte; für ihn sahen diese Geschöpfe alle gleich aus.

»In exakt vierundzwanzig Stunden Ihrer Zeit kehrt das Schiff hierher zurück«, sagte der Akuhaschi. Seine Stimme klang rau. »Wenn Sie nicht hier sind, warten wir dreißig Minuten, bis wir den Flug fortsetzen.«

Turannen nickte. »Wir werden hier sein.«

»Für die Abholung werden noch einmal zweihunderttausend Transtel fällig.«

Turannen atmete innerlich auf, ohne sich etwas anmerken zu lassen. Er hatte einen der exotischen Preise befürchtet, die die Kantaki manchmal verlangten; Geld spielte eine untergeordnete Rolle.

»Einverstanden«, sagte er und holte seinen Identer hervor. Der Akuhaschi schob ihn in einen Abtaster, betätigte einige Schaltelemente und gab die Karte dann zurück. Turannen steckte sie ein und kletterte in den Shuttle. Hinter ihm schwang die Luke zu, und ihre hermetischen Siegel schlossen sich mit einem leisen Zischen.

Der kleine Amadeus saß im Kopilotensessel und wartete. Turannen nahm vor den Hauptkontrollen Platz und legte wie sein Sekretär den Sicherheitsharnisch an, bevor er die Bordsysteme des Shuttles aktivierte und rasch überprüfte. Als sich wenige Sekunden später das Außenschott des Hangars öffnete, ließ er das kleine Raumschiff aufsteigen und steuerte es nach draußen in den Weltraum.

Dutzende von anderen Passagiermodulen, Habitateinheiten und Containergruppen befanden sich im Innern der Transportblase, die das große Kantaki-Schiff durch den Transraum gezogen hatte. Turannen lenkte den Shuttle an ihnen vorbei und wusste, dass hunderte, vielleicht sogar tausende von Passagieren den Flug des kleinen Raumschiffs beobachteten und in ihm den Grund für die Unterbrechung des Transits sahen. Er machte sich deshalb keine Sorgen. Der Shuttle trug keine speziellen Markierungen, und vermutlich glaubten die vielen Beobachter, dass sich Pioniere an Bord befanden, unterwegs zu einem unbekannten Sonnensystem. Pioniere erkundeten fremde Systeme, suchten nach kolonisierbaren Welten und mussten dabei mit Gefahren aller Art fertig werden. Wenn sie Erfolg hatten, wenn sie erstens am Leben blieben und zweitens Planeten oder Gasriesen-Monde fanden, die sich für die Besiedlung eigneten, so konnten sie durch Erschließungsverträge und Kolonisierungstantiemen viel Geld verdienen. Wenn nicht, wenn sie keine geeigneten Welten fanden, so hatten sie umsonst viel Mühe und Zeit investiert, ließen sich von einem Kantaki-Schiff abholen und versuchten ihr Glück in einem anderen unerforschten Sonnensystem.

Das letzte Passagiermodul blieb hinter dem Shuttle zurück; deutlich waren die Haltestränge zu sehen, die es mit der Transportblase verbanden, einem filigranen Gebilde aus Kraftfeldern und Monofaser-Leinen, die aussahen wie Spinnfäden. Oft klebten die Passagiermodule und Containergruppen an der Blase fest, wie gefangene Fliegen, aber manchmal, wie in diesem Fall, befanden sie sich im Innern eines komplexen Gespinstes aus energetischen Tauen und Leinen.

Ein Segment der Transportblase leuchtete matt, und Turannen steuerte das kleine Raumschiff hindurch, beschleunigte dann und entfernte sich vom Kantaki-Schiff.

»Vierundzwanzig Stunden«, sagte er leise, während er die Anzeigen im Auge behielt. »Hoffentlich verschwenden wir nicht unsere Zeit.«

Amadeus verband seinen Infonauten mit der sekundären Konsole. Datenkolonnen wanderten über die Displays. »Ich bin sicher, dass wir hier richtig sind. Das Objekt befindet sich im Kuiper-Gürtel dieses Sonnensystems.« Er deutete auf den Hauptschirm, auf den größten, hellsten Stern unter den vielen anderen. »System 437/Skalgard 1, nicht kartographiert, unerforscht. Selbst Pioniere haben sich noch nicht hierher verirrt. Der ideale Ort für einen Arsenalplaneten. Ich überspiele die Kursdaten, die wir in Valdorians Datenservi fanden.«

Ein Schatten bewegte sich im Weltraum. Die Finsternis des Alls tarnte den schwarzen Koloss des Kantaki-Schiffes, aber als er den Flug nach der Unterbrechung des Transits fortsetzte, schob er sich vor die Sterne, und wenige Sekunden später schien sich der Raum zu ... verzerren. Turannen fühlte es mehr, als dass er es sah: ein Empfinden von Leere, die sich unmittelbar darauf mit etwas füllte, das nicht aus diesem Universum stammte - das Kantaki-Schiff war in den Transraum zurückgesprungen, in eine Hyperdimension, in der es dem fernen Ziel entgegenjagte.

Lukert Turannen und Amadeus Storm waren allein im Nichts, Lichtjahre von den nächsten Niederlassungen intelligenter Wesen entfernt, unerreichbar für den Shuttle.

Der Navigationsservo hatte die Kursdaten empfangen und wartete auf Bestätigung. Turannen berührte eine Schaltfläche, lauschte einige Sekunden dem dumpfen Brummen des Plasmatriebwerks, dessen Schub den Shuttle dem Rand des fremden Sonnensystems entgegentrug, und fragte dann: »Sind die Daten gelöscht?«

»Ja. Unsere Fachleute haben sie nicht nur gelöscht, sondern alle ihre Spuren in den Datenservi des Konsortiums beseitigt. Nur das Speichermodul meines Infonauten enthält die Koordinaten.«

Turannen nickte zufrieden. Ganz gleich, was im Kuiper-Gürtel des Systems 437/Skalgard 1 auf sie wartete: Enbert Dokkar würde nichts davon erfahren.

Zehn Minuten später gab der Navigationsservo Kontakt-Alarm, und auf dem Ortungsschirm erschienen symbolische Darstellungen der ersten Objekte des Kuiper-Gürtels, in den meisten Fällen Eisbrocken, die aus der Entstehungszeit dieses Sonnensystems stammten und irgendwann einmal zu Kometen werden mochten. Turannen wusste, dass er sich auf den Nav-Servo verlassen konnte - seine künstliche Intelligenz steuerte den Shuttle sicher durch das kosmische Trümmerfeld. Nach weiteren fünfzehn Minuten stießen die Sondierungssignale auf einen Planetoiden: das Ziel ihrer Reise.

»Cordoban war ein sehr vorsichtiger Mann«, sagte Turannen. »Hier würde bestimmt niemand nach einem verborgenen Arsenal des Konsortiums suchen.«

Er rechnete nicht mit einer Antwort, und deshalb erstaunte es ihn, als Amadeus erwiderte: »Vielleicht lebt er noch.«

Turannen sah seinen Sekretär kurz an, blickte dann wieder auf die Anzeigen. Möglicherweise lag es daran, dass sie beide hier ganz allein waren; normalerweise beschränkte sich Amadeus ihm gegenüber auf eine sehr passive Rolle. »Nein, er ist tot, da bin ich mir sicher. Andernfalls hätten wir bestimmt von ihm gehört.«

Aber, so musste sich Turannen eingestehen, ein Rest von Ungewissheit blieb, und leider galt das auch für Valdorian. Er nahm seinen Platz ein - wenn auch nicht als Primus inter Pares, so doch als Koordinator des Konsortiums -, und er wohnte in seiner Villa auf Tintiran, die Judith gerade ihren Wünschen gemäß ausstattete, aber was mochte geschehen, wenn Valdorian irgendwann wieder auftauchte? Diese Sorge trübte Turannens Triumph ein wenig, obwohl er sich immer wieder sagte, dass sie völlig unbegründet war. Wenn Valdorian tatsächlich irgendwie überlebt hatte und irgendwann so dumm sein sollte, auf die Bühne des interstellaren Geschehens zurückzukehren, so würden ihm Enbert Dokkar und sein eigener Sohn Benjamin den Prozess machen. Turannen sagte sich einmal mehr, dass es völlig absurd war, besorgt zu sein. Ganz im Gegenteil: Er schickte sich an, die eigene Macht - die eigenen strategischen Möglichkeiten - erheblich zu erweitern, von Cordobans Weitblick zu profitieren und sich erneut etwas anzueignen, das Valdorian gehört hatte.

Turannen gestattete sich ein Lächeln und sah auf die Anzeige des Chrono-Servos. Erstaunlich: Er hatte sich erst vor vier Stunden, unmittelbar nach der Entdeckung der Koordinaten, von Judith auf Tintiran im mehr als vierhundert Lichtjahre entfernten Mirlur-System verabschiedet. Manchmal benötigten Kantaki-Schiffe Tage oder gar Wochen, um solche Entfernungen zurückzulegen, manchmal aber auch nur Minuten oder Stunden. Angeblich hing es von dem jeweiligen Faden ab, mit denen der Pilot das Schiff verband, um es zum Ziel zu bringen. Für Turannen war es ein glücklicher Zufall.

Er gewann dadurch wertvolle Zeit, und die Zeit, so spürte er ganz deutlich, wurde immer mehr zu einem kritischen Faktor bei dem Bemühen, seine Position Dokkar gegenüber zu behaupten.

Im Kuiper-Gürtel dieses Sonnensystems herrschte ewige Finsternis; das schwache Licht des fernen Sterns 437/Skalgard 1 reichte bei weitem nicht für eine visuelle Erfassung von Objekten im All aus. Doch die Sondierungssignale der Sensoren ermöglichten eine genaue Ortung aller nahen und fernen kosmischen Vagabunden. Immer wieder wechselten die Bilder der großen und kleinen Displays, zeigten nackte Daten oder elektronisch aufbereitete Darstellungen von Kometen und Asteroiden. Der namenlose Planetoid befand sich im Zentrum des Koordinatensystems, das der Navigationsservo ins Bild des Hauptschirms einblendete.

»Die Daten entsprechen exakt den Angaben der Koordinatendateien«, sagte Amadeus, und Turannen glaubte, in der Stimme seines Sekretärs Erleichterung zu hören. Vielleicht hatte auch ihn ein Rest von Zweifel an der Authentizität und Zuverlässigkeit der Dateien geplagt. »Dies ist der erste Arsenalplanet.«

»Ein Arsenalplanetoid«, murmelte Turannen und las die Daten vom Schirm. »Durchmesser dreitausendneunhundertvier Kilometer; die Monde mancher Gasriesen sind größer. Keine Atmosphäre, nur gefrorener Stickstoff und Methaneis auf der Oberfläche. Kein sehr gemütlicher Ort.«

Amadeus schwieg, verglich die Daten und beobachtete auf den Schirmen, wie sich der Shuttle dem Planetoiden näherte.

Während der letzten Phase des Anflugs blieb Turannen äußerlich ruhig, aber tief in ihm prickelte Aufregung. Die Entdeckung der Arsenalplaneten, beziehungsweise dieses ersten Arsenalplanetoiden, bedeutete enorm viel für ihn, nicht nur in militärischer Hinsicht. Wenn die drei von Cordoban angelegten Arsenale mit den Schläfern, den gentechnisch veränderten Soldaten in Stasis, wirklich hielten, was sie versprachen, so brauchte er sich Dokkar und Benjamin gegenüber nicht mehr so unterlegen zu fühlen und konnte weitaus besser planen.

Der Nav-Servo steuerte das kleine Raumschiff in eine niedrige Umlaufbahn, und die Schirme zeigten die zerklüftete, von Kratern übersäte Oberfläche des Planetoiden. Hier und dort gab es tatsächlich helle Ansammlungen von Eis.

»Wir sind gleich da«, sagte Amadeus, und nur eine Sekunde später, wie um seine Worte zu bestätigen, blinkte ein Koordinatenfeld. Das Summen des Triebwerks veränderte sich, als die Geschwindigkeit sank und die Levitatoren aktiv wurden, um die geringe Schwerkraft auszugleichen. Der Shuttle ging tiefer und flog durch eine finstere Schlucht, die nach mehreren Kilometern vor einer steilen Felswand endete. Dort verharrte das kleine Raumschiff auf sicheren Levitationspolstern, wie ein stählernes Insekt, das darauf wartete, dass man ihm Einlass gewährte.

Turannen betätigte die Kontrollen, und das Licht von Suchscheinwerfern tastete über die Felswand, ließ Eis glitzern und schuf einen scharfen Kontrast zwischen Hell und Dunkel, wodurch die Schatten noch schwärzer wirkten.

»Nichts zu sehen«, sagte er leise. »Die Tarnung ist perfekt. Oder …« Er zögerte kurz. »Oder hier befindet sich überhaupt nichts. Also gut, Amadeus. Senden Sie die Signale.«

Der kleine Mann beugte sich vor und berührte ein Schaltelement des mit den Bordsystemen verbundenen Infonauten. Die Kom-Anzeigen bestätigten, dass Signale gesendet wurden, mit niedriger Frequenz, und es folgten einige Sekunden, die sich zu Minuten zu dehnen schienen.

Dann blinkte ein Indikator, und der Hauptschirm zeigte, wie sich eine Öffnung in der Felswand bildete. Das getarnte Außenschott eines Hangars schwang auf, öffnete sich wie das Maul eines Giganten, und Lichter glühten dort, wo bisher alles dunkel gewesen war.

Turannen spürte, wie sich seine Anspannung auflöste und diebischer Freude wich. Die Daten, die sie in Valdorians

Servi gefunden hatten, *waren* authentisch. Sie hatten ihr Ziel erreicht.

Er deaktivierte den Nav-Servo und steuerte das kleine Schiff in den Hangar. Als es den Boden berührte, schloss sich das Außenschott, und automatische Systeme öffneten Ventile. Luft strömte in den großen Raum, erst unhörbar, dann mit einem lauter werdenden Zischen, als die sich verdichtende Atmosphäre Geräusche übertrug.

Amadeus deutete auf die Datenkolonnen, die mit hoher Geschwindigkeit durch ein Display glitten. »Die hiesigen Kontrollsysteme erkennen unsere uneingeschränkte Befugnis an. Ich habe einen Statusbericht angefordert, und ...« Er unterbrach sich und rückte ein kleines Kom-Modul am Ohr zurecht. »Fünfzigtausend«, sagte er. »Allein in diesem Planetoiden gibt es fünfzigtausend Schläfer.«

Turannen löste den Sicherheitsharnisch und stand auf. »Kommen Sie. Sehen wir uns die Sache aus der Nähe an.«

Wenige Sekunden später standen sie außerhalb des Shuttles im stillen Hangar. Das Zischen hatte aufgehört; es herrschte normaler Luftdruck. Allerdings war die Temperatur recht niedrig, und Lukert Turannen fröstelte trotz der Jacke, die er übergestreift hatte. Er stellte fest, dass er sich nicht leichter fühlte als sonst, trotz der vergleichsweise geringen Masse des Planetoiden; offenbar gab es hier künstliche Schwerkraftfelder. In der gegenüberliegenden Wand befand sich eine mit hermetischen Siegeln ausgestattete Tür, und Turannen ging mit langen, zielstrebigen Schritten darauf zu. Amadeus folgte ihm und musste dabei fast rennen; den Infonauten hielt er mit beiden Händen. Er betätigte die Schaltelemente, und ein leises Summen erklang, begleitet von einem dumpfen Fauchen, das nach einer zornigen Katze klang. Die Siegel öffneten sich, und die einzelnen Segmente der Tür glitten auseinander.

Dahinter ging das Licht in einem langen Korridor an.

»Es gibt hier Dutzende von Sicherheitssystemen«, erklärte Amadeus, als sie durch den Flur schritten. Er deutete auf das Display seines Infonauten. »Ich habe sie alle deaktiviert.«

»Wie ist der allgemeine Status?«

»Prä-Bereitschaft, Primus. Von den fünfzigtausend Schläfern dieses Arsenals können neunundvierzigtausendneunhundertachtundneunzig innerhalb von dreißig Minuten geweckt werden. Bei zwei Stasiseinheiten meldet der Überwachungsservo Fehlfunktionen. Die Ausfallquote ist also außerordentlich gering. Nur zwei Soldaten können nicht ins Leben zurückkehren.«

»Und die Systeme?«

Amadeus verstand, was Turannen meinte. »Die hiesige Streitmacht kann innerhalb von sechs Stunden für den Einsatz bereit sein.« Sie gelangten an eine Abzweigung, und nach einem kurzen Blick auf das Infonauten-Display deutete Amadeus nach links. »Dort entlang.«

Nach etwa zehn Metern öffnete sich eine weitere Tür vor ihnen, und hinter ihr erstreckte sich kein Korridor, sondern ein stählerner Steg, auf beiden Seiten mit einem hohen Geländer ausgestattet. In einer Höhe von mehr als hundert Metern führte er durch eine Halle, die einst eine natürliche Höhle des Planetoiden gewesen zu sein schien und die man erweitert hatte. Mattes Licht ging von langen Leuchtstreifen aus. Unter Turannen reihten sich Dutzende von militärischen Raumschiffen aneinander: die grauen Riesen der Tiger-Klasse, fast hundert Meter lang und oval; daneben die mittelgroßen Jäger der Panther-Klasse, deltaförmig und sechzig Meter lang; und zahlreiche Gefechtsshuttles der Wolf-Klasse, zwanzig Meter lang und keilförmig wie das kleine Schiff, das Turannen und Amadeus zum Planetoiden gebracht hatte.

Auf halbem Wege durch die Höhle blieb Turannen stehen, griff nach dem Geländer und ließ den Blick umherschweifen. »Wie viele Schiffe sind es insgesamt?«

»Dieses Arsenal enthält hundert Tiger-, hundertachtzig Panther- und vierhundert Wolf-Einheiten.«

»So genial Cordoban auch gewesen sein mag«, murmelte der staunende Turannen. »Er hat einen Fehler gemacht. Mit dem militärischen Potenzial der drei Arsenalplaneten hätte er den Krieg gegen die Allianz gewinnen können.«

Unten in den Wänden bemerkte er die dunklen Öffnungen von Tunneln, zweifellos dazu bestimmt, die Schiffe schnell ins All zu bringen. Einige Sekunden lang dachte er daran, wie viel Geld Entwicklung und Einrichtung der Arsenale gekostet hatten und wie es Cordoban und Valdorian gelungen war, dieses Projekt vor dem Consistorium des Konsortiums geheim zu halten. Eine gewaltige Streitmacht, absolut zuverlässig und loyal ... Und außerdem das ebenfalls geheime und vielleicht sogar noch ehrgeizigere Projekt Doppel-M auf Kerberos. Menschenmacht. Oder hätte es Valdorian-Macht heißen müssen? Turannen fröstelte noch stärker, als er sich vorstellte, welche Macht Valdorian der Neunzehnte durch einen Erfolg seiner Pläne bekommen hätte. Er wäre zu einer Art galaktischem Imperator geworden, sogar dazu imstande, mithilfe der genetisch programmierten Metamorph-Exemplare die überlichtschnelle Kantaki-Raumfahrt zu kontrollieren. Wer hätte sich ihm in den Weg stellen können?

Aber die Angriffsflotte des Konsortiums hatte bei Kabäa im Epsilon-Eridani-System der Allianz eine verheerende Niederlage erlitten. Cordoban und Valdorian waren seitdem verschwunden, wahrscheinlich tot. *Und ich trete ihr Erbe an,* dachte Lukert Turannen nicht ohne Ehrfurcht. Eine einzigartige Chance bot sich ihm, und er wusste, dass er keinen Fehler machen durfte, wenn er sie nutzen wollte.

An die erste Höhle schloss sich ein weiterer Korridor an, und dann folgte eine zweite Kaverne, ebenso groß wie die erste, ebenfalls von Leuchtstreifen erhellt. Aber sie diente nicht zur Unterbringung von Raumschiffen.

Und es war nicht völlig still in ihr.

Lebenserhaltungssysteme summten leise, flüsterten von tiefem Schlaf. Halbtransparente rechteckige Behälter reihten sich aneinander, wirkten wie Kokons, deren Inhalt auf das Ausschlüpfen wartete. Gestalten zeichneten sich in den Staseinheiten ab, vage und anonym, von gentechnischen Spezialisten, den Kreatoren, geschaffene Soldaten, ohne Angst und Moral.

Turannen ging langsam über den Steg, sich der Kälte kaum mehr bewusst. Amadeus folgte ihm und schwieg jetzt, aber gelegentlich klickten die Schaltelemente des Infonauten unter seinen Fingern. Nabelschnüren gleich verbanden dicke Kabelstränge die aus jeweils fünfzig Stasiseinheiten bestehenden Reihen mit den Lebenserhaltungssystemen, und die Datenservi des Arsenals überwachten mit nicht nachlassender elektronischer Geduld die Biofunktionen der Schläfer. *Fünfzigtausend,* erinnerte sich Turannen. *Und nur zwei von ihnen werden nicht erwachen.* Das Gefühl der Macht prickelte wie mit statischer Elektrizität auf der Haut des Koordinators, ein ganz besonderer Juckreiz, der ihn mit angenehmer Unruhe erfüllte.

»Die Zentrale«, sagte er leise. »Lassen Sie uns zur Zentrale gehen und die hiesigen Systeme endgültig unter unsere Kontrolle bringen. Wir müssen die Zugangssequenzen ändern.«

»Das sollte sich problemlos bewerkstelligen lassen«, erwiderte Amadeus. Falten erschienen kurz auf der Stirn des wieselartigen Gesichts, verschwanden dann wieder.

»Stimmt was nicht?«

Turannens Sekretär sah auf das Display. »Ich glaube, es ist weiter nichts. Vermutlich nur eine energetische Fluktuation. Sicher nicht ungewöhnlich für so komplexe Systeme.«

Sie schritten über den stählernen Steg zur anderen Seite der großen Höhle, und Turannens Blick glitt umher, von der Unruhe in seinem Innern angetrieben. Indikatoren glühten an den Stasiseinheiten, gaben Auskunft über den Status der Schläfer. Das Summen der Lebenserhaltungssysteme schien an- und abzuschwellen, wie ein kollektiver Atem. In Gedanken hatte Turannen bereits damit begonnen, alte Pläne zu verwerfen, neue zu entwickeln, die überraschenden Ereignisse der letzten Tage und *Stunden* zu neuen Strategien zu verarbeiten.

Sie verließen die Höhle mit den Schläfern und gingen

durch einfache Korridore, folgten dem Weg, den ihnen das Display des Infonauten zeigte. Nach etwa zehn Minuten erreichten sie eine breite Tür, die aus mehreren ineinander verzahnten Segmenten bestand. Sie glitten sofort beiseite, als Amadeus mit dem Infonauten ein Signal sendete, und dahinter erwartete sie ein hell erleuchteter runder Raum, gewissermaßen das Nervenzentrum des Arsenals. Zahlreiche pseudoreale Darstellungsbereiche an den gewölbten Wänden zeigten die vielen Räume und Höhlen im Innern des Planetoiden: Kavernen mit Raumschiffen, Ausrüstungsmaterial, Waffen, Kampfanzügen, Proviantkonzentraten; Schläfer-Höhlen mit Stasisbehältern; Räume mit Installationen, Generatoren, Datenservi, kleine Laboratorien, mit dem Notwendigsten ausgestattet.

Turannen war langsam weitergegangen, während er die Darstellungen betrachtet hatte, aber nach einigen Metern blieb er abrupt stehen, konfrontiert mit einer Frage, die er sich sofort hätte stellen müssen. Er sprach sie laut aus.

»Warum sind die hiesigen Systeme aktiv?«

Und er bekam Antwort.

»Weil ich sie eingeschaltet habe.«

Weiter vorn drehten sich zwei Sessel an den Konsolen. In einem saß Enbert Dokkar, im zweiten Benjamin Valdorian.

Abseits der Zeit

Die gnadenlos am Himmel brennende Sonne erschien Valdorian vertraut, ebenso die endlose Wüste, die sich um ihn herum erstreckte. Ein schmaler Weg führte durch die Öde und schrumpfte hinter ihm, wenn er einen Schritt vortrat. Weiter vorn, kaum mehr als einen Steinwurf entfernt, sah er eine schwarze Tür, wie ein rechteckiges Loch in der Luft. Ihre Schwelle, so wusste er, trennte das Leben vom Tod. Er hatte sich schon einmal an diesem Ort befunden, wo auch immer dieser sich befinden mochte. Hier war er seinem Vater begegnet, der ihn aufgefordert hatte, die Tür zu durchschreiten und sich dem Tod zu stellen.

Diesmal stand nicht sein Vater auf dem Weg, sondern sein Sekretär Jonathan, mit weit aufgerissenen Augen, wortlos und erstarrt.

»Jonathan?«, brachte Valdorian hervor.

»Er hört Sie nicht«, ertönte eine Stimme. Sie klang seltsam, wie eine sonderbare Mischung aus Glätte und Kratzen.

Am Rand des Weges stand ein humanoides Wesen, dessen Haut – oder Kleidung – aus silbrigen, sich überlagernden Schuppen bestand, die bei jeder Bewegung leise knisterten. Die langen, zweigelenkigen Arme endeten in Händen, die nicht mit Fingern ausgestattet waren, sondern mit kleinen Tentakeln. Der dünne, knorrig wirkende Hals trug einen Kopf, der aussah wie eine auf der Spitze stehende Pyramide. Seltsame Faltenmuster umgaben einen Nasenschlitz und den dünnen Strich eines Mundes. Die großen Augen im Gesicht waren pechschwarz, und das Licht der lodernden Sonne glitzerte in ihnen.

Valdorian erinnerte sich an das Geschöpf. Er hatte es schon einmal gesehen, im Endzeittempel auf Kabäa, im Innern der Anomalie.

Ein Temporaler. Ein Feind aus dem Zeitkrieg.

Er senkte den Blick. Ein halb durchsichtiger kristallener Keil ruhte in seiner Hand, etwa vier Zentimeter lang und mit einem Durchmesser von zwei Zentimetern an der dicksten Stelle. Der ... Zeitschlüssel.

»Ich heiße Agorax«, sagte das Wesen. »Ich bin bereit, Ihnen zu helfen. Wenn Sie mir helfen.«

Jonathan starrte noch immer, gefangen in einem Moment der Zeitlosigkeit.

»Wieso ... verstehe ich Sie?«, brachte Valdorian hervor. »Ich habe keinen Linguator. Und ... was hat dies alles zu bedeuten?«

Die Begegnung mit Lidia, ihre Weigerung, ihm zu helfen, Zorn, der Hass auf die Kantaki, die an allem schuld waren ... Alles kehrte zu ihm zurück, eine donnernde Lawine aus Erinnerungen und Emotionen, die sein Bewusstsein auszulöschen drohte. Er taumelte, hielt sich nur mit Mühe auf den Beinen und begriff mit schmerzhafter Deutlichkeit, dass er noch immer zwischen Leben und Tod stand, weder ganz auf der einen noch ganz auf der anderen Seite.

Agorax schien seine Gedanken zu erraten. Oder vielleicht las er sie. »Wir befinden uns hier außerhalb der gewöhnlichen Zeit«, sagte der Temporale. »Hier altern Sie nicht. Eine oder zwei Ihrer Sekunden würden genügen, Sie sterben zu lassen.«

Sterben ... Und Lidia, unter ihrem neuen Namen »Diamant« Pilotin der Kantaki, lebte und war jung. Lidia, die sich ihm verweigert, ihn verraten hatte. Zorn kochte in ihm. Wie gern hätte er sich an ihr gerächt ...

»Sie sind ... ein Feind«, sagte Valdorian und dachte an den tausendjährigen Zeitkrieg.

»Ich habe Ihnen geholfen, auf Kabäa. Und ich kann Ihnen auch jetzt helfen. Was wünschen Sie sich am meisten?«

Valdorian blinzelte im grellen Schein der Sonne, und die Hitze machte jeden Atemzug zur Qual. Er hatte Durst und fühlte sich so schwach, dass er befürchtete, sich nicht mehr lange auf den Beinen halten zu können.

»Sie sind durstig«, sagte Agorax, und in seinen großen schwarzen Augen blitzte es kurz. »Trinken Sie.«

Er hob die Hand, und zwischen den dünnen Fingertentakeln erschien ein Gefäß, gefüllt mit Wasser. Valdorian nahm es entgegen, und nachdem er gierig getrunken hatte, löste sich das Gefäß auf. Es zerbrach in hunderte von kleinen Fragmenten, die kurz funkelten und dann verschwanden.

»Ich kann Ihnen geben, was Sie wollen«, sagte der Temporale.

»Und was ... verlangen Sie dafür?«

»Ihre Seele?«, erwiderte Agorax. Es klang nicht wie eine Antwort, eher wie eine Frage.

»Was soll das sein, ein Pakt mit dem Teufel?«, fragte Valdorian mit dem Spott des Sterbenden.

Es knisterte leise, als der Temporale den Arm hob und eine Geste vollführte, die Valdorian nicht verstand. »Ohne mich wären Sie bereits dies.« Jemand lag vor dem starren und starrenden Jonathan auf dem Boden. Valdorian sah sich selbst, so wie er sich vor kurzer Zeit – *Zeit ...* – in den spiegelnden Kristallen von Mirror gesehen hatte: das eingefallene, hohlwangige Gesicht eine Grimasse, die Haut faltig und verschrumpelt. Ein Greis. Ein *Toter*. Valdorian beobachtete, wie ihn die Trockenheit in eine Mumie verwandelte, ein grässliches Zerrbild von ihm selbst konservierte.

»Ohne meine Hilfe wären Sie tot«, sagte Agorax. »Und glauben Sie mir, der Rest des Universums würde sich nicht darum scheren. Sie wären *tot*, und Lidia würde *leben*.«

 »Ich ... will nicht ... sterben ...«

»Die Kantaki wollten Ihnen keine Zeit geben, nicht wahr?«, fuhr der Temporale fort. »Nehmen Sie sie von mir in Empfang. Ich gebe Ihnen das Leben zurück.«

Er deutete auf den mumifizierten Leichnam, der sich sofort zu verändern begann. Die faltige, runzlige Haut glättete sich. Fleisch kehrte auf die Knochen zurück. Nach wenigen Sekunden – *Sekunden* ... – stand der andere Valdorian auf, und aus dem Greis wurde ein Mann von etwa vierzig Jahren, das Haar dicht, in den Augen das Feuer von Vitalität. So hatte Valdorian ausgesehen, als er zum Nachfolger seines Vaters geworden war. Jung, voller Kraft, ein langes Leben vor sich ...

»Rekursive Zeit«, sagte Agorax. »Erinnern Sie sich? Sie haben sich gefragt, woher Sie diesen Begriff kennen. Er stammt aus meinem Flüstern.«

»Aus Ihrem ... Flüstern?«

»Ja. Ich habe Sie hierher gerufen.« Wieder eine Geste, und der kristallene Keil in Valdorians Hand leuchtete heller, schien mit der lodernden Sonne wetteifern zu wollen.

»Warum?« Valdorian wankte. Er fühlte, wie er immer schwerer wurde, und die schwachen Beine konnten mit dem zunehmenden Gewicht kaum mehr fertig werden.

»Ich helfe Ihnen«, sagte der Temporale. »Ich gebe Ihnen rekursive Zeit und verjünge damit Ihren Körper. Ich gebe Ihnen das Leben zurück, das Sie verloren haben. Ich gebe Ihnen Gelegenheit, sich zu rächen.« Agorax' Stimme wurde eindringlicher. »Das wollen Sie doch, nicht wahr? Rache üben. An den Kantaki. Und auch an Lidia?«

Rache, dachte Valdorian. Ein süßes Wort, voller Verheißung. Fast ebenso süß und verlockend wie das Wort *Leben*. Beides zu bekommen ...

»Ich helfe Ihnen«, wiederholte Agorax. *»Und dafür helfen Sie mir!«*

Diese Worte waren nicht süß. Valdorian glaubte, eine gewisse Schärfe in ihnen zu hören, auch eine ... Drohung?

»Was ... erwarten Sie von mir?«, fragte Valdorian mit brüchiger Stimme. *Er ist der Feind,* warnte ein letzter Rest von

Rationalität in ihm. Doch der übrige Teil seines Ichs schrie: *Der Tod ist* mein *Feind!*

»Was Sie hier sehen, ist nur etwas mehr als eine ... Projektion.« Agorax deutete auf sich selbst. »Unter normalen Umständen kann ich in Ihrer Welt keinen direkten Einfluss nehmen. Seit dem Ende des Zeitkriegs sind wir im Null gefangen. Deshalb brauche ich Sie. Sie haben Macht in Ihrer Welt. Sie können Dinge in Bewegung setzen. Ich bringe Sie zu ...« Der Temporale zögerte kurz, und sein Blick glitt in die Ferne, über den Horizont der Wüste hinaus. »Zu einem Ihrer Arsenalplaneten. Von dort aus werden Sie sich auf den Weg nach Kerberos machen ...«

Von einem Moment zum anderen fühlte sich Valdorian von wilder Hoffnung erfüllt. Zeit, ein neues Leben! Alles andere war zweitrangig. Alle anderen Probleme konnten gelöst werden, irgendwie, mit der *Zeit*. Aber ein Bündnis mit den Temporalen, mit dem Feind aus dem Zeitkrieg? Und wenn schon. Wenn er lebte und seine Macht zurückgewonnen hatte ... Dann gab es bestimmt neue Möglichkeiten.

»Ja!«, stieß er hervor und wankte erneut. »Ja, geben Sie mir Leben! Ich will leben!«

»Dann nehmen Sie meine Hand.«

Agorax hob den Arm, und Valdorian ergriff die Hand. Die Tentakel bewegten sich wie Finger, und ein sonderbares Prickeln ging von ihnen aus, das Prickeln des Lebens.

Die erbarmungslose Sonne am Himmel, das Firmament selbst, die endlose Wüste ... Alles löste sich auf, ebenso wie zuvor das Gefäß mit dem Wasser, die Welt zerbrach in zahllose Fragmente, wie das Glas eines Spiegels, den jemand zertrümmert hatte.

Valdorian fand sich in einer Kugel aus Millionen oder Milliarden von Orten wieder, und jeder einzelne von ihnen zeigte sich als eine Art Fenster an den gewölbten Innenwänden der Sphäre. Ein fremdartiger Anblick, und doch auf eine sonderbare Weise vertraut. In einer solchen Kugel hatte er sich auf

Kabäa befunden, im Innern der Anomalie, kurz vor der Rückkehr in die gewöhnliche Raum-Zeit. Jedes Fenster war ein Weg, ein Tunnel durch die Zeit und auch durch den Raum, und ein bestimmtes Objekt diente als Schlüssel.

Er senkte den Blick. Der kristallene Keil in seiner Hand hatte zu glühen begonnen, reagierte damit auf die Sphäre.

Jemand stöhnte. »Ich halte das nicht mehr aus ...«

Valdorian drehte sich um und sah Jonathan. Das blasse Gesicht seines Sekretärs zeigte Schmerz – aus irgendeinem Grund setzte ihm das Innere der Anomalien mehr zu. Aber ... befanden sie sich hier in einer Anomalie? Wo oder wann *war* dieses Hier?

Jonathan riss die Augen auf. »Primus, Sie ...«

Valdorian fühlte es, und ein Blick auf seine Hände bestätigte sein Empfinden: Die meisten Falten waren verschwunden. Seine Finger tasteten über Wangen und Hals; die Haut fühlte sich glatt an.

Er fühlte sich nicht mehr schwach.

»Sie haben sich auf einen Pakt mit dem Temporalen eingelassen!«, sagte Jonathan entsetzt.

»Er hat mir neues Leben geschenkt.« Valdorian sah sich um, wie auf der Suche nach einem Spiegel, den es in der Sphäre nicht gab. »Er hat ... meinen Körper mit rekursiver Zeit verjüngt. Ich bin ich. Ich bin ganz. Und ich bin wieder jung.« Er wandte sich erneut an seinen Sekretär. »Für wie alt halten Sie mich?«

»Die Temporalen.« Jonathan schien es nicht fassen zu können. »Die Feinde aus dem Zeitkrieg. Haben Sie vergessen, was die Temporalen damals angestellt haben?«

»Das war damals«, sagte Valdorian leise und genoss in vollen Zügen die Kraft, die ihn durchströmte. Der Tod war besiegt, überlistet, betrogen. »Dies ist jetzt. Für wie alt halten Sie mich?«

»Sie sehen aus wie ... vierzig?«

Hundert Jahre jünger, dachte Valdorian euphorisch.

Der kristallene Keil in seiner Hand glühte noch etwas heller.

»Ich habe gesehen, wie Sie dem Temporalen gegenüberstanden«, brachte Jonathan hervor. »In der ... Wüste. Aber ich habe nichts gehört.«

»Er hat zu mir gesprochen, irgendwie«, erinnerte sich Valdorian. »Und ja, wir haben einen Pakt geschlossen.«

»Primus ...«

»Möchten Sie Ihre Kinder wiedersehen?« Alles war wieder da: seine Erinnerungen, mit der Klarheit erneuerter Vitalität. »Axil und Ivrea?«

Hoffnung erschien in Jonathan Fenturs Gesicht. »Glauben Sie, das ist möglich? Der Krieg zwischen Konsortium und Allianz ... Enbert Dokkar dürfte ihn inzwischen endgültig gewonnen haben.« Das Licht der Hoffnung verblasste wieder. »Und Sie sind als Primus inter Pares abgesetzt worden. Man hat Lukert Turannen zum Koordinator des Konsortiums ernannt. Man sucht Sie, und wenn man Sie findet, wird man Sie an Dokkar ausliefern.«

»Enbert Dokkar mag sich für den Sieger halten, aber vielleicht irrt er sich«, sagte Valdorian.

»Die Arsenalplaneten?«

Valdorian lächelte. »Ja. Und ich glaube, es ist gar nicht so schwer, einen von ihnen zu erreichen.« Er hob den Kristallkeil, und sofort wuchs ein Lichtfinger aus ihm heraus, tastete über die zahllosen Fenster in den Kugelwänden und verharrte schließlich bei einem.

Das Bild zoomte heran, schob die anderen beiseite, schnellte den beiden Männern entgegen und nahm sie auf.

Kerberos
15. April 421 SN
10:48 Uhr

11

Das Flüstern der Vergangenheit

Die Motoren der Tauchkapsel summten, und Konstantin Alexander Stokkart, Autokrat von Kerberos, blickte auf das große pseudoreale Darstellungsfeld hinter der Konsole. Es wirkte tatsächlich wie ein Fenster, das es ihm gestattete, ins Riffmeer zu sehen. In diesen Tiefen herrschte ewige Finsternis, eine kalte Nacht, in der das einzige Licht künstlichen Ursprungs war oder auf Biolumineszenz zurückging. Die Kegel der Scheinwerfer reichten durch die Dunkelheit, zeigten dünne Wolken aus organischer Materie, tote Organismen oder Teile von ihnen, die aus den höheren Schichten des Meeres dem Grund entgegensanken und dem Tiefseeleben als Nahrung dienten. Manchmal erschienen sehr exotisch wirkende Geschöpfe in dem Bereich, den die Scheinwerfer der Dunkelheit entrissen, die meisten von ihnen ohne erkennbare Augen, die sie in dieser Welt ohnehin nicht brauchten. Stokkart beobachtete die sonderbaren Wesen, ohne sie bewusst zur Kenntnis zu nehmen. Er dachte an das, was ihn auf dem drei Kilometer tiefen Grund erwartete, während er die Instrumentenanzeigen im Auge behielt. Auch der steile Festlandsockel war inzwischen in der Finsternis verschwunden, und derzeit gab es keine visuellen Orientierungspunkte, um den Kurs zu bestimmen. Aber der Navigationsservo wusste, wo sich das Ziel befand, und er führte die Tauchkapsel sicher dorthin.

Stokkart beugte sich zur Konsole vor und betätigte mehrere Schaltelemente, woraufhin sich der Darstellungsmodus des »Fensters« änderte. Die Sensoren der Tauchkapsel erhielten ihre Daten jetzt von einem speziellen Sonarsystem, für das Licht und Dunkelheit keine Rolle spielten. Aktive und passive Schallwellen durchdrangen die Nacht der Tiefsee, reflektierten hier, setzten sich dort fort, berichteten sogar von der Zusammensetzung der Dinge, die sie berührten. Aus diesen Informationen errechnete der Datenservo innerhalb von Sekundenbruchteilen ein für menschliche Augen wahrnehmbares Bild der Umgebung.

Es sah aus, als hätte jemand in den Tiefen des Riffmeers das Licht eingeschaltet.

Der Meeresgrund, noch immer fast einen Kilometer unter der Kapsel, erwies sich als eine erstaunlich vielfältige Landschaft aus kleinen und großen Schluchten, Hügeln, Mulden und weiten Ebenen. Kleine, undifferenzierte Schatten glitten hier und dort umher: Bewohner der Tiefsee. Stokkart schenkte ihnen keine Beachtung. Seine Aufmerksamkeit galt vielmehr den Gebäuden der Basis am Meeresgrund, den drei unterschiedlich großen Kuppeln, aus denen der obere Bereich der Station bestand. Das Sonar erkannte sogar die Lampen, und der Datenservo berücksichtigte ihren Glanz in der dreidimensionalen Darstellung.

Als sich die Kapsel der Basis bis auf dreihundert Meter genähert hatte, blinkte ein Indikator an der Konsole, und Stokkart drückte eine Taste, sendete damit eine Signalfolge, die über seinen Status Auskunft gab: volle Befugnis. Aus dem roten Blinken des Indikators wurde ein gleichmäßiges grünes Leuchten.

Stokkart bewegte das Steuer und lenkte die Kapsel zur größten der drei gepanzerten Kuppeln. Er verglich die Annäherung mit dem Flug eines Shuttles, der im All einem größeren Schiff oder einer Raumstation entgegenschwebte – das Vakuum des Weltraums war ebenso tödlich wie der enorme Wasserdruck in der Tiefsee. Das Außenschott einer Schleuse öffnete sich in der Kuppelwand, dicht über dem Meeresboden, und Stokkart steuerte die Tauchkapsel vorsichtig durch die Öffnung, setzte sie im Schleusenraum auf den magnetischen Anker im Boden und wartete, während sich das Außenschott wieder schloss und Pumpen das Wasser ins Meer zurückbeförderten.

Der automatische Sicherheitsharnisch gab den Autokraten frei. Stokkart stand auf, betätigte den Temperaturregler seines schwarzen Thermoanzugs und überprüfte noch einmal den Instrumentengürtel, bevor er die Luke öffnete und die Tauchkapsel verließ.

Der Boden des Schleusenraums war noch feucht, und das Wasser hatte den typischen Geruch von Meer hinterlassen. Aber hinzu kam noch etwas anderes. Stokkart schnupperte kurz und ahnte, dass er es sich wahrscheinlich nur einbildete, aber er glaubte, *Rätselhaftigkeit* zu riechen. Er trat durch die Innentür, vorbei an einer dicken Wand aus Stahlkeramik, die dem gewaltigen Druck des Wassers in dieser Tiefe standhalten konnte, und auf der anderen Seite, in einem einfachen Instrumentenraum, erwartete ihn Professor Ulgar, der wie immer ein wenig nervös wirkte. Sein Blick huschte über die Taschen des Thermoanzugs und des Instrumentengürtels, aber Stokkart schüttelte den Kopf.

»Ich muss Sie enttäuschen, Professor. Ich habe keine neue Dosis mitgebracht. In letzter Zeit nehmen Sie zu viel davon.«

Der Exoarchäologe Ulgar war etwa sechzig, kleiner als Stokkart und schlank, hatte aber ein schwammiges, wie aufgedunsenes Gesicht, dessen linke Hälfte seltsam starr blieb, fast wie tot. Stokkart wusste, dass es damit einen Hinweis auf regelmäßigen Konsum von *Tranquilo* bot, und manchmal fragte er sich, welchen inneren Dämon Ulgar mit jener Kerberos-Droge zu besänftigen versuchte. Aber normalerweise interessierten ihn solche persönlichen Dinge nicht. Ihm kam es nur darauf an, dass Ulgar gute Arbeit leistete, und dass er sich auf ihn verlassen konnte. Mehr oder weniger regelmäßiger, aber nicht zu häufiger, Nachschub an *Tranquilo* half ihm dabei, die Loyalität des Professors zu garantieren.

Stokkart deutete zur wartenden Liftkabine. »Sehen wir uns an, welche Fortschritte Sie erzielt haben.«

Ulgar zögerte und schien etwas sagen zu wollen, überlegte es sich dann aber anders und betrat die Kabine. Der Autokrat folgte ihm und wusste die Körpersprache des Professors durchaus zu deuten: Sie wies auf Enttäuschung hin.

»Beim nächsten Mal bringe ich Ihnen etwas mit«, versprach er.

»Es ist nicht nur das.« Ulgar wandte sich der Kontrolltafel zu und drückte eine Taste. Die Tür glitt zu, und die Liftkabine setzte sich in Bewegung, sank in den Meeresgrund. »Wir sind nicht weitergekommen.«

»Überhaupt nicht?«, fragte Stokkart, seinerseits enttäuscht.

»Zumindest nicht in Hinsicht auf einen Zugang zum Innern des Artefakts.«

Einige Sekunden lang schwiegen die beiden Männer, und das leise Summen des Lifts schien anzuschwellen, die Stille füllen zu wollen. Dann verharrte die Kabine, und ihre Tür öffnete sich. Stokkart wusste, dass sie sich jetzt mehr als zwanzig Meter unter dem Meeresboden befanden.

Ulgar ging voraus, und der Autokrat folgte ihm durch einen Gang, dessen Wände aus Stahlkeramik und Synthomasse bestanden. Unterwegs begegneten sie einigen »Arbeitern«: künstlichen Geschöpfen, entworfen von NHD-Designern und aus Basismasse in NHD-Laboratorien geschaffen. Es handelte sich um experimentelle Hybriden, die auch im Wasser leben und mit kiemenartigen Atemwerkzeugen Sauerstoff aufnehmen konnten, den Druck in dreitausend Metern Tiefe mühelos aushielten. Sie sahen aus wie Zwerge, die versuchten, ihre geringe Größe durch mehr Breite auszugleichen. Ein kurzer, aber sehr flexibler Hals verband den sich nach vorn verjüngenden Kopf mit einem muskulösen Rumpf, der an den sichtbaren Stellen mehrere Bio-Servi aufwies. Auf Stokkart wirkten die Wesen wie Kreuzungen zwischen Affen und Delphinen, aber es gab noch andere Merkmale, die nicht zu einer solchen Mischung passten, wie zum Beispiel die Haut, die aus winzigen Hornplatten bestand und mehr an die von Schlangen erinnerte.

Die halbintelligenten Arbeiter wichen beiseite, brummten leise und wankten auf kurzen Beinen weiter, als Ulgar und Stokkart vorbeigegangen waren.

Kurz darauf erreichten Autokrat und Professor den Raum mit dem Artefakt.

»Wo sind die anderen?«, fragte Stokkart, als er sah, dass abgesehen von ihnen niemand zugegen war. Außer Ulgar arbeiteten noch sechs andere Wissenschaftler unter der Leitung des Professors an dem geheimen Projekt, jeder von ihnen für ein anderes Fachgebiet zuständig.

»Rupert und Diana werten die letzten Sondierungsdaten aus«, erwiderte Ulgar. »Diesmal haben wir Mikronauten eingesetzt, die die Sedimentgesteine mühelos durchdringen können, ohne ihre Stabilität zu gefährden. Mit den von ihnen gewonnenen Messdaten sollte es möglich sein, einen genaueren Eindruck von Form und Ausmaß des Artefakts zu gewinnen. Frilor und die anderen befinden sich in ihrer Ruhephase. Ihr Arbeitszyklus beginnt in ...« Der Professor sah kurz auf ein Chrono. »... zwei Stunden.«

Stokkart wandte sich dem Artefakt zu.

Es ragte, nur teilweise freigelegt, aus der Rückwand des Raums, den Bohrkerne ebenso aus den Sedimenten gegraben hatten wie die Zugangstunnel und Liftschächte: eine sanft gewölbte Fläche, die goldgelb glänzte und so glatt war, dass sich nicht einmal Staub an ihr hielt. Stokkart trat näher und berührte die gelbe Substanz, von der sie nur eins wussten: Sie war kein Metall.

Er runzelte die Stirn. »Irre ich mich, oder fühlt sich das hier tatsächlich wärmer an?«

»Ich finde es erstaunlich, dass Sie den Unterschied bemerken«, erwiderte Ulgar. »Er beträgt nämlich nur null Komma acht Grad. Ja, Sie haben Recht. Der Temperaturanstieg begann vor rund zwölf Stunden.«

»Es tut sich etwas in dem Ding.«

»Vielleicht. Vielleicht auch nicht. Wir können keineswegs sicher sein, dass der Temperaturanstieg auf irgendeine Art von Aktivität im Innern des Artefakts zurückgeht. Möglicherweise sind externe Faktoren dafür verantwortlich.«

Stokkart nickte und ließ die Hand sinken, aber sein Blick blieb auf die goldene Fläche gerichtet. Kein Metall, und doch ...

»Es ist Ihnen nicht gelungen, die Außenschicht zu durchdringen?«, fragte er nach einigen Sekunden.

»Nein«, erklang hinter ihm die Stimme des Professors. »Wir haben es mit allem versucht, mit verschiedenen Bohrern, Säuren, hochzentrierten Energiestrahlen und sogar mit Sprengstoffen, bei denen Explosionen und Druckwellen fokussierbar sind. Das Ergebnis: nicht einmal ein Kratzer in dem Material.«

Ulgar trat neben den Autokraten, und Stokkart drehte den Kopf, sah ihn von der Seite an und beobachtete, wie sich die eine Hälfte des Gesichts veränderte, während die andere starr blieb. Er glaubte, so etwas wie Ehrfurcht zu erkennen. »Wissen Sie, wie alt diese Sedimente sind?« Der Professor deutete auf die übrigen Wände des Raums, auf Decke und Boden. »Etwa zwanzig Millionen Jahre. Dieser Bereich befand sich einmal an der Oberfläche und senkte sich etwa zur gleichen Zeit ab, als das heutige Pelion-Massiv vom Grund eines Urmeers aufstieg und seine heutige Form gewann. Nach und nach lagerten sich Sedimente ab, und das Schiff wurde darin eingeschlossen. Zwanzig Millionen Jahre! Und es ist intakt!«

»Können wir sicher sein, dass es ein Raumschiff ist?«, fragte Stokkart, den Blick noch immer auf den goldenen Glanz gerichtet.

»Ich weiß nicht, was es sonst sein sollte. Das Objekt stammt nicht von dieser Welt – eine derartige Substanz kennen wir nicht, und wir haben sie nirgends sonst auf Kerberos gefunden.« Ulgar klopfte gegen das goldene Material, und ein seltsames Klacken erklang. »Bei den Bohrungen haben wir festgestellt, dass das Artefakt die Form eines Sterns hat; ich glaube also nicht, dass es sich um ein Gebäude oder dergleichen handelt. Ein Schiff, ich bin sicher. Zwanzig Millionen Jahre alt und *intakt*.«

»Wir wissen nichts über den Zustand in seinem Innern«, sagte Stokkart, obwohl er tief in seinem Innern die Aufregung des Professors teilte. Vor zwanzig Millionen Jahren hatte die Menschheit ebenso wenig existiert wie die anderen intelligenten Spezies im bekannten Teil der Milchstraße, mit Ausnahme vielleicht der Kantaki – die La-Kimesch waren zwei Millionen Jahre zuvor ausgestorben, wie die Exoarchäologen festgestellt hatten. Soweit bekannt verfügten nur die Kantaki und die Horgh über die Mittel zur überlichtschnellen Raumfahrt. Die Xurr hatten mit organischen Raumschiffen interstellare Entfernungen zurückgelegt, ebenfalls schneller als das Licht, aber sie waren seit über zehntausend Jahren verschwunden. Doch hier ging es nicht um Jahrzehntausende, sondern um *Jahrmillionen*, um eine für das menschliche Vorstellungsvermögen unfassbar lange Zeit. Und das Schiff – dieses fremde Raumschiff, das aus einer unbekannten, undurchdringlichen Substanz bestand – schien tatsächlich *intakt* zu sein, nach zwanzigtausend Mal tausend Jahren.

»Wir wissen nur, dass es hohl ist, mehr nicht«, bestätigte Ulgar. »Aber wenn zwanzig Millionen Jahre und unsere Bemühungen nicht die geringsten Spuren an der Außenhülle hinterlassen haben, so gehe ich davon aus, dass im geschützten Innern alles so beschaffen ist wie damals.«

»Es muss doch möglich sein, irgendwie ins Innere zu gelangen.«

»Das denke ich auch. Aber es ist eine Frage der Mittel. Vielleicht ist die Energie einer nuklearen Explosion nötig, um dieses Material zu durchdringen. Ganz abgesehen davon, dass wir riskieren würden, etwas im Innern des Schiffes zu beschädigen: Wenn wir mit mehr Energie als bisher zu Werke gingen, ließen sich oben verräterische Emissionen orten. Und dieses Projekt soll doch geheim bleiben, oder?«

»Unbedingt, mein lieber Professor, unbedingt.« Stokkart drehte sich um, als er Stimmen hörte. Rupert Hopkins und Diana Dankert betraten den Raum mit dem Artefakt. Die beiden Wissenschaftler waren erst Anfang dreißig, erhofften sich von dem Projekt Ruhm und außerdem viel Geld. Der Autokrat bezahlte sie ebenso großzügig wie die anderen; er konnte es sich leisten. Auf den Ruhm hingegen mussten sie noch etwas warten.

»Wir sind fündig geworden«, sagte Hopkins und hob ein kleines Speichermodul. »Wir haben die von den Mikronauten ermittelten Daten ausgewertet und dabei zwei wichtige Dinge entdeckt.«

»Gehen wir ins Servozimmer.« Ulgar setzte sich sofort in Bewegung, und die anderen folgten ihm, auch Stokkart.

Das Servozimmer war ebenfalls ein aus dem Sedimentgestein gegrabener Raum, ausgestattet mit improvisiert wirkenden Anschlüssen und Verkabelungen. Alles andere hatte auch kaum einen Sinn, denn die Grabungsarbeiten im Meeresboden dauerten an, und das Servozimmer – beziehungsweise sein Inhalt – wurde immer wieder verlegt. Das kalt wirkende Licht schien die Temperatur noch weiter zu senken, und Stokkart betätigte die Kontrollen seines schwarzen Thermoanzugs. Die beiden jungen Wissenschaftler und der Professor trugen dicke Hosen und Jacken.

Hopkins nahm an einer Konsole Platz und schob das Speichermodul in einen Abtaster. In der Mitte des Zimmers, zwischen Stokkart und Ulgar, flimmerte ein pseudoreales Darstellungsfeld.

»Die Mikronauten haben Form und Ausmaß des Artefakts genau bestimmt«, sagte der junge Mann. »Leider ist es auch ihnen nicht gelungen, die Außenhülle zu durchdringen.«

Ein goldener Stern erschien im Projektionsfeld und drehte sich langsam. Stokkart betrachtete ihn interessiert und bemerkte sofort gewisse Details. Er nahm auch zur Kenntnis, dass Hopkins weiterhin von einem »Artefakt« sprach, nicht von einem »Schiff«.

»Die zentrale Kugel durchmisst vierhunderteinundzwanzig Meter, und es gehen insgesamt siebzehn sich nach außen hin verjüngende Dorne von ihr aus, jeweils tausendzwölf Meter lang«, sagte Hopkins. »Diese Stelle haben wir zuvor in dem anderen Raum gesehen.«

An einem der Sterndorne blinkte ein Hinweispunkt, und Stokkart orientierte sich – der größte Teil des Artefaktes erstreckte sich rechts von ihm, nach Norden. Und es reichte ein ganzes Stück weiter in die Tiefe, als sie bisher angenommen hatten.

Hopkins drehte sich halb um. »Wir glauben, so etwas wie eine Tür oder Luke gefunden zu haben, und zwar hier.« Er drückte eine Taste, und der goldene Stern im Projektionsfeld schwoll an. Der elektronische Zoom richtete sich auf die zentrale Kugel, und an ihrer unteren Hälfte blinkte ein weiterer Hinweispunkt.

»Ausgezeichnet«, freute sich Ulgar. »Vielleicht gelingt es uns doch noch, einen Weg ins Innere des Schiffes zu finden.«

»Falls es ein Schiff ist«, erwiderte Diana Dankert.

»Natürlich ist es eines, kein Zweifel.« Ulgar beugte sich vor. »Wie tief liegt diese Luke?«

»Mehr als tausend Meter. Viel Arbeit für unsere Bohrkerne.«

»Und für uns«, fügte Ulgar hinzu. »Aber wenn es wirklich eine Tür ist, durch die wir ins Innere des Schiffes gelangen können, so lohnt sich die Mühe.« Er sah Hopkins fragend an. »Sie erwähnten zwei wichtige Entdeckungen.«

Rupert und Diana wechselten einen stummen Blick und lächelten wissend.

»Ich glaube, die zweite ist noch wichtiger als diese. Bisher gingen wir von nur einem Artefakt aus, aber offenbar gibt es noch mehr.« Die Finger des jungen Mannes huschten über

Tasten, und der goldene Stern schrumpfte. Die siebzehn langen Dorne kehrten ins Projektionsfeld zurück, schienen kürzer und dünner zu werden ...

Und unter dem Stern erschien etwas, das nach einem Gebäudekomplex aussah: einzelne Terrassen, gegeneinander versetzt und verwinkelt, nach unten hin immer breiter und länger werdend. Es sah aus, als hätte jemand mehrere Stufenpyramiden ineinander verkeilt.

»Ein zweites Artefakt«, hauchte der Exoarchäologe Ulgar beeindruckt. »Es muss ebenso alt sein wie das erste, denn es steckt in den gleichen Sedimenten.«

»Es ist größer als der goldene Stern«, sagte Hopkins. »Mehr als dreitausend Meter hoch und doppelt so breit.« Er wandte sich von der Konsole ab und sah seine drei Zuhörer der Reihe nach an. »Und es besteht aus einem weniger harten Material, wie die Mikronauten festgestellt haben. Wir können hinein.«

Kerberos
15. April 421 SN
18:45 Uhr

12

Dämmerungen

Rubens Lorgard blickte auf den Schirm und sah mehr, als das Display ihm zeigte. Er betrachtete nicht nur Formeln und die Strichmuster genetischer Sequenzen, sondern den Beginn eines überaus komplexen Kunstwerks. Er entwarf neues Leben, anpassungsfähig, resistent und vielseitig, ausgestattet mit besonderen Fähigkeiten und Sinnen, die weit über das menschliche Wahrnehmungsspektrum hinausgingen. Lorgard schickte sich an, erneut Vater zu werden, auf seine besondere Art und Weise, und vielleicht sogar ein ... wirklicher Schöpfer. Tasten klickten, Sensorfelder bestätigten Kontakte mit einem leisen Summen, und die Darstellungen auf dem großen Display veränderten sich, als einzelne Elemente verändert wurden. Lorgard spürte nicht nur Aufregung, sondern auch die tiefe Zufriedenheit eines Künstlers, der sich verwirklichte und das Gestalt annehmen sah, was in seiner Imagination als perfektes Bild existierte.

Hinter ihm piepste es leise. Lorgard sah auf und stellte verblüfft fest, dass der Abend dämmerte. Jenseits der breiten Fenster seines Dachgeschoss-Apartments im zwanzigsten Stock eines Hochhauses in dem Autarken, Souveränen und Magnaten vorbehaltenen Viertel von Chiron leuchteten erste Lichter in der Stadt und auf den Brücken und Stegen zwischen den vielen Inseln im Delta. Er hatte den ganzen Nachmittag damit verbracht, am Design eines verbesserten Metamorphs zu arbeiten, obwohl es Dutzende von administrativen Dingen gab, die seine Aufmerksamkeit erforderten. Vage Schuldgefühle regten sich deshalb in Lorgard, aber er schob sie entschlossen beiseite und versuchte, an der tiefen Zufriedenheit festzuhalten.

Er drehte den Kopf.

Kleine Geschöpfe bewegten sich hinter ihm, kamen aus dem Halbdunkel der anderen Zimmer, huschten über Boden und Wände, krabbelten auch über die Decke, auf der Suche nach Ungeziefer, Schmutz und kontaminierenden Substanzen. Es handelte sich um Adlaten, deren Mägen drei separate Kammern aufwiesen. Die erste diente als Dekontaminationszentrum und konnte mit den meisten Giften fertig werden, selbst in hoher Konzentration. Die zweite Magenkammer zerlegte alle aufgenommenen Substanzen in einem Säurebad und entzog ihnen die verwendbaren Nährstoffe. Die dritte war ein miniaturisierter biologischer Reaktor, der die Fäzes in Sauerstoff und Aromasubstanzen verwandelte – die Adlaten hielten nicht nur die Wohnung sauber, sondern sorgten auch für frische Luft.

Rubens Lorgard beobachtete die piepsenden Geschöpfe liebevoll, denn auch sie zählten zu seinen Kindern. Die unterschiedlich geformten Geschöpfe suchten jetzt engen körperlichen Kontakt zueinander; daraufhin veränderte sich ihre Struktur, und sie wuchsen zu einem neuen kollektiven Geschöpf zusammen. Aus vielen kleinen Adlaten wurde ein etwa anderthalb Meter großer Mehrzweck-Adlatus, der auf drei krummen, gummiartig flexiblen Beinen stand und dessen Haut wie dickes, altes Leder wirkte – Kleidung brauchte er nicht. Die beiden großen Augen im faltigen Gesicht erlaubten gutes räumliches Sehen, und die Nase war auf die Wahrnehmung von Schmutzpartikeln und toxischen Substanzen spezialisiert. Die Standardprogrammierung der Formationsmatrix stattete die Adlaten mit rudimentärer Intelligenz aus. Geschöpfe dieser Art waren recht teuer, aber sie erfreuten sich bei den finanzkräftigen Autarken, Souveränen und Magnaten vieler Welten großer Beliebtheit und zählten zu den Verkaufsschlagern von *New Human Design*.

»Fertig bin«, sagte der Adlatus.

Lorgard stand auf. »Gut. Du kannst gehen und das Ruhezentrum aufsuchen.«

Der Adlatus drehte sich um und wankte auf seinen drei Beinen fort. Lorgard hörte, wie sich die Eingangstür öffnete und dann wieder schloss. Das Ruhezentrum befand sich im untersten Kellergeschoss des Apartmentturms – mehrere den mobilen Bio-Servi vorbehaltene Zimmer, wo sie von subalternen Bio-Ingenieuren gewartet wurden und schliefen. Er fragte sich kurz, ob Adlaten und die anderen Geschöpfe, die in den NHD-Laboratorien entstanden, auch träumten. Und wenn das der Fall war ... Wovon träumte dann der Metamorph?

Stille herrschte, eine Stille, in der nur das leise Summen des Datenservos zu hören war. Das Display zeigte noch immer komplexe genetische Muster, verlockend in ihrer biologischen Ästhetik. Lorgard wandte sich davon ab, ging zur Küche und wollte sich dazu zwingen, etwas zu essen – er *wusste*, dass sein Körper Nährstoffe brauchte, um weiterhin zu funktionieren, um auch das Gehirn funktionieren zu lassen. Aber als er in der kleinen Küche stand, umgeben von einem diffusen Halbdunkel, und zu den Syntho-Maschinen sah, die selbst komplexe Speisen innerhalb weniger Minuten fertig stellen konnten, hinderte ihn das akustische Signal des Türmelders daran, das Kontrollfeld zu aktivieren und eine kulinarische Auswahl zu treffen.

»Wer ist da?«, fragte er, und der Apartmentservo leitete seine Stimme zum Überwachungsservo der Tür weiter.

»Edwald Emmerson«, klang eine vertraute Stimme aus einem Lautsprecher.

»Identität bestätigt«, fügte die synthetische Stimme des Überwachungsservos hinzu.

»Herein.«

Einige Sekunden verstrichen, und dann näherten sich Schritte.

»Direktor?«

Lorgard musterte den kleinen, schmächtigen Mann mit dem schütteren Haar überrascht. »Was führt Sie hierher?«

»Ich habe heute Nachmittag mehrmals versucht, Sie zu erreichen, Direktor«, erwiderte Edwald Emmerson ernst.

»Ich bin die ganze Zeit über hier gewesen.« Lorgard runzelte die Stirn, drehte sich dann um und kehrte ins große Arbeitszimmer zurück. Draußen war es dunkel geworden – hier in den tropischen Breiten von Kerberos dauerte der Übergang von Tag und Nacht nicht lange –, und die Lichter der Stadt hatten sich vervielfacht. Der Schein der beiden Monde gab den braunen Fluten des Acheron einen Glanz wie von Silber.

Am Schreibtisch blickte Lorgard auf die Anzeigen des Kommunikationsservos.

»Oh, das tut mir Leid«, sagte er mit echtem Bedauern. »Ich habe den Kom-Servo deaktiviert, weil ich nicht gestört werden wollte.«

»Was den Zwischenfall in der vergangenen Nacht betrifft ...«, sagte Emmerson. »Es war kein Unfall, sondern ein Anschlag.«

»*Was?*«, entfuhr es Lorgard. Einige Sekunden lang starrte er seinen Sicherheitschef groß an, deutete dann zum Tisch am Eckfenster. »Lassen Sie uns dort Platz nehmen.«

Die beiden Männer setzten sich, und Edwald Emmerson berichtete vom aktuellen Stand der Dinge.

»Jemand wollte den Metamorph entkommen lassen«, fasste der Sicherheitschef noch einmal alles zusammen, nachdem er die Einzelheiten genannt hatte. »Und er hat ihn darauf programmiert, zahlreiche Zielpersonen zu töten, auch Sie und mich.«

»Aber wer?«, murmelte Lorgard fassungslos. »Und warum?«

»Genau das würde ich gern herausfinden«, sagte Emmerson. »Und in diesem Zusammenhang ergibt sich ein Problem. Morgen gegen fünfzehn Uhr trifft der von Globaldirektor Lukert Turannen entsandte Sonderbeauftragte Lutor in Chiron ein. Offenbar kommt er mit Sondervollmachten, und er scheint ein ausgesprochen unsympathischer Bursche zu sein.« Als Lorgard nicht reagierte, fügte Emmerson hinzu: »Turannen setzt uns beiden jemanden vor die Nase.«

Lorgard lehnte sich zurück, und es fiel ihm schwer, seine Gedanken zu ordnen. Sein Geschöpf, sein Werk ... Jemand hatte es manipuliert, aus rätselhaften Gründen, ihm sogar den genetischen Befehl gegeben, den eigenen Schöpfer zu töten.

Lorgards Blick glitt zu den Fenstern und weiter zu den Lichtern der Stadt. Der Metamorph befand sich irgendwo dort draußen und würde seinem Grundprogramm gehorchen, sich im Verborgenen halten und wachsen, bis er bereit war. Plötzlich dachte der Direktor nicht mehr an einen verlorenen Sohn, sondern stellte sich eine tickende Zeitbombe vor, die niemand entschärfen konnte und die früher oder später explodieren würde.

»Und das gefällt Ihnen nicht«, sagte er und richtete den Blick schließlich wieder auf Emmerson, der geduldig gewartet hatte.

»Gefällt es Ihnen?«

Lorgard stand auf, drehte sich um, trat ans nächste Fenster heran und starrte in die Nacht. Er verspürte den Wunsch, allein zu sein, in Ruhe über alles nachzudenken und wieder Ordnung in das Chaos hinter seiner Stirn zu bringen, aber er wusste, dass er Emmerson in dieser Situation nicht einfach fortschicken konnte. Er hatte das Gefühl, immer mehr die Kontrolle über sein Leben zu verlieren, nicht mehr zielstrebig zu handeln, sondern nur noch auf die Dinge zu reagieren, die um ihn herum geschahen. In einem Anflug von Poesie verglich er sich mit einem welken Blatt, das am Ast eines Baumes hing und wusste, dass es vom nächsten Windstoß fortgeweht würde; und am Horizont zogen sich die dunklen Wolken eines Unwetters zusammen ...

»Mir wird niemand vor die Nase gesetzt, Edwald«, sagte er. »Ich bin der planetare Direktor von *New Human Design* auf Kerberos, und kein Sonderbeauftragter kann mir die damit einhergehende Autorität nehmen, solange man mich nicht ganz offiziell des Amtes enthebt. Dieser Lutor ...«

»Nur diesen einen Namen hat er genannt.«

»Turannen hat ihn vielleicht mit weitgehenden *Ermittlungs*vollmachten ausgestattet, aber über die Geschicke von NHD auf Kerberos entscheidet nach wie vor der Direktor.« Lorgard blickte noch immer in die Nacht, diesmal ohne die vielen Lichter der Millionenstadt zu sehen. Er sah dorthin, wo sich im Schein der beiden Monde Riffmeer und Himmel trafen, und der dortige matte Glanz schien ihm etwas zuflüstern zu wollen. Eine Idee keimte in ihm, und er machte nicht den Fehler, sich auf sie zu konzentrieren, ließ ihr Zeit, im Unterbewusstsein zu sprießen.

»Ich bin seit vielen Jahren der Sicherheitschef von NHD auf diesem Planeten«, sagte Emmerson, »und ich versuche immer, möglichst gute Arbeit zu leisten. Wozu auch immer dieser Lutor befugt ist: Er kennt die hiesigen Verhältnisse nicht so gut wie ich. Ich möchte mir von jemandem wie ihm keine Vorschriften machen lassen.«

»Er ist Ihnen wirklich unsympathisch, nicht wahr? Schon nach einer kurzen Mitteilung.«

»Ich habe gelernt, Menschen innerhalb kurzer Zeit zu beurteilen – das bringt meine Arbeit mit sich –, und ich irre mich nur selten. Lutor ist ein *Jäger*. Er wird den Metamorph jagen, weil es ihm Befriedigung bereitet. Er wird alles versuchen, den Metamorph zur Strecke zu bringen. *Ihr* Geschöpf«, fügte Emmerson in diesem offensichtlichen Versuch hinzu, eine emotionale Reaktion bei Lorgard zu bewirken.

»Ja, er ist mein Geschöpf«, sagte der Direktor leise. »Und ich habe bereits mit dem Design eines neuen Metamorphs begonnen ...«

Die Idee, eine zarte Pflanze der Kreativität, spross aus

dem Unterbewusstsein und erreichte das bewusste Selbst. Lorgard sah plötzlich eine Möglichkeit, sich von einer ungeliebten Bürde zu befreien und mehrere Probleme gleichzeitig zu lösen.

Er drehte sich um. »Es stimmt, Sie haben immer ausgezeichnete Arbeit geleistet und verdienen es gewiss nicht, dass man Ihnen jemanden ›vor die Nase setzt‹, wie Sie es nennen, Edwald.« Er atmete tief durch. »Hiermit ernenne ich Sie zum stellvertretenden Direktor von NHD Kerberos.«

»Wie bitte?«, brachte der noch immer am Tisch sitzende Emmerson verblüfft hervor.

Lorgard hob die Hand. »Augenblick, ich bin noch nicht fertig. Hiermit erkläre ich meinen Rücktritt als planetarer Direktor von NHD Kerberos und kehre in die Entwicklungsabteilung zurück. Dadurch werden Sie als mein Stellvertreter automatisch zum amtierenden Direktor. Sie sollten möglichst bald einen neuen Sicherheitschef benennen. Als Direktor haben Sie natürlich auch die Möglichkeit, gewisse Ermittlungen selbst zu leiten.«

Emmerson war sprachlos.

»Denken Sie daran, was ich eben über die Befugnisse des Direktors gesagt habe. Ich glaube, den Sonderbeauftragten des Globaldirektors erwartet morgen eine kleine Überraschung.« Lorgard trat zur Tür des Arbeitszimmers und gab Emmerson damit zu verstehen, dass er das Gespräch für beendet hielt.

Der frühere Sicherheitschef stand auf. »Danke, Direktor.«

Lorgard hob den Zeigefinger und lächelte erneut. »Chefkreator.«

Emmerson ging, und Rubens Lorgard verriegelte die Eingangstür nicht nur, sondern sicherte sie auch noch mit einer energetischen Barriere. Dann kehrte er zum Schreibtisch zurück, sank langsam in den Sessel und sah auf das Display, das ihm die genetische Basis des neuen, weiterentwickelten Metamorphs zeigte. Er fühlte sich wie befreit, trotz der Gefahr, die sich in Chiron zusammenbraute, trotz der »tickenden Zeitbombe«. Ein tonnenschweres Gewicht schien von ihm gewichen zu sein, und allein das war ihm Beweis genug, die richtige Entscheidung getroffen zu haben. Er rechnete nicht damit, dass Lukert Turannen seine Maßnahmen missbilligte – immerhin hatte er von ihm die explizite Anweisung erhalten, das Projekt Doppel-M fortzusetzen.

Rubens Lorgard arbeitete bis spät in die Nacht am Design des Metamorphs und vergaß zu essen.

Munghar
Urirr-System
April 421 SN

Vater Brrin

Fernes Wispern

Vater Brrin war älter als die meisten Kantaki, so alt, dass viele seiner Gliedmaßen erstarrt waren. Nur noch wenige ließen sich bewegen, begleitet von einer matten Fluoreszenz, die längst den Glanz der Jugend verloren hatte. An die Flucht der Xurr aus dem galaktischen Kern vor etwa tausend Großzyklen erinnerte er sich ebenso wie an die Blütezeit der Feyn auf der anderen Seite der Galaxis, die vor zweihundert Großzyklen begonnen hatte. Längst hatte er alle seine Erinnerungen archiviert, damit sie nicht verloren gingen, wenn er starb, damit die jungen Kantaki sein Wissen hüten und verwenden konnten. Das Sammeln und Bewahren von Wissen zählte zu den sakralen Aufgaben ihres Volkes, denn damit halfen sie dem Geist, der Materie wurde, um zu lernen.

Brrin fürchtete sich nicht vor dem Ende seiner körperlichen Existenz – kein Kantaki verband Furcht mit derartigen Vorstellungen –, denn er wusste, dass er dann eingehen würde in den Geist, aus dem alles entstand. Es war kein Ende, sondern eine Rückkehr, ein neuer Anfang. Es dauerte nicht mehr lange, wusste er. Seit einigen Zyklen fühlte er, wie ihn die Kraft allmählich verließ. Wenn Kantaki, die Raumschiffe besaßen, den richtigen Zeitpunkt für gekommen hielten, so verließen sie ihre Schiffe im Transraum. Vater Brrin konnte diesen Ort nicht verlassen, fand aber Trost in der Gewissheit, dass sein körperliches Selbst ebenfalls in den Transraum eingehen würde, wo er dem Urgeist am nächsten war – der Kanal würde ihn dorthin bringen.

Dieser Kanal glühte im Zentrum der großen Höhle tief unter der Oberfläche von Munghar, der Ursprungswelt der Kantaki: eine Säule aus hyperdimensionaler Energie, ganz oben durch einen Zapfen, der wie das Ende eines hin- und herschwingenden Trichters aussah, mit dem Transraum verbunden. Früher hatte er der Kommunikation mit dem Konziliat gedient, aber es gab schon lange keine Kontakte mehr mit dem Ich/Wir der einzelnen Konzilianten. Heute wurde der Kanal vor allem von den Zeitwächtern benutzt, und Brrin war der erfahrenste von ihnen.

Langsam hob er den Kopf, und seine multiplen Augen, die ebenso wie seine Fluoreszenz ihren einstigen Glanz verloren hatten, sahen die anderen Zeitwächter auf den Ruhebuckeln am Ende der schwarzen Dorne, die weit aus den Wänden ragten, dem Kanal entgegen. Die meisten von ihnen waren jung und noch imstande, die Buckel zu verlassen. Aber die älteren Zeitwächter – Brrin war mit großem Abstand der älteste – hatten die eigene Mobilität der Aufgabe geopfert. Auch sie konnten nur noch die oberen Gliedmaßen bewegen, denn die unteren waren in dem Pilz erstarrt, der unter dem Körper ein weiches Kissen bildete, ihn mit allen notwendigen Nährstoffen versorgte und die Linsen des Geistes schärfte, auf dass er weit hinaussehen konnte, in geschehene Vergangenheit und mögliche Zukunft.

Brrin kannte und schätzte sie alle, die jungen wie die alten. Jeder von ihnen wusste, wie wichtig ihre Aufgabe war. Vor fast zehn Großzyklen war es Kantaki, Feyn und Menschen gelungen, die Temporalen zu besiegen und in die ferne Vergangenheit zu verbannen, in die besondere Sphäre des Null, umgeben von einem Schild und temporalen Strudeln, die ein Entkommen des alten Feinds unmöglich machen sollten. Aber die Kantaki wussten, dass der Feind nicht endgültig geschlagen war und in seinem Kerker nach Möglichkeiten suchte, den Schild zu durchdringen, den Strudeln auszuweichen und ins Hier und Jetzt zurückzukehren. Das durfte auf keinen Fall geschehen. Die Stabilität musste gewahrt bleiben. Das Vierte Kosmische Zeitalter durfte noch nicht, wie es die Temporalen und die mit ihnen verbündeten Renegaten wollten, ins Fünfte übergehen, in die Ära der Vergeistigung, mit der sich der Kreis schloss und der Materie gewordene Geist zum Geistigen zurückkehrte. Es war noch zu früh! Der Geist musste noch mehr Wissen und Erkenntnisse sammeln, um in der Fünften Ära gegen den Abissalen zu bestehen und mit den Antworten auf alle Fragen zu sich selbst zurückzukehren.

Der Abissale ... Er lauerte dort draußen, in den Weiten des Universums, in der Dunkelheit, die seine eigene Finsternis tarnte, eine Finsternis, die keine Geborgenheit bedeutete, wie es der Kantaki-Instinkt zunächst annahm. Er fraß Realität und vernichtete, was der Geist geschaffen hatte. Und wenn es den Temporalen und ihren Verbündeten gelang, tatsächlich das Ende des Vierten Zeitalters herbeizuführen und den Beginn des Fünften einzuleiten, so drohte die schlimmste aller vorstellbaren Katastrophen: der Sieg des Abissalen über den Geist.

Brrin erzitterte bei dieser Vorstellung, neigte ein wenig den Rückenschild und fühlte, wie Dutzende von kleinen Kehrern über seinen Körper krabbelten, auf der Suche nach Parasiten, die sie sofort vertilgten. Noch einmal ließ er seinen Blick durch die Höhle schweifen, konzentrierte sich dann auf den Kanal und die geistigen Linsen, durch die er mithilfe des Nährpilzes sehen konnte. Er hielt Ausschau, nach den Signifikanzänderungen einzelner Zeitquanten, und er lauschte, nach einem Wispern aus ferner Vergangenheit ...

Zitadelle von Kerberos
15. April 421 SN
19:10 Uhr

13

Blickloses Sehen

»Das ist es«, sagte Bruder Eklund leise, um die vielen Meditierenden nicht zu stören. »Das ist unser Mandala.«

Zusammen mit Raimon stand er im Zugang einer großen Grotte, die vom Licht tausender Kerzen erfüllt war – sie standen überall, auf kleinen Vorsprüngen, in Nischen, auf den schmalen und breiten Stegen, die wie natürliche Brücken durch die Höhle reichten, auf stalagmitenähnlichen Vorwölbungen. Normalerweise brannten sie ruhig und gleichmäßig, aber gelegentlich geschah es, dass Mitglieder der Aufgeklärten Gemeinschaft, Männer und Frauen, ihre Meditation beendeten, aufstanden und sich zurückzogen, und dann geriet die Luft in Bewegung, ließ Kerzenflammen flackern und kurzlebige Schatten über die Felswände huschen.

Aber was auch immer geschah: Das Glühen des Mandalas blieb unbetroffen und konstant.

Fast zwei Dutzend Meter weiter unten, in der Mitte der großen Höhle und gesäumt von zwanzig Andachtssäulen, drehten sich langsam drei aufrechte Kreise aus goldgelbem Licht. Gelegentlich gingen sie ineinander über, trennten sich dann, um wenige Sekunden später erneut zueinander zu finden. Komplexe Bewegungsmuster entstanden auf diese Weise, und Eklund erinnerte sich daran, dass er schon als Junge deren hypnotische Wirkung gespürt hatte. Die drei Kreise des Mandalas luden ein, die Gedanken treiben zu lassen, sie wie kleine Schiffe dem Ozean des Geistes anzuvertrauen und zu beobachten, wohin die Strömung sie trieb.

»Hier hat alles begonnen«, sagte Bruder Eklund und sprach noch immer mit gesenkter Stimme. »An diesem Ort entdeckten die ersten von uns das Elysium und die heilende Kraft.«

Dutzende von Mitgliedern der Aufgeklärten Gemeinschaft saßen bei den Kerzen, die sie zum Teil selbst mitgebracht und angezündet hatten, vertieft in die Mandala-Meditation. Eklund führte den Jungen langsam an der Peripherie der Grotte entlang, hielt dabei nach einem freien Platz Ausschau, der sowohl eine gewisse Bequemlichkeit bot als auch einen guten Blick auf das Mandala. Doch Raimon löste sich von seiner Seite, als sie eine der Treppen erreichten, die an Felssäulen vorbei nach unten führten, zum steinigen Rund mit den Andachtssäulen und den drei Lichtkreisen.

»Möchtest du das Mandala aus der Nähe sehen?«, fragte Eklund den Jungen und ging mit ihm die Treppe hinunter.

Einige Brüder und Schwestern murmelten, fühlten sich vielleicht in ihrer Meditation gestört. Andere öffneten die Augen und beobachteten wortlos. Normalerweise geschah es nur bei besonderen Anlässen, dass sich Angehörige der Gemeinschaft in die unmittelbare Nähe des Mandalas begaben, aber es war auch nicht verboten.

Neben einer der Säulen blieb Raimon stehen, und das Glühen der goldgelben Lichtkreise spiegelte sich in seinem Gesicht wider. Die Augen des Jungen waren groß, größer als zuvor, schienen das Licht regelrecht aufzusaugen.

»Um ganz ehrlich zu sein, Raimon ... Niemand von uns weiß, was das Mandala ist«, raunte Eklund, während er einige missbilligende Blicke auf sich ruhen spürte. »Seit mehr als neunzig Jahren *nennen* wir das Objekt Mandala, weil es uns bei der Meditation hilft, aber vielleicht ist es etwas ganz anderes. Sieh genau hin, Raimon. Die drei Lichtkreise *scheinen* aus Gold zu bestehen, oder aus einem wie Gold glänzenden Metall, aber manchmal kann man durch sie die gegenüberliegende Wand sehen. Ein *Perpetuum mobile* aus einer anderen Welt«, fügte er nachdenklich hinzu und richtete den Blick wie Raimon auf die hin und her gleitenden Kreise. »Nicht ganz hier und nicht ganz dort, wie gefangen zwischen den Dimensionen ... In fast einem Jahrhundert ist es niemandem gelungen, das Mandala zu berühren.«

Raimon sah kurz zu ihm auf, trat dann an der Säule vorbei und streckte die Hand aus.

Mehrere Brüder und Schwestern schnappten hörbar nach Luft.

»He!« Eklund stützte sich auf seinen Gehstock, als er ebenfalls vortrat, dem Jungen die Hand auf die Schulter legte ...

... und sich im Elysium wiederfand, in der Welt über der Welt, ohne spürbaren Übergang, ohne dass sich ein Portal aus altem, verwittertem Holz öffnete. Es musste das Elysium sein, denn Eklund spürte die Präsenz der Kraft, die alles durchdrang, aber gleichzeitig war es eine fremde Welt, geschaffen nicht von den Assoziationen und verbindenden Vorstellungen seines Bewusstseins, sondern von den Gedankenverknüpfungen des Jungen, der in der Grotte die Hand ausgestreckt hatte, um das Mandala zu berühren.

Eine öde, tote Welt erstreckte sich um sie herum, ockerfarben und leer. Weiße Spindeltürme ragten auf, kratzten mit ihren Spitzen an schiefergrauen und lehmbraunen Wolken, die schnell über den Himmel zogen, als wären sie auf der Flucht. Hier und dort zeigten sich Öffnungen in den Türmen, Fenster vielleicht, aber Eklund wusste, dass sie leer waren, nicht erst seit gestern, sondern seit Äonen. Wie stumme Mahnmale ragten die Bauwerke auf, nicht errichtet von Menschen, sondern von fremden Geschöpfen, deren Namen nie ein Mensch ausgesprochen hatte, und sie warnten vor ... *Wovor?*, fragte sich Eklund.

»Hast du uns absichtlich hierher gebracht, Raimon?«, wandte er sich an den Jungen, obwohl er gar keine Antwort erwartete. »Und was hat es mit diesem Teil des Elysiums auf sich?«

Raimon schwieg natürlich, sah ihn an, griff nach seiner Hand und ging los.

Sie wanderten durch den Wald aus weißen Spindeltürmen, und Bruder Eklund spürte dabei nach wie vor die Kraft, aber gleichzeitig regten sich in ihm erste Zweifel, ob dies wirklich das ihm vertraute Elysium war. Vielleicht, so sinnierte er, gab es mehrere Welten über der Welt, und der Junge hatte ihn in eine andere gebracht, die bisher von der Aufgeklärten Gemeinschaft unberührt geblieben war.

»Wohin führst du uns, Raimon?«, fragte Eklund nach einer Weile, als ihm die Stille unheimlich zu werden begann. Nur Sand und kleine Steine knirschten leise unter ihren Füßen; abgesehen davon blieb alles völlig geräuschlos.

Der Junge blieb stehen und richtete erneut den Blick auf ihn. Einige Sekunden lang hoffte Eklund, dass Raimon sprechen und ihm Antwort geben würde, aber er wahrte sein Schweigen, trat an einen der Spindeltürme heran und schien bestrebt zu sein, ihn zu umarmen: Er breitete die Arme aus und presste sich an den Turm, den Kopf nach hinten geneigt.

Oben, weit oben, ragte die Spitze des Turms durch die dahinjagenden Wolken. Wieder hatte Eklund das vage Gefühl, eine Warnung zu empfangen, und er horchte in sich hinein, hörte aber kein Flüstern und Raunen, sondern berührte *Zeit*, das Alter der Spindeltürme – im Vergleich mit ihnen währte das Leben eines Menschen nicht länger als eine Nanosekunde. Dennoch bemerkte er keine Verwitterungserscheinungen an ihnen; sie schienen gerade errichtet worden zu sein.

Raimon wandte sich vom Turm ab, doch sein Gesicht wirkte jetzt nicht mehr leer, zeigte Zielstrebigkeit. Er setzte sich erneut in Bewegung, diesmal ohne Eklunds Hand zu nehmen, ging schneller. Einmal zögerte er und warf einen kurzen Blick über die Schulter, um sich zu vergewissern, dass Bruder Eklund ihm folgte.

Der Alte schnaufte leise – die Stille um ihn herum schien das Geräusch aufzusaugen –, stützte sich auf seinen Gehstock und bemühte sich, den Vorsprung des Jungen nicht zu groß werden zu lassen. Er befürchtete plötzlich, ohne Raimon in dieser ihm fremden Welt festzusitzen, weder ins vertraute Elysium noch in die Zitadelle zurückzufinden.

Immer schneller zogen die Wolken über den Himmel, und Dunkelheit folgte ihnen, breitete sich innerhalb weniger Sekunden am Firmament aus, ohne den Boden dieser Welt zu erreichen. Die Spindeltürme begannen zu glühen. Ein geisterhaftes Licht ging von ihnen aus, tastete durch die Luft und imprägnierte sie mit einem sanften Glanz, der Eklund wie das visuelle Äquivalent eines Streichelns erschien. Er versprach sichere Geborgenheit, und die Sorge fiel von ihm ab, als er weiterhin dem Jungen folgte.

Die Abstände zwischen den Türmen wurden ein wenig größer; sie schienen zurückzuweichen vor einem Podest, das ihr Glühen empfing, es verstärkte und gen Himmel projizierte. Eklund sah nach oben und stellte fest, dass die *fliehenden* Wolken dem Licht auswichen. Der projizierte Glanz schuf ein rundes Loch im Himmel, aber dahinter leuchteten keinen Sterne, wie Eklund erwartet hatte. Stattdessen glaubte er, Augen zu erkennen, zahllose Augen, die nichts Menschliches hatten und herabstarrten auf die Welt.

Eine Gestalt saß auf dem Podest und wandte sich Raimon zu, der die Treppe hochlief.

Eklund versuchte, noch schneller zu gehen, verwendete den Gehstock dabei wie ein drittes Bein und spürte trotz der vor Stunden eingenommenen Tablette die ersten Vorboten von Schmerz im Rücken. Wie in einem Traum setzte sich seinen Bewegungen Widerstand entgegen, als stapfe er durch hohes Wasser oder zähen Schlamm – etwas schien nicht zu wollen, dass er das Podest erreichte. Dann drehte Raimon erneut den Kopf, um nach ihm zu sehen, und ein Blick von ihm genügte, um den Widerstand verschwinden zu lassen. Ein wenig außer Atem kam Eklund die Treppe hoch, trat neben den Jungen und musterte die Gestalt auf der Sitzbank.

Sie hatte den Körper einer uralten menschlichen Frau, aber ihr fehlte ein Gesicht. Wo sich Augen, Nase und Mund befinden sollten, sah Eklund nur leere, faltige Haut. Die Greisin saß mit krummen Schultern da, die Hände im Schoß gefaltet, gehüllt in ein blauschwarzes, fleckiges Gewand.

Eine Frau ohne Gesicht, so wie auch die goldene Gestalt ohne Gesicht gewesen war, damals, in Eklunds Vision vor neunundsiebzig Jahren.

Raimon sah sie an und lächelte voller Freude.

»Wer sind Sie?«, fragte Eklund sanft, als er den Eindruck gewann, dass eine stumme Zwiesprache zwischen der Alten und dem Jungen stattfand. »Kennen Sie Raimon?«

Die gesichtslose Frau achtete nicht auf ihn, war dem Junge zugewandt. Selbst wenn sie die Fragen gehört hatte – wie sollte sie ohne Mund antworten?

Raimon streckte die Hand aus, und Eklund glaubte, im Gesicht der Frau eine Veränderung zu sehen oder vielleicht zu spüren. Es blieb leer, aber etwas deutete auf ... Freude hin. Die Hand des Jungen kam langsam näher, und als sie nur noch wenige Zentimeter vom Kopf der Alten trennten ...

Jäher Wind fegte an den Türmen vorbei, und die Wolken zogen nicht mehr schnell über den Himmel, sondern senkten sich herab. Eklund hatte ein seltsames Gefühl – etwas in seinem Innern spannte sich jäh an und schien dann zu zerbrechen –, und von einem Augenblick zum anderen stand er wieder in der Höhle vor dem Mandala.

Raimon zog die Hand von den drei goldgelben Kreisen zurück, die beim Kontakt mit ihm erstarrt waren. Langsam setzten sie sich erneut in Bewegung, glitten in einem hypnotischen Muster aufeinander zu und wieder auseinander.

»Er hat das Mandala berührt«, raunte es durch die große Höhle, als sich die anwesenden Mitglieder der Aufgeklärten Gemeinschaft von ihrer Verblüffung erholten. »Der Junge hat das Mandala berührt!«

»Wie kannst du es wagen?«, fauchte eine zornige Stimme. Ein kleiner, aber sehr kräftig gebauter Mann kam die nächste

Treppe herunter. Eklund erkannte ihn: Bruder Xalon, ein Neuer Mensch, geboren auf Durant, einem Planeten mit der doppelten Schwerkraft der Erdnorm. Er packte Raimon an der Schulter und riss ihn zurück. Der Junge stöhnte leise, verlor das Gleichgewicht und fiel.

»Vorsicht, Xalon, du tust ihm weh …«

»Er hat hier nichts verloren!«, zischte der junge Duranti und wandte sich Eklund zu. »Es ist gut, dass der Hirte deinen Kinderhort aufgelöst hat. Kinder haben hier in der Zitadelle nichts verloren. Aber dass du es wagst, einen Jungen *hierher* zu bringen, zum heiligsten aller heiligen Orte …« Xalon stand dicht vor Eklund, die Fäuste geballt, vor Zorn zitternd.

»Er hat das Mandala berührt«, sagte Eklund schlicht. »Das ist vor ihm noch nie jemandem gelungen. Und es hat auch noch nie ein Angehöriger der Aufgeklärten Gemeinschaft einen Bruder oder eine Schwester geschlagen. Möchtest du den Anfang machen, Xalon?«

Stimmen geisterten durch die Höhle. »Er hat Recht. Kinder gehören nicht hierher …«

»So ein Unsinn. Warum sollte es Kindern verboten sein, hierher zu kommen?«

»Dies ist ein Ort der Meditation, der Besinnung …«

»Kinder haben hier nichts zu suchen!«

»Kinder sollten überall willkommen sein!«

Und dann mehrten sich Stimmen, die flüsterten: »Er hat das Mandala berührt. Er hat es tatsächlich berührt …«

Eklund sah, wie Raimon aufstand, und er bemerkte auch das Blitzen in den braunen Augen des Jungen. Plötzlich flackerten alle Kerzen in der großen Höhle, wie von einem Windstoß erfasst, und Schatten huschten über die Felswände.

»Komm, Raimon«, sagte Eklund und schenkte Xalon keine Beachtung mehr. »Gehen wir.«

Er nahm die Hand des Jungen und führte ihn vorbei an verwundert, aufgeregt, aber auch erbost blickenden Brüdern und Schwestern.

»Xalon gehört zur Gruppe des Hirten«, sagte Eklund draußen im Korridor, und Raimon sah kurz zu ihm auf, schien tatsächlich zu verstehen. »Außerdem ist er sehr impulsiv und unbeherrscht. Es gibt sympathischere Mitglieder der Aufgeklärten Gemeinschaft.« Er seufzte leise. »Nun, Raimon, was hältst du davon, wenn wir unsere kleine Entdeckungstour durch die Zitadelle fortsetzen?«

Der Junge lächelte.

In jener Nacht brachten seltsame Träume Unruhe in Eklunds Schlaf. Mehrmals sah er die Alte ohne Gesicht und fragte sich, was geschehen wäre, wenn Raimon sie berührte hätte. In einer visionären Szene senkten sich die Augen vom Himmel zu ihm herab, starrten ihn an und sahen *alles* in ihm, jedes noch so kleine Detail seines langen Lebens. Einmal glaubte er, die Stimme der Weltseele zu hören, aber sie blieb undeutlich, so sehr er sich auch bemühte, Worte zu verstehen.

Er erwachte in Dunkelheit und Stille, blieb reglos liegen und lauschte. Nichts. Keine Geräusche. Kein leises Atmen in der Nähe.

»Raimon?«

Eklund drehte sich auf die Seite und tastete dorthin, wo er die Chemolampe wusste. Er fand sie an ihrem üblichen Platz und schaltete sie ein.

Mattes, warmes Glühen verdrängte einen Teil der Finsternis aus Eklunds einfachem Quartier, das sich in einer kleinen Höhle tief im Innern der Zitadelle befand. Die Einrichtung war denkbar schlicht: ein Tisch und einige Stühle aus billiger Synthomasse, in einer Ecke mehrere Ablagen mit einigen persönlichen Gegenständen, daneben eine Kiste mit den Dingen, die er hier und dort fand oder die man ihm manchmal schenkte: bunte Steine, kleine Glaskugeln, in denen Farben wogten, hübsche Muscheln, versteinerte Larven von Kobaltfliegen. Dinge, die eigentlich keinen Wert hatten, die Eklund aber gern bei sich trug und mit denen er so manches Kind erfreut hatte, zuletzt Rebecca.

Normalerweise stand nur eine Liege in Eklunds Höhle, wie der Tisch und die Stühle aus Synthomasse gefertigt, aber sie hatten am Abend eine zweite für Raimon besorgt. Und diese zweite Liege war leer.

»Raimon?«, fragte Eklund erneut, und auch diesmal bekam er keine Antwort. Er griff nach seinem Gehstock, stand auf und verzog das Gesicht, als sich erneut der Schmerz im Rücken meldete. Er entschied sich dagegen, eine Tablette zu nehmen – alle zwei Tage, hatte Elisabeth gesagt, und er wusste ihren ärztlichen Rat durchaus zu schätzen –, hob die Chemolampe und trat in den Korridor.

Rechts oder links? Eklund entschied sich für rechts und schritt durch einen Tunnel, der vor etwa zehn Jahren durchs Gestein des Pelion-Massivs getrieben worden war und zu den vielen Erweiterungen der Zitadelle zählte. In unregelmäßigen Abständen brannten Chemolampen an den Wänden, aber meistens blieb Eklund auf das Licht seiner eigenen Lampe angewiesen. Hier war es immer dunkel, bei Tag und Nacht, aber während der Nacht, wenn Ruhe herrschte und die meisten Angehörigen der Aufgeklärten Gemeinschaft schliefen, schien sich die Dunkelheit zu verdichten.

Eklund wusste nicht, wie lange er unterwegs war – vielleicht zehn Minuten –, als er weiter vorn aufgeregte Stimmen hörte. Licht tanzte durch die Finsternis – jemand kam ihm entgegen. Eine junge Frau, das Gesicht blass, Entsetzen in den Augen.

»Er ist tot«, brachte sie hervor, als sie Eklund sah. »Er ist tot!«

Sie blieb nicht stehen, hastete weiter.

»Wer ist tot?«, fragte Eklund erschrocken.

»Xalon!«, rief die Schwester und verschwand hinter einer Biegung im Tunnel.

Eklund ging schneller, auf seinen Gehstock gestützt, und versuchte, die stechenden Rückenschmerzen nicht zu beachten. Was auch immer geschehen war, es sprach sich offenbar schnell herum, denn Brüder und Schwestern eilten aus Nebenkorridoren und Seitentunneln herbei. Immer mehr Lampen kamen zusammen, und ihr Licht verbannte die Dunkelheit in ferne Ecken.

»Er ist tot!«, ertönte es immer wieder. »Jemand hat ihn umgebracht!«

Vor dem Zugang zu einer der größeren Wohnhöhlen hatten sich viele Leute eingefunden. Eklund bahnte sich mit vorsichtigem Nachdruck einen Weg durch das Gedränge – die meisten Brüder und Schwestern respektierten sein Alter und wichen beiseite, bevor er von den Ellenbogen Gebrauch machen musste –, und schließlich bekam er Gelegenheit, einen Blick in Xalons Höhle zu werfen.

Überall klebte Blut.

Auf der einen Seite lag ein Kopf, das Gesicht seltsam unversehrt. Es bot den einzigen Hinweis darauf, dass die sterblichen Überreste, wenn man sie so bezeichnen konnte, von Xalon stammten. Der Mann schien in der Mitte seiner Wohnhöhle regelrecht ... explodiert zu sein. Blut sowie Fleisch- und Knochenfetzen klebten an allen vier Wänden und an der Decke. Eklund wandte sich ab und kämpfte gegen Übelkeit an.

»Wie konnte das geschehen?«, brachte jemand in seiner Nähe hervor.

»Das ist Satans Werk«, sagte Borkard, der von Schanhall stammte, einem hauptsächlich von christlichen Fundamentalisten bewohnten Planeten, der zum lockeren Bund der spiritualistischen Welten gehörte. »Der Teufel ist unter uns.«

»Jemand sollte dem Hirten Bescheid geben.«

»Margat ist bereits losgelaufen.«

»Glaubt ihr, es ist ein ... natürlicher Tod?«

»Nur wenn er vorher eine Bombe geschluckt und sie dann gezündet hat. Man explodiert nicht einfach so.«

»Soll das heißen, dass ihn jemand *ermordet* hat? Aber ... warum? Und wie?«

Eklunds Gedanken rasten, als er die Stimmen um sich herum hörte. Er kehrte in den Tunnel zurück, wankte fort von den anderen und versuchte zu begreifen, was gerade geschehen war. Ein *Mord*? In der Zitadelle der Aufgeklärten Gemeinschaft? Absurd. Undenkbar. Doch jener Mann hatte Recht. Niemand explodierte einfach so.

Was *war* geschehen?

Eklund dachte noch immer über diese Frage nach, als er plötzlich feststellte, dass er tief in Gedanken versunken zu seiner Wohnhöhle zurückgekehrt war. Die Chemolampe in seiner Hand glühte noch immer, und in ihrem matten Schein zeichnete sich eine Gestalt auf der zweiten Liege ab, die am vergangenen Abend hereingebracht worden war. Eklund trat wortlos näher und hielt die Lampe höher.

Raimon lag lang ausgestreckt auf seiner Liege und schlief. Eklund sah auf den Jungen hinab und fragte sich, ob er ihn wecken sollte. Aber welchen Sinn hatte das? Raimon konnte keine Fragen beantworten.

Er legte sich ebenfalls hin, schaltete die Lampe aus und starrte in die Dunkelheit, hörte nicht nur die regelmäßigen Atemzüge des Jungen, sondern auch Stimmen in der Ferne. In dieser Nacht würde es für viele Brüder und Schwestern keine Ruhe geben.

Bestimmte Gedanken warteten darauf, dass er ihnen Aufmerksamkeit schenkte, aber er drängte sie beiseite und wagte es nicht, sich auf sie zu konzentrieren. Irgendwann schlief Eklund ein, und als er einige Stunden später erwachte und die Augen öffnete, blickte er ins Licht der Chemolampe. Raimon saß auf seiner Liege, die Lampe im Schoß, sah Eklund an und sagte: »Ich kann sprechen.«

Im Null

Agorax' Gedanken kehrten aus einer Welt zurück, die eigentlich gar nicht existierte, aus einer heißen Wüste jenseits von Zeit und Raum. Endlich hatte ein direkter mentaler Kontakt stattgefunden, mit allen Konsequenzen, die sich daraus ergaben. Er war davon überzeugt, dass sich der Mensch namens Valdorian so verhalten würde, wie er es von ihm erwartete. Die Ereignismuster sahen gut aus. Vielleicht konnte sogar eine neue Verbindung zu der Kantaki-Pilotin Diamant geschaffen werden; mit Geduld und Feingefühl ließen sich möglicherweise geeignete Wahrscheinlichkeitsstrukturen entwickeln.

Er fand sich am Ausgangspunkt seiner geistigen Reise wieder, am Ende eines Beobachtungstunnels, am Platz eines Observanten. Ganz in der Nähe waberte der desintegrierende Schild, mit dem Kantaki und Feyn das Null umgeben hatten. Es *gab* Risse und Fugen in dem Schild, und wenn es tatsächlich einem Eternen gelingen sollte, ihn zu durchdringen ... Jenseits davon warteten die temporalen Strudel und würden alles zerfetzen, was in ihren Einflussbereich geriet.

Wir sind und bleiben gefangen, dachte Agorax und erwachte aus der Starre der mentalen Projektion. *Aber wenn Valdorian Erfolg hat ...*

Eine sonderbare Unruhe weckte seine Aufmerksamkeit. Stimmen wisperten durch den langen Tunnel, Stimmen aus

Äon, tausendfaches aufgeregtes Flüstern. Was war geschehen? Ein Unglück? Agorax erweiterte sein Selbst und vergewisserte sich, dass das Erwachen in der richtigen Zeit stattgefunden hatte. Nein, es war nicht zu irgendwelchen temporalen Verschiebungen gekommen.

Aufbruch! Aufbruch!, riefen die Gedanken und Emotionen tausender Eterner. *Gergurrak hat einen sicheren Weg gefunden!*

Die Krise, vor der Pergamon gewarnt hatte – sie war da, früher als vom Säkularen befürchtet. In einem Moment tiefer Sorge und Ratlosigkeit fragte sich Agorax, was er unternehmen sollte. Der direkte mentale Kontakt mit Valdorian war ein enormes Risiko gewesen, denn die Präsenz seines Selbst konnte die Aufmerksamkeit der Zeitwächter auf Munghar wecken, und wenn sie Alarm schlugen, drohte ein Scheitern des ganzen Projekts. Er wagte es nicht zu versuchen, die Ereignismuster in der Zukunft noch stärker zu beeinflussen. Aber Valdorian war noch weit von Kerberos entfernt, und selbst wenn er in der Lage gewesen wäre, sofort auf jenem Planeten aktiv zu werden: Bestimmte Geschehnisse zeichneten sich durch ein gewisses Trägheitsmoment aus und führten erst dann zu Resultaten, wenn sie genug Entwicklungsenergie gewonnen hatten. Auch unter den günstigsten Umständen dauerte es noch eine Weile, bis der Keim aufbrechen konnte, und wenn er dann sofort in die Vergangenheit sprang ... In Agorax erzitterte etwas, als seine Gedanken ein Paradoxon berührten, über das er nicht zum ersten Mal nachdachte. Hatte der Keim nicht die Möglichkeit, an jede beliebige Stelle in der Zeit zu springen? Die Antwort lautete: Ja, vorausgesetzt natürlich, er stieß auf keine Hindernisse, etwa in Form von temporalen Schranken, die wie die Strudel von den Kantaki und Feyn stammten.

Das bedeutete, dass der Keim auch *jetzt* erscheinen konnte, wenn das Projekt in der fernen Zukunft zu einem Erfolg führte. Er *hätte* bereits erscheinen können. Doch er war noch nicht gekommen, und manchmal fragte sich Agorax, ob daraus der Schluss gezogen werden musste, dass sein Projekt letztendlich mit einem Misserfolg endete. Alles in ihm wehrte sich dagegen, so etwas in Betracht zu ziehen.

Aufbruch! Aufbruch!, riefen die Stimmen aus Äon, und Agorax drehte sich im Beobachtungstunnel, blickte zurück zur großen Wabenstadt im Zentrum des Null. *Gergurrak weist uns den Weg!*

»Wenn die Zeitflotte jetzt aufbricht, sind wir alle verloren«, hauchte Agorax entsetzt.

Über Äon blitzte etwas auf. Eine Spirale stieg empor, ein Transferer ganz besonderer Art – man hatte sie früher, während des Zeitkriegs, für kurze Flüge durch den zentralen Zeitstrom benutzt. Und jetzt hielt jemand damit auf den Schild zu.

Agorax hörte eine geistige Stimme, die alle anderen im mentalen Äther übertönte. *Ich werde euch zeigen, dass der Weg nicht sicher ist.*

Pergamon!

Agorax erstarrte, als er begriff, was der Säkulare plante. Er wollte sich selbst opfern, um die Eternen zur Vernunft zu bringen und den fatalen Aufbruch der Zeitflotte zu verhindern.

Der Suggestor beobachtete, wie der Transferer zu einer bestimmten Stelle des Schilds glitt, vermutlich zu dem Riss, den Gergurrak in seiner von Ehrgeiz und falschem Optimismus bestimmten Vermessenheit für »sicher« hielt. Pergamon passierte ihn tatsächlich und erreichte das Wabern jenseits des Schilds, und für einen Augenblick regte sich wider besseren Wissens Hoffnung in Agorax. Hatte er sich geirrt? War es Gergurrak gelungen, tatsächlich einen sicheren Weg zu entdecken?

Er war noch immer mit den Beobachtungsgeräten eines Observanten verbunden, und bestimmt benutzten viele Eterne in Äon ebenfalls solche Geräte. Sie alle sahen, wie das Schreckliche geschah: Dem ersten temporalen Strudel wich der Transferer aus, aber dann führte ihn sein Kurs zu dicht an den nächsten heran.

Destruktives Licht gleißte, zerstörte die Spirale des Transferers und löschte das Leben eines Unsterblichen aus.

Der Schock bewirkte völlige Stille im Null. Nichts bewegte sich; nichts flüsterte und raunte mehr.

Agorax richtete sich auf. »Habt ihr nun genug?«, rief er, und seine Stimme hallte weit durch die Stille. »Euer Wahn hat einen Säkularen in den Tod getrieben! Er hat sich geopfert, damit ihr euren Irrtum erkennt und am Leben bleibt!«

Er wollte noch etwas hinzufügen, aber eine Veränderung hinderte ihn daran. Etwas in ihm ... wuchs, und etwas anderes verschwand. Er blickte auf den Zirkelring, den Pergamon ihm geschenkt hatte, und mit plötzlicher Klarheit begriff er das ganze Ausmaß von Pergamons Plan. Sein Tod war erst der Anfang ...

Zwei

FRAGMENTE

Kerberos
16. April SN
15:07 Uhr

14

Labyrinthe

Von der künstlichen Insel am westlichen Rand des Deltas aus flog der Levitatorwagen über die Stadt, in einem der oberen Verkehrskorridore. Das Licht der Sonne Hades glitzerte auf den braunen Fluten des breiten Acheron, und Hitze ließ die Luft über der Stadt flirren. Der Mann auf dem Passagiersitz blickte aus dem Fenster und nahm alle Eindrücke in sich auf.

»Der Direktor lässt Ihnen ausrichten, dass er es bedauert, Sie nicht selbst abholen zu können«, sagte der Pilot, der die stahlgraue Uniform des NHD-Sicherheitsdienstes trug. »Angesichts der besonderen Ereignisse ist er sehr beschäftigt.«

»Ich verstehe«, sagte Lutor unverbindlich, ohne den Blick auf den Piloten zu richten. *Irgendwo dort unten bist du,* dachte er und sah auf Chiron hinab. *Und ich werde dich finden, früher oder später.*

Der Pilot sprach weiter, aber Lutor hörte nur mit halbem Ohr hin. Er spürte angenehme Aufregung angesichts der bevorstehenden Jagd – etwas von Kordun schien sich in ihm zu regen und in dieser Welt, in der Realität, aktiv werden zu wollen. Dass der planetare Direktor Rubens Lorgard ihn nicht selbst abgeholt hatte, kümmerte ihn wenig, obwohl er verstand, was dahintersteckte. Die Botschaft lautete: *Vergessen Sie nicht, dass* ich *hier das Sagen habe.* Bei seinen

Einsätzen bekam er es immer wieder mit solchen Reaktionen zu tun, weil gewisse Leute eine Einschränkung ihrer Autorität befürchteten. Lutor stand über diesen Dingen; ihn interessierte nur die Jagd.

Kurze Zeit später erreichte der Levitatorwagen den NHD-Gebäudekomplex am Fluss und landete dort auf einem gekennzeichneten Dachsegment, das sofort in die Tiefe sank, in einen Hangar. Der Pilot betätigte die Kontrollen, deaktivierte Levitatoren und Sicherheitsharnische. Mit einem dumpfen Zischen öffneten sich rechts und links die Luken des Wagens.

»Ich bringe Sie zum Direktor, wenn Sie gestatten«, bot sich der Mann aus der Sicherheitsabteilung an.

Lutor nickte nur.

Im Innern des Gebäudes herrschte die gleiche angenehme Kühle wie an Bord des Levitatorwagens – Klimaservi hielten die tropische Hitze von den Büros, Fluren und Laboratorien fern. Lutor brachte seiner Umgebung nur mäßiges Interesse entgegen. Die verschiedenen NHD-Niederlassungen ähnelten sich, und außerdem rechnete er nicht damit, viel Zeit in diesem Gebäudekomplex zu verbringen. Sein Haupteinsatzgebiet, so vermutete er, war die Stadt.

Vor dem Kom-Servo einer Tür verharrte der Sicherheitsmann und sprach leise hinein. Unmittelbar darauf klickte es, und die Tür schwang auf.

»Der Direktor erwartet Sie«, sagte der Mann in der grauen Uniform und vollführte eine einladende Geste.

Lutor trat durch die Tür, die sich hinter ihm schloss. Das Büro war erstaunlich schlicht eingerichtet, wenn man bedachte, dass es einem planetaren Direktor gehörte. Große Fenster boten Ausblick nach draußen, auf der einen Seite in Richtung Delta, auf der anderen zum Kontinentalwald. Dunkle Holzvertäfelung bedeckte die Wände, vermutlich Edelholz aus dem Dschungel, und hier und dort hingen Porträts. Der große Schreibtisch, quer vor einer Ecke aufgestellt, dominierte das Zimmer, und dahinter saß ein Mann in einem Sessel, dessen hohe Rückenlehne zur Tür wies – der Direktor schaute nach draußen.

Lutor schritt zum Stuhl vor dem Schreibtisch, räusperte sich demonstrativ und nahm Platz, ohne eine Aufforderung abzuwarten.

Der Mann im Sessel reagierte nicht, blickte auch weiterhin aus dem Fenster.

»Direktor Lorgard ...«

Der Sessel drehte sich, und Lutor sah einen Mann, den er hier nicht erwartet hatte. Er zeigte sein Erstaunen, indem er eine Braue hob.

»Ich begrüße Sie auf Kerberos«, sagte Edwald Emmerson ruhig. Er beugte sich nicht vor, streckte nicht die Hand aus, blieb im Sessel zurückgelehnt sitzen, die Arme auf den Armlehnen. Er wirkte entspannt, doch seine Augen blickten sehr aufmerksam. »Rubens Lorgard hat mich zu seinem Stellvertreter ernannt und ist dann von seinem Amt zurückgetreten, um sich fortan als Chefkreator ganz der Entwicklung des neuen Metamorphs widmen zu können. Das macht mich zum amtierenden planetaren Direktor.« Er schob ein Datenmodul über den Schreibtisch. »Dies enthält alle Informationen, die Sie für Ihre Ermittlungen benötigen. Ich nehme an, Sie haben die notwendigen Akkreditive mitgebracht.«

Die gehobene Braue kam wieder nach unten. »Natürlich«, sagte Lutor, öffnete seine Sicherheitstasche und entnahm ihr mehrere Datenfolien. »Dies sind die Vollmachten, die mir Globaldirektor Lukert Turannen erteilt hat.«

Emmerson nahm die Folien entgegen und schob sie nacheinander in den Abtaster eines Datenservos, der ihre Authentizität bestätigte. »Alles in Ordnung«, sagte er und reichte die Folien über den Schreibtisch zurück. Lutor nahm sie entgegen und legte sie zusammen mit dem Datenmodul in seine Sicherheitstasche.

»Für die Dauer Ihres Aufenthalts steht Ihnen im Hotel Caravel eine Suite zur Verfügung«, sagte Emmerson mit kalkulierter Kühle. »Außerdem haben wir hier ein Büro für Sie vorbereitet.«

»Danke«, erwiderte Lutor ruhig. »Ich werde nicht nur in der Suite wohnen, sondern auch dort arbeiten.« Er sah Emmerson in die Augen. »Ich erwarte Ihre volle Kooperationsbereitschaft.«

»Die erwarte *ich* von *Ihnen*«, betonte Edwald Emmerson. »Ich bin der amtierende planetare Direktor von *New Human Design* auf Kerberos und somit weisungsbefugt.«

»Ich komme im Auftrag des Globaldirektors.«

»Was wir gerade verifiziert haben, ja. Sie sind bevollmächtigt, Ermittlungen anzustellen, und ich habe unsere Sicherheitsabteilung angewiesen, so eng wie möglich mit Ihnen zusammenzuarbeiten. Es liegt in unser aller Interesse, dass der Metamorph so schnell wie möglich gefunden wird.« Emmerson legte eine kurze Pause ein und hielt Lutors durchdringendem Blick stand. »Sie werden mir Bericht erstatten. Täglich.«

»Das ist ... ungewöhnlich. Normalerweise arbeite ich allein.«

»Diesmal lautet das Zauberwort Zusammenarbeit.«

Lutor stand auf. »Wie Sie wünschen ... Direktor.«

Emmerson berührte die Schaltfläche einer Kontrolleinheit, und daraufhin öffnete sich die Tür. Der junge Mann, der Lutor hierher gebracht hatte, trat ein. »Direktor?«

»Bitte bringen Sie unseren Gast zum Hotel Caravel.«

Der Mann aus der Sicherheitsabteilung salutierte und wartete. Lutor trat zur Tür, blieb dort noch einmal stehen und sah zurück. »Ich werde ihn finden.«

»*Wir* werden ihn finden.«

Lutor ging ohne ein weiteres Wort, und hinter ihm schloss sich die Tür.

Einige Sekunden verstrichen, und dann öffnete sich eine andere, kleinere Tür, die zu einem Nebenzimmer führte. Elroy Tobias kam herein, und Emmerson bedeutete ihm, in einem Sessel neben dem Schreibtisch Platz zu nehmen.

»Sie haben alles gesehen, nicht wahr?«, fragte er.

»Und auch gehört, Chef.«

»Was halten Sie von ihm?«

Elroy Tobias antwortete nicht sofort und schien sich seine Worte sorgfältig zurechtzulegen.

»Seien Sie ganz offen, Elroy. Sie haben große Erfahrung in diesen Dingen. Ich möchte wissen, welchen Eindruck Sie von ihm gewonnen haben.«

»Ein Psychopath«, sagte Tobias schließlich.

Emmerson nickte langsam.

»Ich bin ab und zu solchen Leuten begegnet«, fuhr der Sicherheitsexperte fort. »Sie halten sich selbst für die Größten. Haben ein Ego so groß wie ein ganzer Planet. Aber in diesem Fall kommt noch etwas anderes hinzu, glaube ich. Unsere Kooperationsbereitschaft scheint ihm eigentlich völlig gleichgültig zu sein. Was für ihn zählt, ist allein ...«

»Die Jagd«, warf Emmerson ein. »Ein Psychopath mit dem Hang zu Größenwahn. Jemand, der Erfüllung darin findet, jemanden oder etwas zu jagen und schließlich zur Strecke zu bringen. Ein unberechenbarer Irrer, der sich von jetzt an in *unserer* Stadt herumtreiben wird. Eine lebende Zeitbombe.«

»Hoffentlich ist er so tüchtig, wie er glaubt. Wenn er den Metamorph findet, leistet er uns allen einen großen Dienst.«

»Ja«, murmelte Edwald Emmerson und überlegte kurz. »Elroy ...«

»Chef?«

»Als amtierender Direktor ernenne ich Sie hiermit zu meinem Nachfolger als Leiter der NHD-Sicherheitsabteilung. Bei Ihnen weiß ich sie in guten Händen.«

»Danke, Chef.« Tobias lächelte erfreut.

»Danken Sie mir nicht, denn es kommt eine Menge Arbeit auf Sie zu. Finden Sie so viel wie möglich über Lutor heraus. Ich möchte wissen, woher er stammt, wo er gewesen ist, welche Aufträge er bereits für NHD erledigt hat und so weiter. Je mehr Informationen Sie über ihn ausgraben können, desto besser.«

Tobias nickte.

»Lassen Sie ihn beobachten«, fuhr Edwald Emmerson fort. »Setzen Sie unsere besten Leute auf ihn an. Ich möchte jederzeit wissen, wo er ist und was er macht. Ich habe ihm alle unsere Daten überlassen – dazu war ich verpflichtet –, aber das bedeutet nicht, dass wir unsere Ermittlungen einstellen. Ganz im Gegenteil. Wir werden sie verstärkt fortsetzen und Lutor dabei wie ein Werkzeug benutzen. Und damit sind wir beim wichtigsten Punkt, Elroy, bei der Suche nach dem Metamorph. Der Autokrat hat die von uns ›vorgeschlagenen‹ Maßnahmen ergriffen, und dadurch können wir bald auf einen zusätzlichen Datenstrom zugreifen. Von den Aktivitäten der Sekuritos und des Urbanen Symposions einmal abgesehen: Stokkarts Netzwerk aus Spitzeln, kleinen und großen Kriminellen kann mehr Dinge herausfinden als wir.«

Elroy Tobias nickte erneut. »Früher oder später wird der Metamorph Spuren hinterlassen, in Form von ungewöhnlichen Ereignissen und Zwischenfällen. Es kommt darauf an, dass wir rechtzeitig davon erfahren.«

»Der Autokrat wird uns helfen. Eine Hand wäscht die andere. Ich fürchte allerdings, dass die Hände in diesem Fall schmutzig bleiben.« Emmerson seufzte leise. »Ich bin fest entschlossen, den Metamorph vor Lutor zu finden. Das ist noch nicht alles«, fügte er hinzu, als Tobias aufstehen wollte. »Da wäre noch das Rätsel des Anschlags mit der leisen Bombe. Wer steckt dahinter? Wer wollte, dass der Metamorph aus dem Laboratorium entkommt?«

»Weiß Lutor davon?«

»Nein«, sagte Emmerson, ohne zu zögern. »Der Metamorph ist entkommen. *Wie* das möglich war, bleibt für die Suche nach ihm unerheblich.«

»Der Anschlag kann nur von einem NHD-Mitarbeiter verübt worden sein. Fremde hätten nicht in das Laboratorium eindringen können.«

»Da bin ich ganz Ihrer Meinung, Elroy. Einer unserer Leute. Und das bedeutet: Wir müssen jeden Einzelnen überprüfen, sein oder ihr Leben durchleuchten, nach verdächtigen Aktivitäten und Verbindungen suchen.«

»Ich mache mich sofort an die Arbeit«, sagte Tobias, erhob sich und verließ das Büro durch die kleinere Tür.

Kerberos
16. April 421 SN
15:51 Uhr

15

Kontrahent

Die Suite im Hotel Caravel befand sich im obersten Stock, bot mit über zweihundert Quadratmetern mehr als genug Platz und außerdem jeden nur erdenklichen Luxus, darunter ein Nullschwerkraftzimmer und ein kleines Schwimmbecken. Die Decke bestand aus polarisierbarer Stahlkeramik: Abends konnte man sie durchsichtig werden lassen und den Sternenhimmel bewundern.

Doch für all diese Dinge interessierte sich Lutor nicht. Nachdem er eingetreten war und die Tür mit einem speziellen Privatgaranten gesichert hatte, galt seine kurze Suche in der Suite zwei Dingen: AW-Installationen und einem Datenservo, der für seine speziellen KI-Späher leistungsfähig genug war. Beides war vorhanden, stellte er zufrieden fest. In einem Zimmer entdeckte er einen Schrank mit Dutzenden von legalen und halblegalen Drogen, die ihn daran erinnerten, dass Kerberos die Königin aller Drogenwelten im von Menschen besiedelten Teil der Galaxis war. Auf keinem anderen Planeten wurden so viele Drogen produziert wie auf diesem. Man fand sie praktisch überall in der Tier- und Pflanzenwelt, und sie entfalteten die unterschiedlichsten Wirkungen. Lutor schloss den Schrank und schenkte ihm fortan keine Beachtung mehr.

Mit einem zweiten Privatgaranten suchte er in der Suite nach versteckten Spitzelservi, ohne welche zu entdecken, was ihn ein wenig erstaunte. Hielt es Emmerson nicht für nötig, ihn zu überwachen? Nein, wahrscheinlich hatte er mit einer solchen Sondierung gerechnet und deshalb auf den Einsatz elektronischer Spione verzichtet.

Der zentrale Datenservo befand sich im Salon und war Teil einer Wohnlandschaft aus großen Pflanzen, Teppichen, bunten Sitzgruppen, pseudorealen Spiegeln und diversen Unterhaltungsgeräten. Adlaten hatten Lutors Gepäck in Schlafzimmer und Bad verstaut. Er nahm am Datenservo Platz, neben dem die Speichermodule mit den KI-Programmen bereitlagen, und ordnete seine Gedanken. Dass Rubens Lorgard als planetarer Direktor zurückgetreten war, um wieder als Chefkreator tätig zu werden und den Leiter der Sicherheitsabteilung an seine Stelle treten zu lassen, hatte ihn zwar überrascht, spielte aber kaum eine Rolle für ihn. Für ebenso zweitrangig hielt Lutor die Feindseligkeit, die er bei Edwald Emmerson gespürt hatte. Mit solchen Reaktionen bekam er es gelegentlich zu tun. Sie waren ärgerlich, zugegeben, aber wenn er erst einmal mit den Ermittlungen begonnen hatte, verloren sie immer mehr an Bedeutung und wichen dem Fieber der Jagd. Tägliche Berichte? Und wenn schon. *Er* war und blieb der Jäger. *Er* würde die Beute zur Strecke bringen. Emmerson und Lorgard gehörten zu einer banalen Welt, in der er einen Teil seiner Zeit verbringen musste, aber er bewegte sich auf einem ganz anderen Niveau.

Der Metamorph. Er wusste um die Eigenschaften des Geschöpfs. Ein ganz besonderes Wesen, eine Herausforderung selbst für den besten Jäger.

»Ich kriege dich«, sagte Lutor leise, und seine Lippen formten dabei ein dünnes Lächeln.

Er schaltete den Datenservo ein, schob die Speichermodule in den Abtaster und übertrug ihren Inhalt in den Elaborationskern des Geräts. Mehrere Symbole erschienen im dreidimensionalen Darstellungsbereich: ein Drache, ein Golem, ein Elf und eine kleine, zarte, geflügelte Fee.

Lutor lächelte erneut, diesmal weniger grimmig, und stellte eine Verbindung zum globalen Netzwerk von Kerberos her. »Geht hinaus«, sagte er zu den kleinen Gestalten. »Macht euch auf die Suche.«

Die Symbole tanzten und verschwanden. Lutor hatte die Programmierung der mit künstlicher Intelligenz ausgestatteten Späher den ihm bekannten Gegebenheiten auf Kerberos angepasst. Sie sollten in den planetaren Aufzeichnungen und Datenbanken nach Spuren suchen, die auf den Metamorph hindeuteten, nach besonderen Vorkommnissen, aus denen sich eventuell Muster ableiten ließen. Die KI-Programme waren schon mehr als zwanzigmal zu diesem Zweck eingesetzt worden, und sie lernten jedes Mal dazu. Lutor rechnete in zwei oder drei Stunden mit ersten konkreten Resultaten – immerhin waren die Datennetze auf Kerberos nicht sehr komplex und das Datenvolumen entsprechend begrenzt.

Lutor lehnte sich zurück, blickte in den leeren Darstellungsbereich und fragte sich, wie er die Wartezeit am besten nutzen konnte.

Er lächelte zum dritten Mal, diesmal voller Vorfreude.

Fünf Minuten später, im Anderswelten-Zimmer der Suite, streckte er sich in einem Ruhesessel aus und ließ sich vom Medo-Servo bestätigen, dass alle biometrischen Überwachungsfunktionen aktiviert waren. Der AW-Datenservo hatte Programme und Daten eines privaten Speichermoduls geladen, und ein sensitives Kabel verband ihn mit dem Bio-Servo dicht unter Lutors Nacken.

»Programm starten und letzten Merkpunkt aktivieren«, sagte Lutor und wurde zu Kordun.

Er hob die rechte Hand, ballte sie langsam zur Faust und fühlte *Kraft*. Der Körper der Kriegers aus dem Nordland fühlte sich wundervoll an: dicke Muskeln, feste Knochen, widerstandsfähige Sehnen. Er schüttelte den Kopf, warf das schulterlange blonde Haar zurück und lachte voller Selbstbewusstsein. »Ich komme, Echna«, sagte er, und der Wind, ein kalter

Wind, wehte seine Stimme fort, vielleicht dem Gebieter der Schattenwelt entgegen.

Der Sumpf der Verlorenen Seelen lag hinter ihm, und der an seinem Gürtel baumelnde Zweihänder hatte ihm mehr als einmal gute Dienste geleistet. Vor ihm erstreckte sich ein Wald nicht aus Bäumen, sondern aus seltsamen braunschwarzen Säulen, die Abstände zwischen ihnen mal klein, mal groß. Im Licht der aufgegangenen Sonne sah Lutor dünne, fadenartige Gebilde, die sich hier und dort zwischen den Säulen spannten, und manchmal huschte etwas darüber weg. Vorsichtig, die rechte Hand auf dem Knauf des Schwerts, näherte er sich der ersten Säule und achtete dabei genau darauf, wohin er den Fuß setzte. In einem Abstand, den er für sicher hielt, blieb er stehen und betrachtete die Säule.

Sie bestand aus zahllosen handtellergroßen Käfern.

Sollte er wagen, durch diesen Wald zu gehen? Oder war es besser, einen Umweg zu machen? Lutor dachte einige Sekunden darüber nach und erinnerte sich dann an den Ratgeber. Er nahm den Rucksack ab, holte den kleinen Käfig mit dem Kuiki und eine Makai-Nuss hervor. Er zeigte sie dem greisenhaften Männchen. »Hier, die bekommst du, wenn du mir noch einmal einen Rat gibst.«

Etwas stimmte nicht. Der Kuiki saß zusammengekauert in einer Ecke des Käfigs, die Beine angezogen, die Arme um die Knie geschlungen. Er hob kurz den Kopf und ließ ihn wieder sinken.

»Was ist los mit dir?«, fragte Lutor mit der tiefen Stimme des Kriegers.

Der Kuiki zitterte. »Dies ist nicht ... richtig.«

»Was soll nicht richtig sein?«

Der Ratgeber deutete kurz zum Wald und versuchte dann, sich noch tiefer in die Ecke zu drücken. »Es ist jemand da. Jemand, der ... nicht hierher gehört.«

Nur ein kleiner Trick der Programmierer, vermutete Lutor. Gute Anderswelt-Programme steckten voller Überraschungen.

»Na schön. Wie komme ich durch den Wald? Gib mir Antwort, und du bekommst die Nuss.«

»Geh nicht hinein. Mach einen Umweg. Oder kehr zurück. *Er* ist dort.«

»Ein neuer Gegner?« Interesse erwachte in Lutor. Bisher war er auf niemanden gestoßen, der es mit ihm aufnehmen konnte. Vielleicht begann hier eine neue Schwierigkeitsstufe; er hoffte es.

»Nein«, antwortete der Kuiki. »*Er.* Der nicht hierher gehört.« Dann schien sich das Männchen an seinen Magen zu erinnern und rief: »Nuss, will Nuss!«

Lutor gab sie ihm und blickte neugierig in den Wald. Die letzten Nebelschwaden lösten sich auf, als die Sonne am Himmel emporkletterte. Es war völlig still; selbst der Wind hielt inne, schien den Atem anzuhalten.

Lutor verstaute den kleinen Käfig, schwang sich den Rucksack auf den Rücken und trat entschlossen in den Wald aus dunklen Säulen. Er versuchte, einen möglichst großen Abstand zu den Käfersäulen zu wahren, aber manchmal standen sie so dicht zusammen, dass er sich ganz vorsichtig an ihnen vorbeischieben musste, um sie nicht zu berühren. Auch den Fäden wich er aus; vielleicht leiteten sie Berührungssignale weiter, wie Spinnweben. Die rechte Hand blieb am Knauf des Schwerts, und immer wieder sah er sich aufmerksam um, hielt nach einem Gegner Ausschau. Die Stille lud ihn ein, leise zu sein.

Plötzlich fiel etwas auf ihn herab und breitete transparente Insektenflügel aus.

Lutor reagierte mit den Reflexen des Kriegers Kordun, hob den Flamberg mit nur einer Hand und zerschmetterte das Etwas mit einem wohlgezielten Hieb. Fetzen flogen in alle Richtungen, und er sah Stachel, Beißkiefer und scharfe Zangen.

Die Stille, das *wartende* Schweigen um ihn herum, fand ein Ende. Der Wind ließ seinen angehaltenen Atem entweichen und fauchte durch den Wald, während von den Säulen ein lauter werdendes Knistern und Knacken kam. Lutor begriff, was sich anbahnte, und lief los. Er stürmte an den Säulen vorbei, die sich hinter, neben und vor ihm auflösten, als Millionen von Käfern die Gemeinschaft verließen, um mit der Jagd zu beginnen. Sie verdunkelten das Licht der Sonne und bildeten eine gewaltige Wolke, die sich auf ihn herabsenkte.

Lutor blieb stehen, als er begriff, dass er das Ende des »Waldes« nicht rechtzeitig erreichen konnte. Mit seinem Schwert ließ sich nichts gegen den riesigen Käferschwarm ausrichten, so viel stand fest. Wenn ihn die Insekten erreichten ... Wahrscheinlich brauchten sie nur wenige Sekunden, um ihm das Fleisch von den Knochen zu reißen. Es gab nur einen Ausweg: der Sturm-aus-der-Hand.

Rasch nahm er den Rucksack ab und öffnete ihn. Er achtete nicht auf den Kuiki, der in seinem Käfig zitterte, suchte unter den Gegenständen, die er eingesteckt hatte, und fand ein weißes, knollenartiges Objekt.

»Sturm, Sturm!«, schrillte das Männchen. »Mach Sturm!«

Lutor legte sich die Knolle auf die rechte Hand, hob die linke ...

Aus dem Knistern und Knacken war ein Donnern geworden, und eine gewaltige Wolke aus Käfern stürzte herab. Lutor sah kurz nach oben, hielt dann nach Dingen Ausschau, an denen er sich festhalten konnte. Hier ragte ein Stein aus dem Boden, dort eine Wurzel. Welche Höhe war sicher?

»Sturm, Sturm!«, keifte der Kuiki.

Lutor hielt die rechte Hand etwa einen Meter über den Boden und schlug mit der linken auf die Knolle. Ein sonderbares, gurgelndes Fauchen erklang, als das weiße Objekt platzte. Lutor verlor keine Zeit, warf sich zu Boden, zog den Rucksack heran und griff mit der anderen Hand nach einer knorrigen Wurzel.

Dicht über ihm stellte sich dem Donnern ein lauter werdendes Zischen entgegen. Etwas, das wie eine Nebelschwade aussah, kam aus der zerplatzten Knolle, schwoll rasch an und wurde zu einem Orkan, der sich einen Meter über dem

Boden ausbreitete und alles mit fortriss, was sich nicht rechtzeitig in Sicherheit brachte. Wie die Druckwelle einer Explosion zerschmetterte der Sturm-aus-der-Hand die Käfer, die ihm am nächsten waren, zerriss die transparenten Flügel der weiter entfernten und wirbelte alles, Fetzen und ganze Körper, gen Himmel und übers Land.

Lutor wagte nicht, den Kopf zu heben. Als Krieger Kordun wusste er, dass sich der Sturm-aus-der-Hand nicht nach unten ausbreitete, aber eine Distanz von nur einem Meter war alles andere als sicher. Er hielt die Augen geschlossen, bis das Fauchen und Heulen leiser wurde. Und bis er einen stechenden Schmerz am rechten Bein spürte, so heftig, dass er den Kopf drehte und nach unten sah.

Einige Käfer schienen sich bereits am Boden befunden zu haben, als der Sturm losgebrochen war, und einer von ihnen hatte ihm die Zange ins Bein gebohrt. Lutor griff nach dem Schwert, richtete sich halb auf und schlug zu. Die Klinge sauste dicht am Bein vorbei und schnitt den Käfer, dessen Zange in der Wade stecken blieb, in zwei Hälften. Dickflüssiger, grüngelber Saft quoll aus dem Körper. Weitere Käfer krabbelten hungrig näher, und Lutor stieß mit dem Zweihänder zu, spießte sie nacheinander auf. Dann erhob er sich – der Sturm war nur mehr ein starker Wind, der immer mehr abflaute – und drehte das Schwert über dem Kopf so schnell im Kreis, dass die aufgespießten Käfer fortflogen.

Jemand stand in der Nähe.

Lutor bemerkte die Gestalt erst jetzt: ein Krieger wie er, kleiner und schmächtiger, gekleidet in Leder, schwarz wie die Nacht. Das Gesicht verbarg sich hinter einer silbrig glänzenden Maske.

»*Er* ist es, *er* ist«, tönte die Stimme des Kuiki aus dem Rucksack, obwohl das Männchen den Fremden gar nicht sehen konnte.

Aufregung erfasste Lutor. Was hatten sich die Programmierer diesmal einfallen lassen? Eine Überraschung, zweifellos ...

Langsam trat er dem Fremden entgegen, an dessen Gürtel ein Schwert hing, kleiner als der Zweihänder in seiner Hand. »Ich nehme an, du bist ein weiterer Bote Echnas, nicht wahr?«, fragte er, fühlte und genoss erneut die Kraft seines Körpers. *Niemand* konnte ihn besiegen, *niemand* war ihm gewachsen.

Die Gestalt bewegte sich, und plötzlich hielt sie ihr Schwert in der Hand. Lutor blieb abrupt stehen – er hatte nicht gesehen, wie die Waffe in die Hand des Fremden gelangt war.

»Guter Trick«, sagte Lutor. »Unter anderen Umständen hätte ich dich vielleicht gebeten, ihn mir beizubringen. Aber wenn ich mit dir fertig bin, kannst du niemandem mehr etwas zeigen.«

Er holte zu einem wuchtigen Hieb aus und schlug zu. Der Fremde wich agil wie eine Katze zur Seite, und sein kleineres Schwert schlug gegen den größeren Zweihänder. Lutor knurrte überrascht, als ihm der Flamberg fast aus der Hand gerissen worden wäre. Im letzten Augenblick verlagerte er sein Gewicht, schloss die Hand fester ums Heft und verhinderte dadurch, seinem Gegner waffenlos ausgeliefert zu sein.

»Wie hast du das angestellt?«, fragte er verblüfft, und erstes, leises Unbehagen regte sich in ihm. Das Verhalten der übrigen Echna-Schergen folgte einem gewissen Muster, und dieser Fremde passte nicht ins Bild. Er hatte nichts Dämonisches, und genau dadurch wurde er unheimlich. Hinzu kam sein verblüffendes Geschick im Umgang mit dem Schwert.

»Wer bist du?«, fragte er leise, duckte sich und schlich langsam um seinen Widersacher herum, der ihm eine Antwort schuldig blieb. Was auch immer der Fremde dachte und fühlte – die silberne Maske verbarg sein Gesicht und verriet nichts. Hinter den Augenschlitzen blitzte es.

Lutor sprang vor, innerlich jetzt auf einen gefährlichen Gegner eingestellt, schwang den Zweihänder und schlug schnell hintereinander zu. Der Fremde wich aus, mit geschmeidigen, fließenden, mühelosen Bewegungen, die wie ein Tanz wirkten. Lutor folgte ihm, ließ den Flamberg kreisen. Manchmal berührten sich die Klingen, aber meistens schnitt der Zweihänder, den Lutor auch jetzt nur mit einer Hand führte, durch leere Luft.

Und dann, als er erneut ausholte, noch zorniger und entschlossener als zuvor, schlug der Fremde zu. Die Spitze des kleineren Schwerts bohrte sich Lutor in den linken Arm, und Blut quoll aus der Wunde. Schmerz raste durch Korduns Körper, und Lutor begriff sofort, dass es eine Art von Schmerz war, wie er sie an diesem Ort nie erwartet hätte. Es war *echter* Schmerz.

Der Fremde stand vor ihm, nicht einmal zwei Meter entfernt, das Schwert gesenkt, und Lutor sah erneut das Funkeln in den Augenschlitzen.

Dann veränderte sich abrupt die Umgebung.

Er fand sich im Ruhesessel wieder – der AW-Datenservo hatte die Ausführung des Anderswelt-Programms unterbrochen. An der biometrischen Konsole blinkten mehrere rote Warnindikatoren.

Fassungslos blickte Lutor auf seinen linken Arm und beobachtete, wie eine Wunde blutete, die es eigentlich gar nicht geben durfte.

Im Null

Inzwischen wusste Agorax nicht mehr, wie oft er auf seine Hände gestarrt und in Reflektoren geblickt hatte – hundertmal, tausendmal. Immer fand er bestätigt, was er kaum glauben konnte.

Er trug die Male.

Und das bedeutete, dass er zu einem Säkularen wurde.

Die Male boten den deutlichsten äußeren Hinweis, aber er spürte auch die Veränderungen in seinem Innern, die Körper und Geist betrafen. Er fühlte, wie er sich in ein Neutrum verwandelte, und damit ging auch deshalb kein Bedauern einher, weil sich seine Emotionen immer mehr zurückzogen, dabei an Bedeutung verloren. Sie wichen kühler Rationalität von einer Art, wie er sie bisher noch nie kennen gelernt hatte. Diese kalte Logik war es gewesen, die Pergamon dazu veranlasst hatte, sich selbst zu opfern. Agorax sah noch nicht alle Einzelheiten seines großen Plans, aber er erkannte die Richtung, in die er führte. Pergamons Tod öffnete eine Tür, und dahinter erstreckte sich der Weg in die Freiheit.

Agorax staunte, während er versuchte, seine wirbelnden Gedanken zu ordnen. Hände berührten ihn – Eterne betraten das Präparationszimmer und verließen es wieder, ein Strom, der kein Ende zu haben schien –, strichen irgendwelche Substanzen auf die Schuppen, gaben und nahmen. Mehrere von ihnen trugen seinen letzten Samen fort, und Agorax glaubte, in den ihn umgebenden Schlieren mehrere Prämütter mit Brutkapseln auf dem Rücken zu sehen. Die Erkenntnis, dass er bald Vater werden würde, rief keine emotionale Reaktion in ihm hervor.

Erneut sah er auf seine Hände hinab, und sie schienen zu wachsen, sein ganzes Blickfeld auszufüllen. Flecken hatten sich darauf gebildet und formten die bekannten Veränderungsmuster. Selbst das Staunen ließ jetzt nach. Verwunderung und dann Verstehen ersetzten es.

Die äußeren Geschlechtsteile fielen von ihm ab. Dort, wo sich die Samenknospen befunden hatten, entstanden kleine Schuppen und gesellten sich den größeren hinzu, die den Rest seines Körpers bedeckten.

Die bunten Schlieren vor ihm blieben und verschleierten alles, was sich dahinter befand. Die Bewegungen waren schemenhaft, die Einzelheiten verborgen.

Das Gehirn muss sich an den modifizierten Metabolismus gewöhnen, dachte Agorax. *Bald kann ich wieder klar sehen.*

Er wurde unsterblich.

Die Ewigkeit erstreckte sich vor ihm.

Er war ein Observant gewesen, ein Suggestor, der die Anerkennung seines Volkes genoss. Aber jetzt gebührte ihm ein Platz im Zirkel der Sieben ...

Als sich der Nebel vor seinen Augen auflöste, trugen ihn singende Bedienstete durch Äon, vorbei an zahllosen Eternen, die Gesten des Respekts und der Ehrerbietung vollführten. Aus der Trauer um Pergamons Tod wurde Freude über den neuen Säkularen, der den Zirkel der Sieben wieder vervollständigte.

Pergamon hat euch allen das Leben gerettet, wollte Agorax rufen, aber es blieb bei dem Gedanken. Pergamon hatte mehr getan als nur eine Katastrophe verhindert. Er hatte gleichzeitig den Weg für den endgültigen Triumph der Eternen geöffnet.

Das verstand Agorax jetzt.

Irgendwann leerten sich die Korridore, und schließlich erreichten sie den Bereich von Äon, der allein den Säkularen vorbehalten war. Die Bediensteten setzten ihn ab, und einer von ihnen sagte: »Von hier müssen Sie den Weg allein fortsetzen.«

Agorax hob die Hand, und die Bewegungen seiner Tentakelfinger vermittelten Zustimmung. Er ging los, in einem veränderten Körper, an dessen neue Empfindungen er sich noch gewöhnen musste, gehüllt in ein Zeremoniengewand, das sich immer wieder an Armen und Beinen zu verheddern drohte. Er schritt an Dingen vorbei, die aus den Anfängen der Eternen stammten, aus einer Epoche, als sie noch nicht imstande gewesen waren, die Energie der Zeit zu nutzen und sich ganz nach Belieben in allen Zeitströmen zu bewegen. Diese Fähigkeit hatten sie erst erlangt, als sie dem Ruf des Omnivors gefolgt waren. Agorax schenkte den Objekten keine Beachtung – dafür gab es später Gelegenheit genug – und konzentrierte sich auf das, was ihn nun erwartete.

Ein Portal öffnete sich vor ihm, und er trat hindurch, in einen hell erleuchteten, runden Raum mit transparenter Decke. Jenseits davon schwebte die Zeitflotte, flankiert von den riesigen schwarzen Schiffen der Kantaki, die sich von ihrem Volk abgespalten hatten. Ein imposanter Anblick, aber das Bild der Macht täuschte: Die Schiffe waren hilflos, wie Äon und seine Bewohner im Null gefangen.

Sechs thronartige Sessel standen in einem Halbkreis vor einem siebten, der im Gegensatz zu ihnen leer war. Einer der sechs sitzenden Säkularen erhob sich, sah Agorax an und deutete auf den siebten Sessel, der noch ein wenig größer war als die sechs anderen.

Agorax nahm Platz.

Hinter den sechs Sesseln vor ihm, in einem schattigen Bereich des Raums, sah er fünf Kantaki: die Großen Fünf der Renegaten. Sie warteten, ebenso wie die Säkularen.

Agorax näherte sich dem siebten Sessel und begriff, dass ihm eine noch größere Ehre widerfuhr, als er bisher angenommen hatte. Er war nicht nur unsterblich geworden und damit ein Mitglied des Zirkels der Sieben – er wurde sogar zum *Oberhaupt* der Säkularen. Damit trat er als Mitglied von Pergamons Zirkel – er trug noch immer den Zirkelring an einem Tentakelfinger – dessen unmittelbare Nachfolge an.

Pergamons Erbe stellte für ihn eine schwere Bürde dar und gleichzeitig etwas Beflügelndes. Er bedeutete Verantwortung, große Verantwortung, außerdem Hoffnung und Einheit der Eternen, nachdem Gergurrak und Hogaron einen Keil der Verblendung und falschen Zuversicht in die Gemeinschaft von Äon getrieben hatten.

Agorax nahm Platz und hörte, wie die Kantaki leise klickten.

»Es ist falsch, ihn zu unserem Oberhaupt zu machen«, sagte einer der sitzenden Säkularen. Agorax konzentrierte sich auf ihn und erkannte Hogaron, der ebenso wie Gergurrak aus dem Mintor-Zirkel stammte.

»Er hat noch nicht einmal seinen neuen Namen bekommen, und schon erheben Sie Einwände gegen ihn?«, fragte der stehende Säkulare.

»Der Mintor-Zirkel hätte uns fast alle in den Untergang getrieben«, erklang eine andere Stimme. »Das sollten Sie wenigstens zum Anlass nehmen, ein wenig Zurückhaltung zu üben, Hogaron.«

»Als Mitglied von Pergamons Zirkel und sein Prädefinierter haben Sie das Recht, seine Nachfolge anzutreten«, sagte der stehende Säkulare zu Agorax. Er trug ein ähnliches Gewand wie dieser. »Sie werden bis zur nächsten Elektion Äonar des Zirkels der Sieben sein.«

Er hob die Arme, bog sie an beiden Gelenken und vollführte eine komplexe Geste. »Von jetzt an sind Sie nicht mehr Agorax, sondern Agoron, Säkularer unter Säkularen.«

Agoron, dachte der Verwandelte und versuchte, sich an den Klang dieses Namens zu gewöhnen. Der Umstand, dass er seine Emotionen ganz in einen fernen Winkel des Selbst verdrängen konnte, erwies sich als sehr hilfreich. Er hörte nicht auf zu fühlen, aber er konnte Rationalität den Vorrang geben, wenn es die Umstände verlangten.

Stille herrschte. Der stehende Säkulare setzte sich. Der Zirkel der Sieben und die Großen Fünf der Renegaten-Kantaki warteten.

»Wie lautet die erste Entscheidung des neuen Äonar?«, fragte Hogaron und machte keinen Hehl aus seinem Spott.

Dies ist der entscheidende Moment, dachte Agoron und wusste, dass er Pergamon nicht enttäuschen würde. Er suchte nach den richtigen Worten und fand sie.

»Wir stehen vor einer entscheidenden Wende«, sagte er ruhig und fest. »In Pergamons Auftrag habe ich ein besonderes Projekt vorangetrieben, das seiner Vollendung entgegengeht. Bald können wir in die Freiheit zurückkehren.«

Die Kantaki klickten erneut, lauter diesmal, und ihre Gliedmaßen tasteten umher, begleitet von fluoreszierendem Glühen.

»Ist das mehr als nur eine leere Behauptung?«, fragte Hogaron.

Pergamon hatte durch sein Opfer Unheil verhütet und gleichzeitig dafür gesorgt, dass *sein* Projekt Priorität erhielt, sobald Agorax sein Nachfolger wurde. Dadurch ergab sich die Möglichkeit, den Dissens zu vergessen und alle Kräfte zu vereinen, um das Ziel der Freiheit zu erreichen.

»Es ist mir gelungen, in der fernen Zukunft bestimmte Ereignis- und Wahrscheinlichkeitsmuster entstehen zu lassen, und die Observation bestätigt, dass sich die Dinge in die richtige Richtung entwickeln. Wir haben einen Keim gefunden und versuchen, ihn zu wecken.«

Das beeindruckte selbst Hogaron. Die Säkularen flüsterten miteinander.

Einer der Großen Fünf trat vor. »Was ist mit den Zeitwächtern auf Munghar?«, klickte der Kantaki, und diesmal verstand Agoron die Worte.

»Noch ahnen sie nichts, aber sie werden Verdacht schöpfen, früher oder später. Das allgemeine Bewegungsmoment der Dinge wird ihre Aufmerksamkeit wecken. Deshalb müssen wir jetzt sofort handeln und *alle* Möglichkeiten ausschöpfen, Einfluss auf die Zukunft zu nehmen. Wir müssen den Keim wecken und ihn vor einem Splitter des Konziliats schützen, der sich in seiner Nähe befindet und ebenfalls schläft.« Agorons Stimme wurde noch eindringlicher. »Dies hat Vorrang vor allem anderen. Wir werden unsere gesamten Ressourcen einsetzen.«

»Ich kann mich nicht an eine entsprechende Abstimmung erinnern«, warf Hogaron ein, aber der Spott in seiner Stimme war viel leiser geworden.

»Nur Dummheit schiebt in einer solchen Situation persönliche Dinge in den Vordergrund«, sagte Agoron scharf. »Wir müssen gemeinsam handeln, als ein Zirkel, ein Volk, mit allen unseren Kräften. Die Zeitwächter auf Munghar werden Schiffe entsenden, und der Keim muss erwachen, bevor sie ihn erreichen. Er ist viel mehr als ein Hyperportal, das sich mit einem Sporn zerstören lässt. Er ist ein Kind des Omnivors, des Abissalen.«

Die Renegaten-Kantaki verneigten sich bei diesen Worten.

»Der Keim wird unseren Ruf hören, die temporalen Strudel neutralisieren, den Schild zerschmettern und uns aus dem Null befreien.«

Agoron stand auf und deutete zur transparenten Decke empor, über der die Zeitschiffe im Innern des Null schwebten, begleitet von den schwarzen Giganten der Kantaki.

»Als Äonar der Eternen ordne ich an: Alle Observanten und Suggestoren werden meinem Projekt unterstellt. Wir werden maximale Anstrengungen unternehmen, um den Keim zu wecken. Habe ich Ihre Zustimmung?«

»Meine hat er«, sagte der Säkulare, der Agorax seinen neuen Namen gegeben hatte.

»Meine ebenfalls«, ertönten die Stimmen der anderen Zirkelmitglieder.

Nur Hogaron zögerte.

»Nie zuvor war die Einheit unseres Volkes so wichtig«, betonte Agoron. »Bald haben wir die Möglichkeit, das Null zu verlassen. Sollen wir uneins aufbrechen?«

Hogarons Tentakelfinger bewegten sich. »Na schön«, sagte er schließlich. »Ich bin ebenfalls einverstanden.«

Tiefe Zufriedenheit erfüllte Agoron. »Bereiten Sie die Zeitflotte auf den Start vor. Und unseren Kantaki-Freunden sage ich: Treffen Sie ebenfalls Vorbereitungen, um mit uns zusammen den temporalen Kerker zu verlassen und in die Zukunft zu fliegen.«

Arsenalplanetoid
15. April 421 SN
13:27 Uhr

16

Entleerte Träume

»Sie sind ein Verräter, Turannen. Ich habe es geahnt, und jetzt *weiß* ich es.«

Enbert Dokkar stand auf, einen kleinen, tödlichen Hefok in der Hand. Das schmale Gesicht mit den markanten Zügen blieb maskenhaft starr, doch der Blick der dunklen Augen war eisig.

Lukert Turannen stand in der Zentrale des Arsenalplaneten, des Planetoiden, fassungslos und mit rasenden Gedanken. Er sah die Waffe auf sich gerichtet, den hochenergetischen Emissions-Fokussierer. Dokkar brauchte nur den Finger zu krümmen ...

»Sie irren sich«, stieß er hervor und starrte auf die Waffe. »Ich habe Sie nicht verraten. Und das würde ich auch nie.«

Neben ihm zitterte der wieselartige Amadeus, stumm und voller Entsetzen.

»Ich weiß, dass Sie, beziehungsweise Ihre Spezialisten, in Valdorians Datenbanken gezielt nach bestimmten Informationen gesucht haben«, sagte Dokkar kühl. Er sah wie sechzig aus, hatte aber zahlreiche Resurrektionen hinter sich und war viel älter. »Sie hätten uns die Koordinaten der Arsenalplaneten sofort mitteilen sollen, Turannen. Aber das haben Sie nicht getan. Stattdessen sind Sie auf dem schnellsten Weg hierher geflogen. Pech für Sie, dass wir Sie die ganze Zeit überwacht haben.«

Lukert Turannen hatte das Gefühl, auf dünnem Eis zu stehen, das unter ihm knirschte und jeden Moment brechen konnte. »Nein«, widersprach er und zwang sich zur Ruhe. Das war seine einzige Chance. Er musste die Ruhe bewahren und überzeugend wirken. »Ich habe mich deshalb sofort auf den Weg hierher gemacht, um die Daten zu verifizieren. Ich wollte nicht riskieren, Ihnen falsche Informationen zu übermitteln.«

»So ein Unsinn«, schnaufte Benjamin Valdorian, der zurückgelehnt im Sessel saß, die Beine ausgestreckt. Er wirkte wie die personifizierte Arroganz und Selbstgefälligkeit. Er trug teure, maßgeschneiderte Kleidung aus Seide und Leder. Hier und dort glitzerten Edelsteinsplitter an Knöpfen, und an den Ohrläppchen hingen kleine Projektoren, die in Abständen von einigen Sekunden wechselnde pseudoreale Darstellungen zeigten. Ringe glänzten an den dicken Fingern. Der neunundvierzig Jahre alte Benjamin hatte mindestens zwanzig Kilo Übergewicht, und sein Gesicht wirkte aufgeschwemmt. »Sie sind ein verdammter Lügner. Erschießen Sie ihn, Enbert. Erschießen Sie beide.«

»Das wäre ein Fehler«, sagte Turannen und brauchte seine ganze innere Kraft, um diese Worte so auszusprechen, dass sie fast gelassen klangen. »Sie haben den Krieg gewonnen, aber Sie brauchen mich. Das Consistorium des Konsortiums hat mich zum Koordinator ernannt, und ich habe Ihnen volle Kooperationsbereitschaft angeboten. Mit anderen Worten: Für Sie gibt es kein besseres Werkzeug als mich, um die Welten des Konsortiums endgültig unter ihre Kontrolle zu bringen.« Aus dem Augenwinkel sah Turannen, wie Amadeus am ganzen Leib bebte. Das Gesicht seines Sekretärs war kalkweiß.

»Sie wollten sich die Arsenalplaneten unter den Nagel reißen«, sagte Benjamin abfällig, stand auf und holte ebenfalls einen Hefok hervor. »Mit der Absicht, die Nachfolge meines Vaters anzutreten und zum neuen Primus inter Pares des Konsortiums zu werden. Sie haben gehofft, mit all diesen

Schiffen und Soldaten der Allianz die Stirn bieten zu können.« Benjamin neigte den Kopf ein wenig zur Seite. »Leben Sie wohl«, fügte er hinzu und schoss.

Turannen wusste nicht, ob er die Augen aufriss oder zusammenkniff. Es gleißte dicht vor ihm Licht, das den Tod brachte, aber es brachte nicht ihm den Tod, sondern Amadeus. Der kleine Mann hatte plötzlich ein faustgroßes Loch in der Brust, in Höhe des Herzens, und etwas in Turannen wunderte sich darüber, dass kein Blut aus der klaffenden Wunde strömte, als sein Sekretär tot zu Boden stürzte. Eine leise Stimme in seinem Innern teilte ihm mit, dass gar kein Blut fließen konnte, denn die Hitze des tödlichen Strahls hatte die Wunde kauterisiert.

Es wurde dunkel.

Einen absurden Augenblick lang glaubte Turannen, ebenso tot zu sein wie sein Sekretär, und er wunderte sich darüber, dass er völlig schmerzlos gestorben war. Dann begriff er, dass er noch immer in der Zentrale des Planetoiden stand, einige Meter von den beiden Bewaffneten entfernt.

Aus irgendeinem Grund war die Energieversorgung ausgefallen.

Lukert Turannen sprang in dem Augenblick zur Seite, als ein zweiter Energiestrahl fauchte und für den Bruchteil einer Sekunde alles in grelles Licht tauchte. Eine grässliche Momentaufnahme: der tote Amadeus auf dem Boden; Enbert Dokkar, der sich geduckt hatte; und Benjamin, der wütend nach einem Ziel suchte. Dann kehrte die Finsternis zurück, und Turannen warf sich zur Seite, stieß gegen eine Konsole und verharrte hinter ihr.

Benjamin schoss erneut, und der Energiestrahl traf ein Display, ließ es zersplittern.

»Hören Sie auf damit!«, zischte Enbert Dokkar.

Turannen wusste, dass ihm der Zufall eine letzte Chance gegeben hatte. Wie viel Zeit blieb ihm? Einige Sekunden, mehr nicht. Er lauschte, hörte Schritte, konzentrierte sich auf die Erinnerungsbilder in seinem Gedächtnis und versuchte, sich den Raum in allen Einzelheiten vorzustellen. Vor dem inneren Auge sah er die vielen Darstellungsfelder an den Wänden, Konsolen, kleine Schalttische mit Sesseln ...

Türen!

An drei Stellen gab es schmale Türen unter den pseudorealen Displays. Wohin führten sie? Amadeus' Infonaut hätte sicher eine Antwort geben können, aber das Gerät lag bei der Leiche. Mehrere Möglichkeiten kamen Turannen in den Sinn. Wartungsnischen. Besprechungszimmer. Ruheräume für die Crew der Zentrale. Eine der Türen war nur wenige Meter entfernt.

Turannen strich mit beiden Händen über die Konsole und nutzte sie als Orientierungspunkt in der Dunkelheit. Hinter ihm, auf der linken Seite, vier oder fünf Meter entfernt, wenn ihn die Erinnerung nicht trog.

Davon hing nun alles ab: von der Präzision seines Erinnerungsvermögens.

Er verließ die Deckung der Konsole und schlich so lautlos wie möglich durch die Finsternis.

»Sie können uns nicht entkommen«, kam Benjamins Stimme aus der Schwärze. Wenigstens schoss er jetzt nicht mehr.

»Helfen Sie mir«, sagte Dokkar. »Versuchen wir, die Energieversorgung wiederherzustellen. Es ist mir ein Rätsel, wie sie ausfallen konnte.«

Es klickte mehrmals - vermutlich betätigten die beiden Männer Schaltelemente.

Es konnte jeden Augenblick wieder hell werden. Turannen schlich schneller durch die Dunkelheit und stieß gegen ein Hindernis, das ihm seine Erinnerung nicht gezeigt hatte. Jähe Panik überfiel ihn, drohte seine Konzentration zunichte zu machen. War er von einem falschen memorialen Bild ausgegangen? Befand sich vor ihm im konturlosen Schwarz vielleicht gar keine Tür? Hatte er die Orientierung verloren?

Wenn Benjamin und Enbert Dokkar das dumpfe Pochen gehört hatten, mit dem er gegen das Hindernis gestoßen war, so reagierten sie nicht darauf. Das leise Klicken dauerte an; offenbar versuchten die beiden Männer noch immer, die richtigen Schalter zu finden.

Turannens ausgestreckte Hände berührten die Wand, tasteten über sie hinweg ... und fanden die Tür.

Mehrere Katastrophen lagen auf der Lauer, dazu bereit, die zarte Pflanze seiner Hoffnung zu zertreten. Die Tür konnte abgeschlossen sein. Und der Raum dahinter ... Vielleicht hatte er keinen anderen Ausgang. Und wenn er die Tür öffnete und Licht in die Zentrale fiel ... Benjamin würde gewiss nicht zögern, auf ihn zu schießen.

Turannen drückte den Öffner, und ein Klacken befreite ihn von seiner ersten Sorge – die Tür schwang auf. Und auch die zweite Befürchtung erwies sich als unbegründet: Es blieb dunkel.

»Was machen Sie da, Turannen?«, fragte Benjamin misstrauisch.

Lukert Turannen glitt durch die Tür, schloss sie hinter sich und verriegelte sie, indem er den knaufartigen Öffnungsmechanismus drehte.

Stimmen ertönten auf der anderen Seite, so gedämpft, dass er keine Worte verstand. Kurze Zeit später folgte ein Pochen – jemand klopfte gegen die Tür.

Turannen schob sich an der Wand entlang, den einen Arm zur Seite gestreckt und den anderen nach vorn, um Hindernisse rechtzeitig zu entdecken. Eine andere Tür. Er musste eine andere Tür finden. Mit ihren Hefok-Strahlwaffen brauchten Benjamin und Dokkar sicher nicht lange, um sich Zugang zu diesem Raum zu verschaffen.

Weiter. Schneller durch eine Finsternis, die sich wie eine Faust um ihn zu schließen schien, das Atmen immer mühsamer machte. Turannen kämpfte gegen dieses Gefühl an und bemühte sich, konzentriert zu bleiben. Alle Elemente, die seine Konzentration störten, stellten das Überleben infrage.

Trotz der ausgestreckten Arme stieß er mehrmals gegen Objekte, und gewisse Dinge, die er ertastete, vermittelten ihm eine Vorstellung von dem Raum, in dem er sich befand. Eine Art Erfrischungszimmer, oder eine kleine Küche, ausgestattet mit Syntho-Maschinen, die Speisen und Getränke innerhalb weniger Sekunden synthetisieren konnten. Turannens Finger berührten Schränke, Stühle, einen Tisch, ließen einmal etwas klirren, bei dem es sich um Essbesteck zu handeln schien. Und dann ... eine zweite Tür.

Oder war es die, durch die er hereingekommen war? Er zögerte und versuchte, die eigene Position im geistigen Bild von dem Raum zu bestimmen, in dem er sich befand. Nein, es musste eine zweite Tür sein. Er glaubte nicht, dass er, den Wänden folgend, zum Ausgangspunkt zurückgekehrt war.

Er öffnete die Tür – sie war nicht verriegelt, was bewies, dass es nicht die erste Tür sein konnte –, trat hindurch und ins Leere.

Plötzlich gab es keinen Boden mehr unter seinen Füßen, und die Hände griffen ins Leere. Eine Sekunde später prallte er auf, aber nicht so schwer, wie er befürchtet hatte. Offenbar war er nur eine kurze Treppe hinuntergefallen. Er erhob sich, tastete nach hinten und berührte ein Geländer. Ja, eine Treppe. Und wo befand er sich jetzt? Turannen begann die Finsternis zu hassen. Nicht den geringsten Anhaltspunkt für die Beschaffenheit seiner Umgebung zu haben, dadurch wurde jeder Schritt zu einem Risiko. Er orientierte sich mithilfe der Treppe und schob sich erneut an einer Wand entlang, diesmal einer völlig glatten; vielleicht war er jetzt in einem Korridor unterwegs. Nicht nur die Dunkelheit wirkte bedrückend. Hinzu kam völlige Stille, abgesehen von den Geräuschen, die er selbst verursachte. Er sah nichts, und er hörte nichts, war allein auf seinen Tastsinn angewiesen.

Er ging weiter, so schnell, wie er es wagte, und einige Minuten verstrichen, ohne dass Turannen gegen etwas stieß oder in Schächte stürzte, die nur in seiner Phantasie existierten.

Dann wurde es hell.

Lukert Turannen blieb stehen und kniff die Augen zu. Die Rückkehr des Lichts brachte keine Erleichterung, ganz im

Gegenteil: Sie bedeutete, dass es Dokkar und Benjamin gelungen war, die Energieversorgung wiederherzustellen. Bestimmt verloren sie keine Zeit und begannen sofort mit der Suche nach ihm.

Er lief los, obwohl er noch immer geblendet war und zunächst kaum mehr sehen konnte als vorher. Als das grelle Weiß allmählich zu einem matten Gelb wurde, gab die Umgebung immer mehr Einzelheiten preis, und Turannen stellte fest, dass er sich in einem Korridor befand, der zu den Reaktoren und Generatoren führte. Die falsche Richtung. Er nahm eine Abzweigung, ließ sich von den farbigen Symbolen an den Wänden den Weg zum Hangar weisen und dachte an die Sicherheitssysteme. Wenn Dokkar sie aktivierte und ihn als Feind kategorisierte, den es zu eliminieren galt, war er so gut wie tot.

Der Korridor endete schließlich an einem Lift, dessen Türhälften sich bereitwillig vor ihm auseinander schoben. Auf dem Weg vom Hangar zur Zentrale des Arsenalplanetoiden hatten Amadeus und er keinen Lift benutzt. Diese Korridore führten in andere Bereiche der Basis, und der Lift bot eine Möglichkeit, die primären Sektionen zu erreichen, ohne vorher zur Zentrale zurückkehren zu müssen.

Turannen betrat die Kabine, und die Tür schloss sich.

Er atmete mehrmals tief durch, um sich zu beruhigen, während er auf das Kontrollfeld blickte und die Markierungen interpretierte. Es war ihm ein Rätsel, warum Dokkar die Sicherheitssysteme nicht gegen ihn eingesetzt hatte, aber solche kleinen Wunder akzeptierte er gern. Er hob die Hand, berührte eine Schaltfläche, deren Symbol er mit dem Hangar in Verbindung brachte, und spürte, wie sich die Kabine sofort in Bewegung setzte. Kinetische Kompensatoren sorgten dafür, dass sich Richtungswechsel nur als eine kaum spürbare Vibration bemerkbar machten. Als die Fahrtdaueranzeige darauf hinwies, dass das Ziel fast erreicht war, drückte sich Turannen an die Wand und blickte zur Tür. Ihre beiden Hälften glitten mit einem Flüstern auseinander …

Der Korridor dahinter war leer. Turannen ließ den angehaltenen Atem entweichen, trat aus der Liftkabine, orientierte sich und lief los. Kurze Zeit später sah er weiter vorn ein vertraut wirkendes Schott: Er hatte den Hangar erreicht.

Und noch immer wurden die Sicherheitssysteme nicht gegen ihn aktiv.

Er betätigte das Schaltelement neben dem Schott, woraufhin die Segmente auseinander glitten. Turannen betrat den großen Raum und sah den Shuttle, mit dem sie gekommen waren.

Hinter ihm schloss sich das Schott.

Nur noch wenige Sekunden, und er war in Sicherheit.

Lukert Turannen hatte den Shuttle fast erreicht, als er hörte, wie sich das Innenschott des Hangars erneut öffnete. Er blieb stehen, versteifte sich und rechnete jeden Augenblick damit, die Hitze eines Hefok-Strahls im Rücken zu spüren.

Stattdessen ertönte eine Stimme. »So sieht man sich wieder.«

Turannen glaubte, seinen Ohren nicht trauen zu können. Langsam drehte er sich um.

»Valdorian?«, brachte er fassungslos hervor.

Zitadelle von Kerberos
16. April 421 SN
15:55 Uhr

17

Stimmen

Sekuritos durchstreiften die Zitadelle, und ihre Präsenz wies darauf hin, dass sich die Dinge noch schneller änderten, als Bruder Eklund bisher befürchtet hatte. Er dachte darüber nach, als er zusammen mit anderen Mitgliedern der Aufgeklärten Gemeinschaft – und mit Raimon an seiner Seite – vor einem der improvisierten Verhörzimmer wartete. Ja, die Dinge änderten sich schnell, und der Grund dafür hieß Conrad. Der Hirte hatte die Sekuritos verständigt und hielt diese Maßnahme vermutlich für einen Teil der »Modernisierung«. Eklund sah auf Raimon hinab, begegnete dem Blick seiner dunklen Augen und bemerkte auch darin eine Veränderung, aber eine von ganz anderer Art. Erwachen zeigte sich in den Pupillen des Jungen. Er hatte die Sprache wieder gefunden! Wie gern hätte sich Eklund jetzt mit ihm unterhalten und versucht, mehr herauszufinden, über ihn und ... das, was in der vergangenen Nacht geschehen war. Fragen warteten in ihm, und fast fürchtete er sich davor, sie zu formulieren, wenn auch nur in Gedanken. Eine von ihnen lautete: *Wo bist du gewesen, als ich aufgewacht bin und deine Liege leer war?*

Bruder Eklund hob den Blick und sah den Hirten, der durch den Tunnel stolzierte und den Eindruck zu erwecken versuchte, alles unter Kontrolle zu haben.

»Ich nehme an, dies ist deine Idee«, sagte Eklund und löste sich halb aus der Schlange der Wartenden. Er hatte leise gesprochen, aber der Hirte antwortete laut genug, damit ihn alle hörten:

»Ein Mord ist geschehen, und damit fällt ein Makel auf unsere Gemeinschaft. Der Täter muss gefunden und bestraft werden.«

Eklund musterte den kleinen, dicken Conrad traurig. »Bisher haben wir immer alles selbst geregelt.«

Conrad blieb breitbeinig stehen und stemmte die Fäuste an die breiten Hüften. Vielleicht glaubte er, auf diese Weise wie eine Autoritätsperson auszusehen. Auf Eklund wirkte er nur wie ein armseliger Narr. »Es wurde auch noch nie jemand in der Zitadelle ermordet. Und der Mörder kann nur einer von uns sein!«, fügte er noch lauter hinzu und ließ den Blick über die Wartenden schweifen. Die Gesichter der meisten Brüder und Schwestern zeigten keine Furcht, sondern vor allem Bestürzung und Verwirrung.

»Bisher haben wir dem Urbanen Symposion und dem Autokraten gegenüber unsere Unabhängigkeit bewahrt, aber die Sekuritos ...«

»Es wird Zeit, dass wir uns öffnen«, verkündete der Hirte. »Und warum sollten wir etwas dagegen haben, dass sich Sekuritos in der Zitadelle umsehen? Wir haben doch nichts zu verbergen, oder?«

»Du hast selbst darauf hingewiesen, dass dies ein Ort der Meditation und Besinnung ist. Genau aus diesem Grund hast du meinen Kinderhort verboten.«

»Die Sekuritos lassen sich hier nicht nieder, sondern ermitteln in einem Mordfall«, entgegnete Bruder Conrad, lächelte und glaubte, einen rhetorischen Sieg errungen zu haben.

Raimon trat vor. »Ich kann sprechen«, sagte er leise.

Eklund fluchte innerlich.

»Was?«, fragte der Hirte verwirrt. Dann erinnerte er sich. »He, du hast doch gesagt, dass der Junge nicht sprechen kann. Du hast *gelogen*!«

Eklund legte dem Jungen die Hand auf die Schulter. »Er erholt sich schnell. Alles deutet darauf hin, dass er tatsächlich ein Selbstheiler ist.«

Der Hirte runzelte die Stirn und sah argwöhnisch auf den Jungen hinab. Eklund beobachtete, wie Raimon den Blick erwiderte, und in seinen dunklen Augen bemerkte er dabei ein Blitzen, das er schon einmal gesehen hatte, in der Höhle des Mandalas, nachdem er von Xalon zu Boden gestoßen worden war.

»Der Nächste«, ertönte eine scharfe Stimme, und Bruder Eklund wandte sich dankbar vom Hirten ab, ergriff Raimons Hand und betrat mit ihm die Höhle, in der die Vernehmungen in diesem Teil der Zitadelle stattfanden.

Ein Sekurito saß an dem einfachen Tisch in der Mitte des Raums, ein zweiter stand etwas weiter hinten und lehnte an der Wand. Beide Männer trugen rostbraune Uniformen.

»Nur jeweils eine Person«, sagte der Sekurito am Tisch. Sein junges Gesicht zeigte wache Aufmerksamkeit und Pflichtbewusstsein. Der ältere Mann weiter hinten wirkte gelangweilt.

»Dies ist mein Novize«, erwiderte Bruder Eklund. »Er erholt sich gerade von einem schweren Trauma, und ich möchte ihn nicht sich selbst überlassen, nicht einmal für einige Minuten.«

Der junge Mann zögerte kurz und nickte. Eklund holte einen zweiten Stuhl und nahm dann zusammen mit Raimon vor dem Tisch Platz.

»Wir stellen Nachforschungen in Hinsicht auf den ungewöhnlichen Tod eines Mitglieds Ihrer Gemeinschaft an«, sagte der Sekurito und blickte dabei auf die Dinge, die vor ihm auf dem Tisch lagen: mehrere Dokumente, unter ihnen Listen, und ein Infonaut, dessen Anzeige Eklund nicht sehen konnte.

»Bruder Xalon.«

»Ja, so hieß er. Ihr Bruder Conrad hat uns den Tod gemeldet, und wir vernehmen alle Mitglieder Ihrer Gemeinschaft, die sich zum betreffenden Zeitpunkt in der Zitadelle aufhielten.« Die Worte klangen wie auswendig gelernt und waren es vermutlich auch; bestimmt hatte der Sekurito sie auch an die anderen Brüder und Schwestern gerichtet. »Es ist zunächst alles Routine. Es geht uns nur darum, Informationen zu sammeln. Niemand wird beschuldigt. Verstehen Sie?« Bei diesen Worten sah der junge Sekurito auf.

»Ja.«

»Sie heißen?«

»Ich bin Bruder Eklund.«

Das Summen des Infonauten veränderte sich; vermutlich zeichnete er alles auf.

»Wo befanden Sie sich, als Xalon starb?«

»In meiner Wohnhöhle.«

»Ist Ihnen irgendetwas Ungewöhnliches aufgefallen?«

Eklund überlegte kurz und schüttelte den Kopf. »Nein. Ich habe geschlafen.«

Der junge Sekurito sah erneut auf die Unterlagen und auch auf die Anzeige des Infonauten. »Man hat Sie bei Xalons Höhle gesehen. Unmittelbar nach seinem Tod.«

»Ja. Irgendwann in der Nacht bin ich erwacht und aufgestanden. Ich bemerkte die Aufregung in den Tunneln, und sie führte mich zu Bruder Xalons Höhle.«

»Machen Sie öfter nächtliche Wanderungen?«

»Nein.« Eklund sah zu dem zweiten Sekurito, der weiter hinten an der Wand lehnte und noch immer gelangweilt wirkte. Aber er trug die Langeweile wie eine Maske; der wache Glanz in den Augen verriet ihn.

»Niemand von uns hat Bruder Xalon getötet«, fügte er hinzu, ohne gefragt worden zu sein. »Wir sind Heiler, keine Mörder.«

»Er ist explodiert«, sagte der junge Sekurito. »So etwas geschieht nicht ohne Grund.«

»Es muss nicht unbedingt ein Mord sein.« Eklund wusste, dass er damit nur eine Hoffnung zum Ausdruck brachte. Sein Gehstock, den er sich quer über die Beine gelegt hatte, schien immer schwerer zu werden.

»Wie kam Xalon Ihrer Meinung nach ums Leben?«

»Ich weiß es nicht. Ich weiß nur, dass wir keine Mörder sind.«

Der Sekurito musterte Bruder Eklund einige Sekunden lang und sah dann den Jungen an. »Du bist ...«

»Das ist Raimon, mein Novize. Er hat ein schweres Trauma erlitten und spricht nicht.« Eklund hoffte, dass der Junge ihn verstand und schwieg.

»Ein Trauma?«

Eklund fasste Elisabeths Krankenbericht zusammen. »Alles deutet darauf hin, dass er ein Selbstheiler ist, und damit wäre er ein großer Gewinn für die Aufgeklärte Gemeinschaft.«

Der ältere Sekurito stieß sich von der Wand ab, kam näher und blieb neben seinem jüngeren Kollegen stehen. Er blickte auf Raimon hinab.

»Vor Xalons Tod kam es in einer anderen Höhle zu einer Begegnung zwischen Ihnen«, sagte er. Die Worte richteten sich an Eklund, aber er sah weiterhin Raimon an. »Zu einer *Konfrontation*.«

»Ach, das.« Eklund winkte ab. »Er hielt nichts von der Präsenz eines Kindes in der Höhle des Mandalas, unseres heiligsten Ortes.«

»Er hat den Jungen zu Boden gestoßen.«

»Raimon verlor das Gleichgewicht und fiel, ja. Aber ...«

»Einige Brüder und Schwestern wollen bei jener Gelegenheit Zorn im Gesicht des Jungen gesehen haben.«

»Halten Sie es vielleicht für möglich, dass Raimon Bruder Xalon getötet hat? Das ist doch absurd! Xalon war ein Neuer Mensch und stammte von einer Welt mit doppelter Normschwerkraft. Er war überaus kräftig. Und sehen Sie sich Raimon an. Wie könnte er jemanden wie Xalon überwältigen?«

»Wo war er, als Xalon starb?«

Eklund hatte mit dieser Frage gerechnet. »Bei mir«, log er.

»Man hat den Jungen nicht bei Xalons Höhle gesehen. Warum sind Sie allein zu Ihrer nächtlichen Wanderung aufgebrochen?«

»Warum sollte ich Raimon wecken? Ich wusste nicht, dass jemand gestorben war. Ich habe den Jungen schlafen lassen.«

Raimon hatte bisher still dagesessen, völlig reglos, doch jetzt kam Bewegung in ihn. Er neigte den Oberkörper von einer Seite zur anderen, sah erst Eklund an und dann nacheinander die beiden Sekuritos. »Ich kann sprechen«, sagte er.

Der ältere Sekurito hob die Brauen. »Sie haben doch gesagt, dass er nicht spricht.«

»Bisher hat er nicht gesprochen«, sagte Eklund. »Körperlich hat er sich gut erholt. Vielleicht kommt auch seine geistige Genesung voran.«

»Nun, Raimon ... Ist dir in der vergangenen Nacht etwas aufgefallen?«

Eklund spürte, wie seine Anspannung immer mehr zunahm. Sie wies ihn auf die Fragen hin, die er sich nicht zu stellen wagte, auf einen schrecklichen Verdacht, den er nicht in Worte fassen wollte, nicht einmal sich selbst gegenüber.

Der Junge schwieg. Er sah zum älteren der beiden Uniformierten auf und gab keinen Ton von sich, während sein Gesicht seltsam leer blieb.

»Hast du irgendetwas bemerkt?«, fragte der ältere Sekurito. Der Jüngere beschränkte sich jetzt auf die Rolle des passiven Zuhörers und Beobachters.

»Ich kann sprechen«, sagte Raimon.

»Ja, darauf hast du bereits hingewiesen«, erwiderte der Sekurito geduldig. »Wir möchten von dir wissen, ob du während der vergangenen Nacht irgendwelche ungewöhnlichen Dinge bemerkt hast.«

Eklund drehte sich halb auf dem Stuhl und fühlte den alten Schmerz im Rücken.

»Ich kann sprechen«, wiederholte der Junge noch einmal, und dann schien sich sein Gesicht in ein Darstellungsfeld zu verwandeln. Die Züge veränderten sich, als lägen verschiedene Gesichter wie Folien übereinander, die nach und nach fortgezogen wurden.

»Ich bin ich«, sagte Raimon mit einer Stimme, die Eklund nie zuvor gehört hatte. »Ich bin ... Anita und arbeite bei den Trapezen von Hulkland, ich hatte einen Kontrakt mit einem Mann, er hat ihn nicht erneuert, aber das spielt keine Rolle, er hat nie erfahren, wer ich wirklich bin, wer bin ich wirklich, ich träume und wache, und ich warte, ich warte darauf, dass sich meine Bestimmung erfüllt, der Zweck meines Daseins ...«

Der jüngere Sekurito hatte die Augen aufgerissen. Der Ältere reagierte etwas gefasster, machte aber ebenfalls keinen Hehl aus seiner Verblüffung. Beide sahen die Frau in Raimons Gesicht und hörten ihre Stimme.

Bei der Weltseele, wer bist du?, dachte Eklund.

Wieder veränderte sich das Gesicht des Jungen. »Ich bin Raol der Träumer, so nennen sie mich, weil ich von Dingen erzähle, die die anderen nicht kennen, es sind seltsame Dinge, ich kann nicht kontrollieren, wann ich sie sehe und wann nicht, manchmal erscheinen sie mir einfach so, und manchmal *tun sie weh* ...«

Raimon stand auf. Er ließ Schultern und Arme hängen, aber die Hände waren zu Fäusten geballt.

Eine weitere mimische Schicht löste sich ab, und Raimons junges Gesicht zeigte die Züge eines älteren Mannes. Selbst die Augen schienen sich ein wenig zu trüben. »Ich bin Bertram und arbeite in einem Kreativen Kreis an der Programmierung von Anderswelten, aber ich weiß, dass ich nicht für immer Bertram sein werde, ich warte auf das Signal, und wenn es eintrifft, wird Bertram sterben und jemand anders geboren, ich bin Emmili und fliege, wie schön, die Flügel auszubreiten und zu fliegen, umschmeichelt vom Druck so tief im Innern des Gasriesen ...«

Das Gesicht wirkte zart und spröde, zerbrechlich und fragil, das Gesicht eines Neuen Menschen.

»Ich ... ich ... ich bin Tantary, Halbschwester des Großen Ikahan, der mit zwanzig Flößen über den Staubozean von Drankor segelt, aber ich weiß, dass ich auch noch jemand anders bin, ich warte und andere warten in mir, ich höre ihre

Stimmen, sie wollen leben, leben wie ich, sie ... wollen ... leben ...«

Raimon heulte die letzten Worte und bebte dabei am ganzen Leib. Er hob die Arme, presste sich die Fäuste an die Schläfen und kreischte aus vollem Hals.

Eklund stand auf und drückte den Jungen an sich. »Ruhig, ganz ruhig, Raimon«, sagte er immer wieder, und allmählich verklang das Kreischen. Kurz darauf ließ auch das Zittern nach, und Eklund spürte, wie Raimon in seinen Armen zu erschlaffen schien. Er löste den einen Arm von ihm, stützte sich auf den Gehstock – der Schmerz im Rücken war heftiger geworden – und sah den Jungen an. Raimon hatte jetzt wieder sein eigenes Gesicht, und nichts deutete mehr auf die fremden Züge hin, auf die *anderen Personen*, die aus ihm gesprochen hatten.

»Das war das Unheimlichste, was ich jemals erlebt habe«, hauchte der junge Sekurito. Eklund merkte erst jetzt, dass er aufgestanden und zurückgewichen war.

Der ältere Uniformierte starrte mit offenem Mund.

»Bitte gestatten Sie mir, den Jungen fortzubringen«, sagte Eklund und schob Raimon in Richtung Tür. Dort drängten sich neugierige Brüder und Schwestern zusammen, vom Kreischen angelockt. »Wie ich schon sagte, er hat ein schweres Trauma erlitten und braucht Zeit und Ruhe, um sich davon zu erholen.«

Der ältere Sekurito nickte nur.

Zitadelle von Kerberos
16. April 421 SN
16:35 Uhr

18

Weltensturz

Bruder Eklund musterte Raimon aus dem Augenwinkel, als sie durch einen breiten Tunnel gingen, dessen Wände fleißige Hände schon vor vielen Jahren geglättet hatten. Ein Schatten war auf das Gesicht des Jungen gefallen, das jetzt noch schmaler und hohlwangiger wirkte als vorher. Einmal sah Raimon kurz auf, und die seltsame *Dunkelheit* in seinem Gesicht schien sich zu verdichten, als er sagte: »Es tut weh.«

Eklund blieb stehen. »Was tut weh?«

Raimon hob die Hände und drückte sie sich an die Schläfen. »Hier drin. Es tut weh.«

Brüder und Schwestern kamen vorbei, begleitet von Sekuritos. Dies war nicht der geeignete Ort für ein Gespräch. »Ich werde versuchen, dir zu helfen«, sagte Eklund ernst. »Aber nicht hier. Ich kenne da einen Ort ... Es ist nicht weit. Komm, Raimon.«

Er nahm die Hand des Jungen, und sie setzten den Weg durch den Tunnel fort. In diesem peripheren Bereich der Zitadelle hatte vor kurzer Zeit ein neues Projekt begonnen. Einige kreative Mitglieder der Aufgeklärten Gemeinschaft hatten so genannte Lichtschächte angelegt – eine Erweiterung natürlicher vertikaler Erosionstunnel – und Spiegel so platziert, dass das Licht selbst weit entfernte Korridore und Wohnhöhlen erreichte.

»Sieh nicht direkt in die Spiegel«, riet Eklund dem Jungen. »Das Gleißen würde dich blenden.«

Kurz darauf erreichten sie einen der Lichtschächte, und Raimon wandte sich sofort der Leiter zu, die an der einen Wand nach oben führte.

»O nein, mein Junge, für solche Kletterpartien bin ich zu alt.« Er trat zu einer Nische in der gegenüberliegenden Wand, zog dort eine Levitatorscheibe hervor und aktivierte sie. Ein leises Summen erklang, und die Anzeigen wiesen auf siebzig Prozent Akkumulatorladung hin. »Dies ist schneller und bequemer. Wie gesagt, das Privileg des Alters.«

Die Scheibe trug Bruder Eklund und seinen Novizen durchs Licht, vorbei an den Spiegeln. Ein ganzes Stück weiter oben verließen sie den Lichtschacht am Boden eines tiefen Einschnitts, der das Pelion-Massiv wie eine Kerbe durchzog. Eklund betätigte die Kontrollen der Levitatorscheibe und ließ sie weiterfliegen, über einen schmalen Pfad hinweg, der sich an Felsformationen entlangwand und an einem großen, plattformartigen Felsvorsprung endete, der aus der Gebirgswand ragte und dessen Oberfläche völlig eben war. Von dort hatte man einen prächtigen Blick auf das Riffmeer und einen Teil der Stadt. Das Delta wirkte wie ein silberner Teppich, durchsetzt von grünen und braunen Tupfern. Fern über dem Meer brauten sich dunkle Wolken zusammen; ein Unwetter kündigte sich an.

Eklund landete, trat zusammen mit Raimon von der Scheibe herunter und deaktivierte sie.

Nur das Flüstern des Windes war zu hören. Die rauschende Stimme des Meers drang nicht bis in diese Höhe, und es war nicht annähernd so stickig und heiß wie unten in Chiron.

Sie nahmen auf einer Sitzbank aus Holz Platz, die jemand vor vielen Jahren gezimmert hatte – die Verwitterungsspuren waren unübersehbar.

Eklund holte zwei Gebäckstücke aus einer seiner vielen Taschen – sie stammten aus der Gemeinschaftsküche der Zitadelle. »Hast du Hunger?«

Raimon nahm ein Stück entgegen und biss so vorsichtig hinein wie in Lindas Brötchen. Er schien Gefallen an dem Geschmack zu finden und verspeiste das Gebäckstück innerhalb weniger Sekunden. Eklund lächelte und überließ ihm auch das zweite, obwohl sein Magen knurrte.

Er beobachtete den Jungen beim Essen, und als Raimon fertig war, stellte er die Frage, die ihn schon seit einer ganzen Weile beschäftigte: »Wo bist du in der vergangenen Nacht gewesen, Raimon?«

Der Junge sah ihn groß an. »Nacht?«

»Ich bin aufgewacht, und du warst nicht da. Ich bin losgegangen und habe nach dir gesucht.«

»Gesucht?«

»Verstehst du, was ich sage, Raimon?«

»Ich ... höre. Und ich kann sprechen.«

»Wo bist du gewesen? Ich habe Xalons Höhle betreten und gesehen, was von ihm übrig geblieben ist. Und als ich in meine Höhle zurückkehrte, warst du wieder da. Du hast auf deiner Liege gelegen und geschlafen. Wo bist du gewesen, Raimon?«

»Es tut so weh.«

Eklund rückte etwas näher und legte ihm den Arm um die Schultern. »Du bist ein Selbstheiler, daran zweifle ich nicht mehr. Deinem Körper hast du helfen können, aber den Geist zu heilen, ist viel schwieriger, nicht wahr? Bist du bereit, dich meiner Führung anzuvertrauen, Raimon? Ich bringe uns ins Elysium, in die Welt über der Welt. Vielleicht können wir dort herausfinden, was es mit ... den Stimmen in dir auf sich hat. Und vielleicht entdecken wir dann auch eine Möglichkeit, dich von den Schmerzen zu befreien. Vertrau dich mir an; verzichte auf den Einsatz deiner eigenen Kraft. Hast du verstanden?«

Der Junge nickte, und dieses eine Nicken genügte, um Eklund Zuversicht zu geben. Er streifte allen geistigen Ballast ab und sah es vor sich, das alte Portal aus verwittertem Holz, wie der Eingang einer Festung. Aber es existierten keine hohen Mauern mit Zinnen; rechts und links vom Portal erstreckte sich graue Leere. Eklund trat näher und berührte das Portal, woraufhin ein Flügel aufschwang. Licht glühte dahinter, das Schimmern der Welt über der Welt.

»Komm, Raimon«, sagte er und schritt, vom Jungen begleitet, durchs Portal. Auf der anderen Seite ...

... erstreckte sich weder eine lange Treppe noch ein windumtostes Felsplateau, sondern eine schwebende Stadt. Bunte kristallartige Gebilde bildeten symmetrische und asymmetrische Strukturen, zusammengesetzt aus allen nur erdenklichen geometrischen Formen. Rot und blau schimmernde Blasen trieben durch Gasschlieren. Aus irgendeinem Grund wusste Eklund, um welche Gase es sich handelte: überwiegend um Wasserstoff und Helium, aber auch Ammoniak, Methan und Äthan. Unter der glitzernden und funkelnden Stadt erstreckte sich der gewaltige Wolkenozean eines Gasriesen; dies war eine Welt der genetisch veränderten Neuen Menschen.

»Raimon?«

Eine fragil anmutende Gestalt flog ihm entgegen, die zart wirkenden Flügel weit ausgebreitet. Hinter ihr flogen andere Gestalten, aber sie blieben weit entfernt, nur Punkte vor dem Hintergrund der Stadt.

Eklund fragte sich nicht, wie er an einem solchen Ort existieren konnte. Dies war das Elysium, eine besondere Welt mit besonderen Möglichkeiten. Er stand auf festem Boden, obwohl sich eine endlose Tiefe unter ihm erstreckte; er atmete Wasserstoff und Helium, war einem Druck ausgesetzt, der ihn unter normalen Umständen sofort zerquetscht hätte. Seltsam: Diese Neuen Menschen mussten mit wahrhaft extremen Umweltbedingungen fertig werden, aber trotzdem wirkten sie zierlich.

Dicht vor Eklund verharrte die Gestalt mit ausgebreiteten halbtransparenten Schwingen und lächelte. Er erkannte eine junge Frau, und in ihrem Gesicht sah er etwas Vertrautes, Züge, die er bei der Befragung durch die beiden Sekuritos im

Gesicht des Jungen gesehen hatte. »Raimon?«, fragte er erneut.

»Ich bin Emmili«, sagte die Geflügelte. »Dies ist mein Zuhause.«

Eklund streckte die Hand aus, um Emmili zu berühren, aber plötzlich verschwand sie, zusammen mit der schwebenden Stadt und dem gewaltigen Gasplaneten. Wind pfiff, und über ihm knarrte etwas. Eklund hob den Blick und sah große Segel, schneeweiß und blutrot, von einer steifen Brise aufgebläht. Er stand an der Reling eines Schiffes, dessen Rumpf aber nicht durch Wasser glitt, sondern durch eine graue Masse: Staub, so fein, dass er fast die Eigenschaften einer Flüssigkeit bekam. Wieder konnte Eklund auf Informationen zugreifen, die unmöglich aus dem eigenen Gedächtnis stammen konnten, aber er akzeptierte sie einfach, ohne sie infrage zu stellen. Der Rumpf des Schiffes war geteilt und bestand aus mehreren schmalen, keilförmigen Auslegern, die im Staub versanken und dünne Furchen darin hinterließen, die sich aber nach wenigen Sekunden wieder füllten. Das Schiff musste in Bewegung bleiben, um nicht in der grauen Masse zu versinken, und selbst während der Fahrt war es auf die Ballons der Lastdezimierer angewiesen, die mit Helium gefüllt über den Lastbügeln hingen und durch ihren Zug nach oben das relative Gewicht des Schiffes verringerten.

Weitere Schiffe huschten über den Staubozean, große, massig anmutende Gebilde aus Biofasern und Synthomasse. Männer und Frauen eilten hin und her, zogen an Leinen, kontrollierten die Segel und bereiteten Apparate vor, die an Katapulte erinnerten.

»Dies ist meine Familie«, sagte eine junge Frau neben Eklund. »Ich bin Tantary.«

Auch diese Züge hatte Eklund gesehen, in Raimons Gesicht.

»Er ist in Sicht, er ist in Sicht!«, ertönte es hoch oben von einem Mast. »Er kommt nach oben, nach oben!«

Eklund beugte sich über die Reling, sah nach vorn und beobachtete, wie *etwas* aus dem Grau kam: ein Leib, ein gewölbter Rücken, von Knochenkämmen durchzogen.

»Der Staubmoloch taucht auf!«, ertönte es, und von den anderen Schiffen kamen akustische Signale: Anweisungen, bestimmte Manöver zu fahren. Die Männer und Frauen an den Katapulten entfalteten hektische Aktivität.

»Ich bin Tantary«, wiederholte die Frau neben Eklund, ohne auf die rege Betriebsamkeit hinter ihr zu achten. »Halbschwester des Großen Ikahan, der mit zwanzig Flößen über den Staubozean von Drankor segelt, aber ich weiß, dass ich auch noch jemand anders bin, ich warte und andere warten in mir, ich höre ihre Stimmen, sie wollen leben, leben wie ich, sie ... wollen ... leben ...«

Es waren die gleichen Worte, die Raimon bei der Befragung gesprochen hatte, und Eklund sah Schmerz in Tantarys Gesicht. *Es tut so weh,* flüsterte Raimons Erinnerungsstimme.

»Sie wollen leben«, wiederholte die Frau namens Tantary, und ihr Gesicht verwandelte sich in eine schmerzerfüllte Grimasse. *»Leben!«*

Von einer Sekunde zur anderen toste ein Sturm, mit so heftigen Böen, dass sich Eklund ducken und an der Reling festhalten musste. Die Segel des Schiffes zerrissen, die Masten splitterten, die Aufbauten zerbarsten ... Alles löste sich auf in einem Mahlstrom der Zerstörung. Eklund verlor den Halt, und der Wind, der gar kein Wind war, schleuderte ihn durchs Elysium. Jemand folgte ihm durch das Chaos, eine Gestalt an seiner Seite, und er wusste, wer es war.

Ich bin ich, flüsterte es von Raimon, eine geistige Stimme, von Qualen begleitet. *Ich bin wir. Wir sind ich. Ich bin tausend. Ich bin zahllos ...*

Hinter diesem Flüstern gab es eine zweite Stimme, die nicht Raimon gehörte, ein so leises Raunen, dass Eklund sich ganz darauf konzentrieren musste, um es zu verstehen.

Töte, töte, töte ...

Nein, flüsterte die erste Stimme. *Nein, ich will nicht töten. Wir alle wollen leben ... leben ... leben ...*

Töte, töte, töte!

Eklund stürzte durch fremde Welten. Zuerst gelang es ihm noch, Einzelheiten zu erkennen – purpurne Meere voller Geschöpfe, die sich durch ätherische Schönheit auszeichneten; die Metropolen von Planeten, die vor dreitausend Jahren besiedelt worden waren, während der ersten großen Emigrationswelle, gewaltige urbane Konglomerate mit unzähligen horizontalen und vertikalen Verkehrskorridoren, die Eklunds Orientierungsvermögen weit überforderten; Habitatmodule auf Eiswelten; feste Großplaneten mit einer Schwerkraft, die nur genveränderte Neue Menschen aushalten konnten; hier und dort temporale Anomalien, die an den Zeitkrieg erinnerten und von den Zeitmechanikern der Kantaki noch nicht reintegriert worden waren ... Und Dutzende, hunderte, tausende von anderen Welten und Orten, die bald so schnell aufeinander folgten, dass die Details ineinander übergingen, zu einem bunten Wogen miteinander verschmolzen. Überall gab es Raimon-Personen, Selbstfragmente mit Erinnerungen und Wünschen, mit Hoffnungen und Sehnsüchten, dazu bestrebt, sich zu entfalten und zu *leben.*

Bisher hatte Eklund die Einheit seiner Persönlichkeit bewahren können, aber der Sturz durch die Welten zerrte mit immer mehr Nachdruck an ihm.

»Raimon«, sagte er und übertönte das Flüstern der vielen Stimmen und das Raunen im Hintergrund. »Überlass mir die Kontrolle, Raimon. Zieh dich zurück.«

Er besann sich auf die Kraft, schuf vor dem inneren Auge ein Bild des alten Portals, und plötzlich stand er davor, vor dem uralten Tor aus verwittertem Holz. Er zögerte nicht, streckte die Hand aus und zog den geöffneten Flügel zu. Mit einem leisen Pochen schloss sich das Portal ...

... und Eklund saß wieder auf der Bank. Die Sonne verbarg sich hinter Wolken, und Blitze flackerten am Horizont – das Unwetter kam schnell näher.

»Wir müssen in die Zitadelle zurück«, sagte er. »Bald werden die Schächte geschlossen, damit kein Regenwasser in die Tunnel dringt.«

Raimon war in sich zusammengesunken.

»Tut es noch immer weh?«, fragte Eklund.

»Ich bin müde ...«, erwiderte der Junge, und ihm fielen die Augen zu.

Eklund zog ihn vorsichtig hoch. »Komm, kehren wir in meine Wohnhöhle zurück. Dort kannst du schlafen.«

Die Levitatorscheibe trug sie zum Schacht zurück, und als sie ihn erreichten, war bereits böiger Wind aufgekommen, trug den Geruch von Regen und Blitzen mit sich. Unten konnte sich Raimon kaum mehr auf den Beinen halten, als sie von der Scheibe traten und sich auf den Weg durch den breiten Tunnel machten. Schon nach kurzer Zeit schwand das Licht, als die Schächte oben geschlossen wurden. Die von den Spiegeln reflektierte Helligkeit wich einem diffusen Halbdunkel; einige wenige Chemolampen rangen mit den Schatten.

Das letzte Stück des Weges musste Eklund den Jungen tragen – der Sturz durch seine vielen Selbstsphären schien ihn zutiefst erschöpft zu haben. In seiner Wohnhöhle legte er Raimon auf die Liege und stöhnte leise, als der Rückenschmerz zu einem Stechen wurde, das sich anfühlte, als bohre ihm jemand einen Dolch in die Wirbelsäule. Diesmal verzichtete er nicht darauf, eine zweite Tablette einzunehmen, stützte sich schwer auf den Gehstock und musterte den Schlafenden.

Im Licht einer Chemolampe blickte er auf den schlafenden Jungen hinab, dessen Gesicht jetzt völlig leer wirkte. Er war ein Selbstheiler und damit einzigartig, aber sein Geist schien während jenes nächtlichen Zwischenfalls großen Schaden genommen zu haben. Oder hatte es in Raimons Bewusstsein etwas gegeben, das durch die Verletzung geweckt worden war? Eklund dachte an multiple Persönlichkeiten, die in einem einzelnen Geist stecken konnten und abwechselnd dominant wurden. Aber normalerweise wussten solche unterschiedlichen Ichzustände nichts voneinander, oder? Vielleicht sollte er mit Elisabeth darüber sprechen. Aber konnte eine multiple Persönlichkeit aus hunderten oder gar tausenden von einzelnen Ichzuständen bestehen, jeder davon mit einem eigenen kulturellen Hintergrund, mit einem eigenen Leben? Gab es dafür in einem Bewusstsein genug geistigen *Platz*? Und bei Raimon schienen die einzelnen mentalen Personen voneinander zu wissen, denn er hatte sie von »wir« sprechen hören.

Es tut weh. Natürlich tat es weh. Wenn tausend Selbstfragmente miteinander rangen und jedes einzelne von ihnen versuchte, sich gegen alle anderen durchzusetzen und zu *leben* ...

Profundes Mitgefühl erfüllte Eklund, und er beugte sich ein wenig vor, berührte den Jungen an der Stirn. »Wie können wir dir helfen?«, flüsterte er.

Normalerweise betete Eklund in seiner Wohnhöhle, aber er wollte den Jungen nicht stören; also nahm er sein Bündel mit den Steinen und machte sich auf dem Weg zum »Schrein« – so nannte die Aufgeklärte Gemeinschaft eine Höhle mit vielen Verzweigungen, die Brüder und Schwestern zum Gebet nutzten. Jeder von ihnen hatte seinen oder ihren eigenen Gott, manche auch keinen, und der »Schrein« war im Lauf der Zeit zu einem Ort religiöser Andacht geworden, so wie die Höhle mit dem Mandala der Meditation diente.

Eklund ging durch dunkle und halbdunkle Tunnel, tief in Gedanken versunken – er überließ es seinen Füßen, den richtigen Weg zu finden. Er begegnete anderen Brüdern und Schwestern, grüßte sie und wurde gegrüßt, und es erleichterte ihn, keine Sekuritos zu sehen. Sie passten nicht in die Zitadelle; sie *gehörten* nicht hierher. Die Aufgeklärte Gemeinschaft hatte immer abseits aller Institutionen von Kerberos gestanden, aber der Hirte schien das ändern zu wollen, wie so vieles andere auch.

 Im Schrein hielten sich nur wenige Personen auf, kaum

mehr als Schemen in schattigen Ecken. Eklund stieg schmale Treppen hinunter, vorbei an Chemolampen und Kerzen, deren Flackern den Schatten Leben zu geben schien. Derzeit lag ihm nichts an Gesellschaft, und deshalb wählte er einen Seitentunnel und folgte seinem Verlauf, bis er eine Nische erreichte, vor Jahren mit einfachen Werkzeugen aus dem Fels gehauen. Dort ließ er sich nieder, zündete eine eigene Kerze an, blickte in ihre Flamme und suchte in ihrem Schein nach Ruhe, während er die Gedanken eine Zeit lang treiben ließ. Schließlich sammelte er sie wieder – wie ein Hirte seine Tiere zusammentrieb – und gab ihnen eine Struktur, die die Kraft empfing. Er öffnete das Bündel, legte es wie eine Decke aus und betrachtete die kleinen bunten Steine. Sie hatten sich mit den Jahren angesammelt, wie so vieles andere in seinem Leben; er wusste gar nicht mehr, wann er damit begonnen hatte, sie fürs Gebet zu verwenden.

»Weltseele«, sagte Eklund leise, lauschte dem Klang dieses Wortes und hielt sich daran fest. Es war wie ein Katalysator, der es ihm erleichterte, die Kraft auf eine andere Weise aufzunehmen, nicht um zu heilen, sondern um Erkenntnisse zu gewinnen. Er fühlte eine Präsenz, die alles durchdrang, diese Welt ebenso wie die darunter und darüber. Er hatte die Präsenz immer gefühlt, sein ganzes Leben lang: der Geist, aus dem alles kam, der alles geschaffen hatte. Eklund wusste nicht, ob es der gleiche Geist war, in dem die Kantaki den Anfang allen Seins sahen, und auch das Ende, am Schluss des Fünften Kosmischen Zeitalters. Es spielte keine Rolle, *wessen* Geist es war, denn die Präsenz *gehörte* niemandem.

»Weltseele«, wiederholte er leise, und sein Atem ließ die Kerze flackern, »ich habe mein Leben in deine Hände gelegt und lasse mir von dir den Weg weisen. Lenke auch jetzt meine Schritte in die richtige Richtung.«

Mit beiden Händen griff er nach den bunten Steinen, schüttelte sie mit geschlossenen Augen und ließ sie dann auf die Decke fallen. Er öffnete die Augen wieder, betrachtete die Muster und versuchte, einen Sinn darin zu erkennen, während er gleichzeitig Kraft in sich aufnahm und mit geistigen Ohren lauschte.

Das Muster vermittelte ... Bedeutung. Eklund neigte den Kopf ein wenig zur Seite und horchte. Ja, das wortlose Wispern der Präsenz gab ihm das Gefühl von Bedeutung. Eine wichtige Botschaft?

Bruder Eklund wusste genau, dass ihm die Steine an sich überhaupt nichts mitteilen konnten. Steine sprachen nicht, Steine *wussten* nichts. Aber wenn er sie warf und die dabei entstehenden Muster beobachtete, schien die *Stimme* der Weltseele deutlicher zu werden.

Andererseits ... Vielleicht war es reine Angewohnheit, gewachsen im Lauf der Jahre, nichts weiter als eine Routine, die ihm bei der Konzentration half.

»Der Junge leidet«, murmelte Eklund, und wieder bewegte sich die Kerzenflamme. »Wie kann ich ihm helfen?«

Er nahm die bunten Steine und warf sie erneut.

Als er sie betrachtete ...

Eklund riss die Augen auf. »Du hast mich zu ihm geschickt?«, brachte er hervor.

Seine Hände verharrten über den Steinen. Diesmal musste er sie nicht noch einmal werfen, um zu verstehen. Er empfing keine Mitteilung, er hörte keine Worte, aber er *verstand.* Die Weltseele hatte ihn zu dem Jungen geführt, damit er ihn schützte und ihm half.

»Ein ... heiliger Auftrag?«, kam es leise von Eklunds Lippen, und er fragte sich, was die atheistische Elisabeth davon gehalten hätte. Erinnerungen erwachten in ihm, an eine goldene Gestalt ohne Gesicht, an einen Auftrag. *Erinnere dich. Vergiss nicht. Ich brauche dich.*

Er bewegte sich, aber erstaunlicherweise flackerte nicht nur die von ihm angezündete Kerze. Das Flackern wiederholte sich in den anderen Bereichen des Schreins, als ginge ein Windstoß durch die Höhle, was eigentlich unmöglich sein sollte, denn während des Unwetters blieben die Licht- und Luftschächte geschlossen.

Eklund schob die bunten Steine zu einem Haufen zusammen und faltete das Tuch darum, sodass wieder ein Bündel entstand. Dann verließ er die Nische, kehrte durch den Seitentunnel in den zentralen Bereich des Schreins zurück und verharrte dort neben einem Kalksteinzapfen, über den Wasser rann. Die Kerzen leuchteten wieder gleichmäßig, doch mit einer besonderen Sensibilität, die vielleicht auf seinen Kontakt mit der Weltseele zurückging, spürte Eklund, dass etwas geschehen war. Die anderen Brüder und Schwestern schienen nichts zu bemerken; sie blieben Schemen in dunklen Ecken und beteten flüsternd.

Eklund schauderte, von unheilvollen Ahnungen erfasst. Mit dem Bündel in der einen Hand und dem Gehstock in der anderen verließ er den Schrein und ging draußen durch den Haupttunnel. Während der ersten Minuten glaubte er, ohne ein bestimmtes Ziel unterwegs zu sein, doch dann begriff er, dass seine Beine mehr wussten als er – sie waren bestrebt, ihn zu einer ganz bestimmten Höhle zu bringen.

»Bruder Conrad?« In dem kleinen Vorraum hielt sich niemand auf. Eklund trat ein, sah sich um und bemerkte nichts Ungewöhnliches. Trotzdem schien sich eine Hand aus Eis um sein Herz zu schließen und immer fester zuzudrücken.

Auch die Haupthöhle des Hirten war leer. Eklund hörte das leise Summen des Datenservos, und sein Blick glitt über die beiden Regalwände und den mobilen Klimaservo zum Schreibtisch. Er wollte sich schon umdrehen und gehen, als ihm zwei Dinge auffielen. Die Gegenstände auf dem Schreibtisch lagen nicht mehr parallel oder rechtwinklig zueinander. Und ein sonderbarer Geruch hing in der Luft, wie von …

… Blut.

Eklund trat an die Seite des Schreibtischs und sah, was dahinter lag: ein braunroter Haufen, der halb verbrannt und halb geschmolzen wirkte; an einigen Stellen ragten krumme Knochen aus der Masse. Und auf diesem Haufen, groteskerweise völlig unversehrt, ruhte der Kopf des Hirten, das schulterlange graue Haar weit ausgebreitet, das Gesicht eine Fratze des Entsetzens.

Eklund verließ die Höhle des Hirten und hoffte inständig, dass ihn niemand in ihrer Nähe gesehen hatte. Mit zitternden Händen und klapperndem Gehstock eilte er durch die Tunnel. Wie lange würde es dauern, bis man Bruder Conrads Leichnam – beziehungsweise dessen Überreste – entdeckte? Und welche Konsequenzen würde sein Tod nach sich ziehen? Eklund stellte sich vor, wie die Sekuritos zurückkehrten, misstrauischer als zuvor, und noch gründlichere Ermittlungen anstellten. Er dachte an das Muster der Steine, an die Botschaft, die er empfangen hatte. Ein heiliger Auftrag ... Elisabeth und andere mochten so etwas für absurd halten, aber für ihn herrschte in dieser Hinsicht absolute Gewissheit.

Elisabeth ...

Der Junge brauchte Hilfe. Wenn Elisabeth mit ihm sprach ... Vielleicht ergab sich dadurch der eine oder andere Anhaltspunkt. Vielleicht konnte sie einen Rat geben.

Eklund rief sich innerlich zur Ordnung. Es war ein Verdacht, mehr nicht. Ein ziemlich unsinniger noch dazu. Bruder Xalon war irgendwie explodiert, und der Hirte schien ... verbrannt und geschmolzen zu sein, ein Vorgang, der seinen Kopf ausgespart hatte. Wie sollte Raimon so etwas zustande bringen?

»Es ist vollkommen verrückt«, murmelte Eklund. »Es ergibt überhaupt keinen Sinn!«

»Was ergibt keinen Sinn?«, fragte ein verwunderter junger Bruder, der seinen Weg kreuzte.

Eklund winkte ab und eilte weiter.

Kurze Zeit später erreichte er seine Wohnhöhle. Raimon lag auf seiner Liege, aber er schlief nicht mehr. Seine Augen standen weit offen, und die Lippen formten ein sonderbares Lächeln, während er an die Decke starrte.

»Raimon ...« Eklund trat näher. »Bist du die ganze Zeit über hier gewesen?«

Langsam drehte der Junge den Kopf. »Ich bin wieder hier. Ich bin ich. Ich kann sprechen.« Jäher Schmerz zeigte sich im Gesicht. »Es tut weh.«

Eklund griff nach Raimons Hand und zog ihn langsam hoch. »Komm mit mir. Ich kenne da eine Person, die uns vielleicht helfen kann.«

Kerberos
16. April 421 SN
17:30 Uhr

19

Jagdbeginn

Lutor dachte an Edwald Emmersons Bericht, den er inzwischen gelesen hatte, als er in den pseudorealen Darstellungsbereich blickte - die KI-Späher beendeten gerade ihre Suche, und die Ergebnisse erster Datenkorrelationen erschienen. Der Metamorph ... Ein künstliches Geschöpf, als perfekte Waffe geplant und außer Kontrolle geraten. Ein mit einzigartigen Fähigkeiten ausgestattetes Wesen. Zweifellos ein gefährlicher Gegner.

Dumpfer Schmerz veranlasste Lutor, den Blick zu senken. Die Wunde im linken Arm war längst verbunden und würde schnell heilen. Sie war kein Problem, aber ein *Rätsel.* Was auch immer in Anderswelten geschah, es konnte sich unmöglich auf die Physis auswirken. Doch der Fremde mit der Maske *hatte* ihn verletzt ...

Er verdrängte die Gedanken. Vielleicht ging diese überraschende Erfahrung auf eine Innovation bei der hiesigen AW-Technik zurück - er beschloss, sich später damit zu fassen. Derzeit erforderten die ermittelten Daten seine Aufmerksamkeit.

Blitze gleißten, und Lutor drehte kurz den Kopf. Ein Unwetter zog übers Riffmeer und näherte sich der Stadt Chiron. Eine kurze verbale Anweisung polarisierte Decke und Fenster; er wollte jetzt nicht durch das Flackern gestört werden.

Ein Liste erschien im Darstellungsbereich und präsentierte Anomalien: seltsame Ereignisse in der Stadt während der vergangenen Tage; Dinge, für die bisher eine Erklärung fehlte. Personen waren verschwunden und Stunden später wieder aufgetaucht, ohne Erinnerungen an die verstrichene Zeit. So etwas ließ sich leicht mit dem Konsum von Drogen erklären, von denen es auf Kerberos jede Menge gab. Einige Leute hatten bei den Sekuritos zu Protokoll gegeben, seltsame Dinge beobachtet zu haben – Lutor beugte sich vor, und las die entsprechenden Passagen mit größerem Interesse. Es mangelte nicht an Fällen von plötzlichem Wahnsinn; in einer Stadt wie Chiron geschah es immer wieder, dass jemand durchdrehte.

»Liste nach Signifikanz sortieren«, wies Lutor den Datenservo an.

Er las den ersten Punkt. Er betraf einen Mann, der plötzlich wie besessen wirkte und in Sprachen zu sprechen begann, die niemand verstand. Einige Zeugen berichteten, dass sich auch sein Aussehen veränderte. Doch weiter unten hieß es, dass der Mann Kerberos vor einigen Stunden mit einem interplanetaren Shuttle verlassen hatte. Wenn er der Metamorph war, hatte sich das Problem vermutlich bereits von selbst gelöst, denn Emmersons Bericht wies ausdrücklich darauf hin, dass Basismasse außerhalb von Kerberos instabil wurde und zerfiel.

Beim zweiten Punkt ging es um eine Schießerei, die kurze Zeit nach dem Entkommen des Metamorphs aus dem Laboratorium stattgefunden hatte, vor zwei Tagen, noch dazu in der Nähe des NHD-Anwesens. Ein Junge war dabei schwer verletzt und in ein nahes Hospital gebracht worden; ein Projektil hatte ihn in der Brust getroffen und das Herz nur knapp verfehlt. Er war noch in der gleichen Nacht operiert worden, doch nur wenige Stunden später hatte er sich bereits gut genug erholt, um das Krankenhaus zu verlassen, in Begleitung eines gewissen Bruders Eklund, eines Mitglieds der Aufgeklärten Gemeinschaft. Und in der folgenden Nacht war es in der Zitadelle zu einem seltsamen Zwischenfall gekommen – ein anderer Bruder der Gemeinschaft schien explodiert zu sein. Interessanterweise war es zuvor zwischen dem Jungen und diesem zweiten Bruder zu einer Konfrontation gekommen, wie es in den Dateien der Sekuritos hieß, die die KI-Späher gefunden hatten.

Lutor lehnte sich zurück, blickte eine Zeit lang ins Leere und lauschte der Stimme des Instinkts. Der erste Punkt erschien ihm etwas interessanter – ein Mann, der sein Aussehen veränderte und plötzlich fremde Sprachen sprach –, aber die Hinweise auf den Jungen klangen ebenfalls vielversprechend. Den Ausschlag gab, dass sich jener Mann nicht auf Kerberos befand, wohl aber der Junge.

Lutor deaktivierte den Datenservo, stand auf und bereitete sich vor.

Gewitterwolken brachten vorzeitige Düsternis, und erste dicke Regentropfen fielen, als Lutor aus dem Levitatorwagen stieg, ihn sicherte und losging. Er lief neben der Fahrbahn aus glatter Synthomasse her, die von Chiron aus in den Kontinentalwald führte, vorbei an Morasttümpeln, die der Regen bald in kleine Teiche verwandeln würde, vorbei an den Baracken jener Menschen, die wie so viele voller Hoffnung nach Kerberos gekommen waren, auf dieser Welt jedoch kein Glück gefunden hatten, sondern Elend.

Lutor schob sich die Kapuze seiner langen Lederjacke über den Kopf, als der Regen stärker wurde. Transporter brummten über den Verkehrskorridor, nur wenige von ihnen mit Levitatoren ausgestattet. Ihr Scheinwerferlicht tastete durch eine zu früh beginnende Nacht, und Wasser spritzte von den Rädern weit über die Seitenstreifen. Jenseits des V-Korridors leuchteten die Lichter des NHD-Anwesens über den Acheron. Dort war der Metamorph entkommen, und anschließend hatte *hier* eine Schießerei stattgefunden, bei der ein gewisser Raimon schwer verletzt worden war. Lutor blieb dort stehen, wo das Band aus Synthomasse eine Kurve beschrieb und es vor einigen auf Pfählen stehenden Hütten einen größeren freien Bereich gab, der teilweise ebenfalls von einem Polymer-Belag bedeckt war. *Hier.* An dieser Stelle. Er erinnerte sich an die Bilder, die seine KI-Späher in den Datenbanken der Sekuritos gefunden hatten.

Lutor stand im strömenden Regen, der ihn überhaupt nicht störte, blickte erneut über die Straße zu den NHD-Laboratorien und schenkte einem weiteren vorbeidonnernden Transporter keine Beachtung. Der Metamorph gelangte in die Freiheit, und kurze Zeit später wurde ein Junge schwer verletzt. Aber er erholte sich schnell, viel schneller als es einem normalen Menschen möglich wäre ...

Während Lutor überlegte, bemerkte ein Teil von ihm Schatten, die durch die Düsternis huschten und sich vermutlich unbemerkt wähnten. Der Jäger in ihm blieb immer wachsam, schloss nie die Augen, lauschte ständig. Der Jäger in ihm kannte solche Elendsquartiere. Es gab sie auch auf anderen Welten, doch die vielen Rauschgifte von Kerberos hatten ein besonders großes Auffangbecken für die Enttäuschten und Hoffnungslosen geschaffen, für die Verlierer im Spiel um Geld und Glück. Lutor kannte die besonderen Regeln, die das Leben in solchen Vierteln bestimmten, und natürlich war er nicht unvorbereitet gekommen.

Wieder näherten sich Scheinwerfer, und ein weiterer Transporter brummte über den Verkehrskorridor. Hinzu kam der Regen. Wer auch immer sich Lutor von hinten näherte – der Betreffende glaubte sicher, dass sein vermeintliches Opfer ihn nicht hörte. Er irrte sich.

Lutor drehte sich halb um und neigte den Kopf ein wenig zur Seite. Die Kapuze rutschte zurück, und Regentropfen klatschten ihm ins Gesicht. Er lächelte, als der Jäger in ihm die prickelnde Aufregung genoss.

»An deiner Stelle würde ich es mir noch einmal genau überlegen«, sagte er gerade laut genug. »Du und deine Freunde – wollt ihr an einem solchen Abend sterben?«

Der Fremde, nur eine vage Silhouette, wie substanzlos in den Schatten und im Regen, zögerte.

»Wir sind zu viert«, ertönte eine Stimme aus der Dunkelheit. Sie kam von der Seite. »Und wir sind bewaffnet.«

»Was für jeden Einzelnen von euch bedeutet, dass er nicht allein sterben muss«, erwiderte Lutor mit kühlem Selbstbewusstsein, und sein Lächeln wuchs in die Breite. Kordun schien in ihm zu erwachen, ein Krieger, daran gewöhnt, alle Hindernisse zu überwinden und immer den Sieg zu erringen.

Oder fast immer. Der dumpfe Schmerz im linken Arm erinnerte ihn an eine sonderbare Niederlage ...

»Hier hat vor zwei Tagen eine Schießerei stattgefunden«, sagte er. »Wisst ihr was davon?«

»Sind Sie ein Schnüffler?«, fragte einer der Schatten.

»Ich bin kein Sekurito. Und ich habe hundert Transtel für Informationen übrig. Interessiert?«

Vier Gestalten traten aus der Düsternis, zögernd, unsicher, in der Hoffnung auf leicht verdientes Geld. Vier Halbwüchsige, zwischen vierzehn und achtzehn Standardjahren alt, schätzte Lutor. Er sah schmale, regennasse Gesichter mit großen Augen; in den Händen hielten die vier einfache Waffen: ein Messer, ein Schockknüppel und zwei kleine Projektilschleudern.

»Hundert Transtel?«, fragte der älteste Junge. Er hielt eine der beiden Projektilschleudern in der Hand.

»Ja. Was ist vorgestern Abend hier geschehen?«

Die vier Jugendlichen wechselten unsichere Blicke. Zwei von ihnen steckten ihre Waffen ein, ein dritter ließ seine sinken. Nur die Projektilschleuder des Ältesten zeigte noch auf Lutor.

»Was hindert uns daran, das Geld einfach zu nehmen?«, fragte er dummerweise – vielleicht wollte er sich in seiner Rolle als Anführer behaupten.

Drei Sekunden später hielt Lutor seine Projektilschleuder in der Hand, und der junge Mann lag stöhnend auf dem Boden.

»Wie haben Sie das gemacht?«, fragte einer der anderen Jungen.

Lutor warf die Projektilschleuder achtlos fort. »Es ist eine meiner kleinen Spezialitäten. Ihr könnt euch nach wie vor hundert verdienen. Er geht jetzt natürlich leer aus«, fügte er hinzu und deutete auf den Stöhnenden.

»Rico und Rita wurden erschossen«, sagte einer der Jungen.

»So hießen die beiden Toten im Fahrzeug.« Lutor nickte. Er kannte die Namen aus den Dateien. »Habt ihr gesehen, was geschehen ist?«

»Nein«, lautete die widerstrebende Antwort, und Lutor hörte darin die Furcht, leer auszugehen. »Aber wir können Sie zu jemandem bringen, der alles beobachtet hat. Wie viel zahlen Sie dafür?«

»Dreißig?« Lutor lächelte erneut. »Für jeden von euch?«

Wenige Minuten später gingen sie über wacklige, wie improvisiert wirkende Holzstege, unter denen der Regen Tümpel zu Teichen und kleinen Seen anschwellen ließ. Damit erwies er Lutors Nase einen Gefallen: Unrat wurde davongeschwemmt, und der Gestank ließ nach. Hier und dort brannten Lampen, aber ihr Licht schien sich in den Regenfluten zu verlieren. Sie kamen an Hütten vorbei, die meistens aus Holz bestanden, einige aber auch aus zurechtgeschnittenen Synthomasse-Teilen. Blecherne Musik kam aus einigen Behausungen.

Schließlich erreichten sie eine Hütte, die noch schäbiger zu sein schien als die meisten anderen. »Bitte warten Sie hier«, sagte einer der Jugendlichen zu Lutor und duckte sich durch den schmalen Eingang. Die beiden anderen Halbwüchsigen wichen so weit von dem Mann fort, wie es der Steg zuließ. Lutor lächelte im Schatten unter seiner Kapuze, die er sich wieder über den Kopf gezogen hatte.

Stimmen kamen aus der Hütte, zu leise, als dass er einzelne Worte hätte verstehen können. Zwei von ihnen klangen erst verärgert und sogar zornig, dann überrascht.

Kurze Zeit später kehrte der Junge zurück. »Alles klar. Sie können hinein.« Er streckte die Hand aus. »Unsere neunzig.«

Lutor holte mehrere Kreditmarken hervor, und dabei konnte der Junge einen Blick auf die Waffen an seinem Gürtel werfen, unter ihnen ein Hefok und ein Mikronautenbündel. Die nächste Lampe war ein ganzes Stück entfernt, aber Lutor sah trotzdem, wie der Jugendliche erblasste. Er nahm die Transtel-Kreditmarken entgegen und eilte zusammen mit seinen beiden Freunden fort.

Lutor betrat die Hütte.

Ein junges Paar erwartete ihn, Anfang zwanzig, die Augen groß im Halbdunkel. Auf der einen Seite glühte ein Chemostab, der langsam die Farbe veränderte, aber sein Licht schien die Schatten nur tiefer werden zu lassen.

»Hundert?«, fragte der junge Mann hoffnungsvoll.

»Hundert«, sagte Lutor und sah sich nach einer Sitzgelegenheit um. Der Mann deutete auf die herumliegenden Kissen, und Lutor nahm mit überkreuzten Beinen Platz, strich die Kapuze zurück. Die junge Frau saß in einer Ecke der Hütte, wie eingezwängt zwischen einem kleinen Proviantschrank und einem abgenutzten Hygienemodul. »Haben Sie vorgestern Abend die Schießerei gesehen?«

Der junge Mann nickte. »Eine verdammt üble Sache. Es hat Rico und Rita erwischt. Möchten Sie wissen, wer dahintersteckt?«

»Es ist mir gleich, wer geschossen hat«, sagte Lutor. »Was ist mit Raimon?«

Die beiden jungen Leute wechselten einen überraschten Blick. »Es geht Ihnen um *Raimon*?«

»Haben Sie gesehen, wie er verletzt wurde?«

»Verletzt?«, wiederholte die Frau verblüfft.

»Man hat ihn in ein nahes Hospital gebracht, und dort wurde er operiert.«

Die junge Frau rutschte ein wenig nach vorn, und der junge Mann schüttelte den Kopf. »Da muss irgendein Missverständnis vorliegen. Raimon war tot, und zwar *definitiv*.«

»Sind Sie ganz sicher?«, fragte Lutor.

 »Absolut. Wir haben uns über ihn gebeugt und das Blut

gesehen. Die Kugel muss direkt das Herz getroffen haben. Mann, es war wirklich nicht sein Glückstag.«

Lutor stand auf, und nach kurzem Zögern folgte der junge Mann seinem Beispiel.

»Mehr wollen Sie nicht wissen?«, fragte er.

»Gibt es nicht den geringsten Zweifel daran, dass Raimon tot war, als Sie ihn sahen? Bevor man ihn fortbrachte?«

»Er war absolut hinüber. Niemand kann eine solche Schussverletzung überleben.«

Lutor griff nachdenklich in die Tasche, holte weitere Kreditmarken hervor und gab sie dem jungen Mann. Dann wandte er sich dem Ausgang zu.

»Wenn Sie noch einmal eine Auskunft benötigen ...«, sagte der Mann hoffnungsvoll.

»Dann weiß ich, an wen ich mich wenden kann.« Lutor trat nach draußen in den Regen. Er verzichtete auf die Kapuze, ging einige Schritte, verharrte dann am Geländer des Stegs, blickte auf einen Tümpel hinab und beobachtete, wie die Regentropfen kurzlebige Krater ins schmutzige Wasser schlugen. Ein Toter, der wieder zum Leben erwachte, operiert wurde und sich innerhalb weniger Stunden erholte. Nun, vielleicht hatten sich die beiden jungen Leute geirrt. Manche Schussverletzungen waren sehr blutig, ohne deshalb tödlich zu sein. Aber wenn sie sich *nicht* geirrt hatten, wenn Raimon wirklich tot gewesen war ...

Lutor ging wieder los und beschloss, dem Hospital einen Besuch abzustatten.

Die Frau sah müde aus, fand Lutor, aber der Glanz in ihren grünen Augen hatte sich nicht getrübt.

»Ich bin Lutor, Sonderbeauftragter des Globaldirektors Lukert Turannen«, sagte er. »Ich stelle Ermittlungen an. Der Autokrat hat meine Vollmachten bestätigt.«

Er reichte der Frau seinen Identer. Sie warf einen kurzen Blick darauf und gab ihn zurück.

»Elisabeth Demetrio«, sagte sie, obwohl ihr Name auf

dem kleinen Schild dicht unter dem Kragen des Ärztekittels stand. Sie deutete auf den Stuhl vor dem Schreibtisch, nahm selbst dahinter Platz. Ein alter Datenservo summte in der Ecke. »Wir haben viele Patienten«, fügte sie hinzu und deutete zum Fenster, durch das man in einen der Rekonvaleszenzsäle des Hospitals blickte. »Bitte fassen Sie sich kurz.«

»Vorgestern Nacht wurde ein junger Patient mit einer Schusswunde eingeliefert«, sagte Lutor. »Ein gewisser Raimon.«

Elisabeth beugte sich vor und sah ihn ungläubig an. »Sind Sie deshalb den ganzen weiten Weg nach Kerberos gekommen? Wegen *Raimon*?«

Eine intelligente Frau, fand Lutor, mit einem inneren Feuer. Das gefiel ihm. Und ihr Gesicht gefiel ihm ebenfalls. Er dachte daran, es Korduns Welt hinzuzufügen.

»Natürlich nicht«, sagte er ruhig. Draußen flackerte ein Blitz, und unmittelbar darauf donnerte es. Noch immer strömte Regen herab und hämmerte aufs Dach des primitiv anmutenden Hospitals. »Aber es wäre durchaus möglich, dass er in die größere Angelegenheit verwickelt ist, um die es mir geht. Was hat sich bei den Untersuchungen ergeben?«

Die Ärztin wandte sich den Kontrollen des Datenservos zu, und Lutor beobachtete sie voller Interesse. Ja, eine faszinierende Frau. Kordun würde zweifellos an ihr Gefallen finden. Lutor stellte sich vor, wie der Krieger sie in seine starken Arme schloss, wie sie sich ihm willig hingab ...

Ein pseudoreales Darstellungsfenster öffnete sich über dem Schreibtisch, und Bilder eines Jungen erschienen. Deutlich war eine Schussverletzung in der Brust zu sehen. Daneben glitten medizinische Daten vertikal durch ein Textfeld.

»Das Projektil steckte dicht neben dem Herzen.«

»Ich weiß. Er wurde hier operiert und hat sich innerhalb weniger Stunden erholt. Am nächsten Tag verließ er dieses Hospital in Begleitung eines gewissen Eklund.«

Elisabeth musterte ihr Gegenüber. »Sie haben sich gut informiert. Warum sind Sie hierher gekommen, wenn Sie schon alles wissen?«

»Ich habe mit zwei Augenzeugen der Schießerei gesprochen. Sie sind sicher, dass Raimon tot gewesen ist.«

Die Ärztin lachte humorlos. »Tote werden nicht einfach wieder lebendig.«

Kommt darauf an, dachte Lutor. »Als Raimon hier eintraf, lebte er noch?«

»Ja. Wie gesagt, das Projektil steckte dicht neben seinem Herzen. Er wurde sofort operiert.«

»Bei den Untersuchungen hat sich nichts Ungewöhnliches ergeben?«

»Nein.«

»Blut, Gewebe, Biostruktur ... Alles normal?«

Elisabeth deutete ins Darstellungsfeld. Bei den medizinischen Daten handelte es sich tatsächlich um normale Werte.

»Wie konnte sich Raimon von einer so schweren Verletzung so schnell erholen?«

»Eklund vermutet, dass er ein Selbstheiler ist. Offenbar der Erste seiner Art. Haben Sie von der Kraft gehört?«

Lutor nickte. »Ich habe darüber gelesen.«

»Es gibt sie nur hier auf Kerberos. Die Mitglieder der so genannten Aufgeklärten Gemeinschaft, die in der Zitadelle wohnen, können irgendwie darauf zugreifen und damit heilen, kleine Dinge ebenso wie große. Erstaunlicherweise sind sie nicht imstande, sich gegenseitig Hilfe zu leisten oder sich selbst zu heilen. Bei dem Jungen liegt der Fall offenbar anders.«

Lutor sah die Ärztin schweigend an.

»Die Kraft existiert tatsächlich«, fügte sie ein wenig verunsichert hinzu. »So seltsam es auch klingen mag.«

»Wissen Sie, dass es in der Zitadelle zu einem Mord kam?«

»Was?«

»Ein gewisser Bruder Xalon wurde ermordet. Die Sekuritos vermuten jedenfalls, dass es sich um Mord handelt. Er ist explodiert. Und zuvor kam es zwischen ihm und Bruder Eklund und dem Jungen zu einer Konfrontation.«

Die Ärztin schwieg einige Sekunden. »Wollen Sie damit sagen ...«

Lutor schüttelte den Kopf. »Ich will damit gar nichts sagen. Ich stelle nur Tatsachen fest.« Er betrachtete erneut die Bilder im Darstellungsfeld, überflog noch einmal die medizinischen Daten. Ein toter Junge, der wieder zum Leben erwacht war und sich innerhalb weniger Stunden von einer schweren Schussverletzung und einer Operation erholte ...

Er stand auf. »Danke für ...« Lutor unterbrach sich, als ein akustisches Signal von seinem Kom-Servo kam. Er holte das kleine Gerät hervor, hob es zum Ohr und lauschte mehrere Sekunden lang.

»Wann ist das geschehen?«, fragte er und hörte erneut zu. »Ich bin unterwegs.«

Lutor steckte den Kom-Servo wieder ein und sah die Ärztin an. Die grünen Augen in ihrem müden Gesicht blickten nur aufmerksam, nicht neugierig.

»Vielleicht interessiert Sie dies«, sagte Lutor. »In der Zitadelle ist ein zweiter Mord geschehen.«

Elisabeth runzelte stumm die Stirn.

»Diesmal ist das Opfer der so genannte Hirte, Bruder Conrad. Und man hat Eklund in der Nähe gesehen.«

Er wandte sich von der sprachlosen Ärztin ab, verließ das Hospital und stapfte durch den Regen zum Levitatorwagen. Sein nächstes Ziel war die Zitadelle.

Kerberos
16. April 421 SN
18:15 Uhr

20

Schwarzer Fall

»Etwas ist schief gegangen«, sagte Raphael.

Konstantin Alexander Stokkart, Autokrat von Kerberos, drehte seinen Sessel und sah zur Tür. Er saß im Zentrum eines Zimmers, das sich tief in der Basis der künstlichen Insel befand und nur wenigen Personen zugänglich war. Zu ihnen zählte sein engster Mitarbeiter Raphael.

Die Augen des Mannes schienen noch dunkler zu sein als sonst; vielleicht hatte er gerade eine Dosis *Perfid* genommen. Stokkart richtete einen fragenden Blick auf ihn.

»Bei NHD weiß man, dass die Flucht des Metamorphs nicht auf ein Unglück zurückzuführen ist, sondern auf einen Anschlag.«

Hinter der Stirn des Autokraten begannen sich die Gedanken zu überschlagen, obwohl sein Gesicht völlig unverändert blieb.

»Wie konnte es dazu kommen?«

»Man hat Reste der leisen Bombe entdeckt. Unser Mann ist offenbar nicht mit der notwendigen Sorgfalt vorgegangen.«

»Wer trägt die Verantwortung?«

Raphael nannte den Namen. »Soll ich dafür sorgen, dass er aus dem Verkehr gezogen wird?«

Stokkart schüttelte den Kopf. »Nein. Das würde nur unnötiges Aufsehen erregen.« Er wandte seine Aufmerksamkeit wieder den vielen pseudorealen Darstellungen zu, die langsam durch den Raum schwebten. Sie zeigten hauptsächlich Szenen in Chiron: Straßen, Plätze, Parks, Wohnungen, Produktionsanlagen, Laboratorien, Büros. Menschen, die legalen und illegalen Beschäftigungen nachgingen, die litten und genossen, weinten und lachten. Besucher aus anderen Völkern, die in extra für sie geschaffenen Ambienten sonderbar anmutende Aktivität entfalteten. Es gab auch Bilder aus den anderen Städten auf Kerberos, aus dem Kontinentalwald und von der Smaragdsee. Der Autokrat streckte die Hand nach der nahen Konsole aus und berührte ihre Kontrollen, woraufhin neue Szenen erschienen: Stützpunkte auf den anderen Planeten des Hades-Systems; interplanetare Shuttles, die zwischen ihnen verkehrten; ein riesiges Kantaki-Schiff im Anflug, von den elektronischen Augen eines Satelliten beobachtet. Alles unter Kontrolle ...

Im Lauf der Jahre hatte Stokkart ein komplexes Netzwerk aus Spitzelservi geschaffen, die nicht nur integraler Bestandteil der meisten Gebäude waren, sondern sich auch in Levitatorwagen, Shuttles und Transportern befanden. Einige hundert flogen im Leib von Adlaten umher, deren Biostruktur heimischen Geschöpfen nachempfunden war. Wer fühlte sich schon von einer Kobaltfliege belauscht?

Das Urbane Symposion und NHD – vor allem Emmerson – wussten sicher, dass solche Spitzelservi existierten, aber niemand von ihnen hatte eine Vorstellung vom wahren Ausmaß der Überwachung. Rubens Lorgard und jetzt Edwald Emmerson sahen in ihm kaum mehr als eine Galionsfigur. Sie glaubten, an den Schalthebeln der Macht auf Kerberos zu sitzen, und Stokkart hatte sie bisher in diesem Glauben gelassen, aus gutem Grund.

Raphael wartete geduldig.

»Ob Unfall oder Anschlag ...«, sagte der Autokrat langsam. »Das Entkommen des Metamorphs erfüllt den gewünschten Zweck und lenkt NHD ab. Wir sind jetzt in einer kritischen Phase, Raphael. Wir stehen dicht vor dem Ziel, und ich möchte mir den Erfolg nicht von NHD oder irgendeinem Konsortiumsmagnaten wegschnappen lassen. Oder von der Allianz, so wie die Dinge stehen. Wenn wir wirklich das gefunden haben, was ich glaube, können wir Konsortium, Allianz und wem auch immer bald die Stirn bieten. Dann ist dieses Versteckspiel nicht mehr nötig.« Er vollführte eine vage Geste. »Wie viele bewohnte Welten gibt es dort draußen?«

»Ich weiß es nicht«, sagte Raphael.

»Tausende. Stellen Sie sich vor, dass Kerberos seine Träume ohne irgendwelche Beschränkungen exportieren kann. Unsere Drogen sind einzigartig, das wissen wir seit langem. Woanders gibt es nichts Vergleichbares. Dort draußen existiert ein gewaltiger Absatzmarkt.« Stokkart lächelte. »Und das ist noch gar nichts im Vergleich mit der eventuellen Unabhängigkeit von den Kantaki.«

Ein leises akustisches Signal erklang. »Geschützte Kom-Verbindung«, ertönte die synthetische Stimme des Kommunikationsservos. »Verschlüsselungsintegrität bestätigt. Professor Ulgar wünscht Sie zu sprechen, Durchlaucht.«

»In Ordnung.«

Direkt vor Stokkart bildete sich ein weiteres pseudoreales Darstellungsfeld, und darin erschien das schwammige, aufgedunsene Gesicht des Professors. Aufregung zeigte sich in der rechten Hälfte des Gesichts, während die linke starr blieb.

»Der von Ihnen angeordnete massive Einsatz von Mikronauten hatte Erfolg«, sagte Ulgar. »Durch die Auflockerung der Sedimente kamen die Bohrkerne schneller voran.«

»Sind Sie bis zu der Stelle vorgedrungen, wo Hopkins eine Tür im ersten Artefakt vermutet?«

»Noch nicht. Es wird noch einige Stunden dauern, denke ich. Aber der andere Schacht ist bis zum zweiten Artefakt vorangetrieben, das aus einem weniger harten Material besteht. Wir können dort jederzeit hinein.«

Stokkart stand auf. »Warten Sie auf mich. Ich bin zu Ihnen

unterwegs.« Und zu Raphael: »Kümmern Sie sich während meiner Abwesenheit um alles. Behalten Sie insbesondere Emmerson im Auge. Ich möchte keine Überraschungen erleben.«

Damit verließ er den Raum und eilte zur Tauchkapsel.

Stokkart hatte sich den Schacht unter dem Meeresboden finster und feucht vorgestellt, aber stattdessen war er hell und vollkommen trocken. Mobile Beleuchtungsservi erfüllten ihn mit einem gelblichen, warm wirkenden Glühen, und in diesem Licht zeigten sich manchmal seltsame Bewegungen: Hier und dort schien sich die Konsistenz von Wandsegmenten zu verändern.

Professor Ulgar deutete auf die betreffenden Stellen. »Einige der eingesetzten Mikronautenschwärme sind noch bei der Arbeit, analysieren die Sedimente und stabilisieren den Schacht.«

Außer Ulgar und dem Autokraten standen auch noch Rupert Hopkins und Diana Dankert auf der Levitatorscheibe, die durch den Schacht sank, dem zweiten Artefakt entgegen. Stokkart und seine drei Begleiter trugen Thermoanzüge. Die Wissenschaftler hatten Messgeräte an ihren Gürteln befestigt, der Autokrat einen leistungsstarken Hefok, der nicht nur auf seinen Status hinwies – er wollte für alles gewappnet sein. Niemand wusste, was sie in dem zweiten fremden Objekt erwartete. Seit zwanzig Millionen Jahren ruhten die beiden Artefakte in diesen Sedimenten. Eine unvorstellbar lange Zeit. Und doch waren sie intakt.

Zwei schlafende Giganten, dachte Stokkart und fühlte prickelnde Aufregung.

Am Ende des Schachtes warteten Frilor, Markins, Telirei und Gurhan, die restlichen Angehörigen des von Ulgar geleiteten wissenschaftlichen Teams. Ruhephasen und Arbeitszyklen spielten jetzt keine Rolle mehr; sie alle wollten einen Blick ins Innere des zweiten Artefakts werfen. Wie bei Ulgar, Hopkins und Dankert waren ihre Thermoanzüge silbergrau –

nur der des Autokraten war schwarz –, und sie trugen bereits Helme.

Stokkart trat zusammen mit seinen Begleitern von der Levitatorscheibe herunter und stellte fest, dass bereits alle Vorbereitungen getroffen worden waren. Der kleine Raum am Ende des Schachtes sollte als eine Art Schleusenkammer dienen – er ließ sich zum Schacht hin mit einer hermetisch dichten Tür abriegeln. Die gegenüberliegende Wand war pechschwarz und spiegelglatt: die Außenhülle des zweiten Artefakts. Vor ihr erhob sich eine recht massiv wirkende Vorrichtung aus Stahlkeramik, Synthomasse und elektronischen Komponenten.

Hopkins und Dankert schlossen die Tür und überprüften ihre Siegel. Professor Ulgar trat an Stokkarts Seite und deutete zur Apparatur an der Wand.

»Damit sollte sich eine Öffnung schaffen lassen, und zwar so, dass sie sich später wieder schließen lässt. Was auch immer das dort ist: Wir sollten vermeiden, es zu beschädigen.«

Stokkart nickte und sah kurz zu Frilor und den anderen. Ihre Gesichter blieben halb im dunklen Helminnern verborgen, aber er wusste, dass es junge Gesichter waren, voller Hoffnung und Enthusiasmus. Der Preis für ihre Loyalität: Er bot ihnen den Ruhm einer epochalen Entdeckung. Ihre Namen würden in die Geschichte eingehen. Manche Leute, fand der Autokrat, gaben sich mit wenig zufrieden.

»Wir sollten jetzt die Helme aufsetzen«, sagte der Professor. »Wir wissen, dass auf der anderen Seite ein Hohlraum existiert, aber vielleicht enthält er für uns giftiges Gas.«

Stokkart nickte erneut, griff nach hinten und zog sich die Kapuze seines Thermoanzugs über den Kopf. Sofort wurde ihr molekulares Gedächtnis aktiv, was eine strukturelle Veränderung bewirkte. Die weiche Synthomasse versteifte sich und wurde zu einem Helm. Der Autokrat schloss die Kragensiegel und vergewisserte sich, dass Luftversorgung, Heizung und Kom-Servo einwandfrei funktionierten.

Ulgar wartete.

»Also los«, sagte Stokkart.

Frilor und Telirei wandten sich der Vorrichtung zu und betätigten Kontrollen. Es summte, und metallene Arme wuchsen aus der Konstruktion, verharrten an bestimmten Stellen der schwarzen Wand. Hochenergetische Strahlbündel gleißten, dünn wie Nadeln, und gleichzeitig schienen sich kleine Nebelwolken zu bilden: Millionen von winzigen Mikronauten, nur einige Nanometer große Maschinen, nutzten die von den Strahlbündeln verursachte Materialdestabilisierung, um die atomare und molekulare Struktur aufzubrechen. Eine dünne Linie im Schwarz kennzeichnete diesen Vorgang und formte ein Rechteck, etwa zwei Meter hoch und einen breit. Andere metallene Arme sprühten Synthomasse und brachten Siegel an – eine Tür entstand.

Stokkart beobachtete den Vorgang fasziniert und fragte sich zum hundertsten Mal, was sich auf der anderen Seite befinden mochte. Er sah, wie sich mobile Servi aus der zentralen Masse des Apparats lösten, Käfern gleich über die schwarze Wand krabbelten und an der dünnen Linie verharrten, die Strahlnadeln und Mikronauten geschaffen hatten.

»Sie versuchen, den Druck auf der anderen Seite zu messen«, erklärte Ulgar. »Wir möchten schließlich nicht zerquetscht werden.«

Markins und Gurhan traten vor, hantierten an bestimmten Teilen der Vorrichtung und nahmen mit handlichen Infonauten die Messdaten der Servi entgegen. »Der Druck auf der anderen Seite ist ein wenig höher. Das Gasgemisch scheint atembar zu sein, aber ich halte es trotzdem für ratsam, dass wir die Helme aufbehalten. Sie schützen uns vor biologischer Kontamination.«

Der Autokrat nahm diesen Hinweis zum Anlass, die Biofilter seines Thermoanzugs zu überprüfen – alles in Ordnung.

Es zischte, als eine Verbindung zwischen Schleusenzimmer und dem Innern des fremden Objekts entstand. Innerhalb weniger Sekunden wurde es leiser, verstummte dann ganz.

»Der Druckausgleich ist hergestellt«, sagte Frilor.

Professor Ulgar gab ihm ein Zeichen, und daraufhin betätigte er die Kontrollen des Apparats.

Unterdruckmodule saugten sich an der »Tür« fest und zogen sie langsam, ganz langsam aus der Wand.

Dahinter ...

... war alles dunkel.

Stokkart trat vor, blickte in die Öffnung und sah nur Finsternis.

Professor Ulgar trat selbst ans Bedienungsfeld des Apparats und betätigte die Kontrollen. Wieder bewegten sich die metallenen Arme, richteten Scheinwerfer aus ...

Gleißend helles Licht flutete durch die Öffnung in der schwarzen Wand ins Innere des Artefakts, und für den Hauch eines Augenblicks glaubte Stokkart, ein Gesicht zu sehen, eine Fratze, die jedoch sofort wieder verschwand. Ein seltsames Durcheinander aus Fäden, Gespinsten und Blasen zeigte sich, blieb aber undeutlich und verschwommen – etwas schien das Licht aufzusaugen und zu verschlucken.

Dem Autokraten stockte für zwei oder drei Sekunden der Atem. Das Gesicht ...

»Haben Sie es ebenfalls gesehen?«, fragte er.

»Was?«

»Die ... Fratze?«

»Eine was?«, fragte Ulgar verdutzt.

»Schon gut.« *Vielleicht habe ich es mir nur eingebildet,* dachte Stokkart und sah erneut durch die Öffnung. So hell das Licht auch war, es reichte nicht weit, höchstens zehn Meter. Der Autokrat verglich den Anblick mit einer uralten, von Spinnweben durchzogenen Gruft, in dem jemand filigrane Netze gespannt hatte, um anschließend tausende von Ballons umherfliegen zu lassen. Die meisten dieser grauen Blasen hafteten irgendwo fest, aber andere schwebten noch immer umher. *Seit zwanzig Millionen Jahren?,* fragte sich Stokkart.

Es gab keine klaren Konturen; alle Dinge blieben ein wenig

vage, wie bestrebt, sich den Blicken von Beobachtern zu entziehen. Und nach etwa zehn Metern nahm die Undeutlichkeit immer mehr zu, bis sich schließlich alles in Schwärze verlor.

»Wieso reicht das Licht nicht weiter?«, fragte Hopkins.

»Irgendetwas scheint es zu absorbieren«, erwiderte Diana Dankert.

»Eine Art photonischer Widerstand.« Ulgar löste die Lampe von seinem Instrumentengürtel, trat an die Seite des Autokraten und richtete einen fragenden Blick auf ihn. Als Stokkart nickte, schritt der Professor durch die Öffnung ins Innere des Artefakts. Das Licht der Scheinwerfer fiel auf ihn, aber trotzdem schien er mit jedem Schritt undeutlicher zu werden.

Stokkart nahm seine eigene Lampe und folgte Ungar. Die anderen Wissenschaftler zögerten, bevor auch sie das fremde Objekt betraten.

Der Autokrat fühlte eine Veränderung, wusste sie aber nicht zu deuten. Etwas verschob sich, ohne seine Position zu wechseln. Vielleicht handelte es sich um einen Phasenübergang irgendeiner Art, überlegte er, sah sich um und vermied es, irgendetwas zu berühren. Als er zurücksah, wirkte die Öffnung in der Wand viel kleiner als erwartet; Dutzende Meter schienen ihn von ihr zu trennen.

Stokkart setzte vorsichtig einen Fuß vor den anderen, auf einem schwarzen Boden, der an vielen Stellen Rillen, Mulden und Löcher aufwies. Er musste seine Aufmerksamkeit teilen zwischen dem Bemühen, einen sicheren Weg zu finden und nichts zu berühren. Dankert erschien rechts neben ihm, etwa drei Meter entfernt, wenn er sich auf diesen visuellen Eindruck verlassen konnte, und wandte sich einer der Kugeln zu, die an einem langen Faden klebte.

»Ich frage mich, was es mit diesen Blasen auf sich hat«, hörte er ihre Stimme aus dem kleinen Kom-Lautsprecher im Helm.

 Sie hob die Hand …

Stokkart wusste, dass sie einen Fehler machte – die Alarmsirenen seines Instinkts heulten –, aber er kam nicht dazu, die Wissenschaftlerin zu warnen. Ihr Handschuh berührte die Blase, die daraufhin ihre Farbe veränderte, zitterte und platzte.

Ein oder zwei Sekunden lang stand Diana Dankert völlig reglos da, und dann … sackte sie in sich zusammen.

Im wahrsten Sinne des Wortes.

Sie fiel nicht nach vorn oder hinten, auch nicht zur Seite, sondern vertikal, schien zu schrumpfen. Der Schutzanzug löste sich auf, ebenso der Körper, den er enthielt. Ein Haufen Staub auf dem schwarzen Boden, mehr blieb nicht von Dankert übrig.

»Diana!«, stieß Frilor fassungslos aus.

»Lieber Himmel!«, ächzte Hopkins und näherte sich dem Haufen, gefolgt von den anderen Wissenschaftlern.

Der Blick des Autokraten huschte hin und her, während er mit seiner Lampe leuchtete. Für einen Sekundenbruchteil glaubte er, weiter vorn in der Finsternis erneut das Gesicht zu sehen, die Fratze. Im gleichen Augenblick spürte er, dass sich die Umgebung veränderte. Die Fäden und Gespinste gerieten in Bewegung, wie von einem sanften Wind erfasst, der plötzlich durch das Artefakt wehte.

Eine Blase schwebte Stokkart entgegen.

Er handelte, ohne zu denken, warf sich zur Seite, geriet auf eine schräge Fläche und begann zu rutschen, während Schreie aus dem Kom-Lautsprecher drangen. Auch der Boden ruhte jetzt nicht mehr; er begann zu zittern und zu vibrieren, wie der Leib eines gewaltigen Geschöpfs. Mit der einen Hand tastete Stokkart nach den Gürtelkontrollen seines Thermoanzugs und schaltete den Individualschild ein, der zu seiner Ausrüstung gehörte, während er mit der anderen versuchte, sich irgendwo festzuhalten. Er rutschte etwa vier oder fünf Meter weit, verharrte auf dem Rücken in einer Mulde, sah auf und beobachtete, wie sich die Blasen von den Fäden und spinnwebartigen Strukturen lösten. Lebenden

Wesen gleich glitten sie umher, als würden sie nach etwas oder jemandem suchen.

Die Mulde war recht tief, was dem Autokraten den Blick zu den Seiten verwehrte. Er sah nur, was direkt über ihm geschah, hörte jedoch, wie die Schreie der Wissenschaftler verklangen, einer nach dem anderen. Schließlich herrschte gespenstische Stille.

Stokkart hörte nur noch das Geräusch des eigenen schweren Atmens. Eine Zeit lang blieb er so liegen, ohne sich zu rühren, atmete nur und lauschte.

»Professor Ulgar?«, flüsterte er dann. Die Anzeigen im Innern des Helms wiesen darauf hin, dass der Kom-Servo einwandfrei funktionierte. Er nannte auch die Namen der anderen Wissenschaftler, aber niemand antwortete. Es schwebten keine Blasen mehr über der Mulde, doch das bedeutete nicht viel; Stokkart wusste nicht, was sich außerhalb seines begrenzten Blickfelds befand.

Die Erinnerung zeigte ihm noch einmal, was mit Dankert und vielleicht auch den anderen geschehen war, und hinter diesen memorialen Bildern zeichnete sich schemenhaft die Fratze ab.

Zum ersten Mal regte sich so etwas wie Furcht in Stokkart.

Er zögerte noch einige Minuten, sammelte Mut und gab sich schließlich einen inneren Ruck. Vorsichtig hob er den Kopf und richtete sich so weit auf, dass er über den Rand der Mulde blicken konnte. Seine Lampe lag in der Nähe, und ihr Schein verlor sich in der Dunkelheit, wurde von der Finsternis gefressen. Nur einige wenige Blasen schwebten durch die Düsternis, ein ganzes Stück entfernt. Die anderen klebten wieder an den Fäden und Gespinsten, die ebenso reglos waren wie zu Anfang, als der Autokrat und die Wissenschaftler das Artefakt betreten hatten.

Stokkart stand langsam auf, nahm die Lampe an sich und merkte erst dann, dass er den Hefok in der Hand hielt; er erinnerte sich gar nicht daran, die Waffe vom Gürtel gelöst zu haben.

Von Ulgar und den anderen fehlte jede Spur. War es ihnen gelungen, das Artefakt zu verlassen?

Die Öffnung mit dem Schleusenzimmer dahinter war ein winziges Rechteck, schien einen ganzen Kilometer entfernt zu sein. Stokkart ging los, den Hefok in der rechten und die Lampe in der linken Hand, schob sich behutsam an Fäden und Gespinsten vorbei, achtete die ganze Zeit über darauf, nichts anzufassen, erst recht keine Blasen. Er passte auf, wohin er den Fuß setzte, denn er wollte nicht ausrutschen und fallen, dadurch etwas berühren, das besser unberührt blieb. Manchmal gewann er den Eindruck, dass der Boden unter ihm nachgab, und dann trat er rasch zurück und suchte nach einem anderen Weg.

Der Furcht tief in seinem Innern ließ er keinen Platz, unterdrückte sie sofort, wenn sie sich zu entfalten versuchte. Es ging darum, die Öffnung zu erreichen; alle anderen Gedanken verdrängte Stokkart.

Erstaunlicherweise wurde das helle Rechteck in der Ferne nicht größer und blieb gleichbleibend weit entfernt, obwohl er schon seit Minuten ging. Er fragte sich, wie weit ins Innere des Artefakts er zusammen mit den Wissenschaftlern vorgedrungen war. Lag es an perspektivischen Verzerrungen? Oder war die Distanz tatsächlich so groß, wie sie zu sein schien?

Nach einigen weiteren Minuten fiel das Licht der Lampe auf ein Objekt, das nicht hierher gehörte. Nach zwei, drei Schritten erkannte Stokkart eine am Boden liegende Gestalt, in einen silbergrauen Thermoanzug gekleidet. Die Kennzeichnungen an den Ärmeln wiesen darauf hin, um wen es sich handelte: Ulgar.

Der Professor lag auf dem Rücken, reglos wie ein Fels, und Stokkart trat näher, leuchtete mit der Lampe. Das Gesicht hinter der Sichtscheibe wies kaum mehr Ähnlichkeit mit dem Ulgars auf, gehörte einem mumifizierten Toten, der uralt zu sein schien. Und der Thermoanzug ... Die farbigen Markierungen waren verblasst, und das Material wirkte stumpf, schien seine Flexibilität verloren zu haben.

Stokkart stieß den Toten mit dem Fuß an. Dort, wo die Spitze seines Stiefels den Thermoanzug berührte, zerfiel dessen Material zu feinem Staub.

Aus einem Reflex heraus wich Stokkart einen Schritt zurück, duckte sich und hielt nach den grauen Blasen Ausschau. Es schwebten einige weit oben, machten aber keine Anstalten, sich zu nähern. Erneut sah er zu den Resten des Professors. Durch den Kontakt mit den sonderbaren Blasen schienen er und sein Thermoanzug innerhalb weniger Sekunden um Jahrhunderte oder Jahrtausende gealtert zu sein. Von Diana Dankert war nur Staub übrig geblieben, von den anderen gar nichts ... Wie viel Zeit war für sie vergangen? Jahrmillionen? Töteten die Blasen mit beschleunigter Zeit?

Was hat mich gerettet?, dachte Stokkart, als er sich an Ulgar vorbeischob und den Weg fortsetzte, schneller als vorher. *Der Individualschild? Der Umstand, dass ich ausgerutscht und in der tiefen Mulde liegen geblieben bin?* Verdankte er sein Leben allein dem Zufall?

Das Gesicht fiel ihm ein, die Fratze. Die anderen hatten sie nicht gesehen ...

Er eilte weiter über den zitternden, vibrierenden Boden, dem hellen Rechteck entgegen, das einfach nicht größer werden wollte. Das Zittern des Bodens nahm zu, und immer öfter musste Stokkart zur Seite weichen, wenn das schwarze Etwas unter ihm nachzugeben drohte.

Und dann stieß er an die Wand.

Die Finsternis vor ihm gewann einfach Substanz und wurde zu der Außenhülle des Artefakts, die sie mithilfe von Strahlnadeln und Mikronauten geöffnet hatten.

Aber das helle Rechteck war nicht größer geworden.

Plötzlich begriff Stokkart den Grund dafür.

Die Öffnung schrumpfte. Sie war die ganze Zeit über geschrumpft, *wuchs* zu, schloss sich wie eine Wunde. Er riss die Augen auf, und während er noch starrte, wurde das schwarze Rechteck winzig klein und verschwand.

Er saß in dem Artefakt fest, in einem fremden Etwas, das Professor Ulgar und die Wissenschaftler getötet hatte.

Es blieb dem Autokraten gar keine Zeit, emotional auf diese Erkenntnis zu reagieren, denn plötzlich öffnete sich der Boden unter ihm, und er fiel in eine unergründliche schwarze Tiefe.

Munghar
Urirr-System

Vater Brrin

Ein Zittern in der Zeit

Etwas weckte Vater Brrins Aufmerksamkeit, und er begriff, dass sich sein Denken und Fühlen erneut in einer Art Stupor verloren hatte. Seit einiger Zeit geschah das immer öfter, ein deutlicher Hinweis auf geistigen Verfall. Sein langes Leben, so wusste er, neigte sich dem Ende entgegen, und er beschloss, nach einem Nachfolger Ausschau zu halten. Doch zuerst ... Was hatte sein Selbst aus der Starre gelöst?

Der alte Kantaki sah durch die mentalen Linsen, die er mithilfe des Nährpilzes formte, blickte in den Kanal und von dort aus ins Universum und den Transraum. Grenzen gab es keine. Alle Galaxien und Galaxienhaufen lagen vor ihm ausgebreitet, Sterneninseln mit myriadenfachem Leben, jeder einzelne Organismus Ausdruck des Materie gewordenen Geistes. Brrin spürte die Präsenz der anderen Zeitwächter, die ständig wachten, immer auf der Suche nach Anzeichen von temporaler Manipulation. Wo und wann auch immer: Die Zeit musste unberührt bleiben, denn Experimente mit ihr konnten dem in ferner Vergangenheit gefangenen Feind Gelegenheit zur Rückkehr geben.

Brrin fand es seltsam, dass außer ihm niemand etwas bemerkt zu haben schien. Hatte er sich getäuscht? Bescherte ihm die Vergreisung gar erste Halluzinationen? Er beobachtete das Gewebe der Zeit: glatt und gleichmäßig, nirgends krause Stellen, die auf manipulativen Einfluss hindeuteten.

Trotzdem spürte Brrin, dass sich etwas anbahnte. Vielleicht versetzte ihn seine große Erfahrung in die Lage, es als Erster zu fühlen.

Und zu hören: ein Raunen, das aus der Vergangenheit kam und im *Jetzt* auf etwas traf, auf das Äquivalent eines wartenden Ohrs. So etwas wie ein Echo erklang, und darauf konzentrierte sich Vater Brrin. Seine Gedanken eilten durch den Kanal in den Transraum und folgten dort dem Verlauf eines Fadens, der zum Ort des Echos führte. Diese Galaxis ... Ein von Menschen besiedelter Planet, Kerberos genannt.

Plötzlich wurde aus dem Raunen in der Zeit lautes Kreischen und Heulen, und Brrin schreckte zurück. Der Transraumfaden vibrierte immer heftiger, neigte sich von einer Seite zur anderen, so wie der Trichter über dem Kanal.

Brrin krümmte die Gliedmaßen, die er noch bewegen konnte, schob die Schutzmembranen vor die multiplen Augen und erbebte am ganzen Leib, so heftig, dass mehrere Kehrer von seinem Rückenschild fielen. Er sah nicht, dass einige der jüngsten Zeitwächter ihre Buckel verließen, und er blickte auch nicht mehr durch die Linsen – er war in Schmerz gefangen.

Als die Qual schließlich nachließ, herrschte Stille, sowohl um ihn herum, als auch in der geistigen Welt. Brrin öffnete die Augen und sah Mutter Krsah, eine der Großen Fünf.

»Was ist geschehen?«, fragte sie sanft. »Die anderen konnten es mir nicht erklären. Sie haben so etwas nie zuvor wahrgenommen.«

Brrin richtete sich mühsam auf. »Ein Splitter des Abissalen«, klickte er. »Lange Zeit hat er geschlafen, halb besiegt. Aber jetzt erwacht er. Und es gibt eine Verbindung zu den Temporalen.«

Das genügte. Mutter Krsah begriff sofort das ganze Ausmaß der Gefahr. Ein Splitter des Abissalen konnte den Schild des Null sprengen und die Temporalen befreien. Dann bekamen sie Gelegenheit, erneut mit ihrer Zeitflotte aufzubrechen, sie und die Renegaten-Kantaki.

»Wo?«, fragte Mutter Krsah.

»Eine Menschenwelt«, antwortete Vater Brrin. »Kerberos.« Er gab der Schwäche nach, sackte in sich zusammen. Mutter Krsah berührte ihn kurz, drehte sich dann um und eilte fort.

Einen Munghar-Tag später starteten fünf große Schiffe, größer als die meisten schwarzen Kolosse der Kantaki. Sie brachen ohne Transportblase auf, und im Transraum verbanden ihre Piloten sie mit dem Faden, der nach Kerberos im fernen Hades-System führte. Im Gegensatz zu allen anderen Schiffen der Kantaki waren diese bewaffnet: Jedes von ihnen trug in seinem hyperdimensionalen Innern eine Komponente der energetischen Matrix des Sporns.

Kerberos
16. April 421 SN
20:43 Uhr

21

Dunkle Rufe

»Ich habe ihm ein starkes Beruhigungsmittel gegeben«, sagte Elisabeth, als sie aus dem Ruhebereich ihrer Wohnung zurückkehrte und die Flurtür schloss. »Der Junge schläft jetzt.«

Eklund stand am breiten Fenster des Wohnzimmers, neben der Balkontür, und nickte, als er in die Nacht hinausblickte. Das Unwetter war weitergezogen; seine Blitze flackerten jetzt über dem Kontinentalwald. Aber es regnete noch immer, und der Wind ließ Tropfen an die Scheiben klatschen. Die Lichter der Stadt funkelten in der Dunkelheit, unbeeindruckt vom Wetter. Elisabeths Wohnung befand sich in einem großen, schmucklosen Block mit individuellen Segmenten. Der Blick aus dem fünfzehnten Stock ging auf der einen Seite übers Delta und auf der anderen über das ausgedehnte Bidonville. Eklund war nicht zum ersten Mal hier, aber er kam so selten her, dass er sich ein wenig fehl am Platz fühlte. Vielleicht war die Umgebung zu ... persönlich.

Elisabeth trat an seine Seite und blickte ebenfalls hinaus. Einige Sekunden lang schwieg die Ärztin, dann fragte sie: »Bist du ihm begegnet?«

»Wem?«

»Dem Ermittler.«

Eklund richtete einen fragenden Blick auf Elisabeth.

»Ein gewisser Lutor, Sonderbeauftragter des Globaldirektors Lukert Turannen«, sagte Elisabeth. »Er stellt Ermittlungen an. Er hat nach Raimon gefragt und dann die Nachricht von einem zweiten Mord in der Zitadelle erhalten. Der Hirte soll umgebracht worden sein. Stimmt das?«

Eklund sah wieder nach draußen und nickte erneut.

»Lutor wies darauf hin, dass man dich in der Nähe des Tatorts gesehen hat.«

Elisabeth wartete. Als Eklunds Schweigen andauerte, fragte sie sanft. »Was geht hier vor?«

»Das würde ich selbst gern wissen.« Bruder Eklund wandte sich vom Fenster ab und begann mit einer Wanderung durch das einfach eingerichtete Wohnzimmer – Elisabeth legte wie er keinen großen Wert auf materielle Dinge. Er versuchte, seine Gedanken zu sammeln, während er langsam einen Fuß vor den anderen setzte. »Mit dem Jungen stimmt etwas nicht«, sagte er schließlich. Elisabeth stand weiterhin am Fenster, hörte stumm und aufmerksam zu. »Er ist ein Selbstheiler, davon bin ich inzwischen überzeugt, aber es gibt auch etwas ... Dunkles in ihm.«

Er legte eine Pause ein und überlegte, suchte nach den richtigen Worten, während Elisabeth geduldig wartete. Eklund schilderte die seltsamen Veränderungen, die er in Raimons Gesicht beobachtet hatte, die Ausflüge ins Elysium, die zahllosen Identitäten, die im Selbst des Jungen schlummerten. »Vielleicht handelt es sich um einen Fall von multipler Persönlichkeit. Ich dachte ... ich dachte, du könntest vielleicht helfen. Deshalb habe ich mit Raimon die Zitadelle verlassen. Du warst nicht im Hospital, und so ...«

Elisabeth stellte die zentrale Frage. »Glaubst du, dass Raimon Xalon und Conrad umgebracht hat?«

»Nein«, sagte Eklund sofort, aber dann zögerte er, als Zweifel an seiner Gewissheit nagte, grässlicher, abscheulicher Zweifel. »Xalon war ein Neuer Mensch, geboren auf Durant, einem Planeten mit doppelter Normschwerkraft. Wie hätte Raimon einen so kräftigen Menschen umbringen sollen? Und der Hirte ...« Eklund zuckte mit den Schultern.

»Xalon scheint regelrecht explodiert zu sein.« Er beschrieb, wie er Conrad aufgefunden hatte. »Wie hätte Raimon so etwas anstellen sollen?«

»Du hast gesagt, dass er verschwunden war, als Xalon starb.«

»Ja.«

»Hast du Raimon gefragt, wo er gewesen ist? Immerhin kann er jetzt sprechen und Auskunft geben.«

»Ich habe ihn gefragt, ja. Aber er hat nur gesagt, dass es wehtut. Die vielen Stimmen in seinem Kopf ... Sie bereiten ihm Schmerzen.«

Elisabeth seufzte. »Was hältst du von einer Tasse Aromakaffee?«

»Eine ganze Menge«, sagte Eklund dankbar. Er nahm Platz, während Elisabeth in der Küche die Syntho-Maschine programmierte. Kurze Zeit später kehrte sie mit einem kleinen Tablett zurück, auf dem zwei Tassen standen. Eine reichte sie Eklund.

Er trank einen Schluck, lauschte kurz dem Pochen der Regentropfen und sagte dann: »Das ist noch nicht alles. Ich glaube, ich habe einen ... heiligen Auftrag erhalten. Die Weltseele hat mich zu dem Jungen geführt, damit ich ihn beschütze.«

Elisabeth sank in den Sessel auf der anderen Seite des Tisches und seufzte, tiefer als zuvor.

»Ich weiß, wie du darüber denkst«, fügte Eklund schnell hinzu und sah in die dunkle, dampfende Flüssigkeit, die seine Tasse füllte. Dann hob er den Kopf und begegnete Elisabeths Blick. »Ich habe meine Steine genommen und sie im Schrein geworfen. Ihre Muster ...«

»Es sind nur bunte Steine, Eklund, weiter nichts«, sagte Elisabeth sanft.

»Ich weiß. Ja, ich weiß. Aber wenn ich sie werfe und ihre Muster betrachte, höre ich manchmal die Stimme der Weltseele.«

»Dein Glaube in allen Ehren ...«

»Ich muss den Jungen schützen«, sagte Eklund und nahm dabei eine besondere Festigkeit in seiner Stimme wahr. »Das ist meine Aufgabe. Was in der Zitadelle geschah ... Ich glaube nicht, dass Raimon irgendeine Schuld trifft.«

»Glaubst du es nicht, oder willst du es nicht glauben?«

»*Wie* sollte er Xalon getötet haben?«

»Er ist fort gewesen.«

»Und er kehrte zurück. Was beweist das schon? Gar nichts.«

»Schon gut, Eklund, ich spiele nur den Advocatus Diaboli.« Elisabeth bemerkte den verwunderten Blick des Alten und fügte hinzu: »Ich trage die Argumente der Gegenseite vor.« Sie seufzte einmal mehr, trank einen Schluck Aromakaffee und setzte die Tasse ab. »Raimon hat Untergewicht. Kräftig ist er gewiss nicht. Zwei erwachsene Männer zu töten, noch dazu einen Neuen Menschen von Durant ...« Sie schüttelte den Kopf.

»Ich habe den Jungen im Elysium gesehen«, sagte Eklund und klang dabei wie ein trauriger Vater. »Etwas steckt in ihm, etwas Finsteres, das ihm Schmerzen bereitet und von dem er sich befreien möchte. Er hofft, dass ich ihm helfen kann. Ich dachte, du könntest vielleicht ...«

»Ich bin keine Psychotherapeutin oder Spezialistin für Psychiatrie. In der Zentralklinik von Chiron gibt es Leute, die sich mit geistigen Problemen aller Art gut auskennen. Wenn es sich um einen Fall von multipler Persönlichkeit handelt, so ist dort vielleicht eine Behandlung möglich. Ich könnte meine Beziehungen spielen und den Jungen einweisen lassen, mit Hinweis auf einen ganz besonderen Fall.«

Eklund zögerte und lauschte erneut dem Pochen der Regentropfen. Es klang fast wie eine Melodie.

»Nein«, sagte er dann. »Ich möchte auf jeden Fall vermeiden, dass er noch einmal von den Sekuritos vernommen wird.«

Auf der anderen Seite des Tisches lehnte sich Elisabeth in ihrem Sessel zurück und musterte Eklund nachdenklich.

 »Warum?«

»Wenn sich sein Gesicht noch einmal auf so seltsame und *unheimliche* Weise verändert ... Die Sekuritos könnten auf den Gedanken kommen, dass mit ihm etwas nicht stimmt. Und wenn sie den wahren Mörder nicht finden, suchen sie vielleicht einen Sündenbock. Wir kennen ihre Methoden, Elisabeth.«

»Ja«, sagte die Ärztin leise. Sie hatte mehrmals Patienten behandeln müssen, die von Sekuritos »verhört« worden waren. »Aber das ist nicht dein einziges Motiv, oder? Sei ganz offen, Eklund. Du hast die Zitadelle verlassen, um mich um Hilfe zu bitten. Doch das ist nur die halbe Wahrheit. Du bist auch – und vielleicht vor allem – aufgebrochen, um zu vermeiden, dass sich das Interesse der Sekuritos Raimon zuwendet. Du glaubst nicht, dass er der Mörder ist. Aber hältst du es für möglich, das er irgendetwas mit dem Tod von Xalon und Conrad zu tun hat?«

Eklund öffnete den Mund, schloss ihn wieder und horchte in sich hinein, auf der Suche nach der Wahrheit. Wenn er jetzt zurückblickte ... Sein ganzes Leben lang hatte er auf etwas gewartet, auf jemand, auf ein Ereignis, auf einen wirklich bedeutsamen Moment, auf einen Wind, der den Staub des Unwesentlichen fortwehte und ihm Relevanz zeigte, den *Sinn* von allem. Er *fühlte* sich diesem Ziel ganz nahe, und Raimon – das hatten ihm die Steine gezeigt – stand damit in einem direkten Zusammenhang. Er musste beschützt werden, um jeden Preis. Und es spielte keine Rolle, was er in der Zitadelle getan hatte oder nicht.

Dieser letzte Gedanke erstaunte Eklund und nahm ihm einen Teil der Last, die auf seinem Gewissen ruhte. Der Auftrag der Weltseele – an die er nicht nur glaubte; er *wusste* um ihre Existenz, was auch immer Elisabeth davon halten mochte – war wichtiger als alles andere. Es galt, Gefahr von Raimon abzuwenden, bis ... Bis was geschah? Die Antwort rückte in Reichweite, und Eklund öffnete sein Selbst dem Elysium, um danach zu greifen ...

Etwas berührte ihn, wie die Hand einer Frau, die ihn einmal gestreichelt hatte, vor vielen Jahren. Dann *kratzte* es, und die Hand – wenn es eine Hand war – wich abrupt fort, zerfetzte dabei die Antwort und ließ ihre Fragmente fortwirbeln, erfasst von einem Wind, der im Elysium oft dort zu wehen schien, wo sich Raimon befand.

Raimon ...

Eklund stand abrupt auf. »Der Junge! Er ist wach und ...«

Elisabeth reagierte, noch bevor er Gelegenheit bekam, den Satz zu beenden. Sie war schnell auf den Beinen, lief los, riss die Flurtür auf, eilte durch den Korridor, öffnete die Tür des zweiten kleinen Schlafzimmers ...

Eklund folgte der Ärztin und blickte über ihre Schulter, als sie in der Tür verharrte. Nur die Kleidung des Jungen lag auf dem Bett, ohne Raimon. Das Fenster war geöffnet, und jenseits davon ging es fünfzehn Stockwerke in die Tiefe.

Sie nahmen den Levitatorlift, der diesmal wie in Zeitlupe in Richtung Erdgeschoss zu kriechen schien. Kaum war er dort angelangt, sprang Elisabeth von der Plattform, lief einige Schritte und erinnerte sich dann daran, dass ihr Begleiter nicht mehr so flink auf den Beinen war. Eklund stützte sich auf den Gehstock und ging, so schnell er konnte.

Draußen eilten sie durch den Vorgarten, vorbei an Pflanzen, die aus dem Kontinentalwald stammten. Die meisten von ihnen wirkten ungepflegt und vernachlässigt. Nur noch vereinzelte Regentropfen fielen, und die Geräusche der Stadt drangen durch die Nacht, wie das Brummen und Stöhnen eines gewaltigen Wesens.

»Er müsste hier irgendwo liegen«, sagte Elisabeth.

»Wenn er gesprungen ist.« Eklund blieb stehen und sah an dem Gebäude empor. Hinter vielen Fenstern brannte Licht, nicht nur hinter denen von Elisabeths Wohnung, aber er wusste, wo sich ihr Apartment befand. Sie standen fast genau darunter.

Plötzlich flogen mehrere kleinere Lichter auf sie zu und verharrten direkt vor ihren Gesichtern.

»Was machen Sie da?«, kam eine Stimme aus dem Dunkeln.

»Ich wohne hier«, sagte Elisabeth und holte ihren Identer hervor. Eine Hand griff danach – mehr konnte Eklund nicht sehen. Das Licht direkt vor seinen Augen blendete ihn.

»Bitte entschuldigen Sie.« Die Lichter verschwanden plötzlich. Eklund blinzelte mehrmals und sah einen Mann, der die Uniform des Wachdienstes trug.

»Ist Ihnen etwas aufgefallen?« Elisabeth versuchte, ruhig zu sprechen, aber Eklund hörte die Sorge in ihren Worten. »Haben Sie gesehen, wie jemand ... dort oben aus einem Fenster fiel?«

»Was?« Der Wächter hob die Hand; mehrere Suchlichter stoben fort und leuchteten in alle Schatten des verwilderten Vorgartens. Eklunds Blick folgte ihnen, und er stellte erleichtert fest, dass nirgends eine zerschmetterte Leiche lag. »Soll das heißen ...«

»Schon gut.« Elisabeth atmete tief durch. »Ich muss mich geirrt haben. Sicher war es nur ein Schatten, weiter nichts.«

Zusammen mit Eklund kehrte sie ins Gebäude zurück. Der Wächter sah ihnen verwundert nach.

Wieder in der Wohnung betraten sie das Zimmer, in dem Raimon geschlafen hatte. Eklund rechnete halb damit, ihn im Bett vorzufinden, aber sein Wunsch ging nicht in Erfüllung.

Elisabeth trat zum Fenster und sah noch einmal nach unten, bevor sie es schloss und sich umdrehte.

»Wie ist das möglich? Er hat das Zimmer verlassen, ohne die Tür zu öffnen. Das Fenster ist der einzige Weg.«

Eklund blickte aufs Bett, die zur Seite geworfene Decke, und schüttelte den Kopf.

»Er müsste tot dort unten liegen«, fügte Elisabeth hinzu.

»Wir haben niemanden gefunden.«

»Er müsste geflogen sein, und Menschen können nicht fliegen. Zumindest nicht ohne technische Hilfsmittel.«

Eklund zog sich einen Stuhl heran und nahm Platz. »Ich

schlage vor, wir warten. Er ist schon zuvor verschwunden und zurückgekehrt.« Er winkte mit dem Gehstock. »Das Fenster solltest du besser wieder öffnen. Wer weiß?«

Ein Geräusch weckte Rubens Lorgard. Nicht das leise Pochen gelegentlicher Regentropfen, sondern etwas anderes. Ein Geräusch, das nicht in die vertraute Umgebung seiner Wohnung passte.

Lorgard blieb im Bett liegen und lauschte. Über dem Kontinentalwald zuckten gelegentlich die Blitze des weitergezogenen Unwetters, und ihr flackerndes Licht zeigte ihm Momentaufnahmen der Umgebung. Die Tür des Schlafzimmers stand wie üblich weit offen, gewährte Blick in den Flur und in einen Teil des großen Wohnraums. Dort gab es etwas mehr Licht – es stammte vom pseudorealen Darstellungsfeld des Datenservos, den er nicht ausgeschaltet hatte. Sein leises Summen, das Pochen einiger letzter Regentropfen, die sehr gedämpften Geräusche der Stadt, sonst nichts.

Lorgard stand auf, streifte Hose und Hemd über ... und verharrte, als er das Geräusch erneut hörte. Ein sonderbares Knarren, wie Dielenbretter unter einem schweren Gewicht.

Auf leisen Sohlen verließ er das Schlafzimmer, blieb im Flur stehen und fragte sich, ob er einen Alarm auslösen sollte. Eine kurze verbale Anweisung genügte, und die Servi der Wohnung würden sofort den Sicherheitsdienst des Gebäudes und auch die Sekuritos verständigen.

»Licht an«, sagte Rubens Lorgard stattdessen. Sofort wurde es hell.

Eine Gestalt stand im Wohnzimmer: anderthalb Meter groß, drei gummiartige Beine, die Haut wie dickes, altes Leder.

»Was machst du denn hier?«, fragte Lorgard erstaunt und betrat das Wohnzimmer. Ihm fiel ein, dass die Apartmenttür geschlossen und gesichert war. »Und wie bist du hereingekommen?«

 Er ging um die Gestalt herum und sah in die beiden großen Augen, die starr geradeaus blickten. Das Licht spiegelte sich in ihnen wider, aber Lorgard glaubte, auch noch etwas anderes zu erkennen, ein seltsames Glühen.

Der Adlatus antwortete nicht, stand einfach nur da. Von seinem sonderbaren Verhalten einmal abgesehen ... Irgendetwas an ihm wirkte fehl am Platz. Erstaunlicherweise brauchte Lorgard mehrere Sekunden, um den fremden Faktor zu identifizieren. In dem Gesicht mit der auf die Wahrnehmung von Schmutzpartikeln und toxischen Substanzen spezialisierten Nase zeigte sich Schmerz.

Das Geräusch, das er für ein Knarren gehalten hatte ... Es war ein leises, dumpfes Stöhnen.

»Es tut so weh«, sagte der Adlatus mit einer Stimme, die Lorgard nie zuvor von ihm gehört hatte.

Lorgard wich einen Schritt zurück, und eine Ahnung regte sich in ihm, begleitet von Entsetzen und Kummer. Dies war *sein* Geschöpf. Nicht der Adlatus, der im Apartment für Sauberkeit sorgte, sondern ...

Die Gestalt veränderte sich, wurde schmaler und größer. Ihre Substanz, ihr lebendes, von der Formationsmatrix strukturiertes Fleisch, schien sich halb zu verflüssigen, um dann erneut zu erstarren und seine biologischen Funktionen zu erfüllen. Ein Humanoide stand vor Lorgard, ein nackter, geschlechtsloser Mensch mit einem Gesicht, aus dem ihn mehrere Personen anzusehen schienen: Die Züge wechselten, gingen ineinander über, zerfransten und zerfaserten, um sich dann in einer neuen Form zu stabilisieren.

Der nackte, geschlechtsneutrale Mensch – der Metamorph – streckte wie flehentlich die Arme aus. »Es tut so weh«, klagte er. Zwei Tränen lösten sich aus den Augen und rannen über die Wangen. »Die vielen Stimmen ... Es tut so weh.«

Tausend Gedanken gingen Lorgard durch den Kopf. Er erinnerte sich an das Gespräch mit Emmerson, an die Programmierung des Metamorphs und seinen multiplen Tötungsbefehl. *Gefahr!*, rief die Stimme des Instinkts in ihm.

Doch er fühlte sich auch wie ein Vater, der den verlorenen Sohn wieder gefunden hatte. Dies war *sein* Geschöpf, sein Werk.

Er trat vor, griff nach den Händen ...

Wieder veränderte sich die Gestalt, aber viel schneller als vorher. Innerhalb eines Sekundenbruchteils wurde aus dem Menschen – weder Mann noch Frau – ein großes Maul mit dolchartigen Zähnen, und es schnappte sofort zu.

Eine Hand schloss sich fast schmerzhaft fest um Eklunds Schulter und weckte ihn.

»Er ist zurück!«, zischte Elisabeth.

Raimon lag auf dem Bett, nackt und wie von einem Fieber geschüttelt. Seine Augen waren weit aufgerissen, und er starrte ins Nichts, während er am ganzen Leib bebte. Eklund stand ruckartig auf, ignorierte den Schmerz im Rücken, eilte zum Bett und erschrak, als er den Jungen berührte. Raimons Haut war heiß; er schien regelrecht zu brennen. Ein leises Wimmern kam von seinen Lippen.

»Ich bin ebenfalls eingeschlafen«, sagte Elisabeth leise. »Dann habe ich etwas gehört und ...« Sie schüttelte den Kopf. »Die Tür ist abgeschlossen, von innen. Er muss durchs Fenster gekommen sein.«

»Raimon?« Eklund beugte sich vor. »Hörst du mich, Raimon? Wie hast du das Zimmer verlassen? Und wie bist du zurückgekehrt?«

»Tot«, hauchte der Junge. Er blinzelte mehrmals, und sein Blick schien sich auf etwas zu richten, das nur er sehen konnte. Das Gesicht veränderte sich und gewann etwas Fratzenhaftes. »Er ist tot, tot, tot.« Jedes einzelne Wort war ein tiefes, kehliges Grollen. Dann erklang wieder die Stimme des Jungen, gequält, voller Schmerz. »Es tut so weh ...«

Er schloss die Augen und schien einzuschlafen. Die Qual wich aus seinem Gesicht, und die kindlichen Züge glätteten sich. Eklund tastete nach der Stirn des Jungen und stellte fest, dass die Haut kühler geworden war.

»Wir müssen ihm irgendwie helfen«, sagte er voller Mitleid.

Elisabeth trat an seine Seite. Sie wirkte sehr nachdenklich. »Ich schlage vor, wir bringen ihn zum Hospital. Ich möchte ihn noch einmal untersuchen.«

Kerberos
16. April 421 SN
20:45 Uhr

22

Todesschatten

Ohne die geringste emotionale Reaktion sah Lutor auf den braunroten Haufen, der vom Körper des Hirten übrig geblieben war. Hier und dort ragten Knochen aus der Masse, und ganz oben lag der Kopf, unversehrt, das Gesicht in einer Fratze des Entsetzens erstarrt. Forensische Spezialisten der Sekuritos waren bei der Arbeit und versuchten, in Conrads Büro Spuren zu sichern.

»Wer oder was tötet auf eine derartige Weise?«, fragte der ältere Sekurito, der Lutors Identer überprüft hatte. Er schien die Ermittlungen zu leiten.

Der Metamorph, dachte Lutor. Laut sagte er: »Jemand, der die Struktur von organischem Gewebe verändern kann. Bei Xalon brachte er den Körper zur Explosion, hier ließ er ihn ... schmelzen.«

Der Sekurito maß ihn mit einem nachdenklichen Blick, und Lutor erkannte einen Mann, der Erfahrung hatte und sich auskannte. »Glauben Sie, es steckt der gleiche Täter dahinter?«

»Zwei ungewöhnliche Morde in der Zitadelle, kurz hintereinander?«

Der Sekurito musterte ihn noch immer, und Lutor hielt dem Blick mühelos stand.

»Warum sind Sie hier?«, fragte er so leise, dass die anderen Sekuritos ihn nicht hörten.

»Das ist meine Sache«, sagte Lutor kühl.

»Warum hat Globaldirektor Turannen Sie hierher geschickt? Es muss um eine wichtige Sache gehen. Und Ihre Präsenz an diesem Ort deutet auf einen Zusammenhang hin.«

Haben wir hier einen zweiten Edwald Emmerson?, dachte Lutor, und vager Ärger regte sich in ihm. »Hüten Sie sich davor, falsche Schlüsse zu ziehen.« Er sah sich demonstrativ um. »Ich möchte mit der Frau reden, die den Toten gefunden hat.«

»Wenn Sie Informationen zurückhalten, erschweren Sie die Ermittlungen.«

»Wo ist die Frau?«

Der Sekurito seufzte. »Kommen Sie.« In der kleineren Höhle vor dem Büro standen mehrere Mitglieder der Aufgeklärten Gemeinschaft. Lutor ließ kurz den Blick über ihre Gesichter schweifen, sah Entsetzen, Bestürzung und tiefe Unsicherheit.

»Schwester Talis?«, fragte der ältere Sekurito.

Eine der Frauen – schmächtig, blass, die Augen noch immer weit aufgerissen – löste sich aus der Gruppe und sah den Uniformierten fragend an.

»Dieser Mann möchte mit Ihnen reden.«

»Lassen Sie uns am Tisch Platz nehmen«, sagte Lutor. »Die anderen verlassen bitte das Zimmer.«

Die Frau setzte sich an den Tisch, während die übrigen Brüder und Schwestern die Höhle verließen. Der ältere Sekurito blieb etwa drei Meter entfernt stehen und lehnte sich an die Wand. Lutor spielte mit dem Gedanken, ihn ebenfalls fortzuschicken, entschied sich dann dagegen. Vielleicht brauchte er irgendwann einmal die Hilfe der Sekuritos; er hatte gelernt, sich nicht unnötig Feinde zu machen.

Die Frau – um die dreißig, schätzte Lutor – war ganz offensichtlich verängstigt. Ihre Finger blieben ständig in Bewegung, als sie dasaß, tasteten hin und her, wie auf der Suche nach etwas, an dem sie sich festhalten konnten.

»Sie haben den Toten gefunden«, sagte Lutor.

Talis sah zu dem Sekurito, als wollte sie seine Erlaubnis einholen, bevor sie antwortete. Der Mann in der rotbraunen Uniform reagierte nicht auf den Blick, vermutlich eine Demonstration von Neutralität.

»Ja«, sagte die Frau.

»Befand sich sonst noch jemand im Büro des Hirten oder in dieser Höhle?«

Sie schüttelte den Kopf, kurz und heftig, wie erschrocken. »Nein.«

»Man hat Eklund in der Nähe gesehen, nicht wahr?«

Ein Teil der Bestürzung verschwand aus Talis' Gesicht und wich Verwunderung. »Glauben Sie etwa, dass Bruder Eklund ...? Er ist alt, und sein Rücken macht ihm Schwierigkeiten; er kann den Hirten unmöglich umgebracht haben.«

»Ist Ihnen auf dem Weg hierher irgendetwas aufgefallen?«

Talis runzelte die Stirn und überlegte.

»Sind Sie jemandem begegnet, der von hier kam?«

Die Frau zögerte kurz. »Ja. Dem Jungen.«

»Welchem Jungen?«

»Raimon, Eklunds Novize.«

Lutor fühlte den Blick des Sekuritos, aber er wusste, dass seine Züge nichts verrieten. »Raimon kam Ihnen entgegen, als Sie auf dem Weg zum Hirten waren?«

»Ja.«

»Welchen Eindruck machte er auf Sie?«

»Sein Gesicht war ... leer. Und gleichzeitig lächelte er, aber nur mit den Lippen. Der Rest blieb von dem Lächeln ausgespart.«

»Wo ist der Junge jetzt?«

Talis schüttelte erneut den Kopf, langsamer diesmal. »Ich weiß es nicht. Ich habe ihn nicht mehr gesehen.«

»Na schön. Sie können gehen.«

Die Frau stand auf und floh fast aus der Höhle. Der ältere Sekurito stieß sich von der Wand ab und kam näher.

»Wer hat die Vernehmungen nach Xalons Ermordung geleitet?«

»Ich.«

»Haben Sie mit Bruder Eklund und seinem Novizen gesprochen?«

»Ja, das habe ich. Ein jüngerer Kollege begann die Vernehmung, aber ich war von Anfang an dabei.«

»Hat sich etwas ergeben?«

Der Sekurito nahm dort Platz, wo eben Schwester Talis gesessen hatte. »Wie meinen Sie das?«

»Sie wissen ganz genau, wie ich das meine«, sagte Lutor mit einer gewissen Schärfe. »Weichen Sie mir nicht aus. Ist Ihnen etwas aufgefallen?«

Wieder richtete der Uniformierte einen abschätzenden Blick auf Lutor. »Das Gesicht des Jungen ...«, sagte er schließlich. »Es veränderte sich. Es gewann immer wieder die Züge anderer Personen, und er sprach mit ihren Stimmen. Mein Kollege meinte, er hätte nie zuvor etwas Unheimlicheres erlebt.«

Der Metamorph, dachte Lutor. *Jetzt gibt es kaum mehr einen Zweifel.* Er legte die Hände flach auf den Tisch und stand auf. »Bitte stellen Sie fest, wo sich Eklund und Raimon derzeit aufhalten.«

»Sie sind nicht mehr in der Zitadelle.« Der ältere Sekurito, dessen Namen Lutor gehört und sofort wieder vergessen hatte, stand ebenfalls auf. »Ich würde selbst gern mit ihnen reden und habe nach ihnen suchen lassen. Sie sind nicht hier.«

»Wo könnten sie sein?«

Der Uniformierte hob und senkte die Schultern. »Ich weiß es nicht. Chiron ist groß und Kerberos noch größer.«

Lutor trat einen Schritt auf den Mann zu und durchbohrte ihn mit einem Blick. »Mir scheint, Sie sind nicht besonders kooperativ. Muss ich Sie daran erinnern, dass mich Globaldirektor Turannen mit allen Vollmachten ausgestattet hat?«

Der Sekurito ließ sich nicht einschüchtern. »Ich unterstehe dem Urbanen Symposion und zähle nicht zu den Mitarbeitern von NHD«, sagte er in einem Tonfall, der ebenso neutral war wie sein Gesichtsausdruck. »Und ich möchte noch einmal an Sie appellieren: Wenn Sie zusätzliche Informationen haben, so teilen Sie sie bitte mit uns. Es liegt in unser aller Interesse, weitere Morde zu verhindern.«

»Ich werde Sie in Kenntnis setzen, sobald ich das für richtig und angemessen halte«, erwiderte Lutor. »Bis dahin erwarte ich von Ihnen, dass Sie meine Ermittlungen voll und ganz unterstützen.«

Der Sekurito nickte knapp.

»Ich möchte keine Zeit damit verlieren, Dutzende von Mitgliedern dieser Gemeinschaft zu vernehmen. Das haben Sie bereits getan, und bestimmt konnten Sie dabei das eine oder andere herausfinden. Welche Kontakte hat Eklund außerhalb der Zitadelle? Freunde und Bekannte in der Stadt? Wer steht ihm nahe?«

Einige Sekunden lang erweckte der ältere Sekurito den Eindruck, mit sich selbst zu ringen. »Die Ärztin«, sagte er dann. »Er besucht oft das Hospital unweit des Bidonville. Bietet dort seine Dienste als Heiler an. Einige Angehörige der Gemeinschaft haben ausgesagt, dass er mit einer Ärztin namens Elisabeth befreundet ist.«

»Elisabeth Demetrio?«

»Kennen Sie sie?«

»Ich habe bereits mit ihr gesprochen.« *Wer hätte das gedacht? Eine direkte Verbindung.* »Nun, das ist ein Ansatzpunkt.«

Der Sekurito griff nach einem Kom-Servo.

»Nein«, sagte Lutor. »Überlassen Sie mir das.«

»Ich habe mit den Untersuchungen begonnen und ...«

»Und Sie werden die weiteren Schritte mir überlassen. Bitte zwingen Sie mich nicht, nach Rücksprache mit Globaldirektor Turannen beim Autokraten vorstellig zu werden. So etwas könnte bestimmte Personen in peinliche Situationen bringen. Sie verstehen sicher, was ich meine.«

Das Gesicht des Sekuritos war jetzt nicht mehr neutral, sondern steinern. »Ja.«

»Fahren Sie hier damit fort, Informationen zu sammeln. Ihre Leute sollen auch in der Stadt die Augen offen halten, aber *nicht* direkt eingreifen, was auch immer geschieht.«

»Was auch immer geschieht?«, wiederholte der Mann besorgt. »Womit rechnen Sie?«

»Es könnte zu dem einen oder anderen Zwischenfall kommen«, sagte Lutor ausweichend. »Ich setze mich mit Ihnen in Verbindung.«

Der Levitatorwagen befand sich dort, wo Lutor ihn zurückgelassen hatte, auf einem breiten Vorsprung, der aus der Felswand des Pelion-Massivs ragte. Tief unten erstreckte sich der Lichterteppich von Chiron im Delta des Acheron. Das Unwetter war inzwischen weitergezogen, und seine Blitze flackerten nun über dem schier endlosen Kontinentalwald. Lutor stieg ein, aktivierte den Levitator, schaltete auf manuelle Kontrolle und lenkte den Wagen fort von der Zitadelle.

Er beabsichtigte, Elisabeth Demetrio einen zweiten Besuch abzustatten.

Die Sekuritos störten nur. Die Jagd betraf ihn und den Metamorph, ihn und die Beute, so wie immer. Alles andere hatte auf der Bühne dieser Konfrontation nichts zu suchen.

Lutor befand sich erst seit kurzer Zeit auf Kerberos, aber er glaubte sich dem Metamorph dicht auf den Fersen. Falls Raimon wirklich der Metamorph war. Vielleicht, mit ein wenig Glück, konnte er ihn noch an diesem Abend stellen.

Als er den Levitatorwagen nach unten lenkte, den oberen Flugkorridoren der Stadt entgegen, weckte eine aus dem Augenwinkel wahrgenommene Bewegung seine Aufmerksamkeit. Er drehte den Kopf, sah übers Riffmeer und den bunten Lichterreigen hinweg, der dort blinkte und glänzte, wo die künstliche Insel des Autokraten schwamm. Ein ganzes Stück hinter der Insel flirrte die Luft wie von großer Hitze, und ein großes schwarzes Etwas stieg auf, ein gewaltiges Objekt, das *lebendig* wirkte.

Lutor blinzelte verblüfft, und als er erneut hinsah, war das Etwas verschwunden.

Dafür existierte die Stadt unter ihm nicht mehr.

Ein viel größeres Delta mit nur wenigen Inseln breitete sich unten aus, im Licht einer Sonne, die wie aufgebläht am Himmel hing. Lutor starrte verblüfft in die Tiefe und sah nicht ein einziges Gebäude. Nirgends deutete etwas darauf hin, dass sich Menschen an diesem Ort aufhielten oder jemals aufgehalten hatten.

Vor ihm flackerte es rot, als alle Sicherheitssysteme des Levitatorwagens gleichzeitig Alarm gaben.

Die Nacht war zum Tag geworden, und die Sonne gleißte auf ein von Menschen völlig unberührtes Acherondelta hinab. Die Luft schien fast unbewegt zu sein, und doch wurde der Levitatorwagen plötzlich hin und her geworfen. Feine Risse bildeten sich in der Frontscheibe, und in der tragenden Struktur aus Stahlkeramik und Synthomasse knarrte und knackte es. Die Darstellungsfelder vor Lutor flackerten, aber die in ihnen angezeigten Daten ergaben überhaupt keinen Sinn. Die verschiedenen Servi des Levitatorwagens schienen oben und unten, links und rechts miteinander zu verwechseln. Er betätigte die manuellen Kontrollen ...

... und stand plötzlich in dem Apartment, das NHD ihm zur Verfügung gestellt hatte. Jenseits der Fenster jagten giftgrüne und blutrote Wolken über einen brennenden Himmel. Lutor wich von diesem Anblick zurück, wandte sich der Tür zu, öffnete sie ... und sah in einen schwarzen Schlund. Wind heulte, zerrte an ihm, wollte ihn in den Schlund reißen. Er hielt sich fest, kämpfte gegen das Zerren an und warf die Tür zu.

Jähe Stille herrschte, und in dieser Stille hörte er Worte, wie ein Flüstern aus der Ferne: *Ich warte auf dich.*

Ein Blinzeln, mehr nicht ...

... und er saß wieder im Levitatorwagen. Nacht umgab ihn, unten glühten die Lichter der Stadt, und über dem Kontinentalwald flackerten Blitze. Wolken rissen auf, und das Licht eines Mondes fiel aufs Riffmeer, auf den *schwarzen*

Schatten, der sich aus ihm erhob, wie ein Teil der Nacht, der beschlossen hatte, jedes Licht zu verschlucken.

Der Levitatorwagen fiel.

Lutors Hände huschten über die Kontrollen ...

... Grau. Eine graue Welt erstreckte sich um ihn herum. Wo einst der Kontinentalwald gewuchert und geblüht hatte, ragten farblose Gerippe auf, und dort, wo sich die Stadt Chiron erstreckt hatte, bedeckte grauer Staub wie ein Leichentuch den Boden. Lutor setzte langsam einen Fuß vor den anderen, atmete heiße, trockene Luft, als er die kläglichen Reste von Stahlkeramikmauern betrachtete. Nichts regte sich in dieser sterilen, toten Umgebung; nicht einmal Insekten flogen.

»Dies ist nicht die Realität«, sagte er laut, und wie um sich selbst zu überzeugen. »Ich sitze in einem Levitatorwagen und ...«

Abrupt blieb er stehen. *Ich sitze in einem* abstürzenden *Levitatorwagen!*

Aus irgendeinem Grund begann er zu laufen, als könnte er dadurch die räumliche und zeitliche Distanz zur ihm vertrauten Wirklichkeit verkürzen.

Ich warte auf dich.

Eine Stadt wie ein Lichtermeer, eingebettet in Dunkelheit. Und der Levitatorwagen stürzte ihr entgegen. Lutor gelang es, ihn abzufangen und das Levitationskissen zu stabilisieren, um Kollisionen mit Fahrzeugen in den oberen Verkehrskorridoren zu vermeiden. Er glaubte bereits, den Wagen wieder unter Kontrolle zu haben, als ihn *etwas* beiseite schleuderte, wie der Fausthieb eines Titanen ...

Erneut stand er in dem alles umfassenden Grau, und sofort bemerkte Lutor zwei Unterschiede. Aus den Resten von Stahlkeramik waren vollständige Gebäude geworden, die allerdings uralt wirkten, leblos, seit langem verlassen. Und er war nicht mehr Lutor, sondern Kordun, der Krieger aus dem Nordland.

Das war völlig unmöglich.

Kordun existierte nur in einer fiktiven Anderswelt, und allein die Verbindung mit einem AW-Datenservo ermöglichte es ihm, in seine Rolle zu schlüpfen. Er hob die Hände und betrachtete sie, stellte fest, dass es Korduns Hände waren, und seine Muskeln, seine Kraft, seine Entschlossenheit und sein Zorn auf … Echna? Nein. Dieser Kordun dachte nicht an den Gebieter der Schattenwelt und die Infernalische Garde, sondern an einen anderen Gegner, jemanden, der kleiner und schmächtiger war als er, gekleidet in Leder, schwarz wie die Nacht, das Gesicht hinter einer silbernen Maske verborgen.

Ich warte auf dich.

Kordun stand hoch aufgerichtet da und ballte so fest die Fäuste, dass sie leise knirschten. »Wo bist du?«, grollte er. Der Zweihänder hing an seinem Gürtel, aber er hatte keinen Rucksack mehr. Was auch immer geschah, er musste ohne seine magischen Utensilien zurechtkommen.

Ich sitze nach wie vor in dem Levitatorwagen, dachte Lutor/Kordun und fragte sich, wie man einem Traum entkommen konnte, den man im wachen Zustand erlebte. Aber war dies wirklich nur ein Traum?

Und dann sah er ihn, den anderen Krieger, jene geheimnisvolle Gestalt, die ihn verletzt hatte, obwohl man in einer Anderswelt gar nicht verletzt werden konnte. Wie als Bestätigung spürte er erneut dumpfen Schmerz, hob Korduns linken Arm und sah den roten Striemen einer vor kurzer Zeit verheilten Schnittwunde. Die Gestalt stand mitten auf der breiten Straße, kurz vor der Stelle, an der sie nach rechts abknickte und hinter einem hohen, leeren, toten Gebäude verschwand. Es wehte kein Wind, nichts regte sich, und Stille lag über der menschenleeren Stadt.

Es gibt hier nur uns beide, dachte Lutor mit plötzlicher Gewissheit. *Alles andere auf Kerberos ist tot, seit vielen, vielen Jahren.*

Als Kordun setzte er sich in Bewegung, ging mit langsamen und doch zielstrebigen Schritten. Die schweren Lederstiefel wirbelten den grauen Staub auf.

Die schwarze Gestalt mit der silbernen Maske rührte sich nicht von der Stelle. Mit der Reglosigkeit einer Statue stand sie da, aber Lutor fühlte ihren wachen Blick.

Einige Meter vor dem Fremden blieb er stehen, ohne das Schwert zu ziehen. »Wer bist du?«

Ich bin wir, lautete die rätselhafte Antwort. Lutor wusste nicht, ob er die Worte hörte oder ob sie sein Gehirn ohne den Umweg über die Ohren erreichten.

»Ich bin nicht wirklich hier«, sagte er. »Ich sitze an Bord eines Levitatorwagens. Eines *abstürzenden* Levitatorwagens.« Tausend Fragen bestürmten ihn, und zwei von ihnen lauteten: Verging in der Wirklichkeit Zeit, während er dies erlebte? Lief er Gefahr zu sterben, während er ... träumte?

Die Gestalt bewegte sich. Aus einem Reflex heraus zog Lutor den Flamberg und ...

... stand in einem langen Flur, den er sofort wieder erkannte. Er gehörte zur Residenz seines Vaters, zu dem großen Clanhaus, das vor vielen Jahrhunderten auf einem Hochplateau in den Tausend Graten auf Aburrka errichtet worden war, hoch über einem langen Fjord, dessen eisblaues Wasser fast tausend Meter weiter unten funkelte. Er ging an den Wänden entlang, betrachtete die alten Dokumente in den Schutzrahmen, statische dreidimensionale Bilder, Originalwaffen in Vitrinen, Andenken und mehr als nur das: Die meisten Waffen waren tatsächlich im Kampf gegen Feinde benutzt worden, erst gegen Menschen während der dynastischen Kriege, dann gegen die Temporalen während des tausendjährigen Zeitkriegs. Eine stolze Familie, deren Angehörige über Jahrhunderte hinweg Soldaten und Krieger gewesen waren, während der Zweiten Dynastie in den Diensten bestimmter Magnaten, während des Zeitkriegs im Dienst der ganzen Menschheit sowie der Kantaki und Feyn. Der Kordun-Clan. Eine Familie, die auf Aburrka besonders hohes Ansehen genoss. Lutor setzte ihre alten Traditionen auf seine Weise fort: als unerbittlicher Jäger.

An einem Fenster blieb er stehen und blickte zum langen

Fjord hinab, von Nostalgie und Heimweh erfasst. Als er sich umdrehte, sah er seinen Vater am Ende des Flurs, und das war unmöglich, denn sein Vater war seit mehr als zehn Jahren tot.

Er streckte die Hand aus ...

... und hörte das Kreischen des Levitators. Die synthetischen Stimmen der Servi versuchten, ihm irgendetwas mitzuteilen, aber Lutor wusste auch so, dass die Bordsysteme des Wagens mit enormen Belastungen fertig werden mussten. Nein, dies war kein Traum. Dies geschah wirklich. Etwas passierte auf Kerberos, etwas, das nicht nur die Systeme seines Levitatorwagens durcheinander brachte. Die Lichter in den Verkehrskorridoren über Chiron tanzten in der Nacht, als wären sie den Launen eines heftigen Sturms ausgesetzt.

»Landeanflug«, wies Lutor den Hauptservo des Levitatorwagens an. »Bring mich nach unten.«

Als keine Reaktion erfolgte, griff er erneut nach den manuellen Kontrollen. Nur noch wenige hundert Meter trennten ihn vom Chaos in den Verkehrskorridoren der Stadt, und während er noch Ausschau hielt, kollidierten zwei große Transportkapseln und platzten auseinander. Lutor zwang den Levitatorwagen zur Seite, und es gelang ihm, etwas Höhe zu gewinnen und auf einen neuen Kurs zu gehen ...

Ein Schlag traf ihn mitten im Gesicht, so heftig, dass er fast das Bewusstsein verlor ...

Lutor lag mit dem Rücken im grauen Staub auf der Straße, tastete mit der Hand nach der Nase und wischte Blut fort.

Der Fremde stand über ihm, das Gesicht noch immer hinter der silbernen Maske verborgen. Er hielt keine Waffe in den Händen, hatte allein mit der Faust zugeschlagen.

Lutor besann sich auf Korduns Kraft, schüttelte die Benommenheit ab, stand halb auf und sprang. Er warf sich der Gestalt entgegen, hob mit der Rechten das Schwert auf, drehte sich in der Luft – wie herrlich war diese Agilität! –, landete auf den Beinen und schlug zu.

Doch der Fremde stand nicht dort, wo er ihn erwartet hatte, sondern *hinter* ihm.

Ein zweiter Schlag traf ihn, zwischen den Schulterblättern, schmetterte ihn mit solcher Wucht zu Boden, dass ihm der Aufprall die Luft aus den Lungen presste. Nach zwei oder drei Sekunden schaffte er es, sich umzudrehen.

Dort stand der Fremde, nur einen Meter entfernt, in der Hand jetzt ein Schwert, das er auf Lutor richtete. Die kalte, scharfe Spitze berührte ihn am Halsansatz.

»Wer bist du?«, brachte er hervor.

Ich bin wir, wiederholte der Fremde, hob die linke Hand und nahm die Maske ab.

Lutor sah in tausend verschiedene Gesichter ...

... und etwas schien ihn zu zerreißen. Es krachte und donnerte um ihn herum, so laut, dass sich die synthetischen Stimmen der Servi völlig darin verloren. Der Sicherheitsharnisch schloss sich um ihn, so fest, dass ihm das Atmen schwer fiel, und ein Kompensationsfeld flackerte, absorbierte kinetische Energie, die ihn schwer verletzt oder gar getötet hätte.

Zeit verstrich. Lutor wusste nicht, wie lange er in dem Kokon aus Benommenheit verharrte, der Schmerzen und Fragen von ihm fern hielt. Irgendwann, vielleicht nach einigen Minuten, erschienen Gesichter in seinem Blickfeld – Sekuritos und medizinische Helfer –, und er hörte das Heulen von Sirenen.

Jemand löste den Sicherheitsharnisch, und man barg ihn aus dem Wrack des abgestürzten Levitatorwagens. Als man ihn zum nahen Rettungsfahrzeug trug, sah er mehrere Leichen – offenbar war der Wagen beim Absturz in eine Gruppe von Passanten gerast. Einige Schaulustige standen in der Nähe, und in ihrer Mitte glaubte Lutor, eine silberne Maske zu sehen.

Orbit von Kerberos
16. April 421 SN
21:15 Uhr

Orbitalstation MeteoTech-14

Es war Nacht an Bord, während unten der Tag von Kerberos dahinglitt, wieder einmal. Anton Filip, Chefmeteorologe der Orbitalstation, liebte diese Momente der Ruhe; der Anblick des Planeten jenseits der breiten Panoramafenster aus transparenter Stahlkeramik lud ihn zur Besinnung ein. Er saß an einer von insgesamt vier hufeisenförmigen Kontrollkonsolen in der Zentrale von MeteoTech-14, weit im Sessel zurückgelehnt, in den Händen einen Becher mit Aromakaffee. Gelegentlich sah er auf die Anzeigen, aber meistens blickte er nach draußen ins All und beobachtete, wie sich Kerberos unter ihm drehte. Eine große Landmasse erschien und glitt wie träge dahin. Meere reflektierten glitzernd das Licht der Sonne Hades: die Smaragdsee, das Riffmeer, der ausgedehnte Meridionale Ozean – blau und türkis, durchsetzt von tausenden kleiner und großer Inseln –, die teilweise zugefrorenen Polaren Meere. Alles wirkte irgendwie fragil, fand Filip, klein, empfindlich und zerbrechlich, die größten Ozeane ebenso wie die höchsten Berge. *Es kommt eben auf den Blickwinkel an,* dachte er, zufrieden mit sich selbst und der kleinen, überschaubaren Welt, die ihn umgab.

Während er sinnierte, beobachtete und Kaffee trank, näherte sich erneut der Terminator, jene Linie, die den Tag von der Nacht trennte. Er betrachtete die Wolkenmuster, las die von den verschiedenen Servi ins Fenster eingeblendeten Daten und stellte fest, dass sich über dem Riffmeer ein Unwettergebiet gebildet hatte und nach Chiron gezogen war. Die Lichter der Hauptstadt von Kerberos waren unter Gewitterwolken verborgen, in denen immer wieder Blitze flackerten. Filip warf einen kurzen Blick auf das Chrono. Die nächste routinemäßige Auswertung der meteorologischen und anderen Messdaten stand erst in einer Stunde an, und selbst damit hätte er sich nicht unbedingt selbst befassen müssen – die Datenservi erledigten den größten Teil der Arbeit von allein. Manchmal fühlte Filip die eigene Bedeutung auf die eines Wartungstechnikers reduziert, und dann sagte er sich im Scherz, dass er nicht einmal *dazu* gebraucht wurde. Zur Ausstattung von MeteoTech-14 gehörten zwanzig spezielle Adlaten, an die besonderen Arbeitsbedingungen in und außerhalb der Orbitalstation angepasst. Einer von ihnen, wie von Anton Filips Gedanken gerufen, krabbelte draußen am Rand des breiten Fensters entlang. Das Wesen mit zwei Beinen und mehr als zehn kurzen und langen Armen brauchte keine Schutzkleidung, denn seine Haut aus flexiblem Silizium schützte es vor Kälte, Vakuum und Strahlung. Saugnäpfe gaben dem Adlatus – der, wie Filip wusste, nicht aus Kerberos-Basismasse bestand – Halt an der Außenhülle, während er unermüdlich externe Installationen überprüfte.

Schon nach wenigen Sekunden geriet das Wesen wieder außer Sicht, und Filips Blick kehrte zurück zu den Blitzen auf der Nachtseite des Planeten.

Ein roter Indikator blinkte auf der Kontrollstation.

Der Chefmeteorologe beugte sich vor, stellte den Becher auf die Ablage rechts neben der Konsole und aktivierte ein pseudoreales Darstellungsfeld. Daten erschienen, Buchstaben- und Zahlenkolonnen.

Ein zweiter Indikator leuchtete rot auf, dann ein dritter. Filip hörte ein seltsames Schaben, blickte zur Seite und stellte fest, dass der Becher mit dem Aromakaffee über die Ablage rutschte.

Die ganze Orbitalstation vibrierte.

Mit der einen Hand hielt Filip den Becher fest, und mit der anderen betätigte er Schaltelemente, rief weitere Informationen ab.

»Eurelia?«

»Wie kann ich zu Diensten sein?«, erklang die synthetische Stimme des zentralen Datenservos. Filip wusste nicht, welcher seiner Vorgänger ihn Eurelia genannt hatte und ob sich hinter diesem Namen Bedeutung verbarg. Die Personifizierung des primären Datenservos der Orbitalstation war inzwischen integraler Bestandteil von MeteoTech-14 und nicht mehr wegzudenken.

»Weck die anderen«, sagte Filip. »Ich brauche Hilfe.«

»Bestätige«, erwiderte Eurelia.

Eine Sekunde später strömte eine Flut von Rot über die Kontrollkonsole, und aus der Vibration wurden mehrere heftige Erschütterungen. Der Becher mit dem Aromakaffee fiel dem Chefmeteorologen aus der Hand, prallte auf den Boden und rollte fort, hinterließ dabei eine Spur aus schwarzer Flüssigkeit. Filip achtete nicht darauf. Sein Blick huschte zwischen den Anzeigen und dem Panoramafenster hin und her. Ein Schatten schob sich zwischen Kerberos und MeteoTech-14, der dunkle Koloss eines Kantaki-Schiffes, das aus dem Gravitationsschacht des Planeten kletterte, und für einen irrationalen Moment befürchtete der Chefmeteorologe, dass es zu einer Kollision mit dem schwarzen Riesen gekommen war. Aber die eingeblendeten Daten wiesen darauf hin, dass die Entfernung mehrere Dutzend Kilometer betrug. Das Kantaki-Schiff glitt vorbei, gefolgt von einer Transportblase ...

... die hinter dem Schiff zu platzen schien.

Filip riss entsetzt die Augen auf. Die filigranen Gespinste der großen Blase hinter dem Kantaki-Schiff zerfaserten. Frachtbehälter, kleine Habitate und Passagierkapseln platzten auseinander, und ihr Inhalt war plötzlich dem kalten Vakuum des Alls ausgesetzt.

Ein Blinzeln ...

 Und das Kantaki-Schiff war fort.

Mehrere Sekunden lang verharrte Anton Filip verblüfft, sah aus dem Panoramafenster und hielt nach einem riesigen Raumschiff Ausschau, von dem sich nirgends eine Spur zeigte. Schaltelemente klickten unter den Fingern des Chefmeteorologen, als er zusätzliche externe Sensoren aktivierte, mit ihnen in den interplanetaren Raum spähte und horchte. Mehrere Shuttles waren zwischen den äußeren Planeten des Hades-Systems unterwegs, aber weit und breit zeigte sich kein Kantaki-Schiff.

Siegel zischten leise, als sich das Schott öffnete. Anton Filip drehte kurz den Kopf und sah die noch recht verschlafen wirkenden Helen und Girdo, beide um die fünfunddreißig und frisch verliebt. Eine rosarote Wolke schien über ihnen zu schweben, selbst jetzt, trotz der Verwirrung in ihren Gesichtern und der schlecht sitzenden, weil hastig übergestreiften Kleidung. Dem Paar folgte der junge, schmächtige Boris, der erneut den Eindruck erweckte, sich kaum auf den Beinen halten zu können. Meistens – nicht immer – war er so blass, dass seine Haut farblos wirkte, und dann zeichneten sich die Blutgefäße ab, rot und blau. Anton Filip wusste längst, dass er bei Boris keine normalen Maßstäbe anlegen durfte, denn er war ein Genveränderter, ein Neuer Mensch. An welche besonderen ambientalen Bedingungen er angepasst war und was ihn nach Kerberos und schließlich auf diese Orbitalstation verschlagen hatte, wusste der Chefmeteorologe nicht. Aber solche Dinge spielten hier auch keine Rolle. Boris war ein erstklassiger Datenkorrelator und Auswerter, wurde dadurch zu einem wertvollen Mitglied des wissenschaftlichen Teams an Bord von MeteoTech-14.

Wortlos trat der junge Mann an Filips Kaffeebecher vorbei, nahm an seiner Konsole Platz, aktivierte pseudoreale Darstellungsbereiche und rief die aktuellen Daten ab.

»Was ist passiert?«, fragte Helen, strich ihr langes feuerrotes Haar nach hinten und setzte sich, ebenso wie Girdo.

»Das würde ich selbst gern wissen«, erwiderte Anton Filip. »Es war ganz ruhig, und dann gaben plötzlich alle Systeme Alarm. Es kam zu Vibrationen und Erschütterungen ...«

»Die haben uns aus dem Bett geworfen«, sagte Girdo und wechselte einen kurzen Blick mit Helen, bevor er sich wieder den Anzeigen seiner Station zuwandte.

»Ein Kantaki-Schiff flog vorbei, und mit seiner Transportblase stimmte etwas nicht. Die Frachtbehälter und Passagierkapseln brachen auseinander …«

»*Was?*«, stieß Helen erschrocken hervor.

»Und dann verschwand das Schiff einfach. Ich habe versucht, es mit den externen Sensoren wieder zu finden, aber es bleibt spurlos verschwunden.«

»Was ist denn mit dem Planeten los?«, entfuhr es Girdo.

Filip sah über die Flut von Rot auf seiner Konsole hinweg zum Panoramafenster. Etwas wie grauer Nebel kroch über Kerberos, verschlang die Dunkelheit der Nachtseite und kleidete den ganzen Planeten in ein Gewand aus uniformer Farblosigkeit. Einige blinkende Punkte in verschiedenen Umlaufbahnen – vom zentralen Datenservo eingeblendete Hinweise auf die Positionen der wichtigsten Satelliten und der anderen Orbitalstationen – verschwanden ebenso wie zuvor das Kantaki-Schiff.

»Eurelia, was ist mit den anderen Satelliten und Stationen?«

Keine Antwort.

Filip drehte den Kopf und stellte fest, dass sich der seltsame graue Nebel nicht nur auf Kerberos beschränkte, sondern auch MeteoTech-14 erreichte. Es war ein *totes* Grau, das von Alter und Kälte kündete, in dem alles erstarrte. Boris, Helen, Girdo … Sie bewegten sich nicht mehr, saßen vollkommen reglos an ihren Stationen, hier eine Hand ausgestreckt, dort ein Kopf zur Seite geneigt.

Das Grau kroch weiter durch die Zentrale, erreichte den Chefmeteorologen, kletterte an seinen Beinen empor …

Filip sprang auf, konnte aber nicht entkommen. Er wich zurück, doch die Farblosigkeit fraß sich an ihm hoch, erreichte Rumpf und Hals …

 Er glaubte, die Kälte eines Millionen Jahre alten Gletschers zu spüren, einen Frost, der sein Herz anhielt, Gedanken und Gefühle gefror ...

Von einem in Kälte erstarrten Moment zum anderen existierte das Grau nicht mehr. Helen sprang halb auf, die Hand zum Mund erhoben. Girdo zog so abrupt die Hände von den Kontrollen zurück, als hätte er sich verbrannt. Boris hingegen ... Er saß wie staunend da und beobachtete Datenkolonnen, die rasend schnell durch mehrere Darstellungsfenster glitten.

»Ich erkenne ein Muster«, sagte er.

Anton Filip kehrte zu seinem Platz zurück. Es gab keine Erschütterungen mehr, und die Vibrationen ließen nach. Das Panoramafenster zeigte die Nachtseite von Kerberos, ein Teil davon unter den Wolken eines ausgedehnten Unwettergebiets. Blinkende Punkte kennzeichneten die Positionen von Satelliten und anderen Orbitalstationen.

»Was geht hier vor?«, fragte er leise. »Eurelia?«

»Wie kann ich zu Diensten sein?«

»Ich habe dich vorhin etwas gefragt, und du hast keine Antwort gegeben.«

»Zu dem letzten verbalen Kontakt mit Ihnen kam es vor einigen Minuten, als Sie mir die Anweisungen gaben, die anderen zu wecken.«

»Boris?« Filip sah ins All. Die Erinnerung an das Grau, das er so deutlich gesehen hatte, entsetzte ihn noch immer. »Was hat es mit den Mustern auf sich?«

»Es handelt sich eindeutig nicht um ein meteorologisches Phänomen«, erwiderte Boris.

Natürlich nicht, dachte Filip. *Meteorologische Vorgänge des Planeten können sich auf uns in der Umlaufbahn nicht auswirken.*

»Es lassen sich auch keine außergewöhnlichen solaren Aktivitäten feststellen«, fuhr der junge Mann vor. Seine Hände waren in ständiger Bewegung, berührten immer wieder Schaltelemente, riefen Daten ab und fügten sie den bereits entstandenen Korrelationsmustern hinzu. Ein Projektionsfeld bildete sich vor dem Panoramafenster und zeigte eine spinnenwebartige Struktur mit Fäden, die von einem gemeinsamen Zentrum ausgingen. Die einzelnen Fäden waren nicht gerade, sondern krumm und verdreht. Die Darstellung schob sich über den Planeten, und ihr Zentrum befand sich über dem Riffmeer, nicht sehr weit von Chiron entfernt – die Lichter der Stadt glühten durch Lücken zwischen den Wolken.

»Was ist das?«, fragte Filip.

»Eine temporale Anomalie«, erklärte Boris. »Inzwischen hat sie sich stabilisiert. Aber weitere temporale Eruptionen sind nicht auszuschließen.«

»Als der Zeitkrieg stattfand, war Kerberos noch nicht besiedelt«, sagte Girdo. »Ich habe nie davon gehört, dass die Zeitmechaniker der Kantaki und Feyn hier irgendwelche Portale geschlossen haben.«

»Dies ist keine Anomalie, wie wir sie kennen. Eine Art ... Trichter scheint sich zu bilden, ein Tunnel durch die Zeit.«

Die spinnenwebartige Struktur verformte sich und wurde zu einer Spirale mit immer engeren Windungen.

»Aber wie konnte es dazu kommen? Wodurch entsteht auf Kerberos plötzliche eine temporale Anomalie? Welche Ursache hat dieses Phänomen?«

»Bestimmt keine natürlichen. Die aus dem Zeitkrieg stammenden Aufzeichnungen in den Datenbanken zeigen gewisse strukturelle Parallelen.«

Die Blicke der drei anderen Besatzungsmitglieder ruhten auf Boris. In seinem vorher so blassen Gesicht bemerkte Filip jetzt einige Flecken. Ein Zeichen von Aufregung?

»Und das bedeutet?«, fragte er.

»Ich glaube, wir haben es mit dem Versuch der Temporalen zu tun, in unsere Zeit zurückzukehren.«

Kerberos
16. April 421 SN
21:15 Uhr

23
Krümmungen

»Die Sicherheitsservi des Apartments haben den Alarm ausgelöst«, sagte der leitende Sekurito.

Edwald Emmerson sah sich um. Keine Verwüstungen. Alle Dinge in Ruben Lorgards Wohnung standen und lagen an ihrem Platz, soweit er das beurteilen konnte. Der Datenservo ...

»Wann?«, fragte er und näherte sich dem Gerät. Ein jüngerer Sekurito stand davor und betrachtete die Daten im pseudorealen Darstellungsbereich.

Der die Untersuchungen leitende Uniformierte folgte ihm. »Vor einer halben Stunde. Der Sicherheitsdienst des Gebäudes hat uns verständigt, und wir sind sofort hierher gekommen und haben Ihnen Bescheid gegeben.«

»Wenn Sie gestatten ...« Edwald Emmerson schob den jungen Mann beiseite und deaktivierte den Datenservo. »Dieses Gerät enthält vertrauliche Daten von NHD.«

»Wir können es versiegeln, wenn Sie wünschen«, bot sich der leitende Sekurito an. Auf seinem Namensschild stand Tanbert.

»Das ist nicht nötig. Nach der Deaktivierung kann die Datenabfrage nur nach Eingabe einer Berechtigungssequenz erfolgen.« Emmerson sah sich noch einmal um und kehrte dann dorthin zurück, wo sich Blutspuren und Gewebereste am Boden zeigten. »Die Ergebnisse der genetischen Analyse sind eindeutig?«

»Ja«, bestätigte Tanbert, während die anderen Sekuritos ihre Untersuchungen fortsetzten. Sie fertigten Aufnahmen an, suchten nach Spuren und werteten die von den verschiedenen Servi im Apartment aufgezeichneten Daten aus. »Das organische Material stammt von Rubens Lorgard.«

»Er ist getötet worden.«

»Darauf deutet alles hin.«

»Und der Rest der Leiche?«

Tanbert vollführte eine vage Geste. »Der Mörder hat sie irgendwie verschwinden lassen.«

»Wie?«

»Das weiß ich leider nicht.«

Edwald Emmerson seufzte leise. »Die Tür war gesichert, nicht wahr? Und die Fenster geschlossen?«

»Ja.«

»Wie ist der Mörder in die Wohnung gelangt?«

»Vielleicht befand er sich bereits hier, bevor Rubens Lorgard die Fenster schloss und die Tür sicherte.«

»Selbst wenn das der Fall wäre, müsste es in den Aufzeichnungen der Servi einen Hinweis darauf geben. Aber wie *verließ* der Mörder die Wohnung, noch dazu mit den Resten der Leiche?«

Der Sekurito wirkte verunsichert. »Es ist alles sehr rätselhaft.«

Nein, ist es nicht, dachte Edwald Emmerson. *Die Antwort liegt auf der Hand.*

Er trat zu einem der breiten Fenster und blickte nach draußen in die Nacht. Das Unwetter war inzwischen weitergezogen, und es regnete kaum mehr. Der Lichterteppich der Stadt, der Schein eines Mondes, der durch eine Lücke in der Wolkendecke fiel, das Riffmeer, das sich silbern bis zum Horizont erstreckte ...

Alles wirkte friedlich. Aber Edwald Emmerson wusste nur zu gut, wie sehr der Schein trog. Ein überaus gefährliches Geschöpf trieb sich in der Stadt herum, darauf programmiert zu töten.

Wir sind alle in Gefahr, dachte er und erinnerte sich an das Tötungsprogramm. *Er war hier, der Metamorph.*

Für ein Wesen wie ihn stellten gesicherte Türen und geschlossene Fenster kein Hindernis dar.

Der Kom-Servo in seiner Tasche summte. Emmerson holte das kleine Gerät hervor und schaltete es ein. Ein pseudoreales Projektionsfeld entstand, und darin erschien das Gesicht von Elroy Tobias.

»Wir haben einen ersten Bericht«, sagte der neue NHD-Sicherheitschef.

»Einen Augenblick.« Emmerson ging in den Flur, betrat das Schlafzimmer, schloss die Tür und ging in eine Ecke des Zimmers. »Ich höre.«

»Mehrere Spitzelservi haben Lutor verfolgt, als er die Suite im Hotel Caravel verließ«, sagte Elroy Tobias. »Er scheint eine Spur gefunden und mit konkreten Ermittlungen begonnen zu haben.«

»So schnell?«

»Globaldirektor Turannen hat sicher nicht ohne Grund ausgerechnet ihn hierher geschickt. Was auch immer man von ihm halten mag, er scheint sehr tüchtig zu sein.«

»Und?«

»Er hat mit mehreren Personen gesprochen. Seine Untersuchungen scheinen sich auf einen etwa zwölf Jahre alten Jungen namens Raimon zu konzentrieren.« Tobias schilderte Raimons Hintergrund. »Ein Mitglied der Aufgeklärten Gemeinschaft, Bruder Eklund, hat Raimon als seinen Novizen zur Zitadelle mitgenommen. Interessanterweise kam es dort kurze Zeit später zu zwei rätselhaften Morden.« Er berichtete von Xalon und dem Hirten.

Emmerson nickte langsam. »Ein dritter Mord wurde verübt. Rubens Lorgard ist tot.«

Tobias reagierte erschrocken.

Emmerson nannte die Einzelheiten. »Meiner Ansicht nach deutet alles auf den Metamorph hin.«

»Glauben Sie, der Junge ...«

»Lutor scheint es für möglich zu halten. Die Frage ist, was wir jetzt ...«

Der pseudoreale Darstellungsbereich verschwand. Emmerson versuchte, das Gerät erneut zu aktivieren, doch die Kontrollen reagierten nicht. Nach kurzem Zögern stand er auf, öffnete die Schlafzimmertür, kehrte ins Wohnzimmer zurück ...

Ein sonderbarer Widerstand stellte sich seinen Bewegungen entgegen – die Luft schien sich zu verdichten, die Konsistenz erst von Wasser und dann von Brei zu gewinnen. Die Sekuritos im Wohnzimmer standen wie erstarrt, vorgebeugt und gebückt, hier eine Hand gehoben, dort eine ausgestreckt. Emmerson glaubte zunächst, dass sie völlig reglos waren, aber als er genau hinsah, beobachtete er Bewegungen wie in extremer Zeitlupe, und gleichzeitig hörte er ein dumpfes Brummen, wie von sehr in die Länge gezogenen Stimmen.

Edwald Emmerson ging an den Blut- und Gewebespuren auf dem Boden vorbei, und jeder einzelne Schritt kostete viel Kraft, denn der Widerstand, der sich ihm entgegensetzte, schien stärker zu werden. Am breiten Fenster blieb er stehen, dort, wo er zuvor gestanden hatte, und versuchte erneut, den Kom-Servo zu aktivieren. Das Gerät funktionierte noch immer nicht.

Das Fenster vor ihm quoll auf, wölbte sich langsam nach innen und platzte. Splitter wogten Emmerson entgegen, und instinktiv hob er die Arme, um das Gesicht zu schützen. Aber nicht ein Fragment berührte ihn. Die Splitter verflüssigten sich und verdampften, bevor sie ihn erreichten, und er fühlte nur kurz eine feuchte Hitze. Ihr folgte ein Knistern, wie von statischer Elektrizität kurz vor der Entladung.

Das dunkle Wasser im Delta ... Es schien zu brodeln und zu kochen. Inseln schrumpften, als es rasend schnell anstieg, schneller als bei jeder anderen Flut, die Kerberos je erlebt hatte. Lichter erloschen, als die dunklen Fluten sie erreichten und weiterstiegen, die letzten Inseln im Delta verschlangen, die Uferbefestigungen überspülten, an Gebäuden nicht emporkrochen, sondern empor*schossen* ...

Irgendetwas veranlasste Emmerson den Blick zu senken, und er stellte fest, dass er in den Boden des Apartments gesunken war, bis zu den Knien. Er versuchte, das rechte Bein aus der weichen Masse zu lösen, in die sich der Boden verwandelt hatte, aber er steckte fest. Das dunkle Wasser des enorm angeschwollenen Riffmeers erreichte das geborstene Fenster, strömte herein, stieg höher, immer höher, Emmerson reckte entsetzt den Hals, schnappte nach Luft ...

Das Wasser verschwand, und er stand vor dem Fenster, das wieder existierte und so fest und undurchlässig war, wie es sein sollte.

Hinter ihm erklangen verwirrte Stimmen, und eine war lauter als alle anderen. Sie gehörte Tanbert.

»Was geht hier vor?«

Emmerson sah an sich herab – seine Beine steckten nicht mehr im Boden des Apartments.

Sirenen heulten in der Stadt, und tanzende Lichter in den Verkehrskorridoren deuteten darauf hin, dass Dutzende oder gar hunderte von Levitatorwagen außer Kontrolle geraten waren. Emmerson versuchte noch einmal, Gebrauch von seinem Kom-Servo zu machen. Diesmal leuchteten die Funktionsindikatoren auf, aber er konnte keine Verbindung mit Elroy Tobias in der NHD-Zentrale herstellen.

»Unsere Geräte funktionieren nicht mehr«, sagte einer der Sekuritos.

Emmerson wandte sich an Tanbert. »Aus irgendeinem Grund scheint das Kom-Netz in Chiron ausgefallen zu sein. Ich schlage vor, Sie setzen hier ihre Untersuchungen fort. Was auch immer dort draußen geschieht – Ihre Kollegen können sich darum kümmern.«

Das Nicken des Sekuritos sah Edwald Emmerson gar nicht mehr, denn er ging mit langen Schritten zur Tür. Im Gemeinschaftsflur des Gebäudes zögerte er am Levitatorlift und entschied sich dann für die Treppe.

Draußen offenbarte sich ihm das ganze Ausmaß des Chaos. Abgestürzte Levitatorwagen lagen nicht nur in den Verkehrskorridoren, die Bodenfahrzeugen vorbehalten waren, sondern auch in den für Fußgänger reservierten verkehrsfreien Zonen. Das flackernde Licht von Flammen fügte sich dem Glühen von Lampen hinzu. Noch immer heulten Sirenen, nah und fern. Menschen eilten hin und her; einige von ihnen versuchten, den Verletzten zu helfen.

Ein Blick in die Runde genügte, und Emmerson entschloss sich, zu Fuß zu gehen. Glücklicherweise war sein Ziel, die Einsatzzentrale der Sekuritos von Chiron, nicht weit entfernt. Jetzt gab es zwei Gründe für ihn, dort mit Petrokos zu sprechen, dem Großkommissar der Sekuritos. Der eine hieß Raimon. Der andere war eine Frage, die lautete: Was ist mit der Stadt passiert?

Während er ging, beobachtete er mit großer Aufmerksamkeit, was um ihn herum geschah. War das, was er in Ruben Lorgards Apartment erlebt hatte, mehr als nur eine Halluzination? Gab es einen Zusammenhang mit dem unbekannten Etwas, das bewirkt hatte, dass Levitatorwagen abgestürzt waren und viele Geräte nicht mehr funktionierten? Nicht alle mit Levitatoren ausgestattete Fahrzeuge waren vom Nachthimmel gefallen. Zufall? Oder das Ergebnis eines selektiven Faktors?

Um die Einsatzzentrale zu erreichen, musste Emmerson eine lange, schmale Brücke überqueren, die über einen Nebenkanal des Deltas führte. Nach einigen Metern gesellte sich der akustischen Kulisse aus Sirenengeheul, Rufen, aufgeregten Stimme und dem Brummen von Levitatoren ein weiteres Geräusch hinzu, ein seltsames Gluckern, Schmatzen und Platschen. Er trat ans Geländer und blickte nach unten. Das Licht der Brückenlampen reichte aus, um einige Meter weiter unten Einzelheiten zu erkennen. Dutzende, hunderte von Schlammspringern verließen die Sicherheit bietenden überwucherten Uferbereiche und sprangen durchs Wasser, in Richtung Riffmeer: die Weibchen dick und wie aufgeplustert, die Männchen klein, begleitet von den Fekundanten, ohne die eine Befruchtung nicht möglich war – sie klebten auf den Rücken der Männchen und sahen aus wie Geschwüre.

Edwald Emmerson lebte lange genug in Chiron, um zu wissen, dass dieser Vorgang einzigartig war. Die so genannte Fruchtwanderung fand einmal im Jahr statt, und bis dahin würde es noch einige Monate dauern. Was hatte die Schlammspringer veranlasst, schon jetzt aufzubrechen, ausgerechnet an diesem Abend?

Er ging weiter, durch eine Stadt, die sich allmählich beruhigte. Es stürzten keine weiteren Fahrzeuge ab; alle Levitatoren schienen wieder einwandfrei zu funktionieren. Das Geheul der Sirenen ließ nach; Ambulanzen brachten Verletzte fort.

Als Edwald Emmerson die mehrstöckige Einsatzzentrale der Sekuritos unweit des Hafens betrat, gewann er den Eindruck, dass es zu einer kurzen Erschütterung kam. Er blieb stehen und sah sich um, aber die Menschen um ihn herum – Sekuritos in rostbraunen Uniformen und bunt gekleidete Zivilisten – schienen nichts bemerkt zu haben. Emmerson kam bis in den zweiten Stock, ohne dass ihn jemand anhielt, was vielleicht an seiner schlichten, unauffälligen Kleidung lag – er fiel nicht gern auf, hielt sich lieber zurück und beobachtete. Als er sich dem Büro des Großkommissars näherte, trat ihm ein kräftig gebauter Sekurito entgegen. »Sie wünschen?«

»Ich bin Edwald Emmerson, planetarer Direktor von NHD Kerberos«, sagte er ruhig. »Ich möchte zu Petrokos.«

Der Sekurito musterte ihn argwöhnisch. »Planetarer Direktor? Sie …«

»Bitte geben Sie dem Großkommissar Bescheid«, sagte Emmerson und verlieh seinen Worten diesmal eine gewisse Schärfe.

Der Mann trat durch die nahe Tür. Zehn Sekunden später kam er wieder zum Vorschein, von Petrokos in den Flur geschoben. »Kommen Sie herein, Emmerson. Ich habe Sie nicht erwartet. Wenn Sie sich angekündigt hätten …«

»Mein Kom-Servo funktionierte nicht.«

»Planetarer Direktor, wie? Man hat Sie befördert.«

»Ja. Und mein Vorgänger ist tot. Ihre Leute haben mich verständigt. Ich bin in Lorgards Wohnung gewesen, als es geschah.«

»Es«, wiederholte Petrokos und nahm hinter einem Schreibtisch Platz, über dem mindestens zehn unterschiedlich große pseudoreale Darstellungsbereiche leuchteten. Einige zeigten Einsatzorte der Sekuritos in der Stadt, andere die übermittelten Daten von Situationsbewertungen und Lageberichten.

Emmerson kannte Petrokos seit vielen Jahren und hielt ihn für eine Art Seelenbruder. Der große, bullige Mann mit dem dunklen krausen Haar und den tatzenartigen Händen war wie er selbst durch und durch Polizist, jemand, dem es in erster Linie um das Gesetz ging, um Ordnung und die Einhaltung von Regeln. Bei einem privaten Gespräch, das erst wenige Monate zurücklag, hatte sich Petrokos selbst als Bauarbeiter im Gerüst der Zivilisation beschrieben: Leute wie er achteten darauf, dass alles stabil blieb und nichts einstürzte.

»Was ist geschehen?«

Der Großkommissar lehnte sich zurück, breitete die Arme aus und ließ sie wieder sinken. »Ich habe keine Ahnung. Irgendetwas hat sich störend auf Levitatoren, Datenservi und andere technische Dinge ausgewirkt. Levitatorwagen sind abgestürzt. Es gab Tote, zum Glück nicht allzu viele, und viele, viele Verletzte. Manche Leute berichten von seltsamen Halluzinationen ...«

Emmerson nickte und schilderte seine sonderbaren Erlebnisse in Lorgards Apartment.

Ein Sekurito kam mit Berichten herein und öffnete den Mund, aber Petrokos winkte ihn sofort wieder hinaus und berührte ein Schaltelement auf dem Schreibtisch. Die Tür schloss sich.

»Etwas Seltsames geschieht«, sagte Emmerson und fragte sich, ob es einen Zusammenhang mit dem Metamorph gab.

»Da bin ich ganz Ihrer Meinung. Es treffen laufend Berichte ein. Sobald ich einen Überblick bekommen habe, gebe ich Ihnen Bescheid.«

»Danke«, sagte Emmerson. »Aber ich bin nicht nur deshalb hier. Ich möchte Sie um einen Gefallen bitten.«

»Wenn ich helfen kann ...«

»Haben Sie von einem gewissen Lutor gehört?«

»Meinen Sie den Mann, der im Auftrag von Globaldirektor Turannen nach Kerberos gekommen ist?«

»Ja. War er hier?«

»Nein. Aber ich habe von ihm gehört. Arkan erwähnte ihn in seinen Berichten. Scheint ein ziemlich unsympathischer Bursche zu sein.«

»Gelinde gesagt. Ist Arkan in der Zitadelle?« Emmerson kannte jenen Sekurito: ein älterer Mann mit Erfahrung.

»Ja. Er stellt Nachforschungen in Hinsicht auf zwei seltsame Morde an. Ein gewisser Bruder Eklund und ein Junge namens Raimon scheinen irgendwie darin verwickelt zu sein. Dieser Lutor hat Arkan zu verstehen gegeben, dass er sich aus der Sache heraushalten soll. Wir sollen uns auf die Rolle von Beobachtern beschränken und ihn informieren, wenn wir etwas herausfinden, ansonsten aber alles ihm überlassen.« Petrokos fügte seinen Worten ein Schnaufen hinzu, das deutlich zu verstehen gab, was er von der Sache hielt.

»Finden Sie Bruder Eklund und den Jungen für mich. Geben Sie mir Bescheid, und informieren Sie Lutor erst später. Ich möchte vor ihm Zugriff auf die beiden haben.«

Das weckte Petrokos' berufliches Interesse. »Was wissen Sie, Edwald? Worum geht es?«

»Es handelt sich um eine NHD-Angelegenheit.«

»Und Sie können oder wollen nicht darüber reden?«

»Nein. Tut mir Leid.«

»Es tut Ihnen nicht Leid, aber ich verstehe«, sagte Petrokos. »Na schön. Ich gebe eine Fahndungsanweisung heraus. Alles ganz diskret.«

»Danke.« Emmerson stand auf. »Ich möchte nicht noch

mehr von Ihrer Zeit in Anspruch nehmen. Sie haben sicher viel zu tun.«

»Mehr als mir lieb ist.« Petrokos erhob sich ebenfalls und betätigte ein Schaltelement. Die Tür seines Büros öffnete sich wieder, und das Stimmengewirr im Flur schwappte herein. »Übrigens ... Ich habe vergeblich versucht, den Autokraten zu erreichen. Wissen Sie, wo er steckt?«

»Nein. Sprechen Sie mit Raphael.«

Sie traten in den Flur. »Habe ich. Er weiß ebenfalls nicht, wo Stokkart ist. Angeblich.«

Petrokos schüttelte Emmerson die Hand und kehrte in sein Büro zurück. Mehrere uniformierte Sekuritos folgten ihm mit Infonauten.

Emmerson hörte das akustische Signal seines Kom-Servos und holte das offenbar wieder funktionierende Gerät hervor. Eine pseudoreale Darstellung von Elroy Tobias erschien.

»Direktor ...« Der neue Sicherheitschef von NHD Kerberos lächelte. »Ich habe herausgefunden, wer Lutor wirklich ist.«

Kerberos
16. April 421 SN
22:05 Uhr

24

Schwingen

»Ich will nicht, ich will nicht«, sagte Raimon und schüttelte heftig den Kopf.

Der Junge lag lang ausgestreckt auf einer Liege in einem Zimmer der neurologischen Abteilung des Hospitals. Eine haubenförmige Vorrichtung senkte sich herab, und Raimon starrte so zu ihr empor, als handle es sich um ein Fallbeil.

»Keine Angst, Elisabeth will dir nichts antun.« Eklund trat näher an die Liege heran und legte die Hand auf die Schulter des zitternden Jungen, der sich daraufhin ein wenig zu beruhigen schien. »Mit diesem Gerät können wir vielleicht die vielen Stimmen in deinem Kopf sehen und dir helfen.«

Er nickte Elisabeth zu.

Die Ärztin schaltete den neuralen Scanner ein. Grünliches Licht fiel auf den Kopf des Jungen, der die Augen noch immer weit aufgerissen hatte. Eklund berührte ihn erneut an der Schulter, und der physische Kontakt schien Raimon zu helfen.

Linien erschienen auf einem zweidimensionalen Projektionsfeld an der Wand. Auf der linken Seite zeigten sich Ruhemuster, auf der rechten dramatische Ausschläge, die sich ständig veränderten. Elisabeth hatte es Eklund vorher erklärt: Die linke Seite präsentierte das normale Aktivitätsmuster eines Gehirns, die rechte Raimons neurale Aktivität.

Einige glatte Linien auf der linken Seite entwickelten auf der rechten Zacken und Spitzen.

»Er ist erregt«, sagte Elisabeth leise zu Eklund. Dann wandte sie sich an den Jungen. »Versuch bitte, dich auf eine der Stimmen in deinem Kopf zu konzentrieren. Vielleicht auf die lauteste. Oder auf die, die dir am wenigsten Schmerz bereitet.«

Raimons Augen bewegten sich. Sein Blick ließ die Haube des Scanners los, glitt zur Ärztin, und in den dunklen Pupillen zeigte sich ein sonderbarer Glanz. »Was mache ich hier?«, erklang die verwundert klingende Stimme einer Frau.

Weitere Linien erschienen auf der rechten Seite des Projektionsfelds, wie die wachsenden und schrumpfenden Wellenberge eines Ozeans.

»Töte«, flüsterte die Stimme eines Mannes aus Raimons Mund. »Töte. Töte.«

Immer mehr Linien entstanden, und ihre Zackenmuster überlagerten die anderen. Das Zittern des Jungen wurde stärker, und Eklund schloss seine Hand etwas fester um Raimons Schulter. »Elisabeth? Ich weiß nicht, ob dies eine gute Idee ist. Ich ...«

»Tötetötetöte!«, heulte der Junge, richtete den Oberkörper abrupt auf und stieß mit dem Kopf so heftig an die Kante des Scanners, dass die Haut aufplatzte und Blut hervorquoll.

Eine geistige Faust packte Eklunds Bewusstsein, schloss sich fest darum und riss es mit sich.

Er jagte durch einen Wirbelwind aus Bildern, so schnell, dass er keine Einzelheiten erkennen konnte, nur vage Eindrücke von Farben wahrnahm. Die meisten waren dunkel, braun und schwarz, und immer dann, wenn er Licht sah und sich ihm zuwenden wollte, drückte die Faust fester zu und quetschte sein Selbst zusammen. Für ein oder zwei Sekunden sah er das alte Portal, das ins Elysium führte, die Welt über der Welt. Es blieb geschlossen, ließ ihn nicht passieren, aber gleichzeitig wusste er, dass dies – was auch immer es war – zum Elysium gehörte.

Wind seufzte, blähte die Segel eines Schiffes, dessen Rumpf durch ein türkisfarbenes Meer pflügte. Es war eine steife Brise, die die Takelage knarren ließ, und Eklund fühlte, wie sich das große Schiff langsam hin und her neigte, wie ein Geschöpf, das auf seinem Ruhelager nach einer bequemen Position suchte.

Am Bug stand Raimon und blickte über den Ozean zum fernen Horizont. Der Wind zerrte an seiner Kleidung, zerzauste ihm das Haar.

Außer ihnen befand sich niemand an Bord. Eklund brauchte nicht nachzusehen – er wusste es.

Er ging übers Deck, wieder begleitet vom Schmerz im Rücken, stützte sich mit seinem Gehstock ab.

»Wohin sind wir unterwegs?«, fragte er, als er sich dem Jungen genähert hatte.

Raimon antwortete nicht und streckte die Arme nach etwas aus, das nur er zu sehen schien.

»Suchst du den richtigen Kurs, den richtigen Weg?«, fragte Eklund sanft.

Der Junge antwortete noch immer nicht. Eklund trat an seine Seite und sah ihm ins Gesicht. Tränen rollten über Raimons Wangen, während sein Blick in die Ferne gerichtet war und dort nach etwas suchte.

Eklund hob den Arm, legte ihn um Raimons Schultern ...

Und stand wieder im Zimmer mit dem Scanner. Aber seltsamerweise schien er nicht ganz aus der Überwelt zurückgekehrt zu sein.

Elisabeth stand an der anderen Seite der Liege, und irgendetwas zog sie wie ein Gummiband in die Länge. Die Wände wölbten sich nach innen, und seltsame Geräusche erklangen, dumpfes Brummen in verschiedenen Tonhöhen. Eklund begriff plötzlich, dass es ferne Sirenen und nahe Stimmen waren, gedehnt und verzerrt. Widerstreitende Empfindungen suchten ihn heim: Er glaubte zu fallen und fühlte sich gleichzeitig von etwas nach oben gerissen. Eklund blinzelte mehrmals, und bei jedem Lidschlag änderte sich Elisabeths Position. Sie stand an der Liege, dann an der Tür, danach in einer Ecke des Zimmers.

Das letzte Blinzeln brachte die Realität zurück und Zeit und Raum wieder ins Lot. Alles schien normal zu sein – bis auf das Heulen von Sirenen in der Stadt und die aufgeregten Stimmen jenseits der Ruhe.

»Was ist passiert?«, fragte Elisabeth verwundert; sie wankte und hielt sich am Rand der Liege fest.

»Ich bin mit Raimon im Elysium gewesen«, sagte Eklund. »Und dann ... Ich weiß nicht.«

Die Ärztin ging zur Tür. »Ich sehe mal nach, was da draußen los ist.«

Eklund wandte sich dem Jungen zu, der inzwischen wieder lag. Die Platzwunde an seiner Stirn ... Sie schloss sich. Die Ränder wuchsen zu, das Blut verschwand irgendwie – vielleicht wurde es von der Haut absorbiert –, und wenige Minuten später war von der Verletzung überhaupt nichts mehr zu sehen. Die dunklen Augen des Jungen blickten ins Leere, auch dann, als Eklund sich über ihn beugte.

»Ein Selbstheiler, kein Zweifel.« *Und noch viel mehr als das,* dachte Eklund und verband mit diesen Worten sowohl Furcht als auch Hoffnung. »Wer bist du, Raimon?«, fragte er leise, ohne eine Antwort zu erwarten.

»Sie braucht meine Hilfe«, sagte Raimon.

Eklund beugte sich näher. »Wer? Wer braucht deine Hilfe?«

»Sie.«

»Wer ist sie?«

»Ich ...« Das glatte, entspannte Gesicht des Jungen wurde zu einer Fratze. »Ich weiß es nicht«, brachte er gequält hervor. »Ich suche nach ihr, aber die anderen Stimmen ... Sie verwirren mich. Sie bringen mich vom Weg ab, der zu ihr führt. Und sie wollen, dass ich töte.«

»Du brauchst niemanden zu töten, wenn du nicht willst«, sagte Eklund und hörte den fast beschwörenden Unterton in seinen Worten.

»Ich bin ich«, flüsterte Raimon, und die Schatten anderer

Gesichter huschten durch seine Miene. »Ich bin wir. Wir sind ich. Ich bin tausend. Ich bin zahllos. Und sie alle sollen töten, *töten* …«

Die Tür öffnete sich, und Elisabeth kehrte zurück. Sie wirkte recht besorgt. »Irgendetwas hat Dutzende von Levitatorwagen in der Stadt abstürzen lassen. Es gibt Tote und viele Verletzte …«

Eklund verstand. »Du wirst gebraucht.« Er deutete auf den Jungen. »Sieh nur die Wunde.«

Elisabeth kam näher. »Es war eine große Platzwunde, die ziemlich stark blutete. Ich erinnere mich genau daran.«

»Er hat sich selbst geheilt.«

»Eines steht fest: Es gibt mehr als nur ihn da drin.« Elisabeth deutete auf Raimons Kopf. »Das hat der Neuroscanner deutlich gezeigt.« Sie reichte Eklund ein kleines, zylinderförmiges Gerät. »Hier, nimm das. Ich weiß, dass du nichts von diesen Dingen hältst, aber wenn du den Kom-Servo bei dir hast, können wir jederzeit miteinander reden. Das soll kein Rauswurf sein, ganz im Gegenteil. Es wäre am besten, wenn ihr hier wartet. Ich weiß inzwischen, dass mehr als nur eine Person in ihm steckt, aber wir haben noch immer keine Antwort auf die Frage, wie er das Apartment verlassen und wieder zurückkehren konnte. Es sollten weitere Untersuchungen stattfinden. Und denk an den Ermittler, Eklund. Ich habe keinen guten Eindruck von ihm gewonnen. Ein skrupelloser Mann. Wer weiß, was er mit Raimon anstellt, wenn er ihn findet.«

»Raimon ist mein Novize«, sagte Eklund mit fester Stimme. »Ich werde ihn schützen.«

»Sie braucht mich.« Raimon schwang die Beine über den Rand der Liege, stand auf und ging zur Tür.

Eklund steckte den Zylinder ein und folgte dem Jungen. »Mir scheint, Raimon will nicht hier warten.«

»Wir sprechen miteinander, sobald wieder einigermaßen Ruhe eingekehrt ist. Passt gut auf euch auf!« Die letzten Worte rief Elisabeth, denn der Junge eilte bereits durch den

Flur, gefolgt von Eklund, der sich dabei auf seinen Gehstock stützte und versuchte, Raimon in dem Durcheinander aus Ärzten, Pflegepersonal und Patienten nicht aus den Augen zu verlieren.

Bruder Eklund und sein Novize wanderten durch eine Stadt, in der Aufruhr herrschte. Immer wieder kamen sie an den Wracks abgestürzter Levitatorwagen vorbei, und Blutspuren auf dem Boden deuteten darauf hin, dass ihre Insassen verletzt oder gar getötet worden waren. Niemand schien zu Hause zu sein und zu schlafen. Alle Bewohner der Stadt waren hellwach und auf den Beinen, standen auf Straßen und Plätzen, sprachen über die seltsamen Visionen oder Halluzinationen, die einige von ihnen erlebt hatten. Eklund hörte nur Gesprächsfetzen. Hier und dort wäre er gern stehen geblieben, um zuzuhören oder an den Gesprächen teilzunehmen, aber Raimon zog ihn sofort weiter, wenn er zögerte, angetrieben von einer Ruhelosigkeit, die ihn zum Hafen von Chiron führte.

Es hatte aufgehört zu regnen. Der Himmel klarte auf; die Lücken zwischen den Wolken wurden immer größer. Funkelnde Sterne erschienen, und bald leistete ihnen einer der beiden Monde von Kerberos Gesellschaft. Sein Licht fiel auf das Riffmeer und schien es in Silber zu verwandeln.

»Dort draußen«, sagte Raimon und streckte den Arm aus.

»Was ist dort draußen?«, fragte Eklund.

Der Junge deutete über die Boote und Schiffe hinweg. »Sie ist dort draußen. Sie braucht mich.«

Jenseits des Mündungsdeltas glühten und flackerten die Lichter der künstlichen Insel des Autokraten. Eklund beobachtete sie einige Sekunden lang, ging dann in die Hocke und sah Raimon an. »Wen meinst du? Wer braucht dich, Raimon?«

»Ich ...« Wieder veränderte sich Raimons Gesicht auf sonderbare Weise. »Ich *weiß*, dass sie mich braucht, aber ich ... kann nicht zu ihr. Die Stimmen hindern mich daran. Sie halten mich von ihr fern. Sie wollen, dass ich töte.«

»Versuch einmal, nicht auf die Stimmen zu achten«, sagte Eklund. »Konzentriere dich auf *sie*, die dich braucht. Vielleicht kannst du sie dann besser erkennen.«

Raimon nickte. Er schloss nicht die Augen, blickte auch weiterhin in die Ferne.

Die *Textur* der Welt veränderte sich. Ein Teil der Realität schien zu zerfasern und auszufransen, sich mit einer anderen, normalerweise nicht greifbaren Wirklichkeit zu verbinden. Eklund sah Meer, Delta und die vielen Lichter der Stadt, hörte die an die Kaimauer klatschenden Wellen, das Knarren der schaukelnden Boote – es weckte Erinnerungen an das leere Segelschiff –, und das Summen von Levitatoren. Er hörte den Herzschlag der lebendigen Stadt, und gleichzeitig, wie ein Bild, das ein anderes überlagerte, sah er ockerfarbenes Ödland und darin weiße Spindeltürme, uralt und doch ohne das geringste Anzeichen von Verwitterung. Dort, wo die Abstände zwischen den Türmen größer wurden, wo sie zurückzuweichen schienen, stand das Podest, in der realen Welt – in der Welt, die Eklund für real hielt – mitten im Hafenbecken. Eine Gestalt saß dort. In der Dunkelheit konnte Eklund keine Einzelheiten erkennen, aber er hatte die Silhouette aus der Nähe gesehen: eine alte Frau, gekleidet in ein blauschwarzes, fleckiges Gewand, das faltige Gesicht leer, ohne Augen, Nase und Mund.

»Meinst du sie?«, fragte Eklund. »Braucht *sie* deine Hilfe?«

»Ich kann nicht zu ihr.« Es klang unsäglich traurig. »Von hier aus kann ich nicht zu ihr. Aber sie braucht mich. Sie hat so lange auf mich gewartet. Sie braucht mich *jetzt*, denn der andere erwacht.«

Eklund richtete sich mühsam mithilfe des Gehstocks auf. Der Schmerz im Rücken war stärker geworden. »Der andere?«

Raimon drehte den Kopf und sah Eklund an. »Die zweite Seele von Kerberos.«

»Bleiben Sie dort stehen«, ertönte eine Stimme hinter ihnen.

Eklund sah sich erstaunt um, und sein Blick fiel auf zwei Sekuritos. Einer von ihnen näherte sich; der andere blieb beim Levitatorwagen, der die Insignien der Sekuritos von Chiron trug. Die Männer waren jung, stellte Eklund fest, kaum dreißig.

»Sind das die beiden?«, fragte der Sekurito beim Wagen.

»Ich denke schon«, erwiderte sein Kollege. »Bruder Eklund, nicht wahr?«

»Der bin ich.« Eklund sah keinen Grund, es zu leugnen.

»Und das ist ...«

»Mein Novize.«

»Sie werden uns zur Einsatzzentrale begleiten.« Der Mann wandte sich halb um und fügte lauter hinzu: »Gib die Meldung durch. Wir haben sie.«

»Warum wollen Sie uns zur Einsatzzentrale bringen?«, fragte Eklund und dachte an den Ermittler, den Elisabeth erwähnt hatte. Gab es einen Zusammenhang? »Wir haben nichts verbrochen.«

Der Sekurito ging nicht auf die Frage ein. »Kommen Sie.«

»Nein«, sagte Raimon. »Sie braucht mich. Ich muss zu ihr.«

»Keine Widerrede, Junge. Du kommst mit.« Der Sekurito trat näher und griff nach Raimons Arm.

Raimon fauchte wie ein Raubtier, und Eklund sah, wie das Gesicht des Jungen für einen Sekundenbruchteil zu einer Schnauze mit den langen Reißzähnen und den giftigen Dornen eines Schattenschleichers wurde.

Der Sekurito wankte erschrocken zurück und holte seine Waffe hervor, keinen Hefok, sondern eine Projektilschleuder.

»Zum Wagen!«, befahl er. »Jurik? Mit dem Jungen stimmt was nicht. Sein Gesicht ...«

Raimon knurrte leise und sprang.

Und während er sprang, veränderte er sich. Die Kleidung des Jungen zerriss und fiel von einem wesentlich größeren Geschöpf ab, das ledrige Schwingen ausbreitete, einmal mit ihnen schlug und aufstieg.

Der Sekurito schoss. Seine Waffe knallte mehrmals schnell hintereinander, und Eklund sah, wie dunkles Blut dort aus dem Körper des geflügelten Wesens spritzte, wo die Kugeln ihn trafen. Aber die Wunden schlossen sich sofort wieder und schienen dem Geschöpf überhaupt nichts auszumachen. Es öffnete sein schnabelartiges Maul und spuckte einen Schleimball, der dem Sekurito ins Gesicht klatschte. Der Mann stieß einen entsetzten Schrei aus, der unmittelbar darauf zu einem schmerzerfüllten Heulen wurde, als die Säure des Schleims begann, seinen Kopf aufzulösen. Ein zweiter Flügelschlag, und das Wesen war beim Levitatorwagen, packte den zweiten Sekurito namens Jurik mit einer seiner langen Klauen und drückte zu.

Der Mann war sofort tot.

Ein dritter Flügelschlag, ein Rauschen wie vom nahen Meer ...

Die Klaue, die gerade einen Sekurito getötet hatte, ergriff Eklund, aber viel sanfter und vorsichtiger, hob ihn hoch und drückte ihn behutsam an den Unterleib des Wesens, das erneut mit den Schwingen schlug und schnell aufstieg. Die Stadt blieb weit unter ihm zurück.

Die Kreatur ließ sich jetzt vom Wind tragen und segelte mit Eklund dem dunklen Kontinentalwald entgegen.

Auf dem Weg nach Kerberos
16. April 421 SN
22:10 Kerberoszeit

25

Tiefes Raunen

Valdorian blickte erneut in ein Reflexionsfeld und genoss den eigenen Anblick. So jung, so herrlich, wundervoll jung! Nichts erinnerte mehr an den leichenhaften Greis, der ihm zuletzt in Lidias Augen und in den Kristallen auf Mirror begegnet war, an jenen lebenden Toten, den nur Sekunden vom Tod getrennt hatten. Der Mann, der vor ihm im pseudorealen Spiegel lächelte, war um die vierzig, und nur einige wenige Andeutungen von Falten zeigten sich in seinem ansonsten glatten Gesicht. Das aschblonde Haar war dicht, und ein vitaler Glanz lag in den großen grauen Augen.

»Wir haben es geschafft«, sagte Valdorian zu sich selbst.

Hinter diesen Worten, die Triumph und tiefe Erleichterung zum Ausdruck brachten, flüsterte es. Die meiste Zeit über hörte Valdorian das Raunen nicht, weil er es aus seiner bewussten Wahrnehmung verdrängte, aber wenn er sich konzentrierte, hörte er die wortlose Stimme des Temporalen.

Ein Pakt. Eine Vereinbarung mit dem Feind aus dem Zeitkrieg. Und wenn schon. Dafür hatte er ein neues Leben bekommen, und allein das zählte. Und außerdem waren die Temporalen auch und vor allem Feinde der Kantaki.

Alter Zorn regte sich in Valdorian.

Die Tür öffnete sich, und Jonathan betrat die geräumige Kabine. Nur er hatte direkten Zugang.

»Die Akuhaschi verlangen zusätzliches Geld für den Transport der Ausrüstung«, sagte Valdorians Sekretär.

»Das war zu erwarten. Wie viel?«

»Zwanzig Millionen Transtel.«

Valdorian deaktivierte das Reflexionsfeld und drehte sich um. »Nicht gerade wenig, aber auch nicht sehr viel.« Er zog seinen Identer aus einer Tasche der neuen Kleidung und betrachtete ihn nachdenklich.

»Den dürfen wir nicht verwenden«, sagte Jonathan. »Die Kantaki würden uns identifizieren und zweifellos Maßnahmen gegen uns ergreifen. Immerhin haben Sie Vater Hirl getötet, den Kantaki, dessen Schiff die Pilotin Esmeralda flog.«

Er hat es nicht besser verdient, dachte Valdorian und verband Genugtuung mit diesem Gedanken. Das Flüstern im Hintergrund seiner mentalen Welt wurde kurz lauter, dann wieder leiser.

Zeitquanten veränderten ihre Bedeutungsstruktur. Manchmal genügte selbst ein Gedanke, um die Wahrscheinlichkeit der Entwicklungsmuster zu beeinflussen.

»Sie haben Recht«, sagte Valdorian und deutete zur Tür. »Kommen Sie.«

Der kurze Flur führte in einen Aussichtsraum der kleinen Habitatkapsel, und Valdorian blieb am breiten Fenster stehen, das Ausblick gewährte in die Transportblase des Kantaki-Schiffes und den Transraum jenseits davon. In den filigranen, spinnwebartigen Netzwerken aus Kraftfeldern und Monofaser-Leinen steckten nicht nur die üblichen Containergruppen und Passagierkapseln, sondern auch spezielle Frachtbehälter, die interplanetare Kampfschiffe enthielten: neunzig Einheiten der Tiger-, hundertfünfzig der Panther- und dreihundertfünfzig der Wolf-Klasse – fast die ganze Streitmacht des Arsenalplanetoiden im System 437/Skalgard 1. Die Besatzungen befanden sich bereits an Bord, ebenso die für den Einsatz auf Kerberos und den anderen Planeten und Monden im Hades-System vorgesehenen Soldaten: insgesamt fünfundvierzigtausend Individuen, für den

Kampf geschaffen, absolut zuverlässig und loyal. Einmal mehr wunderte es Valdorian, dass die Kantaki Truppen und militärische Ausrüstung transportierten, ohne Einwände dagegen zu erheben. Offenbar verstieß so etwas nicht gegen ihren Sakralen Kodex. *Aber mir zusätzliches Leben zu geben, mehr Zeit - das ließ sich nicht mit ihren verdammten Regeln vereinbaren.*

Mit einem letzten Blick auf das riesige Kantaki-Schiff, das die Transportblase durch den Transraum zog, wandte sich Valdorian vom Fenster ab und betrat einen anderen der insgesamt fünf Flure, die strahlenförmig vom Aussichtsraum ausgingen. Schon nach wenigen Metern erreichte er die Tür einer Kabine, vor der zwei Soldaten aus dem Arsenal Wache hielten. Hoch aufgerichtet und reglos wie Statuen standen die beiden Männer da, die Haut grau, die Köpfe haarlos, die Gesichter schmal, mit vorstehenden Jochbeinen, die Augen schwarz wie Obsidian, eine Kombination aus organischer Materie und Mikroservi, die eine weit über das Normale hinausgehende visuelle Wahrnehmung ermöglichten. Die beiden Soldaten trugen leichte Kampfanzüge, grau wie ihre Haut, mit Ausrüstungsgegenständen und Waffen an den Instrumentengürteln.

Valdorian deutete auf die Tür.

Einer der beiden Männer entriegelte sie mit einem elektronischen Schlüssel, der an einen Identer erinnerte, zog einen Hefok und trat ein.

Valdorian und Jonathan folgten ihm.

Enbert Dokkar und Benjamin Valdorian sahen ihnen entgegen.

Valdorian ignorierte seinen Sohn, der ihn mit einer sonderbaren Mischung aus Entsetzen und Verblüffung anstarrte, wandte sich an Dokkar, dessen Gesicht steinern blieb und nichts verriet.

»Ich verlange meine sofortige Freilassung«, sagte das Oberhaupt der Allianz.

Valdorian deutete auf den Soldaten, der neben der Tür

stehen blieb. »Ein Wort von mir, und er erschießt Sie.« Er streckte die Hand aus. »Geben Sie mir Ihren Identer.«

Enbert Dokkar zögerte kurz, holte ihn dann hervor. »Was wollen Sie damit?«

»Die Kantaki möchten dafür bezahlt werden, dass sie uns nach Kerberos bringen. Die Allianz ist sicher bereit, die Transportkosten zu übernehmen, nicht wahr?« Valdorian nahm den Identer entgegen und reichte ihn Jonathan. »Erledigen Sie alles«, wies er seinen Sekretär an.

Jonathan verließ das Passagierquartier.

»Wie ist das möglich?«, fragte Dokkar.

Valdorian lächelte kühl und sah auf den Mann hinab, der viele Jahre lang sein erbittertster Gegner gewesen war. »Vom Triumphator zum Verlierer, innerhalb weniger Sekunden. Wie schnell sich das Blatt wenden kann.«

»Wie ist das möglich?«, wiederholte Enbert Dokkar und deutete auf Valdorians Gesicht.

»Erstaunlich, nicht wahr?« Valdorian drehte kurz den Kopf und sah zu Benjamin, der versuchte, in seinem Sessel zu schrumpfen.

»Das ist nicht das Ergebnis einer gewöhnlichen Resurrektion.«

»Das Wie spielt keine Rolle. Wichtig ist nur: Hundert Jahre sind von mir genommen. Ich bin wieder jung. Bald werde ich die Kontrolle über das Konsortium zurückgewonnen haben. Und das ist erst der Anfang.«

Dokkar lehnte sich zurück und faltete die Hände. »Ich gebe zu, Ihre Streitmacht ist recht eindrucksvoll. Aber inzwischen sind meine Truppen auf hunderten Ihrer Welten. Ihnen fehlt eine logistische Ausgangsbasis.«

»Wir sind zu ihr unterwegs.«

»Kerberos im Hades-System? Ein einzelner Planet?«

Valdorian lächelte erneut, kühl und siegessicher. »Auf Kerberos gibt es genau das, was ich brauche.« Er wandte sich von Enbert Dokkar ab und trat zu Benjamin, sah in das schwammige, aufgequollene Gesicht seines Sohns. »Du hast deinen eigenen Bruder getötet, und deine Mutter erlag ihren Verletzungen. Du hast mehrmals versucht, mich umzubringen.«

Panische Angst flackerte in Benjamins Augen. Seide, Edelsteine, Ringe – seine Aufmachung wirkte lächerlich und absurd.

»Vater, ich …«

Valdorian streckte die Hand aus, und Benjamin versuchte zurückzuweichen. Die Rückenlehne des Sessels knarrte. »Ich hätte dich auf Guraki erschießen sollen. Dann wäre dein Bruder noch am Leben.«

»Es ist alles ein Missverständnis«, stieß Benjamin mit vor Furcht zitternder Stimme hervor. »Ich kann es erklären …«

Valdorian schenkte den Worten keine Beachtung und berührte seinen Sohn, der älter wirkte als er selbst, an der Stirn. »Kerberos oder Zerberus, der Höllenhund, der den Eingang zur Unterwelt bewacht. Du begegnest ihm bald.«

»Vater …«

Valdorian drehte sich um und ging zur Tür.

»Vielleicht könnten wir eine … Vereinbarung treffen«, sagte Enbert Dokkar hinter ihm.

»Was hätten Sie mir anzubieten?«, fragte Valdorian und warf einen Blick über die Schulter. »Das Konsortium? Die Allianz? Bald gehört ohnehin alles mir. *Und das ist erst der Anfang.*«

Er kehrte in den Korridor zurück, und der Soldat schloss und sicherte die Tür hinter ihm. Am Panoramafenster blieb Valdorian noch einmal stehen, blickte in die Transportblase und den Transraum jenseits davon, hörte das Flüstern am Rande seiner Gedanken und genoss die Kraft, die ihn erfüllte.

Und das Wissen.

Er wusste ganz genau, was ihn auf Kerberos erwartete. Er kannte seine Aufgabe. Er wusste um die Konsequenzen, die sich ergeben würden, wenn er im Hades-System einen Erfolg erzielte. Und *dass* er Erfolg haben würde, daran konnte kein Zweifel bestehen. Seine Streitmacht war groß genug.

Valdorian fragte sich, warum er Enbert und Dokkar nicht sofort auf dem Arsenalplanetoiden umgebracht hatte. Seltsamerweise fand er keine Antwort auf diese Frage. Sie hier zu töten, in der Passagierkapsel, im Innern der Transportblase eines Kantaki-Schiffes – das kam nicht infrage, denn es hätte gegen den Sakralen Kodex verstoßen und Strafmaßnahmen der Kantaki herausgefordert. Aber in dem Planetoiden, als er ihnen mit den ersten wieder erwachten Soldaten gegenübergetreten war ... Irgendetwas hatte ihn daran gehindert, sie zu erschießen. Die Stimme, die ihn seit dem Pakt begleitete?

Er wusste auch, dass er ein Werkzeug war, ein Hammer in einer Hand, die aus ferner Vergangenheit in die Gegenwart reichte. Aber er hielt sich für intelligent und geschickt genug, schon bald wieder selbst zu einer Hand zu werden, die lenkte und führte, sich vom Benutzten in den Benutzer zu verwandeln.

Ein großer Schritt stand bevor, auf Kerberos, und weitere würden folgen, jenseits davon.

Valdorian hörte etwas und drehte den Kopf. Jonathan trat näher und reichte ihm Dokkars Identer. Er nahm ihn entgegen und steckte ihn an.

»Schwierigkeiten?«

»Nein«, sagte Jonathan.

»Sie werden es bitter bereuen.«

»Was?«

Valdorian deutete nach draußen, zum grauschwarzen Koloss vor der Transportblase. »Die Kantaki. Sie werden es bitter bereuen, dass sie mir nicht geholfen haben.« *Es ist alles ihre Schuld,* dachte er mit einem Zorn, um dessen Irrationalität er wusste, den er aber trotzdem nicht zu überwinden versuchte. Dieses besondere Feuer des Zorns hatte bereits in dem anderen Valdorian gebrannt, in dem Greis, der nach Lidia gesucht hatte, nach der Kantaki-Pilotin namens Diamant, in der Hoffnung, dass sie ihm helfen konnte, vielleicht ihren Einfluss bei den Kantaki geltend machte, damit sie ihm mithilfe *rekursiver* Zeit neues Leben gaben. Oder dass sie ihn bei sich aufnahm, als ihren Konfidenten, es ihm ermöglichte, mit ihr abseits des gewöhnlichen Zeitstroms zu bleiben.

Der Temporale hingegen hatte ihm weitaus mehr gegeben, ihm seinen größten Wunsch erfüllt: wieder jung zu sein, ein ganzes neues Leben zu haben.

Der Zorn fühlte sich fast ebenso gut an wie die neue Kraft in seinem physischen und psychischen Kosmos. Dass es eine Verbindung mit dem Flüstern tief in seinem Inneren gab, störte ihn nicht.

»Wollen Sie etwas gegen die Kantaki unternehmen?«, fragte Jonathan erschrocken.

»Ich nicht«, erwiderte Valdorian leise und blickte noch immer nach draußen. »Aber jemand anders.« Er wandte sich vom Fenster ab und konzentrierte seine Gedanken auf die Dinge, die Aufmerksamkeit erforderten. »Es gibt noch jemanden, mit dem ich sprechen sollte, nicht wahr?«

»Sie meinen den Koordinator.«

»So lautet sein Titel.«

Das Bild hatte sich Lukert Turannens Gedächtnis mit der Dauerhaftigkeit eines Brandzeichens eingeprägt: Valdorian im Hangar des Arsenalplanetoiden, ein kalt lächelnder, *junger* Valdorian.

Ein Blick, und all das, was sich Turannen erarbeitet, erhofft und erträumt hatte, zerplatzte wie eine Seifenblase. Valdorian lebte, und damit noch nicht genug – er kontrollierte die Soldaten des Arsenals.

Turannen setzte die unruhige Wanderung durch sein schlichtes Quartier fort und schaffte es einfach nicht, sich zu beruhigen. Seine Gedanken waren völlig außer Kontrolle geraten, wie plötzlich alles in seinem Leben, das immer so genau geplant gewesen war. Wo er bisher Struktur und Ordnung gesehen hatte, existierte jetzt nur noch Chaos.

 Einer der wie ziellos umherschweifenden Gedanken schob

sich in den Vordergrund und verlangte Aufmerksamkeit: Drohte ihm der Tod?

Turannen blieb stehen, direkt am Fenster, aber sein Blick glitt nicht nach draußen, blieb nach innen gekehrt.

Enbert Dokkar und Benjamin hätten ihn bestimmt getötet, so viel stand fest. Er konnte von Glück sagen, dass nicht sie ihn im Hangar entdeckt hatten, sondern Valdorian, für den es keinen Grund gab, ihn zu hassen.

Der *verjüngte* Valdorian ... Was war geschehen? Woher kam er? Seit der Niederlage der Konsortiumsstreitmacht bei Kabäa im Epsilon-Eridani-System galt Valdorian als verschollen, wahrscheinlich tot. Aber er lebte, und er war kein Greis mehr, sondern ein vergleichsweise junger Mann. Mit keiner Resurrektion, wie gründlich und umfassend auch immer, ließ sich ein solches Resultat erzielen. Es steckte etwas anderes dahinter.

Turannen atmete mehrmals tief durch und spürte, wie ein Teil der Unruhe aus ihm wich, als er konzentriert nachdachte. Wie hatte Valdorian, der neue, viel jüngere Valdorian, den Planetoiden erreicht? Mit welchem Schiff war er gekommen? Turannen erinnerte sich nicht an irgendwelche verdächtigen Ortungsspuren, als Amadeus und er mit dem Shuttle zum Arsenal geflogen waren.

Fragen über Fragen. Wie auch immer die Antworten lauteten: Turannens oberste Priorität bestand zunächst im eigenen Überleben. Alles andere spielte eine untergeordnete Rolle.

Das elektronische Sicherungssystem summte, und die Tür öffnete sich. Lukert Turannen hatte geglaubt, Unruhe und Furcht gerade besiegt zu haben, aber jähe Anspannung erfasste ihn, als er sich umdrehte und sah, wer das Quartier betrat: Valdorian, in Begleitung eines Soldaten aus dem Arsenal.

Turannen verzog keine Miene und versuchte, seine plötzliche Angst zu verbergen. Die nächsten Sekunden oder Minuten entschieden darüber, ob er am Leben blieb oder nicht.

Der Soldat blieb neben der Tür stehen, die sich wieder

schloss. Valdorian trat entspannt zu einem Sessel und nahm Platz. Turannen erinnerte sich an seine Villa auf Tintiran, hörte Judiths Stimme, die bereits plante und neu gestaltete, und er hatte dabei das schreckliche Gefühl, dass jene Erinnerungsbilder in seinem Gesicht erschienen wie auf einer Projektionsfläche, deutlich sichtbar für jeden Beobachter, vor allem aber für Valdorian, dessen Nachfolger er hatte werden wollen.

Valdorian lehnte sich zurück und musterte ihn eine Zeit lang. Die Stille dauerte an, wurde bleiern.

»Setzen Sie sich«, sagte Valdorian schließlich.

Turannen kam der Aufforderung mit einer Schnelligkeit nach, für die er sich selbst verabscheute.

Er sah das junge, fast völlig glatte Gesicht des früheren Primus inter Pares des Konsortiums und entsann sich an die achtzehn Porträts von Valdorians Vorgängern in der Villa, und an das neunzehnte, das eine ältere Version von Rungard Avar Valdorian zeigte, der jetzt vor ihm saß.

Turannen stellte fest, dass niemand eine Waffe auf ihn richtete.

»Sie fragen sich zweifellos, was mit Ihnen geschehen wird«, sagte Valdorian.

Turannen überlegte kurz. »Ich muss gestehen, dass mich die jüngsten Ereignisse ein wenig erstaunen.«

»Vermutlich haben Sie sich eine große Chance erhofft. Das Consistorium des Konsortiums ernannte Sie zum Koordinator. Und in dieser Eigenschaft haben Sie meine Verhaftung und Auslieferung an die Allianz angeordnet.«

Turannen spürte, wie sich Kälte tief in seinem Inneren ausbreitete. Er korrigierte sich: Es gab *doch* einen Grund für Valdorian, ihn zu hassen.

»Mir blieb keine Wahl«, sagte er so ruhig wie möglich. »Sie hatten einen Krieg begonnen, der das Konsortium in die Katastrophe führte.«

»Ich habe einen Krieg begonnen, den ich bald gewinnen werde.«

Lukert Turannen wartete, während seine Anspannung wuchs.

»Stellen Sie meine Gewissheit nicht infrage?«

»Ich glaube, ich bin nicht in der Position, irgendetwas infrage zu stellen. Aber wenn Sie mich schon darauf ansprechen: Ich bezweifle, dass das militärische Potenzial der Arsenale jetzt noch ausreicht, die Allianz zu schlagen. Sie hat bereits zu viele Welten des Konsortiums übernommen. Ich habe als Koordinator versucht zu retten, was noch zu retten ist.«

»Bald wird mir etwas zur Verfügung stehen, dem die Allianz nichts entgegenzusetzen hat. Von Kerberos aus werde ich einen Siegeszug antreten, der alles in den Schatten stellt, was während der dynastischen Kriege passiert ist.«

Kerberos!, dachte Turannen. *Der Metamorph? Meint er den Metamorph? Aber jenes Geschöpf ist entkommen.* Ein weiterer Gedanke brachte noch mehr eisige Kälte. *Und ich habe Lutor nach Kerberos geschickt. Er wird den Metamorph töten, wenn er kann.*

Valdorians Blick verweilte auf Turannen, aber er schwieg, schien auf etwas zu warten. Auf eine Reaktion? Wie viel wusste er über die jüngsten Ereignisse auf Kerberos?

Zwanzig oder mehr Sekunden verstrichen in völliger Stille, während in Turannen die Unruhe wuchs. Er saß still da, ebenso reglos wie der Soldat neben der Tür.

Schließlich griff Valdorian unter seine Jacke, holte einen kleinen Hefok hervor und richtete die Waffe auf Turannen.

»Ich brauche den Soldaten nicht, um Sie zu töten«, sagte er. »Das kann ich auch selbst erledigen.«

Turannen starrte auf den Hefok, sah den Tod und spürte, wie Angst seine Gedanken durcheinander wirbelte.

»Ich …«, begann er.

»Andererseits …« Valdorian ließ die Strahlwaffe sinken, blickte wie nachdenklich darauf hinab und ließ sie wieder unter der Jacke verschwinden. »Ich kann mich nicht selbst um alles kümmern. Ich brauche jemanden, der sich den organisatorischen und administrativen Dingen des Konsortiums widmet und bald auch die Verwaltung der Allianz übernimmt. Man hat Sie bereits zum Koordinator ernannt, und ich bin sicher, dass Sie den genannten Aufgaben gerecht werden können.«

Turannen sah sich einem emotionalen Wechselbad ausgesetzt. Erst Todesangst, dann tiefe Erleichterung, und alle Gefühle dazwischen, innerhalb weniger Sekunden. Das Herz schlug ihm bis zum Hals empor, und er suchte in Valdorians Gesicht – in seinem *jungen* Gesicht – nach Hinweisen darauf, dass er es ernst meinte und ihn nicht verspottete.

Valdorians Lippen verzogen sich zu einem dünnen Lächeln. Er schien genau zu wissen, was in seinem Gegenüber vor sich ging.

Turannen hasste ihn, mit der ganzen Kraft seiner Seele. Aber er war ihm auch zutiefst dankbar dafür, dass er ihn am Leben gelassen hatte.

»Sind Sie bereit, in meine Dienste zu treten?«, fragte Valdorian.

Die Villa, Judith, ein Traum, der Wirklichkeit geworden zu sein schien … und dann zerrann.

Leben. *Ich bin noch am Leben. Ich hätte tot sein können.*

»Ja, natürlich«, sagte er rasch.

»Gut.« Valdorian stand auf und trat zur Tür. Der Soldat öffnete sie für ihn. »Sie sind wieder frei und bleiben Koordinator des Konsortiums, werden sich aber an die Anweisungen halten, die ich Ihnen gebe. Bitte halten Sie sich zur Verfügung.«

Turannen erhob sich ebenfalls. »Wie Sie wünschen.«

Valdorian und der Soldat verließen das Passagierquartier.

Lukert Turannen, alter und neuer Koordinator des Konsortiums, aber seiner Macht beraubt, lauschte eine Zeit lang der Stille, als erwartete etwas in ihm, dass Valdorian zurückkehrte, erneut die Waffe auf ihn richtete und diesmal abdrückte. Langsam, ganz langsam, fiel die Anspannung von ihm ab, und daraufhin begann er zu zittern. Er setzte sich, als die Beine unter ihm nachzugeben drohten, legte die Hände auf die Knie und schloss sie darum.

Ich lebe, dachte er erneut, aber die Dankbarkeit löste sich schnell auf, gab dem Hass mehr Platz. In der Stille, die ihn umgab, begann er erneut zu planen. Das *war* sein Leben, Pläne zu schmieden und zu versuchen, sie zu verwirklichen.

Wie nahe er seinem Ziel doch gewesen war ...

Weshalb flog Valdorian nach Kerberos? War das Projekt Doppel-M der Grund? In Gedanken ließ Turannen das Gespräch noch einmal Revue passieren, brachte Mienenspiel und Worte miteinander in Verbindung und versuchte, Schlüsse daraus zu ziehen. Valdorian war absolut sicher, schon sehr bald die Kontrolle über das Konsortium zurückzubekommen, und mit der gleichen Gewissheit glaubte er an einen schnellen Sieg über die Allianz. Auf Kerberos befand sich seiner Meinung nach etwas, das ihm zu einem solchen Triumph verhelfen konnte: das Projekt Doppel-M. Aber ihm musste doch klar sein, dass es erst einen Prototyp des Metamorphs gab. Und selbst wenn dieser Prototyp nicht durch eine Explosion im Laboratorium entkommen wäre: Mit einem Exemplar allein ließ sich kein Krieg führen und erst recht nicht innerhalb kurzer Zeit gewinnen.

Woraus folgte: Es gab noch etwas anderes auf Kerberos.

Was?

Eine gefährliche Frage, wusste Turannen, denn sie betraf unmittelbar Valdorians Interessen.

Aber wenn er auf Kerberos eine Antwort fand ... Vielleicht bekam er dann neuen Bewegungsspielraum.

Als Valdorian das Panoramafenster erreichte, blieb er erstaunt stehen. Das Kantaki-Schiff flog nicht mehr durch den Transraum – Sterne schimmerten jenseits der Transportblase. Aber er hielt vergeblich nach nahen Planeten Ausschau.

»Es gibt Probleme«, sagte Jonathan, der aus einem der Korridore kam.

»Wenn wir das Ziel erreicht haben ... Wo ist Kerberos?«

Jonathan deutete auf einen Stern, der kaum heller war als die anderen. »Das ist Hades. Wir befinden uns außerhalb des Kuiper-Gürtels. Ein Akuhaschi teilte mir mit, dass wir nicht ins Innere des Sonnensystems fliegen können.«

»Warum nicht?«

»Es ist abgeriegelt. Fünf Kantaki-Schiffe von Munghar sind eingetroffen, mit einem Sporn. Niemand darf ins System hinein.«

Kerberos
16. April 421 SN
22:30 Uhr

26

Änigma

Elroy Tobias empfing den neuen planetaren Direktor in der Tür seines Büros.

»Sie sind noch spät auf den Beinen«, stellte Edwald Emmerson fest.

»Sie ebenfalls.«

Tobias nahm hinter dem Schreibtisch Platz und wirkte dabei fast ein wenig verlegen. Emmerson glaubte, den Grund dafür zu verstehen. Dies war bis vor kurzer Zeit sein Büro gewesen, das Büro des Sicherheitschefs von NHD Kerberos. Er nahm im Sessel vor dem Schreibtisch Platz und hörte das Summen eines auf Bereitschaft geschalteten Datenservos.

»In der Stadt scheint es drunter und drüber gegangen zu sein, Chef«, sagte Tobias.

»Irgendetwas hat die Levitatoren gestört. Dutzende von Levitatorwagen sind abgestürzt. Außerdem kam es zu massiven ... Wahrnehmungsstörungen.«

»Vielleicht steckt mehr dahinter.« Elroy Tobias reichte einen Infonauten über den Schreibtisch. »Der letzte Bericht der Orbitalstation MeteoTech-14.«

Emmerson sah auf das Display und las. »Eine temporale Anomalie?«

»Die sich inzwischen stabilisiert hat. Allerdings sind weitere temporale Eruptionen nicht auszuschließen.«

Emmerson war müde und fragte sich, ob Rubens Lorgard nach seiner Beförderung zum planetaren Direktor ähnlich empfunden hatte. Lorgard, Schöpfer des Metamorphs, hatte sich immer als Kreator gesehen, und als Direktor war er plötzlich mit ganz neuen Aufgaben konfrontiert worden. Er hatte versucht, allen Anforderungen gerecht zu werden und gleichzeitig die Arbeit als Kreator fortzusetzen. Doch irgendwann stieß man an seine Grenzen, wenn man versuchte, alles selbst zu erledigen. Diesem Problem sah sich auch Emmerson gegenüber: Er bemühte sich, Sicherheitschef *und* Direktor zu sein. Und jetzt gesellte sich einer schwierigen Situation ein Rätsel hinzu, das ebenfalls Aufmerksamkeit verlangte.

»Sind die Daten verifiziert?«, fragte er.

»Ja. Andere Stationen haben sie bestätigt. Die Anomalie konnte sogar lokalisiert werden. Sie befindet sich unter dem Meeresgrund des Riffmeers, direkt vor dem Festlandsockel. Erstaunlicherweise hat der Autokrat genau dort vor einigen Monaten das Tauchen nach Riffopalen verboten. Angeblich ging es dabei um Naturschutz.«

»Vermuten Sie einen Zusammenhang mit der Anomalie?«

»Die Sache kam mir seltsam vor, und ich habe weitere Nachforschungen angestellt«, sagte Elroy Tobias. »Nach unserem Kom-Gespräch fanden die von mir eingesetzten Suchprogramme folgende Informationen.« Er deutete auf den Infonauten, und Emmerson betätigte ein Schaltelement. Die Darstellung des Displays wechselte.

Tobias sprach, während Emmerson las. »Der Autokrat hat nicht unerhebliche Ressourcen für den Bau einer Station auf dem Meeresgrund eingesetzt, genau dort, wo sich tiefer im Meeresboden die Anomalie befindet. Er verwendete dabei hauptsächlich Geld aus seinen Drogengeschäften und hat sich ganz offensichtlich Mühe gegeben, alles geheim zu halten.«

»Vor einigen Monaten existierte die temporale Anomalie noch nicht.«

»Stimmt. Aber dass sie sich genau dort befindet, wo Stokkart eine geheime maritime Basis erbauen ließ, kann wohl kaum ein Zufall sein.«

Edwald Emmerson lehnte sich zurück und musterte Tobias. »Das ist noch nicht alles, oder?«

»Erinnern Sie sich an die Programmierung des Metamorphs? An die Personen, die er töten sollte?«

Emmerson nickte langsam. »Lorgard gehörte zu ihnen. Nicht aber die beiden ermordeten Mitglieder der Aufgeklärten Gemeinschaft.«

»Das manipulierte Programmierungsmodul enthielt die Daten vieler Personen, aber besonders interessant sind die *fehlenden* Informationen.«

Emmerson war seit vielen Jahren daran gewöhnt, in bestimmten Bahnen zu denken, ebenso wie Elroy Tobias, der wie er selbst durch und durch Polizist war.

»Der Autokrat?«, fragte er.

»Ja«, bestätigte Tobias. »Es gibt nur einige wenige wichtige Personen, deren Daten nicht im Tötungsprogramm des Metamorphs enthalten sind. Zu ihnen gehören Konstantin Alexander Stokkart, seine rechte Hand Raphael und einige andere Leute aus der Organisation des Autokraten.«

»Steckt er hinter dem Anschlag mit der leisen Bombe?«

»Die Ermittlungen dauern an. Beweise gibt es noch nicht, aber ...«

»Was sagt Ihre Intuition?«

»Ich glaube, dass der Autokrat etwas mit dem Anschlag im Laboratorium zu tun hat.«

»Motiv?«

Elroy Tobias hob und senkte die Schultern. »Ich weiß es nicht. Stokkart sorgt dafür, dass der Metamorph entkommt und die Daten eines manipulierten Programmierungsmoduls aufnimmt. Er hat eine geheime Station auf dem Meeresgrund bauen lassen, schon vor einer ganzen Weile. Und genau dort ist eine temporale Anomalie entstanden, bei der es sich sogar um den Versuch der Temporalen handeln könnte, in unsere Zeit zu gelangen. Ich bin sicher, dass ein Zusammenhang existiert, aber noch sehe ich mich außerstande, die Dinge miteinander zu verknüpfen.«

»Petrokos sagte mir, dass er vergeblich versucht hat, den Autokraten zu erreichen. Stokkart scheint verschwunden zu sein.«

»Ich wüsste, wo ich nach ihm suchen würde.«

»Auf dem Meeresgrund vor dem Festlandsockel?«

»Ja.«

»Ablenkung?«, sinnierte Edwald Emmerson. »Kann das der Grund sein? Sollte der Metamorph aus dem Laboratorium entkommen, damit wir beschäftigt sind? Und wie hat Stokkart überhaupt von ihm erfahren? Das Projekt war und ist streng geheim.«

»Ich nehme an, unter den Mitarbeitern von NHD Kerberos befinden sich Informanten des Autokraten«, sagte Tobias. »Es wird mir früher oder später gelingen, sie zu identifizieren.«

»Wenn Stokkart vom Metamorph wusste, so muss ihm auch sein Potenzial klar gewesen sein. Und wenn er ihn trotzdem entkommen lassen wollte, nur um uns abzulenken ...«

»Es würde bedeuten, dass er mit einer Sache beschäftigt ist, die noch viel größere Bedeutung hat als der Metamorph.«

»Wenn der Datenkorrelator von MeteoTech-14 Recht hat und es sich tatsächlich um den Versuch der Temporalen handelt, in unsere Zeit zurückzukehren ...« Emmerson lauschte dem Klang der eigenen Worte und hörte den Ernst in ihnen. »Es könnte der Beginn eines zweiten Zeitkriegs sein.«

Elroy Tobias schwieg, sah ihn nur stumm an. Sein Gesicht wirkte plötzlich viel hohlwangiger.

»Wir müssten alle anderen Menschenwelten benachrichtigen«, fügte Emmerson hinzu. »Und auch die Kantaki.«

»Lukert Turannen ist auf dem Weg hierher. Als Koordinator des Konsortiums hat er die notwendige Autorität, eine Entscheidung zu treffen.«

Emmerson nickte. »Diese Sache geht über den Zuständigkeitsbereich eines planetaren Direktors hinaus. Aber wir sollten versuchen, möglichst viele Informationen zu sammeln.« Er lächelte schief. »Ich fürchte, wir werden auch weiterhin mit wenig Schlaf auskommen müssen.«

Er stand halb auf – und erinnerte sich daran, weshalb er eigentlich gekommen war. »Lutor«, sagte er und sank in den Sessel zurück. »Was haben Sie über ihn herausgefunden?«

Tobias wandte sich halb zur Seite und berührte ein Schaltelement des wartenden Datenservos. Ein pseudoreales Darstellungsfeld entstand über dem Schreibtisch und zeigte eine Gebirgslandschaft mit hohen, eisverkrusteten Berggipfeln und Hochplateaus, die tausend Meter und mehr über grünblauen Fjorden aufragten. Eines dieser Plateaus trug einen Gebäudekomplex, der aus mehreren Clanhäusern bestand. Daten wanderten durch eine Informationsleiste unterhalb der Projektion.

»Das ist Aburrka«, sagte Tobias. »Der Planet hat bei den dynastischen Kriegen und insbesondere während des Zeitkriegs eine wichtige Rolle gespielt. Aus vielen Familien wurden Kriegerclans, die hohen Status errangen und ihn bis heute bewahrt haben. Der Kampf hat in ihren Traditionen einen zentralen Stellenwert.«

Die Bilder wechselten, zeigten einen schmächtigen, fast traurig wirkenden Knaben, dann einen Jugendlichen, der ebenfalls ein wenig zu dünn aussah, schließlich einen jungen Erwachsenen, der einen leichten Kampfanzug trug und wesentlich mehr Selbstbewusstsein ausstrahlte als das Kind und der Heranwachsende. In seinen Augen sah Emmerson eine vertraute kalte Arroganz.

»Lutor?«, fragte er.

»Ja. Er gehört zum Kordun-Clan, einer Familie, die auf Aburrka besonders hohes Ansehen genießt.« Wieder wechselte das Bild und zeigte den Lutor, den sie kannten: ein Mann, dessen äußeres Erscheinungsbild auf ein Alter von etwa vierzig Standardjahren hindeutete, die Nase gerade, der Mund dünnlippig, das Kinn flach, aschblondes Haar, der Blick der Augen stechend und durchdringend. Er trug eine Kleidung, die offenbar aus Leder bestand und an mehreren Stellen wappenartige Symbole aufwies. Die Datenzeile bestätigte Emmersons Vermutung: Es waren Clanzeichen. Hinzu kam ein kleines, fast unscheinbares Abzeichen am Kragen mit der stilisierten Darstellung eines Kometen.

»Ein Mitglied der KOKA?«, fragte Emmerson und deutete auf das Abzeichen.

»Ja. Beziehungsweise zu dem, was aus den Kombattanten Kadern geworden ist. Sie wurden im Jahr 2731 der alten Zeitrechnung gegründet, während der Zweiten Dynastie, als gemeinsame Streitmacht des Anarchischen Bundes und der Separaten Welten. Sie sind auf vielen Planeten aktiv geworden, meistens in kleinen Gruppen. Ihre größten Erfolge erzielten sie 2861, als die KOKA Einsatzgruppen der Kongregation abwehrten, und vor allem 2959, als ein Angriff der großen Wirtschaftskonglomerate auf die zentralen Planeten des Anarchischen Bundes und der Separaten Welten scheiterte, zur großen Überraschung der Strategen, die die militärische Stärke der Verteidiger weit unterschätzt hatten. Wenig später begann der Zeitkrieg, und es ist kaum bekannt, was während der nächsten tausend Jahre aus den einstigen Kombattanten Kadern wurde. Nach dem Zeitkrieg konstituierten sich einige Kader neu, als interstellare Söldnergruppen, die sich auf besonders schwierige Einsätze und kritische Situationen spezialisierten.«

Die Bilder wechselten im Rhythmus von einigen Sekunden: Lutor als Einzelkämpfer auf verschiedenen Welten, in einem Kampfkorsett, an Bord eines Ein-Mann-Jägers im Orbit eines Ringplaneten …

»Lutor hat praktisch alle Auszeichnungen, die ein Söldner bekommen kann«, fuhr Elroy Tobias fort. »Seit sechs Jahren arbeitet er für eine Sonderabteilung der NHD-Zentrale und beschäftigt sich mit ›schwierigen‹ Fällen.«

»Fehlgeschlagene Kreationsexperimente?«, spekulierte Edwald Emmerson. »Wirtschaftsspionage?«

In der Ferne über dem Kontinentalwald flackerte ein besonders heller Blitz. Sein Licht fiel durch die Fenster hinter Tobias und schuf im Sicherheitsbüro krass wirkende Muster aus Hell und Dunkel. Elroys Gesicht schien sich dadurch für einen Sekundenbruchteil in eine Fratze zu verwandeln.

»Zwei Punkte auf einer langen Liste«, sagte der neue Sicherheitschef. »Und Lutor hat immer ausgezeichnete Arbeit geleistet, jeden Auftrag zur vollen Zufriedenheit von Lukert Turannen erfüllt. Ein sehr kompetenter Mann.«

»Der geborene Jäger«, sagte Emmerson. »Arrogant und absolut skrupellos.«

»Ja. Vielleicht ist er deshalb so erfolgreich.«

Emmerson wartete.

»Das ist der offizielle Lutor Kordun«, sagte Tobias langsam. »Der Ermittler, wie ihn die Dateien in der NHD-Zentrale beschreiben. Ich habe per Transverbindung eine ausführliche Datenrecherche betrieben, und natürlich verfüge ich über einige Sicherheitsschlüssel für den Zugriff auf vertrauliche Informationen.«

Tobias sah Emmerson an. »Lutor Kordun existiert überhaupt nicht.«

»Wie meinen Sie das?«

»Der *echte* Lutor ist das hier.« Wieder berührte Tobias ein Schaltelement des Datenservos, und die Daten komplexer Formeln glitten durch das pseudoreale Darstellungsfeld. Emmerson begriff sofort, worum es sich handelte: um eine Formationsmatrix.

»Er ist eine *Kreation*?«

»Ja. Und er weiß nichts davon. Er ist felsenfest davon überzeugt, ein echter Mensch zu sein und aus einer traditionsreichen Familie zu stammen. Er hält sich für besser und fähiger als alle anderen. Ich nehme an, der Globaldirektor hat ihn genau aus diesem Grund geschickt. Vermutlich glaubt er, dass Lutor als artifizielles Geschöpf bessere Chancen gegen den Metamorph hat als ein menschlicher Ermittler.«

»Und vielleicht ist er mit besonderen Fähigkeiten ausgestattet, von denen wir nichts wissen«, murmelte Emmerson, als sich neuer Argwohn in ihm regte.

»Das könnte durchaus sein. Ich vermute, dass der Kordun-Hintergrund ganz bewusst für ihn gewählt wurde.«

»Könnte er tatsächlich eine Chance haben, gegen den Metamorph zu bestehen?«

»Das bezweifle ich. Ich fürchte, Lukert Turannen hat keine klare Vorstellung von dem wahren Potenzial des Metamorphs. So fähig Lutor auch sein mag: Ich glaube nicht, dass er bei einer direkten Konfrontation den Sieg erringen kann.«

»Eine Kreation ...«, murmelte Edwald Emmerson. »Höchstwahrscheinlich mit besonderen Fähigkeiten ausgestattet.« Er atmete tief durch. »Suchen Sie nach der Neutralisierungssequenz.«

»Wenn er eine hat.«

»Bestimmt. Ich kann mir kaum vorstellen, dass Lukert Turannen Geschöpfe wie Lutor durch die Galaxis schickt, ohne sie sofort unter Kontrolle bringen zu können, wenn es einmal brenzlig wird. Versuchen Sie, sich Zugang zu den übrigen geschützten Dateien zu verschaffen. Die Kosten der Transverbindungen spielen keine Rolle.«

»Wie Sie wünschen. Und wenn Sie mir diese Frage gestatten – warum?«

»Warum was?« Emmerson war bereits aufgestanden und auf halbem Wege zur Tür.

»Warum möchten Sie die Neutralisierungssequenz in Erfahrung bringen? Um Lutor eventuell außer Gefecht zu setzen? Er könnte uns zum Metamorph führen. Eigentlich *hat* er das schon. Wir können ihn als eine Art Werkzeug verwenden.«

Emmerson überlegte. Abgesehen von einer persönlichen Abneigung ... »Dies ist meine Welt«, sagte er nach einigen Sekunden. »Was auch immer jetzt auf ihr geschieht: Es gefällt mir nicht, dass jemand wie Lutor hierher kommt und glaubt, er könnte schalten und walten, wie es ihm beliebt.«

»Er kam als offizieller Ermittler des Globaldirektors.«

»Und ich bin der *planetare* Direktor. Und *Sie* sind mein Sicherheitschef.«

Ein akustisches Signal erklang. »Prioritätsnachricht«, verkündete die synthetische Stimme des Kommunikationsservos.

»Nachricht übermitteln«, sagte Tobias.

»Lutor befand sich an Bord eines in der Stadt abgestürzten Levitatorwagens«, sagte jemand. »Er wurde verletzt, und man hat ihn ins Krankenhaus gebracht. Und beim Hafen kam es zu einem sehr sonderbaren Zwischenfall. Nach Augenzeugenberichten versuchten zwei Sekuritos, jemanden aus der Aufgeklärten Gemeinschaft und einen Jungen zu verhaften, aber ... Ich weiß, es klingt absurd, aber die Augenzeugen behaupten, der Junge hätte sich plötzlich in ein geflügeltes Wesen verwandelt und die beiden Sekuritos getötet, um dann mit seinem Begleiter fortzufliegen.«

Tobias und Emmerson wechselten einen ernsten Blick.

»Danke für die Mitteilung«, sagte der Sicherheitschef und unterbrach die Verbindung.

»Der Metamorph«, sagte Emmerson.

»Zweifellos. Ich mache von allen Observationsmöglichkeiten Gebrauch, die wir haben.«

»Ich habe Petrokos nur gebeten, Bruder Eklund und Raimon ausfindig zu machen. Von einem Verhaftungsversuch war nicht die Rede.« Emmerson zögerte an der Tür und überlegte erneut. »Elroy, stellen Sie fest, ob es eine Möglichkeit gibt, die Station des Autokraten auf dem Meeresgrund zu erreichen.«

»Ja, Chef.«

»Da fällt mir ein ... Haben Sie etwas von Turannen gehört? Wissen Sie, wann er auf Kerberos eintrifft?«

»Es gibt keine Nachricht von ihm.«

»Na schön.« Edwald Emmerson öffnete die Tür. »Ich besuche den Patienten Lutor. Um ihm gute Besserung zu wünschen.«

Im Null

Agoron schlief nicht, aber er war auch nicht wach. Sein reiferes, größeres, *unsterbliches* Selbst glitt durch den memorialen Traum, der von seinem Volk erzählte, von den Anfängen der Eternen bis zum Heute, bis zur Gefangenschaft im größten und sichersten temporalen Kerker, den die Kantaki und Feyn jemals geschaffen hatten, dem Null. Nur das Ich eines Säkularen war imstande, mit so viel Wissen fertig zu werden, und Agoron nahm es langsam auf. Flüsternde Stimmen und zarte Bilder erzählten vom Initialkonflikt, der die Eternen zu dem gemacht hatte, was sie heute waren, und während das Selbst im Traum lauschte und betrachtete, bemerkte es ein ... störendes Etwas, wie eine Schliere auf einer Palette leuchtender Farben, wie ein ... leises, ganz leises Schrillen in einer ansonsten perfekten Melodie. Agoron wandte sich dem sonderbaren Etwas zu, doch bevor er den Fokus seiner Gedanken darauf richten konnte, endete die Ruhe des memorialen Traums.

Er öffnete pechschwarze Augen und fand sich in der Erinnerungskammer wieder. Zahllose Datenmodule bildeten Höcker an Wänden, Decke und Boden, und zwei dünne Nervenleitungen verbanden ihn mit dem Informationsjunktim.

Sie haben es bemerkt, flüsterte es in einer Ferne, von der ihn nur wenige Wände trennten. Die Stimmen wurden schnell lauter, ertönten nicht nur in Agorons Kopf, sondern erreichten auch das Gehör. »Sie haben es bemerkt.«

Agoron verstand plötzlich, erzitterte kurz und löste die Nervenverbindungen zum Junktim. Das Ruhefeld drehte ihn langsam und ließ ihn gleichzeitig nach unten sinken. Als seine Füße den Boden berührten, lief er sofort los, verließ die Erinnerungskammer und kurz darauf auch den Bereich der Stadt Äon, der den Säkularen vorbehalten blieb.

»Alle Observanten zum Einsatz!«, rief er und wusste, dass seine Stimme überall in der Stadt und auch in den Beobachtungstunneln zu hören war. »Suggestoren, halten Sie sich bereit.«

Bestätigung. Bestätigung. »Bestätigung.«

Die Zeitwächter der Kantaki auf Munghar ... Die Veränderungen in den Ereignis- und Wahrscheinlichkeitsmustern blieben ihnen nicht länger verborgen. Sie waren aktiv geworden.

Mit einer Kollektorkapsel verließ Agoron die Stadt und flog an der Zeitflotte vorbei, wo man inzwischen mit Vorbereitungen für den baldigen Start begonnen hatte.

Der Augenblick, der über alles entschied, rückte näher, sowohl in der fernen Zukunft als auch hier. Agoron fühlte die Bürde der Verantwortung, erlaubte aber nicht, dass sein Denken und Empfinden dabei verweilten. Die Verantwortung war enorm, das wusste er am besten, doch gerade jetzt durfte er sich nicht ablenken lassen. Während ihn die Kollektorkapsel zum Rand des Null trug, dem von Kantaki und Feyn geschaffenen Schild entgegen, verband er sich mit den Systemen der Kapsel, die sein Selbst erweiterten: Er empfing die von den Observanten ermittelten Daten, sah die Zeitströme und die Turbulenzen in ihnen, Linien wie die Fäden, denen die Kantaki-Schiffe im Transraum folgten, Schlangen und Aalen in den temporalen Flüssen gleich.

Seinem neuen Ich, dem Bewusstsein des Säkularen, standen neue Möglichkeiten offen, deren Potenzial Agoron erst noch erschließen musste. Aber eines war schon jetzt klar: Sein *Blick* reichte viel weiter ins temporale Chaos jenseits des Schildes, ein ganzes Stück die Zeitschächte in Richtung Zukunft hinauf.

»Von jetzt an wird keine Rücksicht mehr genommen«, sagte er, und seine Stimme erreichte alle Eternen im Null, auch die anderen Mitglieder des Zirkels der Sieben. »Die Zeitwächter auf Munghar wissen, was wir vorhaben ...« Bilder aus der Zukunft wehten ihm entgegen, zusammengesetzt aus Myriaden von den Observanten übermittelten Datenfragmenten. Sie zeigten fünf große Schiffe der Kantaki, noch größer als die meisten von ihnen, und an Bord ... »Sie bringen einen Sporn zu dem Sonnensystem, dessen Zentralgestirn die Menschen Hades nennen. Er darf auf keinen Fall zum Einsatz gelangen.«

Agoron überprüfte seine Verbindungen mit den Systemen der Kollektorkapsel. Die von ihnen herbeigeführte Erweiterung seines Selbst war zur Absorption bereit.

Sorge und Furcht antworteten aus Äon und den Beobachtungstunneln, auch aus den Zeitschiffen.

»Bald sind wir frei«, sagte Agoron. »Bald sind wir frei. Suggestoren, geben Sie mir Ihre Kraft.«

Agoron vertraute sich dem Ruhefeld im Innern der Kollektorkapsel an und schloss die Augen.

Energie schwappte ihm entgegen, und die Expansion seines Ichs nahm sie auf, gab ihr die Form einer Nadel, mit der er den Schild durchstieß. Sie wuchs hinein in die Zeitströme, an den temporalen Strudeln vorbei, der Zukunft entgegen ...

Valdorian, dachte Agoron, und diesmal versuchte er nicht, vorsichtig und behutsam einen Kontakt herzustellen. Es hatte keinen Sinn mehr, die Manipulierungsversuche vor den Zeitwächtern zu verbergen. *Valdorian ...*

Auf dem Weg nach Kerberos
16. April 421 SN
23:10 Uhr

27

Feuerfraß

Valdorian befand sich in einem grauen Riesen, in einem interplanetaren Kampfschiff der Tiger-Klasse, oval und fast hundert Meter lang, das Heck stumpf. Fensterartig positionierte pseudoreale Darstellungsfenster an den Wänden des zentralen Kontrollraums zeigten fast gespenstisch anmutende Aktivität im Innern der Transportblase des Kantaki-Schiffes, das sie zum Hades-System gebracht und seinen Flug im Bereich des Kuiper-Gürtels unterbrochen hatte. Große Frachtbehälter und Container öffneten sich wie die Kelche exotischer Blumen, und Kampfschiffe der Tiger-, Panther- und Wolf-Klasse kamen aus ihnen hervor. Levitatoren steuerten sie fort von den Passagierkapseln und Habitatmodulen, vorbei an den filigranen Fäden und den energetischen Gerüsten, dem Rand der Transportblase entgegen.

Rungard Avar Valdorian beobachtete das Geschehen und hörte gleichzeitig die Stimme, die aus ferner Vergangenheit zu ihm flüsterte. Und hinter dieser Stimme wisperten tausende von anderen, drängend und hoffnungsvoll.

Lassen Sie sich nicht aufhalten. Die Stimme von Agoron, wie er jetzt hieß, und hinter ihr das Flüstern der anderen Temporalen, die im Null gefangen waren. Valdorian glaubte sie fast zu sehen, wie Schattenbilder im Kontrollraum. *Lassen Sie sich auf keinen Fall aufhalten, von nichts und niemandem.*

Ein Akuhaschi erschien im zentralen Darstellungsfenster. Er sprach kein InterLingua, aber dazwischengeschaltete Linguatoren übersetzten sein Akuha.

»Sie dürfen die Transportblase nicht verlassen«, sagte der Akuhaschi. Er trug einen Direal, der ihn mit den Systemen des Kantaki-Schiffes verband, und in seinen langen, vertikalen Augenschlitzen glitzerte es. »Vater Mrreg hat es ausdrücklich verboten.«

Einer der Soldaten an den Kontrollen drehte den Kopf und sah zu Valdorian.

»Nicht antworten und Flug fortsetzen. Es ist mir völlig gleichgültig, was Vater Mrreg verboten hat.« Der Zorn auf die Kantaki war ebenso präsent wie das Flüstern der Temporalen. Er löste sich nie auf, wich höchstens ein wenig zurück, wenn andere Empfindungen sich in den Vordergrund drängten, verließ Valdorians Selbst aber nie.

Er hatte an einer der Reservekonsolen Platz genommen und überließ es den Soldaten, die Kontrollen des Schiffes zu bedienen. Jonathan saß in der Nähe, ebenso wie Valdorian und die erwachten Schläfer aus dem Arsenalplanetoiden in einen leichten Kampfanzug gekleidet. Energetische Sicherheitsharnische schützten sie, und außerdem waren die Sessel mit Minikompensatoren ausgestattet.

Maschinen der Kantaki flogen durch die Transportblase, ebenso unregelmäßig geformt wie die Schiffe. Vor Valdorians Flotte versammelten sie sich dort, wo ein Gespinst aus Monofasern und Kontrollleinen aus hyperdimensionaler Energie das Innere der Transportblase von dem offenen Raum trennte. Es glühte in der Dunkelheit, und eine leuchtende Struktur entstand.

»Ich fordere Sie noch einmal auf, im Inneren der Transportblase zu bleiben«, sagte der Akuhaschi, und seine Stimme klang jetzt etwas strenger. »Wenn Sie versuchen, sie zu verlassen, sind wir gezwungen, Gegenmaßnahmen zu ergreifen.«

»Die K-Maschinen bauen eine Art Schutzfeld auf«, meldete einer der Soldaten.

»Flug fortsetzen«, sagte Valdorian kühl. »Machen Sie von den Waffen Gebrauch.«

Die Schiffe setzten noch immer nur die Levitatoren ein und nicht ihre Haupttriebwerke, als sie an großen und kleinen Habitatmodulen vorbeiglitten. Valdorian stellte sich die vielen Passagiere vor, die sich dort an den Panoramafenstern zusammendrängten, die große Flotte aus Kampfschiffen beobachteten und sich zweifellos fragten, was dies alles zu bedeuten hatte.

Lassen Sie sich nicht aufhalten. Es war kein Raunen mehr, sondern ein *Befehl* aus der Vergangenheit.

Mehrere große Tiger-Schiffe eröffneten das Feuer mit ihren Hefok-Kanonen. Die Strahlen der hochenergetischen Emissions-Fokussierer gleißten den K-Maschinen entgegen, und mehrere von ihnen platzten auseinander. Panther-Einheiten schleuderten dem Hindernis Raketenschwärme entgegen, und alle Geschosse trafen ein Ziel: Maschinen der Kantaki, Monofaser-Leinen, Gespinstfragmente. Das von den K-Apparaten projizierte Schutzfeld flackerte und verschwand; dahinter entstand eine Lücke in der Außenhaut der Transportblase.

Die Flotte hielt darauf zu.

»Ich protestiere gegen diese unerhörte Anwendung von Gewalt«, ereiferte sich der Akuhaschi, der aus einem großen Darstellungsfenster in den Kontrollraum blickte. »Sie verstoßen gegen den Sakralen Kodex!«

»Und wenn schon«, murmelte Valdorian. Er dachte kurz an Enbert Dokkar und seinen Sohn Benjamin, die in einer Kabine an Bord des Schiffes unter Arrest standen, das Geschehen jedoch beobachten konnten. Was ging jetzt in ihnen vor? Lukert Turannen, alter und neuer Koordinator des Konsortiums, saß in einer Nische auf der gegenüberliegenden Seite des Kontrollraums und wirkte blasser als noch vor wenigen Minuten. *Was für ein Sakrileg, gegen die Regeln der Kantaki zu verstoßen,* dachte Valdorian spöttisch.

 Die Schiffe zündeten ihre Plasmatriebwerke, sprangen

durch die Öffnung im äußeren Gespinst der Transportblase und befanden sich wenige Sekunden später im offenen All. Interferenzen zerrissen das Bild des Akuhaschi. Nur noch Fragmente seiner Akuha-Worte kamen an, und der Linguator konnte diese Bruchstücke nicht übersetzen.

»Nach Kerberos«, sagte Valdorian.

»Die Allianz«, murmelte Jonathan. »Sie könnte wegen dieser Sache Schwierigkeiten bekommen. Ich habe Dokkars Identer benutzt, um den Transport der Container und Frachtbehälter zu bezahlen. Die Kantaki müssen davon ausgehen, dass *er* es war, der gegen den Sakralen Kodex verstieß.«

Daran hatte Valdorian bisher noch gar nicht gedacht. Er lächelte dünn. »Wie bedauerlich«, sagte er voller Sarkasmus und richtete seine Aufmerksamkeit auf die pseudorealen Fenster des Piloten. Die Schiffe der Tiger-, Panther- und Wolf-Klasse rasten an Eisbrocken und Asteroiden vorbei, an kosmischem Schutt aus der Entstehungszeit des Hades-Systems. Wenige Minuten später lag der Kuiper-Gürtel hinter ihnen.

Die Sonne Hades leuchtete in der Ferne, blass und winzig, von unsichtbaren Planeten umgeben. Der dritte von ihnen hieß Kerberos, und dort ...

Schneller, flüsterte es, und das Drängen in diesen zwei Silben wurde zu einem Zittern, das sich zwischen Valdorians Gedanken und Gefühlen ausbreitete. *Schneller. Die Kantaki wollen den Sporn einsetzen, und sie haben die Fadenstruktur seiner Installation fast vervollständigt.*

»Status?«, fragte Valdorian.

»Das Kantaki-Schiff jenseits des Kuiper-Gürtels bleibt stationär«, meldete der Pilot. »Niemand folgt uns.«

»Wann erreichen wir Kerberos?«

»Mit der gegenwärtigen Geschwindigkeit in vier Tagen.«

Zu lange, raunte es. *Es dauert zu lange. Sie müssen den Planeten schneller erreichen.* Es folgten vage Eindrücke von Ereignissen auf Kerberos, von Dingen, die sich außerhalb des Einflussbereichs der Temporalen in eine bestimmte

Richtung entwickelten und inzwischen ein hohes Maß an Eigendynamik gewonnen hatten.

»Maximale Geschwindigkeit«, ordnete Valdorian an und dachte an den kristallenen Keil in seinem Quartier, an den Zeitschlüssel, den er von Agoron erhalten hatte. Gern hätte er ihn jetzt in der Hand gehalten und sich von seinen Emanationen beruhigen lassen, aber irgendetwas hielt ihn davon ab, den Keil anderen Personen zu zeigen. Nur einer hatte ihn gesehen: Jonathan. Abgesehen von ihm wusste niemand etwas davon.

»Maximale Geschwindigkeit«, bestätigte der Pilot, und aus dem dumpfen Zischen des Plasmatriebwerks wurde ein zorniges Fauchen.

Die pseudorealen Darstellungsfelder zeigten, wie sich das Triebwerksglühen der anderen Schiffe in ein rotgelbes Gleißen verwandelte, als sie ebenfalls beschleunigten. Gelegentlich blitzte es hier und dort, wenn Staub oder kleine Felsbrocken im All auf die Schutzfelder der Schiffe trafen und sofort verglühten.

»Wie lange?«, fragte Valdorian.

»Neun Stunden«, antwortete der Pilot.

Das ist noch immer zu lange, kam Agorons Stimme aus einer Vergangenheit, von der Valdorian Jahrmilliarden und zahllose temporale Fallen trennten, nach dem ersten Zeitkrieg konstruiert und zurückgelassen von den Kantaki und Feyn.

»Schneller geht es nicht«, murmelte Valdorian.

»Wie bitte?«, fragte Jonathan neben ihm.

»Schon gut.« Er blickte weiterhin zu den fensterartigen Darstellungsfeldern und glaubte zu sehen, wie das Licht mehrerer Sterne verschwand und dann wieder erschien. Etwas bewegte sich vor der Flotte im All, ein Objekt so dunkel wie der Weltraum.

»Ortung«, sagte ein Soldat. »Eines der fünf Kantaki-Schiffe, die das Hades-System abgeriegelt haben, leitet ein Abfangmanöver ein.«

Lassen Sie sich nicht aufhalten!, riefen die Temporalen, tausend Stimmen, von Agoron gebündelt und in die Zukunft geschickt.

»Kurs und Geschwindigkeit halten«, ordnete Valdorian an.

»Primus ...« Sorge zeigte sich in Jonathans Gesicht. »Wollen Sie es auf eine direkte, unmittelbare Konfrontation mit den Kantaki ankommen lassen?«

Valdorian musterte ihn kurz. *Er weiß nichts*, dachte er. Jonathan hatte keine Ahnung, was sie auf Kerberos erwartete, und er wusste auch nichts von der Mission, die Valdorian in Agorons Auftrag im Hades-System zu erledigen hatte. »Ich muss eine Aufgabe erfüllen«, sagte er, und das war nur die halbe Wahrheit, beziehungsweise eine halbe Lüge. Er beabsichtigte, vom Instrument zum Benutzer eines Instruments zu werden, und das gehörte sicher nicht zu der Vereinbarung, die er mit Agoron getroffen hatte.

Das Bild in einem der größeren pseudorealen Darstellungsfelder wechselte und zeigte ein insektoides Wesen, das an eine Gottesanbeterin erinnerte. Hier und dort hingen Stofffetzen und bunte Bänder an den langen, dünnen Gliedmaßen, und fluoreszierende Leuchterscheinungen flackerten bei jeder Bewegung über den Zentralleib. Das Geschöpf senkte den dreieckigen Kopf, und es glitzerte in den beiden multiplen Augen, die sich über beide Gesichtshälften wölbten und jeweils aus tausenden von Sehorganen bestanden.

Klickende Laute kamen aus dem Lautsprecher des Kommunikationsservos, und der Linguator übersetzte. »Ich bin Mutter Yurrl«, sagte die Kantaki. »Ich fordere euch auf abzudrehen.«

»Kurs und Geschwindigkeit halten«, wiederholte Valdorian. »Entfernung?«

»Eine Lichtminute«, antwortete der Pilot. »Es ist eine Transverbindung.«

Die Kantaki neigte den Kopf von einer Seite zur anderen, und das Flackern an ihrem Leib sah nach Elmsfeuern aus. »Die Zeitwächter auf Munghar haben temporale Manipulationen bemerkt«, klickte sie. »Sie konzentrieren sich auf den dritten Planeten des Sonnensystems, dessen Zentralgestirn ihr Hades nennt. Es könnte sich um den Versuch der Temporalen handeln, ihren Kerker in der fernen Vergangenheit zu verlassen und in unsere Zeit zurückzukehren. Deshalb haben wir das Sonnensystem abgeriegelt. Es dürfen keine Raumschiffe hinein oder heraus. Wir bereiten den Einsatz eines Sporns vor.«

Die Sorgenfalten fraßen sich tiefer in Jonathans Stirn. »Stimmt das, Primus?«, fragte er leise und beugte sich so weit näher, wie es der Sicherheitsharnisch zuließ. »Besteht tatsächlich die Möglichkeit, dass die Temporalen zurückkehren?«

»Wir bleiben auf Kurs«, wandte sich Valdorian an die Soldaten. »Waffensysteme vorbereiten und mit denen der anderen Schiffe synchronisieren.«

»Wollen Sie auf ein *Kantaki-Schiff* feuern?«, entfuhr es Lukert Turannen auf der anderen Seite des Kontrollraums.

Valdorian achtete nicht auf ihn, blickte zum Darstellungsfenster und sah nicht nur Mutter Yurrl, sondern auch Erinnerungsbilder, die ihm einen Pilotendom und einen anderen Kantaki zeigte, Vater Hirl. Er hatte ihn erschossen, an Bord des Schiffes, dessen Pilotin die siebenhundert Jahre alte Esmeralda gewesen war.

»Synchronisation ist erfolgt«, meldete der Pilot kühl. Die anderen Soldaten blieben stumm und bedienten die Kontrollen, so geduldig und unerschütterlich wie organische Maschinen.

»Ich fordere euch noch einmal auf, euch unverzüglich zurückzuziehen«, klickte Mutter Yurrl. »Wenn es den Temporalen gelingt, aus dem Null zu entkommen, droht ein zweiter Zeitkrieg.«

»Stimmt das, Primus?«, fragte Jonathan erneut. »Vielleicht wäre es besser, wenn wir ...«

»Nein.« Valdorians Blick glitt kurz zu Turannen, der ihn entsetzt anstarrte. Nur die Soldaten blieben völlig unbeeindruckt, im Kontrollraum des Flaggschiffs der Flotte ebenso wie an Bord der anderen Schiffe. *Lassen Sie sich nicht aufhalten!*, kamen die Stimmen der Temporalen aus der Vergangenheit, ein Chor mit Agoron als Dirigenten. Warum die Namensänderung?, fragte sich Valdorian kurz, doch schon eine halbe Sekunde später hatte sich der Gedanke verflüchtigt.

»Es war ein Fehler, den Krieg gegen die Allianz zu beginnen.« Jonathan sprach noch immer leise, aber mit mehr Eindringlichkeit als zuvor. »Aber es wäre eine unvergleichlich größere Katastrophe, wenn es zu einem zweiten Zeitkrieg käme.«

»Das Kantaki-Schiff erzeugt eine Barriere aus Kraftfeldern«, meldete der Pilot.

»Eröffnen Sie das Feuer, sobald wir nahe genug heran sind«, sagte Valdorian. »Den Flug mit maximaler Geschwindigkeit fortsetzen.«

»Primus, dies ist *Wahnsinn* ...«

Lassen Sie sich nicht aufhalten, nicht aufhalten, nicht aufhalten ... hallte es aus der Vergangenheit.

»Wer auch immer den Befehl über die Flotte führt ...«, klickte Mutter Yurrl. »Ich fordere dich auf, den Anflug abzubrechen. Andernfalls sind wir gezwungen, Gegenmaßnahmen zu ...«

Hefok-Kanonen schleuderten hochenergetisches Feuer durchs All. Raketenschwärme folgten wie zornige Hornissen, und ihre thermonuklearen Sprengköpfe explodierten in unmittelbarer Nähe des riesigen Kantaki-Schiffes, dessen schwache Schutzfelder kurz irrlichterten und dann kollabierten.

Der unbewaffnete schwarze Gigant brach auseinander.

Lukert Turannen beobachtete das Geschehen so fassungslos, als könnte er nicht glauben, was ihm die eigenen Augen zeigten. Jonathan saß steif da, nicht ganz so bestürzt wie Turannen – dazu hatte er zu viel hinter sich –, aber mit unübersehbarem Kummer im Gesicht.

Valdorian hingegen empfand tiefe Zufriedenheit, als er sah, wie die einzelnen Segmente des Kantaki-Kolosses barsten und im atomaren Feuer verbrannten.

»Wann ist es zum letzten Mal geschehen, dass jemand ein Kantaki-Schiff zerstört hat?«, fragte er.

»Während des Zeitkriegs«, sagte Jonathan halblaut. »Vor vielen Jahrhunderten.«

Es wird nicht das letzte sein, dachte Valdorian, und dieser Gedanke bescherte ihm weitere Zufriedenheit. Wie gut es sich anfühlte, Rache zu nehmen und einen ganz neuen Weg in die Zukunft zu beschreiten.

Die Flotte setzte den Flug nach Kerberos fort.

Kerberos
17. April 421 SN
00:21 Uhr

28

In der Tiefe

Edwald Emmerson hörte die Stimmen schon im Flur. »Wollen Sie mich etwa hier festhalten?«

»Nein, niemand will Sie festhalten. Aber die Untersuchungen sind noch nicht vollständig. Sie könnten bei dem Absturz des Levitatorwagens innere Verletzungen erlitten haben.«

Emmerson blieb neben der Tür stehen und versuchte, den Ärzten und Krankenpflegern, die durch den Flur eilten, Patientenbetten und Gerätewagen vor sich herschoben, möglichst wenig im Weg zu sein. Trotzdem trafen ihn einige verärgerte Blicke.

Er befand sich im zentralen Krankenhaus von Chiron. Zwar war es spät in der Nacht – beziehungsweise früh am Morgen –, aber nach dem Chaos in der Stadt, hervorgerufen durch das Entstehen der temporalen Anomalie, ersetzte hektische Aktivität die ruhige Routine, die normalerweise um diese Zeit herrschte. Zahlreiche Personen waren bei den Unfällen verletzt worden.

»Ich habe mich vollkommen erholt.«

»In nur drei Stunden?«

Emmerson blickte ins Zimmer und sah Lutor, der gerade seine Kleidung überstreifte. Neben ihm stand ein hoch gewachsener, müde wirkender Mann, der den Kittel eines Arztes trug. Die Schatten in seinem schmalen Gesicht wiesen darauf hin, dass er seit vielen Stunden auf den Beinen war. Er deutete auf die Anzeigen eines Infonauten.

»Bei einigen der bisher durchgeführten Untersuchungen haben sich Werte ergeben, die von der Norm abweichen ...«

Lutor legte den Waffengürtel an, überprüfte den Hefok, die Mikronautenbündel und anderen Gegenstände, nickte zufrieden und griff nach seiner Lederjacke.

»Und wenn schon«, sagte er kühl. »Ich gehe jetzt. Danke für Ihre Hilfe.«

Der Arzt seufzte und legte den Infonauten auf den nahen Tisch. »Wie Sie meinen.«

Edwald Emmerson betrat das Zimmer.

»Aus irgendeinem Grund erstaunt es mich nicht, Ihnen hier zu begegnen«, sagte Lutor und maß den Neuankömmling mit einem eisigen Blick.

»Bitte gehen Sie«, wandte sich Emmerson an den Arzt.

»Wer sind Sie? Sie können nicht einfach hier hereinplatzen und ...«

»Ich kann, glauben Sie mir, ich kann. Bitte lassen Sie uns allein.«

Der verwunderte Arzt ging. Hinter ihm schloss Emmerson die Tür, drehte sich um und musterte den Ermittler, den Lukert Turannen nach Kerberos geschickt hatte. Er schien den Unfall gut überstanden zu haben. Nichts an ihm deutete auf Verletzungen hin. Er wirkte aufmerksam, wach, dazu bereit, die Suche nach dem Metamorph fortzusetzen.

»Warum haben Sie mich nicht informiert?«, fragte Emmerson.

»Worüber?«

»Dass Sie den Metamorph identifiziert haben.«

»Woher wissen Sie davon?«

Emmerson hob und senkte die Schultern.

»Ich nehme an, Sie haben mich beobachten lassen.«

»Wenn Sie mir Bescheid gegeben hätten, wäre eine gemeinsame Aktion möglich gewesen. Dann wären zwei Sekuritos noch am Leben und Raimon nicht entkommen.«

Lutor kniff andeutungsweise die Augen zusammen. »Was ist geschehen?«

Emmerson berichtete von dem Zwischenfall am Hafen. »Nach Zeugenaussagen hat sich der Junge in ein großes geflügeltes Wesen verwandelt und ist mit Bruder Eklund fortgeflogen.«

Lutor strich nachdenklich seine Jacke glatt.

»Begreifen Sie endlich, dass wir *gemeinsam* viel größere Erfolgsaussichten haben?«

»Wohin ist das Geschöpf geflogen?«

»Angeblich in Richtung Kontinentalwald. Wollen Sie *dort* die Suche nach dem Metamorph fortsetzen?«

Lutor kam um den Tisch herum und ging in Richtung Tür. »Ich werde ihn finden. Ich bin immer erfolgreich gewesen, bei allen meinen Einsätzen. Es ist nur eine Frage der Zeit.«

»Interessant, dass Sie das erwähnen. Die Zeit, meine ich. Wissen Sie, was die vielen Unfälle in der Stadt verursacht hat?«

Lutor blieb auf halbem Wege zur Tür stehen.

»Eine temporale Anomalie, die unter dem Meeresgrund vor dem Festlandsockel entstanden ist.« Edwald Emmerson ging langsam zum Tisch, nahm den immer noch eingeschalteten Infonauten und sah auf das Display. »Es gibt Hinweise auf einen Versuch der Temporalen, ihren Zeitkerker zu verlassen und in die Gegenwart zurückzukehren.«

Lutor schwieg zwei oder drei Sekunden lang. »Was hat das mit mir oder dem Metamorph zu tun?«

»Ein zweiter Zeitkrieg beträfe *uns alle.*« Emmerson betrachtete noch immer das Display. »Der Arzt hat Recht. Diese Bio-Werte sind tatsächlich alles andere als normal.« *Und ich weiß auch warum.*

Lutor warf ihm einen kurzen Blick zu, trat zur Tür und öffnete sie. »Die temporale Anomalie interessiert mich nicht. Ich bin hierher gekommen, um den Metamorph zu finden, und ich *werde* ihn finden, wo auch immer er ist.«

Damit ging er.

Emmerson blickte auf das Display des Infonauten. Mit den meisten angezeigten Daten konnte er nicht viel anfangen, aber farbige Hervorhebungen wiesen auf die Abweichungen von normalen Werten hin.

»Das sind persönliche medizinische Daten, die Sie nichts angehen«, erklang eine Stimme.

Emmerson sah auf. Der Arzt, der zuvor das Zimmer verlassen hatte, stand in der offenen Tür, neben ihm ein Mann in Uniform, ein Angehöriger des krankenhausinternen Sicherheitsdienstes.

»Sorgen sie dafür, dass dieser Mann das Krankenhaus verlässt«, wandte sich der Arzt an seinen Begleiter.

»Das ist der Sicherheitschef von NHD Kerberos«, erwiderte der Uniformierte.

»Inzwischen bin ich zum planetaren Direktor befördert worden.« Emmerson dachte daran, dass noch keine offizielle Verlautbarung erfolgt war. »Bitte entschuldigen Sie«, fügte er mit diplomatischer Freundlichkeit hinzu und sah den Arzt an. »Ich hätte mich identifizieren sollen.«

Der Ärger wich aus den Zügen des Mannes. Er deutete auf den Infonauten. »Diese Details unterliegen dem Datenschutz.«

Emmerson gab ihm das Gerät. »Ist Ihnen an Lutor etwas aufgefallen?«

»Abgesehen von seiner Sturheit und Arroganz, meinen Sie?«

»Ja.«

»Manche Werte liegen ein ganzes Stück außerhalb der üblichen Toleranzen.«

»Haben Sie eine Erklärung dafür?«

»Ich hätte ihn gern hier behalten und weitere Untersuchungen vorgenommen, aber Sie haben ihn ja gehört.«

»Ja, das habe ich.« Emmersons Kom-Servo summte, und er holte ihn hervor.

Ein pseudoreales Bild von Elroy Tobias erschien. »Ich habe ein Tauchboot für Sie aufgetrieben, Chef.«

»Ausgezeichnet.«

»Mit Pilot. Ein gewisser Raphael ist bereit, Sie zur Station auf dem Meeresgrund zu bringen.« Der müde Tobias lächelte schief.

»Ich schätze, Sie haben ein wenig nachgeholfen.«

»Ich habe ihn ... überredet. Er erwartet Sie auf der Insel des Autokraten.«

»Danke.« Edwald Emmerson unterbrach die Verbindung und steckte den Kommunikationsservo ein. Ein langer Tag und fast eine ganze lange Nacht lagen hinter ihm, und an Schlaf war noch immer nicht zu denken. Er ging zur Tür, und die beiden dort stehenden Männer wichen beiseite, damit er in den Flur treten konnte. Noch immer eilte medizinisches Personal hin und her. »Entschuldigen Sie die Störung. Wie ich sehe, haben Sie viel zu tun.«

Das haben wir alle, dachte er, als er das Krankenhaus verließ. *Und vielleicht kommt bald alles noch viel schlimmer.*

Als Emmerson ins Tauchboot kletterte, musterten ihn fast völlig schwarze Augen mit von *Perfid* gesteigerter Aufmerksamkeit. Raphael saß bereits an den Kontrollen. Emmerson nahm neben ihm Platz und versuchte, seine Gedanken unter Kontrolle zu halten, als er den Sicherheitsharnisch anlegte. »Stokkart ist dort unten, nicht wahr?«

Raphael zögerte kurz. »Ich weiß nicht, wo Seine Durchlaucht ist.«

Emmerson wandte sich ihm zu und sah ihm direkt in die schwarzen Drogenaugen. »Sie wissen, was los ist, Raphael. Inzwischen dürften Sie erfahren haben, dass dort unten im Meer – beziehungsweise unter dem Meer – eine temporale Anomalie entstanden ist. Ihnen sollte auch klar sein, welche Gefahren sich daraus ergeben könnten. Dies ist eine Sache, die weit über Ihre Drogengeschäfte und vielleicht sogar weit über Kerberos hinausgeht. Eine gute Gelegenheit für Sie, die Karten offen auf den Tisch zu legen. Wann haben Sie zum letzten Mal mit Stokkart gesprochen?«

»Das ist viele Stunden her.« Raphael wandte den Blick ab und bediente die Kontrollen des Tauchboots, bei dem es sich um eine Art Transporter zu handeln schien. Hinter den Sitzen für Pilot und Kopilot gab es weitere Plätze für Passagiere, und das Heck des zylinderförmigen Fahrzeugs beinhaltete mehrere Frachträume. Motoren summten, und das Boot sank langsam ins Wasser, glitt durch einen Zugangstunnel und dann übers Riff. Die Lichtbündel von Scheinwerfern tasteten wie helle Finger durchs nachtdunkle Meer.

»Und seitdem hat er auf keinen Ihrer Kontaktversuche reagiert?«

»Nein.«

Der Bug des Tauchbootes verwandelte sich in ein großes Fenster, durch das man ins Meer sehen konnte. Maritime Geschöpfe erschienen kurz im Scheinwerferlicht und stoben davon.

»Er *ist* dort unten, nicht wahr?«, fragte Emmerson.

»Ja.«

»Wenn er sich nicht meldet ... Vielleicht ist ihm etwas passiert. Normalerweise vernachlässigt der Autokrat seine Regierungsgeschäfte doch nicht, oder? Von den anderen Geschäften ganz zu schweigen. Wer ist außer ihm noch unten?«

»Einige Wissenschaftler.«

»Was hat es mit der Station auf dem Meeresgrund auf sich?«

Raphael schwieg und bediente die Kontrollen des Tauchbootes.

»Ich kenne das Projekt kaum«, sagte er schließlich.

»Sagen Sie mir, was Sie darüber wissen.«

Wieder antwortete Raphael nicht sofort und ließ sich Zeit. Emmerson musterte ihn aufmerksam und wusste kleine, kaum merkliche Hinweise zu deuten. Ein Zucken in der Wange, das Bemühen, seinen Blick zu meiden, die Aufmerksamkeit ganz den Instrumenten zugewandt ... Raphael war nervös und versuchte, es zu verbergen. Er wusste mehr, als er zugab.

Sie erreichten das Ende des Riffs, hinter dem der Festlandsockel steil abfiel. Das Bugfenster zeigte Schwärze. Emmerson wusste, der Meeresgrund lag in einer Tiefe von etwa dreitausend Metern.

Raphael steuerte das Tauchboot nach unten. Er schaltete nicht den Navigationsservo ein, bemerkte Emmerson; vermutlich wollte er beschäftigt bleiben.

»Soweit ich weiß, geht es um die Erforschung der Tiefseefauna und der Sedimente«, sagte der Mann mit den schwarzen *Perfid*-Augen schließlich. »Sprechen Sie mit Professor Ulgar. Er leitet das Projekt.«

»Wenn es tatsächlich nur um Tiefseefauna und Sedimente geht – warum hat man dann alles geheim gehalten?«

»Sie richten Ihre Fragen an die falsche Person.«

»Meinen Sie? Nun, haben Sie den Professor erreichen können?«

»Nein.«

»Oder einen der anderen Wissenschaftler?«

»Nein.«

»Mit anderen Worten: Es besteht überhaupt kein Kom-Kontakt mehr mit der Station.«

»Das ist richtig.«

Emmerson sah in die Tiefe und fragte sich, was ihn dort unten erwartete. Tief im Meeresboden war eine temporale Anomalie entstanden, eventuell ein Anzeichen dafür, dass die Temporalen eine Rückkehr in die Gegenwart versuchten. Und die Wissenschaftler in der Station *auf* dem Meeresgrund reagierten ebenso wenig auf Kom-Signale wie der Autokrat. Unbehagen regte sich in Emmerson. Es deutete alles in eine Richtung, die ihm ganz und gar nicht gefiel. Zum ersten Mal stellte er die Richtigkeit seines Beschlusses infrage, der Station nur mit Raphael einen Besuch abzustatten. Vielleicht wäre es besser gewesen, eine angemessen ausgerüstete Einsatzgruppe zusammenzustellen und alle notwendigen Vorsichtsmaßnahmen zu ergreifen. Andererseits: Das hätte Zeit gekostet, wertvolle Zeit.

»Das ist seltsam«, sagte Raphael nach einer Weile.
»Was meinen Sie?«
»Die externen Lampen der Station sind ausgeschaltet.«
»Ist das normalerweise nicht der Fall?«
»Ich bin mehrmals hier unten gewesen, und die Lampen brannten jedes Mal.«
Raphaels Finger berührten Schaltelemente, und das Summen der Motoren veränderte sich. Emmerson spürte, wie sich das Tauchboot zur Seite neigte, und kurz darauf verlor sich das Licht der Scheinwerfer nicht mehr in schwarzer Leere, sondern glitt über den schlammigen und sandigen Meeresgrund.
»Noch immer keine Reaktion auf unsere Kom-Signale.«
Emmerson blickte auf die Displays und versuchte, sich zu orientieren. Das Sonar hatte die Bauten der Station längst erfasst – drei unterschiedlich große Kuppeln –, aber erst nach einer weiteren Minute erschienen sie auch im Bugfenster.
»Ich kann keine Beschädigungen erkennen.« Raphael steuerte das Boot näher, und die Kuppeln schienen anzuschwellen, sich aufzublähen. Äußerlich war die Station unversehrt, und zu Emmersons großer Erleichterung deutete nichts auf die Nähe einer temporalen Anomalie hin.
Aber warum meldete sich niemand?
Raphael erwies sich als geschickter Pilot, als er das Tauchboot an der Hauptkuppel längsseits brachte und das Schleusensiegel des Bootes mit dem der Kuppelwand verband. Als der Datenservo die Fixierung der Position bestätigte, löste Raphael seinen Sicherheitsharnisch und stand auf. Weiter hinten zischte es, und ein Schott öffnete sich. »Wir können in die Station.«
Kurze Zeit später standen sie in der kleinen Schleuse und beobachteten, wie sich das Innenschott schloss. Einige Sekunden verstrichen, und das andere Schott glitt auf.
Sie betraten die Station.
Sofort sahen sie Zeichen blinder Zerstörungswut. Einrichtungsgegenstände waren zertrümmert. Dinge lagen auf dem

Boden verstreut, die meisten von ihnen halb zerfetzt. An einer Stelle hatte es sogar gebrannt: Klebriger Löschschaum bildete eine graue Schicht über einem Kleiderhaufen, den jemand angezündet hatte.

»Wahnsinn«, sagte Emmerson leise und sah sich um. »Hier ist jemand Amok gelaufen.«

Sie schritten durch einen Gang, in dem nur noch wenige Leuchtkörper an der Decke brannten – die meisten von ihnen waren zertrümmert worden. Sonderbares Geschmier zeigte sich an den Wänden, und als Emmerson es aus der Nähe betrachtete, stellte er fest, dass es Blut war. Aber kein menschliches.

Im nächsten Zimmer, einem Ausrüstungsraum, bestätigte sich sein Verdacht. An der einen Wand lagen zwei Geschöpfe, die wie eine Mischung aus Affe und Delphin wirkten, deren Haut jedoch eher an die von Schlangen erinnerte.

»Halbintelligente Arbeiter«, sagte er. »Sie scheinen sich gegenseitig erschlagen zu haben.«

Fast alle Ausrüstungsschränke waren geöffnet, und ihr Inhalt bildete ein wirres Durcheinander auf dem Boden. Raphael und Emmerson setzten den Weg fort, und in den anderen Räumen der Station bot sich ihnen ein ähnliches Bild. Sie fanden weitere Arbeiterleichen, doch von den Wissenschaftlern und dem Autokraten fehlte jede Spur. Keines der halbintelligenten Geschöpfe schien überlebt zu haben, und bestimmte Zersetzungserscheinungen an ihren Gliedmaßen deuteten darauf hin, dass sie schon seit Stunden tot waren.

Eine halbe Stunde später hatten sie alle drei Kuppeln durchsucht, ohne Stokkart, Ulgar und die anderen gefunden zu haben.

»Sie müssen weiter unten sein«, sagte Emmerson. »Es gibt doch noch Stationsbereiche unter den Kuppeln, nicht wahr? Ich habe einen Lift gesehen.«

Raphaels Unruhe wuchs. »Wir sollten die Station besser verlassen.«

»Ohne festgestellt zu haben, was aus Stokkart, Ulgar und den anderen geworden ist?«

Raphael sah sich um. »Irgendetwas hat die Adlaten in den Wahnsinn getrieben. Vielleicht steckt die Anomalie dahinter.«

Diese Möglichkeit lässt sich nicht ausschließen, dachte Emmerson, setzte den Weg zum Lift aber trotzdem fort. Raphael folgte ihm und machte dabei einen möglichst weiten Bogen um die Leichen der Adlaten.

Nach einer kurzen Suche, bei der sein Begleiter ihm nicht half, fand Edwald Emmerson den Lift und stellte fest, dass er die Kabine mit einem Tastendruck von unten heraufholen musste. »Wer auch immer den Lift als Letzter benutzte – er hat sich von ihm nach unten bringen lassen.«

Die Tür glitt auf, die Kabine war leer und unbeschädigt. Emmerson betrat sie. Raphael zögerte.

»Kommen Sie. Oder wollen Sie, dass ich mich dort unten allein umsehe?«

Zwei oder drei Sekunden lang rang Raphael mit sich selbst, betrat dann ebenfalls den Lift. Emmerson drückte die unterste Taste an der Wand, und sofort schloss sich die Tür. Mit einem leisen Surren setzte sich die Kabine in Bewegung.

»Sie wissen, dass ich *Perfid* nehme«, sagte Raphael. Seine Stimme klang nicht so fest wie sonst. »Sie kennen auch die Wirkung dieser Droge.«

»Ja«, brummte Emmerson. »Sie macht süchtig.«

»Sie verstärkt die Wahrnehmung. Und ich spüre etwas, das mir nicht gefällt.«

»Was?«

»Ich ... weiß es nicht. Ich weiß nur, dass wir diesen Ort besser so schnell wie möglich verlassen sollten. Lassen Sie uns nach Chiron zurückkehren.«

Der Lift hielt an, und die Tür öffnete sich.

Emmerson trat in einen hell erleuchteten Korridor. Hier hatte niemand Lampen zerstört, und es klebte auch kein Blut an den Wänden. »Ist hier jemand?«, rief er. »Kann mich jemand hören?«

Alles blieb still.

Emmerson wäre am liebsten auf Raphaels Worte eingegangen, aber stattdessen schritt er, angetrieben von Neugier und einem tief in ihm verwurzelten Pflichtbewusstsein, durch den Gang, dessen Wände zunächst aus Stahlkeramik und Synthomasse bestanden, dann aus dem Sedimentgestein des Meeresgrunds. Mehrmals gewährten türartige Öffnungen rechts und links Zugang zu Räumen, die eigentlich mehr wie Höhlen wirkten, einige von ihnen dunkel, andere ebenso hell erleuchtet wie der Korridor. Emmerson warf einen kurzen Blick hinein – Einrichtungsgegenstände, Ausrüstung, Proviant, mobile Geräte – und setzte den Weg fort, bis er schließlich einen Raum erreichte, dessen Rückwand etwas Seltsames zeigte: ein sanft gewölbtes Objekt, oder Teil eines Objekts, gelb wie Gold und völlig glatt. Emmerson trat näher und berührte die metallartige Substanz.

»Warm«, sagte er erstaunt. »Was ist das?«

»Ich weiß es nicht. Bitte, Emmerson, lassen Sie uns gehen. Hier gibt es etwas ... etwas Gefährliches.«

Edwald Emmerson drehte sich um und stellte fest, dass sich Raphaels Nervosität in Furcht verwandelt hatte. »Ich möchte wissen, was das ist«, sagte er und deutete auf die gewölbte Fläche.

»Ich weiß es nicht, ich weiß es wirklich nicht. Seine Durchlaucht nannte es immer nur ›Artefakt‹. Es gibt noch ein zweites, und Professor Ulgar und die anderen Wissenschaftler suchten nach einem Weg hinein.«

Ein zweiter Korridor ging von dem Raum aus. »Wohin geht es dort?«

»Bitte, Emmerson, glauben Sie mir, hier gibt es etwas, das ...«

»Ist Ihnen etwas aufgefallen, Raphael? Abgesehen von den Dingen, die Sie mithilfe der Droge wahrzunehmen glauben: Wir haben hier unten noch nicht einen einzigen Adlaten gesehen.«

»Vielleicht haben sie alle die oberen Bereiche aufgesucht.«

»Die Liftkabine befand sich *unten.*« Emmerson wandte sich dem zweiten Korridor zu.

»Ich beschwöre Sie ...« Raphael zitterte.

Edwald Emmerson achtete nicht auf ihn und schritt durch einen Gang, der den Eindruck erweckte, erst vor kurzer Zeit angelegt worden zu sein. Nach etwa dreißig Metern endete er in einer aus dem Sedimentgestein gegrabenen Kaverne. Einige mobile Bohrkerne standen an den Wänden, und in einem Gerüst ruhten mehrere deaktivierte Mikronautenschwärme. Ein großer Ausrüstungswagen enthielt Beleuchtungsservi und diverse Sondierungsgeräte. Daneben lagen zwei Levitatorscheiben.

In der Mitte des Raums gähnte ein großes Loch im Boden.

Doch Emmersons Aufmerksamkeit galt zunächst etwas anderem. Zusammengedrängt in einer Ecke des Raums lagen mehrere der halbintelligenten Arbeiter. Ihre genaue Anzahl ließ sich nicht mehr feststellen, denn die Körpersubstanz der Adlaten – von einer Formationsmatrix strukturierte Basismasse – war teilweise miteinander verschmolzen. Einige Gliedmaßen blieben erkennbar; die Geschöpfe schienen sich umarmt zu haben.

»Wie Kinder, die sich vor etwas fürchten und beieinander Schutz suchen«, murmelte Emmerson.

Er wandte sich dem Loch zu.

»Es ist nah«, hauchte Raphael, der den Raum ebenfalls betreten hatte. »Dort.« Er zeigte auf die Öffnung im Boden.

Emmerson trat an den Rand des Loches und blickte in einen tiefen Schacht. Er konnte nicht erkennen, wie weit er nach unten führte, denn Finsternis verwehrte den Blick auf das Ende des Schachtes.

Mit einigen raschen Schritten war Emmerson wieder beim Ausrüstungswagen, nahm einen Beleuchtungsservo, aktivierte ihn, kehrte zum Loch zurück und ließ das kleine Gerät hineinfallen. Einige Meter weit erhellte das Licht den Schacht, doch weiter unten trübte es sich und verschwand ganz. Die Dunkelheit schien es regelrecht zu verschlingen.

Etwas im Schacht ... kräuselte sich. Etwas flirrte, wie heiße Luft, dehnte sich nach oben aus ...

Raphael schrie, presste sich beide Hände an die Schläfen und taumelte fort vom Loch. Er schrie und schrie, so laut er konnte, aus vollem Halse, und seine Schreie kündeten von unvorstellbarem geistigem Schmerz. Emmerson sah, wie er die Augen verdrehte, wie er plötzlich loslief, den Oberkörper dabei nach vorn neigte ...

Mit voller Wucht prallte er an die Wand, mit dem Kopf voran. Es knackte laut, die Schreie brachen ab, und Raphael sank zu Boden, rührte sich nicht mehr. Blut strömte aus seinem zerschmetterten Schädel.

Edwald Emmerson rannte ebenfalls los. Raphael hatte Recht. Es *gab* hier etwas, ein fremdes, dunkles Etwas, das die Adlaten in den Wahnsinn und Raphael zum Selbstmord getrieben hatte. Emmerson hielt sich nicht mit der Frage auf, was mit Stokkart, Professor Ulgar und den anderen geschehen war. Er begriff nur eines: Er musste fort von hier, wenn er überleben wollte.

Er spürte ein unangenehmes Zerren, während er lief, wie Sandpapier, das über den Kern seines Selbst schabte, und er versuchte, eine innere Barriere vor dem Fremden zu errichten, das nach seinen Gedanken tastete. Durch den Raum mit dem goldgelben, nur zum Teil freigelegten Objekt, durch den Korridor zum Lift, der ihn bereitwillig aufnahm und nach oben trug, langsam, viel zu langsam ... das Zerren wurde stärker, wie eine Zange, die langsam sein Gehirn zerquetschte ... zur Hauptkuppel, durch ein von Zerstörungswut geschaffenes Chaos, vorbei an den toten Adlaten, zur Schleuse ...

Emmerson keuchte und schwitzte, als sich das Schott des Tauchbootes öffnete. Schnell, schnell, zu den Kontrollen, weg von der Station, möglichst weit weg ... Ein Schritt, und noch einer, und dann schien sein Gehirn zu explodieren und gleichzeitig zu kollabieren, sich zusammenzuziehen. Er fiel, berührte im Fallen Schaltelemente und Kontrollen, hörte das

Summen von Motoren, spürte Bewegung, als er auf dem Boden lag, die Hände um den Kopf geklammert, die Finger gekrümmt und wie bestrebt, sich in den Schädel zu bohren, dorthin, wo Schmerz jeden einzelnen Gedanken in ein mentales Säurebad tauchte.

Die Dunkelheit kam aus dem Schacht, und Edwald Emmerson gab sich ihr dankbar hin, denn sie erlöste ihn von der Qual.

Kerberos
17. April 421 SN
07:50 Uhr

29

Im Kontinentalwald

Als Bruder Eklund erwachte, wusste er nicht, ob er geschlafen oder das Bewusstsein verloren hatte. Er öffnete die Augen und sah drei mumifizierte Leichen.

Sie lagen auf der anderen Seite der Hütte, in der er zu sich gekommen war, so an der Wand zusammengekauert, als hätten sie dort während der letzten Sekunden ihres Lebens Schutz gesucht. Ein älterer Mann und zwei Frauen, die offenbar ein ganzes Stück jünger gewesen waren, die Gesichter fratzenhaft im Tod erstarrt.

Etwas berührte Eklund und beantwortete die Frage, was ihn geweckt hatte. Er bemerkte schattenhafte Bewegungen hier und dort in der Hütte: kleine käferartige Geschöpfe, die mit zitternden Fühlern und klackenden Kiefern hin und her huschten. Einige von ihnen krabbelten über Eklunds Leib, berührten ihn mit den Fühlern, verharrten, eilten weiter.

Er schüttelte sie ab, richtete sich auf, griff nach seinem Gehstock und verscheuchte damit einige der unruhigen Wesen, die auch über die drei Mumien hinwegkrochen. Eklund wusste, was es mit diesen Geschöpfen auf sich hatte: Es waren Schwärmer, Augen und Ohren eines Divorators. Woraus sich nur ein Schluss ziehen ließ – er befand sich im Kontinentalwald.

Eklund erhob sich – er hatte auf einem schmalen, einfachen Bett aus Holz gelegen – und stützte sich auf seinen Gehstock, als er zur offenen Tür der Hütte ging. Die Schwärmer beendeten ihre Inspektion des Hütteninnern, kehrten durch Tür und Fenster nach draußen zurück, ohne Eklund Beachtung zu schenken.

Vor dem Eingang lag eine kleine Veranda, und dort blieb Bruder Eklund stehen, hielt sich am Geländer fest und blickte in die Tiefe. Fast hundert Meter trennten ihn vom dunklen Boden des Kontinentalwalds, den kaum ein Sonnenstrahl erreichte. Selbst hier oben, in mittlerer Höhe, blieb es düster. Helles Licht gab es nur in den oberen beiden der insgesamt sechs so genannten Hauptetagen des Waldes.

»Raimon?«

Nur das Zirpen und Summen der Waldbewohner antwortete ihm. Luftwurzeln hingen von weit oben herab, von den hundert Meter entfernten Baumkronen. Dort strich Wind über die Wipfel der Riesenbäume, und manchmal entstanden dadurch kleine Lücken im Blätterdach, durch die das Licht fiel.

Licht. Ein neuer Tag.

Bruder Eklund wandte sich um und stellte fest, dass die Hütte auf einer kleinen Plattform stand, dort, wo mehrere dicke Primäräste vom Stamm aus nach oben strebten, jeder mit einem Durchmesser von mehreren Metern. Es erstaunte ihn nicht, dass die Hütte ausgerechnet an dieser Stelle gebaut worden war, denn sie bot Schutz vor einigen besonders gefährlichen Vertretern der lokalen Fauna. Vor einem Divorator allerdings schützte dieser Ort nicht.

Eklund sah erneut in die Tiefe und beobachtete, wie die käferartigen Schwärmer über den Stamm nach unten krabbelten. Irgendwo dort in der Finsternis am Waldboden wartete der Divorator auf die Rückkehr seiner Augen und Ohren, die er in alle Richtungen ausgeschickt hatte, um sich dann für ein Ziel zu entscheiden. Eklund hoffte, dass einige Schwärmer woanders vielversprechendere Beute lokalisiert hatten.

Er kehrte ins Innere der Hütte zurück und versuchte, sich zu erinnern. Den schrecklichen Tod der beiden Sekuritos beim Hafen von Chiron hatte er ganz deutlich vor Augen, ebenso das Geschöpf, in das sich Raimon verwandelt hatte. Aber die Ereignisse blieben schemenhaft und verschwommen, ohne klare Konturen, ohne Details. Raimon – das monströse Wesen, zu dem der Junge geworden war – hatte ihn zum Kontinentalwald gebracht, in diese Hütte, und dann ... Was?

Einmal mehr hatte Eklund das sonderbare Gefühl, dass sich seine Gedanken wie von selbst bewegten, ohne die Kontrolle eines bewussten Selbst, und die Richtung, in die sie führten, gefiel ihm nicht. Es wurde immer wahrscheinlicher, dass Raimon tatsächlich hinter den beiden sonderbaren Todesfällen in der Zitadelle steckte. Wenn das stimmte, war er ein Mörder – ein Mörder, der nicht töten wollte, wie Eklund wusste. Eigentlich kein Täter, sondern eher ein Opfer. Aber *wessen* Opfer? Wer oder was steckte dahinter?

Er erinnerte sich an das Muster der bunten Steine und glaubte erneut, das Flüstern der Weltseele zu hören. Ein Auftrag, eine heilige Mission ... *Schütze den Jungen.*

Aber die jüngsten Ereignisse deuteten darauf hin, dass Raimon sehr gut auf sich selbst aufpassen konnte. Wer war er? *Was* war er? Diese beiden Fragen rückten immer mehr in den Vordergrund.

Eklunds Blick fiel auf die drei mumifizierten Leichen an der einen Wand der Hütte. Normalerweise vertilgten Aasfresser aller Art totes Fleisch im Kontinentalwald innerhalb kürzester Zeit, und wenn sie tatsächlich einmal etwas übersahen, sorgten Wärme und hohe Luftfeuchtigkeit für rasches Verwesen. Bei diesen drei Personen war weder das eine noch das andere geschehen. Eklund vermutete, dass sie im Wald nach neuen Drogen gesucht hatten, wie so viele andere, in der Hoffnung, schnell reich zu werden. Offenbar hatten sie auch selbst eifrig Kerberos-Drogen konsumiert – das erklärte die Mumifizierung. Es gehörte zu den Auswirkungen der vielen berauschenden Substanzen, die die Tier- und vor allem die Pflanzenwelt von Kerberos produzierten.

Geist und Seele schenkten sie Träume, gefährlich schön, und unter bestimmten Voraussetzungen konservierten sie den Körper nach dem Tod.

Eklund sah auf die drei Mumien hinab. »Es ist der falsche Weg in die Ewigkeit«, sagte er leise. »Drogen bedeuten Flucht.«

Es sei denn, man verdiente Geld mit ihnen, so wie der Autokrat und viele andere auf Kerberos. Die drei Toten hatten das ebenfalls versucht, aber die einfache Hütte und ihre primitive Einrichtung deuteten darauf hin, dass sie nicht sonderlich erfolgreich gewesen waren.

Bruder Eklund trat in die Mitte des Raums, stützte sich dort auf seinen Gehstock und ließ den Blick durchs Halbdunkel schweifen. Stühle, an der einen Wand ein Tisch, kleine Schränke aus billiger Synthomasse, zwei Unterhaltungsservos, daneben ein Akkumulator. Eklund näherte sich ihm und sah auf die Anzeige. Nicht ein einziger Indikator leuchtete; das Gerät enthielt keine Energie.

Noch einmal sah er durch den Raum. Raimon - das Geschöpf, das ihn hierher gebracht hatte - schien nirgends Spuren hinterlassen zu haben.

Ein seltsames Geräusch kam von draußen.

Eklund ging langsam zur Tür, trat auf die Veranda und lauschte. Von weit oben kam ein fernes Rauschen, die Stimme des Winds in den hohen Baumkronen, wie ein Seufzen des Waldes. Unten, wo zuvor alles still gewesen war, kratzte und schabte es.

Eklund beugte sich übers Geländer und sah in die Tiefe.

Ein Divorator kroch am Baum empor.

In seinem ganzen langen Leben war Bruder Eklund nur zweimal im Kontinentalwald gewesen, vor vielen Jahren, und bei jenen Gelegenheiten hatte er keine Divoratoren gesehen. Er kannte sie nur von pseudorealen Darstellungen. Der größte Teil des Geschöpfs blieb in der Finsternis am Waldboden verborgen, und selbst die organischen Komponenten, die an einem Baum nach oben krochen, offenbarten in der Düsternis keine Einzelheiten. Dennoch wusste

Eklund, dass es ein Divorator war; unglücklicherweise hatten ihm die Schwärmer wohl keine andere Beute gemeldet.

Er rief sich ins Gedächtnis zurück, was er über diese Wesen wusste. Weder Pflanze noch Tier – Biologen verglichen die Divoratoren mit einer Mischung aus Schnecke, Pilz und Amöbe. Sie flossen und gruben sich durch den Waldboden und schickten die Schwärmer aus, wenn sie hungrig wurden. Entdeckten die ausgesandten Augen und Ohren etwas, so stülpte der betreffende Divorator seinen Magen nach oben und verschlang das Ziel, in diesem Fall einen ganzen Riesenbaum mit allem, was sich auf ihm befand.

Eklund sah erneut nach unten. Der Magen des Divorators umschlang den Baum von allen Seiten, dehnte sich immer mehr aus und wuchs nach oben, langsam, aber mit erbarmungsloser Zielstrebigkeit.

Der Weg nach unten führte in den sicheren Tod. Eklund hielt sich am Geländer fest, neigte den Kopf nach hinten und blickte in die Höhe. Ein jüngerer, agilerer Mann wäre vielleicht imstande gewesen, am Stamm emporzuklettern, obwohl er nur wenig Halt bot, aber Eklund begriff sofort, dass so etwas für ihn nicht infrage kam. Selbst wenn er es irgendwie fertig gebracht hätte, nach oben zu klettern – auch der Wipfel des Riesenbaums bot keine Sicherheit. Der Magen des Divorators würde den Weg nach oben fortsetzen und mit der Verdauung beginnen, sobald er alles fest umschlossen hatte. Natürlich gab es Verbindungen zu anderen Bäumen, Äste und Zweige, Brücken aus Flugmoos, die klebrigen Stege von Lauerern, Wege durch die sechs Haupttetagen des Kontinentalwaldes. Aber das Beschreiten dieser Pfade erforderte großes Geschick und eine Kraft, die Eklund fehlte.

Er saß in der Hütte fest.

Wie viel Zeit blieb ihm noch? Sein Blick kehrte nach unten zurück, und er versuchte abzuschätzen, wann der Magen des Divorators die Hütte erreichen würde. In etwa fünfzehn Minuten, schätzte er.

Sein Leben reduzierte sich plötzlich auf eine Viertelstunde.

In der Hütte hielt er nach Dingen Ausschau, die sich eventuell als Waffe verwenden ließen, obgleich er wusste, wie sinnlos eine solche Suche war. Abgesehen von Feuer gab es keine wirkungsvolle Waffe gegen einen Divorator. Es blieb nur die Flucht, und genau diese Möglichkeit stand Eklund nicht offen.

Noch vierzehn Minuten. Oder nur noch dreizehn?

Eklund verließ die Hütte, blieb auf der Veranda stehen und widerstand der morbiden Versuchung, noch einmal nach unten zu sehen. Stattdessen rief er so laut er konnte: »Raimon, wo bist du? Ich brauche deine Hilfe.«

Das Kratzen und Schaben wurde lauter. Niemand antwortete.

Eklund atmete tief durch, besann sich auf das Elysium und ...

... fand sich vor dem alten Portal aus verwittertem Holz wieder. Er drückte einen Flügel auf, mit einer Hand, die aus Gedanken und Hoffnung bestand, und dahinter erwarteten ihn helles Licht und ... Kälte. Er stand am Rand einer weiten Eisfläche, die sich in frostigem Glanz bis zum Horizont erstreckte. Etwa fünfhundert Meter entfernt ragte ein Spindelturm auf, der genauso aussah wie die Türme in der toten Welt, in der Raimon und er der Frau ohne Gesicht begegnet waren. Dort bewegte sich etwas.

»Raimon!«, rief Eklund und ging los. Er setzte so schnell wie möglich einen Fuß vor den anderen, obwohl er dadurch Gefahr lief, auf dem glatten Eis auszurutschen. Jede Sekunde zählte. Das Elysium mochte dem Geist Zuflucht bieten, nicht aber dem Körper, der nach wie vor auf der Veranda der Baumhütte stand. Wenn der Divorator ihn verschlang, endete sein Leben, auch wenn sich das Bewusstsein immer noch in der Welt über der Welt befand.

Eklund hatte etwa hundert Meter zurückgelegt, als es unter ihm knirschte und knackte. Dünne Risse bildeten sich im Eis, Zackenlinien, die rasch länger wurden. Er versuchte, noch schneller zu gehen und eine Stelle zu erreichen, wo das Eis dicker war, aber plötzlich gab es unter ihm nach, und er fiel ins Wasser, dessen Kälte ihn beinahe lähmte ...

Eine Hand packte ihn, eine überaus starke Hand, obwohl sie einem zwölfjährigen Jungen gehörte, und zog ihn aus dem Wasser. Mühelos hob sie ihn hoch und setzte ihn auf dem Eis ab, das jetzt nicht mehr knackte und knirschte.

»Raimon ...« Die Kälte ließ Eklund am ganzen Leib beben. Erstaunt stellte er fest, dass er noch immer seinen Gehstock hielt. »Ich brauche deine Hilfe!«

Der Junge hatte tausend Gesichter, eines über dem anderen, wie hauchdünne Membranen, die jemand miteinander verklebt hatte.

»Ich habe sie gesucht«, sagte Raimon, und seine Stimme klang traurig. »Ich habe sie gesucht, aber ich finde sie nicht.«

Eklund wollte das Elysium verlassen und in den Kontinentalwald zurückkehren, in die materielle Realität, doch die Szene um ihn herum veränderte sich nicht: eine Ebene aus Eis, in ihr ein einsamer Spindelturm. Der Junge hielt sie beide im Hier fest.

»Bitte, Raimon, wir müssen zurückkehren«, sagte Eklund. »Ein Divorator nähert sich der Baumhütte, und sein Magen wird mich, meinen Körper, in wenigen Minuten aufnehmen ...«

»Ich finde sie nicht.« Raimon hob wie in Zeitlupe die Hände und presste sie an die Schläfen. »All die Stimmen ... Es tut so weh.«

»Raimon ...« Eklund berührte die Wange des Jungen – sie war so kalt wie das Wasser unter dem Eis. »Bitte, hilf mir ...«

»Ich habe sie gesucht«, sagte der Junge, und diesmal erklang seine Stimme auf der Veranda. Eklund sah sofort, dass der Divorator die Plattform erreicht hatte, auf der die Hütte stand. »Überall habe ich sie gesucht, aber ich finde sie nicht.«

»Trag mich von hier fort!«, stieß Eklund hervor. »Verwandle dich in ...«

Raimon – der nackte Raimon – sprang übers Geländer und fiel.

Eklund beobachtete, wie sich der Junge während des Sturzes verwandelte. Aus dem menschlichen Körper wurde etwas, das nach einem Lanzenschaft aussah, und Dutzende von kleinen, transparenten Flügeln gaben seinem Fall eine neue Richtung. Raimon, die Lanze, bohrte sich von der Seite in den nach oben gestülpten Magen des Divorators und verschwand ganz darin.

Eklund schloss die linke Hand fest um das Geländer der Veranda. Mit der rechten stützte er sich auf den Gehstock. Einige Sekunden lang geschah gar nichts, und eine sonderbare Stille herrschte im Kontinentalwald.

Der Boden unter Eklund vibrierte.

Was als leichte Vibration begann, wurde schnell zu einem heftigen Zittern, begleitet von einem erst leisen Pfeifen, das aber immer mehr anschwoll und eine schmerzhafte Intensität gewann. Schließlich hielt Eklund es nicht mehr aus. Er ließ den Gehstock auf die Veranda der Hütte fallen, löste die linke Hand vom Geländer und hielt sich die Ohren zu. Vermutlich hatte vor ihm noch kein anderer Mensch auf Kerberos dieses Geräusch gehört – es handelte sich um den Todesschrei eines Divorators.

Die Erschütterungen dauerten an, und es fiel Eklund sehr schwer, auf den Beinen zu bleiben. Er hielt die Hände an die Ohren gepresst, als er nach hinten taumelte, gegen die Wand der Hütte stieß und sich schwer an sie lehnte, um nicht zu fallen.

Eine Minute später hörte das grässliche Pfeifen abrupt auf, und auch die heftigen Vibrationen ließen nach. Eklund ließ die Hände sinken, bückte sich vorsichtig, nahm den Gehstock und wankte zum Geländer. Ein besorgter Blick nach unten zeigte ihm, dass sich die graue Masse des Divoratormagens vom Stamm des Riesenbaums löste und sich dabei immer mehr verflüssigte. Aus Muskelfleisch wurde Schleim und dann eine widerlich süß riechende Flüssigkeit, die nach unten tropfte und floss.

 Aber in der sich auflösenden Masse gab es auch etwas,

das nach oben strebte. An der einen Seite des Baums erschien ein Kopf im grauen, sterbenden Fleisch eines Geschöpfs, das kein Tier war, Raimons Kopf, gefolgt vom Oberkörper des Jungen. Doch wo sich zuvor die Arme befunden hatten, bewegten sich jetzt paddelartige Erweiterungen mit Saugnäpfen, die sich mit schmatzenden Geräuschen an der Borke des Baums festsaugten. Auch die Beine fehlten. An ihrer Stelle gab es mehrere nabelschnurartige, pulsierende Stränge, die nach unten hin dünner wurden und im Magen des sterbenden Divorators verschwanden.

Der Junge – das Wesen – kletterte langsam und mühevoll, das Gesicht eine Grimasse, die auf Schmerz und Erschöpfung hinwies. Er erreichte die Plattform unter der Hütte, zog sich zur Veranda hoch, blieb dort erschöpft liegen und atmete schwer.

»Ich will nicht töten«, brachte Raimon hervor und schnappte nach Luft. »Ich will nicht mehr töten.«

Eklund trat auf ihn zu, sank vor ihm auf die Knie und berührte den Oberkörper, aus dem noch immer die seltsamen paddelartigen Fortsätze ragten. Auch die Beine fehlten nach wie vor. Raimons Unterleib ging in die pulsierenden Stränge über, die nach unten ragten, in die Düsternis, zum toten Divorator hinab.

»Du hast getötet, um Leben zu bewahren«, sagte Eklund sanft. »Meines.«

»Ich habe sie gesucht«, murmelte Raimon so leise, dass Eklund ihn kaum verstand. »Ich habe sie überall gesucht, aber ich finde sie nicht.«

Er schloss die Augen und rührte sich nicht mehr. Eine schreckliche Sekunde lang befürchtete Eklund, dass Raimon gestorben war, aufgrund der Anstrengungen, oder weil ihn der Divorator halb verdaut hatte. Für eine entsetzliche Sekunde glaubte er, vor der Weltseele versagt zu haben und mit seiner Mission gescheitert zu sein, die von ihm verlangte, dieses Geschöpf, das gegen seinen Willen tötete, zu schützen.

Doch dann stellte er fest, dass Raimon schlief. Er atmete jetzt ruhiger, und Eklund beobachtete verwundert, wie die paddelartigen Erweiterungen ihre Struktur veränderten, wieder zu den Armen eines Jungen wurden. Und die pulsierenden Stränge verwandelten sich in Beine mit glatter Haut, ohne einen einzigen Kratzer. Raimon war wieder Raimon, Mensch und doch etwas ganz anderes, und während Eklund noch auf ihn hinabsah, verschob sich die Perspektive ...

Eine öde Welt, ockerfarben, und inmitten ihrer Trostlosigkeit ein Wald aus weißen Spindeltürmen. Eklund ging an ihnen vorbei, mit einer Mühelosigkeit, die ihn verblüffte – eine seltsame neue Kraft erfüllte ihn und gab seinen Schritten Sicherheit. Jeder Turm, den er passierte, begann zu glühen und schickte Licht zum dunklen Himmel empor, zu den düsteren Wolken, die so über das Firmament rasten, als wären sie auf der Flucht vor etwas. Einem langsam anschwellenden runden Bereich wichen sie aus, und wie beim ersten Besuch an diesem Ort leuchteten dort keine Sterne: Augen, die nichts Menschliches hatten, starrten herab.

Bruder Eklund setzte den Weg fort und kannte das Ziel: das Podest dort, wo die Abstände zwischen den Türmen wuchsen.

Dort stand Raimon, gekleidet wie vor seiner Verwandlung in das geflügelte Geschöpf, das sie von Chiron aus in den Kontinentalwald gebracht hatte. Er blickte zum Podest empor, zur leeren Sitzbank, und Tränen rannen ihm über die Wangen.

Eklund erreichte den Jungen und legte ihm voller Anteilnahme die Hand auf die Schulter.

»Sie ist nicht da«, sagte Raimon so tieftraurig, dass es dem Alten an seiner Seite fast das Herz zerriss. »Ich habe sie überall gesucht, und ich finde sie nicht.«

»Die Frau ohne Gesicht«, erwiderte Eklund und erinnerte sich.

»Sie braucht mich, und ich brauche sie. Aber ich finde sie nicht. Und mir bleibt nicht mehr viel Zeit.«

Eklund blinzelte und blickte wieder auf den nackten Jungen hinab, der auf der Veranda lag und den Schlaf der Erschöpfung schlief.

»Die Frau ohne Gesicht«, sagte er langsam. »Du hättest sie fast berührt. Aber Xalons Zorn hat dich daran gehindert, nicht wahr?«

Er griff nach seinem Gehstock und stand mit dessen Hilfe auf – die Kraft, die er zuvor gespürt hatte, existierte nicht mehr.

»Ich weiß, wo wir die Frau finden können, die du suchst«, sagte er zum schlafenden Jungen. »Im Mandala.«

Kerberos
17. April 421 SN
07:50 Uhr

30

Hinter dem Spiegel

Visionen von Düsternis ... *Gibt es verschiedene Arten von Schwärze?*, fragte sich Konstantin Alexander Stokkart, Autokrat von Kerberos. *Gibt es eine Dunkelheit, die dunkler ist als eine andere, eine Finsternis finsterer als die andere? Lebe ich noch, oder ist dies der Tod?* Und etwas in ihm fürchtete die Antwort auf diese Frage. Er fiel durch Schwärze, wie sie dunkler nicht sein konnte, und doch glaubte er, verschiedene Schattierungen in ihr zu erkennen, unterschiedliche Arten der Abwesenheit von Licht. Manchmal fühlte er sich von etwas berührt, geistig und körperlich, und in solchen Momenten dachte er voller Schrecken daran, in einem Limbus zu hängen und für immer gefangen zu sein in dieser Nichtwelt.

Dann hörte er ein Flüstern in der Ferne, ein wortloses Raunen, das Veränderung brachte in die Schwärze. Das Gefühl des Fallens ging zu Ende, und unter ihm, den Augen verborgen, bildete sich etwas Festes, das seinen Füßen Halt bot. Stokkart stand auf einer stabilen Unterlage, umgeben von einer Finsternis, die hier und dort vagem Grau wich. Er atmete, spürte Kühle, war sich auf sehr intensive Weise der Präsenz seines Körpers bewusst und trat einen Schritt vor.

Aus dem Flüstern in der Ferne wurde ein jähes Kreischen, das ihm die Trommelfelle zu zerreißen drohte, und die Dunkelheit wich so plötzlich zurück, als hätte eine gewaltige Hand sie gepackt und fortgerissen.

Ein glitzernder Vorhang erstreckte sich vor dem Autokraten, wie eine vertikale Wasserfläche oder eine Wand aus Quecksilber. Ein sonderbarer, scharfer Geruch ging von ihr aus, wie eine Mischung aus Ozon und Muskat. Hinter Stokkart blieb alles finster; wenn sich dort etwas befand, so entzog es sich seiner visuellen Wahrnehmung.

Der silbern glänzende Vorhang kräuselte sich immer wieder und zeigte vage Bilder. Stokkart sah genauer hin und glaubte, jemanden zu sehen, der eine gewisse Ähnlichkeit mit ihm hatte. Aber die Darstellung löste sich sofort wieder auf, und andere ersetzten sie, kaum mehr als farbige Schlieren im leuchtenden Silber. Versuchsweise hob Stokkart die Hand und berührte den Vorhang mit der Spitze des Zeigefingers. Stärkere Kräuselungen gingen von der Kontaktstelle aus, und etwas zog den Finger tiefer ins Silber, schien bestrebt zu sein, den ganzen Körper hineinzuziehen. Erschrocken *riss* er die Hand zurück, betrachtete den Zeigefinger und konnte keine Verletzung oder Veränderung erkennen. *Was ist dies für ein Ort?*, dachte er. *Bin ich noch im Innern des Artefakts? Und wie kann ich es verlassen?*

// Nicht verlassen. Weiter. Ins Zentrum. \\

Stokkart drehte sich mehrmals um die eigene Achse, auf der Suche nach dem Ursprung von Worten, die er weder gehört noch telepathisch empfangen hatte. Sie erschienen direkt in seinem Bewusstsein, wiesen große Ähnlichkeit mit den eigenen Gedanken auf, hatten aber ein anderes mentales *Aroma*.

// Ins Zentrum. Ins beschädigte Zentrum. Das Zentrum vervollständigen. Repristination hat begonnen. Wiederbelebung. \\

Weitere Bilder huschten durch den glitzernden, wogenden Vorhang, und Stokkart ahnte, dass sie mit seinen Empfindungen und Gedankenmustern in Zusammenhang standen. *Ein Spiegel für den Geist?*, fragte er sich.

Die silberne Substanz wölbte sich ihm entgegen, und Stokkart wollte instinktiv zurückweichen, aber hinter ihm gewann die Finsternis die Konsistenz von Stahlkeramik und hielt ihn fest.

Der scharfe Geruch wurde noch intensiver, als die Wölbung im silbernen Vorhang wuchs und ihn berührte. Erneut spürte er das Zerren, und es war so stark, dass es ihn in die schimmernde glühende Substanz zog. Etwas dehnte seinen Körper bis auf unendliche Länge, nahm jede einzelne Körperzelle und drehte sie hin und her, bevor es sie an ihren Platz zurücklegte, und dann schnellten die beiden Enden von Stokkarts physischer Existenz aufeinander zu, wie ein Gummiband, das jemand weit auseinander gezogen hatte und dann losließ.

Der Autokrat kollidierte mit sich selbst, fiel und prallte auf einen harten, staubigen Boden. Er öffnete die Augen – und schloss sie gleich wieder, als ihn grelles Licht blendete. Aus der Kühle in der Welt der Finsternis war Hitze geworden; mit jedem Atemzug sog er unangenehm heiße Luft in die Lungen.

Er öffnete die Augen einen Spaltbreit und wartete ungeduldig darauf, dass sie sich nach der langen lichtlosen Schwärze an die Helligkeit gewöhnten.

Stokkart war an die tropische Hitze von Chiron gewöhnt, aber hier schien die Luft selbst zu brennen, und jeder Atemzug kostete ihn wertvolle Feuchtigkeit. Vorsichtig stand er auf, beschattete sich mit einer Hand die Augen und versuchte Einzelheiten seiner Umgebung zu erkennen. Lehmbraunes, heißes Felsgestein, über dem die Luft flimmerte, fiel ein Stück vor ihm nach unten ab und verschwand in einem Meer aus jener Substanz, aus der der glänzende Vorhang bestanden hatte. Der silbrige Ozean endete an einem auffallend nahen Horizont, stieß dort an einen Himmel so schwarz wie der Ort, den Stokkart gerade verlassen hatte. Er blickte zum dunklen Firmament empor – genau im Zenit strahlte etwas, von dem das grelle Licht stammte. Eine Sonne war es nicht, das wusste er. Warum der Rest des Himmels schwarz blieb, gehörte zu den vielen Rätseln des Artefakts. Und dass er sich noch immer im Artefakt befand, davon war der Autokrat überzeugt.

Er trat über das Felsgestein, und je näher er dem Ufer kam, desto heißer wurde es. Einen Meter vor der quecksilberartigen Masse blieb Stokkart stehen. Die Luft schien regelrecht zu kochen und bestrebt zu sein, ihm die Lungen zu verbrennen. Er hob die Hände, und seine Phantasie gaukelte ihm erste Brandblasen vor.

// Repristination hat begonnen. Vervollständigung notwendig. Fehlende Teile ersetzen. \\

Sein Überlebensinstinkt reagierte und bewegte die Beine. Er wich zurück, und das Brennen ließ ein wenig nach.

»Wer sind Sie?«, fragte Stokkart in die Leere. »Wo sind Sie?«

Er drehte sich um.

Er stand auf einer kleinen braunen Felsinsel, und in ihrer Mitte ragte ein sonderbares Bauwerk auf. Stokkart hielt es zumindest für ein Gebäude, obwohl gewisse Merkmale wie organisch gewachsen wirkten: ein schwarzer Zapfen, der sich nach oben hin verjüngte, unten mehr als fünfzig Meter breit. Hier und dort klebten sonderbare Dinge an den ansonsten völlig glatten Außenwänden, Gebilde, die auf der Haut eines Menschen Warzen oder Geschwüre gewesen wären. Handelte es sich vielleicht doch um ein lebendes Wesen? Und war es krank?

Stokkart setzte sich in Bewegung, denn der Zapfen versprach Schatten, Schutz vor der Hitze und dem grellen Gleißen.

// Zum Zentrum \\, ertönte erneut die Stimme, die weder durch Schwingungen in der Luft noch durch Telepathie übertragen wurde. Nur ihr mentaler *Geschmack* unterschied sie von Stokkarts eigenen Gedanken. Es war fast wie ein geistiges Gespräch mit sich selbst, ein Pseudo-Dialog, bei dem er den einen Part mit verstellter Stimme sprach. *Bin ich schizophren?,* dachte er.

// Zum Zentrum. Repristination vervollständigen. \\

Das Zentrum ... Damit schien der Zapfen gemeint zu sein. »Was bedeutet Repristination?«, fragte Stokkart, während er ging.

Er bekam keine Antwort auf die Frage, hörte dafür aber wieder das Flüstern, das kurz vor seinem Transfer *hierher* zu einem Kreischen geworden war. Es klang seltsam drängend, nach einem wortlosen Flehen.

Das Licht kam genau aus dem Zenit, was bedeutete, dass es beim Zapfen nur unter besonders großen warzenartigen Gebilden an den Außenwänden Schatten gab. Stokkart betrat eine solche Stelle und berührte dabei das schwarze Material, aus dem das Bauwerk – wenn es eines war – bestand. Sofort kam es zu einer Veränderung. Ein grauer Schleier bewegte sich durch die schwarze Substanz, die nun den Eindruck erweckte, transparent zu werden, und Stokkart riss verblüfft die Augen auf, als in der Wand vor ihm vertraute Gesichter erschienen. Er sah Ulgar, der mit entsetzter Miene mehrmals den Mund öffnete und etwas zu rufen schien, das den Autokraten aber nur als vages Raunen erreichte. Der Professor hob die Hände und drückte sie von innen an die Wand, als wäre er bestrebt, ein Fenster aufzudrücken. Er ballte die Fäuste, hämmerte damit an die durchsichtige Barriere. Dann verharrte er plötzlich, blickte erschrocken zur einen Seite und wandte sich hastig zur anderen, als wollte er fliehen. Doch etwas hielt ihn fest und zerrte ihn auseinander, blähte das Gesicht auf, bis es die ganze Wand des Zapfens beanspruchte, von der Basis bis nach oben. Huschende Bewegungen folgten, zu schnell, als dass Stokkart Einzelheiten hätte erkennen können, und in dem grauen Schleier, der ebenso wogte wie zuvor der silberne Vorhang, erschienen die Gesichter der anderen, ebenso innerhalb des Zapfens gefangen wie der Professor: Hopkins, Frilor, Dankert, Markins, Telirei und Gurhan.

Stokkart hatte sie sterben sehen, rasend schnell gealtert durch den Kontakt mit den schwebenden Kugeln. Vielleicht war dies eine Illusion, ein Trugbild, mit Absicht erzeugt, oder das Resultat einer geistigen Störung, die ihm Dinge vorgaukelte, die gar nicht existierten. Aber wenn das, was er hier sah, der Realität entsprach, so lebten der Professor und die anderen noch, in einer körperlosen Sphäre, ihre Seelen aus irgendeinem Grund in diesem Zapfen gefangen.

Direkt vor ihm bildete sich eine Öffnung in der Wand des Zapfens, so groß wie eine Tür.

// Repristination vervollständigen \\, sagten die fremden Gedanken inmitten seiner eigenen. Hinter Stokkart wurde es jäh heißer, und aus einem Reflex heraus trat er durch die Öffnung, um der Hitze zu entkommen.

Sofort schloss sich die Tür.

Er stand in einem kleinen Zimmer, das ihn weder mit völliger Finsternis erschreckte noch mit gleißend hellem Licht blendete. Und die Temperatur war niedriger als draußen; Stokkart schätzte sie auf etwas mehr als zwanzig Grad.

»Wer sind Sie?«, fragte er.

»Ich heiße Olkin«, ertönte eine Stimme hinter Stokkart.

Er drehte sich abrupt um. Eine zweite Tür hatte sich geöffnet, im Innern des Zapfens, und darin stand ... kein Mensch, aber ein humanoides Geschöpf, vielleicht einen Meter zwanzig groß und unglaublich dürr. Arme und Beine schienen nur aus Knochen und einer dunkelbraunen, ledrigen Haut zu bestehen. Die Hände waren klein und schmal, die Finger verblüffend lang. Ein dünner Hals trug den haarlosen ovalen Kopf, und im runzligen Gesicht fielen eine weit nach vorn ragende spitze Nase und große grünbraune Augen auf, deren Glanz einen Kontrast zu der Aura hohen Alters bildete, die den Humanoiden umgab. Er stand vornübergebeugt, und sein Rücken war bucklig. Das Geschöpf trug nur wenig Kleidung: Sandalen an den Füßen, deren Zehen ebenso zu lang wirkten wie die Finger, eine Art Lendenschurz und ein dünnes, zerschlissenes Hemd.

»Du bist der Spieler«, sagte der kleine Greis. »Beziehungsweise einer von ihnen.«

»Ich heiße Konstantin Alexander Stokkart und bin der

Autokrat von Kerberos.« Er versuchte, Autorität in seiner Stimme erklingen lassen.

»Ein Name, ein Rang ...« Der Humanoide – der greise, dürre, bucklige Zwerg – zuckte wie ein Mensch mit den Schultern. »Hier verlieren solche Dinge ihre Bedeutung. Du bist der Spieler, der Erste, und das ist wichtiger als alles andere. Komm, ich zeige dir das Zentrum.«

Das Du störte Stokkart, denn es brachte eine Vertrautheit zum Ausdruck, die ihm zuwider war. Aber er schwieg und folgte Olkin durch einen schmalen Flur, vorbei an Türen, die runde Knäufe aufwiesen, so silbern wie draußen das metallen glitzernde Meer. Einmal blieb er stehen, griff nach einem Knauf und versuchte, ihn zu drehen. Die Tür blieb geschlossen.

Olkin lachte meckernd. »Das brauchst du gar nicht zu probieren. Die Türen lassen sich erst öffnen, wenn alle Spieler da sind.«

»Spieler? Ich verstehe nicht.«

»Das Spiel ist wichtig. Das Spiel ist alles. Ich bin der Spielleiter. Komm, komm.« Der kleine Humanoide winkte Stokkart weiter und ging mit schlurfenden Schritten.

Der Autokrat blieb stehen. »Ich gehe erst dann weiter, wenn ich weiß, was dies alles zu bedeuten hat.«

Olkin drehte den Kopf, und in seinen großen Augen blitzte es, als er sagte: *»Komm!«*

Und Stokkart setzte einen Fuß vor den anderen, obwohl er es nicht wollte. Er war so überrascht, dass er kaum mehr auf die Umgebung achtete, als er den Weg fortsetzte und Olkin folgte, der ihn durch Flure und mehrere Treppen nach oben führte. In dem befehlenden Wort des kleinen Humanoiden war eine gewisse Schärfe zum Ausdruck gekommen, aber sie erklärte nicht, warum er sofort gehorcht hatte. *Was geht hier vor?,* dachte er. Er war der Aufforderung nachgekommen, weil es *überhaupt keine Alternative dazu gegeben hatte.* Es war absolut nicht möglich gewesen, sich der Anweisung zu widersetzen. Verfügte der kleine Fremde über psionische Fähigkeiten?

»Wer bist du?«, fragte Stokkart leise, als er schließlich die Sprache wiederfand. Sie gingen gerade eine weitere Treppe hoch, und oben schwang eine Tür vor Olkin auf.

»Ich bin der Spielleiter«, ertönte die näselnde Stimme des Humanoiden. »Ich habe lange gewartet.« Er neigte den Kopf zur Seite und schien einer inneren Stimme zu lauschen. »Ziemlich lange. Jetzt können wir damit beginnen, die Repristination zu vervollständigen.«

»Bist du ein Teil des Artefakts?«, fragte Stokkart. »Bist du vielleicht ein Symbol für eine seiner Funktionen?«

Wieder erklang das meckernde Lachen. »Ich – ein Symbol?« Der kleine Greis trat auf Stokkart zu, streckte die Hand aus und zwickte ihn in den Arm. »Kann dich ein Symbol zwicken?«

Vielleicht träume ich, dachte der Autokrat. *Vielleicht bin ich versehentlich mit einer neu entdeckten Droge in Kontakt geraten und erlebe diesen Traum, der immer mehr zu einem Albtraum wird.*

»Nein«, sagte Olkin, und dabei klang seine Stimme anders, fast so wie bei dem befehlenden Wort. »Nein, du träumst nicht. Komm, wir haben das Spielzimmer erreicht.«

Hinter der Tür am oberen Ende der Treppe erstreckte sich ein runder Raum. Stühle reihten sich an den schmucklosen grauen Wänden aneinander, und in der Mitte des Raums stand ein ebenfalls runder Tisch, über dem ein komplexes Gebilde leuchtete. Stokkart hielt es zunächst für das Äquivalent einer pseudorealen Darstellung, aber als er näher trat, stellte er fest, dass es sich um mehr handelte als nur eine Projektion. Die dargestellten Dinge – Figuren und Objekte auf komplizierten, ineinander verschlungenen Bahnen, Brücken und Tunneln – hatten Substanz. Und als er genauer hinsah … Einige von ihnen wirkten sogar *lebendig.*

»Setz dich«, sagte Olkin, der bereits Platz genommen hatte und ungeduldig wirkte. »Lass uns spielen.«

»Aber ich kenne die Spielregeln doch gar nicht«, brachte Stokkart hilflos hervor. »Ich weiß nicht, worauf es ankommt.«

»Setz dich!«

Und der Autokrat setzte sich.

Olkin lächelte, aber es war ein seltsames Lächeln, irgendwie verzerrt. Er streckte die Hände aus, und seine Finger tasteten hin und her, berührten kurz vor den komplexen Darstellungen eine bis dahin unsichtbare energetische Membran, die funkenartige Lichtimpulse ins verschlungene Durcheinander schickte. »Du bist der Spieler. Du wirst wissen, worauf es ankommt.«

Stokkart hob die Hände, und als er die Membran berührte, schob etwas Fremdes in seinem Bewusstsein die Gedanken beiseite und beanspruchte deren Platz. Lichtimpulse blitzten, und erste Figuren bewegten sich ...

Das Dunkle begann, aus einem jahrmillionenlangen, komaartigen Schlaf zu erwachen, als die blockierten Mechanismen der Repristination wieder in Bewegung gerieten. Sofort leitete das Verteidigungszentrum des gesplitterten Selbst, das Defensivum, Maßnahmen ein, denn es spürte *ihre* Präsenz, nah und noch ruhend, außerdem die eines Sporns, dessen energetische Matrix allerdings nicht vollständig war – eine Komponente fehlte.

Weit draußen im All veränderte sich die Struktur von Raum und Zeit.

Hades-System
16. April 421 SN

Mutter Krsah

Mutter Krsah stand im Pilotendom ihres Schiffes und blickte fassungslos zu den Projektionslinsen an den Wänden, die ihr ein Bild der Zerstörung zeigten: Ein Kantaki-Schiff brach auseinander, vernichtet von Energielanzen und Raketen.

»O nein«, ächzte der Pilot – ein Mensch namens Lion – und erhob sich aus dem Sessel. »O nein ...«

»Der Sakrale Kodex wurde verletzt«, klickte Mutter Krsah. »Eine Kantaki tot, ihr Schiff vernichtet ...« Sie stakte durch den Raum und wandte sich den Akuhaschi an den Kontrollen zu. »Kommunikation ...«

In drei Linsen an den Wänden wechselte die Darstellung. Die Eigner der anderen Kantaki-Schiffe erschienen dort: Vater Arhr, Vater Preh und Mutter Mrri.

Mutter Krsah spürte bei ihnen ein Entsetzen, das sie auch in sich selbst fühlte. Es galt nicht nur dem Tod von Mutter Yurrl, sondern auch dem Umstand, dass mit dem Schiff eine Komponente des Sporns vernichtet worden war. Sie hob eine ihrer vorderen Gliedmaßen und neigte den Kopf, sendete und empfing Trauer. Yurrls Wissen, angesammelt in vielen Großzyklen, war mit ihrem Tod verloren gegangen, denn sie hatte keine Möglichkeit gefunden, im Transraum Teil des Geistes zu werden, der einst Materie geworden war. Alle Dinge, die Mutter Yurrl gesehen, gehört und erfahren hatte – sie blieben dem Geist vorenthalten. Ihr Tod war sinnlos und somit das Schrecklichste, was einem Kantaki zustoßen konnte.

Mutter Krsahs multiple Augen nahmen alles in sich auf. Sie sah, wie ihr Pilot Lion zurücksank in seinen Sessel und die Hände in die Sensormulden legte, als eine Vibration aus dem Innern des Schiffes kam – es reagierte auf den Schmerz der Kantaki. Sie sah, wie die Flotte der Menschen, Yurrls Mörder, den Flug in Richtung der inneren Bereiche des nahen Sonnensystems fortsetzte. Und sie sah und sprach mit den drei anderen Kantaki, die zusammen mit ihr aufgebrochen waren, um eine Rückkehr der Temporalen zu verhindern.

»Die Menschen haben gegen den Sakralen Kodex verstoßen. Sie müssen bestraft werden.«

Eine vierte Projektionslinse zeigte eine weitere Kantaki, Mutter Larl.

»Es waren Menschen der so genannten Allianz«, sagte Mutter Larl, die jünger war als die anderen Kantaki. Ihre Emanationen vermittelten Respekt und Ehrerbietung, insbesondere Mutter Krsah gegenüber, die zu den Großen Fünf zählte. »Ich habe sie transportiert.«

»Die Allianz wird bestraft«, stellte Mutter Krsah fest und spürte, wie sich die Unruhe ihres Schiffes legte. Lion war ein guter Pilot; sie konnte sich auf ihn verlassen. »Der Sakrale Kodex wurde hier nicht nur einmal verletzt. Diese Flotte der Menschen hat eine Kantaki getötet und ihr Schiff vernichtet. Sie schickt sich an, den Temporalen zu helfen ...«

Der Abissale!

Es war ein kollektiver Gedanke der Kantaki, denn sie alle spürten die Veränderung, zu der es in der Struktur des Existierenden um sie herum kam. Ein Schatten schob sich vor das Licht der Schöpfung ...

Der Abissale ist hier, und das Konziliat ist nicht bereit!

Mutter Krsah richtete sich auf und streckte ihre Gliedmaßen den Projektionslinsen an den Wänden des Pilotendoms entgegen. Die glühenden Trümmer des geborstenen Kantaki-Schiffes trieben durchs All, und dahinter glitt etwas Dunkles vor die fernen Sterne. Das Licht der Sonne des nahen Systems trübte sich und ... verschwand.

»Daten«, klickte Mutter Krsah, und die Akuhaschi bedienten die Kontrollen. Datenströme fluteten ihr entgegen, erschienen gleichzeitig in den Linsen: eine blasenförmige Deformation der Raum-Zeit, ausgehend vom dritten Planeten, den die Menschen Kerberos nannten.

Kantaki-Stimmen klickten.

»Auf dem dritten Planeten gibt es einen Keim des Abissalen!«

»Wir müssen das Konziliat verständigen!«

»Seit zahllosen Großzyklen gibt es keinen Kontakt mehr mit dem Konziliat.«

»Wenn der Keim erwacht und den Ruf der Temporalen hört, neutralisiert er das Null, und dann verlässt die Zeitflotte ihren Kerker in der Vergangenheit.«

Mutter Krsah nahm die Datenströme in sich auf und stellte fest: Das Sonnensystem mit dem Planeten namens Kerberos war vom Rest des Universums separiert. Der Keim des Abissalen hatte eine feine, aber unüberwindbare Trennlinie gezogen, eine Linie, die kein Kantaki-Schiff überqueren konnte. Selbst durch den Transraum war das Sonnensystem nicht mehr zu erreichen; der Keim hatte einen Teil seiner Realität absorbiert und es von den Fäden getrennt, die alles Existierende miteinander verbanden. Ein interkosmischer Ereignishorizont war entstanden, und nur Konzilianten konnten ihn passieren. Hier stießen die Möglichkeiten der Kantaki an ihre Grenzen.

Mutter Krsah sank zurück, und besonders starke Fluoreszenzen begleiteten ihre Bewegungen. »Ich bitte Vater Arhr, Vater Preh und Mutter Mrri unverzüglich nach Munghar zu fliegen, mit meiner Komponente des Sporns, und von den hiesigen Ereignissen zu berichten. Ich bitte sie außerdem, mit einer neuen kompletten Waffe hierher zurückzukehren. Mutter Larl, ist sie bereit, zum nächsten Kommunikationsknoten zu fliegen und von dort aus eine Prioritätsmitteilung an alle Kantaki zu schicken?« Klickende Laute beschrieben den Inhalt der Nachricht, die vom Knoten aus alle Raumschiffe der Kantaki erreichen würde, wo auch immer sie sich befanden: Bestrafung der Menschen, die gegen den Sakralen Kodex verstoßen hatten; Warnung vor dem erwachenden Keim des Abissalen; die dringende Notwendigkeit, Kontakt mit den Konzilianten aufzunehmen.

Mutter Larl bestätigte den Auftrag, und ihr Bild verschwand aus der Linse. Die anderen Projektionsbereiche zeigten, wie ihr Schiff schneller wurde und mit noch unvollständig reparierter Transportblase im Transraum verschwand.

»Und was hat sie vor, Mutter Krsah?«, fragte Vater Arhr.

»Ich bleibe hier«, entschied Mutter Krsah. »Ich beobachte. Ich werde Augen und Ohren unseres Volkes sein, so viele Informationen wie möglich sammeln.«

Kurze, bedeutungsvolle Stille folgte diesen Worten. Mutter Krsah gehörte zu den Großen Fünf; ihre Entscheidungen stellte man nicht infrage, soweit sie sich auf sie selbst bezogen.

»Wenn die Zeitflotte aus der Vergangenheit zurückkehrt und kein einsatzbereiter Sporn zur Stelle ist, wird es ihr so ergehen wie Mutter Yurrl.«

»Jemand muss wachen.«

Die Kantaki in den Linsen hoben ihre Vorderglieder und verschwanden aus den Darstellungsfeldern. Ein energetischer Austausch fand statt, als die Spornkomponente Mutter Krsahs Schiff verließ und von einem anderen aufgenommen wurde. Dann sprangen schwarze Riesen durchs All und verschwanden im Transraum.

Mutter Krsah wandte sich ihrem Piloten zu. »Bring uns so nahe wie möglich an die dunkle Blase heran, Lion.«

Der Mensch nickte und steuerte Mutter Krsahs Koloss dorthin, wo ein ganzes Sonnensystem vom übrigen Universum getrennt worden war.

Kerberos
17. April 421 SN
8:50 Uhr

31 Konfrontationen

Raimon – beziehungsweise das Wesen, in das sich Raimon verwandelt hatte – musste in der Nacht sehr weit geflogen sein, denn unten erstreckte sich der Kontinentalwald, so weit Eklunds Blick reichte: ein grünes Meer aus Baumwipfeln, das kein Ende nehmen wollte.

Nur selten zuvor in seinem mehr als neunzig Jahre langen Leben hatte er sich in einer so außergewöhnlichen Situation befunden, fand er. Die Klauen eines drachenartigen Geschöpfs hielten ihn sanft fest, damit der Wind ihn nicht fortriss. Breite ledrige Schwingen erstreckten sich rechts und links über ihm, schlugen gelegentlich, zitterten und knarrten wie die Segel eines Bootes. Der Körper zwischen ihnen war stromlinienförmig wie der eines Fisches und endete in einem langen, pfeilförmigen Kopf. Ein solches Wesen hatte es auf Kerberos nie zuvor gegeben, da war sich Eklund ziemlich sicher. Und damit meinte er nicht nur das Drachengeschöpf, sondern auch und vor allem den Jungen, der sich in die geflügelte Kreatur verwandelt hatte. Welch ein mächtiges Wesen, ausgestattet mit der Möglichkeit, sich eine ganz neue Gestalt zu geben. Aber Eklund spürte auch Hilflosigkeit und Schmerz, eine tiefe Sehnsucht nach etwas, das er noch nicht verstand. Etwas hinderte Raimon – wer und was auch immer er war – daran, er selbst zu sein. Hundert Stimmen ergaben keinen Chor und hundert Musikinstrumente kein Orchester.

Aber wenn die vielen Stimmen und Töne zueinander fanden, wenn das akustische Chaos Struktur bekam, so konnte eine prächtige Symphonie daraus werden. In diesem Fall bedeutete die Symphonie: Verstehen, ein klares Bild aus den vielen verstreuten Mosaiksteinen, jedes einzelne von ihnen ein Bedeutungsfragment.

Bruder Eklund fühlte mehr, als dass er wusste: Das Mandala in der Zitadelle konnte alle ihre Fragen beantworten. Es bot einen anderen Weg ins Elysium, vielleicht in einen anderen *Teil* des Elysiums, in das öde Land, wo die Frau ohne Gesicht auf sie wartete. Und sie wartete *wirklich* – Raimon hatte bei seiner Rückkehr zum Baumhaus darauf hingewiesen. Nur das Mandala ermöglichte einen direkten Kontakt mit jener Frau, doch um es zu erreichen, mussten sie nach Chiron zurück, und dort suchten die Sekuritos nach ihnen ...

Ich werde dich nicht enttäuschen, Seele der Welt, dachte Eklund. *Ich werde die Mission erfüllen, mit der du mich beauftragt hast.* Denn diese Mission, so spürte er, gab seiner Existenz einen Sinn, all den Dingen die er ge- und erlebt, die er gefühlt und berührt hatte. Wie damals in der Vision, vor vielen Jahrzehnten ... Seltsam, dass er sich ausgerechnet jetzt an sie erinnerte. Oder vielleicht war es gar nicht so seltsam. Die Vision hatte ihn angetrieben, nicht immer bewusst, meistens auf einem unterschwelligen Niveau, wie ein Ruder, das ein Schiff in eine bestimmte Richtung lenkte. *Die Frage lautet: Was erwartet mich? Ein sicherer Hafen? Oder Felsen, an denen ich zerschellen könnte?*

Die Klauen, die Eklund hielten, erzitterten plötzlich, und instinktiv schloss er die Hände um sie. »Raimon?«, rief er dem Geschöpf zu. »Ist alles in Ordnung?«

Die ledrigen Schwingen vibrierten stärker als vorher, und das geflügelte Wesen verlor an Höhe. Eklund gewann den Eindruck von Schwäche.

»Wirst du müde, Raimon?«, rief er und erinnerte sich an den langen Schlaf des Jungen nach seiner Rückverwandlung. Wie viel Energie kosteten solche Transformationen?

Und wie erneuerte Raimon seine Kraft? Vielleicht hätten sie noch ein oder zwei Tage in der Baumhütte verbringen und nicht so schnell aufbrechen sollen.

Eklund blickte nach unten und bemerkte ... eine Art Linie, die auf der rechten Seite gerade durch den Kontinentalwald führte. Er begriff sofort, dass es sich um einen der Verkehrskorridore handelte, die weit durch den Dschungel führten, bis hin nach Chiron im Delta des Acheron, dessen im Licht der Sonne glitzerndes Band auf der linken Seite sich durch den Wald schlängelte.

Das Geschöpf krächzte, und für Eklunds Ohren klang es ... müde, ja, und auch schmerzerfüllt. Raimon litt noch immer.

»Wenn du landen und dich ausruhen willst, Raimon ...«, rief Eklund nach oben. »Meide die Straße. Dort sind immer Transporter unterwegs, und praktisch alle haben Kom-Servi an Bord. Jemand könnte uns sehen und die Sekuritos verständigen.«

Der Flug des Geschöpfs wirkte jetzt nicht mehr souverän, sondern unsicher; es schien Mühe zu haben, sich in der Luft zu halten. Das lange Band der Straße kam näher, zu nahe, und dann drehte das Wesen nach links ab, schlug einmal mehr mit den Schwingen und flog in Richtung Fluss, etwa zehn Meter über den Wipfeln der höchsten Bäume.

»Das ist eine gute Idee«, lobte Eklund. »Vielleicht findest du am Ufer des Acheron einen freien Bereich für die Landung.«

Seine Besorgnis wuchs, denn das Wesen flog jetzt nicht mehr – es fiel. Die Baumwipfel kamen schnell näher, und einige besonders weit aufragende Zweige streiften über die unteren Klauen. Eklund zog die Beine an, aber viel Bewegungsspielraum blieb ihm nicht.

Und dann waren sie über dem Fluss und ließen das rechte Ufer immer weiter hinter sich.

»Zurück!«, rief Eklund. »Flieg zurück zum Ufer!« Wenn sie hier abstürzten ... Er glaubte nicht, dass er so weit schwimmen konnte. An die gefräßigen Geschöpfe im Acheron wollte er gar nicht denken.

Das Geschöpf neigte sich zur Seite, hob die Schwingen und flog in einem weiten Bogen, der grünen Mauer am rechten Ufer des breiten Stroms entgegen. Wenige Sekunden später erzitterte es heftiger als zuvor, und die Klauen schlossen sich wie in einem Krampf um Eklund.

»Raimon ...«, brachte der Alte erschrocken hervor. »Raimon, du tust mir weh!«

Die unterste Klaue berührte das Wasser, und ein sonderbares Zischen erklang. Das Ufer war noch immer ein ganzes Stück entfernt, aber die Raimon-Kreatur schaffte es, erneut mit den Flügeln zu schlagen und etwas an Höhe zu gewinnen. Dann fiel sie endgültig, ohne die Möglichkeit, noch einmal aufzusteigen.

Eklund sah, wie das braune Wasser näher kam, und er befürchtete plötzlich, dass sich die Klauen, die ihn die ganze Zeit über festgehalten hatten, nicht öffneten, dass sie unter Wasser einen Käfig bilden würden, in dem er ertrank. Er hielt die Luft an, als das Geschöpf in den Fluss klatschte, und plötzlich herrschte ein Durcheinander aus Bewegungen und schäumendem Wasser, ein Chaos, in dem unten, oben, rechts und links nicht mehr voneinander zu unterscheiden waren. Eklund fühlte, dass die Klauen zurückwichen, aber er wusste nicht, in welche Richtung er sich wenden sollte. Die Worte eines Opaltauchers, den er vor Jahren geheilt hatte, fielen ihm ein, und er zwang die zugekniffenen Augen auf, orientierte sich anhand der aufsteigenden Luftblasen und folgte ihnen. Wenige Sekunden später durchstieß sein Kopf die Wasseroberfläche, und er schnappte nach Luft. Die rechte Hand bekam etwas zu fassen, einen dicht über dem Wasser hängenden Ast, und daran zog er sich entlang, bis er schlammigen Boden unter den Füßen spürte. Schnaufend watete er uns Ufer.

Raimon lag dort, halb Drachenwesen, halb Mensch, und Eklund beobachtete die gespenstische Metamorphose. Die langen Klauen waren bereits wieder zu menschlichen Beinen geworden, aber der Rest – der pfeilförmige Kopf, die breiten, ledrigen Schwingen, der schuppige Leib – verwandelte sich in eine graubraune, wachsartige Masse, die sich wie von unsichtbaren Händen geknetet bewegte. Sie zitterte und bebte, bildete Mulden und Buckel, gewann innerhalb von Sekunden deutliche Strukturen. Der Rumpf eines schmächtigen Jungen entstand. Arme fügten sich ihm hinzu, dann auch ein Kopf, mit geschlossenen Augen und einem leeren Gesicht. Nichts blieb übrig von dem Geschöpf, das Eklund vom Baumhaus tief im Innern des Kontinentalwaldes hierher gebracht hatte. Ein Knabe ruhte dort am schlammigen Ufer, die Füße im langsam dahinströmenden Wasser, nackt und erschöpft. Vielleicht schlief er; vielleicht war er bewusstlos.

Eklund zog ihn vorsichtig ganz aufs Trockene, und dabei meldete sich erneut der stechende Schmerz in seinem Rücken. Er achtete nicht darauf und sah sich um. Auf der einen Seite floss der Acheron träge dem fernen Riffmeer entgegen, und auf der anderen erstreckte sich die dichte Vegetation des Kontinentalwaldes. Dies war eine Art Niemandsland, eine schmale Zone, die weder ganz dem Fluss noch ganz dem Wald gehörte, ein Übergangsbereich, mal von der Fauna des Dschungels beansprucht, mal vom Strom überflutet.

Das Boot bemerkte Eklund erst beim zweiten Blick. Es bestand nicht aus Holz, sondern aus leichter Synthomasse, und es trug eine tarnende Kruste aus Dreck und Schlamm. Außerdem steckte es halb im Gestrüpp, und auf die Augen eines flüchtigen Betrachters wirkte es wie ein besonders dicker Ast oder die Reste eines Baumstamms. Eklund trat näher, sah die verwitterten Pflöcke einer Anlegestelle und einen schmalen, halb überwucherten Pfad, der vom Gestrüpp in den Wald führte. Schon seit langer Zeit schien dort niemand mehr unterwegs gewesen zu sein.

Eklund fragte sich, ob dies ein Zeichen der Weltseele war. Bedeutete die Präsenz des herrenlosen Bootes, dass sie den Weg nach Chiron und zur Zitadelle über den Acheron fortsetzen sollten? Bei diesem Gedanken fiel ihm Elisabeth ein, die angeblich zu viel gesehen hatte, um noch an einen Gott zu glauben. Ihr atheistisches Weltbild ließ für so etwas wie Vorsehung und Divinität keinen Platz, aber selbst sie musste eingestehen, dass es Dinge gab, die sich nicht ohne weiteres erklären ließen.

Eklund runzelte die Stirn, als ihm etwas einfiel. Er griff in die Tasche und holte den Kom-Servo hervor, den er von Elisabeth bekommen hatte. Das kleine, zylinderförmige Gerät war nass, aber als er es einschaltete, deutete ein kurzes Piepen auf einwandfreie Funktion hin.

Eklund hob den Zylinder vor den Mund. »Ich wünsche eine Verbindung mit Elisabeth Demetrio«, sagte er ein wenig unsicher und fragte sich, wann er zum letzten Mal ein solches Gerät benutzt hatte. Vor zwanzig oder dreißig Jahren?

»Verbindung kann nicht hergestellt werden«, erklang die synthetische Stimme des Kommunikationsservos.

Enttäuscht steckte Eklund den kleinen Zylinder wieder ein – vielleicht war die Entfernung zu groß. Er streifte seine nasse Kleidung ab und breitete sie auf den nahen Felsen aus, damit sie trocknete. Dann machte er sich daran, das Boot aus dem Gestrüpp zu ziehen und zu säubern.

Lutor betrachtete die Symbole im pseudorealen Darstellungsbereich des Datenservos: ein Drache, ein Golem, ein Elf und eine kleine, zarte, geflügelte Fee. Die KI-Späher waren noch immer bereit, in den Datennetzen von Kerberos nach Hinweisen auf den Metamorph zu suchen.

»Na schön«, sagte er leise und betätigte ein Schaltelement. »Geht erneut hinaus und sucht.« Aber er bezweifelte, ob er in absehbarer Zeit mit brauchbaren Informationen rechnen durfte. Durch den Fehler der Sekuritos waren der Metamorph und der Alte aus der Aufgeklärten Gemeinschaft gewarnt.

Lutor wanderte langsam durch den großen Wohnraum der Suite, die ihm NHD Kerberos im Hotel Caravel zur Verfügung gestellt hatte. Jenseits der großen Fenster hatte ein neuer Tag begonnen, aber er achtete nicht auf das einfallende Sonnenlicht, das automatische optische Filter in vorprogrammierten Grenzen hielten. Lutor dachte an das Gespräch mit Edwald Emmerson, an die temporale Anomalie, deren Auswirkungen er während des Flugs mit dem Levitatorwagen gespürt hatte. So wichtig diese Angelegenheit auch sein mochte – ihm ging es um den Metamorph. Ihn zu finden und unschädlich zu machen, das war seine Aufgabe. Er sah keinen Zusammenhang mit der Anomalie und einem hypothetischen Versuch der Temporalen, aus ihrem Zeitkerker in die Gegenwart zurückzukehren, und deshalb schob er die Gedanken daran beiseite und konzentrierte sich auf die Frage, wieso er dem Metamorph mehrmals als Kordun begegnet war. Was ließ Teile jener Anderswelt mit der Realität verschmelzen?

Eine Idee kroch ins Zentrum seiner Aufmerksamkeit.

Lutor blieb abrupt stehen und verharrte für einige Sekunden in völliger Reglosigkeit. Dann drehte er sich um und ging ins Anderswelten-Zimmer der Suite. Der AW-Datenservo hatte noch immer die Programme und Daten seines privaten Speichermoduls geladen, und das sensitive Kabel war bereit für eine Verbindung mit dem Bio-Servo in Lutors Nacken. Er nahm im Ruhesessel Platz und lehnte sich zurück.

»Datenservo.«

»Bereitschaft.«

»Modifizierung des Programms«, sagte Lutor und wies die biometrische Überwachung an: »Maximale Sicherheitsstufe. Zusätzliche Möglichkeit der Programmunterbrechung.«

»Modifikationen werden implementiert«, erwiderte der Datenservo. »Unterbrechungssequenz?«

»Verbal. Beginn. ›Programm sofort beenden.‹ Ende. Zusatz: Bei dieser Anweisung nicht nur das Programm beenden, sondern auch die physischen Verbindungen lösen.«

»Bestätigung.«

Lutor neigte den Kopf nach hinten, und daraufhin erfolgte der Kontakt zwischen dem Bio-Servo im Nacken und dem sensitiven Kabel. »Letzten Merkpunkt akti…«

Weiter kam Lutor nicht, denn die Welt veränderte sich bereits. Er gewann den Eindruck von Kraft, von wundervoller Kraft, die im Körper des Kriegers Kordun steckte. Die rechte Hand hielt ein langes Schwert, einen Zweihänder, einen Flamberg, und es fiel ihm so leicht, die Waffe zu heben, sie geschickt zu schwingen.

Aber dies war nicht die Welt, in der er nach Echna suchte. Dies war Kerberos, die Stadt Chiron, oder *eine* Stadt Chiron, so wie sie einmal sein würde: alt und tot, die einst hoch aufragenden Gebäude nur noch Ruinen. Ein leichter Wind wehte über sie hinweg, sein Flüstern wie eine Stimme aus der Vergangenheit.

Vor Lutor/Kordun stand eine schwarze Gestalt auf der staubigen Straße, kleiner als er, das Gesicht hinter einer silbernen Maske verborgen. Auch bei dieser Begegnung trug der Fremde keine Waffe. Mit leeren Händen stand er da.

»Diesmal bin ich vorbereitet«, sagte Lutor. »Du wirst mich nicht noch einmal überraschen. Ich weiß, wer du bist.«

»Wer bin ich?«, erwiderte der Fremde.

»Du bist der Metamorph«, sagte Lutor und blieb als Kordun vor dem Maskierten stehen. »Und ich bin gekommen, um dich zur Strecke zu bringen.«

»Willst du mich töten?«

»Ja«, sagte Lutor und legte seine ganze Entschlossenheit in dieses eine Wort.

»Ich habe getötet. Ich wollte es nicht, aber ich habe getötet. Die vielen Stimmen in mir ... Sie zwangen mich dazu. Ich bin wir. Wir sind ich. Ich bin tausend. Ich bin zahllos. Und sie alle sollen töten ...«

Lutor schlug zu. Er nutzte Korduns herrliche Agilität und bewegte das Schwert wie eine Verlängerung seines Arms, ließ es durch die Luft schneiden, dorthin, wo der Metamorph stand.

Aber er stand nicht mehr da ...

Lutor warf sich zur Seite, rollte sich ab und war eine halbe Sekunde später wieder auf den Beinen, den Zweihänder bereit. Der Maskierte stand am Rand der Straße, doch im Staub zeigten sich nur Lutors Fußabdrücke.

»Willst du mir nicht helfen?«, fragte der Mann in Schwarz.

»Wobei?«

»*Sie* zu finden. Ich habe sie überall gesucht, aber ich finde sie nicht. Weißt du, wo sie ist?«

»Wovon redest du da?«, fragte Lutor. Der Fremde ihm gegenüber ... Er *fühlte* sich anders an als bei den vorherigen Begegnungen. Er schien verwirrt zu sein, wirkte schwächer ... *Ich* kann *ihn bezwingen,* dachte Lutor, und diese Gewissheit gab ihm zusätzliche Kraft.

Die Gestalt vor ihm hob eine leere Hand und nahm die Maske ab. Das Gesicht darunter war nicht ein Gesicht, sondern hunderte, tausende. Sie wechselten einander ab, gingen ineinander über, verschmolzen, flossen wieder auseinander.

»Wer bin ich?«, fragte der Metamorph mit gequält klingender Stimme.

Lutor/Kordun knurrte und griff an.

Eklund blickte besorgt auf den Jungen hinab. Er lag auf einem weichen Lager aus Zweigen und Blättern im vorderen Teil des Bootes, das von der Strömung des Acheron getragen langsam am nahen Ufer vorbeitrieb. Raimons tiefer, ohnmachtähnlicher Schlaf dauerte an, aber er schien darin keine Ruhe zu finden und stöhnte immer wieder. Gelegentlich zuckten Arme und Beine, und die Augen unter den geschlossenen Lidern waren in ständiger Bewegung. Eklund saß weiter hinter im Boot und versuchte, es mit einem langen Stock zu steuern.

»Schlaf, Raimon, schlaf«, sagte er sanft und duckte sich, um nicht gegen einen niedrigen, weit übers Wasser ragenden Ast zu stoßen. »Ruh dich aus. Schöpf neue Kraft.« Er überlegte, ob er vom Elysium aus versuchen sollte, einen Kontakt mit dem Selbst des Jungen herzustellen, aber dazu hätte er ans Ufer zurückkehren müssen, und derzeit konnte er keine dafür geeignete Stelle erkennen. Überall war die Vegetation dicht, bestand aus Büschen mit Dornen, dichten Sträuchern und Bäumen mit niedrigem Geäst. Während Eklund nach einem freien Bereich Ausschau hielt, bemerkte er sonderbare Aktivität. Zweige bewegten sich, wo kein Wind wehte. Geöffnete Blütenkelche neigten sich wie auf der Suche nach etwas hin und her. Kobaltfliegen stiegen auf und bildeten dichte, wolkenartige Schwärme. Das Wasser des Flusses begann zu brodeln, und hunderte von Netzfängern sprangen, schnappten vergeblich nach den Kobaltfliegen und fielen zurück. Das Boot schaukelte plötzlich auf Wellen, die von heftigen Bewegungen im Wasser verursacht wurden.

Eklund hielt sich mit beiden Händen fest. »Was geht hier vor? Raimon ...«

Er sah erneut zum Jungen und beobachtete, wie sich in Raimons linkem Arm eine blutende Wunde bildete.

Der Mann mit den vielen Gesichtern wich zur Seite aus, aber nicht schnell genug. Lutors Schwert traf ihn am Arm, und Blut quoll aus dem tiefen Schnitt.

Der Metamorph blickte darauf hinab. »Ich will nicht töten«, sagte er.

Lutor sah eine Chance und zögerte nicht, sie zu nutzen. Er griff erneut an, schwang das lange, schwere Schwert wie einen leichten Degen, aber diesmal traf die Klinge nur leere Luft. Sein Gegner war erneut ausgewichen, ohne jede wahrnehmbare Bewegung, und starrte weiterhin auf den Schnitt im Arm. Schließlich verharrte Lutor, um sich nicht zu verausgaben. Blut tropfte aus der Wunde des Metamorphs, aber die Tropfen blieben nicht etwa auf dem Boden liegen, sondern wurden zu dünnen roten Würmern, die auf die Füße des Mannes zukrochen und unter seiner Kleidung – wenn es Kleidung war – verschwanden. Eine Fingerkuppe berührte die Wunde im Arm, die sich daraufhin schloss.

Noch immer wechselten die Gesichter einander ab, aber nicht mehr so schnell wie vorher. Erste Züge stabilisierten sich. »Ich will nicht töten«, sagte der Mann, der Metamorph, und eine andere Stimme fügte hinzu: *»Töte!«*

Lutor sprang vor, holte erneut aus und schlug zu, doch wieder stand sein Gegner plötzlich woanders, obwohl er sich nicht bewegt hatte. Er begriff, dass er auf diese Weise nicht weiterkam.

Der Wind wurde stärker, zischte über die Ruinen und wirbelte Staub auf.

»Ich will nicht töten«, wiederholte der Metamorph, und wieder erklang eine andere Stimme, leiser als vorher: *»Töte!«*

Dies ist nicht die reale Welt, erinnerte sich Lutor. *Ich bin mit einem AW-Datenservo verbunden.* Die Frage, wie der Metamorph Teil einer Anderswelt sein konnte, deren Programm ihn nicht vorsah, schob er beiseite. *Das bedeutet, dass es hier gewisse Möglichkeiten geben könnte.*

»Übungsmodus«, sagte er, sprang, hob das Schwert ...

Diesmal blieb der Metamorph an Ort und Stelle, und so etwas wie Überraschung huschte durch eines der vielen Gesichter. Er neigte den Oberkörper zur Seite, entging dadurch dem Hieb und schlug mit der Faust zu, traf den Zweihänder mit solcher Wucht, dass Lutor die Waffe aus der Hand gerissen wurde. Dieser reagierte mit dem Kampfgeschick von Kordun, warf sich nach vorn, prallte gegen den Metamorph und riss ihn mit sich zu Boden.

Lutor fand sich auf seinem Gegner kniend wieder. Er hob die Hand, deren Finger plötzlich um den Griff eines Messers geschlossen waren, stieß zu und rammte dem Metamorph die Klinge ins Herz.

Die Schnittwunde im Arm des Jungen hatte sich geschlossen, aber seine Gliedmaßen zuckten immer heftiger, während die sonderbaren Aktivitäten von Fluss und Wald andauerten. Der Acheron schien zu kochen, und am Ufer schwankten die Bäume, obwohl kein annähernd so heftiger Wind wehte. Ganze Schwärme von funkelnden Dreiaugen stiegen auf, obwohl diese flugkäferartigen Geschöpfe nachtaktiv waren und sich normalerweise nie am Tag zeigten. Schlammspringer kamen aus ihren Löchern am Ufer, rollten hin und her.

Aus den grünen Tiefen des Kontinentalwaldes tönte ein Konzert aus kreischenden und quiekenden Lauten. Die ganze Welt schien verrückt zu spielen.

Raimon ächzte, und Blut quoll aus einer tiefen Wunde in seiner Brust, mitten aus dem Herzen.

Eklund ließ den langen Stock, mit dem er bisher gesteuert hatte, einfach fallen, kroch durch das heftig schaukelnde Boot nach vorn und vergaß alles andere. Nur der Junge war jetzt noch wichtig. Er berührte ihn und tastete nach der Kraft, wie so oft zuvor ...

... und fand sich in der ockerfarbenen Öde wieder. Er sah die vertraut gewordenen weißen Türme, die zu versuchen schienen, sich in den dunklen Himmel zu bohren und die dahineilenden Wolken festzuhalten. Raimon stand in der Nähe, nackt wie im Boot, und diesmal blickte er nicht zum fernen Podest mit der immer noch leeren Sitzbank, sondern zum *Loch* im Himmel, geschaffen vom Licht der Türme. Eklund gewann den Eindruck, dass es kleiner geworden war, und dass weniger fremde Augen von dort auf die Welt herabstarrten.

Raimons Gesicht ... Es hatte sich verändert und wirkte nicht mehr so kindlich.

»Ich will nicht töten«, sagte er leise. »Ich habe es fast geschafft. Die Stimmen tun nicht mehr so weh, und bald werden sie zu einer Stimme, zu meiner, so wie alle Gesichter zu meinem Gesicht werden. Ich muss zu ihr. Seit so langer Zeit wartet sie auf mich. Doch er ... hält mich fest.«

»Wer hält dich fest, Raimon?«

»Ich will nicht töten, aber ...«

Der Junge senkte den Kopf. Blut strömte aus einer tiefen Wunde in seiner Brust.

»Bei der Weltseele!«, entfuhr es Eklund. »Raimon, ich kann dir nicht helfen, aber du bist ein Selbstheiler! Was auch immer mit dir geschieht – besinn dich auf die Kraft im Elysium.«

 Die Augen des Jungen glänzten feucht. »Ich will nicht töten. Wenn ich töte, werden die Stimmen lauter, und dann tun sie wieder weh.«

»Was auch immer dich bedroht, wehr dich!«

Lutor/Kordun drehte das Messer in der Wunde und schrie in der Welt des Staubs und des Zerfalls, genoss seinen Triumph.

Der Metamorph unter ihm setzte sich nicht zur Wehr, versuchte nicht, nach dem Messer zu greifen und es aus der Wunde zu ziehen. Stattdessen sagte er ruhig: »Ich will nicht töten, aber wenn ich muss ...«

Und dann stand er, und Lutor flog mehrere Meter weit, bevor er schwer auf den Boden prallte, das blutige Messer noch immer in der rechten Hand. Er kam sofort wieder auf die Beine und warf das Messer nach seinem Gegner, der ihm mühelos auswich. Lutor versuchte, sein Schwert zu erreichen, aber bevor er danach greifen konnte, traf ihn die Faust des Metamorphs und schickte ihn erneut in den Staub auf der Straße.

»Übungsmodus«, ächzte er und stemmte sich wieder hoch.

Der Mann in Schwarz kam auf ihn zu, und nichts verlangsamte ihn. Ein blitzschneller Schlag, viel zu schnell, als dass der immer noch ein wenig benommene Lutor ihm hätte ausweichen können. Diesmal traf ihn die Faust des Metamorphs zwischen Hals und linker Schulter, und einmal mehr wurde er von den Beinen gerissen. Er stieß mit solcher Wucht gegen die Reste einer Stahlkeramikmauer, dass er für ein oder zwei Sekunden das Bewusstsein verlor. Als er wieder sehen konnte, stand sein Gegner vor ihm, und diesmal war er nicht mehr unbewaffnet. Die rechte Hand des Metamorphs hielt ein Schwert, nicht so groß wie der Flamberg, aber zweifellos dazu geeignet, schwere Verletzungen zu verursachen und zu töten. Der Metamorph hob es und ...

Lutor versuchte nicht aufzustehen. »Programm sofort beenden«, sagte er.

Die schwarze Gestalt mit den langsamer wechselnden Gesichtern verschwand ebenso wenig wie ihr Schwert, dessen silberne Klinge zu glühen schien. Sie kam näher ...

»Programm ...sofort ... beenden ...«, sagte Lutor. Etwas dehnte seine Stimme und die Worte, zog beides in die Länge. Welten überlagerten sich: hier graue Ruinen und Staub, dort das Anderswelten-Zimmer einer Hotelsuite, ein Raum, der Sicherheit versprach. Aber er war weit entfernt, eine Membran aus Pseudorealität trennte ihn davon, während das Schwert immer näher kam. Lutor riss die Augen auf, starrte auf die Spitze und beobachtete, wie sie seine Brust berührte, sich wie in Zeitlupe hineinbohrte, begleitet von einem dumpfen Schmerz, der schnell heißer wurde und sich in sein Fleisch brannte.

Ich will nicht töten, flüsterte die Stimme des Metamorphs aus einer seltsamen Welt zwischen dem Hier und Dort. *Aber wenn ich muss ...*

Programm ... sofort ... BEENDEN!, dachte/rief Lutor und öffnete den Mund, um ein letztes Mal nach Luft zu schnappen und zu schreien ...

Eklund blinzelte mehrmals, als er aus dem Elysium in die Welt unter der Welt zurückkehrte. Raimon lag vor ihm, und die schreckliche Wunde in seiner Brust existierte nicht mehr. Glatte Haut zeigte sich dort, wo Blut direkt aus dem Herz geströmt war. Die Gliedmaßen zuckten nicht mehr. Ganz ruhig lag der Junge da, mit verändertem, älter wirkendem Gesicht, reglos und wie tot. Eklund streckte die Hand aus und berührte ihn, spürte erleichtert die Wärme des Lebens und sah Raimon atmen.

Noch immer brodelte der Fluss, und das Boot schaukelte auf den Wellen, aber die Strömung war stärker geworden und das rechte Ufer mehrere Dutzend Meter entfernt. Eklund suchte vergeblich nach dem langen Stock; als er ihn losgelassen hatte, musste er über Bord gefallen sein.

Weiter vorn und mehr zur Flussmitte hin ragten spitze

Felsen aus den braunen Fluten des Acheron, ein ganzer Wald von ihnen.

»Die Nadelfelsen«, sagte Eklund leise und begriff, welche Gefahr ihnen drohte. Nicht weit hinter den Nadelfelsen stürzten die Wasser des Acheron über eine fast hundert Meter hohe Klippe – der Große Katarakt, so nannte man jene Stelle. Er blickte weiter stromabwärts und glaubte, in der Ferne eine Dunstwolke zu erkennen, die über dem Wasserfall hing.

»Raimon?«

Der Junge rührte sich nicht. Was auch immer er hinter sich hatte, er war offenbar sehr erschöpft. Selbst wenn er erwachte: Vermutlich fehlte ihm die Kraft, sich noch einmal in das drachenartige Wesen zu verwandeln und zu fliegen.

Eklund griff in die Tasche und holte den Kom-Servo hervor. Vom Großen Katarakt war es nicht mehr weit bis nach Chiron; vielleicht genügte jetzt die Reichweite des Geräts. Als er den Servo einschaltete, wies das Piepen nach abgeschlossener Autodiagnose erneut auf einwandfreie Funktion hin.

»Ich wünsche eine Verbindung mit Elisabeth Demetrio«, sagte Eklund.

Einige Sekunden lang geschah gar nichts, und er befürchtete, dass sein Kommunikationsversuch auch diesmal erfolglos blieb. Doch dann bildete sich über dem Zylinder ein pseudoreales Darstellungsfeld, und das Gesicht von Elisabeth erschien darin. Sie schien geschlafen zu haben. Ihr Haar war zerzaust, und dunkle Erschöpfungsringe lagen unter ihren Augen.

»Bist du das wirklich, Eklund?«

»Ja, und ich brauche deine Hilfe«, sagte er schnell. »Verschieben wir Erklärungen auf später. Ist es mit dem Navigationsservo deines Levitatorwagens möglich, die Signale dieses Kom-Servos anzupeilen?«

Elisabeth nickte langsam. »Das müsste sich eigentlich bewerkstelligen lassen. Aber was …«

»Bitte komm so schnell wie möglich und nimm uns auf.«
»Ist Raimon bei dir?«
»Ja. Und uns bleiben nur noch wenige Minuten. Bitte, es ist wirklich eilig.«
»Ich bin unterwegs.«

Lutors Gedanken verließen eine dunkle Welt des Schmerzes, und eine Zeit lang genoss er einfach nur die Abwesenheit der Qualen. Dann reifte die Erkenntnis in ihm heran, dass er noch lebte, und damit einher gingen Staunen und profunde Erleichterung.

Er öffnete die Augen, sah Wand und Decke des Anderswelten-Zimmers seiner Suite im Hotel Caravel. »Programm ... sofort ... beenden«, sagte er, wie mit dem Echo einer Stimme.

»Das Programm ist beendet«, antwortete der AW-Datenservo.

»Bin ich ... verletzt?«, fragte Lutor und stellte fest, dass das sensitive Kabel nicht mehr mit dem Bio-Servo in seinem Nacken verbunden war.

»Die biometrische Überwachung hat extremen psychischen Stress festgestellt. Eine Ruhephase wird dringend empfohlen.«

»Ich bin also ... *nicht* verletzt?« Lutor sah an sich herab, und schon diese kurzen Bewegungen des Kopfes ermüdeten ihn.

»Bestätigung. Es gibt keine physischen Beeinträchtigungen.«

Was hat mich gerettet?, dachte Lutor, doch diese Frage verlor schnell an Bedeutung, als sich Mattigkeit in ihm ausdehnte. Er gab ihr nach und schlief ein.

KiTamarani

Träume

Reduktion ...

Zurück zum Wesentlichen, zum Kern, zum Ausgangspunkt. Besinnung auf das, was letztendlich Bedeutung hatte. Und von jener Quintessenz aus neues Wachstum, eine neue Schale für das Ich/Wir, für das primäre und sekundäre Selbst, eine Schale, die all das aufnahm, was zuvor gewesen war, alle Erinnerungen und Erfahrungen.

So wäre es normalerweise der Fall gewesen.

Aber hier fehlte das Wir/Ich, die kollektive Existenz des Konziliats. KiTamaranis primäres Selbst war verletzt gewesen, zerrissen und zerfetzt, und hatte nicht alle memorialen Elemente ans sekundäre Selbst und in die Reduktion weitergeben können. Hinzu kam die Nähe des Omnivorkeims, betäubt und apathisch, aber *präsent*.

KiTamarani schlief, und ihre Erneuerung blieb fragmentarisch. Jahrmillionen verstrichen, und während sich die Welt veränderte, während sich Sedimente bildeten und sowohl die Kapsel als auch den Keim umschlossen, dauerte der Schlaf an. Er dauerte länger als jemals ein Erneuerungsschlaf zuvor, und er blieb unvollständig. Das sekundäre Selbst, im Koma der Reduktion, wusste davon, und die Rudimente des Ich/Wir begriffen auch, dass die Gefahr keineswegs vorüber war. KiTamarani blockierte den Keim, und der Keim blockierte sie. Beide träumten, und die Träume wurden zu Waffen.

In ihren Träumen dehnte sich KiTamarani aus, über die Grenzen der Kapsel hinaus, und leistete dem Leben Gesellschaft, das sich überall auf dem Planeten weiterentwickelte. Sie hörte die Schöpfungsmelodie der kosmischen Saiten, geschaffen von den Prävalenten, wie sie sich vage erinnerte, und ließ sich von ihren Harmonien zu einer Vibration anregen, die auf das Leben um sie herum Einfluss nahm. Ein Plan in dem Sinne war es nicht, eher eine instinktive Reaktion, ein Urprogramm in ihrem unvollständigen Ich/Wir. KiTamarani brauchte etwas, das das Gleichgewicht zwischen Keim und Kapsel zu ihren Gunsten veränderte, sie zuerst erwachen ließ, damit sie die Gefahr endgültig neutralisieren konnte.

Und so machte sie das Leben auf dem Planeten zu *ihrem* Leben. In den Träumen, die das subtile Gewebe der Realität berührten, sang sie das Lied der Schöpfung und veränderte, ohne die ureigene Essenz des planetaren Lebens zu beeinflussen. Sie schuf eine besondere Art von Symbiose, half und ließ sich helfen. KiTamarani stellte fest, dass sich beim Fall der Kapsel Teile von ihr gelöst hatten, und es gelang ihr, eine Verbindung mit ihnen zu schaffen und sie in Sekundanten zu verwandeln, in wartende Komponenten des Ich/Wir.

Viele Organismen auf dem Planeten empfingen die Melodie der Schöpfung, und es kam bei ihnen zu einem langsamen globalen Strukturwandel. Die von den Träumen der Konziliantin beeinflusste Evolution ließ spezielle Entero- und Exterorezeptoren entstehen, ausgestattet mit einem hohen Maß an Flexibilität. Ein Großteil des Lebens strebte einem Ziel entgegen: Kommunikation.

Während KiTamarani träumte und veränderte, begann in ihrer Kapsel die Palingenese. Die Reduktion betraf auch die Basissysteme und die übergeordneten Lagen aus kognitiven Domänen, mit all den vielen individuellen Funktionsbereichen. Solare Energie für die Erneuerung von KiTamaranis Schale stand nicht zur Verfügung, dafür aber geothermische, und als Millionen von Jahren verstrichen, kam dieser Prozess schneller voran als die Wiederherstellung des Ich/Wir.

Schließlich war die Erneuerung der Schale so weit vorangeschritten, dass ...

Agens: Zustand ... verbessert. Sammle Energie.

Epochen vergingen.

Agens: Zustand ... wird stabil. Integrität ... fast wiederhergestellt. Kollektoren nehmen weiter Energie auf.

Zeit tropfte und rann.

Agens: Gefahr. Keim befindet sich in der Nähe und beginnt zu erwachen.

Zeit strömte.

Agens: Reaktion erforderlich.

Aber KiTamarani schlief weiter und wartete auf jemanden, der sie weckte.

Kerberos
17. April 421 SN
09:00 Uhr

32

Spiele

Als Stokkart erwachte und die Augen öffnete, sah er ein sonderbares Zwielicht, ein mattes Glühen, das aus keiner bestimmten Richtung kam, wie in Nebel gestreutes Licht. Und dieser Dunst, der den kleinen Raum zu erfüllen schien, löste sich innerhalb von zwei oder drei Sekunden auf, verschwand wie die Erinnerung an einen Traum.

Der Autokrat zwinkerte und fragte sich, ob er ihn wirklich gesehen hatte.

Er stand auf und betrachtete das »Bett«, in dem er geschlafen hatte: eine Pritsche, die wie etwas wirkte, das aus der grauweißen Wand herausgewachsen war, ungefähr einen Meter breit und weich. Stokkarts Blick glitt durchs Zimmer. Ein Stuhl, ein Tisch, mehrere Regale an der gegenüberliegenden Wand, darin unregelmäßig geformte Gegenstände. Kein Fenster, nichts, das Blick nach draußen gewährte. Eine Tür, erstaunlich schmal, wie alle Türen im ... Zapfen. Wenn dies noch immer der Zapfen war, den Stokkart auf der heißen Felseninsel gesehen hatte. Kein Bad. Keine hygienischen Einrichtungen. Kein Ort für die Zubereitung und Einnahme von Speisen.

Erstaunt stellte er fest, dass er weder Hunger noch Durst hatte. Und damit noch nicht genug: Darm und Blase meldeten sich ebenfalls nicht. Er fühlte keins der körperlichen Bedürfnisse, die in mehr oder weniger regelmäßigen Abständen Aufmerksamkeit verlangten. Wie lange hatte er geschlafen? Es mussten mehrere Stunden gewesen sein, was bedeutete, dass ein gewisser Blasendruck normal gewesen wäre.

Für eine schreckliche Sekunde war er nicht einmal sicher, ob er noch atmete. Ganz bewusst holte er tief Luft und ließ den Atem wieder entweichen. *Es könnte Illusion sein. Vielleicht* glaube *ich nur zu atmen …*

Panik schüttelte Stokkart, als er an die Möglichkeit dachte, tot zu sein.

»Ich lebe«, sagte er laut, wie um sich selbst zu überzeugen. »Ich lebe.«

Stimmen flüsterten, schienen ihm widersprechen zu wollen, Stimmen, die aus keiner bestimmten Richtung kamen und wortlos blieben. Stokkart ging zur Tür, öffnete sie und trat in einen Flur, der ihm für einen Sekundenbruchteil das gleiche sonderbare Zwielicht präsentierte, das er unmittelbar nach dem Erwachen gesehen hatte. Drei Meter trennten ihn von einer Wendeltreppe, an die er sich nicht erinnerte.

Das Flüstern schien ein wenig lauter zu werden, und diesmal glaubte Stokkart zu hören, aus welcher Richtung es kam: von unten.

Er wandte sich der Treppe zu und ging hinunter, brachte langsam eine Stufe nach der anderen hinter sich und blieb immer wieder stehen, um zu lauschen. Ja, das Flüstern wurde tatsächlich lauter, aber er konnte noch immer keine Worte verstehen.

Einen Treppenabsatz weiter unten gab es ein Fenster, und Stokkart blickte nach draußen. Er sah nicht etwa die Insel mit dem silbrigen Meer, sondern eine gewaltige halbdunkle Höhle mit riesigen Dornen, die von oben, unten und den Seiten aus der Dunkelheit wuchsen. Von den Spitzen dieser Dornen gingen sehr zart anmutende Gespinste aus, die sich hier und dort zu komplexen Knäueln vereinten. Manchmal flackerte es in ihnen: ein kurzes Aufblitzen, das sich hier und dort fortsetzte, über Gespinstbahnen huschte und im Innern der Dornen verschwand.

Stokkart setzte den Weg nach unten fort und machte kurz darauf an einem zweiten Fenster Halt. Es zeigte ihm die öde Insel, an die er sich erinnerte, ein Meer, das aus Quecksilber zu bestehen schien.

»Hilfe!«, flüsterte es irgendwo. *»Hilfe!«* Es war das erste verständliche Wort des Raunens.

Stokkart ging schneller, erreichte das Ende der Treppe und einen runden Raum, von dem mehrere Gänge abzweigten. Einige führten absurd steil in die Höhe; andere reichten fast senkrecht in eine Tiefe, die sich weit unter der Insel – beziehungsweise tief unten in der Höhle – befinden musste. Ein Wandsegment zwischen zwei Tunnelzugängen …

Ein Gesicht zeichnete sich *in* der Wand ab, unter einer festen, transparent gewordenen Schicht: schwammig, wie aufgedunsen, die linke Hälfte starr, die rechte voller Entsetzen.

»Professor Ulgar …«, sagte Stokkart.

»Ich bin ihm entkommen«, flüsterte es aus der Wand. *»Für wie lange, weiß ich nicht. Die anderen versuchen, ihn aufzuhalten. Sie sind ebenfalls hier, die anderen. Hopkins, Frilor und so weiter.«* Das Gesicht schwoll an, und die Hände des Professors wurden sichtbar, pressten sich von der anderen Seite an die transparente Wand, die Ulgar vom Autokraten trennte. *»Bitte, holen Sie uns hier heraus. Ich beschwöre Sie! Helfen Sie uns!«* Ruckartig drehte Ulgar den Kopf, blickte zur Seite und riss die Augen auf. *»Nein, bitte, bestraf mich nicht, nein, ich …«*

Etwas traf den Professor, etwas, das für Stokkart ohne Gestalt und ohne Substanz blieb, den Professor jedoch aufschreien ließ. Ulgars Gesicht verschwand, und von der linken Seite kam ein Schemen, wie ein vager Schatten unter bedecktem Himmel. Eine Silhouette verharrte, klein, vornübergebeugt, der Rücken bucklig.

Ein neues Gesicht erschien, runzlig, mit langer, spitzer Nase und erstaunlich großen grünbraunen Augen. *»Möchtest du* das Spiel spielen?«, fragte Olkin, und die letzten drei

Worte klangen normal, denn der kleine Humanoide war aus der Wand herausgetreten und stand direkt vor Stokkart.

Stokkart lief los, nur beseelt von dem Wunsch, einen möglichst großen Abstand zwischen sich und Olkin sowie das schreckliche Bild des Professors in der Wand zu bringen.

Er hastete durch unmöglich lange Korridor, begleitet vom Geräusch seiner Schritte und einem lauter werdenden Keuchen. Er eilte Treppen hinauf und hinunter, verlor in steilen Tunneln das Gleichgewicht, fiel und rutschte, einmal Dutzende von Metern weit. Er hatte das Gefühl, Kilometer zurückzulegen, und das in einem zapfenförmigen Gebilde, das an der Basis nur fünfzig Meter breit war und sich nach oben hin verjüngte. Es schien sich um einen ähnlichen Effekt zu handeln wie im Innern der von den Kantaki auf vielen Welten erbauten Sakralen Pagoden, die innen angeblich mehr Platz boten, als die äußeren Maße zuließen. In einem entlegenen Winkel seines Bewusstseins fragte sich der Autokrat, ob es einen Zusammenhang gab zwischen dem Zapfen, der sich im Innern des Artefakts befand, und den Kantaki.

Irgendwann blieb er stehen, erschöpft, nach Atem ringend, von der Sinnlosigkeit einer derartigen Flucht überzeugt. Er musste überlegen, seine Situation einschätzen und verstehen, nach einem Ausweg suchen ...

Stille umgab ihn. Hier erreichten ihn weder das Flüstern in den Wänden noch die näselnde Stimme des zwergenhaften Humanoiden.

Am Ende des langen Korridors, in dem er stand, gab es eine Tür, schmal wie alle anderen im Zapfen, und schwarz wie die Nacht. Stokkart wusste plötzlich, dass er hinter jener Tür Antworten auf seine Fragen finden konnte, und so setzte er sich wieder in Bewegung, ging mit zielstrebigen, hoffnungsvollen Schritten weiter. Als er die Tür erreichte, die überhaupt keine Markierungen aufwies und völlig glatt war, streckte er die Hand nach dem Knauf aus, drehte ihn ...

Die Tür blieb geschlossen, wie jene, die er bei seiner Ankunft im Zapfen hatte öffnen wollen. Stokkart erinnerte sich an Olkins Worte bei jener Gelegenheit. *Die Türen lassen sich erst öffnen, wenn alle Spieler da sind.*

Stokkart wandte sich von der schwarzen Tür ab – und sah in einen Flur, der sich endlos vor ihm zu erstrecken schien, viele Kilometer weit, und rechts und links in den Wänden gab es weder Türen noch Fenster.

Und dann wich das Licht aus dem Flur. Es sickerte fort, wie Flüssigkeit durch einen Abfluss, und Dunkelheit kroch heran, verschlang Konturen und Einzelheiten, verwandelte alles in uniforme Schwärze. Stokkart stand reglos da und wusste nicht, wie viel Zeit vergangen war, als er hinter sich ein leises Rascheln hörte. Instinktiv drehte er sich um …

Ein diffuses Glühen kam aus den Wänden rechts und links von der schwarzen Tür, und es spiegelte sich in Olkins grünbraunen Augen wider. »Es ist wieder so weit«, sagte der dürre, halbnackte Humanoide. »Wir müssen das Spiel spielen.«

Er trat an Stokkart vorbei, und dort, wo sich vor der Dunkelheit ein endloser Korridor erstreckt hatte, gab es jetzt eine Tür, die sich von ganz allein für Olkin öffnete und ins runde Spielzimmer führte.

Diesmal versuchte der Autokrat gar nicht, sich zu widersetzen. Er folgte Olkin ins Zimmer, nahm ihm gegenüber am ebenfalls runden Tisch Platz und betrachtete die komplexe Darstellung darüber. Die vielen darin enthaltenen und miteinander verschlungenen Objekte – einige von ihnen lebendig – schienen sich verändert zu haben, seit Stokkart sie zum letzten Mal gesehen hatten. Er *fühlte* eine andere Struktur, und dieser Eindruck verstärkte sich, als er Olkins Beispiel folgte und die Hand hob, um mit ihr die energetische Membran zu berühren, die die Darstellung umgab.

Lieber Himmel, ich werde Teil *hiervon, was auch immer* dies *ist!*, dachte er entsetzt. *Je länger ich hier bleibe und mich Olkins Wünschen füge, desto mehr gehe ich in dieser Sache auf. Was erwartet mich schließlich? Völlige Absorption?*

Olkin richtete einen scharfen Blick auf ihn. »Der Spieler darf sich nicht ablenken lassen«, sagte er, und es klang wie eine Warnung.

Stokkart berührte die Membran und spürte erneut, wie sich etwas Fremdes inmitten seiner Gedanken ausdehnte und diese verdrängte ...

Orbit von Kerberos
17. April 421 SN
09:00 Uhr

Orbitalstation MeteoTech-14

Seit dem Zwischenfall mit der Anomalie kam Anton Filip nicht mehr zur Ruhe. Stundenlang durchstreifte er die Orbitalstation MeteoTech-14, überprüfte Messinstrumente und Recycler, Sensoren und Scanner, all die Datenservi und Elaborationskerne, die Daten empfingen und verarbeiteten. Er kontrollierte die Leitungssysteme und den Reaktor, der die Station mit Energie versorgte, sah sich die Wartungs- und Instandsetzungsprotokolle an. Nirgends fand er einen Fehler; alle Systeme funktionierten einwandfrei. Dicht neben dem kleinen Hangar mit den Rettungskapseln blieb er schließlich an einem kleinen Fenster stehen und begriff, dass er versuchte, vor sich – besser gesagt: vor seiner Furcht – zu fliehen. Als er nach draußen sah, fühlte er diese Erkenntnis bestätigt, denn er befürchtete plötzlich, ein Kantaki-Schiff zu sehen, dessen Transportblase zerfaserte, zu beobachten, wie die Passagierkapseln und Habitatmodule platzten ...

Kerberos drehte sich unter der Orbitalstation, ruhig, mit einer gewissen trägen Eleganz. Filip seufzte schwer. MeteoTech-14 war nicht nur sein Arbeitsplatz, sondern seine *Welt*, eine überschaubare, immer perfekt kontrollierbare kleine Welt. Aber die Ereignisse im Zusammenhang mit der Anomalie bewiesen, dass ihn das Chaos des restlichen Universums auch hier erreichen konnte, an diesem Ort, der ihm als Refugium diente.

Anton Filip, Chefmeteorologe der Orbitalstation, schloss kurz die Augen, und als er sie wieder öffnete, hatte sich etwas verändert. Noch immer drehte sich Kerberos unter Meteo-Tech-14 – das Licht der Sonne Hades glitzerte auf der Smaragdsee –, und er brauchte einige Sekunden, um zu begreifen, *was* anders geworden war.

Die Sterne fehlten.

Es summte, und eine Stimme kam aus einem der in die Decke integrierten Kommunikationsservi. »Anton?«

»Ja, Boris?«

»Sie sollten besser in die Zentrale kommen und sich dies ansehen.«

»Ich bin unterwegs.« Filip eilte durch die leeren Korridore der Station, begleitet vom Geräusch seiner eiligen Schritte. Wenige Minuten später betrat er die Zentrale. Nur eine der vier hufeisenförmigen Kontrollkonsolen war besetzt. »Wo sind Helen und Girdo?«

»Noch in ihrer Kabine.« Der junge, schmächtige Boris streckte wie müde einen Arm aus und deutete zum breiten Panoramafenster.

»Die Sterne sind verschwunden.« Filip nahm an seiner Station Platz. »Eurelia?«

»Wie kann ich zu Diensten sein?«, ertönte die synthetische Stimme des zentralen Datenservos.

»Was geht hier vor?«, fragte Anton Filip. »Wieso sind die Sterne verschwunden?«

»Das Hades-System ist isoliert«, kam Boris dem Datenservo zuvor. Er betätigte die Kontrollen seiner Konsole. »Alle interstellaren Transverbindungen sind unterbrochen.«

»Boris hat Recht«, bestätigte Eurelia. »Die von den Sonden und Stationen an der Peripherie des Sonnensystems übermittelten Daten deuten darauf hin, dass der Rest des Universums nicht mehr existiert.«

»Das ist doch absurd!«, entfuhr es Filip.

»Zuvor wurde im Bereich des Kuiper-Gürtels ein Kantaki-Schiff vernichtet«, sagte Boris und blickte auf die Anzeigen.

»Was *ist* hier los?«, fragte Filip fassungslos.

»Es stehen noch nicht genug Informationen zur Verfügung, um eine definitive Antwort zu geben.« Boris klang nicht besorgt, eher interessiert. Was auch immer geschah, es schien ihn zu faszinieren. »Ich halte es ebenfalls für absurd, dass der übrige Kosmos plötzlich nicht mehr existieren soll. Eine Art Barriere trennt uns von ihm, und offenbar zieht sie sich zusammen. Der achte Planet ist gerade verschwunden.«

Filip starrte zum Panoramafenster.

»Wir müssen dabei berücksichtigen, dass wir die Veränderungen nicht in Echtzeit erleben«, fuhr Boris fort. »Die Lichtgeschwindigkeit schränkt unseren Beobachtungshorizont ein. Ich versuche gerade, mithilfe der noch bestehenden interplanetaren Transverbindungen mehr herauszufinden.« Seine blassen Finger huschten über die Kontrollen.

Ein schrecklicher Verdacht kam Filip. Er wollte Boris nicht stören, und deshalb fragte er: »Eurelia, gibt es einen Zusammenhang mit der Anomalie? Kehren die Temporalen zurück? Haben sie das Hades-System isoliert?«

»Ich bedauere, aber diese Fragen kann ich nicht beantworten.«

»Jemand *ist* gekommen«, sagte Boris. Er berührte ein Schaltelement, und der Schleier eines pseudorealen Darstellungsfelds legte sich vor das Panoramafenster. Dutzende von blinkenden Punkten erschienen, so viele, dass Filip schon nach wenigen Sekunden aufhörte, sie zu zählen. Sie bildeten eine keilförmige Formation, und die Spitze zeigte auf Kerberos. »Neunzig Schiffe der Tiger-Klasse, hundertfünfzig der Panther-Klasse und dreihundertfünfzig der Wolf-Klasse.«

Anton Filip erinnerte sich plötzlich daran, dass dort draußen Krieg herrschte zwischen dem Konsortium und der Allianz, ein Krieg, der schon entschieden sein sollte, zugunsten der Allianz. »Was ist mit den automatischen ID-Signalen der Schiffe?«

»Sie haben keine«, sagte Boris.

 »Ein Angriff?«

»Etwas schneidet ein ganzes Sonnensystem – *dieses* – vom Rest des Universums ab, und dann taucht eine ziemlich große Flotte interplanetarer Kampfschiffe auf. Nicht zu vergessen das im Bereich des Kuiper-Gürtels zerstörte Kantaki-Schiff. Auf friedliche Absichten deutet das meiner Ansicht nach nicht hin.«

»Eurelia?«

»Wie kann ich zu Diensten sein?«

»Benachrichtige die Bodenstationen auf Kerberos. Übermittle alle bisher ermittelten Daten. Offenbar steht eine Invasion unmittelbar bevor.«

»Ja, Anton.«

Das pseudoreale Darstellungsfeld verschwand vom Panoramafenster, und Filip blickte hinaus ins All, das ohne Sterne dunkler als jemals zuvor wirkte. Eine Stunde später sah er die ersten Schiffe. Wie Schatten glitten sie heran, gewannen dann überraschend schnell Konturen und Substanz, als sie in den Orbit des Planeten schwenkten. Einige von ihnen kamen ganz nahe an MeteoTech-14 vorbei, so nahe, dass man Fenster in ihren Rümpfen und das Licht dahinter sehen konnte.

Die vage Furcht war aus Anton Filip verschwunden. Kummer und Trauer ersetzten sie, denn er wusste, dass seine ruhige, beschauliche kleine Welt in diesen Momenten zerbrach.

Kerberos
17. April 421 SN
09:05 Uhr

33

Aus der Tiefe

Stimmen begleiteten die Rückkehr aus dem Nichts der Bewusstlosigkeit.

»Nun, wie geht es ihm?«, fragte eine Frau. »Du hast doch gerade nach ihm gesehen, oder?«

»Ja. Er schläft noch immer.« Die Stimme eines Mannes.

»Schläft er, oder ist er bewusstlos?«

»Was weiß ich. Bin kein Mediziner.«

Eine Zeit lang herrschte Stille. Edwald Emmerson lauschte und versuchte, sich zu orientieren. Er sah, dass er sich in einem kleinen Raum befand – in einer Kajüte, teilten ihm ein rhythmisches Schaukeln und ein gelegentliches Platschen mit –, der schlicht eingerichtet war und dessen Wände aus Synthomasse bestanden. Ein einfaches Boot, vielleicht nicht einmal mit einem Levitator ausgestattet. *Ich lebe,* dachte er erstaunt und erinnerte sich an die Ereignisse unter dem Meer, an Raphaels Selbstmord und die schreckliche, Gedanken zerreißende Dunkelheit.

»Wir haben richtig gehandelt, weißt du«, kam von oben die Stimme der Frau.

»Nein, das weiß ich nicht. Wir haben keine Ahnung, wer er ist. Er könnte ein Kontrolltaucher sein, vom Autokraten beauftragt.«

»Niemand kann uns nachweisen, dass *wir* auf der Suche nach Opalen gewesen sind. Heute haben wir ohnehin keine gefunden.« Eine kurze Pause, und dann: »Ich verstehe nicht, was heute mit mir los ist. Die Kopfschmerzen werden immer stärker ...«

Die Kopfschmerzen, dachte Emmerson und setzte sich auf. Er fühlte nichts, aber vielleicht war die Frau empfindlicher als er, so wie Raphael.

»Wir hätten ihn in dem verdammten Tauchboot lassen sollen«, brummte der Mann. »Wer weiß, welche Scherereien wir uns jetzt eingehandelt haben.«

»Wir konnten ihn doch nicht dem Meer überlassen, Korran!«

»Wenn er wirklich ein Kontrolltaucher des Autokraten ist, und wenn er den Verdacht hat, dass wir hier nach Opalen tauchen, sind wir so gut wie erledigt.«

Emmerson stand auf und stellte erleichtert fest, dass die befürchtete Schwäche ausblieb. Er fühlte sich sogar erstaunlich gut, wenn man die jüngsten Ereignisse berücksichtigte. Der Schlaf - beziehungsweise die Bewusstlosigkeit - schien einen Teil seiner Kraft erneuert zu haben, denn er fühlte sich nicht mehr ganz so müde wie in der vergangenen Nacht.

Er öffnete die Kajütentür, stieg die Treppe hoch und trat auf das Deck. »Keine Sorge«, sagte er. »Ich bin kein Kontrolltaucher.«

Ein Mann und eine Frau wandten sich erschrocken zu ihm um. Sie standen mittschiffs an den Kontrollen des Bootes, das den unten gewonnenen Eindruck bestätigte. Es handelte sich um ein billiges Modell, nur mit dem Notwendigsten ausgestattet, ohne Levitator.

Der Mann, Korran, war in mittleren Jahren und untersetzt, hatte schwarzes, zerzaustes Haar und einen dunklen Vollbart. Die Frau schätzte Emmerson auf Anfang dreißig, und ihre auffallende Schönheit hätte ihn unter anderen Umständen beeindruckt.

»Ich nehme an, Sie haben mich aus dem Tauchboot geholt.« Emmerson blinzelte im Licht der hoch am Himmel stehenden Sonne. »Vor einigen Stunden, wie mir scheint.«

»Sie haben alles gehört, wie?«, brummte Korran.

»Seien Sie unbesorgt«, wiederholte Emmerson, trat näher und streckte die Hand aus. »Ich bin kein Kontrolltaucher des Autokraten, sondern der planetare Direktor von NHD Kerberos, Edwald Emmerson. Ich danke Ihnen dafür, dass Sie mich gerettet haben.«

Korran zögerte kurz, nahm dann die dargebotene Hand und schüttelte sie. »Das ist meine Frau, Sandrina.«

Emmerson reichte auch ihr die Hand.

»Na, bitte«, wandte sich Sandrina an ihren Mann. »Wir *haben* richtig gehandelt.«

»Sie können von Glück sagen, dass wir Ihr Boot gefunden haben. Es befand sich in einem ziemlich schlechten Zustand.«

»Wo ist es?«

»Wir haben es ins Schlepptau genommen.« Korran deutete mit dem Daumen zum Heck.

Emmerson ging über das schwankende Deck nach hinten. Der vordere Teil des Tauchboots sah ganz normal aus, aber die rückwärtige Sektion erweckte den Eindruck, einige Wochen lang in Säure gelegen zu haben. Vom Lack war überhaupt nichts mehr übrig, und die Stahlkeramik wirkte korrodiert.

»Seltsam«, sagte Korran, als er an seine Seite trat. »Als hätte man den vorderen Teil eines neuen Tauchboots mit dem hinteren eines uralten zusammengesetzt.«

Die temporale Anomalie, dachte Emmerson. Er kannte sich mit solchen Dingen nicht aus, begriff aber, enormes Glück gehabt zu haben. Der Wirkungsbereich der Anomalie schien das Tauchboot am Heck gestreift zu haben, mit dem Ergebnis, dass der betroffene Bereich um Jahrzehnte oder Jahrhunderte gealtert war. Er erinnerte sich daran, kurz vor der Bewusstlosigkeit, die ihn von dem grässlichen Schmerz befreit hatte, die Kontrollen des Tauchboots berührt zu haben. Der Datenservo musste zu dem Schluss gelangt sein, dass ein Notfall vorlag, und daraufhin hatte er ein entsprechendes Programm gestartet und das Boot an die Meeresoberfläche zurückgebracht.

Er hob den Blick und sah zur fernen Küstenlinie, nur ein dünner Strich am Horizont.

»Ihr Boot ist nicht mit einem Levitator ausgestattet, nicht wahr?«

»Nein«, antwortete Korran.

Emmerson klopfte vergeblich seine Taschen ab. Offenbar hatte er seinen Kom-Servo verloren.

»Haben Sie einen Kommunikationsservo an Bord?«, fragte er.

»Ja, natürlich.« Der untersetzte Mann deutete zum Kontrollstand in der Mitte des Bootes. Sandrina stand dort, hielt sich mit einer Hand fest und presste die andere an den Kopf.

»Wenn ich ihn benutzen dürfte ... Ich muss sofort mit meinem Sicherheitschef reden.«

Korran nickte. »Wie Sie wünschen.«

Erneut eilte Edwald Emmerson über das schwankende Deck und stellte sich dabei wesentlich ungeschickter an als Korran, der ihm mühelos folgte. »Ich gebe Ihnen den guten Rat, diesen Ort so schnell wie möglich zu verlassen«, sagte Emmerson. »Ich bin mit dem Tauchboot unten auf dem Meeresgrund gewesen. Dort ist eine temporale Anomalie entstanden.«

»Eine temporale Anomalie?«

Emmerson hielt sich nicht mit Erklärungen auf. »Ein Phänomen, das sehr gefährlich werden könnte. Ich bin ihm mit knapper Not entronnen.« Er deutete auf Sandrina. »Ich fürchte, die Kopfschmerzen Ihrer Frau stehen mit der Anomalie in Zusammenhang. Kehren Sie nach Chiron zurück.«

Emmerson nahm den zylinderförmigen Kom-Servo entgegen und ging damit zum Bug des Schiffes. Hinter ihm wurde ein Motor angeworfen, und die Stimmen von Korran und Sandrina verloren sich in dem Brummen. Er betätigte die Kontrollen des Servos, und ein pseudoreales Darstellungsfeld bildete sich, darin das übernächtigte Gesicht von Elroy Tobias.

»Chef!«, entfuhr es ihm. »Ich versuche schon seit Stunden, Sie zu erreichen. Ich ...«

Emmerson ließ ihn nicht ausreden. »Hören Sie gut zu, Elroy. Peilen Sie diese Kom-Signale an, und lassen Sie mich abholen. Ich bin in der Station des Autokraten auf dem Meeresgrund gewesen und kann von Glück sagen, noch am Leben zu sein. Etwas Monströses befindet sich dort unten, und ich fürchte, es breitet sich aus.«

»Etwas Monströses geschieht auch im Hades-System«, erwiderte Elroy Tobias. »Es gibt keine interstellaren Transverbindungen mehr. Und die Sterne sind verschwunden.«

»Wie bitte?«

»Irgendetwas hat dieses Sonnensystem vom Rest des Universums isoliert. Ich bin auf dem Weg zu Ihnen, Chef.«

Emmerson ließ den Kom-Servo nachdenklich sinken und sah zum Himmel hoch, der sich blau und makellos über ihm erstreckte. Gab es einen Zusammenhang? Die Dunkelheit, die unter der Station des Autokraten aus dem Schacht kam, das »Verschwinden« der Sterne ...

Er senkte den Blick wieder und stellte fest, dass sich der Bug des Bootes auf die ferne Küste gerichtet hatte. Wellen schlugen an den Rumpf, mit einer Regelmäßigkeit, die unter anderen Umständen vielleicht beruhigend gewirkt hätte.

Emmerson kehrte zum Kontrollstand zurück und schob den Kommunikationsservo in die dafür vorgesehene Halterung.

»Eine temporale Anomalie?«, wandte sich Sandrina an ihn. »Was bedeutet das?«

»Es bedeutet, dass dieser Ort sehr, sehr gefährlich ist.« Emmerson lag nichts an einem Gespräch, trat zur Seite, hielt sich an der Reling fest und blickte übers Meer. Alles wirkte so ruhig und friedlich, aber tief unten, vor dem Festlandsockel, gab es etwas, von dem enorme Gefahr ausging, etwas, neben dem die Bedeutung des Metamorphs verblasste. *Deshalb* war die Sabotage des Projekts Doppel-M für den Autokraten einfach nur ein Ablenkungsmanöver gewesen – er hatte etwas viel Wichtigeres gefunden.

Emmerson fragte sich, was aus Stokkart und den Wissenschaftlern geworden war. Hatte das Dunkle sie aufgenommen und getötet, vielleicht auf eine ähnliche Weise umgebracht wie Raphael? Aber wo waren ihre Leichen?

Wenige Minuten später hörte er ein vertrautes Summen und drehte sich um. Ein Levitatorwagen mit dem Emblem von NHD näherte sich dem Boot und verharrte einige Meter darüber. Die Beifahrertür klappte auf, und der an den Kontrollen sitzende Elroy Tobias ließ einen Levitatorgürtel auf das Deck fallen. Emmerson griff danach und legte ihn an.

»Nochmals vielen Dank!«, rief er Korran und Sandrina zu.

»Was soll mit dem Tauchboot geschehen?«, fragte Korran.

Emmerson überlegte kurz. »Ich überlasse es Ihnen. Ich glaube, sein ursprünglicher Eigentümer kann nichts mehr damit anfangen.« Er schaltete den Gürtel ein, stieg auf und saß wenige Sekunden später neben Tobias im Levitatorwagen, der das Boot mit den beiden Opaltauchern rasch hinter sich zurückließ.

»Was ist geschehen?«, fragte Emmerson.

»Die Ereignisse überstürzen sich«, erwiderte Elroy Tobias und berührte Schaltelemente. Der Levitatorwagen gewann an Höhe und wurde schneller. »Eine Flotte aus fast sechshundert Schiffen der Tiger-, Panther- und Wolf-Klasse nähert sich Kerberos. Offenbar hat diese Flotte im Bereich des Kuiper-Gürtels ein Kantaki-Schiff vernichtet.«

»Ein *Kantaki-Schiff*?«, wiederholte Emmerson fassungslos.

»Ja. Kurze Zeit später kam es zur Isolation des Hades-Systems – die Sterne verschwanden.«

Emmerson sprach den ersten Gedanken aus, der ihm in den Sinn kam. »Eine Maßnahme der Kantaki?«

»Vielleicht. Vielleicht auch nicht. Meines Wissens ist so etwas während des Zeitkriegs nie geschehen.«

»Möglicherweise gibt es einen Zusammenhang mit der temporalen Anomalie im Meeresgrund«, spekulierte Emmerson. Mit knappen Worten berichtete er von seinen Beobachtungen und Erlebnissen. »Der Autokrat hat zwei so genannte Artefakte gefunden, und von einem geht eine ... negative Kraft aus. Wenn sie expandiert, könnten alle Bewohner von Kerberos in Gefahr geraten.« Plötzlich fielen ihm die sonderbaren Halluzinationen der vergangenen Nacht ein, kurz bevor es in der Stadt durch den Ausfall von Levitatoren und anderer Systeme zum Chaos gekommen war. Gingen sie auf eine Aktivitätsphase der Anomalie und jener dunklen Energie zurück? Handelte es sich dabei vielleicht um einen Vorgeschmack dessen, was sie erwartete?

»Die Flotte ...«, sagte er leise.

»Die Schiffe senden keine ID-Signale. Aber ich glaube, wir können davon ausgehen, dass es eine Flotte der Allianz ist.«

»Fast sechshundert Schiffe? Um das Hades-System zu übernehmen, das überhaupt keine strategische Bedeutung hat? Und wenn es wirklich eine Flotte der Allianz ist, und wenn *sie* das Kantaki-Schiff zerstört hat ...«

Elroy Tobias wechselte einen kurzen Blick mit Emmerson. »Der Sakrale Kodex.«

»Ja«, bestätigte Emmerson. »Es könnte darauf hinauslaufen, dass die Kantaki die Welten der Allianz isolieren.«

»Eine Katastrophe für hunderte von Planeten.«

»Praktisch das Ende der Allianz.«

Ein Schatten fiel auf den Levitatorwagen, der gerade die künstliche Insel des Autokraten passiert hatte. Emmerson hob den Blick zum Himmel und sah das fast hundert Meter lang gestreckte Oval eines Kampfsschiffs der Tiger-Klasse, begleitet von fünf deltaförmigen, sechzig Meter langen Jägern der Panther-Klasse. In größerer Höhe am Firmament zeigten sich weitere Schiffe, kaum mehr als Punkte im Blau.

»Wir werden bald erfahren, wer mit einer so großen Flotte gekommen ist«, sagte Emmerson. »Aber wer auch immer es sein mag: Vielleicht können wir die vielen Kampfschiffe gut gebrauchen, wenn das Etwas im Meeresgrund vollends erwacht.« Er deutete nach vorn. »Zum Raumhafen, Elroy.«

Der Raumhafen von Chiron erstreckte sich auf einer großen, künstlich angelegten Insel im Westen des Acheron-Deltas. Nach den schwarzen Kolossen von Kantaki-Schiffen hielt Edwald Emmerson vergeblich Ausschau, als sie sich der Insel näherten. Dafür sah er mehrere zwiebelförmige Springer der Horgh – er fragte sich, ob sie nach der Isolation ebenfalls im Hades-System festsaßen oder ob ihre Sprungschiffe das, was dieses Sonnensystem vom Rest des Universums trennte, durchdringen konnten. Hier und dort waren interplanetare Kampfschiffe gelandet: gleich mehrere Einheiten der Tiger-Klasse, zahlreiche Panther-Jäger und auch einige Gefechtsshuttles. Levitatorplattformen mit montierten Hefok-Geschützen bewegten sich zwischen ihnen. Soldaten gingen in Position; andere rückten vor.

Elroy Tobias richtete die visuellen Scanner auf einen von ihnen und aktivierte den Zoom, woraufhin die ferne Gestalt das ganze pseudoreale Projektionsfeld ausfüllte. Ein hoch gewachsener, etwa dreißig Jahre alter Mann, der wie ein Mensch aussah, aber keiner war, zumindest kein normaler. Emmerson sah die graue Haut eines gentechnisch manipulierten Hominiden, die schwarzen Augen eine Kombination aus organischer Materie und Mikroservi, die eine weit über den gewöhnlichen Standard hinausgehende visuelle Wahrnehmung ermöglichten. Der Soldat trug einen leichten Kampfanzug, grau wie seine Haut, und daran zeigten sich keine Insignien.

»Das sind keine normalen Menschen«, sagte Emmerson. »Wissen Sie von irgendeinem Projekt, das die Züchtung von Kämpfern vorsah, Elroy?«

»Ich bin bis vor kurzem nur ein einfacher Angehöriger der Sicherheitsabteilung von NHD gewesen, Chef. Mir hätte man davon bestimmt nichts erzählt. Und NHD beschränkt sich nicht nur auf Kerberos.«

Ein Gefechtsshuttle erschien direkt neben dem Levitatorwagen und richtete seine Waffen auf sie. Der Pilot im transparenten Cockpit deutete nach unten, und Tobias nickte, zeigte zum nahen Raumhafen und schaltete den Kom-Servo ein. »Wir sind unbewaffnet und landen vor dem Terminal. An Bord dieses Wagens befindet sich der planetare Direktor von NHD Kerberos.«

»Bestätigung«, antwortete eine emotionslose Stimme. »Landen Sie.«

Kurze Zeit später setzte der Wagen direkt vor dem zentralen Terminal auf, und das Brummen des Levitators verstummte. Die beiden Männer stiegen aus, und eine sonderbare Stille empfing sie. Emmerson hatte mit Aufregung gerechnet, mit Schreien und zornigen Stimmen, mit dem Summen und Fauchen von Triebwerken. Diese Ruhe wirkte noch viel beunruhigender. Er erinnerte sich an die Station auf dem Meeresgrund, an die Anlagen darunter. Auch dort war zunächst alles ruhig gewesen, und dann ...

Selbst an normalen Tagen herrschte im Raumhafen von Chiron nicht viel Verkehr, und seit Stunden gab es keine interstellaren Verbindungen mehr. Nur vergleichsweise wenige Reisende hatten sich in den Hallen und Sälen aufgehalten, und bei der Nachricht von einer sich nähernden Invasionsflotte waren die meisten von ihnen eilig in die Stadt zurückgekehrt. Nur eine Hand voll Männer, Frauen und Kinder saß in den parkartigen Wartebereichen, halb verborgen zwischen weit aufragenden Pflanzen. Im Hintergrund bemerkte Emmerson zwei dreibeinige Horgh, und er hörte sogar ihre zwitschernden Stimmen, obwohl sie mehr als fünfzig Meter entfernt waren. Er hatte keinen Linguator dabei und verstand die Worte nicht, vermutete aber, dass die Horgh nach draußen zu ihren Schiffen wollten. Mehrere Soldaten hinderten sie daran.

Ein großer, bulliger Mann mit dunklem krausen Haar näherte sich mit langen Schritten.

»Großkommissar ...«

»Planetarer Direktor ...«, erwiderte Petrokos und lächelte schief. »Wir scheinen uns in letzter Zeit unter eher unglücklichen Umständen zu treffen.«

Zwei der grauen Soldaten waren Petrokos gefolgt, und er wandte sich ihnen kurz zu. »Das ist der planetare Direktor von NHD Kerberos, Edwald Emmerson, und ...«

»Und mein Sicherheitschef Elroy Tobias«, sagte Emmerson. »Ich möchte mit dem Kommandeur der Flotte sprechen.«

»Ich habe erneut versucht, den Autokraten zu erreichen«, sagte Petrokos. »Vergeblich. Und Raphael scheint ebenfalls verschwunden zu sein.«

»Für immer«, murmelte Emmerson. Als er den fragenden Blick des Großkommissars bemerkte, fügte er hinzu: »Ich erkläre es Ihnen später. Wenn ich Gelegenheit dazu bekomme.«

Einer der beiden Soldaten führte ein kurzes Kom-Gespräch. »Bitte begleiten Sie uns«, sagte er dann.

Etwa eine Minute später betraten sie ein Konferenzzimmer.

»Ich muss noch einmal ausdrücklich protestieren«, sagte gerade jemand inmitten der Traube von Personen vor dem großen Tisch im Zimmer. »Sie können doch nicht einfach hierher kommen und ...«

Ein Soldat näherte sich den Neuankömmlingen.

»Ich muss unbedingt mit dem Kommandeur der gerade eingetroffenen Flotte sprechen«, kam Emmerson der Frage zuvor.

»Sie sind ...«

»Edwald Emmerson, planetarer Direktor von NDH Kerberos. Ich habe etwas entdeckt, das eine große Gefahr darstellt, nicht nur für Kerberos und das Hades-System, sondern vielleicht für einen großen Teil der Galaxis.«

Der Soldat drehte sich um und ging fort.

Petrokos richtete einen neugierigen Blick auf Emmerson. »Tragen Sie da nicht ein wenig zu dick auf?«

Emmerson sah ihn ernst an. »Ich übertreibe nicht, Großkommissar. Ich bin in einer Station gewesen, die der Autokrat auf dem Meeresgrund vor dem Festlandsockel gebaut hat. Ich habe zwei so genannte Artefakte dort gesehen. Eines von ihnen hat die Adlaten in der Station umgebracht und

Raphael in den Wahnsinn getrieben – er beging Selbstmord, indem er loslief und seinen Kopf gegen eine Wand rammte. Vielleicht können wir die Feuerkraft all dieser Schiffe gut gebrauchen.«

Der Soldat kehrte zurück. »Bitte kommen Sie«, sagte er und hob die Stimme. »Alle anderen verlassen den Raum.« Die Uniformierten, mehr als zwanzig, begannen damit, die übrigen Personen aus dem Raum zu führen, unter ihnen Petrokos, Elroy Tobias und einige Repräsentanten des Urbanen Symposions von Kerberos. Die meisten von ihnen verließen das Konferenzzimmer stumm; einige brummten verärgert.

Die Soldaten blieben und bezogen auf beiden Seiten des Zimmers Aufstellung. Am Kopfende des Tisches saßen drei Männer, und einen von ihnen erkannte Emmerson sofort: Lukert Turannen, Globaldirektor von NHD und Koordinator des Konsortiums. Der Mann neben ihm erschien ihm vage vertraut, doch er konnte ihn nicht mit einem Namen in Verbindung bringen. Mit dem dritten Mann konnte er gar nichts anfangen. Er trug schlichte Kleidung, wirkte vollkommen durchschnittlich und schien irgendwie zu ... verschwinden, mit dem Hintergrund zu verschmelzen, wenn man sich nicht auf ihn konzentrierte.

»Emmerson?«, brachte Turannen erstaunt hervor. »Wo ist Rubens Lorgard?«

»Lorgard ist tot«, sagte Emmerson. Er wusste nicht, wie viel er in Anwesenheit der Soldaten und des Mannes an Turannens Seite sagen durfte, fügte deshalb nur hinzu: »Vor seinem Tod ernannte er mich zum Direktor und nahm seine Arbeit als Chefkreator wieder auf.«

Turannen schien etwas zu ahnen. »Auf welche Weise kam es ums Leben?«

»Ich glaube, das tut hier nichts zur Sache«, sagte der zweite Mann und gab damit zu erkennen, wer hier das Kommando führte. »Sie haben etwas entdeckt, das angeblich eine große Gefahr darstellt?«

»Wer sind Sie?«, fragte Emmerson.

»Oh, entschuldigen Sie, dass ich mich nicht vorgestellt habe«, sagte der Mann kühl. »Ich bin Rungard Avar Valdorian.«

»Was?«

Emmerson musterte den Mann: um die vierzig, nur einige wenige Falten im Gesicht, das aschblonde Haar dicht, ein vitaler Glanz in den großen grauen Augen. Der Valdorian, den er zuletzt in pseudorealen Darstellungen gesehen hatte, war mehr als hundert Jahre älter gewesen.

»Er ist es wirklich«, sagte Turannen schließlich, als Emmersons verblüfftes Lächeln andauerte. »Der Primus inter Pares des Konsortiums.«

Auch diese Worte boten einen Hinweis darauf, wie es um die Machtverhältnisse stand.

»Der Krieg«, sagte Emmerson leise. »Was ist mit dem Krieg gegen die Allianz? Diese Flotte ...«

»Auch das spielt derzeit keine Rolle«, sagte Valdorian mit der gleichen Kühle wie zuvor. »Ich möchte von Ihnen mehr über die Gefahr hören.«

Emmerson begegnete Valdorians Blick und bemerkte in seinen Augen etwas, das ihn erschreckte. Sie zeigten ein ähnliches Grau wie Lutors Augen, und ein vergleichbares Selbstbewusstsein: die Überzeugung, besser zu sein als alle anderen. Aber hier kam noch etwas anderes hinzu, ein fernes Glühen wie von einem Feuer, das alles verbrennen konnte. Und Emmerson beobachtete etwas Seltsames: Manchmal trübten sich die grauen Augen für einen Sekundenbruchteil, so als glitte ihr Blick kurz in eine andere Welt, die ihm verborgen blieb.

Er berichtete von der Station auf dem Meeresgrund und den Anlagen darunter, von den toten Adlaten, den beiden Artefakten und Raphaels Tod, von der *Dunkelheit* im Schacht, den grässlichen Schmerzen und der Rückkehr an die Meeresoberfläche. Valdorian hörte die ganze Zeit über ruhig zu, ohne auch nur einmal den Blick abzuwenden, der Emmerson immer mehr wie ein besonderes Sezierinstrument erschien.

»Es gibt dort unten *zwei* Artefakte?«, fragte Valdorian schließlich.

Wieder bemerkte der aufmerksame Emmerson die kurze, für andere Personen vermutlich gar nicht wahrnehmbare Trübung in den Augen. Außerdem schien Valdorian andeutungsweise den Kopf zur Seite zu neigen, als lauschte er einer Stimme.

»Haben Sie nur mit einem gerechnet?«, fragte Emmerson. »Und woher wissen Sie davon?«

Etwas Gequältes huschte durch Lukert Turannens Gesicht, das unmittelbar darauf wieder zu einer ausdruckslosen Maske wurde. Die Soldaten standen zu beiden Seiten des Tisches, reglos wie Statuen, ihre grauen Gesichter leer. Der dritte, unscheinbare Mann seufzte leise. Und Valdorian ...

Er stand langsam auf, näherte sich mit ruhigen Schritten und lächelte auf eine Weise, die Emmerson innerlich schaudern ließ.

»Was ich weiß oder nicht weiß, ist allein meine Sache, Direktor«, sagte er. »Aber ich interessiere mich sehr für das, was *Sie* wissen.«

Emmerson brauchte seine ganze Kraft, um nicht zurückzuweichen, als Valdorian dicht vor ihm stehen blieb. Etwas an diesem Mann berührte eine wunde Stelle in ihm, die darauf wartete, Schmerz zu verursachen. Im Vergleich mit Valdorian war Lutor ein Nichts, ein harmloser, völlig unbedeutender Niemand.

Er atmete tief durch. »In der vergangenen Nacht wurden die Emissionen einer temporalen Anomalie gemessen. Sie gingen von dem Ort aus, wo sich die beiden Artefakte befinden, die der Autokrat von Kerberos offenbar schon vor vielen Monaten entdeckt hat. Es muss einen Zusammenhang geben zwischen der Anomalie und dem, was ich dort unten ... gespürt habe. Vielleicht handelt es sich um den Versuch der Temporalen, in unsere Zeit zurückzukehren. Wenn das stimmt, müssen wir sofort handeln. Vielleicht haben wir es mit einer Gefahr zu tun, die nicht nur diesen Planeten betrifft, sondern auch viele andere Welten. In dem Fall kämen Ihre Schiffe wie gerufen.«

»Sie halten eine Rückkehr der Temporalen für möglich?«, fragte Valdorian, seine Stimme so kalt wie Gletschereis. Zwei oder drei Sekunden lang durchbohrte sein Blick Emmerson, dann drehte er sich abrupt um und begann mit einer Wanderung durch den Konferenzraum.

»Primus ...«, begann der unscheinbare Mann am Tisch.

»Schon gut, Jonathan.« Valdorian ging an der Reihe der Soldaten entlang. »Erzählen Sie mir vom anderen Artefakt.«

»Davon war nicht viel zu erkennen. Eine goldene, gewölbte Fläche, die unter der Station auf dem Meeresgrund aus dem Sedimentgestein ragte.«

»Ist Ihnen daran irgendetwas aufgefallen?«

Emmerson ließ Valdorian nicht aus den Augen, und wieder bemerkte er die kurze Trübung in den Augen.

»Ich habe die Fläche berührt, und sie fühlte sich warm an.«

Sofort richtete Valdorian den Blick auf ihn. »Warm? Und haben Sie sonst etwas gespürt, vergleichbar mit den anderen Emanationen, die Entsetzen bewirkten und diesen ... Raphael in den Selbstmord trieben?«

»Nein.«

Aus irgendeinem Grund schien diese Antwort Valdorian zu erleichtern. Nach kurzem Zögern nahm er seine Wanderung wieder auf, wirkte dabei sehr nachdenklich.

»Was hat das Hades-System vom Rest des Universums isoliert?«, fragte Emmerson, als die Stille andauerte. »Haben Sie das veranlasst?«

Valdorian trat erneut auf ihn zu. »Sie sind sehr neugierig«, sagte er. »Und *da* Sie so neugierig sind, werde ich Ihnen Gelegenheit geben, Antworten auf einige Ihrer Fragen zu finden.« Er drehte den Kopf. »Koordinator Turannen, Sie und Jonathan kümmern sich hier um alles. Sichern Sie Kerberos und den Rest des Sonnensystems innerhalb der Blase. Ich möchte hier keine Überraschungen erleben. Ein Teil der Flotte bleibt in höchster Alarmbereitschaft.«

Valdorian kehrte zu Emmerson zurück. »Wir beide machen einen kleinen Ausflug.«

Der neue NHD-Direktor von Kerberos verstand sofort. »Sie wollen zu der Station am Meeresgrund«, sagte er und konnte das Entsetzen nicht ganz aus seiner Stimme verbannen.

Wieder lächelte Valdorian jenes abscheuliche Lächeln, und er legte Edwald Emmerson den Arm um die Schultern. »Sie sind ein heller Kopf. Wir kommen bestimmt bestens miteinander zurecht.«

Munghar
Urirr-System

Vater Brrin

Ein Ende

Vater Brrin hätte gern einen anderen Zeitpunkt für seinen Tod gewählt, aber er begriff, dass er das Ende seiner physischen Existenz nicht länger hinauszögern konnte. Die kleinen Kehrer auf ihm spürten es ebenfalls, verharrten kurz für ein letztes Streicheln und krabbelten fort. Müde hob der alte Kantaki den Kopf, sah durch einen Schleier vor seinen multiplen Augen durch die große Höhle und stellte fest, dass die übrigen Zeitwächter, die meisten von ihnen jung, alle auf den Buckeln am Ende der schwarzen Dorne saßen, die aus den Kavernenwänden ragten und zum Kanal zeigten, der im Zentrum glühte. Und damit noch nicht genug. Hunderte von anderen Kantaki hatten sich auf Felsvorsprüngen und in den Öffnungen großer Tunnel eingefunden. Den Grund dafür verstand Vater Brrin sofort: Sie wollten bei ihm sein, wenn er seine letzte Reise begann, ihn mit ihren Emanationen begleiten. Er neigte den Kopf, sich der großen Ehre bewusst, die man ihm gewährte.

Und dann kam unerwarteter Schmerz, so heftig, dass er einen Teil von Vater Brrins Selbst verbrannte und ihn fast dem Nichts preisgab, ohne die Möglichkeit, sich im Transraum mit dem Geist zu vereinen, der einst Materie geworden war, um zu lernen und Erkenntnis zu sammeln. Es war ein vertrauter Schmerz, vertraut zumindest in seiner Qualität, nicht aber in dieser enormen, über alle früheren Erfahrungen hinausgehenden Intensität.

Die Temporalen riefen aus ihrem Kerker in der Vergangenheit, nicht mit einer Stimme, nicht mit dem vorsichtigen Flüstern eines Suggestors. Dies war der Schrei *aller* Verderbten, und er galt dem erwachenden Keim des Abissalen auf dem Planeten, den die Menschen Kerberos nannten.

Der Schleier vor Vater Brrins Augen verdichtete sich. Klickende Stimmen wehten durch die Höhle, aufgeregte, besorgte, sogar entsetzte Stimmen.

»Er erwacht! Der Dunkle erwacht!«

»Die Temporalen schicken sich an, das Null zu verlassen!«

»Wir müssen die Feyn benachrichtigen.«

Ein Kantaki-Schiff ist vernichtet worden!

Diese Stimme kam nicht von Munghar, sondern von Kantaki-Schiffen, nah und fern. Es war eine kollektive Stimme, zusammengefasst und ausgerichtet von Vater Arhr, der mit seinem Schiff durch den Transraum flog, begleitet von zwei anderen Schiffen. Das fünfte existierte nicht mehr, ebenso wenig wie seine Eignerin Mutter Yurrl – sie war gestorben, ohne sich mit dem Geist vereinen zu können. Ein sinnloser Tod, das schlimmste denkbare Schicksal für einen Kantaki.

Der Keim des Abissalen ist aktiv geworden und hat das Sonnensystem separiert, das die Menschen Hades nennen. Mutter Krsah ist zurückgeblieben, um für uns zu beobachten.

Der Schmerz ließ nach, und es gelang Vater Brrin, sein verletztes Selbst neu zu strukturieren und zu organisieren. Als er seine Aufmerksamkeit wieder nach außen richtete, bemerkte er zwei wesentliche Veränderungen. Die erste: Der Kanal im Zentrum der Höhle, die Säule aus hyperdimensionaler Energie, leuchtete heller als sonst – das sah er selbst durch den Schleier; und der Zapfen ganz oben, die Verbindung mit dem Transraum, war größer geworden. Die zweite: Vater Xsi, der wie Mutter Krsah zu den Großen Fünf zählte, hatte seine vorderen Gliedmaßen in den Pilz gebohrt, auf dem Vater Brrin saß, mit dem er *verwachsen* war. Damit stimulierte er den Pilz und veranlasste ihn zur Sekretion einer besonderen Substanz, die ihn von körperlichen Qualen befreite.

»Beim letzten Schritt soll ihn kein Schmerz begleiten«, klickte Vater Xsi.

»Dass ich ausgerechnet jetzt sterben muss, während einer solchen Krise ...«

»Jeder von uns muss dem Ruf folgen, wenn er erklingt, und *wann* er erklingt. Ist er bereit, Vater Brrin?«

Noch einmal sah sich Vater Brrin in der Höhle um, in der er so viele Zyklen verbracht hatte. Durch den Schleier vor seinen Augen sah er keine Einzelheiten mehr, aber er nahm die Emanationen der vielen anderen Kantaki wahr, geprägt von Respekt, Dankbarkeit, Ehrerbietung und Liebe. Niemand konnte sich einen besseren Abschied wünschen.

»Ich danke ihm, Vater Xsi«, klickte Vater Brrin. »Ich danke allen.«

Dann schloss der alte Zeitwächter seine multiplen Augen für immer, und sein Selbst löste die Verbindungen mit dem Physischen, schwebte zum Kanal, eskortiert vom Gesang der Kantaki. Die Säule nahm Vater Brrins Ich auf, trug es zum Zapfen, und von dort aus ...

Munghar glitt unter ihm fort, und die wohlige Dunkelheit des Transraums empfing ihn. Die Schwäche fiel von Vater Brrin ab, und Ruhe breitete sich in ihm aus, als er den Schatten entgegenflog, die durch diese Sphäre zwischen den Dimensionen glitten. Er hörte ein Flüstern, wie ein Gruß, der ihn willkommen hieß, das Wispern und Raunen der vielen anderen Kantaki, die über zahllose Großzyklen hinweg gestorben waren. Ihre Erinnerungen weilten hier, als Teil des Geistes, der einst Materie geworden war.

Vater Brrin ging glücklich in ihm auf.

Drei

TOTALITÄT

Kerberos
17. April 421 SN
09:26 Uhr

34

Verschmelzungen

Bruder Eklund hatte fast sein ganzes langes Leben auf Kerberos verbracht, aber so etwas sah er jetzt zum ersten Mal. Zahlreiche Raumschiffe zogen über den Himmel, doch sie stammten nicht von den Kantaki oder den Horgh. Es waren auch keine interplanetaren Passagierschiffe oder Frachter. Eklund beobachtete lang gestreckte graue Ovale, kleinere delta- und keilförmige Schiffe.

»Elisabeth?«, fragte er, den Kom-Servo vor dem Mund.

»Ich bin gerade gestartet«, antwortete die Ärztin. Diesmal erklang nur ihre Stimme; es gab keine pseudoreale Darstellung.

»Ich sehe Dutzende von Raumschiffen am Himmel, und viele von ihnen fliegen in Richtung Chiron.«

»Was?«

Es zischte und knisterte, und Eklund wollte seine Worte schon wiederholen, als Elisabeth sagte: »Ich sehe sie ebenfalls. Meine Güte!« Eine kurze Pause. »Ein Gefechtsshuttle nähert sich, und ich empfange Signale auf einer anderen Frequenz. Ich melde mich gleich wieder, Eklund.«

»Lass dir nicht zu viel Zeit«, erwiderte Eklund besorgt. »Wir brauchen deine Hilfe, dringend.«

Er ließ den Zylinder des Kommunikationsservos sinken, beobachtete eine Zeit lang die über den Himmel gleitenden Schiffe und senkte den Blick dann. Raimon lag im vorderen

Teil des Bootes, und Eklund sah deutlich, wie sich die Augen unter den geschlossenen Lidern bewegten. Manchmal zuckten Arme und Beine des Jungen.

»Raimon?« Eklund beugte sich vor und berührte den Jungen, doch dessen Augen öffneten sich nicht.

Der Strom in unmittelbarer Nähe des Flusses schien noch immer zu kochen, aber die Bäume am Ufer wogten nicht mehr hin und her, und die übrigen Bereiche des Acheron wirkten ruhiger. Mit trügerischer Trägheit trieben die Fluten auf die Nadelfelsen zu, die in der Flussmitte einen steinernen Wald bildeten. Die Strömung, so bemerkte Eklund jetzt, trug sie dem Rand dieses »Waldes« entgegen, hinter dem der Dunst des Großen Katarakts in der Luft hing. Wie viel Zeit blieb noch? Zwei, drei Minuten?

»Elisabeth?«

Die Ärztin antwortete nicht.

Wie schnell konnte ein Levitatorwagen fliegen?, fragte sich Eklund. Und wie sollten sie an Bord gelangen, wenn er rechtzeitig eintraf?

»Raimon«, sagte er hilflos, »du würdest uns beiden einen großen Gefallen tun, wenn du beschließen könntest, jetzt zu erwachen.«

Eklund horchte in den Äther der Kraft, mit der er heilte, und das Auge seines Geistes sah, dass Raimon sie so krümmte wie Gravitation die Raum-Zeit. Er war wie eine Delle in ihrer Struktur – alles neigte sich ihm entgegen. Das Elysium, so begriff Eklund, wurde immer mehr zu Raimons Universum. Diese Entwicklung hatte schon vor einer ganzen Weile begonnen, aber erst jetzt machten sich konkrete strukturelle Auswirkungen bemerkbar. Das Elysium veränderte sich und schien damit auf Veränderungen in Raimon zu reagieren. Die Verbindung zwischen dem Jungen und der Welt über der Welt wurde immer enger.

Das Brodeln des Flusses in der Nähe des Bootes ließ nach, aber die Strömung wurde schneller, als sich das linke Flussufer
 in eine grüne Wand verwandelte, ebenso wie das rechte. Der

Acheron verjüngte sich vor den Nadelfelsen und dem Katarakt, floss dadurch schneller, um nach dem Wasserfall, hundert Meter tiefer, wieder zu einem trägen Riesen zu werden.

Eklund bemühte sich, das Boot zu steuern, indem er die Hand ins Wasser hielt, auf der linken Seite. Er versuchte nicht, zum rechten Ufer zurückzukehren, das inzwischen viel zu weit entfernt war, trachtete stattdessen danach, die Felsen zu erreichen. Noch war das Boot aus leichter, aber fester Synthomasse nicht schnell genug, um Gefahr zu laufen, bei der Kollision mit einem der Felsen zu zerschellen. Eklund hoffte, sich irgendwo festhalten zu können und dadurch wertvolle Zeit zu gewinnen. Immer wieder blickte er flussabwärts, über den Dunst hinweg, der den Katarakt markierte, hielt nach einem Levitatorwagen Ausschau. Aber in jener Richtung blieb der Himmel leer.

Mit der freien Hand hob Eklund den Kom-Servo. Das Indikatorlicht zeigte, dass das kleine Gerät nach wie vor seine Identifikationssignale sendete, die dem Navigationsservo in Elisabeths Levitatorwagen als Wegweiser dienten. »Elisabeth, hörst du mich?«

»Ja«, erklang ihre Stimme. »Ja, ich ...«

Das Boot schwankte plötzlich, als es gegen einen Felsen dicht unter der Wasseroberfläche stieß, und Eklund kippte zur Seite. Die linke Hand hing als improvisiertes Ruder im Wasser, und aus einem Reflex heraus versuchte er, sich mit der rechten festzuhalten.

Der Kommunikationsservo fiel in den Acheron.

Eklund wäre dem Gerät fast gefolgt bei dem Versuch, es festzuhalten. Das Boot schwankte noch stärker als vorher, aber glücklicherweise kenterte es nicht.

»Hoffentlich kannst du mich jetzt noch finden, Elisabeth«, sagte Eklund.

Mit einem leisen Zischen strömte das Wasser des Acheron an den ersten Nadelfelsen vorbei, und dieses Geräusch vereinte sich mit dem fernen Donnern des Katarakts. Eklund streckte erneut die linke Hand ins Wasser und versuchte, das

Boot zu lenken, was jedoch kaum funktionierte, da es mit der Strömung trieb und praktisch kein eigenes, vom Wasser unabhängiges Bewegungsmoment hatte.

Weltseele, dachte Eklund, *bitte, lass mich jetzt nicht im Stich. Du hast mich mit einer Mission beauftragt, und ich möchte sie zu Ende bringen.*

Aus diesem Gedanken ging eine Erkenntnis hervor: Ja, er hatte eine Mission, daran zweifelte er längst nicht mehr, und es gab ein Ziel für ihn: Er musste den Jungen zum Mandala bringen. Dort erwartete ihn seine Bestimmung, woraus auch immer sie bestehen mochte.

Zwischen zwei der peripheren Felsen geriet das Boot in einen Strudel, drehte sich langsam und kam dadurch einer der beiden Steinnadeln näher. Sie war völlig glatt, bot den Händen des Alten keinen Halt, aber Eklund nutzte die Gelegenheit, sich abzustoßen, wodurch das Boot dem anderen Felsen entgegenglitt, der wie geborsten aussah – irgendwann einmal schien schweres Treibgut mit ihm kollidiert zu sein. Das Boot verließ den Strudel, stieß an die rechte Seite des Felsens und geriet wieder in die Strömung, aber Eklund bekam einen Vorsprung zu fassen. Er griff mit beiden Händen zu und spreizte gleichzeitig die Beine, presste sie gegen die Innenseiten des schmalen Bootes, das neben der Felsnadel verharrte.

Das Zerren an den Armen war erst nur ein wenig unangenehm, doch schon bald fiel es Eklund immer schwerer, sich an dem Felsen festzuhalten, denn die Strömung zog mit geduldiger Beharrlichkeit an dem Boot. Hinzu kam die verdrehte Haltung, die einen vergessenen Gegner auf den Plan rief: Aus dem anfänglichen Stechen in Eklunds Rücken wurde innerhalb weniger Sekunden heißer Schmerz.

Er schnitt eine Grimasse und musste sich eingestehen, dass er nicht in der Lage sein würde, sich länger als eine halbe, höchstens eine Minute festzuhalten. Anschließend ging die Reise zum Katarakt weiter, eine weitere Minute, vielleicht etwas mehr. Und dann …

Lass mich nicht scheitern, dachte Eklund.

Erneut blickte er in Richtung der Gischtwolke beim großen Wasser, dessen Donnern wie das Grollen eines fernen Gewitters klang, und diesmal glaubte er, im wogenden Weiß einen dunklen Punkt zu erkennen. Neue Hoffnung erwachte in ihm. Nein, er hatte sich nicht getäuscht: Es war tatsächlich ein Levitatorwagen, der in einer Höhe von einigen Dutzend Metern über dem Acheron flog und sich schnell näherte.

Eklund war plötzlich sicher, dass Elisabeth an den Kontrollen saß. »Ich danke dir, Weltseele«, sagte er leise. »Ich danke dir, dass du sie zu mir geführt hast.«

Mit summendem Levitator verharrte der Wagen über dem Felsen, und die Tür klappte auf. Elisabeth sah nach unten. »Wie konntest du nur in eine *solche* Lage geraten?«

»Ich erzähle es dir, sobald du uns aufgenommen hast«, erwiderte Eklund, und genau das war das Problem: Wie sollten sie an Bord gelangen? Er fühlte sich nicht kräftig genug, um Raimon hochzuheben, und wenn er den Felsen losließ, wurde das Boot sofort von der Strömung fortgetragen.

Elisabeths Kopf verschwand kurz und kehrte dann zurück. »Ich habe leider nur einen«, sagte sie und hielt einen Levitatorgürtel in der ausgestreckten Hand. »Fang auf.«

»Dazu muss ich loslassen.«

»Ich weiß. Aber ich sehe keine andere Möglichkeit.«

»Ich auch nicht.« Eklund holte tief Luft. »Also gut. Lass den Gürtel fallen, wenn ich loslasse. *Jetzt!*«

Er wandte sich vom Felsen ab und fing den Levitatorgürtel auf, als das Boot vom Felsen fortglitt. Damit, so wusste er, hatte der Countdown begonnen. Er versuchte, dem heftigen Rückenschmerz keine Beachtung zu schenken, kroch nach vorn, legte Raimon den Gürtel an, aktivierte ihn und wählte eine der niedrigsten Justierungen. Langsam stieg der Junge von seinem Lager aus Zweigen und Blättern auf. Oben wartete Elisabeth in der offenen Tür des Levitatorwagens, dessen Navigationsservo sie offenbar angewiesen hatte, dem Boot zu folgen. Sie war mit einem flexiblen Sicherheitsharnisch verbunden, beugte sich vor, griff nach dem Arm des nackten Jungen und zog ihn ins Innere des Wagens.

Eklund blickte zur Gischtwolke, die größer geworden war, hörte das lautere Donnern des Katarakts. Wie viel Zeit blieb noch? Dreißig Sekunden? Weniger?

»Jetzt du!«, rief Elisabeth von oben. Sie hatte den Levitatorgürtel von Raimon gelöst und hielt ihn in der Hand.

Eklund bereitete sich darauf vor, den Gürtel zu fangen. Die Strömung wurde schneller, das Wasser immer unruhiger. Die Wellen trugen weiße Kronen, und das Boot begann mit einem rasch lebhafter werdenden Tanz.

Elisabeth ließ den Gürtel fallen.

Das Boot kippte zur Seite, als es erneut über einen Felsen hinwegknirschte, der bis knapp unter die Wasseroberfläche reichte. Eklunds linke Hand tastete nach dem Rand des Bootes, um sich festzuhalten, und die rechte streckte sich dem Levitatorgürtel entgegen ...

Die Finger berührten ihn, bekamen ihn aber nicht zu fassen. Der Levitatorgürtel fiel ins Wasser.

Das Donnern des Katarakts war plötzlich wie eine Stimme, die Eklund verhöhnte.

Noch zwanzig Sekunden?

Der Levitatorwagen sank tiefer, und einmal mehr erschien Elisabeth in der offenen Tür. »Greif nach dem Rand, und zieh dich hoch!«

Eklund versuchte sich aufzurichten, aber inzwischen tanzte das Boot so sehr auf den Wellen, dass er das Gleichgewicht zu verlieren drohte, wenn er stand. Hinzu kam der Schmerz im Rücken, der ihn zu lähmen drohte, wenn er eine falsche Bewegung machte. Der Wind trug ihm erste Gischt vom Katarakt entgegen, dessen Donnern mit jeder verstreichenden Sekunde lauter wurde. Sollte dies das Ende sein? Hatten fast hundert Lebensjahre auf diesen Moment zugesteuert, auf einen von unglücklichen Umständen verursachten Tod? Und seine Mission? Ließ ihn die Weltseele hier und jetzt im Stich? Welchen *Sinn* hatte das alles?

Er sah die Kante des Wasserfalls, hörte die Stimme des Acheron, dessen Fluten in die Tiefe stürzten, um hundert Meter weiter unten einen Strom zu bilden, der immer mehr in die Breite wuchs und bei Chiron ein ausgedehntes Delta bildete. Nur noch dreißig Meter trennten ihn vom Katarakt. Zwanzig ...

Zwei Arme streckten sich aus der offenen Tür des Levitatorwagens und wurden unmöglich lang, als sie nach Eklund tasteten. Es waren nicht Elisabeths Arme. Die Ärztin riss verblüfft die Augen auf und wich beiseite, machte Raimon Platz, der sich vorbeugte und mit Armen, die inzwischen auf eine Länge von fast drei Metern gewachsen waren, nach Eklund griff, ihn sanft und mühelos aus dem Boot hob, das genau in diesem Moment die Kante erreichte, kippte und fiel, in den brodelnden Wassermassen des Katarakts verschwand.

Einige Sekunden später fand sich Eklund im Levitatorwagen wieder und blickte in Raimons Gesicht, das sich verändert hatte. Es war nicht mehr das Gesicht eines zwölfjährigen Jungen, eines Kindes. *Dieses* Gesicht wirkte viel reifer und hatte eine sonderbare ... Tiefe.

»Ich bin ich«, sagte Raimon, und diesmal huschten nicht die Schatten anderer Gesichter durch seine Miene. »Ich bin wir. Ich bin tausend. Ich bin eins. *Sie* wartet auf mich.«

»Wer ist er?«, fragte Elisabeth, als der Levitatorwagen dicht über den Baumwipfeln des Kontinentalwaldes dahinglitt.

Eklund, müde und erleichtert, antwortete nicht sofort und überlegte. Was konnte eine überzeugte Atheistin mit Hinweisen auf einen heiligen Auftrag anfangen? Und außerdem wusste er gar nicht, wer oder was Raimon war.

»Ich weiß es nicht«, sagte er schließlich. »Aber mir ist klar, dass ich ihn schützen und zum Mandala bringen muss. Ich ... habe es im Elysium gesehen«, fügte er hinzu, was nur ein Teil der Wahrheit war.

Elisabeth drehte den Kopf und sah kurz nach hinten. Raimon, der andere, neue Raimon, saß im Fond und blickte aus dem Fenster. Seit jenen Worten unmittelbar nach Eklunds Rettung schwieg er und schien auch nicht auf ihre Gespräche zu achten.

»Und warum?«, fragte sie. »Warum sollst du ihn zum Mandala bringen? Was passiert, wenn er dort ist?«

»Das Mandala bietet ihm einen besonderen Zugang zum Elysium. Ich glaube, es gibt ihm die Möglichkeit, die Frau ohne Gesicht zu erreichen.«

»Die Frau ohne Gesicht?«

»Ich weiß nicht, wie ich es jemandem erklären soll, der nie die Welt über der Welt gesehen hat. Dort wartet jemand auf Raimon, seit langer, langer Zeit, eine Person, die wir beide als Frau ohne Gesicht gesehen haben. Das Mandala kann ihn zu ihr bringen.«

»Und wenn er sie erreicht?«, fragte Elisabeth, und in ihrer Stimme hörte Eklund die Skeptikerin. »Was dann?«

»Ich weiß nicht, was dann geschieht«, sagte er ehrlich. »Ich weiß nur, dass es sehr wichtig ist. Nicht nur für Raimon, sondern für uns alle.«

»Und *woher* weißt du das?« Elisabeth sah kurz zur Seite. »Von deiner Weltseele?«

»Bitte, glaub mir, Elisabeth«, sagte Eklund sanft und ernst. »Bitte, vertrau mir und bring uns zur Zitadelle.«

Elisabeth sah auf die Kontrollen, blickte dann nach draußen. »Die sonderbaren Ereignisse der vergangenen Nacht. Jetzt die fremden Schiffe ... Und Raimon.« Sie sagte es so, als gäbe es einen Zusammenhang, den man erkennen konnte, wenn man alles aus der richtigen Perspektive betrachtete. »Seine Arme ... So schnelle Strukturveränderungen bei Gewebe und Knochen kenne ich nur von Adlaten.«

»Sein Repertoire ist noch viel größer.« Eklund erzählte von den Geschehnissen im Kontinentalwald, von Raimons zweimaliger Verwandlung in ein Flugwesen. »Im Boot konnte er mir nicht helfen, weil er erschöpft war. Und er erwähnte etwas, das ihn festhielt.«

 Weiter vorn dehnte sich das im Licht der untergehenden

Sonne glitzernde Band des Acheron und bildete ein Delta. Die ersten Ausläufer von Chiron gerieten in Sicht. Über der Stadt patrouillierten Gefechtsshuttles und deltaförmige Schiffe; aus der Ferne betrachtet wirkten sie wie metallene Insekten. Und aus dem Glühen der Sonne, die bestrebt zu sein schien, sich mit dem Silber des Riffmeers zu vereinen, näherte sich ein Shuttle.

»Nicht schon wieder«, stöhnte Elisabeth.

Eklund sah sie fragend an. »Ein solcher Shuttle hielt mich auf, als ich zu euch unterwegs war. Er wollte mich zur Landung zwingen – fast der ganze Flugverkehr über Chiron ist verboten. Ich habe immer einen Medo-Identer an Bord des Levitatorwagens, und mit seinen Signalen konnte ich den Piloten davon überzeugen, dass es sich um einen medizinischen Notfall handelte. Ich durfte den Flug fortsetzen.«

»Zum Glück für uns.«

»An nicht identifizierten Levitatorwagen«, klang es aus dem Lautsprecher des Kommunikationsservos. »Im Bereich von Chiron sind alle privaten Flüge verboten. Nennen Sie Ihre Autorisierung.«

Der Gefechtsshuttle kam schnell näher, passte seine Geschwindigkeit Elisabeths Wagen an und schwebte neben ihm. Eklund blickte an der Ärztin vorbei und durchs Fenster, sah im Cockpit die Silhouette des Piloten.

Elisabeth berührte ein Schaltelement. »Eines Ihrer Shuttles hat mich vor kurzer Zeit kontrolliert, als ich zum Kontinentalwald geflogen bin«, sagte sie. »Ich bin Ärztin, und es handelt sich um einen medizinischen Notfall. Ich habe zwei Patienten an Bord.« Sie zögerte kurz und fügte hinzu: »Ich bringe sie zu den Heilern der Zitadelle. Mein Medo-Identer ist aktiviert und überträgt meine Identifizierungssignale.« Elisabeths Finger berührten ein weiteres Schaltelement.

Eine kurze Pause.

»Signale sind empfangen und bestätigt«, tönte es dann aus dem Lautsprecher des Kom-Servos. »Ich eskortiere Sie zur Zitadelle.«

Elisabeth sah aus dem Fenster und nickte dem Piloten zu. »In Ordnung. Danke.«

Der Gefechtsshuttle stieg höher, flog vor und über dem Levitatorwagen.

»Was haben die fremden Schiffe zu bedeuten?«, fragte Eklund.

»Dort draußen im All herrscht Krieg, falls du das vergessen haben solltest«, sagte Elisabeth ernst. »Ich schätze, er hat uns jetzt erreicht.« Sie sah kurz nach hinten, zu Raimon, der noch immer schwieg und aus dem Fenster starrte. »Ist er es gewesen?«, fragte sie leise. »Du weißt schon, die beiden Todesfälle in der Zitadelle.«

»Ich bin mir nicht sicher«, sagte Eklund, und das war gelogen. Inzwischen *war* er sich sicher, dass Raimon sowohl Xalon als auch den Hirten umgebracht hatte, warum auch immer. Seine Fähigkeit, die Struktur des Körpers nach Belieben zu verändern, die sonderbaren Umstände, unter denen die beiden Mitglieder der Aufgeklärten Gemeinschaft ums Leben gekommen waren ... Es gab keine andere Erklärung als die, dass Raimon der Mörder war. Aber tief in seinem Innern wusste Eklund auch, dass Raimon nicht aus eigenem Antrieb getötet hatte. Er war ein Werkzeug gewesen, von etwas, das in ihm selbst steckte. Von etwas, das er jetzt überwunden hatte, wie es schien.

»Warum habe ich das Gefühl, dass du nicht ganz ehrlich zu mir bist?«, fragte Elisabeth.

»Hab Vertrauen«, sagte Eklund noch einmal. »Ich weiß nur eines: Beim Mandala erwarten uns Antworten. Wie wär's, wenn du uns begleitest?«

Elisabeth schüttelte den Kopf. »Unmöglich. In einer Stunde erwartet man mich wieder im Hospital. Aufgrund der vielen Unfälle gestern Nacht haben wir viel mehr Patienten als sonst.«

Der letzte Rest der Sonne Hades, ihr dünner oberer Rand, verschwand hinter dem Horizont. An den braungrauen Felswänden des Pelion-Massivs leuchteten erste Chemolampen.

In einer Höhe von etwa fünfhundert Metern landete der Levitatorwagen auf einem besonders großen und breiten Vorsprung. Der Gefechtsshuttle verharrte neben der Felswand und wartete.

Eklund und Raimon stiegen aus.

»Pass gut auf dich auf, Eklund«, sagte die Ärztin. »Und auf ihn.«

»Versprochen.« Eklund winkte, als der Levitatorwagen wieder aufstieg und in Richtung Stadt flog, gefolgt von dem Shuttle. Ein seltsames Gefühl regte sich in ihm – eine innere Stimme, ein leises Flüstern am Rand seines Bewusstseins, schien ihm mitzuteilen, dass er sich gerade für immer von Elisabeth verabschiedet hatte.

Er drehte sich um und sah zwei recht junge Mitglieder der Aufgeklärten Gemeinschaft vor einer Tunnelöffnung im Fels. Sie starrten ihn groß an, erkannten sowohl ihn als auch Raimon, drehten sich grußlos um und verschwanden im Innern der Zitadelle.

»Man kündigt uns an«, sagte Eklund und ergriff die Hand des Jungen. »Komm, Raimon. Das Mandala wartet auf uns.«

Ein Tunnel der Zitadelle nahm sie auf, und es dauerte nicht lange, bis ihnen im Halbdunkel flüsternde Stimmen entgegenwehten.

»Der Mörder«, raunte und wisperte es. »Der Mörder ist zurück.«

Kerberos
17. April 421 SN
09:27 Uhr

35 Erlöschende Lichter

Das Gebäude bestand aus Synthomasse und Stahlkeramik, doch mit seinen vielen Säulen und Verzierungen beschwor es eine ferne Vergangenheit herauf. Lukert Turannen hatte so etwas immer für einen dynastischen Stil gehalten – vor dem Zeitkrieg waren die planetaren Dynasten der Ersten und Zweiten Dynastie bestrebt gewesen, ihre Macht durch solche Prachtbauten zur Schau zu stellen. Doch das Gebäude des Urbanen Symposions von Chiron war nicht fast zweitausend Jahre alt, sondern nur etwa siebzig. Turannen fand, dass es auf Anmaßung und Arroganz hinwies. Es stieß ihn ebenso ab wie bestimmte Räume in Valdorians Villa, aber darauf kam es derzeit nicht an. Zusammen mit Jonathan betrat er das Präsidialbüro und schloss die Tür, bevor der Schwarm aus Bediensteten und städtischen Würdenträgern ihnen folgen konnte.

Am Schreibtisch summte ein Datenservo in Bereitschaft und erinnerte Turannen an eine wichtige Nachricht, die er übermitteln wollte.

»Er ist verrückt«, sagte er.

»Wen meinen Sie?«

»Wen wohl? Valdorian. Er hat ein Schiff der Kantaki zerstört. Der Kantaki! Ist das zu fassen? Und was hat es mit der Separation des Hades-Systems auf sich? Wissen Sie darüber Bescheid?«

Jonathan schüttelte den Kopf. Der unscheinbare Mann wirkte irgendwie niedergedrückt.

»Da fällt mir ein … Wo sind Enbert Dokkar und Benjamin Valdorian?«

»An Bord des Flaggschiffs. In einem zum Arrestbereich umfunktionierten Quartier, streng bewacht.«

Zumindest das war eine Erleichterung für Turannen. »Wie hat es Valdorian geschafft, hundert Jahre jünger zu werden? Was ist überhaupt *los* mit ihm?«

»Ich weiß es selbst nicht genau. Die Temporalen …«

»Hat er sich wirklich mit den Temporalen eingelassen?«

»Ich fürchte, ja.«

»Das klingt nicht sehr glücklich.«

»Nein. Er hat falsche Entscheidungen getroffen. Der Krieg gegen die Allianz – und jetzt die Temporalen.« Kummer lag in diesen Worten.

Turannen zögerte kurz, bevor er eine wichtige Frage stellte. »Können wir ihn irgendwie aufhalten?«

»Ich bin ihm verpflichtet«, sagte Jonathan.

»Bitte vergleichen Sie die Bedeutung Ihrer persönlichen Loyalität mit der eines eventuellen zweiten Zeitkriegs.«

»Glauben Sie etwa, ich hätte nicht längst daran gedacht? Der Gedanke daran hat sich in meinem Gehirn regelrecht festgefressen.«

»Haben Sie seine Augen gesehen und ihn gehört, als er mit Emmerson sprach? Valdorian ist wahnsinnig.«

»Die Soldaten unterstehen seinem Befehl«, sagte Jonathan. »Es gibt keine Möglichkeit für uns, sie gegen ihn einzusetzen.«

Womit wir beim Punkt wären, dachte Turannen und trat hinter den Schreibtisch. »Die Soldaten nicht, aber vielleicht jemand anders. Jonathan, bitte richten Sie den Mitgliedern des Symposions aus, dass sie sich versammeln sollen. Ich werde gleich zu ihnen sprechen und die neue Situation erklären.«

»Sie fügen sich?«

Turannen fragte sich, wie weit er gehen durfte. Jonathan fühlte sich Valdorian verpflichtet, aus welchen Gründen auch immer, und der Versuch, dieses dünner gewordene Band der Loyalität zu zerreißen, konnte dazu führen, dass Jonathan nicht etwa von Valdorian Abstand nahm, sondern sich wieder ganz auf seine Seite stellte.

»Wenn es um die Temporalen geht, haben wir eine Verantwortung der ganzen Menschheit gegenüber. Nein, ich füge mich nicht. Ich werde nach Möglichkeiten suchen, Valdorians Pläne zu durchkreuzen. Und ich erwarte, dass Sie mir dabei helfen. Die Zeitflotte darf nicht in unsere Epoche zurückkehren.«

»Ja«, sagte Jonathan leise. »Ja, ich weiß.« Damit verließ er das Präsidialbüro. Ein Bediensteter sah zur Tür herein, aber Turannen schickte ihn mit einer knappen Geste fort. Als er ganz allein war, holte er tief Luft, ließ den Atem dann langsam entweichen.

Nicht ein einziges Mal hatte Valdorian den Metamorph erwähnt. Darin sah Turannen eine große Chance.

»Datenservo.«

»Bereitschaft.«

»Eine Mitteilung für Lutor, Sonderbeauftragter des NHD-Globaldirektors.« Turannen zögerte. Von hier aus hatte er keine Möglichkeit, die Nachricht mit einem NHD-Schlüssel zu chiffrieren, und die Zeit drängte. »Klartext: Ziel lokalisieren und weitere Anweisungen abwarten. Keine Neutralisierung des Ziels. Erwarte Bericht. Ende der Mitteilung.«

»Bestätigung.«

Turannen verließ das Präsidialbüro, um als Valdorians Koordinator zum Urbanen Symposion zu sprechen und die neuen Machtverhältnisse auf Kerberos zu erklären.

In seiner Suite im Hotel Caravel starrte Lutor ins pseudoreale Darstellungsfeld und las Lukert Turannens Nachricht zum zweiten Mal. Erstaunlicherweise berührte sie nichts in ihm, obwohl Vertrag und Ehrenkodex der Kordun ihn verpflichteten, allen Anweisungen des Globaldirektors nachzukommen.

Er wusste, dass er nur knapp mit dem Leben davongekommen war. Wenn er etwas länger in jener anderen Welt verweilt hätte, wäre er jetzt tot, besiegt von einem Gegner, der erst gar kein Gesicht gehabt hatte und dann tausend. Wie war es überhaupt möglich, in einer Anderswelt tatsächlich in Lebensgefahr zu geraten? Und wie konnte der Metamorph Teil einer Welt werden, die nur in Form eines komplexen Programms existierte?

Aber jene Ruinen ... Eine solche Szene gab es nicht in dem Anderswelten-Programm, das Lutor benutzt hatte. Die Reste der Stadt gehörten nicht in die Sphäre des Herrn der Schattenwelt.

Bei allen seinen früheren Aufträgen und Konfrontationen hatte Lutor immer den Sieg errungen, und das galt auch für seine Ausflüge in Anderswelten. Hier Lutor, dort Kordun, und zusammen Lutor Kordun, ein geborener Kämpfer. Niederlage kam für ihn nicht infrage.

Wo war der Metamorph?

In der vergangenen Nacht hatte er zwei Sekuritos getötet und war mit Bruder Eklund in Richtung Kontinentalwald geflogen.

Bruder Eklund ...

Lutor lächelte, als er sich erinnerte. Er brauchte seine KI-Späher nicht, um eine Spur des Metamorphs zu finden. Die notwendigen Vorbereitungen nahmen nicht mehr als zehn Minuten in Anspruch, und dann machte sich Lutor auf den Weg.

Elisabeth fragte sich, nicht zum ersten Mal, warum sie immer noch auf Kerberos lebte und arbeitete. Die medizinischen Einrichtungen waren miserabel, wenn man sie mit denen anderer, älterer Welten verglich. Das Urbane Symposion war korrupt, der Autokrat mehr an seinen Drogengeschäften interessiert als an der Entwicklung des planetaren Gemeinwesens. Nach wie vor fand eine praktisch unkontrollierte Einwanderung statt, die zusätzliche Probleme schuf, weil die ohnehin knappen Ressourcen noch stärker beansprucht wurden. Wie seltsam, fand Elisabeth. Hatte sich noch immer nicht herumgesprochen, dass die vielen Drogen von Kerberos *falsches* Glück brachten, dass sich ihr scheinbares Paradies schnell in eine Hölle verwandeln konnte? Während der letzten Jahre war es nicht besser geworden, sondern schlimmer, und diese bittere Erkenntnis führte bei Elisabeth zu immer mehr Hoffnungslosigkeit. Der einzige Lichtblick waren die Heiler, Menschen wie Eklund, die Schmerzen linderten und halfen, wo sie helfen konnten.

Aber jetzt war der Krieg nach Kerberos gekommen.

Daran dachte Elisabeth, als sie durch den Salon ihrer Wohnung im fünfzehnten Stock ging, ans Fenster herantrat und über die Stadt blickte. Die Sonne ging unter, und bald begann eine weitere Nacht, die sicher wieder viel Arbeit brachte. Den Verletzten, die nach den zahlreichen Unfällen während der vergangenen Nacht noch immer in den Krankenhäusern und Hospitälern behandelt wurden, gesellten sich Patienten hinzu, die am Syndrom litten, das sich früher als erwartet auszubreiten begann, noch dazu mit einer weitaus stärkeren Virulenz als beim letzten Mal. Wie viele warnende Berichte hatte sie dem Symposion übermittelt, wie oft präventive Maßnahmen vorgeschlagen?

Zwar hatte Elisabeth geschlafen, bevor sie mit dem Levitatorwagen aufgebrochen war, aber trotzdem lastete Müdigkeit schwer auf ihr. »Du bist ausgebrannt«, sagte sie leise. Sie hatte gehofft, einen Unterschied zu bewirken, etwas ausrichten zu können, doch diese Vorstellung erwies sich immer mehr als ebenso illusionär wie das Drogenglück, das so viele nach Kerberos lockte. In gewisser Weise beneidete sie Eklund. Er glaubte an etwas, an eine bestimmende Kraft in seinem Leben, und Raimons Präsenz schien ihn in diesem Glauben zu bekräftigen. Raimon ... Dünne Falten bildeten sich auf ihrer Stirn, als sie an den Jungen dachte, der kein

Junge war, auch kein Mensch, zumindest kein gewöhnlicher. Eklund hatte ihr nichts vormachen können. Inzwischen zweifelte er nicht mehr daran, dass Raimon Xalon und Conrad getötet hatte. Aber er half ihm trotzdem, schützte ihn und ließ sich von ihm schützen, wie die Ereignisse im Kontinentalwald zeigten. Welche sonderbare Beziehung war zwischen dem Greis und dem Jungen entstanden? Welche Gründe gab es, dass sie jetzt einen gemeinsamen Weg gingen, trotz allem, was geschehen war?

Draußen wurde es schnell dunkel, und in der Stadt gingen die Lichter an, was Chiron ein täuschend normales Erscheinungsbild gab. Man konnte sich vorstellen, dass die Lichter am *Himmel* nicht von patrouillierenden Kampfschiffen stammten, sondern von Levitatorwagen in hohen Flugkorridoren.

Die Lichter am Himmel ...

Elisabeth blinzelte. Inzwischen war die Sonne untergegangen, und die Dunkelheit kam schnell. Einer der beiden Monde von Kerberos glühte am Firmament, *aber es leuchteten keine Sterne.*

Elisabeth blinzelte noch einmal, aber das brachte die Sterne nicht zurück. Sie blieben verschwunden, und das war einfach ... absurd. Sie versteckten sich nicht hinter Wolken, darauf wies das Licht des Mondes deutlich hin. *Sie waren einfach nicht mehr da.*

Etwas knisterte hinter ihr, und ganz automatisch drehte Elisabeth den Kopf. Sie hatte es beim Betreten ihrer Wohnung versäumt, die Ambientalservi zu aktivieren: Die Dunkelheit der Nacht war in die Zimmer gekrochen, ohne dass die Lampen auf Elisabeths Präsenz reagierten und die vorprogrammierte Helligkeit gewährleisteten.

Die Ärztin konnte nicht auf die Kraft zurückgreifen, die den Heilern der Aufgeklärten Gemeinschaft zur Verfügung stand, und ihr blieb auch das Elysium verwehrt, aber trotzdem wusste sie mit jeden Zweifel ausschließender Gewissheit, dass sie nicht mehr allein in ihrer Wohnung war.

»Wer ist da?«, fragte sie, und hörte das Zittern in ihrer Stimme. Plötzlich fühlte sie sich sehr verwundbar. Der Kommunikationsservo befand sich im anderen Zimmer, ebenso deaktiviert wie die Ambientalservi.

Ein Schatten löste sich aus den Schatten, gewann Substanz und Gestalt. Ein Mann mit aschblondem Haar, gerader Nase und einem dünnlippigen Mund. Er trug eine Lederjacke; deren leises Knarren hatte Elisabeth gehört. Als er näher kam, sah sie die stechenden, durchdringend blickenden Augen, und begriff, mit wem sie es zu tun hatte.

Lutor.

»Wie sind Sie hereingekommen?«, fragte sie und versuchte, ihre Stimme scharf klingen zu lassen. »Was machen Sie hier?«

Der Mann blieb dicht vor ihr stehen, und Elisabeth musste sich zwingen, nicht zurückzuweichen. Das Licht des Mondes schien sich in seinen Augen zu sammeln, und daraufhin erweckten sie den Eindruck, regelrecht zu brennen.

»Wo sind sie?«, fragte Lutor. Seine Stimme ließ Elisabeth trotz der Wärme frösteln.

»Bitte verlassen Sie meine Wohnung.«

Lutor rührte sich nicht von der Stelle. »Ich will wissen, wo sie sind.«

Zorn schob einen Teil von Elisabeths Furcht beiseite. »Wenn Sie nicht sofort gehen, verständige ich die Sekuritos.«

»Sie sind mit Eklund befreundet«, sagte Lutor. »Sie sprechen oft miteinander. Ich möchte von Ihnen wissen, wo er und Raimon sind.«

»Ich weiß nicht, wovon Sie reden«, erwiderte Elisabeth, trat an Lutor vorbei und wollte zum Kommunikationsservo im Nebenzimmer gehen, um tatsächlich die Sekuritos zu verständigen.

»Sie werden mir Auskunft geben.«

Ein seltsamer Unterton in seiner Stimme veranlasste Elisabeth, stehen zu bleiben und sich umzudrehen. Vor dem

Fenster war Lutor etwas weniger als ein Mensch und etwas mehr als ein Schatten, eine bedrohliche Silhouette.

»Wissen Sie, was das hier ist?« Er löste etwas von seinem Gürtel, das nach einem Bündel aussah.

Elisabeth schüttelte stumm den Kopf.

»Sie werden es gleich erfahren.« Lutor warf das Bündel, und es verwandelte sich in eine Wolke, von der ein insektenartiges Summen ausging. Bevor Elisabeth reagieren konnte, kam die Wolke heran, umhüllte sie und schien sich dabei aufzulösen. Sie spürte ein kurzes Brennen, dann ein Prickeln, das schnell nachließ.

»Wie fühlen Sie sich?« Lutor setzte sich wieder in Bewegung, kam langsam näher, in der rechten Hand ein Gerät, das an einen mobilen Kom-Servo erinnerte. »Es hat kurz gebrannt, nicht wahr? Und dann kam ein Prickeln. Nun, wie gefällt Ihnen dies?«

Er richtete den kleinen Zylinder auf Elisabeth.

Ihr Magen schien plötzlich mit glutflüssigem Metall gefüllt zu sein. Der Schmerz war so intensiv, dass ihr gar nicht genug Kraft blieb, um zu schreien. Sie schnappte nach Luft, sank auf die Knie und schlang die Arme um den Unterleib.

So schnell wie sie gekommen war, ließ die Qual wieder nach. Elisabeth atmete schwer, fühlte am ganzen Körper die Nässe von Schweiß und sah zu Lutor auf.

Er stand etwa zwei Meter entfernt, einen ruhigen Blick auf sie gerichtet. Der Zylinder in seiner rechten Hand zeigte noch immer auf sie.

»In Ihrem Körper befinden sich hundert Millionen Mikronauten, darauf programmiert, bestimmte Nerven zu stimulieren, abhängig von den Signalen, die sie empfangen.« Lutor hob kurz den kleinen Zylinder. »Es ist erstaunlich, was Schmerz anrichten kann, nicht wahr? Als Ärztin haben Sie sicher eine gute Vorstellung davon.«

Elisabeth begriff, dass sie diesem Mann ausgeliefert war. Für ein oder zwei Sekunden glaubte sie, an der eigenen Hilflosigkeit zu ersticken.

»Wo sind sie? Wo sind Eklund und Raimon?«

»Bitte ...«

Lutor hob und senkte das Gerät, mit dem er den Mikronauten Befehlssignale senden konnte. »Glauben Sie mir: Was Sie vorhin gespürt haben, war nichts im Vergleich mit den Qualen, die ich Ihnen bescheren könnte. Früher oder später sagen Sie mir ohnehin, was ich von Ihnen wissen will.«

»In der Zitadelle«, sagte Elisabeth leise. Der eine Teil von ihr hasste den anderen, den feigen, aber beide kamen überein, dass Lutor Recht hatte. Es war wirklich sinnlos, Widerstand zu leisten. »Ich habe sie selbst zur Zitadelle gebracht, etwa vor einer halben Stunde.«

Lutor trat auf sie zu, nahm ihren Arm und zog sie hoch. Elisabeth stand mit zitternden Knien da und blickte in Augen, die ihr jetzt wie pechschwarze Schlote erschienen, zwei Schächte in eine dunkle Seele, die von eisiger Kälte erfüllt war.

Ein Schalter klickte an dem Zylinder, und das Prickeln und Brennen wiederholte sich, als der Mikronautenschwarm Elisabeths Körper verließ und zu einem Bündel wurde, das Lutor an seinem Gürtel befestigte.

»Ich nehme an, dass Sie mir die Wahrheit gesagt haben. Wenn nicht, sehen wir uns bald wieder.« Er ging zur Tür und öffnete sie, obwohl sich Elisabeth genau daran erinnerte, sie gesichert zu haben. Im Flur blieb Lutor noch einmal kurz stehen und richtete einen letzten stechenden Blick auf Elisabeth. »Aber vielleicht kehre ich ohnehin zurück«, sagte er, bevor er die Tür schloss.

Kerberos
17. April 421 SN
09:40 Uhr

36

Desiderat

Dieses Tauchboot war eine Art maritimer Shuttle, vor allem dazu bestimmt, Versorgungsgüter von der künstlichen Insel des Autokraten zur Station in dreitausend Meter Tiefe auf den Meeresgrund zu bringen. Spezielle Daten- und Navigationsservi ermöglichten vollautomatische Fahrten durch das Riffmeer, ohne die Dienste eines Piloten in Anspruch nehmen zu müssen. Valdorian hatte an den Kontrollen Platz genommen, doch seine Hände blieben ihnen fern. Neben ihm saß Edwald Emmerson auf dem Platz des Kopiloten, und hinter ihnen standen drei Soldaten auf der einen Seite des ersten Frachtabteils. Ihnen gegenüber, auf einem aus der Wand geklappten Sitz, saß ein mittelgroßer Mann, der zum Mitarbeiterstab des Autokraten zählte und ihnen das Boot beschafft hatte.

Valdorian blickte hinaus ins dunkle Meer, während das Tauchboot erst übers Riff hinweg und dann in die Tiefe glitt. Er fühlte sich ... seltsam. Manchmal herrschte zwischen seinen Schläfen vollkommene Transparenz, eine geistige Klarheit, die ihn an Genialität glauben ließ und in der sich selbst Komplexes übersichtlich und einfach zeigte. Solche Phasen waren ohne den geringsten Zweifel, und oft hörte er Agorons Stimme - eine Stimme, die inzwischen ein vielfaches Echo gewonnen hatte –, die seine Schritte lenkte und ihm die Richtung zeigte. Aber manchmal trübte sich diese Klarheit, und dann fiel es ihm schwer, Gedanken aneinander zu reihen und aus ihnen die Strukturen von Überlegungen zu formen. Selbst emotionale Fragmente waren dann wie in einem zähen mentalen Morast gefangen.

Vage entsann er sich an eine andere Begegnung, vor der mit dem Temporalen. *Cordoban*. Ja, der lebende Cordoban, kurz vor der Katastrophe von Kabäa. Ein Abstecher in die Vergangenheit, mithilfe des Zeitschlüssels, den er in der Anomalie auf Kabäa erhalten hatte. Es war ein wichtiger Besuch gewesen, erinnerte er sich. Zumindest hatte er ihn zu jenem Zeitpunkt für sehr wichtig gehalten. Worum war es dabei gegangen?

Valdorian starrte in die Dunkelheit des Meeres, ohne sie wahrzunehmen, und schließlich fiel es ihm ein. Das Projekt Doppel-M. Menschenmacht. Der Metamorph. Die Zerschlagung des Transportmonopols der Kantaki durch die Übernahme ihrer Piloten ... Wie banal ihm das jetzt erschien! Der Metamorph bedeutete nichts im Vergleich mit dem, was ihn jetzt erwartete. *Lass dich nicht ablenken,* flüsterte es. *Der Keim. Du musst zum Keim. Alles andere ist unwichtig.* Waren es seine eigenen Gedanken oder die von Agoron? Er konnte die einen kaum mehr von den anderen unterscheiden. Alles verschwamm; alles verschmolz miteinander. Wie konnte der Metamorph unwichtig sein? Mit der erfolgreichen Durchführung des Projekts Doppel-M würde das Konsortium endgültig zur primären Macht in dem von Menschen besiedelten Teil der Milchstraße werden, und die Übernahme der Kantaki-Raumfahrt durch Metamorph-Piloten würde ihm Kontrolle über die ganze Galaxis garantieren.

Diese Gedanken zogen durch Valdorians Selbst, ohne eine Reaktion zu bewirken, ohne etwas zu berühren. Sie blieben ... kühl und neutral, so bedeutsam wie einzelne Tropfen in einem Meer. *Der Keim ist viel, viel wichtiger,* dachte er. *Er wartet auf mich, deshalb bin ich hierher gekommen, ich darf mich nicht ablenken lassen, wie herrlich das neue Leben ist, die Flotte bleibt in Alarmbereitschaft für den Fall, dass das andere Artefakt aktiv wird, es ist gut, dass die Flotte hier ist, darum der Transfer zum Arsenalplanetoiden, ja, ich brauche die Flotte, um das andere Artefakt zu vernichten, wenn es den Keim bedroht …*

»Was ist mit dem goldenen Artefakt?«, fragte Valdorian und sah zur Seite. »Beschreiben Sie es mir noch einmal.«

Edwald Emmerson hatte das schreckliche Gefühl, dass sich ein Albtraum zu wiederholen begann.

Er wusste, was ihn auf dem Meeresgrund – beziehungsweise darunter – erwartete, die Erinnerungsbilder waren viel zu deutlich. Während die Lichtfinger der Tauchboot-Scheinwerfer durch die Finsternis tasteten, glaubte er zu sehen, wie sich ein Teil der Dunkelheit verdichtete. Vager Schmerz kroch vom Nacken durch den Schädel, ein Vorbote der Qual, die Raphael in den Selbstmord getrieben hatte? Oder bildete er sich den Schmerz nur ein?

Nicht ein einziges maritimes Geschöpf erschien im Licht der Scheinwerfer, bemerkte Emmerson. Das Riffmeer schien wie tot, als das Tauchboot der Station am Meeresgrund entgegensank.

Valdorians Frage riss ihn aus seinen Grübeleien. Er kam der Aufforderung nach und beschrieb noch einmal das erste Artefakt, das Raphael ihm gezeigt hatte, die goldene Fläche, die in einem Raum aus dem Sedimentgestein ragte.

»Und sie war warm?«

»Ja«, sagte Emmerson. Er atmete tief durch und versuchte es noch einmal. »Ich appelliere an Ihre Vernunft, Magnat. Lassen Sie uns nach Chiron zurückkehren. Was auch immer es mit den beiden Artefakten auf sich hat: Die temporale Anomalie, deren Auswirkungen wir zu spüren bekommen haben, steht bestimmt damit in Zusammenhang. Ich weiß nicht, was sich der Autokrat von den Artefakten erhoffte, aber ich weiß, dass solche Anomalien nicht einfach so entstehen. Wenn es sich wirklich um den Versuch der Temporalen handelt, in unsere Epoche zurückzukehren, so sollten wir sofort etwas dagegen unternehmen. Machen Sie von der Feuerkraft Ihrer Schiffe Gebrauch. Vernichten Sie die beiden Artefakte, bevor es zu spät ist.«

Die letzten Worte schien Valdorian gar nicht mehr zu hören. Er neigte den Kopf zur Seite, und sein Blick kehrte sich nach innen, als er erneut den Eindruck erweckte, einer Stimme zu lauschen, die nur er hörte.

»Magnat Valdorian?«

Der Mann vor dem Kontrollpult reagierte nicht, wirkte wie in einem Stupor gefangen. Emmerson sah nach hinten, zu den drei Soldaten, die mit stoischer Ruhe dasaßen. Man hätte sie für apathisch halten können, wenn nicht das aufmerksame Funkeln in ihren Augen gewesen wäre. Ihnen gegenüber sah Dido auf dem herausgeklappten Sitz wie jemand aus, der sich zur falschen Zeit am falschen Ort fühlte. Emmerson wusste, dass der Mann zu den engsten Mitarbeitern des Autokraten zählte und bisher so vernünftig gewesen war, auf Drogen zu verzichten. Die gegenwärtige Situation verwirrte ihn zutiefst, und als Emmersons Blick ihn streifte, zeigte Didos Miene eine stumme Bitte: *Helfen Sie mir.*

Ich kann nicht einmal mir selbst helfen, dachte Emmerson.

»Die Artefakte vernichten?«, sagte Valdorian plötzlich. Er sprach so, als wäre er nicht zehn oder mehr Sekunden still geblieben. »Vielleicht eines von ihnen. Aber das andere gewiss nicht.«

Emmerson musterte ihn aufmerksam. »Was wissen Sie von den Artefakten?«

Wieder glitt Valdorians Blick fort, irgendwohin. »Oh, ich weiß genug. Ja, genug.«

Emmerson schauderte innerlich und sah auf die Instrumente, um sich von dem Mann an seiner Seite abzulenken. Die Anzeigen wiesen darauf hin, dass sie sich dem Meeresgrund näherten. Um sie herum blieb alles pechschwarz, und er versuchte, sich daran zu erinnern, ob Raphael und er die externen Lampen der Station wieder eingeschaltet hatten. Dieser Gedanke brachte die Furcht zurück. Man nehme alle

Phobien zusammen, die sich die kranke Phantasie eines Psychiaters ausdenken konnte, man presse sie, bis sich ihr Inhalt, ihre Essenz, im psychisch-emotionalen Äquivalent eines Extrakts konzentrierte – dann bekam man das, was Emmerson bei seiner Flucht aus der Station auf dem Meeresgrund gefühlt hatte. Das Wort *Entsetzen* reichte nicht aus, um es zu beschreiben. Und diesem Etwas, das in der Tiefe auf der Lauer lag, näherten sie sich nun. Nur kalte Vernunft und jede Menge Disziplin hinderten Emmerson daran, aufzuspringen und zu versuchen, Valdorian zu überwältigen. Damit hätte er die drei Soldaten auf den Plan gerufen, und gegen sie und ihre Waffen konnte er nichts ausrichten.

Nicht zum ersten Mal dachte er über seine Situation nach, und nicht zum ersten Mal gelangte er zu dem Schluss, dass er warten musste, obwohl Warten bedeutete, dass sie sich dem grässlichen Etwas näherten. Er musste sich in Geduld fassen, in der Hoffnung, dass sich eine Gelegenheit zur Flucht ergab.

»Warum haben Sie mich mitgenommen?«, fragte er.

Valdorian sah ihn an und durch ihn hindurch. »Wir sind bald da. Ich spüre es.«

Emmerson sah nach draußen. Das Meer blieb nur dort nicht schwarz, wo das Licht der Scheinwerfer die Dunkelheit durchdrang. Vor dem inneren Auge präsentierte sich eine andere Art von Finsternis, in einem Schacht: Ein Beleuchtungsservo fiel hinein, doch *etwas* saugte sein Licht auf, flirrte, kam nach oben ...

»Warum haben Sie mich mitgenommen?«, fragte er erneut. »Sie brauchen mich doch gar nicht.« *Wobei auch immer.*

Valdorians Blick kam aus der Ferne zurück. »Sie waren neugierig«, sagte er. »Und Sie sind es noch immer. Sie sollen alles sehen. Und vielleicht brauche ich Sie doch, wer weiß?«

»*Was* soll ich sehen?«

Die Anzeigen veränderten sich, und der Meeresgrund erschien im Licht der Scheinwerfer. Seltsamerweise verharrte das Tauchboot dicht darüber.

»Das Ziel befindet sich nicht bei den angegebenen Koordinaten«, ertönte die synthetische Stimme des Datenservos.

Emmerson blickte verwundert auf die Displays. Valdorian wirkte ganz und gar nicht überrascht, deaktivierte den automatischen Modus des Navigationsservos und übernahm selbst die Steuerung. Das Summen der Motoren wurde lauter, als sich das Tauchboot wieder in Bewegung setzte. Emmerson wartete vergeblich darauf, dass das Sonar die drei unterschiedlich großen Kuppeln erfasste, doch die Station des Autokraten existierte anscheinend nicht mehr. Was sich an ihrer Stelle befand, konnten die Sensoren offenbar nicht identifizieren, denn die Displays zeigten widersprüchliche Daten. Emmerson sah von den Anzeigen auf, blickte nach draußen und versuchte, in der Finsternis etwas zu erkennen. Tief in seinem Innern bildete sich ein Knoten der Anspannung, in dem sich alle negativen Empfindungen verdichteten und zu einem Klumpen der Angst wurden.

Wirre Muster strichen durch die pseudorealen Darstellungsfelder, begleitet von Datenkolonnen, die sich immer wieder änderten. Was auch immer den Platz der drei Kuppeln einnahm: Es war nicht statisch, sondern in ständiger Veränderung begriffen.

Schließlich erschien etwas im Licht der Scheinwerfer, etwas, das noch dunkler war als die Finsternis des Meeres, wie ein Schatten innerhalb eines Schattens, wenn das einen Sinn ergab. Edwald Emmerson starrte hinaus in den Ozean und sah etwas, das ihn an die fraktalen Muster der La-Kimesch erinnerte. Die Struktur der *dunkleren* Finsternis in der Dunkelheit wiederholte sich im Kleinen wie im Großen, ging ineinander über, reproduzierte sich. Und sie *wuchs*, quoll aus dem Meeresboden, dehnte sich nach oben und zu den Seiten aus.

Emmerson glaubte sich von einer Kälte berührt, die dem absoluten Nullpunkt im All nahe kam. »Die temporale Anomalie«, sagte er leise.

»Nein«, widersprach Valdorian. »Das Artefakt.«

Gedanken wie Stimmen, die unablässig flüsterten und raunten, sich gegenseitig überlagerten. Alte Absichten und neue, die ineinander übergingen, sich ablösten und erweiterten. *Es ist so weit, endlich ist es so weit, was ist so weit, warum bin ich hier, was ist mit dem Metamorph, hat er mich nicht nach Kerberos gebracht, der Metamorph ist nicht wichtig, es geht um das Artefakt, es geht um ihn, den* Keim, *alles andere zählt nicht, lass dich nicht ablenken, steuere das Boot näher, ja, ich steuere es näher, deshalb bin ich hier, alles andere hat keine Bedeutung …*

Tief unten in Valdorians Selbst, in den Kellergewölben seines Ichs, regte sich etwas Ureigenes, von Hartnäckigkeit, Ehrgeiz und Anmaßung bestimmte Impulse, die ihn mehr als hundertvierzig Jahre lang angetrieben hatten und nur einmal in seinem Leben für kurze Zeit in den Hintergrund getreten waren, ohne ganz zu verschwinden, während der Monate mit Lidia, die ihn im Stich gelassen hatte. Wie dumm sie doch gewesen war, sich für ein Leben als Kantaki-Pilotin zu entscheiden, bestimmt bereute sie es längst, bestimmt sah sie ein, damals einen Fehler gemacht zu haben, den größten ihres Lebens, nein, nein, sie bereute es nicht, nein, sie hatte sich auf Mirror sogar geweigert, ihm zu helfen, von wegen Reue, er hasste sie, er hasste sie und die verdammten Kantaki, die sie ihm genommen hatten, er hasste die Kantaki und ihre unglaubliche Arroganz, ihren Sakralen Kodex, den sie allen aufzwangen, er hasste sie, und der Hass verwandelte sich in Energie für das letzte noch unbeeinträchtigte Fragment des alten Valdorian. Er erinnerte sich an die mit Agoron getroffene Vereinbarung, die ihm Leben und Jugend zurückgegeben hatte, er entsann sich an seine Absicht, sie so lange zu achten, wie sie seinen eigenen Plänen entgegenkam. Er begriff plötzlich, dass er erneut an einer entscheidenden Schwelle stand, wie in der Tür zwischen Leben und Tod, vor der Verjüngung. Hier ging es darum, ob er ein Werkzeug war und blieb, oder ob er wieder zu jemandem werden konnte, der von Werkzeugen *Gebrauch* machte.

Valdorian blinzelte und blickte auf seine Hände, die die Kontrollen des Tauchbootes betätigten. Sie zitterten, aber das lag nicht an einer emotionalen Reaktion auf das, was in und außerhalb von ihm geschah. Grund dafür waren die stärker werdenden Vibrationen, die von dem Artefakt ausgingen, sich durch den Meeresgrund und das Wasser darüber ausdehnten.

»Nehmen Sie Vernunft an, Magnat Valdorian!«, stieß Emmerson hervor. »Sie bringen uns alle um!«

Valdorian blickte zur Seite und musterte den Mann verwundert. Warum hatte er ihn mitgenommen?

Er sah wieder nach vorn, zu der schwarzen Masse, die durch die Sedimente des Meeresgrunds diffundierte. Valdorian wusste: Die Mechanismen der Repristination waren in Bewegung geraten, aber der Vorgang des Erwachens dauerte noch an, und selbst das Defensivum hatte noch nicht sein volles Potenzial erreicht. *Woher weiß ich das?*, raunte eine der Stimmen in ihm. *Ich weiß es*, flüsterte eine andere. *Ich habe es immer gewusst. Und ich weiß noch mehr. Deshalb bin ich hier.*

Eine Öffnung bildete sich in dem Artefakt, in dem sich restrukturierenden Keim. Wieder sah Valdorian, wie sich seine Hände so bewegten, als gehörten sie jemand anders, wie sie über die Navigationskontrollen glitten, das Tauchboot der Öffnung entgegensteuerten.

Deshalb habe ich ihn mitgenommen, dachte das letzte Selbstfragment Valdorians, das sich noch außerhalb des mentalen Spinnennetzes der Manipulation befand. Er drehte den Kopf, sah Emmerson an und sagte: »Unternehmen Sie etwas!«

Zitadelle von Kerberos
17. April 421 SN
10:05 Uhr

37

Mandala

In der Zitadelle schien es dunkler zu sein als sonst, aber Bruder Eklund vermutete, dass dieser Eindruck auf die besonderen Umstände der Situation zurückging. Chemolampen glühten an den Wänden der Tunnel und in den Höhlen, doch zwischen ihnen erstreckten sich weite Schattenzonen. Die anderen Angehörigen der Aufgeklärten Gemeinschaft gingen ihm und Raimon aus dem Weg und hielten den Kopf gesenkt, wenn sie eine Begegnung nicht vermeiden konnten. Einmal hielt er jemanden an, den er kannte.

»Sind noch Sekuritos hier?«, fragte er.

Der junge Mann schüttelte nervös den Kopf. »Nein. Die Letzten von ihnen haben die Zitadelle vor einigen Stunden verlassen.« Er warf Raimon einen verängstigten Blick zu, hastete weiter und verschwand in einem Nebengang.

Eine seltsame, wie anklagende Stille breitete sich aus, in deren Zentrum sich Eklund und Raimon befanden.

»Sie fürchten mich«, sagte der Junge. »Sie fürchten mich, weil ich getötet habe.« Er trug eine zerschlissene Hose und ein ärmelloses, fleckiges Hemd, sah darin wie ein Bettelknabe aus. Die Kleidung stammte aus einer der Höhlen, in denen die Brüder und Schwestern Dinge aufbewahrten, die sie von Geheilten geschenkt bekamen.

»Ja.«

»Mir blieb keine Wahl«, fuhr Raimon ruhig fort, während sie den Weg durch einen breiten Haupttunnel fortsetzten. »Ich wollte nicht töten, aber etwas in mir zwang mich dazu.«

»Und jetzt?«, fragte Eklund sanft. Er konnte sich beim Gehen nicht mehr abstützen – ihm fehlte der Stock –, was den Rücken belastete und ihm neuen Schmerz bereitete. Hinzu kamen die Strapazen der vergangenen Stunden; er trug schwer an der Bürde des Alters.

»Jetzt bin ich eins. Die Stimme, die mich zum Töten auffordert, existiert noch immer in mir, aber ich muss ihr nicht mehr gehorchen. Und die anderen Stimmen ... Sie tun nicht mehr weh.«

Eklund betrat eine kleine Nebenhöhle mit einer mehrere Meter breiten Steinschale, die von der Decke tropfendes Wasser auffing. Er wankte zu ihr, lehnte sich schwer an ihren Rand, schöpfte mit beiden Händen Wasser und trank. Als er den Oberkörper wieder aufrichtete, explodierte der Schmerz im Rücken geradezu. Eklund ächzte, taumelte und wäre gefallen, wenn Raimon ihn nicht gestützt hätte.

»Du leidest«, sagte der Junge mit dem veränderten, reiferen Gesicht. »Lass mich dir helfen.«

Raimons Finger strichen ihm über den Rücken, und Eklund spürte die Kraft auf eine Weise wie noch nie zuvor: so erfrischend kühl wie das Wasser in der Schale, das seinen Durst gestillt hatte, so sanft wie eine liebkosende Hand, so warm wie eine Umarmung. Im Lauf seines langen Lebens hatte er die Kraft zahllose Male genutzt, um andere zu heilen, doch jetzt fühlte er zum ersten Mal, wie sie sich bei ihm selbst auswirkte. Wenn er in anderen Personen ein kleines Licht angezündet hatte, um die dunklen Flecken von Krankheit zu vertreiben, so ließ Raimon in seinem Inneren eine Sonne aufgehen. Kein anderer Heiler vor ihm war jemals in der Lage gewesen, in diesem Ausmaß mit der Kraft umzugehen, sie mit einer solchen Intensität einzusetzen. Raimon schien ... *ein Teil der Kraft zu sein.*

 Der Schmerz verschwand aus Eklund, und zum ersten

Mal seit vielen Jahren konnte er sich bewegen, ohne auf den Rücken achten zu müssen.

»Wer bist du, Raimon?«, fragte Eklund. Eine Hoffnung regte sich in ihm, so phantastisch, dass er versucht war, sie sofort als absurd beiseite zu schieben. Konnte es sein, dass sich hinter der Mission mehr verbarg, als Eklund bisher angenommen hatte? Sollte er Raimon schützen und seiner Bestimmung zuführen, weil die Weltseele ihn gesandt hatte? Wenn die Kraft des Elysiums, der Welt über der Welt, sakraler Natur war, ein Teil der Existenz der Weltseele, und wenn Raimon wiederum zu dieser Kraft gehörte, so machte ihn das zu einem Teil der heiligen Präsenz. Raimon ... Sohn der Weltseele? Hätte sich Eklund in seinem Leben mehr wünschen können? Er dachte an sein Bündel mit den bunten Steinen und bedauerte, dass er sie nicht bei sich führte. Er hätte sie gern hier und jetzt geworfen, um in ihren Mustern nach Antworten zu suchen. Mit so etwas wie Ehrfurcht blickte er auf den Jungen hinab. »Wer bist du wirklich?«

»Ich bin ich«, sagte Raimon ruhig. »Ich bin ganz. Und ich bin ein Teil von ihr.«

»Von ihr? Meinst du die Frau ohne Gesicht, die wir im Elysium gesehen haben?«

»Sie wartet auf mich. Seit so langer Zeit wartet sie auf mich. Immer wieder hat sie zu sprechen versucht, mithilfe des Lebens dieser Welt, mithilfe von organischen Strukturen, die Einfluss nehmen und verändern ...«

Eklund schnappte nach Luft, als er zu verstehen glaubte. Woher die Erkenntnis kam, wusste er nicht genau. Vielleicht verband seine Seele etwas mit dem Selbst des Jungen, mit dem Wissen, das er dem Elysium zu entnehmen schien. »Die Drogen. Die vielen Halluzinogene von Kerberos. Sind es ... Versuche der Kommunikation? Aber *wer* versucht, mit uns zu kommunizieren?«

»Sie. Die Ruhende. Ich muss durch das Portal und sie wecken.«

»Das Portal?«

Raimon hob die Hände und bewegte sie kreisförmig in der Luft. Eklund glaubte, drei Ringe zu erkennen, die ineinander übergingen. Er verstand. »Das Mandala.«

»Es ist Teil von ihr, so wie ich Teil von ihr bin. Es gibt noch andere Teile, die sich damals von ihr lösten, als sie auf diese Welt kam, als sie fiel, kurz vor ihrem Schlaf.«

Eklund nickte langsam. »Die Brüder und Schwestern haben einige seltsame Objekte in der Zitadelle gefunden. Bis heute weiß niemand, was es mit ihnen auf sich hat.«

»Das Portal ist für mich bestimmt.«

»Du bist der Erste gewesen, dem es gelungen ist, das Mandala zu berühren. Vielleicht war Xalon deshalb so außer sich vor Neid.«

»Ich bedauere sehr, dass ich ihn getötet habe, ihn und die anderen. Zu jenem Zeitpunkt konnte ich mich der Stimme nicht widersetzen. Aber inzwischen bin ich gewachsen. Ich kenne meine inneren Strukturen und kann sie verändern. Die vielen anderen Stimmen ... Sie sind so Teil von mir, wie ich Teil von *ihr* bin.« Raimon gab ein Geräusch von sich, das nach einem leisen Seufzen klang und Jahrmillionen alt zu sein schien. »Ich bin das Leben. Ich werde nie wieder töten.«

»Das brauchst du auch nicht. Komm, ich bringe dich zum Mandala.«

Sie verließen den Raum mit der Tropfwasserschale und gingen wieder durch den breiten Haupttunnel, tiefer hinein in die Zitadelle. Trotz der zurückliegenden Anstrengungen schritt Eklund mit einer Mühelosigkeit aus wie schon seit Jahren nicht mehr. Es lag nicht nur daran, dass sein Rücken frei von Schmerz war. Er sah sein Leben plötzlich als eine Straße, die ihn *hierher* geführt hatte, an *diese* Stelle in Raum und Zeit. Er erinnerte sich an den fünfzehn Jahre alten Eklund, der in einer Vision zum ersten Mal die Stimme der Weltseele gehört hatte.

Der Kreis schließt sich, dachte der alte Eklund. Der Kreis des Lebens und der Bedeutung. Gab es etwas Schöneres und

Erfüllenderes, als den *Sinn* in der eigenen Existenz zu erkennen? Und was bereitete mehr Zufriedenheit, als nach einem langen Weg das Ziel zu erreichen?

Etwas berührte ihn, und als Eklund den Blick senkte, sah er, dass Raimon die Hand gehoben hatte. Er griff danach, und so gingen sie Hand in Hand durch die Zitadelle, ein Greis ohne Schmerz und ein Junge voller Kraft, begleitet von Schatten und flüsternden Stimmen. Zwar erklang noch immer Argwohn in ihnen, auch Furcht, aber hier und dort hörte Eklund auch Verwunderung und Staunen. Die Brüder und Schwestern fühlten, dass sich durch Raimons Anwesenheit etwas im Elysium veränderte.

Sie kamen an einer großen Wohnhöhle vorbei, aus der helles Licht in den halbdunklen Korridor fiel. Eklund blickte durch den Eingang und bemerkte zehn oder mehr Personen, die vor einem langen Tisch standen und in seine Richtung sahen. Niemand von ihnen sprach ein Wort, und die Gesichter zeigten ... Verblüffung? Ehrfurcht? Sie alle spürten, dass etwas geschah: Die Kraft geriet in Bewegung, wie die Wellen eines Ozeans, die im Sturm wuchsen.

»Wer bist du gewesen, bevor du zu Raimon geworden bist?«, fragte Eklund, denn er glaubte, dass das Geschöpf an seiner Seite nicht immer der Junge gewesen war, der es zu sein schien.

»Vorher war ich ... ein Traum?«, erwiderte Raimon und erweckte den Eindruck, nach einem geeigneten Wort zu suchen. »Eine Möglichkeit? Ich war einer ihrer Gedanken, bis ich Gelegenheit bekam, Gestalt anzunehmen.«

Eklund gab der Versuchung nach, weitere Fragen zu stellen. »Was hat es mit der Frau ohne Gesicht auf sich? Und warum musst du sie wecken? Warum *schläft* sie?«

Raimon hob den Blick, und in seinen Augen sah Eklund ... Abgründe von Raum und Zeit, Dinge ohne Namen, gebrochene, zersplitterte Realität und ... Ewigkeit. Er schauderte wie jemand, der in einen besonderen Spiegel geblickt und die eigene Winzigkeit gesehen hatte.

»In gewisser Weise ist sie die Mutter dieser Welt«, sagte Raimon. Er ging jetzt schneller, ließ sich nicht mehr führen, sondern führte selbst. Offenbar wusste er, wo sich das Mandala befand. »Sie schläft, seit sie mit dem Dunklen abstürzte. Er wird aktiv, und wenn sie nicht rechtzeitig erwacht, kann er ungehindert aufbrechen. Deshalb muss ich sie wecken. Und mir bleibt nicht mehr viel Zeit. *Er* ist hier.«

»Wen meinst du?«

»Den Mann, der mich mehrmals festgehalten hat. Er weiß es nicht, aber auch er empfängt die Kraft. Und damit kann er mich festhalten. Das darf nicht noch einmal geschehen.«

Eklund erinnerte sich daran, dass Elisabeth einen Mann erwähnt hatte, der Ermittlungen anstellte, einen gewissen Lutor. Meinte Raimon ihn?

Einige Minuten später erreichten sie die Grotte mit dem Mandala. In ihrem Zugang zögerte Eklund, drehte den Kopf und stellte fest, dass ihnen Dutzende von Angehörigen der Aufgeklärten Gemeinschaft gefolgt waren. Die meisten von ihnen kannte er recht gut. Sie wahrten einen großen Abstand, und niemand von ihnen gab einen Ton von sich.

Raimon wandte sich ihnen kurz zu. »Ich werde nie wieder töten«, sagte er.

Er betrat die Grotte, und Eklund folgte ihm, vorbei an den Vorsprüngen und Nischen, in denen hunderte von Kerzen brannten. Sie alle flackerten, selbst jene in den entferntesten Ecken der Höhle, als Raimon und Eklund eine der Treppen hinuntergingen, die an Felssäulen vorbei zum steinigen Rund mit den Andachtssäulen und den drei Lichtkreisen führten. Einige Brüder und Schwestern erwachten aus ihrer tiefen Meditation und traten zu den anderen, die dem ungleichen Paar gefolgt waren.

Neben einer der zwanzig Andachtssäulen blieb Raimon stehen und beobachtete die drei goldgelben Kreise, die in ständiger Bewegung waren, sich manchmal gegenseitig zu
 durchdringen schienen. Eklund gewann den Eindruck, dass

ihr Licht etwas heller wurde – reagierten sie auf die Präsenz des Jungen?

Raimon lächelte und streckte die Hand aus, um das Mandala – das Portal – zu berühren.

»Endlich begegnen wir uns wirklich«, sagte jemand, und eine Gestalt löste sich aus den Schatten einer Nische. »Wenn ich mich vorstellen darf ... Ich bin Lutor.«

Seit er die Zitadelle betreten hatte, fühlte sich Lutor immer mehr wie der Anderswelten-Krieger Kordun. Er blieb er selbst, zumindest physisch, doch in seinem Selbst geschah etwas, das er als sehr angenehm empfand. Er spürte die Kraft, die Kordun erfüllte, wenn er seinen Feinden gegenübertrat. Mehr als jemals zuvor glaubte er sich imstande, mit jedem Widersacher fertig zu werden. Auch mit dem Metamorph.

Langsam näherte er sich ihm, dem Jungen, der kein Junge war, und in seinen Augen entdeckte er etwas, das er bereits in den Augen des Fremden mit den vielen Gesichtern gesehen hatte.

»Es ist so weit«, sagte er. »Die Entscheidung fällt hier.« Auch die Worte fühlten sich richtig an. An diesem Ort gab es keinen Platz für Zweifel.

»Welche Entscheidung?«, fragte der Alte neben Raimon.

»Ich nehme an, Sie sind Bruder Eklund. Dies geht Sie nichts an.«

Der Greis trat wie schützend vor den Jungen. »Da irren Sie sich. Was Raimon betrifft, geht auch mich etwas an.«

Wusste der Narr nicht, wer der vermeintliche Junge war? »Treten Sie zur Seite.« Und zu dem Jungen: »Willst du dich hinter ihm verstecken?«

»Was wollen Sie?«, fragte der Greis.

»Ich will *ihn*. Verschwinden Sie.«

Der Junge trat hinter dem Alten hervor und sah kurz zu ihm auf. »Ich muss allein mit ihm fertig werden. Du könntest nichts gegen ihn ausrichten.«

»Raimon ...«

»Sie haben ihn gehört. Er scheint vernünftiger zu sein als Sie.«

Lutor trat noch einen Schritt näher ...

... und fand sich in einer anderen Welt wieder, oder in einer anderen Sphäre. Er stand auf einer runden Plattform, die etwa zwanzig Meter durchmaß. Der Himmel war schwarz wie die Nacht, obgleich fünf Sonnen an ihm glühten. Aber waren es wirklich Sonnen? Lutor sah genauer hin und glaubte, darin Augen zu erkennen, die auf ihn herabstarrten. Er setzte sich in Bewegung, ging langsam zum Rand der Plattform und blickte in die Tiefe. Weit unten schwebten die weißen Wolken einer namenlosen Welt, wie ein flauschiger Teppich, und unter ihnen, so wusste er, warteten schroffe Felsen darauf, den Körper eines Fallenden zu zerfetzen. Eine Brüstung gab es nicht, und was auch immer die Plattform trug, es blieb Lutors Blicken verborgen; das Summen von Levitatoren fehlte. Er hörte nur das Fauchen des Windes, der an der Plattform vorbeistrich, ohne sie zu berühren.

»Ich bin das Leben«, ertönte eine Stimme hinter Lutor. »Ich werde nie wieder töten.«

Er drehte sich um und sah den Jungen in der Mitte der Plattform. Mit ruhigen Schritten trat er auf ihn zu, erneut begleitet von dem Gefühl herrlicher Kraft. »Dann habe ich ja nichts zu befürchten«, sagte er voller Sarkasmus und griff an. Er sprang vor, hob die rechte Hand – die plötzlich ein Schwert hielt – und holte zu einem wuchtigen Hieb aus, zu dem bisher nur Kordun imstande gewesen war.

Raimon sprang zurück, und Lutor bemerkte, dass die Hände seines Gegners leer blieben.

»Warum willst du mich töten?«

»Weil ich mich von niemandem – *von niemandem* – besiegen lasse.«

»Was sind Sieg oder Niederlage? Welche Bedeutung hat so etwas?«

 »Willst du mich mit dummen Fragen verwirren?« Lutor

sprang erneut, weiter und höher, als es ihm ohne die wundervolle Kraft möglich gewesen wäre, und noch vor der Landung schlug er erneut zu. Diesmal traf die Klinge mehr als nur leere Luft.

Raimon tastete mit der linken Hand nach der Schnittwunde im rechten Oberarm, die sich praktisch sofort wieder schloss. Das Blut an seinen Fingern verschwand.

»Lassen Sie mich los. Ich muss zu ihr. Sie wartet auf mich.«

»Ich halte dich nicht fest.« Lutor näherte sich erneut, das Schwert bereit.

»Doch, Sie halten mich fest. In der Kraft. Sie nehmen einen Teil *ihrer* Energie auf, und damit fesseln Sie mich.«

»Ich habe nicht die geringste Ahnung, wovon du redest.« Lutor stieß zu, rammte die Klinge so tief in den Leib des Metamorphs, dass sie ihn ganz durchdrang und am Rücken wieder austrat.

Schmerz huschte wie ein Schatten durch Raimons Gesicht, und mit einem leisen Ächzen sank er auf die Knie. Doch eine Sekunde später stand er wieder auf und trat einen Schritt zurück, sodass die Klinge aus seinem Körper glitt. Blut strömte aus der Wunde, sammelte sich in einer Lache auf dem Boden und kroch an beiden Beinen empor. Es rann, der Schwerkraft trotzend, über die zerschlissene Hose des Jungen, ohne von dem Stoff aufgesaugt zu werden, strömte in die Wunde, aus der es kam.

»Sie können mich nicht töten«, sagte Raimon. »Sie können mich nur festhalten.«

»Glaubst du? Und wenn ich dich zerstückele und deine Einzelteile in die Tiefe werfe, bevor sie sich wieder zusammenfügen?« Lutor hob das Schwert und verwandelte sich in einen Wirbelwind.

Eklund beobachtete Raimon und Lutor, die sich gegenüberstanden, die Blicke aufeinander gerichtet, wie in der Zeit erstarrt.

Plötzlich erloschen alle Kerzen, wie von einem Windstoß ausgeblasen. Völlig dunkel wurde es trotzdem nicht. Ein wenig Licht fiel weiter oben durch den Eingang der Höhle, wo sich Dutzende von Brüdern und Schwestern zusammendrängten. Hinzu kam das goldene Glühen der drei Mandala-Ringe, die ihren Tanz fortsetzten, sich immer wieder umschlangen und durchdrangen. Dieses Licht wanderte über die Wände, wie auf der Suche nach etwas.

»Raimon?«, fragte Eklund leise.

Der Junge antwortete nicht, war ebenso statuenhaft reglos wie der vor ihm stehende Lutor. Etwa zwei Meter trennten sie voneinander, aber die Leere zwischen ihnen war nicht leer. Etwas verband sie, etwas spannte sich zwischen ihnen, ein Band im Elysium.

»Was geschieht hier?«, fragte jemand weiter oben. Eine Gestalt kam die Treppe herab, und als sie sich dem Mandala näherte, sah Eklund das Gesicht. Terod. Wie seltsam, dass ausgerechnet er hier in diesem Moment auftauchte, fand Eklund. Aber vielleicht gehörte auch das zu dem Kreis, der sich schloss.

»Ich habe dich gesucht, Eklund«, sagte Terod, der seit vielen Jahrzehnten wie ein Bruder für ihn war. »Niemand konnte mir sagen, wo du bist.« Fast entschuldigend fügte er hinzu: »Ich bin der neue Hirte.«

»Das freut mich für dich und noch mehr für die Aufgeklärte Gemeinschaft.«

Terod deutete kummervoll auf Raimon. »Ich habe versprochen, Arkan zu benachrichtigen, wenn der Junge in die Zitadelle zurückkehrt.«

»Arkan?«

»Der Leiter der Sekuritos, die nach ihm gesucht haben. Raimon steht im Verdacht, Xalon und Conrad getötet zu haben.«

»Das hat er tatsächlich«, sagte Eklund leise. Als er das Entsetzen im Gesicht seines alten Freundes sah, fügte er rasch hinzu: »Aber er wollte es nicht. Er wurde dazu gezwungen.«

»Wer hat ihn gezwungen?«

»Es ist eine lange Geschichte.« Eklund sah kurz zu den anderen Brüdern und Schwestern, die oben standen. Stimmen flüsterten, und niemand machte Anstalten, die Kerzen wieder anzuzünden. »Terod, bei unserer langen Freundschaft ... Bitte, vertrau mir, wenn ich dir sage: Raimon ist unsere größte Hoffnung.«

»Warum?«

»Fühlst du es nicht? Das Elysium, es dreht sich um ihn. Er ist zu seinem Mittelpunkt geworden.«

Skepsis zeigte sich in Terods faltigem Gesicht. »Ich fühle, dass die Kraft in Bewegung geraten ist. Der Junge hat sie nicht genutzt, um zu heilen, sondern um zu töten. Und eine solche Person soll unsere größte Hoffnung sein?«

Raimon blieb reglos, aber in seinem Gesicht bewegte sich etwas. Im wechselnden Licht der drei Mandala-Ringe sah Eklund genauer hin – zwei Tränen lösten sich aus den Augen des Jungen und rannen über die Wangen. *Hilf mir*, schienen sie ihm zuzuflüstern.

»Wenn ich dir doch nur helfen könnte, Raimon«, murmelte er, streckte die Hand nach dem Jungen aus und ...

... stieß an eine unsichtbare Barriere, die ihn sowohl von Raimon als auch von Lutor trennte.

Der Wind wurde stärker und machte sich nun auch auf der Plattform bemerkbar. Er war nicht annähernd so stark wie außerhalb davon, wurde aber heftig genug, um Lutors Bewegungsmuster zu beeinflussen. Das Schwert in seiner rechten Hand sang durch die Luft, zuckte vor und zurück, während er einen tödlichen Tanz tanzte, immer wieder sprang, ausholte und zuschlug. Doch der Junge, der Metamorph, passte sich diesem Tanz an, sprang ebenfalls, bewegte sich in einem Rhythmus, der genau zu dem des Angreifers passte. Schließlich hielt Lutor inne, als er begriff, dass er auf diese Weise nicht weiterkam, sich nur verausgabte. Vielleicht legte es sein Gegner genau darauf an.

Der Junge blieb dicht vor dem Rand der Plattform stehen, und deutlich war zu sehen, wie der Wind an seiner zerschlissenen Hose und dem ärmellosen Hemd zerrte.

Lutor atmete schwer und fühlte, wie neue Kraft seine Schwäche ersetzte.

»Ich bin das Leben«, sagte der Metamorph. »Ich werde nie wieder töten.«

»Darauf hast du schon einmal hingewiesen. Warum der plötzliche Gesinnungswandel? Bei unseren anderen Begegnungen hattest du keine Bedenken, mir gegenüber Gewalt anzuwenden. Du hättest mich fast umgebracht.«

»Bei jenen Gelegenheiten war ich nur zum Teil ich. Jetzt bin ich ganz.«

Lutor schüttelte den Kopf, als er diese Worte hörte. »Das Leben willst du sein? Wohl höchstens *künstliches* Leben. Du bist das Werk eines Kreators, ein armseliges künstliches Geschöpf, weißt du das? Du wurdest *geschaffen*, um zu töten, als eine Waffe, und jetzt willst du das Leben sein?«

»Und Sie?«, erwiderte der Metamorph. »Glauben Sie, mehr zu sein als ich?«

»Ich bin Lutor Kordun aus dem Kordun-Clan von Aburrka«, sagte Lutor mit verächtlichem Stolz. »Die Wurzeln meiner Familie reichen durch den Zeitkrieg bis in die Zweite Dynastie zurück. Ich ...«

»Nein«, unterbrach ihn der Metamorph, und plötzlich klang seine Stimme ganz anders. Sie war nicht mehr die eines Kindes, sondern gehörte einem weisen Erwachsenen. »Sie sind *dies*.« Er hob die Hand.

Vor Lutor flimmerte die Luft, und ein Spiegel ohne Substanz entstand. Doch darin sah er nicht sich selbst, sondern eine gestaltlose Gewebemasse, eine unter mehreren in einem Laboratorium. Und als sie wuchs und Gestalt annahm, als das Gesicht Züge gewann ...

»Nein!«, rief Lutor und schlug mit dem Schwert zu, doch die Klinge fuhr durch den Spiegel, ohne dass er sich veränderte. *Nein!*, heulten seine Gedanken, denn die Bilder im

Flirren vor ihm zeigten den Kern seines Wesens: ein komplexes, von NHD-Kreatoren entwickeltes Programm mit einer autosuggestiven Erinnerungsmatrix. Was er für Kindheit und Jugend gehalten hatte, waren nur ... Daten, nie erlebt und erfahren, kalte, leblose Informationen.

Zorn entflammte mit ihm. »Es ist ein Trick!«, heulte Lutor. »Irgendetwas hindert dich daran, gegen mich zu kämpfen, und deshalb versuchst du auf diese Weise, mich zu besiegen!«

Von einem Augenblick zum anderen stürmte er los, über die windumtoste Plattform, auf den Metamorph zu, der nicht etwa auswich, sondern die Arme ausbreitete, wie um ihn willkommen zu heißen. Lutor wollte zuschlagen, den Kopf vom Rumpf trennen, doch plötzlich war das Schwert nicht mehr da, und einen Sekundenbruchteil später prallte er gegen den Jungen.

Sie stürzten von der Plattform, in den Sturm und in die Tiefe.

»Er hält ihn fest«, flüsterte Eklund. »Lutor hält ihn fest. Und solange er ihn festhält, kann Raimon nicht durchs Portal.«

»Wovon redest du da?«, fragte Terod.

Hilf mir, flüsterten die Tränen des Jungen. *Bitte, hilf mir.*

Eklund sah sich um, blickte zu den drei Ringen des Mandalas und schätzte die Entfernung ab. Ja, wenn er seine ganze Kraft zusammennahm ...

Er trat hinter Lutor und den Jungen, wich einige Meter zurück und atmete tief durch.

»Was hat das zu bedeuten?«, fragte Terod. »Was hast du vor?«

»Ich glaube, es ist die einzige Möglichkeit«, erwiderte Eklund. »Allein kann er das Portal nicht erreichen.« Er holte noch einmal tief Luft, und dann lief er los, so schnell er konnte – es sah aus, als wollte sich ein Greis auf einen Jungen stürzen. Mit seinem schmerzenden Rücken wäre er dazu gewiss nicht imstande gewesen.

Etwa einen halben Meter vor Raimon prallte Eklund gegen die unsichtbare Barriere, so heftig, dass er befürchtete, sich mehrere Knochen gebrochen zu haben. Wie in einer massigen Kugel gefangen, die sich nur schwer bewegen ließ, neigte sich Raimon starr und steif dem Mandala entgegen, und mit ihm Lutor. Eklund versuchte, sich von dem unsichtbaren trennenden Etwas zu lösen, aber er klebte daran fest. Das Licht des Mandalas kam näher, wurde heller, strahlte wie freudig ...

Ein Klirren, wie von tausend zerspringenden Glasscheiben, ein Heulen wie von hundert Orkanen, ein Zerren wie von der Schwerkraft eines Schwarzen Lochs ...

Raimon, Lutor und Eklund berührten das Mandala und verschwanden darin.

Hades-System
17. April 421 SN
10:10 Uhr Kerberoszeit

Mutter Krsah

Die Detritusschale des Hades-Systems – eine Wolke aus Eis- und Gesteinsbrocken, die fast jedes Sonnensystem umgab und aus seiner Entstehungszeit stammte – brach auseinander, als die vom Keim geschaffene Separation sie von der Gravitation des Zentralgestirns abschnitt. Jedes einzelne der zahllosen Objekte, vom Staubkorn bis zum Planetoiden, gehorchte nur noch seinem eigenen Bewegungsmoment, und es kam zu Kollisionen, als sich die Wolke in den interstellaren Raum ausbreitete. Es wäre interessant gewesen, diesen besonderen Tanz zu beobachten und zu versuchen, ein choreographisches Muster in ihm zu erkennen, aber Mutter Krsahs Gedanken galten anderen, wichtigeren Dingen. Während sie im Pilotendom in Ruhestellung gegangen war und auf ihren geknickten hinteren Gliedmaßen saß, lauschte sie den Stimmen ihres Schiffes, sah mit seinen Augen und hörte mit seinen Ohren.

Über eine permanente Transverbindung gab sie alle Daten weiter, und man empfing sie nicht nur auf Munghar, sondern auch an Bord der vielen Kantaki-Schiffe, die in der Galaxis und jenseits davon unterwegs waren. Im Urirr-System stellte man einen neuen Sporn zusammen, aber die Kantaki wussten, dass er das Hades-System vermutlich nicht mehr rechtzeitig erreichen würde.

Kantaki-Stimmen flüsterten aus der Ferne. *Gebe sie gut*

auf sich Acht, Mutter Krsah. Wenn der Keim aufbricht, gerät sie in große Gefahr. Und: *Es ist beschlossen. Die Allianz ist für Mutter Yurrls Tod und die Vernichtung ihres Schiffes verantwortlich, und dafür wird sie mit der Isolation bestraft. Es fliegen keine Kantaki-Schiffe mehr zwischen ihren Welten, und alle Transverbindungen sind unterbrochen. Für einen Großzyklus soll es so bleiben.*

»Die Separationsblase schrumpft«, sagte einer der Akuhaschi an den Konsolen vor den gewölbten Wänden.

Mutter Krsah fühlte es im gleichen Augenblick. Die vom Keim geschaffene Grenzlinie zog sich zurück.

Nicht weit entfernt zerfetzte Energie brutal das Gefüge der Raum-Zeit und riss ein Loch, durch das zwei Raumschiffe kamen. Hinter ihnen schloss sich die Öffnung wieder, doch es blieb etwas zurück, das von Kantaki-Sinnen wahrgenommen werden konnte: eine winzige Narbe in der Struktur der Raum-Zeit, eine Stelle, die von den Fäden, die alles Existierende miteinander verbanden, nur noch schwer berührt werden konnte. Wenn Kantaki-Schiffe solche zernarbte Raum-Zeit bei ihren Flügen durch den Transraum berührten, so kam es manchmal zu unangenehmen Vibrationen, die die Meditation im Sakrium störten.

Zwei Schiffe der Horgh hatten ihren Sprung beendet. Mutter Krsah spürte die Schockwellen wie einen dumpfen Schmerz im Kosmos.

»Man übermittelt uns eine Anfrage«, sagte der Akuhaschi. »Die Horgh möchten wissen, was geschehen ist. Sie bringen Fracht für die Menschenwelt Kerberos.«

»Erkläre ihnen die Situation«, klickte Mutter Krsah. »Und sie sollen bleiben. Bitte sie darum.«

Selbst die Horgh brauchten manchmal die Dienste der Kantaki und würden eine derartige Bitte nicht einfach so zurückweisen. Mutter Krsah gab ihre Ruheposition auf und streckte die Glieder. Sie sehnte sich nach Ruhe und Frieden, nach der Transzendenz des Sakriums, aber das kam unter den gegenwärtigen Umständen natürlich nicht infrage.

»Die Horgh möchten wissen, warum sie bleiben und sich Gefahren aussetzen sollen.«

»Der Grund dürfte ihnen gleich klar werden«, sagte Mutter Krsahs Pilot Lion, der auf dem Podium in seinem Sessel saß, die Hände in den Sensormulden.

Die Linsen an den Wänden zeigten, wie die äußeren Planeten des Hades-Systems diesseits der Separationsblase auftauchten, die nun offenbar von innen her durchlässig war. Es bedeutete, dass auch sie dem gravitationellen Zugriff des Zentralgestirns entzogen waren und aus ihren Umlaufbahnen trieben. Die Gasriesen waren unbewohnt, aber auf ihren Monden gab es kleine Kolonien, Forschungsstationen und Fabrikanlagen. Dort lebten Menschen und andere intelligente Geschöpfe, die in Sicherheit gebracht werden mussten.

Deshalb hatte Mutter Krsah die beiden Horgh-Schiffe gebeten, nicht erneut in den Transit zu gehen.

»Mein Schiff wird sich in seine Komponenten teilen«, klickte die Kantaki und wandte sich dem Podium zu. »Das stellt dich vor besondere Anforderungen, denn du musst ihren Flug koordinieren. Glaubst du, damit fertig zu werden, Lion?«

»Ich denke schon«, erwiderte der Mensch. Er lehnte sich im Pilotensessel zurück, schloss die Augen und konzentrierte sich.

»Bitte die Horgh, an der Rettungsmission teilzunehmen«, sagte Mutter Krsah zu dem Akuhaschi, mit dem sie zuvor gesprochen hatte. »Aber sie sollen keine Sprünge durchführen, solange sich Menschen und andere Nichthorgh an Bord ihrer Schiffe befinden.« Sie zögerte kurz, bevor sie hinzufügte: »Und sie sollen davon absehen, Transportgebühren von ihren Passagieren zu verlangen. Es geht hier nicht um Verdienst, sondern darum, Leben zu retten. Betone diesen Aspekt mit dem nötigen Nachdruck.«

Der Akuhaschi vollführte eine zustimmende Geste und kommunizierte mit den beiden Horgh-Schiffen.

Mit einem fokussierten Gedankenbefehl veränderte Mutter Krsah die hyperdimensionale Struktur ihres Schiffes und neutralisierte dann die Bindungskräfte existenzieller Harmonie zwischen den einzelnen Komponenten – der schwarze Koloss brach kontrolliert auseinander. Lion steuerte die einzelnen Teile den äußeren Planeten des Hades-Systems entgegen, die jetzt zu Irrläufern wurden, und die beiden Horgh-Schiffe begleiteten sie. Jede Komponente würde ein eigenes Ziel anfliegen, um Leben aufzunehmen und zu bewahren.

Unterdessen schrumpfte die Separationsblase weiter – die Grenzlinie schob sich den inneren Bereichen des Hades-Systems entgegen.

Kerberos
17. April 421 SN
10:20 Uhr

38

Wegfinder

Auf dem schmalen Grat zwischen Leben und Tod traf Edwald Emmerson die einzige Entscheidung, die er für möglich hielt. Das Tauchboot glitt noch immer der Öffnung entgegen, die sich in der aus dem Meeresgrund kommenden schwarzen Masse gebildet hatte, als er sich vom Platz des Kopiloten nach vorn und zur Seite beugte, seine Finger über die Kontrollen vor Valdorian huschen ließ. Der Magnat starrte ihn an, Entsetzen im einen Auge und Erleichterung im anderen, blieb passiv und reagierte nicht.

Im Gegensatz zu den drei Soldaten.

Eine Hand packte Emmerson an der Schulter und riss ihn zurück, bevor er das Triebwerk des maritimen Shuttles auf Umkehrschub schalten konnte. Er duckte sich, zog die Beine an und stieß sich an der Konsole ab. Damit hatte der Soldat nicht gerechnet – er taumelte zur Seite und ließ Emmerson los, der auf dem Boden abrollte, wieder auf die Beine kam und in die Mündung eines Hefoks sah.

»Wenn Sie hier drin mit dem Ding schießen, wird sich der Strahl durch die Hülle brennen«, sagte Emmerson, als er wieder nach vorn sprang, den Kontrollen entgegen. »Dann sterben wir alle.«

Ein zweiter Soldat versuchte, ihm den Weg zu versperren, aber mit der Agilität der Verzweiflung wich Emmerson ihm aus, erreichte die Pilotenkonsole, beugte sich an dem immer noch wie erstarrt dasitzenden Valdorian vorbei ...

Das fensterartige pseudoreale Darstellungsfeld im Bug zeigte, wie sich etwas in der Öffnung bewegte. Eine Art Finger wuchs daraus hervor, tastete nach dem Tauchboot, berührte es ...

Zwei Hände rissen ihn von den Kontrollen zurück, bevor er den Kurs ändern konnte, aber Edwald Emmerson nahm das nur noch am Rande zur Kenntnis, als sich der Fokus seiner Aufmerksamkeit verschob. Er blieb an den Ereignissen beteiligt, wurde jetzt aber vor allem zu einem Beobachter, der sich außerhalb der Bühne des Geschehens zu befinden schien. Dido war ebenfalls aufgesprungen, aber einer der drei Soldaten hielt ihn mühelos fest. Valdorian saß noch immer auf dem Sitz des Piloten, von etwas anderem blockiert. Er hatte das Gesicht eines Mannes, der sich der bitteren Erkenntnis stellen musste, verraten worden zu sein. Der dunkle Finger der schwarzen Masse ...

... streckte sich ins Innere des Tauchbootes, ohne von der Hülle aufgehalten zu werden. Etwas schrillte, nicht in den Ohren, sondern in einem mentalen Äther, ein Kreischen, das bestrebt zu sein schien, Teile von Emmersons Bewusstsein zu zerreißen. Er beobachtete, wie Dido versuchte, sich die Hände an die Ohren zu pressen, aber der Soldat hinderte ihn daran, obwohl er ebenfalls litt - sein graues Gesicht wurde zu einer Grimasse.

Dem geistigen Zerren gesellte sich ein körperliches hinzu. Während Edwald Emmersons Körper im Griff der beiden Soldaten zitterte und zuckte, registrierte der Beobachter trotz der Schmerzen weiterhin die Ereignisse. Etwas deformierte das Tauchboot, beulte die eine Wand ein und wölbte die andere nach außen. Lichter erschienen, kleine silberne Punkte, einer in jedem Körper, besonders hell in Valdorian, wie Emmerson bemerkte. Der Magnat stand wie in Zeitlupe auf, wurde dabei länger und dünner, als hätte sich eine unsichtbare Hand um ihn geschlossen, die nun immer mehr zudrückte, ihn langsam zerquetschte. Dido wurde zu einem schmalen Zylinder, dessen Enden sich wie Schlangenleiber hin und her neigten, und der fremde Einfluss zog auch die Soldaten in die Länge. Sie hielten Emmerson nicht mehr fest, aber er hatte keine bewusste Kontrolle mehr über seinen Körper und beobachtete, wie auch er selbst sich dehnte. Schwärze tastete über die Wände, ein stummer Fraß, der ihre Substanz verschlang, ohne dass Wasser hereinbrach und alles mit seinem gewaltigen Druck zermalmte. Edwald Emmerson stürzte in ein Meer aus Dunkelheit und Schmerz.

Sein Selbst zerriss.

Rungard Avar Valdorian hob die Lider und sah eine vertraute Umgebung. Er saß am Schreibtisch, im Arbeitsbereich seiner Villa auf Tintiran im Mirlur-System. Helles Licht fiel durch die großen Fenster, die auf die Stadt Bellavista und das Scharlachrote Meer hinausblickten. Einige absurde Sekunden lang befürchtete er, geschlafen und geträumt zu haben. Die Suche nach Lidia, der Krieg gegen die Allianz, die Temporalen, Agoron, der Flug nach Kerberos ... Gehörte das alles zu einem Traum? Waren es von Hoffnung und Verzweiflung geschaffene Bilder?

Abrupt stand er auf, trat an einen nahen kleinen Spiegel heran, betrachtete sein Gesicht und tastete erleichtert über glatte Wangen. Nein, er hatte es nicht nur geträumt, er war wieder jung, voller Kraft und *Leben*. Der alte, kranke, sterbende Valdorian existierte nur noch in seiner Erinnerung, als ein abscheuliches Zerrbild des Mannes, der er jetzt war.

Er drehte sich um und ließ seinen Blick durch das große Zimmer schweifen, das er so gut kannte, über die Kunstwerke, echten und pseudorealen Pflanzen, über die Porträts seiner achtzehn Vorgänger. Wie kam er hierher? Er erinnerte sich an ein schmerzhaftes Ziehen, an das Dunkle, das aus dem Meeresboden gekommen war und mit einem Finger nach dem Tauchboot getastet hatte. Er erinnerte sich an Triumph und Schrecken, an das Gefühl, sein Ziel erreicht zu haben, begleitet von der Erkenntnis, dass es gar nicht *sein* Ziel war, dass das Werkzeug nicht zu der Hand werden konnte, die es hielt, für immer ein Instrument blieb.

Der Frage nach dem Wie seines Wechsels an diesen Ort gesellte sich eine zweite hinzu: *Warum* befand er sich hier? Es gab einen Grund, da war er sich sicher.

Benommenheit breitete sich in ihm aus, und erneut zweifelte er an der Authentizität der eigenen Gedanken. Die Stimmen Agorons und der anderen Temporalen hörte er nicht mehr – glaubte er jedenfalls –, aber durfte er darauf vertrauen, dass die Gedanken, die ihm durch den Kopf gingen, seine eigenen waren?

Stille umgab ihn, eine Stille, die nicht auf die Abwesenheit störender akustischer Einflüsse zurückging. Es handelte sich vielmehr um die Abwesenheit *aller* Geräusche. Langsam ging Valdorian durch den Arbeitsbereich und auch die anderen Räume seiner Villa, hörte nichts dabei, weder seinen Atem noch die eigenen Schritte.

Draußen im Sonnenschein blieb er stehen, sah auf die Stadt Bellavista in der Bucht hinab und hielt in ihr vergeblich nach Bewegungen Ausschau. Nichts rührte sich dort, und die Stille, die seltsame, absurd lautlose Stille, dauerte an. Selbst das Flüstern des Windes fehlte. Nichts regte sich hier, nichts *lebte* hier, außer ihm. Alles war in einem zeitlosen Moment erstarrt.

Valdorian hob den Kopf und sah mehrere Tintiran-Möwen. Reglos hingen sie in der Luft, ihre jeweils vier Flügel ausgebreitet. Er beobachtete Gras und Blätter, bemerkte auch dort keine Bewegung.

Er kehrte in die Villa zurück, wie auf der Flucht vor der Stase draußen. Mit langen Schritten ging er durch die vielen Räume der Villa, auf der Suche nach etwas, das er nicht hätte benennen können, nach einer Erklärung vielleicht, einer
 Antwort. Die Benommenheit in ihm dehnte sich aus, war

wie geistige Melasse, und die Gedanken darin ähnelten kleinen Würmern, die nicht mehr ungehindert hin und her kriechen konnten, mit einem immer stärker werdenden Widerstand fertig werden mussten.

Am Schreibtisch seines großen Arbeitszimmers blieb Valdorian schließlich stehen, lauschte der Stille, die immer unheimlicher wurde, und sagte laut, um sie zu vertreiben: »Was ist hier los? Warum bin ich hier?«

Sofort bedauerte er, gesprochen zu haben. Seine Stimme klang fremd, wie die einer anderen Person, und sie schien nicht von ihm selbst zu kommen, sondern ihren Ursprung woanders zu haben. Außerdem gewann er den Eindruck, dass sie hinter den Kulissen des Sichtbaren etwas bewirkte. Er stellte sich vor, wie die Worte die eine Schale einer Waage senkten, die sich bis dahin in einem perfekten Gleichgewicht befunden hatte; die andere Schale kam ein wenig nach oben. Dinge gerieten aus der Balance.

Valdorians Umgebung verformte sich. Objekte begannen sich zu bewegen; sie blähten sich auf und schrumpften, flossen auseinander und verschmolzen miteinander. Gleichzeitig wichen die Farben aus der Welt, bis ein einheitliches, alle Details fressendes Grau entstand, das Valdorian schon einmal gesehen hatte, irgendwann, irgendwo.

Aus diesem Grau trat eine Gestalt, kein Mensch, aber ein Humanoide, etwa einen Meter zwanzig groß und unglaublich dürr – das Wesen schien nur aus dunkelbrauner, ledriger Haut und den Knochen darunter zu bestehen. Es trug ein abgenutztes Hemd, einen Lendenschurz und Sandalen an den Füßen, mehr nicht. Der kleine Mann stand vornübergebeugt, und Valdorian bemerkte einen Buckel. Seltsam waren die großen grünbraunen Augen im runzligen Gesicht, denn der lebhafte Glanz in ihnen passte nicht zur Aura hohen Alters.

»Bist du bereit?«, fragte der zwergenhafte Humanoide.

Das Du störte Valdorian sofort – nur seine Eltern und einige wenige andere Personen hatten ihn jemals geduzt.

Aber sein Ärger verlor sich schnell in der Benommenheit, die Gefühle betäubte und den Geist träge machte.

»Bereit wozu?«

»Für das Spiel. Deshalb bist du hier.«

// Repristination vervollständigt \\, ertönte es in Valdorian, und diesmal wusste er genau, dass es nicht seine Gedanken waren. Sie hatten ein anderes ... *Aroma*, dominierten seinen mentalen Kosmos.

»Hast du gehört?«, fragte der kleine Mann. »Es ist so weit. Komm.«

Er ging einige Schritte weit in Richtung der Einrichtungsgegenstände, die sich immer mehr im Grau auflösten.

Valdorian blieb stehen. »Wer sind Sie? Und wohin soll ich Ihnen folgen?«

Der kleine Humanoide blieb stehen. »Ich bin Olkin. Und ich habe dir gesagt, dass du mir folgen sollst.« Bei den letzten Worten erklang eine besondere Schärfe in seiner Stimme, und Valdorians Körper gehorchte, während sein Bewusstsein noch in Verwirrung verharrte. Er sah auf seine Beine, die sich von ganz allein zu bewegen schienen, und als er den Blick hob, bemerkte er einen langen Flur, in den Wänden rechts und links schmale Türen mit silbernen Knäufen.

Valdorian versuchte, stehen zu bleiben, aber sein Körper gehorchte Olkin, nicht ihm. »Wo sind wir hier? Was ist dies für ein Ort?«

»Er ist das Zentrum«, antwortete Olkin, ging eine Treppe hoch und öffnete oben die Tür. »Es ist der Ort, an dem das Spiel gespielt wird.«

// Volles Potenzial für das Defensivum muss so schnell wie möglich erreicht werden \\, ertönte es erneut zwischen Valdorians Gedanken, eine fremde Stimme, die offenbar auch Olkin hörte. Er lauschte ihr kurz, mit zur Seite geneigtem Kopf.

»Wir sollten uns beeilen«, sagte er ernst und winkte. »Komm, Dorian, komm.«

Dorian … Nur zwei Personen hatten ihn so genannt. Sein Leibarzt Reginald Connor, gestorben auf Orinja im Takhal-System. Und Lidia, die unter dem Pilotennamen Diamant Kantaki-Schiffe flog, ihn verraten hatte. Seltsam: Hass und Zorn auf sie waren jetzt kein loderndes Feuer mehr, sondern nur noch eine kleine Flamme im Keller seines Selbst. Die Benommenheit machte sich überall bemerkbar.

Valdorian folgte Olkin die Treppe hoch und betrat einen runden Raum mit Wänden so grau wie das farblose, deforme Arbeitszimmer in seiner Villa. Ein ebenfalls runder Tisch stand in der Mitte, und darauf ruhte eine sonderbare … Apparatur oder Vorrichtung. Es sah zunächst nach einem pseudorealen Darstellungsfeld aus, aber Valdorian fühlte deutlich, dass die dargestellten Figuren und Objekte auf komplizierten, ineinander verschlungenen Bahnen, Brücken und Tunneln nicht ohne echte Substanz waren. Mehr noch: Etwas teilte ihm mit, dass sie *lebten*.

Aber sie waren reglos, so reglos wie alles in und außerhalb der Villa auf Tintiran.

So reglos wie der Mann, der am Tisch saß. Ein relativ junger Mann mit schulterlangem weißen Haar, blauen Augen und einem hageren Gesicht.

»Wer ist das?«, fragte Valdorian.

»Der Spieler«, antwortete Olkin. »Einer davon.« Er trat an den Tisch heran und streckte eine schmale Hand mit langen Fingern aus. Vor dem komplexen Gebilde auf dem Tisch trafen sie auf eine Barriere, auf eine Art Membran. Helle Linien gingen von der Kontaktstelle aus, wie langsame, träge Blitze, die in andere Bereiche der Membran krochen und auch die komplexen Strukturen darunter zu erreichen schienen. »Aber bevor ich die anderen hole …«

Olkin richtete einen hypnotischen Blick auf Valdorian. »Sprich mit dem Befehlshaber deiner Streitmacht, Dorian. Dies ist sehr wichtig. Sie soll sich bereithalten für den Fall, dass die Konziliantin vorzeitig aktiv wird.«

»Die … Konziliantin?«

Ein Bild entstand vor Valdorians innerem Auge: ein goldener Stern mit siebzehn sich nach außen hin verjüngenden Dornen – das zweite Artefakt am Meeresgrund.

Valdorian senkte die Lider zu einem Blinzeln, und als sie einen Sekundenbruchteil später wieder nach oben kamen, stand er im Kontrollraum des Flaggschiffes der Flotte, mit der er zum Hades-System und nach Kerberos gekommen war. Mehrere Soldaten an den Kontrollen reagierten instinktiv, indem sie herumwirbelten und ihre Waffen zogen, um sie dann wieder sinken zu lassen, als sie ihn erkannten.

Dies ist meine Chance!, flüsterte etwas in Valdorian. *Hier bin ich frei. Hier ... kann ... ich ...* Der Rest verlor sich in einem unverständlichen Raunen ohne Absicht und Willen. Teile des noch wachen Selbst unter der dicken Schicht aus Benommenheit spürten etwas unvorstellbar Fremdes, das inmitten der vage dahintreibenden Gedanken und Gefühle präsent war. Dieses Fremde, dessen Stimme Valdorian zweimal gehört hatte, empfing das Wispern der Temporalen in ihrem Zeitkerker. Es reagierte mit einer Absichtserklärung, die auf Worte verzichtete.

»Ich habe neue Anweisungen für Sie«, wandte sich Valdorian an den Kommandeur der Flotte. Sein Gesicht war grau wie das der anderen Soldaten, und ein kleines Schild auf der Brust zeigte einen Namen, der Valdorian nichts bedeutete: Jorrlen 4. Die vierte Version, nahm Valdorian gleichgültig zur Kenntnis.

Der Flottenkommandeur wartete stumm.

Valdorians Blick glitt über die Anzeigen der Konsolen und dann zu den pseudorealen Darstellungsfeldern. Er fragte sich kurz, ob er wirklich *hier* war, aber die Frage verlor sofort an Bedeutung, wurde ebenso unwichtig wie der Name des vor ihm stehenden Soldaten.

Das Hades-System, so stellte er fest, war noch immer vom Rest des Universums isoliert. Genau genommen befand es sich in einem eigenen kleinen Kosmos, den nicht einmal die

Schiffe der Kantaki erreichen konnten. Eine dünne Realitätsbrücke verband ihn mit dem anderen, viel größeren Universum, eine Brücke, die den Transfer gewisser Informationen – zum Beispiel aus einer bestimmten Epoche in der Vergangenheit – erlaubte. Der kleine Kosmos hatte zu schrumpfen begonnen, und innere Porosität erlaubte es Materie, auf die andere Seite zu gelangen. Valdorian wusste, dass es sich um eine Maßnahme des Defensivums handelte, dass es sein Potenzial sammelte und fokussierte, nachdem der von den Kantaki herbeigeschaffte Sporn keine Gefahr mehr darstellte. Er wusste über viele Dinge Bescheid, aber sie berührten ihn nicht, obwohl sie in ihm ruhten.

Die Chance …, begehrte etwas in ihm auf, aber nur leise und schwach. *Nimm sie wahr. Gib dem Kommandeur den Befehl, die Flotte in den interstellaren Raum zu bringen, sie durch eine der porösen Stellen in der Separationsblase zu steuern.*

Und dann?, flüsterte es in einem anderen Winkel seines Selbst. *Glaubst du vielleicht, die Kantaki bieten dir eine Passage an?*

Und wenn schon, es ist nicht wichtig, es kommt allein darauf an, dieses Sonnensystem zu verlassen und dem Keim zu entkommen!

Valdorian sah Jorrlen an, öffnete den Mund und … »Es gibt zwei Artefakte auf Kerberos«, sagte er, obwohl er eigentlich andere Worte aussprechen wollte. »Eines sieht aus wie ein goldener Stern. Vernichten Sie es, wenn es startet. Verwenden Sie die ganze Feuerkraft der Flotte, um es zu zerstören.«

Die vierte Version des Flottenkommandeurs Jorrlen nickte, kehrte zu den Konsolen zurück und gab die Anweisung an die anderen Schiffe weiter. Valdorian wandte sich ab und einer Tür zu, die nur für ihn existierte, die niemand sonst sah, einer Tür, die ihn zurückbringen sollte ins runde Zimmer mit dem runden Tisch, zu Olkin, dem reglosen Mann mit dem weißen Haar und dem seltsamen Gebilde. Er versuchte, seine Beine unter Kontrolle zu bringen und stehen zu bleiben, aber es gelang ihm nicht. Ein Blinzeln …

… und er stand wieder vor Olkin, der ihn aus seinen großen, grünbraunen Augen ansah. Valdorian hatte plötzlich das Gefühl, dass sich die Tür genau dort befand, in jenem Blick, in den Augen des kleinen Humanoiden.

Und er fühlte noch etwas anderes. Ein kleines, vertrautes Gewicht in der Tasche. Seine Finger tasteten danach: ein kristallener Keil, etwa vier Zentimeter lang und mit einem Durchmesser von zwei Zentimetern an der dicksten Stelle – der Zeitschlüssel, den er von Agoron erhalten hatte.

Der noch freie Teil seines Bewusstseins jubilierte.

»Jetzt kann ich die anderen Spieler holen«, ertönte Olkins näselnde Stimme.

Der Mann mit dem schulterlangen Haar – der Autokrat von Kerberos, begriff Valdorian plötzlich – war noch immer in Reglosigkeit gefangen, doch auf dem Stuhl neben ihm erschien ein zweiter Mann, der verblüfft die Augen aufriss: Edwald Emmerson.

»Magnat …«, brachte er hervor, und dann erstarrte er wie der Autokrat.

Olkin musterte ihn skeptisch, einen langen Zeigefinger an die Lippen gehoben. »Nein«, sagte er schließlich. »Nein, das ist kein geeigneter Spieler. Du hast den Falschen mitgebracht, Dorian.«

Der kleine Humanoide ließ die Hand sinken, und Emmerson verschwand.

// Dringlichkeit \\, verkündeten fremde Gedanken. // Sie erwacht. \\

»Wir sind noch nicht komplett«, sagte Olkin, und dabei klang seine Stimme fast schrill. »Wer käme als Spieler infrage? Zeig mir deine Erinnerungen, Dorian. Wer ist da? Wen könnte ich holen?«

Wieder dehnte sich in Valdorians Geist etwas aus, das nicht ihm gehörte, das scharrte und kratzte, suchte und fand.

 Jonathan und Lukert Turannen erschienen neben dem

Autokraten, und ihnen blieb gerade Zeit genug, nach Luft zu schnappen, bevor die Zeit für sie gefror und Statuen aus ihnen machte. Ihnen gegenüber materialisierten zwei weitere Personen: Enbert Dokkar und Benjamin.

Olkin klatschte in die schmalen Hände. »Das reicht. Fünf Spieler genügen.«

Dünne Falten bildeten sich in Valdorians Stirn. »Wir sind sechs.«

»Sechs, ja. Aber nur fünf Spieler. Du bist für etwas anderes bestimmt, Dorian.«

Jetzt!, drängte das freie Bruchstück von Valdorians Selbst. Er griff in die Tasche und holte den Keil daraus hervor, den Zeitschlüssel des Temporalen.

»Ich will zurück!«, sagte er scharf, und diesmal gehorchte ihm der Mund. »Bring mich zurück.«

»O ja, das.« Olkin streckte die Hand aus, und der Keil schwebte seinen langen Fingern entgegen. »Wie schön, dass du ihn mitgebracht hast.« Das zwergenhafte Geschöpf beugte sich an dem Autokraten vorbei über den Tisch, hielt den kristallenen Keil über das komplexe Gebilde und ließ ihn fallen.

Er leuchtete kurz auf, als er die trennende Membran durchdrang, und dann fügte er sich den verschlungenen Strukturen so hinzu, als wäre er immer ein integraler Bestandteil von ihnen gewesen.

»Damit befindet sich auch der Aktuator an seinem Platz«, sagte Olkin. »Jetzt fehlt nur noch ...«

Erneut hob der Humanoide die Hand und richtete den Zeigefinger auf ihn. Valdorian wollte zurückweichen, aber er konnte nicht. Ein kurzes Zerren, wieder der kurze Moment eines Blinzelns ...

Und er stand *im* Gebilde auf dem Tisch, als eine Figur unter den anderen. Olkins Gesicht schwebte wie ein riesiger Mond am von der Membran markierten Himmel, und die Gesichter der Erstarrten am Tisch waren wie etwas weiter entfernte Planeten.

»Du bist der Wegfinder, Dorian«, sagte Olkin. »Bring uns fort von hier.«

Wieder eine kurze Handbewegung, und der Autokrat und die anderen erwachten aus ihrer Starre.

»Es ist so weit«, wandte sich Olkin an sie. »Spielt das Spiel.«

Valdorian schrie, aber niemand hörte ihn.

Kerberos
17. April 421 SN
10:25 Uhr

39

Erwachen

Beim ersten Aufenthalt an diesem Ort hatte Bruder Eklund den Eindruck von einem Wald gewonnen, aber jetzt sah er, dass es eher ein Hain war, bestehend aus weißen Spindeltürmen, die bis zu den schiefergrauen und lehmbraunen Wolken emporragten.

»Es sind siebzehn«, sagte Raimon. »Wie die siebzehn Spitzen der Kapsel.«

»Kapsel?«, wiederholte Eklund und sah sich um. Von Lutor war weit und breit nichts zu sehen.

»*Ihre* Kapsel. Dies ist ihr Ort, ihre Schale.«

Der Junge mit dem Gesicht eines reifen Erwachsenen setzte sich in Bewegung, und Eklund folgte ihm, ohne den Schmerz im Rücken. Die Präsenz der Kraft des Elysiums war an diesem Ort viel stärker, und sie rotierte mit Raimon in ihrem Zentrum. Als sich Eklund kurz auf sie konzentrierte, glaubte er, siebzehn Speichen eines Rades zu spüren, das sich langsam drehte, im Mittelpunkt der Junge ... und noch ein anderes Selbst, klein und gleichzeitig gewaltig. Seltsam: Von Lutor fehlte jede Spur, obwohl Eklund sicher war, dass er zusammen mit Raimon und ihm selbst das Mandala – das Portal in diese Welt über der Welt – passiert hatte.

Die weißen Türme begannen zu glühen, als sie an ihnen vorbeischritten, und Lichter kamen aus den kleinen Öffnungen in ihnen, runde Lichter, wie glitzernde Kugeln, die nach oben glitten und die Wolken zerrissen. Weit über den siebzehn Türmen riss der Himmel auf. Ein Loch entstand im Firmament, und durch dieses Loch blickten Augen, fremdartige Augen, wie losgelöst von den Wesen, denen sie irgendwann einmal gehört hatten.

Raimon verharrte kurz und deutete nach oben. »Zähl sie.«

Eklund zählte, und das Ergebnis überraschte ihn nicht. Es waren siebzehn.

Die Wolken wurden dunkler, zogen schneller über den Himmel, wie von den Winden eines Sturms dahingetrieben, doch nicht ein Ausläufer von ihnen geriet in den runden Bereich, in das Himmelsloch, das allein den Augen vorbehalten blieb.

»Es sind die Augen der Kapsel«, sagte Raimon. »Die Augen des Steuernden und Kontrollierenden.«

»Woher weißt du das alles?«

»Ich bin ein Teil davon. Und auch von ihr. Ich bin die Verbindung, die sie gebraucht hat.«

Raimon näherte sich einem der Türme, und als er ihn berührte, bildeten sich weitere Öffnungen in ihm. Eklund hörte ein leises Surren, und weiße, handtellergroße insektenartige Geschöpfe kamen aus ihnen hervor, nicht siebzehn, sondern hunderte, tausende und noch viel mehr. Ihre Körper hatten unterschiedliche Strukturen, ähnelten Kobaltfliegen und anderen Insektoiden von Kerberos, und Eklund vermutete, dass diese Ähnlichkeit kein Zufall war. Wenn er Raimon richtig verstanden hatte, steckte ein manipulierender Einfluss hinter der Entwicklung des Lebens auf Kerberos. Es war *gestaltet* worden, zu einem bestimmten Zweck. Auch aus den anderen Türmen kamen zahllose weiße Insektoiden, stiegen auf und begannen damit, ein filigranes Netz zu spinnen, von Turmspitze zu Turmspitze, und darüber hinaus. *Die Mission dieses Lebens geht nun zu Ende. Und damit auch meine.* Zwei Kreise schlossen sich, nicht nur einer. Doch der eine dieser beiden Kreise war viel, viel größer als der andere.

»Die Türme sind das Agens«, sagte Raimon und zeigte nach oben, zum Netz, das schnell größer und komplexer wurde. Es mussten Millionen der insektenhaften Wesen sein, die daran sponnen und ihm eine präzise Struktur gaben. »Es war taub und stumm, und es schlief wie *sie*, aber gleich sollten wir seine Stimme hören.«

Das Netz erglühte wie zuvor die Türme, und sein Licht erweiterte das Himmelsloch, drängte die Wolken zurück; ein weicher Glanz senkte sich auf die öde Welt hinab, die plötzlich gar nicht mehr so abweisend wirkte.

Weiter vorn, in der Mitte des kleinen Turmwaldes, bemerkte Eklund das Podest, und darauf eine wartende Gestalt, die Frau ohne Gesicht.

Agens: Integrität vollkommen wiederhergestellt. Kollektoren nehmen weiter Energie auf.

Eklund blickte sich erstaunt um, auf der Suche nach dem Ursprung der Stimme.

»Die Stimme des steuernden und kontrollierenden Aspekts der Kapsel«, erklärte Raimon.

Über ihnen surrte und zirpte es, als die vielen tausend Netzknüpfer von ihrem schimmernden Konstrukt abließen und durch die Öffnungen in die Türme zurückkehrten.

Eine Bewegung auf dem Podest weckte Eklunds Aufmerksamkeit. Die Gestalt, die dort bisher auf einer Sitzbank gesessen hatte, erhob sich.

»Sie erwartet uns«, sagte Raimon. »Komm.« Er griff nach Eklunds Hand, und Junge und Greis näherten sich dem offenen Bereich in der Mitte des Turmhains.

Agens: Keim ist erwacht. Defensivum aktiv.

»Was bedeutet das?«, fragte Eklund.

»Es bedeutet, dass wir keine Zeit mehr haben.« Raimon ging schneller, durch das Licht des Netzes, das sich um ihn herum verdichtete. Das Podest war sein Ziel.

Agens: Defensivum des Keims hat das lokale Sonnensystem separiert. Restriktion findet statt. Absicht: Potenzialerhöhung.

Raimon lief jetzt, so schnell, dass Eklund nicht mit ihm Schritt halten konnte. Es stachen keine Schmerzen mehr in seinem Rücken, aber er trug nach wie vor die Last des Alters.

Agens: Repristination des Keims komplett. Ergänzung fehlender Komponenten. Transferbeginn.

Agens: Kritische Situation. Dringlichkeit.

Dringlichkeit, hallte es in Eklund wider, während er zu laufen versuchte und beobachtete, wie die Entfernung zu Raimon immer größer wurde. So hatte er sich immer die Stimme der Weltseele vorgestellt: eine Stimme, die alles andere übertönte, selbst wenn sie nur flüsterte, die sofort jeden Gedanken und jedes Gefühl beherrschte, wenn sie erklang. Er sah zu den weißen Türmen, die das von den Insektoiden gesponnene Netz wie ein leuchtendes Dach trugen, hob den Blick zum Himmelsloch, durch das siebzehn Augen herabstarrten ... Und plötzlich, während er noch so schnell wie möglich einen Fuß vor den anderen setzte, begriff Eklund, dass er sich sein Leben lang ein falsches Bild von der Weltseele gemacht hatte. Das *wusste* er jetzt, doch mit dieser Erkenntnis ging keine Enttäuschung einher, denn er wusste auch, dass er das falsche Bild schon sehr bald durch das richtige ersetzen konnte.

Agens: Dringlichkeit. Reaktion erforderlich.

Wind von außen erreichte die weißen Spindeltürme, dann auch das Podest mit der Gestalt. Eklund schnaufte, während er mühsam lief – wenigstens spürte er diesmal keinen stärker werdenden Widerstand, als er Raimon folgte.

Und dann sah er eine weitere Gestalt.

Sie wankte hinter dem Podest hervor, eine deforme Kreatur, die auf zwei krummen Beinen ging, der braune Leib wie aufgedunsen, die Arme lang und dürr. Die eine Hälfte des Gesichts wirkte halb verbrannt, und die andere zeigte ein Durcheinander aus flammend roten Narben. Lederne Kleidungsfetzen hingen an dem Geschöpf, als es auf Raimon zutaumelte und eine klauenartige Hand ausstreckte.

Der wie eine Wunde im Gesicht aussehende Mund öffnete sich. »Hilf mir«, heulte das Geschöpf. »Bitte ... hilf mir ...«

Noch etwa fünfzehn Meter trennten Eklund von Raimon, als der Junge vor dem Podest verharrte und sich dem Wesen zuwandte.

Agens: Dringlichkeit. Lokationsveränderung des Keims.

»Pass auf!«, rief Eklund, der erneut *wusste*, obgleich ihm der Ursprung des Wissens verborgen blieb. »Pass auf, Raimon. Es ist Lutor!«

Das Geschöpf sah kurz in seine Richtung und fauchte etwas, das Eklund nicht verstand. Dann trat es noch einen Schritt auf Raimon zu, hob erneut die Hand ...

Und sprang.

Muskeln wölbten sich in den bis dahin so dünnen Beinen, als sich die Kreatur abstieß und mit ausgestreckten Armen Raimon entgegenflog.

Eklund blieb erschrocken stehen. Er war sich auf eine intensive, fast schmerzhafte Weise bewusst: Die nächsten Sekunden entschieden *alles*, nicht nur sein Leben, sondern auch Dinge, die sich jenseits seines gegenwärtigen Erfahrungs- und Vorstellungshorizonts befanden. Der Wind wurde stärker, und Eklund erinnerte sich plötzlich daran, dass er ihn auch bei seinem ersten Aufenthalt an diesem Ort des Elysiums gefühlt hatte, kurz vor der Rückkehr in die Zitadelle. Das leuchtende Netz, über den siebzehn Türmen des Agens gesponnen – sollte es diesen Bereich nicht abschirmen? Oder diente es einem ganz anderen Zweck? Wies der Wind auch diesmal darauf hin, dass ihr Besuch in der Welt über der Welt zu Ende ging?

»Raimon ...«, brachte Eklund hervor.

Der vor dem Podest stehende Junge sah zum heranfliegenden Geschöpf, das langsamer wurde, immer langsamer, bis es so dicht vor Raimon verharrte, dass nur wenige Zentimeter seine Klauenhände vom Gesicht des Jungen trennten.

Agens: Aktivitätsentfaltung im Offensivum des Keims. Schutzfunktionen müssen aktiviert und gesteuert werden.

Die Frau oben auf dem Podest stand an der Brüstung, das leere Gesicht so den Ereignissen unten zugewandt, als könnte sie sie beobachten.

»Jetzt siehst du dich, wie du wirklich bist«, sagte Raimon. »*Was* du wirklich bist.«

Ich bin Kordun. Eklund hörte die Stimme in der Kraft des Elysiums. *Und ich werde dich besiegen, Echna. Ich bin ... ich bin ...*

Die Kreatur sank zu Boden und verformte sich, wurde zu einem amorphen, pulsierenden Gewebehaufen.

Ich bin Kordun ... ich bin Lutor ... ich ... Hilf mir!

Raimon trat in den Haufen aus zitternder, bebender organischer Masse und ... wuchs. Er nahm das Gewebe in sich auf, absorbierte das, was Lutor gewesen war, integrierte es in den eigenen Körper, der dadurch von einem Jungen zu einem jungen Mann wurde. Die Kleidung riss und fiel von ihm ab, aber solche Dinge spielten jetzt ohnehin keine Rolle mehr. Beide Kreise schlossen sich, der große ebenso wie der kleine, hier und jetzt.

Ein Wehklagen zog durchs Elysium, gefolgt von Erleichterung – die letzten individuellen Empfindungen von Lutor, bevor er ganz in Raimon aufging.

Der junge Mann drehte sich zu Eklund um und streckte eine Hand aus, so wie er sie zuvor der Kreatur entgegengestreckt hatte, und für einen schrecklichen Moment befürchtete der Greis, dass es ihm ebenso ergehen würde wie Lutor, dass auch er ein Teil von Raimon werden sollte.

»Komm«, hörte er dann. »Sie möchte dich sehen.«

Raimon ging die Treppe zum Podest hoch, und Eklund folgte ihm. Die Frau ohne Gesicht wandte sich ihnen zu.

Sie wirkte nicht mehr ganz so alt wie bei ihrer ersten Begegnung, trug aber das gleiche blauschwarze, fleckige Gewand. Stumm hob sie die Arme, und Raimon trat ihr entgegen, ließ sich umarmen wie ein Sohn, der zu seiner Mutter zurückgekehrt war. Anschließend wich er ein wenig zurück, tastete mit der Hand nach dem leeren Gesicht und berührte es. Und dort, wo seine Fingerkuppen über die Haut glitten, verschwanden Falten, bildeten sich Augen, Nase und ein Mund. Ein menschliches Gesicht entstand, aber Eklund wusste, dass es keiner menschlichen Frau gehörte. In ihren großen braunen Augen sah er mehr Weisheit, als ein Mensch in tausend Jahren sammeln konnte – diese Augen hatten Dinge gesehen, die für ihn unvorstellbar blieben.

»Du hast ihn zu mir gebracht, Eklund«, sagte die Frau mit einer Stimme weich wie Samt. »Dafür bin ich dir sehr dankbar.«

Sie trat auf ihn zu, nicht mehr alt, sondern jung, in eine Aura reifer, ewiger Jugend gehüllt. Und sie umarmte ihn so, wie sie zuvor Raimon umarmt hatte, wie einen nach langer Zeit heimgekehrten Sohn.

Eklund begriff, dass er am Ende eines Pfades angelangt war, den er seit fast hundert Jahren beschritt. Er stand nicht am Ende seines Lebens, wohl aber an dem des Lebens*wegs*, der ihm von dem Augenblick an bestimmt gewesen war, als er zum ersten Mal die Kraft des Elysiums berührt hatte. *Ihre* Kraft.

»Wer bist du?«

Hand in Hand standen sie nebeneinander, die Frau und der zum jungen Mann gewordene Raimon, wie Mutter und Sohn. Was sie in gewisser Weise auch waren.

»Ich bin KiTamarani«, antwortete die Frau. »Raimon hat mich geweckt und mir das zurückgegeben, was mir fehlte.« Sie hob eine Hand zu ihrem Gesicht. »Ich kann wieder sehen und hören.«

Agens: Aktivitätsentfaltung im Offensivum des Keims dauert an. Lokationsveränderung. Größte Dringlichkeit.

»Ja«, sagte KiTamarani. »Ich weiß.« Sie streckte beide Hände dem Netz über den weißen Spindeltürmen des Agens entgegen, und sein Glühen wurde heller, zu einem Schimmern und Gleißen, in dem sich alles auflöste, das alles vereinnahmte …

Weißes Licht umgab Eklund, und er begriff, Teil der Kraft zu sein, die das Elysium erfüllte und von *ihr* stammte, von der Konziliantin KiTamarani. So etwas wie Musik vibrierte durch ihn, und kaum formten seine Gedanken eine Frage, glitt ihm auch schon die Antwort entgegen. Er hörte die kosmischen Saiten, die noch immer im Ton der Schöpfung vibrierten und das Lied des Lebens sangen, das Lied des *Sinns*. Den Sinn seiner eigenen Existenz hatte er erfahren, seine Mission erfüllt, und diese Erkenntnis erfüllte ihn mit tiefer, transzendentaler Zufriedenheit. Von Anfang an war ihm klar gewesen, dass ein Übergeist existierte, den er sich als »Weltseele« vorgestellt hatte, und jetzt kannte er den Namen dieser Entität: KiTamarani. Im Lauf von Jahrmillionen hatte sie das Leben von Kerberos gestaltet, als ihr Botschafter und Helfer, eine Entwicklung, die schließlich in der Manifestation von Raimon kulminierte.

Eklund begriff, dies *war* ein Neubeginn. Ein weiterer Weg lag vor ihm, viel länger als der erste, gesäumt von Wundern, und Eklund hatte auf ihm gerade den ersten Schritt getan.

Kerberos
17. April 421 SN
10:29 Uhr

40

Zeitsturz

Valdorian wusste, dass man ihn benutzt hatte, und vielleicht war es der aus dieser Erkenntnis wachsende Zorn, der es ihm erlaubte, einen Teil seines Selbst vor der Sklaverei zu bewahren. Dieses letzte freie mentale Fragment musste sich verbergen, denn das »Spiel« wollte ihn ganz, wie ein hungriges Geschöpf, das nicht auf den letzten Bissen verzichtete. Es versteckte sich hinter servilen Gedanken und beobachtete, wartete auf eine Chance.

Es beginnt, flüsterte eine Stimme, und Valdorian vermutete, dass sie Olkin gehörte. Doch hier, im Innern des Spiels, klang sie anders.

Er gewann den Eindruck zu schweben, umgeben von undurchdringlicher Finsternis, und als er Ausschau hielt, bemerkte er Konturen im Schwarz, die Umrisse von Objekten: Stangen, gerade und krumm; Dreiecke, Quadrate und Rechtecke; Polygone. Farben gesellten sich den Formen hinzu, die Hauptfarben des Spektrums und zahlreiche Schattierungen. Das Fremde in Valdorians Bewusstsein dehnte sich aus, und plötzlich wusste er, worauf es ankam. Er setzte sich in Bewegung und begann damit, die geometrischen Formen miteinander zu verbinden. Wenn er nach ihnen griff, leuchteten bestimmte Stellen auf, die nach Anschlusspunkten bei anderen Formen verlangten.

»Das ist einfach«, sagte der geistig gefesselte Valdorian mit einer Zufriedenheit, die das freie, versteckte Fragment nicht teilte – er kam sich fast wie ein Kind vor, das mit einem pseudorealen Baukasten spielte.

Es ist der Anfang, flüsterte es.

Weitere Formen entstanden, immer mehr, und Valdorian verband sie in einem Wissen, das nicht von ihm selbst stammte: Stangen mit Dreiecken, dort, wo die hellen Verbindungspunkte glänzten; Vierecke mit Oktaedern; Rechtecke mit pyramidenförmigen Gebilden. Blau und Grün, Rot und Gelb, Orange und Violett und andere Zwischentöne – sie alle mussten an den richtigen Stellen platziert werden. Ein Gerüst entstand in der Finsternis, die immer weiter vor den Farben zurückwich, eine geometrische Metaform, wie ein Labyrinth, das sich in drei Dimensionen erstreckte. Manchmal brachen verbundene Formen auseinander, und wenn das geschah, kehrte Valdorian zurück und reparierte sie, verband sie erneut miteinander.

Das freie Selbstfragment sammelte Sinneseindrücke und Informationen, versuchte zu verstehen. Es spürte, dass die Farben der Formen mehr waren als nur bunte Markierungen – sie gaben Auskunft über den Realitätsgehalt von Wegen, die durch Zeit und Raum reichten. Eine erste Erkenntnis bildete sich:

Die Formen und Farben dienten dazu, einen Kurs zu bestimmen, der nicht nur durch Raum und Zeit führte, sondern durch zahllose Raum-Zeit-Alternativen.

Du bist der Wegfinder, hatte Olkin gesagt, und Valdorian erkannte die sonderbare, krumme, spöttische Ironie in diesen Worten. Lidia, die ein Kantaki-Schiff flog ... Jetzt wurde er ebenfalls zu einem Piloten, der sich anschickte, den Keim des Omnivors zu steuern, ihn dorthin zu bringen, wo man ihn erwartete: zum Null, zum Kerker der Temporalen ...

Agorax/Agoron ... Der Temporale hatte ihn betrogen. Die Verjüngung, der Zeitschlüssel ... Von Anfang an war dies das Ziel gewesen: Valdorians Aufnahme in das Spiel, die Vervollständigung der Steuerungsmechanismen und des operativen Potenzials des Omnivorkeims. Das Werkzeug war die ganze Zeit über nur ein Werkzeug gewesen, hatte nie etwas anderes sein können.

Valdorian flog durch das weiter wachsende Gerüst, das ihn an ein überaus komplexes Molekülmodell erinnerte – oder an die Doppelhelix der DNS –, erweiterte und reparierte es. Er zeigte dem Omnivor den Weg zum Null, mithilfe der Verbindung zwischen ihm und Agoron, vorbei an den Zeitfallen der Kantaki. Das war seine Aufgabe als Wegfinder, als Navigator des Omnivors.

Das freie Selbstfragment, in den hintersten Winkel des versklavten Bewusstseins geduckt, fragte sich, was aus ihm wurde, wenn er seine Aufgabe erfüllt hatte ... Der unfreie Valdorian gab sich solchen Überlegungen nicht hin. Sein ganzes geistiges Potenzial wurde für die Konstruktion des Weggerüstes benutzt, dafür, die richtigen geometrischen Formen an den richtigen Stellen miteinander zu verbinden.

Manchmal glaubte er, in den wachsenden Strukturen die Schatten und Schemen der anderen Spielfiguren zu sehen. Wie viele waren sie? Gefangen, missbraucht, instrumentalisiert, alle Teil einer Maschinerie, die Geist und Materie miteinander verzahnte und ihrerseits Teil eines größeren, übergeordneten Etwas war, das die mentale Welt mit der physischen verband. Das beobachtende Selbstfragment begriff: Was Olkin »Spiel« nannte, war mehr als nur das Steuerungszentrum des Omnivorkeims; es nahm die Funktionen eines Gehirns wahr. Valdorian war der Wegfinder, und die übrigen Spielfiguren kümmerten sich um andere notwendige Dinge: interne und externe Wahrnehmung, Energie, Mobilität, Angriff und Verteidigung. Kontrolliert wurden die Spielfiguren – gewissermaßen die verschiedenen Bereiche des Gehirns – von Olkin und den Spielern; das geistige Potenzial der Letzteren wurde jedoch ebenfalls von außen manipuliert. Die aktive Phase des Spiels, das Zusammenwirken der Spielerfunktionen, schuf das Semibewusstsein des Omnivors, mehr als nur ein Instinkt, aber weniger als ein Selbst, ohne eine direkte Vorstellung vom eigenen Ich. Das Wesen, das Valdorian umgab, war nicht intelligent; es *lieh* sich fremde Intelligenz.

Olkin ... Der freie Valdorian fragte sich, wer er war. Die Seele des Omnivorkeims? Seine innere Identität? Oder war auch der Gnom nur ein Werkzeug? Und nach welchen Prinzipien wählte er die Spieler aus? Olkin hatte Edwald Emmerson mit dem Hinweis verschwinden lassen, dass er kein geeigneter Spieler war. Erforderte das Spiel eine bestimmte geistige Prädisposition?

Während der versklavte Valdorian die Arbeit an dem Gerüst fortsetzte und dabei den farblichen Kompositionen, die über Realitätsdichte Auskunft gaben, immer mehr Beachtung schenkte, spürte das Selbstfragment vage einen neuen, ganz andersartigen äußeren Einfluss, der nichts mit dem Spiel zu tun hatte. Ein starkes Bewusstsein schien ihn erreichen zu wollen – eine Chance?

Blaue Stangen passten an rote Rechtecke und grüne Quadrate, nicht aber an kleine gelben Pyramiden. Valdorian griff nach den Formen und fügte sie zusammen, orientierte sich an der Stimme des Temporalen, die noch immer aus dem fernen Zeitkerker wisperte. Er spürte, dass auch der Omnivor in Bewegung geriet. Er diffundierte durch Sedimente, glitt durch die Tiefen eines Meeres, die ebenso dunkel waren wie er selbst, stieg auf, dem Licht entgegen ...

Wieder spürte der freie Rest von Valdorian den externen Einfluss, und für einen Sekundenbruchteil glaubte er, einen goldenen Stern zu sehen. Er fragte sich, ob dies tatsächlich die erhoffte Chance war und er es wagen durfte, sein Versteck zu verlassen.

Der versklavte Valdorian schien ebenfalls etwas zu spüren und verharrte in dem bunten Gerüst, das sich schier endlos in alle Richtungen erstreckte. Das Selbstfragment sah einen günstigen Moment gekommen und sprang dem fremden Einfluss entgegen.

Gedanken und Gefühle dehnten sich, und der andere Valdorian, der Wegfinder, wurde mitgerissen.

Er fand sich am felsigen Ufer eines Sees wie aus Quecksilber wieder, im heißen Schein von etwas, das im Zenit eines schwarzen Himmels brannte und keine Sonne war. Hinter ihm ragte der dunkle Zapfen des Zentrums auf, und er sah, wie sich unten eine Öffnung in ihm bildete und jemand nach draußen trat: Olkin.

»Komm zurück!«, rief der Gnom, und Valdorian spürte, dass sein Körper gehorchen wollte. Er sprang, bevor ihn der eigene Leib verraten konnte.

Die silberne Flüssigkeit war weder warm noch kalt, schloss sich wie bequeme Kleidung um ihn. Valdorian schwamm und öffnete nach einigen Sekunden die zusammengekniffenen Augen. Eine silbrige Welt erstreckte sich um ihn herum in alle Richtungen, ohne einen Hinweis auf oben und unten zu geben. Er ließ etwas Atemluft entweichen, um sich von den Luftblasen den Weg nach oben zeigen zu lassen, aber sie verschwanden einfach in dem Silber.

Fast eine Minute lang schaffte es Valdorian, den Atem anzuhalten. Dann klappte sein Mund von ganz allein auf und füllte sich mit silbriger Flüssigkeit, die ihm auch in die Lungen drang. Angst und Schrecken explodierten in ihm, und einmal mehr fühlte er sich betrogen, um Freiheit und Leben. Er ... starb ...

... und wurde in einem Raum ohne Fenster und Türen wiedergeboren, so grau wie seine Seele. Sofort begann er zu würgen und erbrach sich, leerte nicht nur den Magen, sondern auch die Lungen. Und aus dem Erbrochenen, braun und silbern, wuchs eine dürre, bucklige Gestalt.

»Du hast zu fliehen versucht«, sagte Olkin. Ein dürrer Finger berührte Valdorian, und Schmerz entflammte in seinem Innern, eine Qual, die keine einzige Körperzelle verschonte und sich durchs Rückgrat brannte. »Niemand flieht aus dem Spiel.«

Ein Heulen und Kreischen fuhr durchs graue Zimmer,

kam von Valdorian und kehrte zu ihm zurück, ein Orkan aus seinem Schmerz, und als er wieder sehen konnte, befand er sich erneut im Gerüst, lenkte und steuerte willenlos.

// Defensivum und Offensivum brauchen volles Orientierungspotenzial \\, ertönte eine Stimme in ihm, die zu seinen Gedanken zu gehören schien, aber ein anderes mentales Aroma hatte. // Temporaler Transfer erforderlich. \\

Gesichter schwebten über dem Spiel, jenseits des Gerüsts, groß wie Planeten und Sonnen, die Spieler, ebenso versklavt wie er selbst. Jonathan, sein Sohn, die anderen ...

Valdorian spürte noch leise den äußeren Einfluss, während er schneller als vorher nach Formen griff und sie miteinander verband. Gleichzeitig wuchs die fremde Präsenz in seinem Geist immer mehr und ließ nun Gedanken entstehen, die den Geschmack eigener Gedanken hatten. Etwas in seiner Umgebung hatte sich verändert und erlaubte ihm keinen direkten Kontakt mehr mit der externen Kraft. Er versuchte, sein noch freies Fragment von der Servilität zu trennen, und begriff dabei, dass er einen Fehler gemacht hatte. Es wäre besser gewesen zu warten, mehr Informationen zu sammeln, zu versuchen, das Innere des Spiels besser zu verstehen. Jetzt war sein freier Rest an das instrumentalisierte Selbst gebunden und musste es begleiten auf seinem Weg zum Null.

Irgendwann sah er mit Augen, die nicht ihm gehörten, und hörte mit Ohren, die nicht Teil seines Körpers waren. Er stieg aus dem Meer und gewann schnell an Höhe, sah die Stadt Chiron unter sich und hörte das Donnern der Triebwerke interplanetarer Kampfschiffe, *seiner* Schiffe, seiner Flotte, mit der er nach Kerberos gekommen war.

// Transferenergie wird gesammelt. \\

Wolkenfetzen strichen an Valdorian vorbei, und tief unten, im Blau des Riffmeers sah er einen goldenen Glanz. Etwas anderes, das zweite Artefakt – *die Konziliantin,* wusste er – stieg ebenfalls auf. Der Ozean begann zu brodeln, nicht von der Masse des goldenen Sterns gestört, sondern von den hyperdimensionalen Strudeln, die der Keim verursachte.

Hohe Wellen bildeten sich, rollten der Millionenstadt an der Küste entgegen ...

Das schwarze All empfing etwas, das noch schwärzer war.

»Finde den Weg«, sagte Olkin jenseits der Membran, der das Spiel vom runden Tisch mit den Spielern trennte. »Finde den Weg zum Null.«

Erneut sah Valdorian mit Augen, die nicht ihm gehörten, und er betrachtete Muster, nicht im Raum, sondern in der Zeit. Muster, die sich in den Farben des Gerüstes wiederholten und auf bunte Schächte hinwiesen, die durch die Zeit reichten, durch temporale Kapillaren miteinander verbunden – jeder von ihnen führte in ein anderes Meer der Zeit, in ein anderes Kontinuum aus Epochen, linear und nichtlinear.

Valdorian atmete tief durch und nahm eine Kraft in sich auf, die ihm ebenso wenig gehörte wie diese Augen und Ohren. Er griff nach der Transferenergie, und sie vermittelte ihm ein angenehmes Gefühl.

Er lächelte – und erschrak über das Lächeln, denn etwas in ihm kam sich vor wie ein Sklave, der an den eigenen Ketten Gefallen fand.

Der gelbe Stern folgte ihm durch die Atmosphäre des Planeten, und noch immer ging von ihm eine Kraft aus, die einen Kontakt mit ihm herzustellen versuchte. Sie ließ nach, als Dutzende von Hefok-Kanonen der Konziliantenkapsel destruktive Energie entgegenschleuderten. Die Strahlen erreichten den Stern nicht, ebenso wenig wie die Raketenschwärme, die wie zornige kosmische Hornissen durchs All rasten – vor dem gelben Stern gerieten sie in einen Entropiegraben und verschwanden.

Die Konziliantenkapsel wurde schneller und näherte sich, schenkte den Kampfschiffen der Arsenalflotte, die auch weiterhin feuerten, keine Beachtung. Etwas streckte sich dem Keim entgegen und versuchte, ihn aufzuhalten. Valdorian fühlte, wie der externe Einfluss erneut zunahm, und gleichzeitig wuchs das Fremde in seinem Geist, dehnte sich zwischen seinen Gedanken aus und ergriff vollständig von ihnen Besitz; die externe Kraft konnte ihn nicht mehr erreichen. Ein Teil von ihm - ein Teil des Keims - löste sich und sprang dem gelben Stern entgegen, ohne im Entropiegraben zu verschwinden. Der Splitter setzte über ihn hinweg und traf die Kapsel, einen der siebzehn langen Dornen, der sich daraufhin verfärbte.

Der gelbe Stern blieb hinter dem jungen Omnivor zurück.

Valdorian freute sich über den Erfolg des Offensivums und fragte sich, ob es wirklich seine eigene Freude war. Er spürte das Warten der anderen Geschöpfe im Spiel, und Olkins Gesicht erschien am Himmel über seiner Spiel-Arena.

»Finde den Weg«, wiederholte der Gnom. »Finde den Weg zum Null.«

Der Planet Kerberos und die Blase, die das Hades-System vom Rest des Universums separierte, verschwanden. Finger berührten die Membran, die Finger von Jonathan, des Autokraten und der anderen Spieler, und die Kontakte veranlassten die übrigen Spielfiguren zu neuer Aktivität. Valdorian spürte, wie sie auf ihre eigene Art und Weise aktiv wurden, ohne dass er sie dabei beobachten konnte. Er fühlte auch, wie die Mobilität des Keims zunahm. Weitere Formen entstanden direkt vor Valdorian, die eine grün, die andere blutrot, und er drückte ihre glühenden Kontaktpunkte aneinander. Direkt über ihm öffnete sich ein karmesinroter Schacht, und der vordere Teil des Gerüstes ragte in ihn hinein, wies den Weg zum Ziel. Die Separationsblase wurde zu einem energetischen Katapult, das den Keim in den Tunnel durch die Zeit schleuderte.

Triumph vibrierte durch die inneren Kosmen des jungen Omnivors, denn er war unterwegs und der Konziliantin entkommen.

Durch fremde Augen und Ohren beobachtete Valdorian die Wände des Schachtes, durch den er fiel. Sie bestanden aus temporalen Kapillaren, die in verschiedene Epochen führten, geprägt von unterschiedlichen Wahrscheinlichkeitsmustern.

Die von Valdorian zusammengesetzten geometrischen Formen wiesen den Weg. Eine tiefe Zufriedenheit erfüllte ihn, und der freie Rest versuchte, sich diesem Gefühl zu widersetzen, denn es band ihn noch fester an die inneren Mechanismen des Spiels.

Eine Stimme erreichte ihn, Agorons Stimme, zusammen mit dem Flüstern der anderen Eternen in ihrem Zeitkerker, und fremde Sinne erlaubten es Valdorian, die richtige Kapillare zu lokalisieren.

Die Kreatur, die ihn umgab – wenn es wirklich ein *Lebewesen* war, und daran zweifelte der freie Rest Valdorians; es fühlte sich weder tot noch lebendig an, eher wie eine primordiale Kraft –, veränderte ihre Form, wurde länger und dünner, damit die temporale Kapillare sie aufnehmen konnte. Der versklavte Valdorian erweiterte das Navigationsgerüst, und plötzlich zeigte ihm die fremde Wahrnehmung ein ... Meer, einen Ozean der Zeit, durch den der junge Omnivor als schwarzer Rochen schwamm, vorbei an Strudeln, von denen Gefahr ausging. Die Kantaki hatten sie nach dem Zeitkrieg geschaffen, um das Null zu sichern und eine Flucht der Eternen zu verhindern. Voraus wurde eine graue Sphäre sichtbar, durchzogen von dünnen Rissen, aus denen Agorons Stimme kam.

Du hast mich betrogen!, wollte der freie Valdorian rufen, aber es wurde nur ein Gedanke daraus, tief verborgen unter Servilität. Er fühlte die Mühelosigkeit, mit der der junge Omnivor an den Zeitfallen der Kantaki vorbeischwamm, obwohl ein starker Sog von ihnen ausging. Als er die graue Sphäre erreichte, verwandelte sich ein Teil von ihm in eine Spitze, die sich in den Schild bohrte, der das Null umgab.

Sonderbare Eindrücke strömten auf Valdorian ein, und mit vielen von ihnen wusste er nichts anzufangen, weil es in seiner Erfahrungswelt nichts Vergleichbares gab. Andere erschienen zumindest vage vertraut, wie das Gefühl von Muskeln, die sich spannten ...

Die dünnen Risse wuchsen in die Länge, wurden breiter ...

Der Schild zerbarst.

Er platzte auseinander, und graue Trümmer trieben durch das Meer der Zeit davon, wie von der Druckwelle einer Explosion erfasst, zerfetzten die temporalen Strudel in der Nähe.

Alles geschah in völliger Lautlosigkeit.

Im Null, jetzt ohne Mauern, sah Valdorian eine Stadt, die auf ihn den Eindruck erweckte, aus zahlreichen Waben zu bestehen, und er kannte ihren Namen, obwohl er ihn nie gehört hatte: Äon. Vor und über der Stadt schwebten zahlreiche Raumschiffe, nicht nur die der Eternen, sondern auch die schwarzen Kolosse der Renegaten-Kantaki.

Die Zeitflotte.

Es ist vollbracht!, rief Agoron seinem Volk zu. *Es ist vollbracht! Wir sind frei!*

Die Zeitschiffe der Eternen und die schwarzen Riesen der abtrünnigen Kantaki setzten sich in Bewegung.

Irgendwo hoben und senkten sich Valdorians Lider, ein Blinzeln …

Düsternis umgab ihn, und er stand auf einem Steg, der wie Gummi unter ihm nachgab, wenn er sich bewegte. Sein Körper, er steckte wieder in seinem verjüngten Körper.

»Derzeit wirst du nicht gebraucht«, sagte Olkin an seiner Seite. »Du kannst ruhen.«

Der kleine, verschrumpelt wirkende Hominide deutete auf einen Kokon am Ende des Stegs. Valdorian hob den Blick und sah hunderte, tausende oder gar zehntausende von anderen Kokons in einem höhlenartigen Raum, der zu pulsieren schien, größer wurde und dann wieder schrumpfte. Eine Art laute Stille herrschte, eine *schreiende* Lautlosigkeit, die von Verzweiflung kündete. Wie viele Geschöpfe waren hier gefangen und ruhten als lebende Werkzeuge auf Abruf?

»Ich … will … nicht …«, brachte er hervor, aber seine Beine bewegten sich bereits. Der Körper gehorchte ihm nicht.

Der Kokon nahm ihn auf, und seine Öffnung schloss sich über ihm. Als Letztes sah er Olkins Gesicht, seine lange, spitze

Nase und die großen grünbraunen Augen. »Was du willst, spielt keine Rolle«, sagte er. »Du wirst ruhen, bis ich dich rufe.«

Und dann bestand Valdorians Welt nur noch aus dem Inneren des Kokons. Dunkelheit umfing ihn, und etwas hielt ... seine ... Gedanken ... an ...

Kerberos
17. April 421 SN
11:04 Uhr

41 Aufbruch

Bruder Eklund wanderte durch einen Wald, von dem er glaubte, dass er eigentlich gar nicht existierte, was ihn jedoch nicht daran hinderte, jeden Schritt, jeden Atemzug und den transzendenten Frieden in seinem Inneren zu genießen. Er fühlte weichen Boden unter den Füßen, und ein würziger Geruch lag in der Luft, nach Harz, Moos und Pilzen. Die Bäume um ihn herum ragten fast so weit auf wie die im Kontinentalwald von Kerberos, aber eines wusste Eklund mit absoluter Gewissheit: Hier drohte keine Gefahr. Wo auch immer *hier* war.

Auf einer kleinen Lichtung blieb er stehen, streckte die Hände dem Sonnenschein entgegen und dachte über die Natur der Wirklichkeit nach. Wenn sich eine falsche Realität nicht von der richtigen unterscheiden ließ – hatte es dann noch Sinn, einen Unterschied erkennen zu wollen? Letztlich kam es darauf an, wie überzeugend die Sinne von der *erlebten* Wirklichkeit berichteten, und dieser Wald wirkte sehr, sehr authentisch.

Eklund wandte sich um und folgte dem Verlauf eines Pfades, von dem er wusste, dass er ihn zum Teich zurückbrachte, und zum Haus mit Wänden wie aus Wasser. Gelegentlich knackten kleine Zweige unter seinen Schritten, und einmal hörte er ein Zwitschern weit oben, wie von einem Vogel. Ansonsten blieb es still, und Eklund nahm die Stille in sich auf, fügte sie dem eigenen Frieden hinzu. Der Kreis seines Lebens hatte sich geschlossen, seine Aufgabe war erfüllt, und diese Erkenntnis brachte eine Befriedigung, die jeder einzelnen Sekunde seiner fast hundert Lebensjahre *Sinn* gab. Es existierten viele Dinge, die er nicht verstand und vielleicht nie verstehen würde, doch daraus erwuchs keine Unruhe – er war nie so vermessen gewesen zu hoffen, irgendwann einmal Antworten auf alle seine Fragen zu finden. Aber er wusste jetzt, welche Bedeutung seinem Leben zukam, und er freute sich darüber, es richtig gelebt zu haben. Er gehörte zu den wenigen Privilegierten, die am Ende ihres Lebenswegs zufrieden zurückschauen konnten, ohne irgendetwas zu bereuen oder zu beklagen, ohne etwas zu vermissen. Alles war da, an seinem richtigen Platz.

Mit langsamen Schritten ging Eklund über den Weg, durch den stillen Wald, ohne Schmerzen im Rücken, und nach einer Viertelstunde erreichte er eine größere Lichtung mit dem kleinen Wasserfall, der den Teich speiste. Dort stand Raimon am felsigen Ufer und blickte ins Wasser. Eklund näherte sich dem Jungen, dem jungen Mann, der ihm den Rücken zukehrte.

»Ist alles in Ordnung mit dir?«

Raimon drehte sich nicht um. Er war gewachsen, wirkte nicht mehr wie ein zwölfjähriger Knabe, sondern wie ein Zwanzigjähriger.

»Endlich bin ich ganz«, sagte er.

Eklund trat an seine Seite und blickte in ein Gesicht, das ihm sehr ernst, aber auch irgendwie befreit erschien. Es war nicht mehr Raimons Gesicht, sondern das einer anderen Person.

Einer Person.

Doch das Spiegelbild im Wasser zeigte ein Gesicht, das sich immer wieder veränderte, Dutzende von Männern und Frauen präsentierte, unter ihnen auch Lutors Grimasse.

»Sie sind alle in mir«, sagte Raimon. »Sie sind ich. Wir sind ich, wir alle zusammen. Und gleichzeitig bin nur ich allein ich selbst. Ergibt das einen Sinn?«

»Ich denke schon. Für dich.«

»Ihre Erinnerungen sind falsch, genauso falsch wie der Befehl zu töten.«

»An was erinnerst *du* dich?«

Raimon blickte noch immer ins Wasser und überlegte. »Ich erinnere mich an einen Teil der Dinge, an die sich KiTamarani erinnert, und auch ihr Erinnerungsvermögen ist nicht komplett. Sie hat es bei der Reduktion verloren und nur Fragmente davon wiedererlangt. Sie ...«

Er neigte den Kopf zur Seite, schien zu horchen.

»Da kommt sie.«

Eklund drehte sich um und blickte zum Haus mit den Wänden aus Wasser, das er schon einmal gesehen hatte, im Elysium, unmittelbar nach dem Tod von Bruder Darius vor zweiundfünfzig Jahren. Kleine Wellen wogten durch die halbtransparente Substanz, die weder Stein noch Metall war und sich anfühlte wie Gelee. In einer Wand des niedrigen Gebäudes hatte sich eine Öffnung gebildet, und KiTamarani trat heraus, gekleidet in ein Gewand so silbergrau wie die Wände.

»Das Agens ist repariert«, sagte sie.

Ein Schritt ...

... und Raimon und Eklund standen direkt vor der Konziliantin. Raimon hob die Hand, ebenso wie KiTamarani, und sie berührten sich gegenseitig an den Wangen, eine Geste, die Eklund sehr intim erschien, wie die Umarmung zweier Personen, die sich lange gesucht und nach vielen Jahren wiedergefunden hatten. Er bewegte sich ...

... und stand zwischen den siebzehn weißen Türmen, nicht weit vom Podest entfernt, auf dem die Frau ohne Gesicht auf Raimon gewartet hatte. Aber aus der ockerfarbenen Öde war ein grünes Grasland geworden, und es jagten keine Wolken mehr über den Himmel, wie auf der Flucht vor etwas. Ruhe herrschte hier, ein Frieden vergleichbar mit dem, den Eklund in seinem Inneren fühlte.

 Einer der Türme war verfärbt gewesen, wusste er, getroffen von Schwärze, aber jetzt zeigte er wieder makelloses Weiß.

»Der Splitter eines Splitters«, sagte die in der Nähe stehende KiTamarani. »Der Omnivorkeim hat einen Teil von sich geopfert, um zu fliehen und zu entkommen.« Kummer huschte durch das so menschlich wirkende Gesicht, hinter dem doch ein ganz anderes Wesen wohnte. »Mit allen meinen Erinnerungen wäre es mir vermutlich gelungen, ihn festzuhalten. Mein Ich/Wir ist alles andere als vollständig.«

»Aber du lebst«, sagte Raimon. Er benutzte ein anderes Wort, doch etwas in Eklund ersetzte es durch einen vertrauten Begriff. »Du existierst noch und bist erwacht. Und ich bin hier.«

»Ja«, erwiderte KiTamarani und lächelte. »Ja, du bist hier.«

Eklund musterte die Frau und sah in ihren braunen Augen etwas, das ihn zutiefst beeindruckte, nicht nur ein langes *Leben*, sondern eine kosmische Tiefe. Er kam sich vor wie ein Kind, das immer nur kleine Tümpel gesehen hatte und sich plötzlich einem endlosen Ozean gegenübersah. Eklund versuchte, KiTamarani weniger als Person zu betrachten, sondern eher als Symbol für etwas, das in unmittelbarem Zusammenhang mit der Schöpfung stand, dem Beginn des Universums. Er fühlte sich in der Präsenz einer Entität, die Konzepte wie Unendlichkeit und Ewigkeit in sich vereinte, Ausdruck einer Urkraft, die aus dem Feuer kam, das letztendlich alles geschaffen hatte.

»Wo sind wir hier?«, fragte Eklund leise.

»Im primären Selbst der Konziliantin«, sagte Raimon. »Beim Agens.« Er deutete auf die weißen Türme, und Eklund ging langsam los, näherte sich einem von ihnen. Als er nahe genug herangekommen war, bildete sich eine Öffnung, und er betrat einen Raum, in dem *helle Dunkelheit* herrschte, mit einer Finsternis, in der er dennoch sehen konnte. Und während er Dinge sah, für die er keine Namen hatte, hörte er eine Stimme, die tausend Geschichten erzählte und von der

Schöpfung berichtete. Er hob die Hände und beobachtete, wie sich Funken von seinen Fingerkuppen lösten und durch die Gespinste des Agens tanzten.

Du musst eine Entscheidung treffen, flüsterte es durch den Turm.

»Ich weiß.« Eklund trat zurück – und stand neben dem Haus mit Wänden aus Wasser, unweit eines Tümpels, der Raimon alle Gesichter zeigte, die er in sich trug.

Ein Kreis hatte sich geschlossen. Aber vielleicht öffnete sich ein anderer ...

»Wohin geht es von hier aus?«, fragte er. »Wohin führt von hier aus der Weg?«

KiTamarani stand vor ihm, an ihrer Seite Raimon.

»Eine lange Reise erwartet uns«, sagte die Konziliantin, und ihre braunen Augen schienen sich zu öffnen, wie Tore ins Universum. »Ohne eine Vervollständigung meines Ich/Wir wäre es sinnlos, dem Omnivorkeim zu folgen – ich könnte die Konfrontation mit ihm nicht bestehen. Ich muss zum Konziliat zurück, um die Reduktion abzuschließen und alle Erinnerungen aufzunehmen, um wieder ganz ich zu sein.«

Sie hatte einen ähnlichen Weg vor sich wie Raimon, nur ihrer war viel, viel länger.

»Wohin möchtest du?«, fragte KiTamarani sanft, und Eklund spürte auch Raimons Blick auf sich ruhen.

Er hatte niemanden, abgesehen vielleicht von Elisabeth, die durchaus eine besondere Rolle in seinem Leben spielte. Aber er hatte keine Familie, keine Verwandten, niemanden, der ihn brauchte. Freiheit breitete sich vor ihm aus, am Ende seines Lebens, und diese Freiheit erlaubte ihm eine Entscheidung, die er unter anderen Umständen vielleicht nicht getroffen hätte.

Agens: Bereitschaft.

»Ich möchte mitkommen«, sagte er. »Ich möchte euch begleiten.«

KiTamarani und Raimon wechselten einen Blick.

»Du hast *ihn* zu mir gebracht«, sagte die Konziliantin. »Wie könnte ich dir deinen Wunsch nicht erfüllen?«

KiTamarani hielt Mensch und Metamorph an den Händen, Eklund zu ihrer Linken und Raimon zu ihrer Rechten, und gemeinsam betraten sie das Haus mit Wänden aus Wasser.

Kerberos
17. April 421 SN
11:30 Uhr

42

Perspektiven

Elisabeth hatte das Hospital gerade erreicht, als die Welt um sie herum zu zittern begann. Sie glaubte zunächst, von Schwindel erfasst zu werden, begriff dann aber, dass der Boden unter ihr zitterte. Mit beiden Händen hielt sie sich am Geländer der Verandatreppe fest und hörte die erschrockenen Rufe der Menschen in ihrer Nähe. Ein dumpfes Grollen kam aus der Ferne, und etwas verdunkelte das Licht der Sonne. Elisabeth sah in Richtung Riffmeer und beobachtete, wie etwas Schwarzes gen Himmel wuchs. Es sah aus wie eine Wolke, an der verschiedene Winde zerrten und die dadurch immer wieder ihre Form veränderte. Der Wolke folgte ein ... goldener Stern. Er stieg langsamer auf und hatte das Meer gerade erst hinter sich gelassen, als das Schwarze jenseits des Himmels verschwand.

Das Licht kehrte zurück, spiegelte sich an den Dornen des Sterns wider, der schneller wurde, ebenfalls dem Firmament entgegeneilte. Elisabeth versuchte, einen klaren Gedanken zu fassen. Sie hatte gerade erst einen Schock hinter sich, verursacht von der schrecklichen Begegnung mit Lutor in ihrer Wohnung, und jetzt beobachtete sie etwas, das ihr wie eine Halluzination erschien. Sie blinzelte mehrmals, aber der goldene Stern blieb am Himmel, kletterte höher ...

Dann sah sie die Wellen. Hoch türmten sie sich auf, als sie vom offenen Meer her kommend auf die Stadt zurollten, höher als jemals zuvor. Die anderen Personen in der Nähe sahen sie ebenfalls und begannen zu laufen, aber Elisabeth blieb auf der Treppe stehen, die Augen groß und voller Erstaunen. Sie begriff, Zeugin von Ereignissen zu sein, die einmalig waren - und verheerend sein konnten.

Das dumpfe Grollen in der Ferne schwoll an, wurde zu einem Donnern und kam näher.

Die hohen Wellen erreichten die Hafenanlagen, und Elisabeth beobachtete, wie Schiffe und Boote angehoben und von den Sturzfluten verschlungen wurden. Ein Krachen gesellte sich dem Donnern hinzu, als die sich brechenden Wellen Gebäude zerschmetterten.

Endlich fiel die Starre von der Ärztin ab, und sie eilte die Treppe hoch und ins Hospital. In den Korridoren und Behandlungszimmern herrschte ein heilloses Durcheinander aus Krankenpflegern und Patienten, und Elisabeth rief: »Das Hospital muss sofort geräumt werden!«

»Dazu ist es zu spät«, erwiderte jemand. »Außerdem sind viele der Patienten ans Bett gebunden. Wir können nur hoffen, dass das Wasser nicht zu hoch steigt.«

Elisabeth nahm diese Worte zum Anlass, wieder nach draußen auf die Veranda zu treten. Das Donnern verwandelte sich in ein lautes Zischen, als das Wasser unter den wie auf Stelzen stehenden Gebäuden schnell anstieg. Es brodelte, schien zu kochen, brachte Trümmer zerstörter Gebäude mit. Elisabeth sah nicht die Shuttles und Kampfschiffe der Soldaten über der Stadt, hörte nicht die Sirenen und Schreie. Das Wasser beanspruchte ihre ganze Aufmerksamkeit, die Strudel darin, der Schaum, die Trümmerstücke und Kadaver von Tieren, dort eine Leiche ... Es erreichte ihre Füße und kletterte weiter, strömte durch die Türen ins Hospital. Als es die Knie der Ärztin berührte, verharrte das Wasser wie unschlüssig, strömte und schwappte, beschloss dann, wieder in Richtung Meer zu fließen.

Eine Faust löste sich von Elisabeths Herz, und zutiefst erleichtert beobachtete sie, wie der Wasserstand wieder sank.

Sie hob den Kopf, sah übers Delta und beobachtete, wie die Flutwelle zurückging. Sie senkte den Blick und bemerkte einen Schlammspringer, der neben ihr auf der Veranda zappelte. Vorsichtig schob sie ihn mit dem Fuß über den Rand und ins Wasser.

»Dem ersten Patienten ist geholfen«, sagte sie, drehte sich um und betrat das Hospital, um anderen zu helfen, menschlichen Patienten. Es wartete viel Arbeit auf sie.

Edwald Emmerson stand auf dem Pelion-Massiv, tausend Meter über dem Meer, und beobachtete, wie das schwarze Etwas aufstieg. In ihm zitterte ein Schatten des Entsetzens, das ihn am Meeresgrund geschüttelt und Raphael umgebracht hatte, und einige Sekunden rang er mit dem eigenen Empfinden und dem, was sich ihm als Realität darbot. Durfte er seinen Augen trauen? Geschah dies wirklich? Vage erinnerte er sich an ein rundes Zimmer und einen runden Tisch mit einer sonderbaren Vorrichtung, an den Autokraten, der völlig erstarrt neben ihm gesessen hatte, an Valdorian ... Und dann stand er plötzlich an diesem Ort, hoch oben auf der Felswand, ohne zu wissen, wer oder was ihn hierher gebracht hatte.

Hohe Wellen entstanden unter dem schwarzen Etwas, und ein Stern erschien, gelb wie ... wie das Artefakt, das Emmerson in der Station am Meeresgrund gesehen und berührt hatte. Der Stern folgte dem Dunklen, aber langsamer, und beide verschwanden jenseits der Atmosphäre des Planeten. Emmersons Blick blieb nach oben gerichtet, und er sah ein Flackern und Aufblitzen wie von Explosionen im nahen All.

Unten rollte eine Flutwelle der Stadt entgegen, erreichte die künstliche Insel des Autokraten, hob sie an, ließ sie zur Seite kippen ...

Stokkarts buntes, kitschiges Domizil versank im aufgewühlten Meer, und Emmerson nickte zufrieden. »Vielleicht gibt es doch noch so etwas wie Gerechtigkeit«, sagte er leise.

Ernst beobachtete er die Zerstörungen, die die hohen Wellen am Stadtrand und im Delta anrichteten. Er dachte an das Chaos in Chiron, als die Flutwelle Gebäude zerstörte und überall das Wasser ansteigen ließ. In dieser Höhe war nur ein dumpfes Donnern zu hören, und die Shuttles und Kampfschiffe über der Stadt wirkten wie graue Fliegen.

Dann kehrten die Fluten zum Meer zurück, und Emmerson lauschte einer Stille, die alles unwirklich machte. Er fühlte den Wind, sah die Sonne am Himmel und fragte sich, ob das, was er während der letzten Stunden gesehen und erlebt hatte, wirklich geschehen war. Er dachte an die beiden großen Artefakte, die nach Jahrmillionen aus dem Sedimentgestein des Meeresgrunds aufgestiegen waren. Hätte es dadurch nicht zu starker seismischer Aktivität kommen müssen? *Wie* waren die Artefakte *durch* das Gestein aufgestiegen?

Fragen, die derzeit nicht beantwortet werden konnten.

Schließlich wandte sich Emmerson um, fand kurze Zeit später zwischen den Felsen einen Lichtschacht der Zitadelle und begann mit dem Abstieg.

Edwald Emmerson saß im Büro des planetaren Direktors von NHD und sah einen Acheron, der erstaunlich vertraut wirkte. Aus dieser Perspektive betrachtet schien sich die Welt überhaupt nicht verändert zu haben. Doch Emmerson wusste, dass Kerberos nie wieder so sein würde wie vorher. Was er keineswegs bedauerte. Er versuchte noch immer, mit den jüngsten Erlebnissen fertig zu werden, als Elroy Tobias eintrat.

»Nicht nur der Autokrat ist verschwunden«, sagte er. »Von Turannen, Valdorian, Jonathan, Benjamin und Dokkar fehlt ebenfalls jede Spur.«

Vor dem inneren Auge sah Emmerson noch einmal das Gebilde auf dem runden Tisch, in jener anderen Welt, von der ein Schatten in ihm verharrte.

»Hoffentlich bleiben sie verschwunden«, murmelte er.

Elroy blickte auf das Display des Infonauten in seinen

Händen. »Das Hades-System ist nicht mehr isoliert. Die Barriere, die es vom Rest des Universums trennte, existiert nicht mehr.«

Emmerson nickte. »Eine weitere gute Nachricht.«

»Es kommt noch besser.« Elroy Tobias erlaubte sich ein Lächeln. »Die Drogen haben ihre Wirkung verloren.«

Emmerson richtete einen fragenden Blick auf ihn.

»Die ersten Meldungen trafen vor einer Stunde ein und sind inzwischen bestätigt. Die aus Kerberos-Organismen hergestellten Drogen wirken nicht mehr.«

Daraufhin lächelte auch Emmerson. »Wir sind vom Autokraten *und* von den Drogen befreit. Konnten wir uns mehr erhoffen?« Er stand auf. »Versuchen wir, auf dieser Welt Ordnung zu schaffen.«

Epilog

Knisternde Zeit, brechender Raum

Agoron ruhte im noch fruchtbaren Ovum der *Akida*, des Flaggschiffs der Zeitflotte, verbunden mit allen ihren Systemen, den wachen ebenso wie den schlafenden. Nach wie vor strömte altes Wissen auf ihn ein, und noch immer war ein Teil seines Bewusstseins damit beschäftigt, es aufzunehmen und zu sortieren, zu *verstehen*. Er wusste, dass die *Akida* das erste Schiff gewesen war, das die Eternen unmittelbar nach dem Initialkonflikt vom Erhabenen aus der Dominanz als Geschenk erhalten hatten. Es war zur Mutter der Zeitflotte geworden: Ihr Ovum hatte über tausend Morulae produziert, aus denen halbintelligente Aggregate hervorgegangen waren, mehr Zeitmaschinen als Raumschiffe. Fast all jene Zeitschiffe waren gegen Ende des Krieges gegen die Kantaki und Feyn verloren gegangen, aber ein glücklicher Zufall hatte die *Akida* vor der Vernichtung bewahrt. Während der Gefangenschaft im Null hatte ihr noch funktionstüchtiges Ovum hundertneunundvierzig Morulae geboren, die zu neuen Schiffen herangewachsen waren, maschinellen Geschöpfen, die eine Kollektivintelligenz zu entwickeln begannen. Die Äonare vor Agoron hatten nicht gewagt, das Ovum der *Akida* zu größerer Fruchtbarkeit zu stimulieren, denn wenn es durch Überlastung Schaden nahm, war eine Erneuerung der Zeitflotte nicht mehr möglich. Durch die Verbindungen fühlte Agoron die Bereitschaft des Ovums, aber auch sein Alter, das Respekt und Rücksichtnahme verdiente.

Einhunderteinundsiebzig Schiffe zählte die Zeitflotte der Eternen, und hinzu kamen neunundzwanzig Kantaki-Kolosse. Die Wabenstadt im Zentrum des Null war fast leer – es befanden sich nur noch wenige Hüter in ihr, mit der ehrenvollen Aufgabe betraut, Äon zu bewahren. Alle anderen Eternen befanden sich in den Trancezimmern der Schiffe, bereit für die Reise durch Raum und Zeit. Nur die anderen sechs Säkularen des Zirkels der Sieben sowie die Piloten waren bei vollem Bewusstsein, außerdem einige Observanten bei den Augen und Ohren der Schiffe.

Während Agoron weiterhin altes Wissen aufnahm und mit kühler Rationalität verarbeitete, schickte er seine Gedanken hinaus und sah die spindelförmigen Schiffe der Zeitflotte, daneben die dunklen Riesen der Kantaki. Dicht hinter ihnen erstreckte sich das Grau des Schilds, durch dessen schmale Risse Agoron seine Stimme in die Zukunft geschickt hatte.

Der Keim war unterwegs. Nicht mehr lange, nicht mehr lange ...

Agorons Gedanken kehrten zurück, als er im kontinuierlichen Datenstrom etwas bemerkte: eine winzige Lücke dort, wo dem Gefühl nach eigentlich keine existieren sollte. Er erinnerte sich daran, schon einmal etwas Ähnliches wahrgenommen zu haben, in der Erinnerungskammer, während der Verbindung mit dem Informationsjunktim. *Falsche* Daten? Konnte es sein, dass einige der übermittelten Informationen manipuliert waren? Eine solche Vorstellung erschien ihm ... ungeheuerlich. Das alte Wissen war absolute Wahrheit – davon gingen alle Eternen aus. Dieses Grundprinzip bildete das Fundament ihrer Gedankengebäude. Musste es infrage gestellt werden? Und warum fiel nur ihm etwas auf? Die Emanationen der anderen sechs Säkularen deuteten nicht darauf hin, dass sie am Wahrheitsgehalt des alten Wissens zweifelten.

Agoron richtete seinen inneren Blick auf die Lücke im Datenstrom, auf den Makel, doch bevor er mehr erkennen konnte, traf *Er* ein.

Der Schild des Null zerbarst.

Die graue Barriere zerfiel in Myriaden Splitter, und ein temporaler Orkan fegte sie fort, verstreute sie in den Äonen. Der junge Omnivor zerfetzte die nahen Strudel, von den Kantaki errichtete Fallen, dazu bestimmt, auf die Zeitschiffe der Eternen zu reagieren – *Ihm* konnten sie kaum etwas anhaben.

Es ist so weit, teilte Agoron den anderen Säkularen und Piloten mit. Er vergaß die falsche Stelle im Datenstrom und erlaubte sich Freude. *Unsere Gefangenschaft geht zu Ende.*

Die aus hunderteinundsiebzig langen Spindeln bestehende Zeitflotte der Eternen setzte sich in Bewegung, begleitet von den neunundzwanzig Schiffen der Renegaten-Kantaki. Der junge Omnivor, in ihm Valdorian als Wegfinder, geleitete sie zu den nächsten Zeitschächten und neutralisierte weitere Strudel.

Agoron lenkte die *Akida* durch seine Verbindungen mit dem Ovum und spürte Aufregung im halbintelligenten Maschinenselbst. Das Kollektiv der Flotte wusste, dass etwas Wichtiges geschah, und die Eternen in den Trancezimmern sammelten ihre Kraft für den ersten Transfer.

In die Zukunft.

In die Zeit des Finalkonflikts.

Ein neuer Zeitkrieg stand bevor.

Glossar

Abissale So nennen die Kantaki den Omnivor, eine Realität fressende Entität, die seit dem Beginn von Zeit und Raum das Universum durchzieht und die nichtlineare Zeit geschaffen hat.

Acheron Ein Urwaldfluss auf dem einen Riesenkontinent von Kerberos.

Adlaten NHD-Geschöpfe, die in Wohnungen Ungeziefer, Schmutz und kontaminierende Substanzen vertilgen.

Agorax/Agoron Ein Temporaler. Nimmt die Aufgaben eines Suggestors wahr.

Aidon Eine Wasserwelt wie Aquaria, im Pirros-System. Von Neuen Menschen bewohnt. In seinen Ringen befinden sich die Aidon-Werften.

Akuha Die Sprache der Akuhaschi.

Akuhan Eine Welt der Akuhaschi. Jonathan Fentur stammt von dort.

Akuhaschi Bedienstete der Kantaki. Es heißt, dass sie in einer fast symbiotischen Beziehung mit ihnen leben. Treten wie Mittler zwischen den Kantaki und allen anderen Völkern auf.

Algen-Panaschee Eine Art »Kompott« aus Algen.

Allianz Erbitterter Gegner des Konsortiums, bestehend aus hunderten von einzelnen Unternehmensgruppen und Konzernen, geleitet von Enbert Dokkar, der bei einem Sabotageanschlag des Konsortiums fast seine ganze Familie verlor.

Ambientalblasen Notwendig für Geschöpfe, die nicht in einer Sauerstoff-Stickstoff-Atmosphäre überleben können; schweben für gewöhnlich auf Levitatorpolstern.

Ambientalfeld Kraftfeld mit speziellen ambientalen Bedingungen im Inneren.

Anderswelten Virtuelle Realitäten.

Äonar Bei den Temporalen (Eternen) Oberhaupt des Zirkels der Sieben.

Aquaria Planet, in dessen Meeren Tiefseequallen leben, aus deren Mägen ein seltenes Betäubungsmittel gewonnen wird.

Aquawagen Fahrzeug, das man auf Tintiran für die Fahrt auf Meeren verwendet.

Arhr, Vater Ein Kantaki.

Arkan Ein älterer Sekurito, der in der Zitadelle ermittelt.

Arsenalplaneten Insgesamt drei; geheimes Projekt von Cordoban. Auf ihnen lagern Waffen, Ausrüstungsmaterial und vor allem »Schläfer« in subplanetaren Stasissälen: tausende von gentechnisch veränderten Soldaten, absolut treu, unerschütterlich loyal, jederzeit bereit, sich im Kampf zu opfern.

Aufgeklärte Gemeinschaft Heiler-Gemeinschaft auf Kerberos.

Autarke Stehen in der gesellschaftlichen Hierarchie der meisten Menschenwelten über den Subalternen. Ihre Vorfahren konnten die Passage zu den ersten Außenwelt-Kolonien selbst bezahlen und sich dort aus eigenen Mitteln eine unabhängige Existenz aufbauen. Während des vierten und fünften Jahrhunderts SN wird diese Bezeichnung vor allem für Personen verwendet, die keiner abhängigen Arbeit nachgehen.

Autokrat Konstantin Alexander Stokkart, nominelles Oberhaupt von Kerberos.

Basismasse Wird aus Algenschwämmen gewonnen und dient als Grundlage für die Produktion künstlicher Lebewesen (Adlaten).

Boris Mitglied des wissenschaftliches Teams an Bord der Orbitalstation MeteoTech-14.

Borkard Bruder der Aufgeklärten Gemeinschaft auf Kerberos, ein von Schanhall stammender christlicher Fundamentalist.

Brrin, Vater Uralter Kantaki auf Munghar, ein Zeitwächter.

Caravel Hotel in Chiron.

Chiron Hauptstadt von Kerberos, Millionenstadt im Flussdelta des Acheron.

Consistorium des Konsortiums Im Consistorium, einem »Rat« vergleichbar, sitzen Vertreter aller Unternehmensgruppen und wählen den Primus inter Pares, den Leiter des Konsortiums.

Culcar-System Peripherer Sektor des Konsortiums, logistisches und administratives Zentrum für den Randbereich. Industriezentrum u. a. für den Bau von interplanetaren Raumschiffen.

Dandari Planetoid im Kintau-System, mit einem logistischen Zentrum der Allianz; wurde von einer Einsatzgruppe des Konsortiums vernichtet. Dabei starben Arik Dokkars Mutter und seine beiden Brüder.

Datenservo Hochleistungscomputer.

Defensivum Verteidigungszentrum eines Omnivorkeims.

Demetrio, Elisabeth Ärztin in einem Hospital von Chiron. Überzeugte Atheistin und gute Bekannte von Bruder Eklund.

Dido Ein Mitarbeiter des Autokraten.

DiKastro, Lidia geboren 276 SN auf Xandor, 4. Planet des Mirlur-Systems, Tochter der beiden Nonkonformisten Roald DiKastro (Schriftsteller) und Carmellina Diaz (Pianistin); lässt sich zur Kantaki-Pilotin ausbilden und nimmt den Namen »Diamant« an.

Direal Interface-Anzug der Akuhaschi.

Divorator Ein Geschöpf im Kontinentalwald von Kerberos. Weder Pflanze noch Tier, eine Mischung aus Schnecke, Pilz und Amöbe.

Dohann-Nexus Knapp siebentausend Lichtjahre von dem Sektor der Galaxis entfernt, den Menschen besiedelt haben.

Dokkar, Enbert Leiter der Allianz und Erzfeind Valdorians.

Dominanz Machtsphäre der Prävalenz. Hier werden »Schöpfungen« vorbereitet.

Dornfisch Fischart auf Kerberos.

Drankor Planet mit Staubozeanen, auf denen Flöße segeln.

Durant Bruder Xalon ist dort geboren. Ein Planet mit doppelter Erdschwerkraft.

Echna Herrscher der Schattenwelt in Lutors Anderswelt.

Eklund, Bruder Mitglied der Aufgeklärten Gemeinschaft auf Kerberos. Ein Heiler.

Elektion Bei der Elektion wählen die Mitglieder des Zirkels der Sieben ihr Oberhaupt, den Äonar.

Elysium Sphäre der Kraft, aus der die Heiler von Kerberos schöpfen.

Emmerson, Edwald Sicherheitschef der NHD-Niederlassung auf Kerberos.

Erde Wird von der Allianz kontrolliert.

Eterne So nennen sich die Temporalen.

Exekutoren Zellen im Metamorph, die den Ausschlag für strukturelle Veränderungen geben.

Farnpalmen Große Bäume in Chiron auf Kerberos.

Fentur, Jonathan Persönlicher Sekretär von Valdorian, Mädchen für alles, absolut zuverlässig.

Feyn Die Feyn leben auf der anderen Seite der Galaxis. Sie wurden früher als die Menschheit von den Temporalen angegriffen, verbünden sich beim tausendjährigen Zeitkrieg mit den Kantaki und erringen schließlich den Sieg über den Feind aus der Vergangenheit.

Filip, Anton Chefmeteorologe an Bord der Station MeteoTech-14 im Orbit von Kerberos.

Formationsmatrix Bei der Basismasse auf Kerberos das Äquivalent der DNS, programmierfähig, enthält ein Grundprogramm.

Ganngan Extraterrestrische intelligente Spezies, golemartig.

Genveränderte Genetisch veränderte Menschen, oft an spezielle Tätigkeiten angepasst. Man verwendet diesen Begriff auch für die Neuen Menschen, die Extremwelten besiedelt haben.

Gergurrak Optimistischer und ehrgeiziger Observant der Eternen.

Girdo Mitglied des wissenschaftliches Teams an Bord der Orbitalstation MeteoTech-14.

Globaldirektor Leiter der ganzen Konzerngruppe von *New Human Design*, im Gegensatz zu den einzelnen planetaren Direktoren.

Grekki Extraterrestrische intelligente Spezies.

Großzyklus Zeiteinheit der Kantaki, entspricht etwa hundert Standardjahren.

Guraki Planet, auf dem man die ersten Ruinen der Xurr fand, besiedelt im Jahr 109 SN, im Desmendora-System, zweiundzwanzig Lichtjahre außerhalb des Einflussbereichs des Konsortiums. Hier hat man die ersten Ruinen der Xurr gefunden.

Helen Mitglied des wissenschaftliches Teams an Bord der Orbitalstation MeteoTech-14.

Hirte Oberhaupt der Aufgeklärten Gemeinschaft in der Zitadelle von Kerberos.

Hogaron Eterner aus dem Mintor-Zirkel, gehört als Säkularer zum Zirkel der Sieben.

Horgh Spezies, die ebenfalls eine Technik für überlichtschnelle Raumfahrt entwickelt hat; verwendet so genannte »Sprungschiffe«, die jedoch geistige Schockwellen verursachen, die bei Menschen zu Wahnsinn und Tod führen können. Die Horgh sind an gewisse interstellare Routen gebunden, an so genannte Sprungkorridore.

Identer Wird zur Identifikation und auch für Zahlungen verwendet, mit einer Kreditkarte vergleichbar.

Infonaut Mini-Datenservo.

Informationsjunktim Informationszentrale in der Erinnerungskammer von Äon.

Initialkonflikt Durch den Initialkonflikt sind die Eternen zu dem geworden, was sie sind.

InterLingua Die von den meisten Menschen gesprochene Sprache.

Jisbo Vater des jungen Fischers Sebastian auf Kerberos.

Jorrlen 4, Admiral Kommandeur der Flotte, mit der Valdorian zum Hades-System fliegt. Die vierte Version dieses Soldatentyps.

Judith Lukert Turannens Frau.

Kabäa Eine der Zentralwelten der Allianz, vierter Planet im System Epsilon Eridani, 10,8 Lichtjahre vom Sol-System und der Erde entfernt. Hauptadt Tonkorra. Etwa zwei Milliarden Bewohner. Eine Welt mit hoher industrieller Kapazität, aber auch großen Naturschutzgebieten.

Kampfkorsett Eine maschinelle Vorrichtung, die das Kampfpotenzial einer Person beträchtlich erhöht. Sieht aus wie ein spinnenartiges Ungetüm aus Metall und Synthomasse: ein Schalensitz, umgeben von Motoren, kompakten Generatoren, Akkumulatoren, speziellen Servo-, Waffen- und Sensorsystemen, Greifarmen und sechs Teleskopbeinen, die kontrollierte Bewegungen in jedem Gelände ermöglichen. Zum Kampfkorsett gehört auch ein Levitator.

Kanal Eine Säule aus hyperdimensionaler Energie auf Munghar. Früher diente er den Kantaki zur Kommunikation mit dem Konziliat, jetzt ist er Werkzeug der Zeitwächter.

Kantaki Dieses insektoide Volk betreibt überlichtschnelle Raumfahrt, braucht aber Piloten, die mit der »Gabe« ausgestattet sind, um die »Fäden« zu finden, die alle Dinge im Universum miteinander verbinden. Das hyperdimensionale Gewirr dieser Fäden verändert sich ständig, ist nie gleich beschaffen. Die Kantaki haben einen »Sakralen Kodex«, der ihre Existenz bestimmt und den alle achten müssen. Sie leben teilweise in einer anderen Dimension und außerhalb des Zeitstroms, was ihren Piloten relative Unsterblichkeit gibt. Für ihre Dienste, die sie anderen Völkern anbieten, verlangen sie manchmal recht sonderbare Bezahlung. Passagiere und Fracht werden im Inneren von »Transportblasen« befördert.

Kantaki-Nexus Zylindrische Raumstationen der Kantaki innerhalb und außerhalb der Galaxis. Sie dienen unter anderem zur Wartung von Kantaki-Schiffen.

Katarakt, Großer Ein Wasserfall des Acheron auf Kerberos.

Kehrer Kleine Geschöpfe, die über die Körper der Zeitwächter auf Munghar krabbeln und sie von Parasiten befreien.

Kerberos 3. Planet im Hades-System, zwei Monde, gehört zum Konsortium, fast fünfzehntausend Lichtjahre von Tintiran und damit dem zentralen Sektor des Konsortiums entfernt, besiedelt im Jahr 324 SN. Es gibt dort eine Niederlassung von *New Human Design*, in der vor allem Grundlagenforschung betrieben wird. Kerberos ist bekannt für seine zahlreichen Rauschgifte. Nominelles Regierungsoberhaupt von Kerberos ist der Autokrat.

K-Geräte Von den Kantaki konzipierte Geräte, ausgestattet mit künstlicher Intelligenz.

Kobaltfliege Blau schimmerndes Insekt auf Kerberos.

Konfident Jeder Kantaki-Pilot kann einen solchen Begleiter für alle Reisen wählen.

Konsortium Umfasst im Jahr 421 SN nahezu sechshundert Sonnensysteme mit zweitausend Ressourcen-Planeten und siebenhundertneunzehn bewohnten Welten, verwaltet von siebenundachtzig Großkonzernen, die ihrerseits aus tausenden von einzelnen Unternehmen bestehen.

Kontar-Zirkel Diesem Zirkel gehört der Säkulare Pergamon an.

Kontinentalwald Ein Dschungel, der sich auf dem Kontinent von Kerberos mehr als zehntausend Kilometer weit erstreckt, bis hin zu den Ufern der Smaragdsee.

Kordun Lutors Identität in der Anderswelt.

Korran Opaltaucher auf Kerberos.

Korrektoren und Reparateure Reparieren beschädigte Zellen des Metamorphs.

Kraft Sie macht die Mönche der »Aufgeklärten Gemeinschaft« zu Heilern.

Kreative Kreise So werden Gruppen von Programmierern genannt, die Anderswelten schaffen.

Krsah, Mutter Kantaki, eine der Großen Fünf.

Kuiki Korduns Ratgeber.

La-Kimesch Dieses Volk entwickelte sich vor vielen Jahrmillionen zu einer galaktischen Hochkultur, stand mit den Kantaki in einer partnerschaftlichen Beziehung und teilte mit ihnen den Glauben an den Materie gewordenen Geist und die fünf Großen Kosmischen Zeitalter. Vor zweiundzwanzig Millionen Jahren starben die La-Kimesch aus, und über fünfzigtausend von ihnen besiedelte Planeten blieben leer zurück.

Larl, Mutter Eine Kantaki.

Levitatorwagen Flug-Vehikel für den Individualverkehr.

Lineare und nichtlineare Zeit Mit »linearer Zeit« bezeichnen die Kantaki den gewöhnlichen Zeitstrom und das normale Kausalitätsuniversum. Wenn ein Pilot nicht aufpasst, kann er in die »nichtlineare Zeit« geraten, in ein Labyrinth aus Paralleluniversen, aus dem man nur schwer wieder herausfindet.

Linguator Ein Übersetzungsgerät.

Lion Pilot von Mutter Krsahs Schiff.

Lorgard, Rubens Leiter der NHD-Niederlassung auf Kerberos.

Lutor Sonderbeauftragter von Lukert Turannen.

Magnaten Stehen in der gesellschaftlichen Hierarchie der meisten Menschenwelten an höchster Stelle. Magnaten leiten die großen interstellaren Wirtschaftskonglomerate, üben auch politische Macht aus.

Mandala Ein sonderbares Artefakt in der Zitadelle auf Kerberos, Meditationshilfe und Portal des Elysiums.

Memoranten Zellen in der Formationsmatrix, die Informationen speichern.

Meridionaler Ozean Großes Meer auf Kerberos, mit tausenden von großen und kleinen Inseln.

Messenger-Substanzen Diese Substanzen werden bei der Programmierung der Formationsmatrix verwendet, geben dem Zellkomplex Struktur.

Mikronauten Maschinen im Nanobereich.

Mirror 4. Mond des Ringplaneten Nuranda, peripherer Sektor der Entente.

Mrreg, Vater Der Eigner des Kantaki-Schiffes, dessen Transportblase Valdorian zum Hades-System bringt.

Mrri, Mutter Eine Kantaki.

Munghar Kantaki-Welt, 4800 Lichtjahre außerhalb der von Menschen besiedelten galaktischen Regionen, Ursprungswelt der Kantaki mit der Sonne Urirr (»die Hüterin«).

Nadelfelsen Eine besondere Felsformation kurz vor dem Großen Katarakt im Fluss Acheron auf Kerberos.

Netzfänger Fisch im Acheron, fängt Kobaltfliegen mit zu netzartigen Strukturen entwickelten Kiemenflossen.

New Human Design (NHD) Konzerngruppe des Konsortiums, auf genetische Manipulationen spezialisiert.

Offensivum Offensives Zentrum eines Omnivorkeims.

Olkin Geschöpf im Kontrollorgan des Omnivorkeims.

Opaltaucher Lebensform auf Kerberos.

Panther-Klasse Mittelgroße Jäger, deltaförmig und sechzig Meter lang.

Panthon-System Sonnensystem mit dem Planeten Rodriguez (zentrale Niederlassung von NHD).

Pelion-Massiv Gebirge im Süden und Osten von Chiron auf Kerberos, bis zu tausend Meter hoch.

Perfid Eine der vielen Drogen auf Kerberos.

Pergamon Ein Säkularer der Temporalen, Mitglied des Zirkels der Sieben.

 Petrokos Großkommissar der Sekuritos von Chiron auf Kerberos.

Pilotendom Der Raum an Bord eines Kantaki-Schiffes, von dem aus der Pilot das Schiff durch den Transraum steuert.

Pioniere Pioniere erkunden fremde Systeme und suchen nach kolonisierbaren Welten.

Pirros-System In diesem Sonnensystem im zentralen Sektor des Konsortiums befinden sich die Aidon-Werften.

Plasmatriebwerk Antrieb für Shuttles und interplanetare Raumschiffe, erlaubt Flüge mit bis zu achtzig Prozent der Lichtgeschwindigkeit.

Polare Meere Meere auf Kerberos, zum Teil zugefroren.

Prädefinierter Vom Oberhaupt des Zirkels der Sieben bestimmter Nachfolger.

Prämutter Eine Eterne, die Brutkapseln auf ihrem Rücken trägt.

Präsidialbüro Dieses Büro steht dem Vorsitzenden des Urbanen Symposions von Chiron auf Kerberos zur Verfügung.

Prävalente Siehe Prävalenz.

Prävalenz Die Macht, auf die die Schöpfung zurückgeht, bestehend aus den »Prävalenten«, Nachfahren der kosmischen Intelligenzen des ersten, ursprünglichen Universums. Sie schufen weitere Universen, um das Leben an sich zu erhalten.

Prävitae Frühere Existenzen von Konzilianten, die sich immer wieder erneuern und dadurch ewig leben.

Preh, Vater Ein Kantaki.

Prioritätskorridor Kantaki-Schiffe fliegen durch einen solchen P-Korridor, wenn sie zu einem Kommunikationsknoten wollen, von dem aus sie allen anderen Schiffen Nachrichten übermitteln können.

Prioritätsmitteilungen Nachrichten der Kantaki, die von Kommunikationsknoten übermittelt werden, wenn es um sehr wichtige Dinge geht.

Privatgarant Ein Gerät, das Privatsphäre garantiert, einem Störsender vergleichbar.

Programmierungsmodule Gewebemassen mit vorbereiteten Daten und Informationen für Metamorph-Prototypen: verschiedene Identitäten, Strukturprogramme für Körperformen usw.

Quinqu Extraterrestrische intelligente Spezies.

Raimon Ein etwa zwölf Jahre alter Junge auf Kerberos.

Raphael Die rechte Hand des Autokraten.

Resurrektion Genetische Behandlung, die den gesamten Körper verjüngt, auch »Revitalisierung« genannt.

Riffgarnelen Lebensform auf Kerberos.

Riffmeer Meer auf Kerberos.

Robertson, Willbert Kreator bei NHD auf Kerberos.

Rodriguez Planet im Panthon-System; zentrale Niederlassung von NHD.

Rosalinda Eine alte Bekannte von Bruder Eklund.

Sakrium Teil des Transraums, in dem die Kantaki meditieren.

Säkulare Unsterbliche Temporale. Es gibt nur sieben von ihnen.

Sandrina Opaltaucherin auf Kerberos.

Schanhall Ein hauptsächlich von christlichen Fundamentalisten bewohnter Planet, der zum lockeren Bund der spiritualistischen Welten gehört. Ursprünglich vom »Erleuchteten« und seinen Anhängern besiedelt, die im Jahr 2075 der alten Zeitrechnung aus dem Sol-System fliehen und auf ein Kantaki-Schiff stoßen.

Scharlachrotes Meer Äquatorialmeer auf Tintiran.

Schattenschleicher Raubtier im Kontinentalwald von Kerberos, mit langen Reißzähnen und giftigen Dornen.

Schlammspringer Lebensform auf Kerberos. Ihre Bisse sind gefährlich.

Schrein Gebetshöhle in der Zitadelle.

Schwärmer Von einem Divorator ausgesandte Geschöpfe, die für ihn nach Nahrung suchen.

Sebastian Junger Fischer, den Bruder Eklund vor zwei Jahren von einem sehr hässlichen Hautausschlag geheilt hat.

Sekuritos Die Polizei von Chiron.

Smaragdsee Meer nördlich des Kontinalwaldes von Kerberos.

Souveräne Stehen in der gesellschaftlichen Hierarchie der meisten Menschenwelten über den Subalternen und Autarken, aber unter den Magnaten. Es handelt sich um frühere Autarke, denen es gelang, mittelgroße Unternehmen aufzubauen.

Sporn Eine Waffe, die Kantaki und Feyn gegen Temporale und den Abissalen einsetzen.

 Springteufel Raubtier auf Kerberos.

Sprungbretter Die Kantaki nutzen solche Einrichtungen im Leerraum zwischen den Galaxien.

Standardjahre Generalisierter Zeitbegriff, bezieht sich auf das Jahr der Erde.

Storm, Amadeus Sekretär von Lukert Turannen.

Subalterne Nachkommen der menschlichen Kolonisten, deren finanziellen Mittel nicht ausreichten, um sich auf anderen Planeten eine unabhängige Existenz zu schaffen. Sie mussten sich Geld leihen (auch für die Passage in der Transportblase eines Kantaki-Schiffes) und sich vertraglich verpflichten, die Schulden abzuarbeiten. Dadurch blieben die meisten von ihnen an bestimmte Wirtschaftsgruppen gebunden. Nur wenige Subalterne schaffen es, in der gesellschaftlichen Hierarchie aufzusteigen.

Syndrom Von Parasiten verursachte Krankheit auf Kerberos.

Tanbert Ein Sekurito.

Taruf Extraterrestrische Spezies.

Tiger-Klasse Kampfschiffe, lang gestreckte Ovale, fast hundert Meter lang.

Tintiran 3. Planet des Mirlur-Systems, zentraler Sektor des Konsortiums. Auf diesem Planeten hat Valdorian Lidia kennen gelernt. Tintiran ist nicht nur eine beliebte Urlaubswelt, sondern auch Sitz der Akademie der Wissenschaften und schönen Künste. Hauptstadt: Bellavista.

Tobias, Elroy Ermittler in Edwald Emmersons Sicherheitsabteilung von NHD-Kerberos.

Transferer Fahrzeuge der Eternen, die aussehen wie Spiralen aus miteinander verflochteten Stangen. Ihre Betriebsenergie beziehen sie aus der Zeit: Temporale Energie wird in kinetische umgewandelt.

Transraum Eine Art »Hyperraum«, durch den die Kantaki-Schiffe fliegen.

Transstellarer Kredit (Transtel) Währung nicht nur im Konsortium, sondern auch in den anderen Regionen des von Menschen besiedelten Alls.

Transverbindung Kom-Verbindung über interplanetare oder auch interstellare Entfernungen, von den Kantaki kontrolliert.

Träumer Nonkonformisten, die einen großen Teil ihrer Zeit in Anderswelten verbringen.

Traumzentrum Ein Viertel der Stadt Chiron auf Kerberos.

Tschiowan Ihre Realitätssänger schufen ein aus einundzwanzig Roten Riesen bestehendes Sonnentor.

Turannen, Lukert Koordinator des Konsortiums und Globaldirektor der Konzerngruppe *New Human Design*, ewiger Konkurrent Valdorians.

Ulgar, Professor Exoarchäologe.

Urbanes Symposion »Stadtrat« von Chiron.

Valdorian, Benjamin Valdorians ältester Sohn, geboren 372 SN.

Valdorian, Hovan Aldritt Valdorians Vater, geboren 240 SN, gestorben 315 SN, durch einen Unfall; wurde 310 SN zum Primus inter Pares des Konsortiums.

Valdorian, Rungard Avar Geboren 274 SN, Primus (übliche Anrede; offizieller Titel: »Primus inter Pares«) des Konsortiums.

Wainosch Erster Dynast von Kabäa. Führte im Jahr 2521 der alten Zeitrechnung Experimente mit der nichtlinearen Zeit durch.

Weltseele, die Die »bestimmende Kraft«, an die Bruder Eklund glaubt.

Wolf-Klasse Gefechtsshuttles, keilförmig, zwanzig Meter lang.

Xalon Bruder der Aufgeklärten Gemeinschaft auf Kerberos. Ein Neuer Mensch, stammt von einer Welt mit der doppelten Schwerkraft der Erdnorm.

Xsi, Vater Kantaki, gehört zu den Großen Fünf.

Xurr Legendäre, offenbar ausgestorbene Spezies, die hier und dort Ruinen hinterlassen hat. Die Xurr kamen vor hunderttausend Jahren aus dem galaktischen Kern und verschwanden vor etwa zehntausend Jahren.

Yurrl, Mutter Eine Kantaki. Eignerin eines der fünf Schiffe, die mit einem Sporn von Munghar nach Kerberos aufbrechen.

Zirkel Familien der Temporalen.

Zirkel der Sieben Regierunsgremium der Temporalen.

Chronologie

Phase 1: Nationalstaaten der Erde

2021: Gemeinsam mit Russland richtet die Europäische Union die erste permanent bewohnte Mondstation ein. Nicht nur die technologische Rivalität zu den Vereinigten Staaten von Amerika wächst. In politischer Hinsicht wird das erweiterte Europa immer mehr zu einem Gegengewicht zu den USA, die nach den Kriegen im Nahen, Mittleren und Fernen Osten sowie in Mittel- und Südamerika zunehmend unter innen- und außenpolitischen Druck geraten. Angesichts der immensen amerikanischen Militärausgaben droht eine Wirtschaftskrise von globalem Ausmaß.

2022–2027: Die europäisch-russische Mondstation wird ausgebaut und entwickelt sich immer mehr zu einer Kolonie, die lokale Rohstoffe verarbeitet und mit industrieller Produktion beginnt.

2026: Eine bemannte Mars-Mission der Amerikaner scheitert noch auf dem Weg zum Roten Planeten. Das mit einem modernen Ionenantrieb ausgestattete Raumschiff mit sieben Astronauten an Bord gerät in den hochenergetischen Teilchenstrom eines Sonnensturms. Die Aktivität der Sonne nimmt weiter zu.

2027: China richtet eine eigene, permanent bewohnte Mondbasis ein.

2036: Die zweite bemannte amerikanische Mars-Mission erreicht den Roten Planeten. Durch einen Unfall kommt es zu einer biologischen Kontamination des Mars-Ambientes durch terrestrische Mikroben.

2050: Das »Jahr des Wandels« auf der Erde. Ein gewaltiger Börsencrash, nicht zuletzt durch das enorme amerikanische Staatsdefizit verursacht, vernichtet die Ersparnisse von Millionen Menschen. Die Folge sind nicht nur ein globaler Wirtschaftkollaps mit Massenarbeitslosigkeit, sondern auch wachsende Unzufriedenheit. In den vom US-Einfluss dominierten südamerikanischen Staaten häufen sich Aufstände. Es kommt zu einer neuen Terrorwelle, und die USA nehmen dies zum Anlass, die »Amerikanische Hegemonie« zu proklamieren. In der Europäischen Union, ebenfalls von der Wirtschaftskrise heimgesucht, mehren sich antiamerikanische Stimmen, aber man setzt nach wie vor auf Zusammenarbeit.
Mitte des Jahres kommt es in Rio de Janeiro zu einem verheerenden Bombenanschlag, dem insgesamt fast zehntausend Menschen zum Opfer fallen. Unter den Toten befinden sich auch die beiden Söhne von Jonas Jacob Hudson – der »Erleuchtete« genannt –, eines charismatischen Sektenführers. Von der öffentlichen Propaganda bestärkt, sieht Hudson islamisch-fundamentalistische Terroristen hinter dem Anschlag und beginnt mit einer beispiellosen Hetzkampagne gegen alles Moslemische.

2052: Die wirtschaftliche Lage auf der Erde entspannt sich allmählich. Aus der europäisch-russischen Mondbasis ist eine Stadt mit fast zehntausend Einwohnern geworden. Probleme mit Strahlung und Mikrometeoriten führen zur Entwicklung erster energetischer Schirmfelder, die auch weiteren Flügen zum Mars und in die Außenbereiche des Sonnensystems zugute kommen. Hudson setzt seine Hetzkampagne fort, und die von ihm geführten christlichen Fundamentalisten, die »Neuen Illuminaten«, gewinnen in der westlichen Welt immer mehr Einfluss.

2054: Die Entwicklung des »Levitators« befreit von den Fesseln der Gravitation. Die Raumfahrt wird erheblich einfacher und billiger.

2055: Verbessertes Ionentriebwerk. Flüge zum Mond dauern nur noch wenige Stunden, zum Mars einige Tage und zu den äußeren Planeten Wochen. Kompensatoren lösen das Problem des Trägheitsmoments.

2056: Erste permanent bewohnte Station auf dem Mars, unter der Ägide der UN, faktisch aber verwaltet von der Amerikanischen Hegemonie. Zu den Bewohnern der Station zählen auch Anhänger des Erleuchteten.

2057: Erkundungsflüge zu den äußeren Planeten. Nach der ökologischen Katastrophe auf dem Mars ist man vorsichtiger geworden, und der Jupitermond Europa wird zur Sensation. Unter dem mehrere Kilometer dicken Eispanzer, in einem hunderte von Kilometern tiefen Ozean aus Wasser, findet man das erste extraterrestrische Leben.

2059: In Höhlen auf den Saturnmonden Dione, Mimas und Tethys werden Hinterlassenschaften der La-Kimesch gefunden.

2060: Auch auf den Uranus-Monden Miranda und Ariel finden Expeditionen Relikte der La-Kimesch, die offenbar das Sol-System vor vielen Millionen Jahren mehrmals besucht und hier vielleicht sogar eine Kolonie gegründet haben.

2072: Der Erleuchtete und seine Neuen Illuminaten führen einen von langer Hand vorbereiteten Plan durch. Mit einem einfachen Raumschiff brechen sie vom Mars zum Asteroidengürtel auf und lenken »Gottes Hammer« in Richtung Erde, einen kleinen Asteroiden, der den Mittleren Osten treffen und damit die Zentren des Islam auslöschen soll. Nach zwölf Monaten wird er sein Ziel erreichen.

2073: Auf der Erde werden Maßnahmen zur Neutralisierung des Asteroiden ergriffen, und gleichzeitig kommt es zur Zweiten Großen Völkerwanderung. Wer dazu imstande ist, verlässt die gefährdeten Regionen. Millionen brechen auf und fliehen aus dem Nahen und Mittleren Osten. Die westliche Welt und auch die Staaten im Fernen Osten werden von Flüchtlingen überschwemmt.

2073: Es gelingt nicht, »Gottes Hammer« von seiner Bahn abzulenken, und der Versuch, ihn zu zerstören, lässt den Asteroiden in mehrere Teile zerbrechen. Aus der von den Neuen Illuminaten für die islamische Welt geplanten Katastrophe wird ein globales Desaster, das aber vor allem die Amerikanische Hegemonie in Mitleidenschaft zieht.

2075: Der untergetauchte Erleuchtete flieht mit mehr als tausend Anhängern von der Erde. Ein umgebautes Langstreckenschiff, für die Erforschung der äußeren Planeten bestimmt, soll ihnen als Generationenschiff dienen und sie zu den Sternen bringen, »Gott entgegen«. Zwischen den Umlaufbahnen von Neptun und Pluto begegnen die Flüchtlinge einem Kantaki-Schiff, dem fünften, das im Verlauf der letzten dreitausend Jahre einen Abstecher ins Sol-System gemacht hat, auf der Suche nach zahlungskräftigen Passagieren. Mutter Rrirk, Eignerin des Schiffes, nimmt die Flüchtlinge auf und bringt sie in ihrer Transportblase zu einem extrasolaren Planeten, der den Namen Schanhall bekommt und später, von christlichen Fundamentalisten bewohnt, zum lockeren Bund der spiritualistischen Welten gehören wird.

Phase 2: Die große Expansion

2075: Nach den Einschlägen der Meteoritenfragmente bildet sich der »Bund der Laizistischen Nationen«, in denen Staat und Religion strikt voneinander getrennt sind. Der Kontakt mit den Kantaki bedeutet eine schwere Krise für die traditionellen Religionen und bietet gleichzeitig die Möglichkeit, das irdische Chaos zu verlassen. Doch in den meisten Fällen verlangen die Kantaki hohe Preise für den Transport von Passagieren und Fracht, die sich nicht jeder leisten kann. Pioniere brechen auf – einige wenige unabhängig, die meisten in den Diensten finanzkräftiger Auftraggeber –, lassen sich von Kantaki-Schiffen zu fremden Sonnensystemen bringen, brechen dort mit interplanetaren Schiffen auf und suchen nach Welten, die sich für die Besiedlung eignen. Innerhalb von nur dreißig Jahren werden mehr als zweihundert extrasolare Planeten besiedelt, darunter Kabäa im Epsilon-Eridani-System sowie Tintiran und Xandor im Mirlur-System. Die Auswanderung wird zu einem enormen Geschäft, und es entstehen neue Abhängigkeiten: Wer die Erde verlassen will und nicht genug Geld hat, verpflichtet sich mit Arbeitsverträgen, die Schulden auf den Kolonien abzuarbeiten. Den Regierungen des BdLN gelingt es kaum mehr, die politische, soziale und wirtschaftliche Kontrolle über die Ereignisse auf der Erde und auf den vielen Kolonialplaneten zu behalten.

2080–2200: Ende des zweiundzwanzigsten Jahrhunderts gibt es über siebenhundert von Menschen besiedelte Planeten, einige von ihnen mehr als fünftausend Lichtjahre entfernt. Die Bevölkerung der Erde ist von acht Milliarden auf etwas mehr als zwei Milliarden geschrumpft. Es bestehen Kontakte zu weiteren extraterrestrischen Intelligenzen, unter ihnen die Akuhaschi, Taruf, Horgh, Ganngan, Kariha, Quinqu, Grekki und Pintaran. Die Horgh bieten eine Alternative zu den Kantaki-Schiffen. Mit ihren Sprungschiffen können ebenfalls interstellare Entfernungen überbrückt werden, aber die dabei entstehenden Schockwellen sind für Menschen unerträglich. Es scheitern alle Versuche, eine eigene überlichtschnelle Raumfahrttechnik zu entwickeln und dadurch von den Kantaki und Horgh unabhängig zu werden.

Auf der Erde entsteht eine multikulturelle globale Gesellschaft. Politische Kontrolle über ferne Kolonien lässt sich kaum bewerkstelligen, zumal auf den Kolonialwelten längst überwunden geglaubte Gesellschaftsstrukturen entstehen: auf der einen Seite die »Autarken«, die ihre Emigration selbst finanziert haben und auch finanzkräftig genug sind, sich eine neue Existenz zu schaffen; auf der anderen die »Subalternen«, die sich vertraglich verpflichtet haben, ihre Schulden abzuarbeiten.

Ein Personenkreis steht außerhalb dieser Struktur: die Kantaki-Piloten. Wie sich herausstellt, verfügen auch gewisse Menschen über die besondere Gabe, die für die Navigation im Transraum nötig ist, und die Kantaki nehmen sie bereitwillig in ihre Dienste. Kantaki-Piloten genießen hohes Ansehen und gelten als unantastbar.

Auf vielen Welten findet man Hinterlassenschaften der La-Kimesch, und die Xenoarchäologen fragen sich, warum ihre galaktische Hochkultur vor etwa zweiundzwanzig Millionen Jahren ein so plötzliches Ende fand.

Phase 3: Konsolidierung

2201–2500: Auf vielen Kolonialwelten kommt es zu einem wirtschaftlichen Aufschwung ohnegleichen, denn Rohstoffe stehen praktisch unbegrenzt zur Verfügung und können durch moderne Technik mit nur geringen Kosten weiterverarbeitet werden. Außerdem gibt es einen riesigen, sich ständig ausweitenden Markt. Gesetzliche Hindernisse für ein ungehemmtes ökonomisches Wachstum mit allen seinen Konsequenzen gibt es nicht mehr. Aus Dutzenden und hunderten von Firmengruppen bestehende Wirtschaftskonglomerate bestimmen weitgehend das Geschehen auf den von Menschen besiedelten Welten.

Die Gentechnik macht große Fortschritte und verlängert die durchschnittliche Lebenserwartung der Menschen. Erste »Resurrektionen« werden möglich, genetische Revitalisierungen, die den Körper verjüngen, die Gen-Struktur aber auch destabilisieren. Resurrektionen sind sehr teuer und bleiben den Subalternen verwehrt. Bei den Autarken bewirken sie eine soziale Differenzierung, denn nicht alle von ihnen können sich solche Behandlungen leisten. Eine Resurrektion bleibt in den meisten Fällen den »Magnaten« vorbehalten, den Oberhäuptern von Konzernen und Firmengruppen, und den Angehörigen des neuen interstellaren Finanzadels. Darüber hinaus ermöglicht die Weiterentwicklung der Gentechnik »Neue Menschen«, die an besondere Umweltbedingungen angepasst sind und so für normale Menschen lebensfeindliche Welten besiedeln können.

2212: Die Allianz bildet sich aus anfänglich vierzehn Konzerngruppen. Zentralwelt: die Erde. Aber schon bald verliert die Erde an politisch-wirtschaftlicher Bedeutung, und praktisch alle wichtigen Entscheidungen der Allianz werden im nur gut zehn Lichtjahre entfernten Epsilon-Eridani-System getroffen, auf Kabäa.

2227: Das Konsortium entsteht als Gegenpol zur Allianz. Unter anderem gehören ihm die Valdorian-Unternehmensgruppe und der auf Gentechnik spezialisierte Konzern *New Human Design* an.

2280: Hegemonie und Entente entstehen. Die letzten Reste der alten Nationalstaaten verschwinden, auf der Erde ebenso wie auf den Kolonien.

2292: Die Kongregation wird gegründet.

2311: Die von christlichen Fundamentalisten und anderen religiösen Extremisten bewohnten Welten, unter ihnen Schanhall, schließen sich zum lockeren Bund der spiritualistischen Kolonien zusammen.

2314–2330: Weitere Welten werden besiedelt; es entstehen der Islamische Bund, der Anarchische Block, Träumerwelten (deren Bewohner virtuelle Anderswelten der Wirklichkeit vorziehen) und die Separaten Planeten mit planwirtschaftlich-sozialistischen Wirtschaftssystemen.

2401–2430: Es kommt zur ersten großen Emigration der Entsager, die versuchen, zu den wesentlichen Dingen des Lebens zurückzukehren und mit möglichst wenig Technik auszukommen. Innerhalb von dreißig Jahren besiedeln sie mehr als zwanzig Planeten. Einige von ihnen lassen sich, ungeachtet aller damit verbundenen Gefahren, an Bord von Horgh-Schiffen ins Zentrum der Milchstraße bringen, aus dem einst die Xurr kamen, in der Hoffnung, jene Geschöpfe zu finden, die Organisches mit Anorganischem verbanden.

2429: Eine besondere Gruppe der Entsager, die »Kinder des Glücks«, schlagen einen extremen Weg ein. Sie entsagen nicht nur dem modernen Leben, sondern auch der Gegenwart. Sie brechen mit einem großen Habitatschiff, der »Zeitarche« auf, das im Verlauf von mehreren Jahren bis fast auf Lichtgeschwindigkeit beschleunigt wird, sodass sich Dilatationseffekte bemerkbar machen.

2458: Das »Jahr der Rückkehrer«. Von den Entsagern, die vor mehr als dreißig Jahren mit Horgh-Schiffen in Richtung galaktisches Zentrum aufbrachen, kehren sieben zurück. Mit einem Horgh-Frachter treffen sie auf Kabäa ein und erwecken den Eindruck, durch die Schockwellen der Sprungschiffe wahnsinnig geworden zu sein. Während der Behandlung in einer Spezialklinik berichten sie immer wieder von schrecklichen Ereignissen im galaktischen Kern, insbesondere bei den »Schwarzen Tunneln« und den »Elf Toren«. In den Schilderungen der Rückkehrer spielt der »Weltenhaufen« eine große Rolle, und sie erwähnen Geschöpfe namens Toukwan, die angeblich die Xurr vor hunderttausend Jahren zur Flucht veranlassten.

2477: Der Planet Aquaria wird besiedelt, und in seinen Ozeanen findet man intelligente Medusen. Aus den Mägen ihrer nicht mit Intelligenz begabten fernen Verwandten, der Tiefseequallen, wird ein seltenes Betäubungsmittel gewonnen, das es Menschen erlauben kann, die Schockwellen von Sprungschiffen der Horgh zu ertragen.

(2489): Auf der anderen Seite der Milchstraße werden die Feyn von Feinden aus der Vergangenheit angegriffen, den »Temporalen«.

Phase 4: Die Dynastien

2501–2680: Die Erste Dynastie
Es entstehen diktatorische Systeme, ökonomische Dynastien, und ihre Oberhäupter, die Dynasten, üben eine weitaus direktere und offensichtlichere Kontrolle aus als zuvor die Magnaten.

(2521): Die Feyn erringen einen entscheidenden Sieg über die Temporalen und schließen die Zeitportale, durch die ihre Gegner in die Gegenwart gelangen konnten.

(2533): Die Kantaki Mutter Krir wird zu einer der Großen Fünf.

(2641): Auf der anderen Seite der Milchstraße öffnen die Feyn eines der vor hundertzwanzig Jahren geschlossenen Zeitportale und schicken eine Expedition in die Vergangenheit, in die Zeit der besiegten Invasoren. Das ist ein großer Fehler, wie sich später herausstellen wird.

2681–3010: Die Zweite Dynastie
Nach dem Fall der Ersten Dynastie übernehmen die Magnaten direkt die Macht und setzen dabei auch militärische Mittel ein, da der Transport von Waffen und Truppen nicht gegen den Sakralen Kodex der Kantaki verstößt. Die Magnaten werden zu den neuen Dynasten, deren Herrschaft sich diesmal nicht auf einzelne Planeten beziehungsweise ein Sonnensystem beschränkt.

(2717): Die von den Feyn in die Vergangenheit geschickte Expedition kehrt mit vielen Jahren Verspätung zurück, angeblich aufgrund eines fehlerhaften Zeitsprungs. Was noch niemand weiß: In ihrer Mitte befinden sich einige getarnte Temporale, die damit beauftragt sind, die geschlossenen Zeitportale wieder zu öffnen.

(2774): Getarnte Temporale, zusammen mit der Expedition der Feyn zurückgekehrt, brechen mit Schiffen der Kantaki und der Horgh auf. Auf fernen Welten öffnen sie erste versteckte Zeitportale, durch die Zeitkrieger in die Gegenwart gelangen können und erste Vorbereitungen für den Transfer der Haupttruppen und der Zeitflotte treffen.

(2809): Zeitschiffe beginnen damit, neue Portale zu anderen Welten zu bringen. Die Temporalen bereiten sich auf einen groß angelegten Schlag gegen die Feyn vor.

(2855): Auf der anderen Seite der Milchstraße haben die Temporalen Stützpunkte auf strategisch wichtigen Planeten eingerichtet und beginnen mit dem Angriff auf die Feyn.

(2871): Die Feyn und ihre Verbündeten erleiden im Kampf gegen die Temporalen eine Niederlage nach der anderen und müssen immer mehr der von ihnen besiedelten Welten aufgeben. Sie beginnen mit der Organisation der Drei Großen Barrieren, die die Zentralregion ihres Reiches schützen sollen.

(2903): Die Drei Großen Barrieren der Feyn sind fertig gestellt und geben den Verteidigern neue Hoffnung. Die zentralen Welten nehmen viele Flüchtlinge auf.

(2951): Getarnte Zeitschiffe durchdringen die Erste Große Barriere und öffnen sie für die Zeitflotte.

(2964): Die Feyn arbeiten mit Hochdruck an der Entwicklung einer wirkungsvollen Waffe gegen die Temporalen, während sich die Zweite Große Barriere immer stärkeren Angriffen ausgesetzt sieht.

(3006): Es gelingt den Temporalen, auch die Zweite Große Barriere zu durchbrechen. Nur noch eine Verteidigungslinie trennt sie von den zentralen Welten der Feyn.

(3008): Die Feyn arbeiten noch immer an der Entwicklung des »Sporns«, jener Waffe, die die Temporalen zurücktreiben soll. Der letzte Ansturm des Feindes auf die Dritte Große Barriere beginnt. Dahinter breitet sich Furcht auf dem »Dutzend« aus, den zwölf zentralen Welten der Feyn.

3010: Die Menschheit hat über achttausend Planeten besiedelt, und mehr als hundert von ihnen sind Extremwelten, auf denen genveränderte Neue Menschen Kolonien gegründet haben. Über zwanzigtausend Planeten werden als so genannte Ressourcenwelten genutzt. Es gibt einundzwanzig Wirtschaftskonglomerate; die größten unter ihnen sind Allianz, Konsortium, Hegemonie, Koalition, Entente und Kongregation. Die Zweite Dynastie hat den Höhepunkt ihrer Macht erreicht, als der Zeitkrieg beginnt, später auch Tausendjähriger Krieg genannt.

Phase 5: Der Zeitkrieg (3011 – ca. 4000)

3011: Auf Klinta wird ein Zeitportal entdeckt und unabsichtlich aktiviert.

(3011): Die Temporalen durchdringen die Dritte Große Barriere und beginnen mit dem Angriff auf das Dutzend, aber die Feyn haben den Sporn im letzten Augenblick fertig gestellt und setzen ihn gegen die Invasoren ein. Die Temporalen werden jedoch nicht wie erwartet in die Vergangenheit verbannt. Stattdessen öffnet sich ein Tunnel durch Raum und Zeit, ein Transferkanal, der zur anderen Seite der Milchstraße führt.

3011: Erste Temporale kommen durch das Portal und werden von Untergrundkämpfern für zurückgekehrte La-Kimesch gehalten.

3025: Mithilfe telepathischer Manipulationen übernehmen die Temporalen unbemerkt die Macht auf Dutzenden von Menschenwelten.

3030: Es gelingt den Temporalen, weitere Zeittore zu öffnen. Immer mehr von ihnen kommen aus der Vergangenheit und beginnen mit dem Bau eines Hyperportals.

(3041): Auf der anderen Seite der Milchstraße schließen die Feyn die Zeitportale. Sie wissen, dass ihr Sporn nicht so funktioniert hat, wie es vorgesehen war, und beginnen mit einer vorsichtigen Suche nach den verschwundenen Temporalen.

3055: Das Hyperportal geht seiner Fertigstellung entgegen, und die Aktivitäten der Temporalen nehmen zu.

(3056): Die Feyn finden heraus, dass ihr Sporn den Gegner aus der Vergangenheit durch einen Transferkanal zur anderen Seite der Milchstraße transferiert hat. Sie setzen sich mit den Kantaki in Verbindung und bitten sie um Hilfe.

3056: Wie sich herausstellt, können Personen mit der Pilotengabe getarnte Temporale erkennen. Dadurch werden die Kantaki-Piloten und die Sakralen Pagoden der Kantaki auf den Welten der Menschen und der anderen Völker zu primären Zielen der Fremden. Sie greifen mit variablen Zeitzonen an, versetzen Kantaki-Piloten in die Vergangenheit und Zukunft oder sogar in die nichtlineare Zeit.

3057: Eine Delegation der Feyn erreicht den von Menschen bewohnten Spiralarm der Milchstraße. Wie alle anderen - abgesehen von den Horgh - sind sie gezwungen, Kantaki-Schiffe zu benutzen, um interstellare Entfernungen zurückzulegen. Sie erkennen sofort, was es mit den fremden Besuchern auf sich hat, und warnen vor der großen Gefahr. Als sie von dem Hyperportal erfahren, machen sie sich sofort auf die Suche danach, denn sie wissen: Wenn es den Temporalen gelingt, es fertig zu stellen und zu aktivieren, können sie damit die Zeitkerker in der Vergangenheit öffnen und ihre gesamte Streitmacht durch einen temporalen Korridor transferieren.

Ein Kantaki-Schiff mit Feyn an Bord findet das Hyperportal, aber es gerät in eine Zeitfalle, die es Jahrmilliarden in die Vergangenheit schleudert, wodurch es zu einer Konfrontation mit dem Realität fressenden Omnivor kommt, dem Abissalen der Kantaki.

Die Temporalen aktivieren das Hyperportal und öffnen die Zeitkerker. Kurz darauf trifft die erste Flotte aus der Vergangenheit ein; sie besteht aus Kantaki-Schiffen - Nachkommen der vor zwanzig Millionen Jahren ausgestoßenen und zum Milchstraßenkern aufgebrochenen Renegaten-Kantaki haben sich mit den Temporalen verbündet.

3060: Die Temporalen lassen ihre Maske fallen und ergreifen dort, wo sie bereits Stützpunkte haben, ganz offen die Macht: im Qirell-System, im Anarchischen Bund, auf den Separaten Welten und auf einigen Planeten der spiritualistischen Kolonien.

3060–3200: Auf den anderen von Menschen besiedelten Welten findet eine schleichende Invasion statt. Es verkehren kaum mehr »normale« Kantaki-Schiffe, denn sie werden von den Renegaten sofort angegriffen.

Dutzende von Welten brechen die Kontakte zu anderen Planeten komplett ab, in der Hoffnung, auf diese Weise einer Unterwanderung durch Temporale zu entgehen.

3201–3500: Mehrere Versuche, die Macht der Temporalen zu brechen und sie von besetzten Planeten zu vertreiben, sind gescheitert. Sie haben nicht nur die Welten der Menschen übernommen, sondern auch die vieler anderen Völker.

Die Feyn und Kantaki schließen den Ehernen Pakt, um der von den Temporalen und den Renegaten-Kantaki ausgehenden Gefahr zu begegnen. Eine neue Version des Sporns wird eingesetzt, erzielt jedoch nicht die gewünschte Wirkung. Im Gegenteil: In und außerhalb von Planetensystemen entstehen Zeitanomalien, für die Temporalen unproblematisch, für alle anderen eine große Bedrohung. Ähnliche Anomalien entstehen auf Welten, deren Bewohner sich gegen die Besatzer zur Wehr setzen: Zeitschläuche durch Vergangenheit und Zukunft, Tore zu temporalen Labyrinthen.

Die Magnaten und Autarken versuchen, sich mit den neuen Machthabern zu arrangieren, müssen aber schon bald erkennen, dass eine Koexistenz mit den Temporalen nicht möglich ist.

3501–3800: Mithilfe der Renegaten beginnen die Temporalen, die Sonnensysteme der von Kantaki bewohnten Planeten in ein komplexes Netzwerk aus Zeitanomalien einzuspinnen, das zahlreiche Wege in die nichtlineare Zeit des Plurials enthält. Ähnliche Netzwerke entstehen auch in anderen Teilen des Spiralarms und bilden eine Metastruktur, deren Zweck zunächst rätselhaft bleibt.

Auf den besetzten Welten entsteht eine gut organisierte Widerstandsbewegung, in der die »Patrioten«, Genveränderte mit der Pilotengabe, die wichtigste Rolle spielen. Die Patrioten sind vor telepathischer Manipulation der Temporalen geschützt, können sowohl den Gegner als auch seine vielen Zeitfallen erkennen. Darüber hinaus sind diese speziellen Neuen Menschen imstande, die beim Sprung der Horgh-Schiffe entstehenden Schockwellen zu ertragen, ohne sofort den Verstand zu verlieren oder zu sterben.

Eine geheime Delegation der Patrioten bricht an Bord eines Horgh-Schiffes zu einem Nexus auf, um dort mit den Kantaki und Feyn ein gemeinsames Projekt zu planen.

3801–4000: Die Kantaki schützen ihre Heimatwelt Munghar und andere von ihnen bewohnte Planeten mit einem multidimensionalen Schild, der für die Renegaten ebenso undurchdringlich ist wie für die Temporalen. Sie haben die interstellare Raumfahrt auf ein Minimum reduziert, und ihre Schiffe bleiben unbewaffnet, wie es ihre Philosophie verlangt. Aber sie sind jetzt ebenfalls mit multidimensionalen Schilden geschützt, und es gelingt ihnen, einige wenige Flugkorridore durch die Anomalien-Netze offen zu halten.

Eine Expedition, zum großen Teil aus Neuen Menschen bestehend, bricht 3840 in die Vergangenheit auf, kehrt aber nicht zurück; man geht von ihrem Scheitern aus.

Auf den von ihnen besetzten Welten beginnen die Temporalen mit einem strengeren Regiment. Lokale Philosophien und Religionen werden verboten, und an ihre Stelle tritt die Endzeitlehre. Die Menschen und anderen

Völker werden aufgefordert, sich auf das bevorstehende »Ende der Welt« vorzubereiten, darauf, dass der Materie gewordene Geist wieder Geist wird, mit all dem Wissen, das er während der Fünf Kosmischen Zeitalter gesammelt hat.

Im Jahr 3936, fast hundert Jahre nach dem Aufbruch der Expedition in die Vergangenheit, kehren zwei Überlebende zurück, lediglich um einige Jahrzehnte gealtert. Sie berichten nicht nur von einem Zeitlabyrinth, in dem sie sich verirrten und das alle anderen Expeditionsteilnehmern das Leben kostete, sondern auch von den Plänen der Temporalen. Mit der Metastruktur ihrer Anomalien-Netze wollen sie einen Schwarzen Tunnel durch Zeit und Raum schaffen, die im Milchstraßenzentrum gelähmten Keime des Omnivors, »Splitter Gottes« genannt, zusammenführen und das ganze Universum kollabieren lassen – was das Ende des Fünften Kosmischen Zeitalters bedeuten würde.

Aber die beiden Überlebenden bringen nicht nur diese Schreckensnachricht, sondern auch eine wichtige Information, die es Feyn und Kantaki ermöglicht, den Sporn zu verbessern. Im Jahr 3999, kurz vor Fertigstellung der Metastruktur, die den Schwarzen Tunnel öffnen soll, ist der neue Sporn einsatzbereit und wird aktiviert. Der von ihm entfesselte Zeitsturm schleudert die Temporalen zwar in die Vergangenheit zurück, aber das Gefüge der Raum-Zeit bricht an vielen Stellen auf. Die Anomalien-Netze zerreißen, und es beginnt die Epoche des Chaos.

Phase 6: Die Epoche des Chaos (ca. 4000 – ?)

Die Länge der Epoche des Chaos variiert von Planet zu Planet, und zwar aufgrund ausgedehnter temporaler Diskontinuitäten. Die außerhalb des gewöhnlichen Zeitstroms lebenden Kantaki versuchen vergeblich, einen

Kontakt mit dem Konziliat herzustellen, und so beginnen sie allein mit der »Reparatur des Kontinuums«.

Auf den Menschenwelten beginnt die »Restauration«. Zwar hat mit dem Beginn des Zeitkriegs ein langer wirtschaftlicher Niedergang begonnen, aber die grundlegenden ökonomischen Strukturen sind erhalten geblieben. Die Magnaten und hochrangigen Autarken beginnen damit, sich selbst einen Teil des Sieges über die Temporalen zuzuschreiben. Es finden Neugründungen der alten Wirtschaftskonglomerate statt. Zwar schließen sich einige zusätzliche Planeten dem Anarchischen Bund und den Separaten Welten an, und außerdem gibt es jetzt die Konföderation der Neuen Menschen; aber die Magnaten verstehen es, ihre alte Macht zurückzugewinnen. Allerdings versuchen sie diesmal, im Hintergrund zu bleiben, tarnen ihren wahren Einfluss durch pseudodemokratische Institutionen.

Die an vielen Stellen gebrochene Raum-Zeit erschwert die Rückkehr zur Normalität. Immer wieder kommt es zu bizarren, gefährlichen Paradoxa, im Weltall ebenso wie auf Planeten. Die Reparatur des Kontinuums durch die Kantaki und begabte Neue Menschen dauert an, aber die Schäden sind so groß, dass sie sich zunächst auf die dringendsten Dinge konzentrieren müssen. Anomalien, die sich nicht sofort in die Raum-Zeit reintegrieren lassen, werden gekennzeichnet und isoliert.

Phase 7: Die neue Zeitrechnung

1 SN – ? SN: Nach dem temporalen Chaos und der Beseitigung der größten Raum-Zeit-Anomalien einigen sich die Menschenwelten auf eine neue Zeitrechnung, die mit dem Jahr 1 »Seit Neubeginn« anfängt.

Für die großen Wirtschaftskonglomerate beginnt erneut eine Phase des Wachstums; dabei gewinnen zwei immer mehr an Macht: Allianz und Konsortium. Während der ersten etwa zweihundertfünfzig Jahre nach dem Zeitkrieg bleibt die wirtschaftliche Expansion weitgehend ohne militärische Aktivität, aber dann eskalieren die alten Rivalitäten, und aus Wettbewerb wird zunehmend Konfrontation. Als besonders aggressiv erweist sich dabei das Konsortium.

109 SN: Der Planet Guraki im Desmendora-System wird besiedelt. Dort entdeckt man die ersten Ruinen der Xurr.

240 SN: Hovan Aldritt Valdorian wird geboren.

269 SN: Feydor wird auf Schanhall geboren.

274 SN: Rungard Avar Valdorian wird geboren.

276 SN: Lidia DiKastro wird geboren.

301 SN: Lidia besucht die Sakrale Pagode der Kantaki in Bellavista auf Tintiran, um ihre Gabe prüfen zu lassen.

303 SN: Hannibal Petricks, Vorsitzender der Aidon-Werften, ist Primus inter Pares des Konsortiums.

307 SN: Rungard Avar Valdorian nimmt immer mehr Einfluss auf die Geschicke der Valdorian-Unternehmensgruppe. Die Übernahme einiger anderer Unternehmen geht auf ihn zurück.

310 SN: Hovan Aldritt Valdorian wird zum Primus inter Pares des Konsortiums.

314 SN: Auf Orinja im Takhal-System entstehen die ersten Minenstädte.

315 SN: Hovan Aldritt Valdorian kommt durch einen Unfall ums Leben.

324 SN: Der denebianische Philosoph Horan stirbt.

324 SN: Kerberos im Hades-System wird besiedelt.

324 SN: Jonathan Fentur wird geboren.

327 SN: Eklund wird auf Maximilius geboren.

342 SN: Madeleine Kinta wird geboren.

357 SN: Cordoban wird geboren.

369 SN: Rungard Avar Valdorian heiratet Madeleine Kinta.

372 SN: Benjamin Valdorian wird geboren.

380 SN: Rion Valdorian wird geboren.

390 SN: Valdorian führt erfolgreiche Verhandlungen mit dem Arkanado-Kartell und gliedert es in das Konsortium

ein, das dadurch zur stärksten Wirtschaftsmacht im von Menschen besiedelten All wird.

394 SN: Valdorian plant eine ökonomische Offensive gegen die Welten des so genannten Bundes der neuen Freiheit.

395 SN: Hendriks, Cordobans Vorgänger, fällt einem Anschlag zum Opfer.

395 SN: Cordoban wird neuer Chefstratege des Konsortiums.

398 SN: Die Ehe von Rungard Avar Valdorian und Madeleine Kinta wird geschieden.

401 SN: Eine enge Zusammenarbeit zwischen *New Human Design* und der Valdorian-Unternehmensgruppe entsteht. Cordoban plant die Arsenalplaneten.

414 SN: Jonathan Fenturs Frau stirbt.

419 SN: Cordoban trifft mit den Plänen für das Projekt Doppel-M auf Kerberos ein. Die Arbeit am Metamorph beginnt.

420 SN: Eine Einsatzgruppe des Konsortiums vernichtet den Planetoiden Dandari im Hartman-Sektor. Dabei kommen Enbert Dokkars Frau und zwei seiner Söhne ums Lebens.

421 SN: Es kommt zum direkten Konflikt zwischen der Allianz und dem Konsortium. Valdorian sieht seinen Tod nahe und macht sich auf die Suche nach Lidia.

421 SN: Auf Kerberos wird der Metamorph aktiv.

Andreas Brandhorst

Ein gigantisches Sternenreich, das sich in inneren Konflikten aufreibt und zu zerfallen droht. Eine außerirdische Zivilisation, die einen geheimnisvollen Plan verfolgt. Eine junge Raumschiffpilotin, die auf einem abgelegenen Planeten das größte Rätsel der Menschheitsgeschichte zu lösen versucht ...

»Andreas Brandhorst hat eine Space Opera geschrieben, wie man sie sich nur wünschen kann!« ***Wolfgang Hohlbein***

Mehr Informationen unter: www.kantaki.de

3-453-87901-5

3-453-52009-2

HEYNE